朱颜

ZHU YAN

[完结篇] （全二册）上

沧月 著

江苏凤凰文艺出版社

最是人间留不住，

朱颜辞镜花辞树。

目录
ZHU
YAN

第一章

往世梦

　　黎明终于降临，可一切仿佛已经结束了。

　　星海云庭已经成为一片废墟，笼罩在上面的结界破碎之后，蒙蒙的细雨从天上飘落，无声地打湿了她一头一脸，冰冷而湿润，如同死去的人，用手指轻触着她的发梢。

　　朱颜跪在废墟地底，心里空空荡荡，一声哭喊都无法发出，连眼神都是空白的。

　　头顶有一片云停留在那里，迟迟不去，饱含了水分，洒落下雨滴。

　　传说中，鲛人和陆地上的人类不同，是没有三魂七魄的。他们来自大海，在死后也不会去往黄泉转世，只会化成洁净的云，升到天上，再成为雨水重新落回碧落海，在星空和长风之下进入永恒的安眠。

　　此刻，头顶的这一片云，会是渊吗？

　　他是不是已经回到海天之间了？他说过鲛人生命漫长，他要等很久才能见到曜仪的转世，现在，却是再也等不到了……这一切，都是因为她。如果不是因为她，渊不会死；如果不是因为她，师父也不会死。

　　如果她不存在于这个世界上，那眼前的一切都不会发生！

　　可是，她为什么会活着，又为什么会在这里？

朱颜满手是血地跪在地底，茫茫然地想着这一切，思绪极慢，也极纷乱，每转过一个念头都有刺骨的痛，一颗心在刀山剑海里辗转，血肉模糊，永无停息。

她一直僵在那里，魂不守舍。直到头上渐渐地有人声鼎沸，似乎是天亮之后，这边的动静终于惊动了外界，有路人陆续路过，开始围观。

"星海云庭怎么了？怎么忽然就塌了？"

"难道是前头打仗，有火炮射歪了，落到这里来了？"

"还好这儿刚被查封了，平时里面可天天都有好几百人呢。"

"唉，说不定里头还有人呢！我刚才依稀听到底下有人喊了几声……"

"不会吧？要不要下去看看？"

头顶的喧闹声越来越响，不停有人聚集，甚至还有人试图从地面上爬下来。她没有理会，甚至来不及去想如果被人看到这一幕该怎么办，脑子里一片空空荡荡，只是木然地跪在地底的泉水里。

是的……该结束了。渊死了，师父也死了……这一切都结束了。她为什么还活着？太痛苦了。

如果一切在这一刻结束，这种痛也就戛然而止了吧？

然而那些看热闹的路人还没爬下来，地面上忽然间传来了急促的马蹄声，接着传来了呵斥，勒令所有围观的人都即刻退去。

后面的骁骑军追兵终于赶来，团团围住了成为废墟的星海云庭。

青罡将军在方才的战场上受了重伤，领人追来的是叶城总督白凤麟。此刻，他看到瞬间坍塌的星海云庭，心里也不由得吃了一惊——星海云庭怎么坍塌了？眼前这一切不是火炮轰击的结果，而是术法造成的吧？又是谁会有这样的能力？难道……

今天一整天都没看到时影，莫非他是亲自坐镇在这里？

刚才那个漏网的复国军领袖，明明是朝着星海云庭方向跑的，该不是被他给擒获了吧？该死的，他们在前方一番苦斗，最后居然被那个家伙给抢了头功？

"来人，给我下去。"白凤麟心里暗自不悦，表面却并不显露，只是看着地上那个深不见底的大坑，吩咐，"看看那个复国军余孽在不在里面。"

"是！"下属纷纷翻身下马，准备下地查看。

——只要再过一瞬，他们就能察觉大神官和复国军领袖一起死在了这里，他们身边还有赤之一族的小郡主朱颜。

然而，就在这一瞬，头顶忽然黑了下来！

不好！所有人之中，只有修为最高的玄灿惊觉，双手一翻合拢在胸口，试图抵抗。然而那片黑暗扩散速度太过于惊人，他手指刚动了一下，那一股力量已经当头笼罩了下来，封闭了他的全部知觉。

不会吧？谁做的？是时影那家伙吗？他想干什……

看到黑暗刹那压顶，白风麟最后只来得及转过这一个念头，便和方圆一里内的所有人一样，在一瞬失去了意识。

整个星海云庭的废墟一片寂静，如同被定格的黑白画面。

头顶声音起伏变化，情况危急，朱颜却并没有丝毫的反应。她只是木然跪坐在地底的泉水里，手里握着断刀，看着面前死去的两个人，心里被强烈的求死意志缠绕，眼神空洞，似乎魂魄都游离在外。

直到有人从天而降，落在了她的面前。

"神啊……"她听到来的人发出了一声惊呼，"还是晚了？"

是谁？谁来了……朱颜迟钝地想着，终于勉力抬起头——那一刻，她看到了巨大的羽翼笼罩在头顶，有四只血红的眼睛定定地盯着她。

"四……四眼鸟？"她脑子里轰然一响，脱口而出。

那是重明！重明怎么会在这里？它……它看到了这一幕，会不会……

那一刻，她下意识地扭开头去，羞愧、内疚、哀伤一齐涌来。朱颜抬起手捂住了脸，竟然恨不得大地瞬间裂开，将她吞噬进去！

重明神鸟看了她一眼，看了看地上死去的人，似乎是不敢相信，又看了她一眼，又看了一遍地上的时影——忽然，全身的羽毛"唰"地竖了起来！

它血红色的眼里有剧烈的震惊，喉咙里发出了含糊的咕哝声，伸出脖子用脑袋推了推躺在地上的时影，用尖厉的叫声呼唤着主人——然而，大神官只是随着它的动作微微侧了侧身，无声无息。

那一瞬，重明神鸟愣住了，全身的羽毛颓然坍塌，四只眼睛更加血红，恶狠狠地看着朱颜，低低吼着，眼里杀机四射，几乎要滴出血来。

朱颜不敢和它对视，全身发抖，只是反复喃喃："对不起……对不起。"

重明死死看着她，忽然仰起头，爆发出了一声响彻云霄的呼啸，猛然急冲而来，竟是狂怒地对着她一口啄了下来！

怎么？它是要吃掉自己，为师父报仇吗？

朱颜恍惚地想着，一动也不想动，就这样跪坐在地底的泉水里，闭上了眼睛，有一种万念俱灰的感觉，任凭锋利的巨喙迎头落下，一口吞噬她的头颅。

"住手！"就在此刻，一个低沉的声音厉喝。

重明那一啄，啄在了屏障上，整个身子往后退了一步。

"重明，你先退下。"一个声音低声喝止。水中有脚步声响起，一步一步走近，在恍惚中听来极其遥远，如从彼岸涉水而来。

是谁？是谁在这个时候出现在了这里？

仿佛过了一个轮回之久，那个脚步声终于停在了她的面前，似是不可思议地审视着这一切，发出了一声长叹："事情怎么会变成这样……"

谁？朱颜恍恍惚惚地抬起头，看到了眼前垂落的一袭黑袍，上面绣满了云纹，袍子里的手骨节修长，皮肤苍老。她顺着那双手吃力地抬起头，终于看到了这个第一时间来到她面前的人——

那是一个银发如雪的老人，枯瘦的手指里握着一枚纯黑玉简，和师父的几乎一模一样，他凝视着她，眼里充满了震惊和悲伤。

她猛然一震，失声："大……大司命？"

此刻，出现在这个终结一切地方的人，竟然是空桑的大司命！

这个人是师父的启蒙者，也是当今云荒术法宗师级的人物，他为什么会忽然和重明一起来到这里？他……是知道了这一切会发生，想要赶来阻拦，却终究来迟了一步吗？

看到了躺在血泊中的时影，大司命苍老的脸微微抽搐了一下，立刻俯下身飞快施用着咒术，试图挽回这个新死不久的人。

那一刻，朱颜眼睛一亮，死去的心竟然跳了一跳——是的，大司命来了！这位老人若是出手，说不定能救回师父！

她屏声静气地等着，从未觉得一生中有哪一刻如同现在这样漫长。

然而，过了大半个时辰，大司命最终还是颓然松开了手。

"没用……"大司命喃喃，"来晚了。"

瞬间，朱颜如遇雷击，脸上血色尽褪，只觉全身发冷——连大司命都说晚了，那么这个天下，已是再也没有任何人能够挽救师父了！

老人抬起眼睛盯着她，忽然爆发出了怒吼："该死！是你杀了影！"

怒吼中，大司命抬起手，对着朱颜的头颅就是一抓。那一瞬，空气里凝结出了巨大的利爪，如同猛兽一样向她攫来！

然而，朱颜只是抬起头茫然地看着，并无闪避，亦不觉得害怕。

就当利爪扣住了她的头颅的瞬间，一道闪电忽然掠起！

只听"叮"的一声，闪电向上而击，刺穿了那只虚无的利爪，如锥刺冰，刹那碎裂千片。同一瞬间，大司命身体微微晃了一晃，往后退了一步，露出了极其诧异的表情。

"影！"大司命看了一眼死去的大神官，脱口惊呼，"是你？"

时影并没有回答。他静静闭上了眼睛，苍白的面容在地底冷泉中浮沉，平静而明亮，如同秋日的冷泉。而在他的头顶，那一道闪电在凌空盘旋，流出一道道光华——那是玉骨。在虚空中盘旋，一圈又一圈，环绕着朱颜，寸步不离。

"影……你……"大司命不可思议地低声道，"就算死去，还要护着她？"

身为空桑的大司命，他一眼就明白了此刻的情况：影在死之前，曾把自己的灵力注入玉骨，让它守护着这个闯下弥天大祸的少女。此刻，一旦觉察大司命要对她不利，那一支玉骨便如同闪电一般掠出！

"真蠢啊……影。"大司命喃喃，忽然眼里掠过了一道冷光，厉声道，"你以为事到如今，还能护着她吗？"

话音未落，大司命瞬间抬起手，手指之间绽放出激烈的光华，在虚空中交织成网，转瞬便困住了那支玉骨——玉骨在网里左冲右突，激烈地跳跃，然而毕竟只是最后残留于世上的一缕灵力，一时间怎么也挣不出云荒术法宗师的控制。

"偿命吧！"大司命伸出另一只手，按向朱颜的头顶。

那一瞬，一股极寒的气息从她头顶直灌而下，几乎将她冻僵！朱颜虽然知道死在顷刻，却依旧没有躲闪，只是默默闭上了眼睛。

她虽然不挣扎，多年的苦修本能却在生死关头凸显了出来，当大司命痛下杀手的瞬间，一股灵力同时从她灵台爆发，在头顶幻化成阵，"唰"地抵住了大司命扣下来的手！

那种力量是如此明亮纯粹，一时间让云荒术法宗师不由得也愣了一下——这个女娃不愧是影的唯一亲传弟子，小小年纪，修为竟然到了如此地步！

大司命眼神变了又变，忽然间收回了手。

头颅上的杀意瞬间移去，朱颜怔了一怔，睁开了眼睛。

老人的目光复杂，上下打量着面色灰败一心求死的朱颜，似在思考着某件事情，沉吟不决。

"死，其实是最容易的事了。岂能让你就这样一死了之？"大司命凝视着脸色苍白的朱颜，摇头，"不，你还有用。现在不能让你死在这里——这不仅是为了尊重影的心愿，也是为了空桑未来的国运。"

什么？她没有明白他的意思，茫茫然地看着老人。

"事情是很糟糕，但也不是没有挽回的余地。"大司命抬头看了看头顶的天空，"幸亏重明及时通知我，让我第一时间赶到了这里——到现在为止，只有你我两人知道究竟发生了什么。"

重明的眼神充满了恨意和敌意，瞪着朱颜，如同要滴血。大司命的手在神鸟的羽毛上轻轻掠过，安抚着它的情绪，道："我会尽力把这事情解决。"

朱颜愣了一下，嘴唇微微动了动：解决？怎么解决？她已经杀了师父，还能怎么解决？大司命……他到底想怎么样？

"其实，我真的很想现在就杀了你。"老人仿佛洞察了她的心思，抬起了枯瘦的手指，点向了她的眉心，语音里带着冰冷的杀气，"你这个不祥的灾星，不知天高地厚，本来就不该出现在影的命宫里！"

就在那一瞬，虚空中跳动的玉骨终于挣脱了大司命的束缚，不顾一切"唰"地跃起，闪出了耀眼的光华，横在了朱颜面前！

"影啊影……"大司命在那一瞬忍不住苦笑起来，"好吧，看在你的分上，我再给她一次机会。"

大司命收敛了唇边的苦笑，在晨曦中弯下腰来，手指点向少女的额头："好了，你先和我回去吧——让我看看，这件事是不是还有什么转圜的余地。"

那一指里没有杀气。这一次，玉骨没有阻拦。

在被点中眉心的瞬间，朱颜只觉得铺天盖地的黑暗瞬间压来，眼前的光线慢慢消失，整个人朝着水里倒了下去，只觉得自己在不停地沉溺、沉溺，似乎坠入了深渊。

最后的知觉里，只有雨丝落在脸上的微凉。

细细密密，如同泪水。

朱颜不知道自己是怎么离开那个地方的，也不知道自己这一觉睡了有多久。甚至，有一段时间里，她觉得自己已经死了，只剩下一缕魂魄游荡在这个世上，在无边无际的黑夜里飘然游荡，四处寻找着死去的人。

渊呢？师父呢？他们在何处？他们是不是已经先走一步，她再也追不上了？

她在黑暗里狂奔，却始终找不到一个人。

噩梦里，翻涌着各种声音，远远近近。

"我不是个好老师——跟着我学术法，会很辛苦。"

"我不怕辛苦！我可以跟你一起住山洞！"

"也会很孤独。"

"不会的！以前山谷里只有死人，你一个人当然是孤零零的——可现在开始，就有我陪着你了呀！"

"如果不听话，可是要挨打的！到时候可不要哭哭啼啼。"

"好！"

…………

这些久远的对话忽然间回响起来，一字一句，回荡在记忆里。

师父……师父！她忍不住放声大哭，颤抖着，想要捂住耳朵，然而怎么也无法阻止那些声音从回忆深处一个接着一个浮起来。

那些声音，骤然将已经流逝的时光又带回到了眼前。

她在飞速下坠，完全不受控制。

眼前是一望无际的黑暗，最底下隐约有一线深红，仿佛是地狱深处有一只巨大的眼睛悄然睁开——那是深不见底的裂渊，灼热的火从大地深处涌出，满天都是狂暴的金色闪电，仿佛是末日的灭顶景象。

这是哪里？如此熟悉，好像曾经来过……

对了，这里是黄泉瀑布的尽头，是传说中的苍梧之渊！她是不是已经死了，所以才会来到这个地方？

在快要坠入其中的瞬间，她终于竭尽全力将身形停了下来。

地狱只在不远的地方，黄泉之水从裂缝里倒流而上，带着无数死灵的哭喊和哀号。她拖着沉重的身体往头顶那一线亮光里挪去，然而那一线光遥远得仿佛在天的尽头。奇怪，为什么身上这么重？难道是……

她勉力回过头，发现自己的背上竟然背着另一个人！

那个人……竟然是师父？

师父脸色苍白，闭着眼睛一动不动——看上去他的容貌似乎只有二十岁出头，身上并没有穿着大神官的长袍。这难道是……

那一瞬，在无边无际的恍惚之中，介于生死之间的她忽然想起来了：原来，这不是死后，而是在她十三岁那年的噩梦里！

此刻，她正背着垂死的师父从深渊地底爬出来。背后是烈烈的地狱之火、滔滔的黄泉之水，以及愤怒狂吼的蛟龙——那些金色并不是闪电，而是锁住龙神的锁链，由空桑远古的星尊大帝设下的困龙结界！

这是她十三岁时候的回忆。

那时候，师父带着她在梦魇森林修行，不料却在密林里遭到了沧流帝国猝不及防的伏击。他们杀出重围，坠入了苍梧之渊，永无活人可以渡过的可怕炼狱。师父快要死了，而她也筋疲力尽。

十三岁的她力气不够，背着一个比自己还重的人在绝壁上攀爬着，十指鲜血淋漓，心里只有一个念头：一定要带着师父活着出去！

背后的深渊里忽然发出了一声可怕的呼啸。她刚一回头，就看到一只巨大的爪子从黑黝黝的深渊里探出，一掌就把她拍在了崖壁上！

巨大的双目如同炯炯的太阳，从地底浮现，瞪着这两个闯入者。那一刻，她被压在绝壁上，再也忍不住地失声尖叫起来——那是龙！从深渊里腾出的，竟然是传说中海国的龙神！

被惊动的神灵腾出了苍梧之渊，一把抓住了他们，迎面张开巨口，喷出巨大的火焰，将要焚烧一切。

"不！不要！"她下意识地张开了双臂迎向火焰，护住背后昏迷的师父，大声喊，"不要伤害我师父！"

足以吞噬一切的烈焰扑面而来，舔舐着她的发梢，将她卷入了烈火。

然而，奇迹发生了——

当烈焰过后，她的头发被舔舐殆尽，整个人却安然无恙！

看到爪子底下的小东西居然完好无损，被困在深渊地底数千年的龙神发出了更加愤怒的呼啸，朝着她飞扑了过来！

小女孩看到了如此可怕的景象，不由得尖叫着捂住了眼睛，却死活不曾挪开自己的身体——师父受伤昏迷，她如果一挪开身体，这个可怕的怪物就会攻击师父。

利齿抵住她的咽喉，却在千钧一发之际停住了。深渊里的龙神低下头看着朱颜，忽地发出了一声疑惑的低吼。

怎……怎么了？她战栗地睁开眼睛，看到了龙神如同日轮一般巨大的金色双眼，正凝视着她的胸口，喷出气息，如同一阵阵旋风带起她的衣襟——在她衣襟碎裂处有一样东西熠熠生辉，焕发出了如同宝石一样的光亮！

这……是那块渊送给她贴身带着的古玉。

龙神垂下头，似是疑惑地打量着爪子间露出的那一张苍白惊恐的小脸，低下头凑近，在她身上嗅了一嗅，鼻息如同狂风卷起——她身上佩戴的那块古玉，呼应着巨龙的鼻息，竟然焕发出明灭的光芒！

"是你？"龙神开口了，深渊里回荡着一个雄浑的声音。

什么？这条龙……居然会说人话？它、它在和她说话？

她茫然失措地看着那条巨大的龙，身上的重压却一下子减轻了。龙神挪开了压住她的爪子，低头细细端详着她，狂烈暴怒的眼眸里渐渐消弭了刚开始的愤怒和杀意，流露出了一种困惑，甚至伸出巨爪，用爪尖拨了拨她的头发。

她吓得全身发抖，却始终不敢挪开身体，生怕它会伤害背后昏迷的师父。

"嗯……一个空桑人？"龙神细细地端详着这个小女孩，摇了摇头，吐出了一句话，"奇怪……你似乎不是我要等的那个人……"

"你……你在和我说话？"她结结巴巴地问，声音发抖。

"不是你。虽然你有些像她。"龙神反复打量着这个掉下深渊的女孩，看到了她衣角的徽章，摇了摇头，"你是赤族的公主，而我在等待的那个空桑女子……应该是来自白之一族。一定是什么地方出错了……"

龙神用巨大的爪子拨动了一下小女孩，嘀咕："你不该出现在这里。可是，为何你会佩戴着这个东西？"

朱颜一时间没明白龙神在说什么，只是一寸寸地往后缩去，渐渐从巨大的利爪缝隙里挪了出来。然而她来不及逃跑，龙神的爪子再度一抬，"啪"的一声又把她扣在了岩壁上。她吓得尖叫了一声，闭上眼睛。

"你来这里做什么？是空桑皇帝派你来的吗？"巨龙低下头，声音低沉雄浑，带着肃杀，"苍梧之渊，不是活人该来的地方！"

"我……我不是故意要来打扰您的！"朱颜急急忙忙分辩，"我们……我们中了埋伏，一不小心才掉了进来！"

"中了埋伏？"龙神沉吟着，低头凝视了她一番，"谁要杀你？"

"我……我不知道！"她慌乱地喃喃，"那些人有冰蓝色的眼睛……好像是冰族人……他们是来杀我师父的！"

"你师父？"龙神看着她的背后，忽然道，"你身后的那个人是谁？让开，让我看看！"

"他是我师父。"她颤声回答，却不肯挪开身体，"他……他是九嶷神庙的少神官，是个好人！"

"少神官？不，不可能……他身上有奇怪的气息……有着千年之前困住我的那个人的气息！"龙神忽然间变得暴躁，咆哮着，"唰"地伸出利爪，想要把那个昏迷的人攫取过来，"究竟是谁？让我看看！"

"不！"朱颜不知道哪里来的胆量，双臂交叉，"唰"地就结了一个界，大声喊，"不许碰我师父！"

话音未落，龙神的利爪已经触碰到了她！

在轰然的响声中，小女孩往后猛然一个踉跄，如果不是身后的石壁托着，几乎要跌出几丈之外。她胸口剧痛，"哇"地吐出了一口血来，却依旧死死地挡在了师父的身前："你要干什么？不……不许你碰我师父！"

龙神缩回了爪子，爪尖已经有了被烈焰灼烧的痕迹。龙神低下头打量了一番这个正在发抖的小女孩，有些意外——这么柔弱的小生命，在这一瞬间却焕发出一股猛烈的力量，如同火焰轰然旺盛！

"还真的是在拼命啊。"龙神似乎是想了一想，眼里的金光渐渐暗了下去，似乎露出了困倦，喃喃，"是我算错了时间……离开始还有七十年呢……"

算错了时间？龙神在说什么？什么还有七十年？

龙神的爪子缩了回来，嘀咕了一句："但是你既然来到了这里，身上又戴着这个东西，必然是和海国的命运有所关联——万一我杀了你，就会打乱命轮的起始点呢？嗯……不能冒这个险。"

她并不明白这个巨龙在说什么，只是听出龙神语气里的杀机在慢慢减弱。然而小女孩还是不敢挪动身体，死死护着身后的师父。

龙神打了个哈欠，摇了摇头："好了……小姑娘，这次我就放过你。趁着我还没改变心意，快回到你应该待的地方去吧！"

朱颜还没有回过神，忽然间身子一轻，腾云驾雾一般飞起。

"唰"的一声，她被龙神从苍梧之渊甩了出来，背着师父跌落在苍梧之渊顶上的草地上。阳光透过树叶洒落脸上，带来新生般的灿烂温暖，瞬间令小女孩喜极而泣——他们，终于从地狱里逃出来了！

她面目焦黑，长发几乎被烧光了，全身伤痕累累，咬着牙背起了师父，几乎是手脚并用地在梦魇森林里艰难跋涉。

这一路，路途遥远，荆棘丛生，妖鬼遍地。

"不要死……不要死！"一路上，她一遍一遍地在心里祈祷，强忍着不哭出声音来，不敢回头看背后的师父是不是还在呼吸。

当筋疲力尽的她晕倒在九嶷神庙前的台阶上时，她并不知道自己的重新出现给整个云荒带来了多大的震惊——在那时候，所有人都以为他们两个已经死在了苍梧之渊，尸骨无存。在这两个月里，北冕帝已听从了青妃的谗言，册封了时雨为皇太子。

山中方一日，世上已千年。一切都已经截然不同。

然而，小女孩并不知晓政局的险恶，她只知道自己拼尽全力把师父带了回来，就要好好地看护着他，一直到他苏醒为止。

"你的脸怎么了？"过了半个月，师父终于从昏迷中醒来，睁开眼睛看到她，第一句话就问。

"烧……烧伤了。"她坐在一边，脸上缠满了纱布，热辣辣地疼，却不敢在他面前诉苦，只道，"大神官说敷了药就好，不会留疤。"

他默然点了点头，过了片刻，忽然又问："是你……救了我？"

小女孩辛苦了数月，就在等师父问这句话，嘴角不由得翘了起来，满怀自豪地点头："嗯！"

然而，听到这样的回答，时影脸上掠过一丝奇特而复杂的表情，默然转开头去，许久没有说话。

她原本满心期待地昂着头，等师父表扬她几句，此刻看得这种情景，却忽然间忐忑起来——呃，师父这样骄傲的人，向来只有他救别人的份儿，现在居然生平第一次被别人给救了？他……他会生她的气吗？她是不是要挨骂了？

她惴惴地等着，却只听到了一句简短的回答："将来会还你。"

"嗯？"她有些纳闷，不明白师父在说什么，心里却隐约觉得那是一句不祥的话，下意识地伸出手去，想要拉住他的衣袖。

然而，一个恍惚，眼前又变成了血海！

星海云庭的废墟里，锋利的刀刺穿了心口，鲜血如泉水喷涌。

"那一年，你从苍梧之渊救了我……我说过，将来一定会还你这条命。"他看着她，轻声道，"知道吗？我说的'将来'……就是指今日。"

不……不！她再也忍不住地叫了起来。

"不要死！"她哭得撕心裂肺，想要用尽全部的力量去抓住正在消逝的一切，失声道，"不是今日！不是在今日！不要丢下我一个人！"

然而，他还是永远地闭上了眼睛。

那样深的痛苦，几乎要把她从内而外粉碎，却永无休止——为什么？为什么这一切还不停止呢？如果她就这样死了，这一切的痛苦就会结束了吧？为什么还不能死了？

她在永不见底的苦痛里挣扎，用尽全力，却无法结束。

恍惚之中，有人拍了一下她的额头："够了……醒来吧！"

她骤然惊醒——那只手苍老而枯槁，仿佛是刹那间伸入了梦境里，强行将被梦魇缠住的她一把拖了出来！

第二章

星空

朱颜在一瞬间醒来，全身冰冷。眼前是一片深深浅浅的光点，模糊成一片。额头上有一只手，按在那里一动不动——这是哪里？

她想坐起来，却发现整个身体都无法动弹。

"唉，你实在是个不安分的孩子……"她拼命挣扎，却无法冲破周身无形的束缚，忽然一个声音在耳边响了起来，低沉而苍老，带着醺醺醉意，"我一把老骨头了，经不起你的折腾，只能暂时将你封住了。"

谁？朱颜转不过头，只能努力转动着眼珠，眼角终于瞥到了一袭黑色的长袍，从长袍里伸出的手枯槁如木，握着一枚纯黑的玉简。

大司命？那一瞬，她认出了对方，忽然如梦初醒。

初醒片刻的懵懂过去之后，一切从脑海里瞬间复苏，清晰浮现。最可怕的那一天所发生的事情陡然浮出了水面，一幕一幕掠过，令她全身如同风中枯叶般颤抖起来——是的，她想起来发生过什么样的事情：

渊死了，师父也死了！

她的人生已经片片碎裂，再也无法拼凑完整。

大司命在最后一刻出现在星海云庭的地下，如今又把她带到了哪里？

"这里是伽蓝白塔顶上的神庙，除了我无人可以随意进入。"仿佛直接读取了她心里的想法，大司命淡淡地回答，"你太虚弱，已经昏迷了三天三夜——时间不等人，我只能催你尽快醒来。"

什么？这里就是传说中的伽蓝白塔神庙？

她周身不能动，只能努力地转动着眼睛，四处打量——视线渐渐清晰起来，眼前却还是一片漆黑，只有光点浮动。

那是神庙内无数的烛火，明灭如星辰。

白塔神庙的内部辉煌而深远，供奉着巨大的孪生双神塑像：云荒的上古传说中，鸿蒙天神在创造云荒时用的是右手，如果造出的雏形不满意，则用左手毁去。创造出了天地之后，天神耗尽了所有力量，倒地死亡。在神倒下的地方，出现了绵延万顷的湖泊，就是如今的镜湖。从天神的身体里诞生了一对孪生儿，分别继承了天神的两种力量：创造，以及毁灭。

——也就是神之右手和魔之左手。

那一对奇异的孪生兄妹拥有无上的力量，主宰着云荒大地的枯荣。亘古以来，他们的力量维持着微妙的均衡，此消彼长，如日月更替。

此刻，高达十丈的孪生双神像俯视着这座空荡荡的神庙，创世神一手持莲花，另一手平平伸出，掌心向上，象征生长；破坏神一手持辟天长剑，一手掌心向下，象征毁灭。黑瞳平和，金眸璀璨，如同日月辉映，俯视着空旷大殿。

而主殿的上空居然是一个透明拱顶，细密的拱肋交织成了繁复的图腾，星月罗列。拱肋之间镶嵌着不知道是不是用巨大的水晶磨成的镜片，清透如无物，竟然可以在室内直视星月！

此刻，她就躺在神殿的祭坛上，头顶笼罩着天穹。

这个大司命把她带到这里，到底是想做什么？

"我刚才看到了你的梦境……原来，你曾经在苍梧之渊救过影的命？"大司命看着她，声音竟然温和了一些，叹息，"一还一报，一饮一啄，俱是注定啊……"

"你……你为什么不杀了我？你不是要替师父报仇吗？"她受不了这样的语气，眼前不停地回闪着最后的那一幕，渐渐失去了冷静，在绝望和痛苦中失声大喊起来，"我……我杀了师父！你快来杀了我！"

大司命冷冷地看着被定住身形的她："你以为一死了之就可以了吗？"

"你还想怎样？"她不敢相信地看着大司命。

"还想怎样？"大司命看着她，眼神犀利，一字一顿地说，"赤之一族的小郡主，你犯下了滔天大罪知道吗？竟然敢弑师犯上、勾结叛军、杀死帝君嫡长子！你自己死了还不够，还得株连九族、满门抄斩！"

什么？朱颜猛然一震，仿佛被人迎头泼了一盆冰雪。

当渊死的那一刻，她脑海里一片空白，被狂烈的憎恨和愤怒驱使着，毫不犹豫地选择了复仇。然而此刻她终于冷静下来，明白自己做了什么样可怕的事——她杀了空桑的大神官、帝君的嫡长子！

这等罪名，足以让赤之一族血流成河！

她僵在了那里，脸色"唰"地惨白，全身微微发抖。

大司命手指微微一动，一把断刀"唰"地飞到了手里，正是她用来刺入时影胸口的凶器——这把九环金背大砍刀原本是赤王的武器，刀背上铸着赤王府家徽，染着时影的血。

大司命冷冷看着她，道："这把刀一旦交给帝君，你也知道会有什么样的后果。"

"不！"她终于恐惧地叫了出来，"不要！"

"你怕了？"大司命看着她，嘴角露出了锋利的讥诮，"赤之一族的小郡主，你从小天不怕地不怕……到这个时候，才终于想起自己还有父母和族人了？"

朱颜剧烈地发抖，半晌才声音嘶哑地开口，哀求这个老人："一人做事一人当！师父是我杀的，你……你把我五马分尸、千刀万剐都可以，但求求你，不要连累我的父母族人！"

"说得倒是轻松。"大司命冷笑了一声，却毫不让步，"你是想一命抵一命，可空桑律法在上，哪里容得你做主？"

朱颜颤抖了一下，脸色灰败如死，抬起眼看着这个老人。

"你……你到底想要怎样？"她颤声问，"你不杀我，带我来这里，肯定有你的打算，是不是？"

"倒是个聪明孩子。"大司命看着她，原本冰冷的语气忽然缓和了一些，"其实我知道这一切不能全归罪于你。时影并不能算是你杀的，是吧？他这样的人，这世上原本也没有人能杀得了——他是自己愿意赴死的，是不是？"

朱颜一颤，没有料到这个老人竟然连这一点都洞察了，心里一时不知道是喜是悲。她咬着嘴唇，许久才点了点头，轻声道："是的！师父他……他在交手的最后，忽然撤掉了咒术！我……我一点都没有想到……"

说到最后，她的声音已经哽咽。

大司命沉默下去，苍老的手微微发抖："果然。"

停顿了许久，老人喃喃："影从小就是一个心思深沉的孩子，甚至是我，都不能得知他究竟想的是什么。"

他长长叹息了一声，转头看着头顶苍穹的冷月："上一次见到他，还是一个多月之前——那天他突然告诉我，他想要辞去大神官的职务。"

朱颜大吃一惊："我……我怎么不知道！"

"你不知道？"大司命愣了一下，看着这个明丽懵懂的十八岁少女，忽然明白了过来，眼眸里满是苦笑，"对，你当然不会知道——你的心在别处，自然什么都看不见。"

看到朱颜沉默，大司命不由得喟然长叹："真是孽缘啊……影的脾气，简直和他母亲一模一样！"

师父的母亲？他是说白嫣皇后吗？

朱颜愣愣地听着，却看到大司命的眼里露出了一种哀伤的神情，似乎陷入了遥远的回忆。许久，老人终于回过神来，摇头："从他生下来开始，我就为他操心了一辈子，看着他成长到如今，本来以为他已经逃过了劫数。没想到，唉……"

大司命摇着头，一口气将酒喝得底朝天，随手把杯子往地上一扔，喃喃："人力毕竟强不过天命！他自愿因为你而死，又岂是我能够阻挡？"

师父……师父自愿因她而死？

朱颜呆呆地听着，只觉得心里极混乱，却又极清楚。她只觉得痛得发抖，然而，眼里掉不下一滴泪。

"他这个人，想什么，要什么，从来不需要别人知道——连我，都被他弄了个措手不及。"大司命喃喃，灰色的眼眸里有复杂的表情，"唉，即便是相交数十载，他也从来不是一个会预先和你告别的人啊……"

老人低声地说着，摇了摇头，看着手里的一物。

——那是玉骨，被他暂时封印了起来，却还是一直躁动不安。

"你看，一直到死，影都在保护你。所以，我也没有把你交给帝君处置。"大司命咳嗽着，看着赤之一族的小郡主，"放心吧。如果我想要为影复仇，那么你睁开眼的时候，父母和族人早就尸横遍野了！"

朱颜猛然颤抖了一下："那、那你想怎样？"

大司命忽然问："赤之一族的小郡主，你还恨你师父吗？"

朱颜一震，竟然说不出话来。

是啊……恨吗？在那一刻，当然是恨的。当渊在眼前死去的瞬间，她恨极了他！甚至，恨到想和他同归于尽！可是随着那一刀的刺入，那样强烈的恨意转眼烟消云散，只留下深不见底的苦痛。

原来，仇恨的终点，竟然只是无尽的空虚。

她抵达了那里，却只有天地无路的绝望。

"不。"终于，她缓慢地摇了摇头，"不恨了。"

是的，不恨了。在她将刀刺入师父胸口的一瞬，在他慢慢中断呼吸的一瞬，她心里满腔如火的憎恨已经全数轰然释放，然后转瞬熄灭，只留下无边无际的虚无和悲哀——那一刻，她只想大喊，大哭，只想自己也随之死去，让所有的痛苦都戛然而止。

不恨了。她所有爱的人都死了，还恨什么？她唯一剩下的愿望，是自己也立刻追随他们离开！

可是，为何这个老人把她拘来了此处，苦苦相逼？

"不恨就好。"大司命凝视着她表情的变化，松了一口气，"如果你心里还有丝毫恨意，那后面的计划就无法进行了。"

后面的计划？朱颜愣了一下，不由得抬头。

"这个我先留着。"大司命袍袖一卷，将那把染血的断刀收了起来，冷冷道，"这是你弑师叛国的罪证。"说到这里，他却顿了一顿，又道，"不过，今日的一切也可以这样解释：复国军在叶城发动叛乱，大神官出手诛灭了叛军的领袖，不幸自己也身受重伤——从头到尾，这一切和你没有丝毫关系。"

大司命意味深长地看着她："你觉得这个结果怎么样？"

什么？朱颜一下子惊住，不可思议地看着大司命，说不出话来。

他……他的意思，是要替她瞒下这一切？

"到现在为止，除了我，没有任何人知道在这次叶城内乱里发生过什么：没人知道你出手帮助过复国军，也没有人知道影已经死了。"大司命看着这个失魂落魄的女孩，循循善诱，"我第一时间赶到现场，把你带到这里，就是为了争取时间妥善处理这件事，好给你一个机会。"

她愕然地看着这个老人："机……机会？"

"是。"大司命一字一句地开口，"可以挽回你一家性命、逆转这一切的机会！只有一次的机会。"

"逆转？"朱颜大吃一惊，"你……你难道可以令时间倒流吗？"

即便大司命是云荒第一人，也不可能做到让时间倒流、逆转星辰吧？难道他能凭着自己的力量回到三天之前，去制止这一场惨剧的发生？

"当然不能。"大司命果然摇了摇头，却道，"但是我有一个方法。"

"什么方法？"朱颜一震，只觉心跳都加快了几拍。

"看这里。"大司命并没有回答，只是伸出手拍了一下，将她身上的禁锢解除，"看到那一颗在紫微垣右上方的星辰了吗？那颗暗紫色的大星。"

朱颜得到了自由，一跃而起，循声看向了伽蓝神庙穹顶东南方的星域，冲口道："看到了！是那颗颜色很漂亮的大星吗？"

"是，那就是影的司命星辰。看上去还是很亮，是不是？"大司命的声音低沉，"我用术法让它在陨落之后还继续保持了虚光，不被外人觉察。"

朱颜不由得愕然："还有这等术法？"

——维持星辰令其不坠，这需极大的力量，这个老人，居然能做到？

"这个云荒除了我和时影，只怕也没有第二人能够用出这个术了。"大司命眼里掠过一丝傲然，"这是接近'天道'的术，需要耗费极大的灵力。"

朱颜脑子有些迟钝，讷讷问："那……你为什么要这么做？"

"为了不让云荒陷入大乱，我同时操控了两颗星辰。"老人的声音疲倦，"再持续一段时间，我也会筋疲力尽。"

两颗星辰？那另一颗又是谁的？

然而朱颜此刻心里极乱，已经不想多问其他，只是抬头看着大司命："你为什么要瞒住这个消息？"

大司命并没有直接回答这个问题，只道："人死如灯灭。现在，影的那颗星已经黯了，只有幻影尚存——此阶段非生非死，属于中阴身。而我用尽了我的所能，聚拢魂魄，将中阴的时间延长到了七七四十九日。"

她有些茫然："那……之后呢？"

"那之后，三魂七魄消散，星辰随之陨落，这点幻影自然消失不见。"大司命叹了一口气，眼神严肃，"一旦到了那个时候，轮回的业力启动，便会将他带往下一世！"

"不！"朱颜失声，默默握紧了手。

"在这之前，我们还有机会。"大司命颔首，看着她，语气意味深长，"只是需要付出相应的代价。"

朱颜失声："什么代价？告诉我！"

大司命没有回答，只是从袖子里拿出了一件东西，放在了她的面前——那是一张薄薄的纸。然而朱颜只看了一眼，忽然间脸色大变！

在那张纸上，赫然写着四个字：星魂血誓。

"这……这是……"她的手指开始微微发抖，死死地盯着那一张纸，似乎上面有神奇的力量，令她完全移不开视线——这是师父给她的手札上缺失的最后一页的内容，有起死回生力量的术法！

是的，她竟然忘记了：除了师父，这个云荒还有第二个人掌握这个最高的术法，那就是大司命！

大司命叹了一口气："你应该知道，这是可以转移星辰，逆天改命的禁忌之术。"

"太好了……太好了！"朱颜的眼睛猛然亮了一下，感觉心脏都在不受控制地跳动，"快教给我！学会了这个，我……我就可以救师父了！"

"你愿意付出代价？"大司命盯着她，语气森然，"你虽然说不恨他了，但是，你愿意付出一半生命的代价来交换他的命吗？"

"当然！"她想也不想地打断了老人的话，"我也愿意付出另一半的命来换回渊的命！只要他们都能活过来，我……我就算是死了也可以！"

"别妄想了。"听到这个回答，大司命不屑地冷笑了一声，"鲛人并没有魂魄。你说的那个渊，此刻应该已经化为云，回到了碧落海了吧？如果你愿意赎罪，也只有影的命还可以尽点力。"

"我当然愿意！"她忍不住叫了起来。

"那就好。"大司命默默点了点头，似乎在慎重地思考着什么。

直到此刻，朱颜的眼神才一点点亮了起来，似乎那一点渺小的希望之火在心底燃起。她看着大司命，迫不及待地追问："那……你应该知道我还剩下多少年的寿命吧？"

大司命点头："你的福报很好，原本可以活到七十二岁。"

"我现在十八岁零七个月！那就是说，现在我还剩下五十四年左右的寿命？"朱颜飞快地在心里计算着，脱口，"如果我分给师父一半，他就还能活二十七年，是不是？太少了，可以多分给他一点吗？"

大司命冷然看了她一眼："这不是可以讨价还价的事。"

朱颜颓然闭上了嘴——好吧，能有二十七年……那也是好的。

大司命叹了口气，喃喃："原本，我自己也可以用星魂血誓来复活影的。只可惜我剩下的寿命也不多了……"老人摇了摇头，露出了一丝苦笑，"我也有我的定数，一切都是逃不过的。"

"没关系，让我来！"朱颜握紧了拳头，眼神灼灼，"只要你教给我星魂血誓！"

"并没有那么容易。"大司命回头看着这个急不可待的少女，摇头，"别看星魂血誓只有一页纸，但它是云荒所有术法里最艰深的，一万个修行者里也不见得有一个能练成。"

"不会的。"她却是信心满满，"我一定学得会！"

"是吗？"大司命将那张纸扔在了她的面前，"你看看？"

朱颜只看了一眼，眼里的亮光顿时凝住——怎么回事？乍然一眼看过去，这纸上起首的第一句，她居然就无法看懂！

她不敢相信，重新凝聚心力又从头看了一眼，发现这一页纸上每一个大字，居然都是由无数个极其细小的字组成！当她凝视着这一页薄薄的纸时，这些字一个一个地从视线里跳了出来，如同活了一般在她眼前扭曲、展开，一变十，十变百，转眼无穷无尽，密密麻麻地林立在她眼前！

这些光点，一个个都在动，如同漫天的星斗飞快地运行。朱颜只看得一眼，便觉得一阵晕眩，喉头血气上涌，"哇"的一声几乎呕血。

大司命袍袖一卷，将那一页纸拿了回去，冷眼看着她："怎样？"

当那些文字从眼前消失后，朱颜全身一震，这才艰难地回过神来，深深吸了一口气，脸色煞白："这……这术法，好生邪门！"

"你说得不错。"大司命点了点头，"作为血系咒术的最高奥秘，星魂血誓和云荒的普通术法的确有所不同。它在星尊大帝时期还不存在，直到一千年前，才由僧侣从中州西天竺传入——你出身于九嶷神庙门下，第一眼看到它觉得不适应，也是自然的。"

"血咒？"朱颜思索着，猛然颤了一下。

在苏萨哈鲁，那个霍图部的大巫用的不就是血咒吗？那时候，他居然用几十个鲛人的性命，凭空造出了一个和她一模一样的死灵！那是源自魔的暗之巫术，向来为空桑术法宗派所不齿。

可是，为何九嶷神庙里的最高奥义居然也是血咒？

"星魂血誓当然不是邪术。"大司命仿佛知道她内心的想法，立刻皱起了眉头，"你别胡思乱想。"

朱颜忍不住质疑："都是用人命来做法，又有什么不同？"

"暗之巫术以血为灵媒，以他人的性命作为祭品，自然是违逆天道。"大司命耐心地为她解释，"但星魂血誓与之不同，它只能祭献施术者自己的生命。"

"哦……"朱颜恍然大悟，"同样是血咒，用自己的血就不算邪术，用别人的血就算？"

"是。"大司命颔首，肃然道，"所谓的正邪之分，不在于术法的本身，而在于施术者的初心。星魂血誓虽是血系咒术，却是牺牲自我之术，并不是剥夺他人生命之术——其发心纯正，其术自然也光明。"

"原来是这样？"朱颜点了点头，却又皱起了眉头，"可是……既然它不是邪术，为什么师父当初不肯把它传给我？"

"你还不明白吗？"听到她这样懵懂的问话，大司命脸上浮起了一丝苦笑，"他不教给你星魂血誓，其实就是为了防止发生今天这样的事情啊！"

她在一瞬间怔住，久久不能回答。

"星魂血誓是极其残酷的术法，会剥夺施术者的一半生命。他并不想某一日你会用到它。"大司命长叹了一声，语气哀伤，"唉……影对你的爱护，其实远远超出你所能想象的。"

朱颜怔怔地听着。刹那之间，她想起了师父最后一刻的模样，他说过的话，他脸上的表情、眼中的神色，忽然间又仿佛从心底活过来了，历历在目。

那种痛苦，令她几乎无法呼吸。

"我……我一定会救回师父的！"她咬着牙，几乎是赌咒发誓一样地重复着，"不惜一切代价也要！"

"那就试试吧。"大司命叹了口气，凝视了她一眼，无可奈何，"纵观这个云荒，你的灵力仅次于我和影，而且剩下足够的阳寿——这就是我留了你一条命的唯一原因。"

原来这就是他的打算？并不是饶了她，而是要用她交换师父的性命！然而朱颜并不以为忤，用力点了点头，殷切地看着老人："你会当我的老师，把星魂血誓教给我的，是不是？"

大司命却摇了摇头："不。"

"什么？"朱颜脸色一下子苍白。

"星魂血誓源自西天竺，是无法'传授'的术法，只能靠顿悟。"大司命看着那一页纸，语气平静，"事实上，每个人所看到的内容都是不一样的。如同漫天星斗在运行，而观星者所站的位置只要略有不同，所见自然也不同——所以，这个术法根本无法口耳相传。"

"啊？"她并没有听懂，茫然。

"意思就是我无法教给你这个术法，就如当年我也不曾教给过影一样。"大司命冷冷道，"而你，也必须凭着自己的悟性和天赋去逾越这一道天堑——没有人可以帮得了你。"

朱颜明白了过来，却并未退缩，只是咬紧了牙关去拿那一页纸，口中道："好！我自己去学就是了。"

"等一下。"然而大司命将手指一收，将星魂血誓又收了回来，冷然，"要我出手帮你，是需要付出代价的——除了交出一半的性命之外，你还要答应我两个条件。"

"两个条件？"朱颜愣了一下。

大司命难道不是也想救师父的吗？为何到了这个时候，还要和她提条件？然而她救人心切，想也不想地脱口："只要救回师父，我什么都答应你！"

"那好，你给我听着。"大司命凝视着她，"首先，如果你救不回时影，我一定会杀了你！"

"那当然。"她想也不想，"你杀了我好了。"

大司命看了她一眼，继续道："其次，等一切都恢复原状，我希望你把玉骨还给影，从此退出他的人生，永不出现。"

"什么？"朱颜愣了一下，一时间说不出话来。

"你不愿意？"大司命森然。

"为什么？"她倒吸了一口冷气，下意识地喃喃，"这不是我一个人可以决定的事！如果……如果师父他还想见我呢？"

"那也不可以。"大司命的声音平静，一字一句，"如果他还想见你，你就告诉他，说因为渊的死，你永远都无法原谅他。"

说到这里，老人微微冷笑了一声："像影这样骄傲的人，他只要听你说出这句话，就永远不会再和你见面了。"

什么？朱颜震惊地抬起头看着老人，脸色苍白，说不出话来——这一刻，这个仙风道骨的老人，眼里的光芒却是如此冷酷。

"只要一句话就够了。"大司命声音轻而冷，"你答不答应？"

"为什么？"她实在是忍不住，"你到底为什么要这么做？"

"因为你是个灾星，原本不该出现在他的命宫里！"大司命的眼神灰冷，盯着她，如同看着一条毒蛇，"影的一生，是注定要成为空桑帝君、云荒领袖的一生，怎么能因为你的出现而被打乱！"

"什么？"朱颜怔了一怔，"师父他从来无心名利！他、他才不会去做空桑帝君！他就算活过来了，也会一辈子待在帝王谷里做大神官！"

"你并不够了解他。"大司命冷冷，"一个尘心已动的修行者，就不适合再披上神袍——影对自己极其严苛，怎会没有这点自知自省。"

"我……"朱颜张了张嘴，还没说什么，大司命就打断了她，语气严厉："你已经害死了他！如今，趁着还有一丝转机，你必须彻底离开——否则，影迟早还是会再度被你连累，死在你的手上。"

"不会的！"朱颜吓得一颤，抬起头，怎么也不肯相信这样的话，"我……我以后会很听话的！真的，我再也不会乱来了！"

"我不相信你的许诺。"大司命语气冰冷，盯着这个少女，"相信我，没有了你，他的人生会更好，整个云荒也会更好——你已经害死过他一次了，难道还想再来第二次？难道你就不希望他有个善终吗？"

有个善终？朱颜一震，看着这个号称云荒术法宗师的老人，露出了畏惧的神色——作为云荒术法的宗师，大司命是不是能看到过去和未来，所以此刻才说出这样的话？

"没有了我，师父……师父他的人生会变得更好？"她喃喃低语，眼前掠过一幕一幕星海云庭地底的惨剧，全身渐渐发抖，"这……这是你的预言？"

"是。"大司命的语气凝重，"你不相信？难道你还想拿他的命来冒险，看看是不是真的？"

"不……不！我只要师父好好地活着！"朱颜一颤，忽然就气馁了，颓然点了点头，"我、我什么都答应你。"

"很好。"大司命灰冷的眼里终于掠过一丝笑意，看着她，"这可是你心甘情愿立下的誓言，若有违背，必然会付出极大的代价。知道吗？"

"知道了。"朱颜点了点头，忽然哽咽了起来，抬起手背擦了擦眼角，"你放心，我……我也不想再害死他了……"

"你知道就好。"大司命点了点头，指间夹着那一页薄薄的纸张，伸到了她的面前，语气平淡，"把这个拿去吧——希望你能在七七四十九日之内，用星魂血誓挽回这一切。"

朱颜咬牙："放心，我一定做到！"

"在你昏迷的时候，我已经让重明直接把影的躯壳和魂魄都送回九嶷了。"大司命沉声叮嘱，"此事极度秘密，不能让任何外人知晓——我已命那边的神官清扫了大殿、点燃了七星灯，将整个九嶷神庙都空了出来，不让闲杂人等出入。"

朱颜握紧了那一页纸，霍然站起身来："我立刻就赶过去。"

"去吧。"大司命转身，一把推开了神庙的门，"如果失败了，就不要再回来！"

万丈绝顶上的风呼啸卷来，将老人的袍袖和长发一并吹起。大司命走出门外，轻轻击掌，风里有雪白的羽翼落下，遮蔽了星辰。

"四眼鸟！"那一瞬，朱颜脱口而出。

重明神鸟出现在星空之下，四只朱红色的眼睛冷冷地看着她，那两双眼里有难以名状的复杂表情，满怀敌意和愤怒，尖利的巨喙如同锋利的刀，悬在她的头顶上。

"重明！"大司命低低叱呵了一声，劝阻，"不是说好了吗？如果她愿意补救，你就得好好帮她——现在事情尚有转机。"

神鸟喉咙里发出了一声"咕噜"，忽然低下头，一把就将她拦腰叼了起来！

"重明！"大司命厉声道，手里的玉简扬起。

然而神鸟并没有伤害朱颜，只是一甩脖子，将她凌空扔到了自己的背上，翻了翻四只朱红色的眼睛，瞪了大司命一眼，展翅飞起。

"跟着重明去吧。"大司命看着白鸟背上的少女，拂袖指向了遥远的北方，"我会在帝都盯着你的进度——七七四十九日之内，若星辰的轨迹发生改变，我就会知道你已经成功了。"

朱颜有些疑惑："你……不跟我一起去？"

"分身乏术。"大司命淡淡道，"目下我在帝都还有一些紧急的事要办，无法离开。何况这件事我无从尽力，只能靠你自己。去吧。"

朱颜终于点了点头，乘坐着重明飞去。

当神鸟呼啸飞去之后，大司命长长叹息了一声，在浩荡的天风里独自一人负手走上了塔顶的观星台。这几天来，因为忙碌和焦虑，他都已经很久没有时间好好看一看夜空了。

玑衡还静默地伫立在苍穹之下，无声地运转，而头顶星野缓缓变幻，一如千百个夜晚一样。在数万个日夜之前，他曾经答应了一个女子，要用毕生的心力去守护那个被放逐的孤独孩子。

然而时至今日，终究还是出现了这样的差错！

阿嫣……阿嫣，你可会怪我？

大司命忍不住叹了口气，抬头看了看星空，然而只抬头看了一瞬，忽然间一震，脸色顿时大变。

"不可能！"老人脱口而出，扑到了玑衡前，用颤抖的手扶起了窥管，失神地看着头顶的夜空。然而，通过窥管所见的，依旧令他震惊。

——虽然时影已经诛杀了那个复国军的首领，然而，那片从碧落海腾起的归邪，竟然还在原来的位置上！而归邪的背后，昭明亮起，天狼脱轨，投下了更大更深远的阴影。

一切都没有改变，甚至，比之前看到的更加恶化！

大司命扶着玑衡，身体摇晃了起来，死死地盯着头顶的苍穹看了半天。然而，漫天的星斗还是这样冰冷璀璨，仿佛亘古以来便是如此，不曾因为人世而改变丝毫。

大司命怔怔许久，忽然长笑了一声，失魂落魄地喃喃："影啊影……这一次，你算是白死了。"

是的，竟然什么都没有改变！

就算影做出了这样的牺牲，不计代价杀掉了他以为会导致祸患的那个鲛人，可所有不祥的预示，居然都不曾消失，空桑的命运，也还是未曾改变！

等那个骄傲的人睁开眼睛，看到这一切结果，他会如何想？竭尽了全力，不惜舍弃了自己的生命，斩断了最深的眷恋，却依旧未能赢过命运！

影，你是否会后悔？

人力微小，终究不能和天意抗衡。

你身负帝王之血，虽然从小被逐出帝都，远离权力中心，到头来却依旧为了这种虚无的身后之事牺牲了自己——而身为大司命，同样流着星尊帝血脉的自己呢？难道就打算这样袖手旁观？

"如果都像其他人那样，只安享当世荣华，那么，这世间要我们这些神官司命又有何用？"

忽然间，影说过的话回响在耳边，凛然而冷冽。

明知不可为而为之。或许，这才是他们这种人存在的意义吧？

大司命定定地看了那一颗帝星半晌，神色几度变幻：间或悲哀、间或愤怒、间或慷慨激烈，明灭不定，转瞬逝去，最后只留下了空茫。

"或许……事到如今，也只能按照我的方法来解决这一切了吧？"许久许久，大司命吐出了一口浑浊的酒气，喃喃，"这把老骨头，说不定还能拼出一点用处来。"

"大司命！"就在这个时候，忽然有脚步声从白塔底下奔来，声音带着慌乱，"总管请您立刻去一趟紫宸殿！帝君……帝君的病情不好了！"

第三章

深宮

大司命匆匆从白塔顶上走下来，直奔紫宸殿而去。

紫宸殿帘幕低垂，宝鼎香袅，重重帷幕背后却隐约传出了杂乱之声，似是人来人往，惊惶万分。看到他一出现，便立刻有人几步迎了上来，一把抓住了他的袖子——是紫宸殿的总管宁清。

"大司命，您可来了！"总管顾不得失礼，一把扯住大司命，如同得了救星一般，压低了声音，"快快，快进来看看！帝君他、他已经有半日昏迷不醒了！御医给扎了针也不起作用，只怕……"

"怎么会这样？"大司命一震，眼里也有意外之色，"我下午来看帝君还清醒着，怎么到了晚上就这样了？有谁来过？"

总管咳嗽了几声，压低了声音："只有……只有青妃来过。"

"青妃？"大司命脸色一变，脚步不停地往里走，很快就到了最里面的房间。

巨大的房间，空旷而华美。帝君的卧榻也宏大堂皇，用沉香木雕成巨大的床架，如同一个宅院似的，共分三进。大司命几步便走到了最里面，周围的侍从没有跟进来，只剩了他们两人，大司命便不再客气，直叱总管："你糊涂了？怎么能让青妃独自来见帝君？"

总管叹了一口气："下午青妃娘娘一定要进来，说是耗费万金用瑶草和雪鬶子熬了还魂大补汤，不尽快给帝君服下过了药效就浪费了……"

"什么还魂大补汤？"大司命皱眉，"没有我的命令，竟敢擅自让帝君进饮食！你是想被砍头吗？"

"属下不敢……"总管连忙屈膝下跪，语气惶恐，神色却并不慌乱，"但青妃娘娘掌管后宫，一怒之下当场就会把奴才拉出去砍了——奴才只得一个脑袋，只怕留不到大司命现在来砍。"

大司命知道这个在内宫主事几十年的人向来圆滑，在这当口上自然哪边都不得罪，只能作罢。他掀开帐子只看得一眼，便松了一口气，道："还好，魂魄还没散。"

听到这句话，总管也是长长舒了一口气。

前一段时间，北冕帝忽然风眩病发，不能视物，不理朝政。到现在已经三个月了，一直不见好转，可把侍从们折腾得够呛。帝君病重期间，内宫由青妃管理，政务则交给了大司命主持。

对于此，朝廷上下都觉得惊诧不已，不知道作为最高神职人员的大司命为何取代了宰辅，忽然回到了朝堂上——直到那时候，很多人才想起来：大司命在俗世里的身份，其实是北冕帝一母同胞的亲弟弟。

让一直超然物外、不属于任何一个派系的大司命出面主持朝政，不会破坏朝堂上微妙的平衡，大约是北冕帝的良苦用心。然而，眼看着数月来帝君病势日渐沉重，毫无起色，云荒上下的局面便又渐渐微妙起来。所以连精明圆滑的大内总管都一时间举棋不定，不知道站哪一边，只能两头讨好。

大司命皱了皱眉头，巡视了一眼屋子里，问："药碗在哪里？"

总管连忙道："娘娘亲自喂帝君喝了药，便将药碗一起带回去了。"

"倒是精明。"大司命看了看昏迷的帝君，半晌道，"你退下吧，这里由我看着，保你无事。"

"是。"总管如蒙大赦，连忙退出。

很快，外面所有的声音都寂静了下去。大司命卷起纱帐，默默看着陷入昏迷已久的帝君，神色复杂。

躺在锦绣之中的，活脱脱是一具骷髅：脸颊深陷，呼吸微弱，一头乱发如同枯草，嘴唇干裂得像是树皮，完全看不出当初纵马扬鹰、指点江山的少年天子模样。转眼三十年啊……昔年冠玉一样的少年郎，如今已经苍老憔悴如斯。

"阿珺，你怎么就老成这样了呢？"他看着病榻上的帝君，喃喃。

北冕帝气息微弱，似乎随时都要停息。然而，虽然陷入昏迷日久，口不能言，听到这样熟悉的称呼，似乎全身颤了一下。

"算了，让我再替你续一下命吧！"大司命喃喃，从袍袖中拿出了那一枚黑色的玉简，开始默默祝颂——在他的召唤下，法器开始发出光芒。同一瞬间，戴在帝君左手的皇天神戒也发出了耀眼的光芒！

皇天被激发，呼唤着帝王之血。

在血脉的联结下，大司命操控着皇天，经由神戒向垂危的病人体内注入了力量。北冕帝脸上的灰败渐渐褪去，仿佛生命力被再度凝聚回了躯体里。

可是，不知为何，始终未能睁开眼睛。

半个时辰过后，大司命终于施法完毕，似乎极累，一个踉跄扶住了面前的案几，脸几乎贴近了北冕帝的胸口。

"咦？"那一瞬，大司命似乎是看到了什么，忽然怔了怔。

北冕帝的心口上，居然隐约透出微弱的不洁气息！

他不由得抬起手，按住了北冕帝胸口的膻中穴，那里并没有任何异常，心脏还在跳动。他顿了顿，又脸色凝重地将手指按在了帝君干枯开裂的唇上，从嘴角提取了残留的一点药渍，放在鼻子下嗅了嗅——如总管所说，这药的配方里果然有云荒至宝雪罂子和瑶草，还有其他十二种珍贵药材，每一种都价值万金，可见青妃为了保住帝君的性命早已不惜一切代价。

然而最他吃惊的是，其中隐约还有一种奇怪的味道。

那不是草药的味道，而是……

大司命沉吟了许久，将手指按在北冕帝的胸口，一连用了几种术法，却丝毫不曾有作用，不由得颓然放下手来，百思不得其解。青妃的药，看上去完全没有任何问题，而帝君服用之后病势并未因此恶化，可是不知为何，始终未能睁开眼睛。按理说，在他用摄魂术将北冕帝的三魂七魄安回了躯壳之后，对方应该即时回复神志，为何会是现在这种情况？

身为云荒术法最强的人，大司命此刻却一筹莫展。

"御医看不出名堂，连我也看不出什么不对劲。青妃那个女人，实在是厉害啊……"大司命苦笑起来,对着昏迷的人低声,"当年她不留痕迹地害死了阿妈,十几年后,居然又来对付你了?"

病榻上的帝君没能睁开眼睛,却似乎听到了这句话,身子微微一震。

大司命忽然咬牙:"总不能两次都让她得手!"

话音未落,他手腕一转,手里的玉简转瞬化为一把利剑。大司命横剑于腕,"唰"地割裂了血脉,将滴血的手腕转向了北冕帝的胸口。同一瞬间,握剑的手一转,竟然向着病榻上北冕帝的心口刺落!

那一刻,北冕帝全身剧震,却无法躲闪。

剑刺中心口,锋芒透入,北冕帝的身体忽然一阵抽搐,仿佛被一股奇特的力量操控着,竟然整个背部凌空腾起了一寸许——他的身体悬在空中,剧烈地抽搐,剑芒落处,心口有什么血红色的东西翻涌而出!

那不是血,而是密密麻麻虫子一样的东西!

那些虫子被剑芒所逼,感觉到了危险的逼近,刹那间从帝君心口涌出,疯狂地四散。然而刚离开寄主的躯体,转瞬闻到了半空滴落下来的血的腥味,忽然间重新聚集,如同一股血潮,朝着滴血的手腕扑了过去!

"定!"大司命手腕翻转,手指一动,瞬间释放出一个咒术。一道冰霜从天而降,将那些细小的东西瞬间封冻!

"果然是这种东西!"大司命不可思议地盯着那些小东西,喃喃。

他手腕微微一动,那把利剑转瞬恢复成了玉简,被纳入袖中。老人低下头去,将地上的其中一个虫子挑了起来,细细端详,露出一丝恍然:"厉害,果然是蛊虫……云荒罕见之物。听说青妃的心腹侍女阿措来自中州,颇为能干,不料连这等东西都会?"

北冕帝躺在病榻上,全身激烈地颤抖,心口上的血尚未凝固——刚才那一剑若是再深得半分,他便真的要被亲兄弟斩杀于榻上了。

"蛊虫是一种有灵性的恶物,若非得知寄主即将被杀,是不会离开身体的。"大司命冷笑了一声,看了一眼帝君,"而我和你身上流着一模一样的血,所以那些蛊虫被逼出后,便会被我的血吸引。"

原来,方才险到极处的那一剑,竟是此意?

大司命嗅了嗅蛊虫,颔首:"这样隐秘的蛊,又被其他药材的味道重重掩饰着,即便是最高明的御医也看不出异常——只有服下去的人才会明白不对劲，可是，你又已经完全不能说话。"

北冕帝的肩膀微微发抖，眼睑不停抽动，似乎想极力睁开眼睛来。

"这是降头蛊。"大司命仔细端详了一下那小东西，淡淡道，"看来，她不是想你的命，只是想要控制你的神志罢了。真是个厉害的女人啊……"

说到这里，大司命忍不住讽刺地笑了起来："一边给你用起死回生大补方，一边却给你下了降头蛊——她这是打着如意算盘呢！万一救不回你的命，就把你做成可操控的傀儡？这女人，倒是有本事。"

昏迷里的人身体又颤抖了一下，气息转为急促，眼球急速地在眼皮下转动。

"这些蛊虫已经养到那么大了。看来，她至少喂你吃了三次药吧？"大司命看着地上那只头发丝大小的蛊虫，冷冷道，"幸亏我及时识破，不然，阿珺，你真的会求生不得求死不能。"

说到这里，大司命叹了口气，一只手托起帝君，在胸口的膻中穴上画了一个符咒——流出来的血迅速地减缓，伤口以肉眼可见的速度愈合。

北冕帝急促地喘息，脸色惨白，嘴唇不停地颤抖。

"好了，现在没事了，你不用急。"大司命俯下身，用丝绢轻轻擦拭着帝君七窍里沁出的血迹，语气温柔，"放心，我可不愿意你落到那个女人手里……堂堂空桑的皇帝，就是命当该绝，也轮不到被那个女人操控吧？"

北冕帝吐出了毒血，呼吸平顺了许多，然而依旧无法睁开眼睛。

"唉……你知不知道，自从你病重以来，朝廷上下都在钩心斗角？你的妻子，你的儿子，你的心腹大臣，六部的藩王，没有一个不各怀心思，又有哪一个是真心为了你好？"人司命叹了一口气，坐在了胞兄的榻前，"阿珺，空桑在你治下虽然日渐奢靡堕落，但你好歹也不算是个昏君，怎会落到今日这种地步呢？"

北冕帝喉咙中咯咯作响，似乎竭力挣扎着，想要说出什么话来。

"你想说什么？"大司命却是笑了起来，看着垂死的人，"求我救你，还是求我早点杀了你？"

这个仙风道骨的老人，此刻脸上的表情却是奇特的，似是邪恶，又似是怜悯，俯视着被困在病榻上的胞兄，摇头叹息："抱歉，阿珺。虽然你病入膏肓，我却还要留着你的命有用。"

北冕帝在病榻上急促地呼吸，喉结上下滑动，却是一个字也说不出来。

"对了，差点忘了今天来是有正事要办的。"大司命从怀里拿出了一张纸，却是早已写好的奏章，放到了帝君面前，"来，既然我救了你的命，你先替我签了这个。"

北冕帝睁不开眼睛，只能缓缓地摇着头。

大司命仿佛知道他的心思，冷笑："怎么，你想知道这上面写的是什么？呵呵……放心，是个好消息：你的嫡长子想要还俗了，需要请求你的同意。"

半昏迷之中的北冕帝猛然一震，不知道哪里来的力气，眼睛竟然微弱地睁开了一线，死死地看着大司命！

"对，我说的是时影。你已经二十八年没见到他了吧？怎么听到他的名字还会有这样大的反应？"大司命拿起朱笔，放到了他枯瘦的手里，催促，"来，签上一个'准'字。"

北冕帝全身微微发抖，枯瘦的手指长久地停留在纸上，喉咙里有低低急促的呼吸。

大司命冷冷道："怎么，你不同意吗？"

然而，当大司命觉得非要用术法控制对方才能达到目的时，忽然间，帝君枯瘦的手指屈起，吃力而缓慢地在奏章上移动，竟写下了一个"准"字。

大司命微微一震，有些意外地看着北冕帝。

"原来……"他顿了顿，"你也是希望他回来的？"

北冕帝不答。似乎那个字用尽了垂死之人全部的力气，当手指松开的瞬间，北冕帝颓然往后倒去，整个人都在锦绣之中佝偻起来，剧烈地咳嗽。

"别急着休息，这里还有一份旨意需要你写。"大司命却继续拿出了另一张纸，放到了他的手腕底下，"来。"

然而，这一份旨意的内容令人震惊，上面写着：

> 赤之一族，辜负天恩，悖逆妄为。百年来勾结复国军，叛国谋逆，罪行累累，不可计数——赐赤王夫妇五马分尸之刑，并诛其满门！

这样的内容让北冕帝全身震了一下，目光里流露出惊骇之意，定定地看着大司命——诛灭六部之王？这样惊人的旨意，足够令云荒内乱，天下动荡。大司命……这是想做什么？

"怎么，你不肯签？你想知道出了什么事？你想见皇太子？想见青妃？想见宰辅和六王？"仿佛知道帝君想说什么，大司命笑了起来，声音讥诮，"可惜，你什么也做不到——事到如今，已经由不得你！"

他的食指、无名指迅速屈起，那一瞬，仿佛是被引线牵动，北冕帝的手不由自主地跟随着他的动作在奏章上移动，"唰"地写下了一个"准"字！

北冕帝的身体剧烈地发抖，死死盯着自己的兄弟。

"好了。"大司命收起了那张奏章，笑了一下，似是安抚他，"放心，这东西未必会用得上，只是用来吓一吓那个女娃罢了。"

那个女娃？谁？他……到底是想做什么？北冕帝茫然地看着大司命，眼里流露出无限的疑惑和愤怒，枯瘦的身体微微发抖。

"你是想问我为何要这么对你，是吗？"或许是用了读心术，大司命似乎对他的想法了然于心，"我们是从小一起长大的亲兄弟，你当了帝君，便封我为大司命。当你重病的时候，甚至还让我替你摄政——你觉得你对我够好了，所以不明白我为什么会这么对你，是吗？"

他叹了口气，在榻上坐下，看着胞兄，一字一顿地问："你以为我想窃国？我说我做这些事只是为了空桑，你相信吗？"

北冕帝震了一下，眼神露出了惊讶。

"唉，和你说了你也不懂。"大司命叹了口气，拍了拍帝君瘦骨嶙峋的肩膀，"阿珺，你不过是个世俗里的享乐帝王而已……星尊帝的血流传到你身上时早已经衰微了。如今天地将倾，你是当不起这个重任的，少不得只有我来了。"

说到这里，大司命的脸却骤然阴沉了下来，咬牙切齿："而且，我也想让你尝尝阿嬷当年吃过的苦头！"

那一瞬，北冕帝身上的颤抖停止了，喉咙里的呼吸也滞住了。

阿嬷！他在说白嬷皇后？

作为心底最深的忌讳，这些年来，和那个女人相关的一切都被他销毁掉了，包括她住过的房子、用过的衣饰、接触过的宫女……乃至她生下的皇子。他一手将那个曾是自己结发妻子的女人从生命之中彻底抹去，便以为一生再也不会被她的阴影笼罩——可是，在垂死的时候，他居然又听到了这个名字！

而且，居然是从自己亲弟弟的嘴里听到！

大司命一直在白塔顶上的神庙里待奉神明，他……为什么要骤然发难，替那个死去的皇后报复自己？

北冕帝死死看着自己的胞弟，手在锦绣之中痉挛地握紧，枯瘦如柴的身子不停地颤抖，充满了怀疑和愤怒。

"我爱阿嫣。"大司命看着胞兄，坦然开口，"你不知道吧？"

北冕帝猛然一震，不知道哪里来的力气，忽然坐了起来！

帝君的眼神震惊而凶狠，急促地喘着气，却说不出一句话。然而大司命和垂死的胞兄相对直视，眼神毫无闪避之意，里面同样蕴藏着锋锐的光芒。

"如果不是你，阿嫣也不会死！"大司命的声音冷而低，虽然隔了几十年，依旧有着难以压抑的愤怒和苦痛，"你这个没用的蠢材，活活害死了她！"

北冕帝握紧了拳头，死死看着胞弟，剧烈喘息。

"看看你这震惊的样子……愚蠢。"大司命冷笑起来，"从头到尾，你压根什么都不知道！"

"你不知道吧？我十五岁就看到阿嫣了。"大司命看着胞兄，眼神里充满了憎恨，"她本来应该是我的——但她倾心于你，父王又同意了这门婚事，我争不过，独自出家修行去就是。可是……"

说到这里，他的语气里有再也抑制不住的愤怒："可是，既然你娶了她当皇后，为何又要冷落她，独宠一个鲛人女奴？！"

北冕帝的嘴唇翕动，却虚弱到说不出一个字。

"而且，你居然还为了那个鲛人女奴废黜了自己的皇后！"大司命看着垂死的空桑帝君，冷笑，"一个鲛人，死了就死了，你竟然还为此迁怒阿嫣！她是空桑的皇后，是你嫡长子的母亲——你居然为了一个女奴，褫夺了她的一切地位，把她打入了冷宫！"

北冕帝还是虚弱得说不出话，呼吸却转为激烈，嘴角不停抽搐，忽然间，不知道从哪里来的力气，竟然颤巍巍地抬起手，将手里的朱笔对着胞弟扔了过去！

提及一生里最爱的女人之死，垂死的人依旧无法释怀。

当年，北冕帝从九嶷神庙大祭归来，却发现宠姬已经被活活杖毙，连眼睛都被挖出来，制成了皇后垂帘上的两颗凝碧珠——那一刻的怒火几乎令他发狂，差点直接抽出长剑把白嫣皇后斩杀！

打入冷宫终生不再见，任凭她自生自灭，已经算是他在诸王竭力劝阻下最克制的决定，还要怎样？

"不……不许你……"北冕帝激烈地喘息着，却怎么也说不出连续的话来，"不许你说秋水……"

然而，大司命只是轻轻一侧头，就避过了他扔过来的朱笔。

北冕帝所有仅存的精力随着那一个简单的动作消耗殆尽，全身抽搐着，瘫软在了病榻上，几乎喘不上气来，痛苦得变了脸色。

"很难受，是吧？"大司命看着愤怒挣扎的帝君，眼里露出了一种报复似的快意，"一个人到了阳寿该尽的时候，却被硬生生吊着命，三魂紊乱，七魄溃散，那种痛苦是无法形容的……呵，真是报应。"

大司命的声音轻而冷，俯视着垂死的帝君："当年阿嫣重病垂危，在冷宫之中挨了七天七夜，辗转呻吟，而三宫六院因为畏惧你，竟没人敢去看她一眼——如今，她死前受过的苦，我要让你也都尝一遍！"

北冕帝双手颤抖，喉咙里"喀喀"有声，却是一个字也说不出来。

"堂堂一个皇后，在冷宫里拖了那么久才死去，你会不知道？还是你根本不想理会她的死活？！"大司命忽然失去了控制，一把将毫无反抗之力的帝君抓了起来，厉声道，"就连她死了，你还要羞辱她，不让她以皇后的身份入葬帝王谷！你这个浑蛋！"

垂死的空桑皇帝看着他，眼里却毫无悔恨之意，嘴唇微弱地翕动了一下，含糊地吐出两个字。

"你觉得她该活？"大司命看着胞兄，忽然眼神变得灼热愤怒，狠狠一个耳光抽在了帝君的脸上！

虚弱的北冕帝被打得直飞出去，落回了病榻上，急促地喘息着，许久不动。垂死的人抬头仰望着寝宫上方华丽无比的装饰，不知道想起什么，眼角忽地沁出了一滴泪，缓缓顺着瘦削的脸庞滑落。

"你这眼泪，是为了那个鲛人女奴而流的吧？那么多年了，你一直忘不了那个卑贱的奴隶……"大司命看着胞兄，眼里充满了仇恨和愤怒，"如果你会为阿嬷流一滴泪，她倒也瞑目了——可惜，在你心里，她算什么呢？"

大司命的声音轻了下去，喃喃："命运就是这样残忍啊……我一生之中可望而不可即的珍宝，在你眼里，居然轻如尘埃。"

垂死的皇帝如同一段朽木，无声地在锦绣堆里发着抖，气息微弱。然而他的眼神深处，始终埋藏着不服输、不忏悔的愤怒和憎恨。

"我真的是非常恨你啊……哥哥。"大司命看着自己的兄长，声音里也带着深刻的愤怒和憎恨，"我一早就该杀了你给阿嬷陪葬的。"

北冕帝转过头看着弟弟，眼神里似乎带着询问。

"你是真命天子，帝星照命，挡者披靡。我深懂星象，终究不敢背天逆命。"大司命叹了口气，握紧了拳头，"我等了那么久，好容易才等到了今天——等到了你气数将尽的时候！现在，我杀你就如碾死一只蚂蚁。"

北冕帝在病榻上急促地喘息，看着自己的胞弟，眼神复杂无比。

然而，里面并无一丝一毫的恐惧或者哀求。

"你想求死，是不是？现在肉身已毁，非常痛苦，是吧？"大司命仿佛知道他的心意，却笑了一笑，结了一个印，印在了帝君的心口上，声音低沉，"放心，我不会让你就这样死了的——"

"至少，在影没有活过来之前，你，绝对不能死！"

同一个夜晚。远远地看到了大司命走下白塔，走向紫宸殿，偷窥的司天监急急忙忙地开了水镜，呼唤云荒大地另一边的主人。

然而，水镜那一头，青王的影子姗姗来迟。

王者的面容很疲惫，有些不悦："怎么了，三更半夜的还要找我？莫非你找到时雨那个臭小子的下落了？"

司天监本来是想邀功，但还没开口就被这么劈头盖脸地一顿骂，顿时结结巴巴起来："还……还没有。"

"没用的家伙！"青王忍不住怒叱，"时雨那个不成器的家伙，早不跑出去晚不跑出去，偏偏这时候出去！最近叶城动荡不安，到处都是复国军乱党，万一出什么事可怎么办？"

"青妃娘娘也急得冒火，早就派了缇骑四处去找了。"司天监连忙低声禀告，"目前雪莺郡主已经被找回来了，可是……皇太子至今尚未找到。"

青王皱眉："为什么雪莺郡主回来了，时雨却不见了？他们两个人不是应该在一起的吗？"

司天监小心翼翼地回禀："根据郡主说，皇太子想看看没破身、带着鱼尾的鲛人是啥样，非要赶往屠龙村猎奇。途中……途中遇到了复国军叛乱，慌乱中两个人就走散了。"

"猎奇！这倒是像那个小崽子干得出来的。"青王听得心里烦乱，"此事死无对证，那个白王家的丫头这么说，青妃也就信了吗？"

"娘娘请术士在旁，暗自用了读心术，证明了郡主说的是真话——郡主是白王的女儿，总不能把她抓起来拷问吧？"司天监低声道，"而且，雪莺郡主和皇太子两个人青梅竹马，感情深厚，也不会说假话。"

"唉……那这到底是怎么回事？"青王还是烦躁不安，"那个臭小子，就是不让人省心！偏偏青罡又在叶城之战里受了伤，帮不上忙，看来我得从属地亲自去一趟了。万一那小崽子出了什么差池……"

司天监连忙宽慰："青王放心，皇太子一定吉人天相。"

"也是。"青王自言自语，"我已经请族里的神官看过星象了，时雨的命星还好端端地在原处呢。"

司天监连声道："星在人在，可见皇太子还好好的呢。"

迟疑了一下，司天监又道："不过，帝君的病却越来越重，最近几天已经断断续续地陷入昏迷。属下觉得……王爷应该警惕。"

青王蹙眉："警惕什么？"

"警惕大司命。"司天监压低了声音，小心翼翼地道，"那么多年，大司命虽然看起来超然物外，可是其实并不是一个简单的人物……"

青王想了想，点头："也是，那个老家伙和时影的关系一直不错，若不是他护着，那小子早就没命了——是该防着一点。"

"所以属下才斗胆半夜惊动王爷。"司天监压低了声音，"今天晚上，大神官的重明神鸟刚来过白塔顶上！而且，不只今晚，三天前神鸟就已经来过了，大司命还随着神鸟出去了一趟——不知道两人在做什么秘密勾当。"

"难道那老家伙真的和时影勾搭成一伙了？"青王沉默地听着禀告，眼神飞快地变幻，"今晚重明神鸟往哪个方向去了？"

司天监想了一想，道："九嶷方向。"

九嶷方向？时影见完了大司命，难道是连夜飞回了九嶷神庙？难道他也知道了帝君病情危急，急不可待地准备举行仪式，脱下神袍重返帝都？

"我知道了。我会处理这件事。"心念电转，青王霍然长身而起，吩咐，"给我赶紧找到皇太子！把帝都和叶城翻过来也要给我找回来！"

司天监连忙领命："是！"

和司天监谈话完毕，水镜闭合。

青王在北方的紫台王府里有些烦躁地低下头，看了看手里的东西：那是一个双头金翅鸟的令符，一直被锁在抽屉里——帝都的情况在急剧变化，已经脱离了他所能控制的范围。看来，已经到了不得不动用这个东西的时候了吗？

青王叹了口气，站起身，换上了一袭布衣，拍了一下暗藏的机关。那一瞬，桌子无声无息地移开，书房里竟然出现了一道密道！

青王独自从密道里离开，甚至连最心腹的侍从都没有带。

穿过了长长的密道，不知道走了多久，青王出现在了行宫外的一个荒凉野外。空荡荡的荒野，野草埋没的小径旁边，只有一座歪歪扭扭快要坍塌的草棚，里面有欲灭不灭的灯火。

这个位于云梦泽的野渡渡口，因为平时罕有船只往来，已经荒废了有些年头，不知道被哪个流浪汉据为己有，当作落脚点。

青王独自走过去，敲响了草棚的门。

"谁？"门内的灯火骤然熄灭，有人低声问，带着杀气。

"是我。"青王拿出了怀里的东西，双头金翅鸟的徽章在冷月下熠熠生辉。

"怎么，居然是青王大人亲自驾临？"门应声打开了，门背后的人咳嗽了几声，"真是稀客。"

青王也不啰唆，开门见山："我需要你们沧流帝国的帮助。"

"智者大人料得果然没错。"草庐里的人穿着黑袍，却有着冰蓝色的眼眸和暗金色的头发，正是冰族十巫里的巫礼。

"智者？从未听过沧流帝国有这么一号人物。"青王愕然，忍不住又有些狐疑起来，"你们帝国里主事的，不一直是几位长老吗？"

巫礼摇了摇头："从六年前开始，听政的已经是智者大人了。"

"什么？难道沧流帝国也发生政变了？"青王怔了一怔，忍不住讽刺道，"你也算是族里的长老之一，怎么就甘心奉别人为王？"

巫礼的脸色微微变了变，却没有动怒，只是平静地道："智者大人乃是上天派来引导我族的人，他洞彻古今，能力之卓越，远在我等碌碌凡人之上——有他在，正是沧流帝国的荣幸。"

"真的？"青王忍不住笑了笑，"几年不见，冰族居然出了这等人才？"

巫礼没有否认，只道："智者大人说了，沧流帝国若要复兴，必须要取得青之一族的支持——所以只要殿下提出的要求，我们必须全力支持。"

青王手心握紧了那面令符，直截了当地提出了要求："替我除掉时影。"

"可以。"巫礼似乎早有心理准备，立刻颔首，"智者大人说了，只要青王答应合作，必然帮您夺得这个天下！"

青王点了点头："告诉智者大人，我愿意合作。"

"如此就好。"巫礼肃然，"恭喜王爷，做了最正确的决定。"

青王双眉紧蹙，语气有些不安："事情紧急，我希望你们能动作快一点。重明神鸟已经离开了帝都，我估计时影很快就要回到九嶷山来了。"

巫礼想了一想，低声道："时影要走过万劫地狱、接受天雷炼体，才能脱下神袍，是不是？"

"是。"青王颔首，"无论如何，绝对不能让他顺利地脱下白袍，重返朝堂之上！"

"那倒是一个下手的最佳时机。"巫礼微笑起来，"放心，此刻我们的人已经在途中了。"

"什么？"青王震了一下，"已经在途中？"

"是。"巫礼傲然道，"西海到云荒路途遥远，不免耽搁时日——智者大人早算到了今日，知道空桑会有王位之争，也知道青王会合作，所以一早就派十巫出发了。"

"十巫？"青王倒吸了一口冷气，"整个元老院？"

"是的，整个元老院都为王爷而来。"巫礼微笑，语气恭敬，"请您放心。智者大人卓绝古今，有他鼎力相助，殿下必然会得到这个天下。"

"是吗？"青王心里不知是喜是忧，喃喃说了一句。

　　是的，不管那个智者是什么来头，就算是借助外族之手，也必须把时影这个心腹大患除掉！等得了这个天下，到时候再腾出手来，对付这些西海上蠢蠢欲动的丧家之犬也不迟。

　　想到这里，青王抬起头来，看了一眼南方的镜湖。

　　湖心那座白塔高耸入云，飞鸟难上，在冷月下发出一种凛冽洁白的光。那是云荒的心脏，所有权力的中心。

　　此刻，那里仿佛有一个巨大的旋涡正在卷起，将整个天下都卷了进去！

第四章

镜湖大营

在云荒大地上风雨欲来的时候，镜湖深处却是一片宁静。

在月光都穿不透的万尺水底，巨大的水藻如同森林一般摇曳，鱼群穿梭其中。水藻的深处，隐约可见无数的营帐，帐子里涌动着淡淡的珠光，如同夜深亮起的千帐灯——这里是镜湖底下的复国军大营，空桑军队无法到达的安全所在。

忽然间，水流出现了微妙的变动，在营地门口守卫的鲛人战士警惕地站了起来。就在这一瞬，头顶的水波"唰"地向两侧分开，有一队人马飞速归来，如同箭一样射入水底深处。

"快看！是简霖！"守卫的战士认出了来人是谁，忍不住脱口惊喜大呼，"感谢龙神保佑，他们从叶城杀出来了！"

大营里的复国军战士们闻声而动，飞快地从帐子里冲了出来。

归来的战士个个伤痕累累，游过的地方，水里弥漫着鲜血的味道，显然从重围之中杀出后都负了伤，在抵达之后筋疲力尽。

"快……快去禀告长老！止渊……止渊大人……"简霖撑着身体，吐出微弱的话语，"他为了救我们……留下来断后……孤身陷入了重围！快……"

年轻的战士最终没能说完那句话，眼前一黑，便昏迷了过去。

简霖醒来的时候，正在被三位长老联手治疗。

泉长老摇了摇头："简霖，你的伤不轻，这一两天必须静养。"

"多谢长老。"看到泉长老亲自出手为自己疗伤，年轻的战士连忙撑起身感谢，顿了顿，冲口第一句话便问，"止渊大人……他回来了吗？"

听到那个名字，三位长老相互凝视了一眼，并没有说话。

简霖心里猛然一沉，不敢再问。沉默了许久，最终，还是泉长老开了口："简霖，我们希望你尽快痊愈，返回云荒去执行下一个任务。此事关系重大，现在也只能落在你肩上了。"

刚刚从叶城突围，那么快就有下一个任务了？简霖心里微微惊讶，却只是一躬身，断然回答："但凭长老吩咐！"

泉长老点了点头："跟我来。"

三位长老依次站起身，穿过了湖底茂密的水藻，来到了一片空地上面。那一片空地位于镜湖大营的最核心位置，铺满了白沙，在深邃的水底发出奇特的淡淡的光，中心有一块巨大的白色石头。三位长老各自就位，伸出手，在水里凌空画了一个圆。

指尖闭合的瞬间，白石忽转，水底忽然出现了一扇门！

简霖倒吸了一口气，不敢出声询问。泉长老抬起手指，门应声而开，里面出现了一道往地下走的台阶——简霖加入复国军时日不短，却从不知道镜湖大营里居然还有这样的所在，不由得按捺着心中的惊骇，一路沉默地跟随。

台阶不长，只有几十步就到了底。

令人失望的是，台阶的尽头并无洞天，只是一个很小的房间。不过一丈见方，用夜明珠点着微亮的光，毫无特殊之处——让人吃惊的是，这个镜湖底下的房间，竟然是干燥的，没有丝毫的水，而是充满了空气！

那是一个和陆地上无异的、属于人类的空间。

简霖不由得震惊得倒抽了一口气：要在这云荒最深的水底留出这样一个地方，即便是小小一个斗室，都需要耗费巨大的灵力，三位长老为何会在复国军内煞费苦心地留出这么一个秘密的地方？

泉长老推开门，对里面的人道："让你们久等了。"

密室里的人应声回头。那是一个六十岁左右的老人，神色疲惫，一双眼睛却灵活如电，双手稳定如磐石，身边放满了密密麻麻的银针和药石。

简霖一惊：出现在这个镜湖底下密室里的，竟是一个人类？

"申屠大夫，你刚才辛苦了，先歇歇吧。"另一个女子的声音道，温柔安静，"我来照顾这个孩子就好。"

"如意？"简霖认出那是叶城花魁，不由得惊喜交加，"你……你也从叶城脱身逃回来了？感谢龙神保佑！"

"简霖？是你？"如意也露出惊喜的表情来，"我身受重伤，在叶城的战斗正式爆发之前，就从密道回到了镜湖，经受了申屠大夫的治疗。我一直担心你们，谢天谢地，你们终于杀出重围回来了……我哥哥呢？"

"他……"简霖心口一窒，顿时说不出话来。

如意看到他的表情，脸色一下子变得惨白："怎么，止渊他……他没有和你们一起回来？他怎么了？！"

"左权使他……他留下来断后。"简霖喃喃说着，只觉得喉咙发紧。一边说着，他一边看了看三位长老：回到这里的第一时间，他就向他们通报了左权使被困的信息，可是，为什么三位长老还是站在这里，无动于衷？

"止渊。"泉长老忽地开口，一字一顿，"他已经战死了。"

"什么？"如意身体一晃，仿佛有一把刀瞬间刺穿了她单薄的身体，失声尖叫了起来，"战死了？不……不可能！"

同一瞬间，简霖也是如遇雷击，整个人一震！

"是的，止渊已经死了。"泉长老声音低沉，"在简霖一行回来之前，我们就收到了文鳐鱼传来的消息：叶城总督白凤麟刚刚向朝廷上表请功，列举了此次围剿复国军的几大战功，其中有一条，就提到了诛杀左权使止渊。"

如意眼神瞬间暗了下去，空洞如井。她颓然坐了回去，仿佛忽地被人一寸寸地击断了脊梁骨，再也站不起来。

简霖在一边，也因为震惊和哀痛而说不出话来。

"不可能……"如意抬手捂住脸，十指都在剧烈地发抖，喃喃，"他说让我先撤离，他突围后马上回大营和我会合的！怎、怎么会……"

"他是为海国牺牲的。"泉长老叹息了一声，"放心，我们已经派出了人手，不惜一切代价也要将他的心夺回来。"

"心？"如意猛然一颤，整个身体都静止了——是的，在海国的传统里，鲛人死了之后，他的心如果不能归于水中，他的生命就无法回归于碧落海。如今止渊战死于陆地，他的心并不能埋于黄土！

泉长老叹息："止渊一生为海国而战，死后也应该回到故乡去安眠，怎能让那些空桑人把他留在云荒？"

如意肩膀剧烈地颤抖，似乎怎么也无法接受亲人死去的事实，嘴唇颤了颤，似乎努力想说什么，却终究一个字都挣不出来。

泉长老低声安慰："放心，我们一定会把他带回碧落海。"

"不。"如意忽然间咬住了牙，抬起头来，"让他留在云荒吧！"

三位长老齐齐吃了一惊："什么？"

"让止渊留在云荒吧！那才是他的心愿。"如意抬起头看着三位长老，眼眸里渐渐充满了泪水，哽咽着，"他……他一直在等待所爱的人转世，回到这个世间。我们……我们不能就这样带走他。"

"转世？"泉长老怔了一下，等反应过来后忍不住愤怒，"那个赤之一族的女王？都过去上百年的事了，何必在这个时候拿出来说？"

如意的声音轻微却坚决："他是我哥哥，我知道他的心意。"

"不可以！止渊是堂堂的复国军左权使，我们鲛人的英雄！"长老被触怒了，厉声道，"他是为了海国战死的，我们不能把他留给空桑人！"

"你们不能为了让他成为'海国的英雄'，而把他的心夺走！止渊他对我说过无数次，想要等待赤珠翡丽的转世……"如意眼里渐渐有亮光，锐利如剑，忍不住握紧了拳头，"我是他唯一的亲人，必须守护他的遗愿！"

她重伤方愈，此刻一说到激烈之处顿时咳嗽起来，有点点嫣红飞溅而出，染红了地面。简霖连忙上去搀扶，另外几位长老想要说什么，却被泉长老抬手止住。

海国的长老凝视着如意，眼神复杂，似乎在斟酌着什么，许久才叹了一口气，道："既然你如此强烈反对，这件事就此作罢。我尊重你的意见，如意——希望你好好养伤，早日恢复。"

"就是说嘛，何苦为了去世的人伤了和气？"旁边的申屠大夫一直装聋作哑不想掺和复国军内部的事情，此刻听到这种话，连忙上来打圆场，"如意，你看你伤还没好呢，这么动气干吗？还不快点喝药？"

如意感激地看了一眼大夫，从他手里接过药喝了几口，咳嗽平缓了下来，半晌才开了口，声音艰涩无比："止渊他……他是怎么死的？"

"没有人亲眼见到他的死。"泉长老低声说，摇了摇头，"止渊出身高贵，身上有着仅次于海皇的武神将血脉，就算是影战士也伤不了他——如果我没猜错，他应该是被大神官所杀。"

"大神官？时影？"如意身体猛然绷紧，显然是触了极痛苦的回忆，脸色"唰"地苍白，厉声道，"那个恶魔！我……我要杀了他！"

她哭得全身发抖，三位长老在一边默然看着，眼神哀伤——这个看似柔弱无骨的女子其实有着钢铁一样的性格，哪怕是落在了大神官手里遭到酷刑也始终不曾失态，此刻却已经完全崩溃！

"唉，不要哭了，美人儿。对渊来说，这样的死法也算求仁得仁吧？"倒是一旁的申屠大夫听不下去，叹了口气，"我和他相交数十年，是知道他的想法的。这个结局不算差。"

和左权使相交数十年？这个人又是谁？简霖愣了一下。

"申屠大夫是我们的人。"仿佛看出了他的惊讶，泉长老开口解答了他的疑虑，"这些年来，他一直在屠龙村秘密地帮助复国军行动——这件事很机密，原本只有止渊才知道，如今，也该让你知道了。"

这个大夫是自己人？可他分明不是鲛人，而是个中州人！

"怎么，不相信吗？"看到简霖疑惑的表情，申屠大夫咳嗽了几声，"告诉你一个秘密：其实我救过的鲛人，比宰过的还要多呢。"他上下打量了简霖一眼，"你的腿剖得很好，又长又直，下肢和人类一样有力——这么标准的破身手法，说不定也是我当年操刀做的呢！嘿嘿。"

简霖脸色一变，一时间无法答话。

这样的刽子手，居然会是左权使大人的朋友吗？

"好了，别说这些了。"泉长老打断了他们的对话，有些焦虑地开口，"快告诉我那个孩子怎么样了？"

孩子？简霖愣了一下，这才发现如意身后的榻上，果然躺着一个昏迷中的孩子！

那是一个瘦小的鲛人孩子，看起来只有六七岁的模样，有着美得惊人的脸。然而，身体如同一个破碎了的布娃娃：瘦骨嶙峋的小小身体上伤痕遍布，不知道是承受了多少年虐待的烙印。

简霖只看了一眼，脸上便忍不住色变，狠狠看了申屠大夫一眼——是谁把这个孩子弄成这样的？是不是就是这个屠夫？

"唉，第一次遇到那么棘手的病人！"申屠大夫经过几天的日夜救人，已经接近筋疲力尽，手里的银针发着抖，"我已经出尽百宝，把压箱底的本事都拿出来了，封住了穴，内服外敷，把药量用到最大，还是压不住他身体内部的恶化。唉，这小娃儿……是中了邪了啊！"

泉长老失声："你说你几天之前见到这个孩子的时候，他不还是好好的吗，为何忽然病得这么厉害？"

"大概是因为在战场上临时动了个刀子吧。"申屠大夫叹了口气，"在星海云庭里得知这个孩子在赤王府之后，止渊大人让我不计代价把他带回来。叶城战火初起，他怕我被连累，便让我先离开屠龙村寻找这个孩子，再设法把他带回镜湖大营交给诸位长老。"

说到这里，他顿了顿："可是等我找到他的时候，这个孩子被朱颜郡主背着，全身发烫，已经快要死了——我只能当机立断，在战场上就给他动了刀子，把他肚子里的那个东西给剖了出来。"

动了刀子？简霖看了一眼昏迷的小鲛人，发现他的腹部果然有一道极大的伤口，虽然被包得严实，还是在不停渗出血来。

"临时在战场上动刀子，又遇到这么一个鬼胎，原本是十死无生的事。"申屠大夫摸了摸额头，露出侥幸的神色，"幸亏那时候朱颜郡主身上还带着一枚龙血古玉，在最后关头发挥了作用……不然这孩子早就死了。"

龙血古玉？那不是本族自古相传的神器吗？怎么会在那个朱颜郡主身上？简霖心里暗自吃惊，然而泉长老脸色不变，似乎早已知晓是止渊私自将神器赠予了外族，只是皱着眉头问："那真是天意了——这孩子到底是得了什么病症？为何如此诡异？"

"看到这个东西了吗？"申屠大夫从榻边拿出一物，展示给长老们，"这可是万中无一的'镜像孪生'啊！"

简霖愕然，细细看去。那一瞬，忍不住脱口惊呼！

在那个包袱里的，竟然是一个胎儿！

只不过比巴掌略大，小小的脸皱成一团，一对小拳头只有人的拇指大，紧紧攥在一起——诡异的是，这个小胎儿的脸，竟然和榻上昏迷的孩子一模一样！美丽无比，看上去简直像一个精致的玩偶。

只是那个玩偶是破碎的，已经被人砍了好几刀。

三位长老看着这个小小的肉胎，神色变得极其严肃，似是看到了极其不祥和不可思议的东西。

"你们也知道这东西的邪恶吧？"申屠大夫喃喃，"虽然剖出来了，但那种黑暗的力量还残留在这个小家伙的身体里，侵蚀着他的血肉。"

泉长老皱眉喃喃："这肉胎已经剖出来了，怎么还会这么毒？"

"这是血脉的共生，它和宿主之间的联系，不会因为一刀斩断后就完全消失。"申屠大夫疲倦地说着，"你看，那个小东西也还活着呢。"

活着？简霖心里升起了疑问，忍不住靠近那个胎儿——然而他刚刚靠近，那个胎儿忽地睁开了眼睛，死死地看着他！

真的是活着的！简霖大吃一惊，下意识想要退开。然而，那个胎儿的眼睛是幽幽的湛碧色，如同一口古井，令他的视线一旦对上就再也挪不开。

恍惚中，他觉得那个胎儿竟然对他笑了一笑。

那个笑容极其无邪，有着难以言喻的魔力。在那样的注视之下，简霖竟是身不由己地抬起了手，想去轻轻抚摸那个胎儿。

"别碰！"那一瞬，申屠大夫失声惊呼。

简霖只觉得手指一痛，似乎被针扎了一下。他下意识地一缩手，竟然将那个小头颅给带了起来——那个胎儿，竟然一口咬住了他的手指！

"小心！"泉长老一声厉叱，瞬间抬起手，"啪"的一声将那个胎儿打落在地上，"快退开……别碰它！"

那个小小的胎儿落在了地上，发出了一声嘤嘤痛呼，皱着眉头大哭起来，声音如同夜枭一样诡异，听得人冷汗直冒。简霖的神志转瞬清醒，踉跄往后退了一步，抬起手，看到自己的食指上面留着牙印，有两点细细的伤口，血涌如泉，竟是带了诡异的黑气！

"过来！"旁边的申屠大夫拿起了一把小小的柳叶刀，捏住了他的手指，无可奈何地叹了口气，"得马上处理掉。忍着一点吧。"

刀光一闪，瞬间将他手上的血肉剜去了一块！

简霖硬生生地忍住了痛呼，不可思议地看向了地上——是这个小东西咬了自己？这么小的胎儿，居然就长出了牙齿？！

仿佛知道他看过来，那个婴儿忽然顿住哭泣，咧嘴对着他笑了一笑，柔软的粉红色舌头旁有白森森的牙齿，细小如米粒。

简霖倒吸了一口冷气，忍不住问道："这……到底是什么东西？"

"怪胎呗。"申屠大夫没好气地嘀咕了一声，"这么歹毒的小东西，差点把老子害死……到了这里还不肯安生。"

"是……从这个孩子的身体里出来的？"简霖皱眉看了一眼榻上昏迷的苏摩，完全不能理解眼前的这一切，"这到底是怎么了？这孩子还有救吗？"

泉长老点了点头，看向简霖："这就是我叫你来这里的原因——我想让你带着这个孩子去一趟苍梧之渊。"

"苍梧之渊？"简霖愕然——他当然知道那是龙神被困的地方。

七千年前，星尊大帝挥师入海，灭亡海国，用辟天长剑劈开地底，将龙神囚禁在了苍梧之渊深处。在那千尺深的地底，黄泉之水涌出，从无活人可以进入，他又要如何才能把这孩子带到那里？

泉长老沉声吩咐："你去苍梧之渊，呼唤龙神出现。"

"我？"简霖愕然，"以我的力量，怎能呼唤龙神？"

泉长老伸出手，掌心是一枚玉环："带上这个。"

那个玉环似玉似琉璃，半透明，里面隐约有一道红色在流转，如同被封住的血色，竟是和朱颜随身佩戴的古玉一模一样。

"这里面，封印着七千年之前的上古龙血。"泉长老解释，"这玉环本来有一对，分别给了左右权使——其中一枚已经用在了这个孩子身上。你持着剩下的这一枚去苍梧之渊，击碎古玉，将血滴入黄泉，便能惊动龙神现身。"

"好。"简霖断然领命，看着手心里的古玉，迟疑了一下，又问，"万一龙神不出现，又该怎么办？"

泉长老眼神转冷，道："如果龙神不肯救，那就说明这个孩子不是我们要找的人……能不能活下来，就看他自己的造化了。"

简霖震了一下，说不出话来。

当他们几个人说话的时候，那孩子忽然动了一动，蜷曲的小身体猛然颤抖，模模糊糊地叫了一声，似乎是在喊"阿娘"。

"不怕，不怕。"一边的如意连忙站起身，将孩子抱入怀里，柔声安慰，"如姨在这里……不要怕。"

那个孩子在她的怀抱里挣扎了一下，竟然又重新安静了。

泉长老叹息了一声："当这个孩子还在叶城西市的时候，如意照顾了他很长的时间——这一次，她也会和你一起去。"

"是。"如意点了点头，伸手摸了摸孩子柔软的头发，却看到刚平静下来的孩子又挣扎了起来，模模糊糊喊了一句"姐姐"。

"又喊姐姐了？"泉长老的脸色忽然沉重了起来，语气也冰冷，"这孩子嘴里的姐姐，难道是赤之一族的那个小郡主？"

"是啊，那个郡主对这孩子可好了……不惜冒着炮火连天送他就医——这等情义，就算同族也难能可贵。"申屠大夫叹了口气，没有说下去，"总之，空桑人里也有好人。"

听到这样的话，泉长老的脸色更加肃然。

"真是海国的不幸。"沉默许久，泉长老却叹了口气，语气沉重，"我们找到这个孩子的时候，已经太晚了……不该让他流落在云荒那么久，到最后，竟然还叫空桑人姐姐！"

三位长老默然无语，脸色都不大好。

申屠大夫叹了口气，把手一摊："你们就别为这点事发愁了。当务之急是稳住这个孩子的伤势，救回他的命——好了，我的活儿干完了，快把这次的账给我结了吧！"

他不客气地伸出手去："这回我可是提着脑袋替你们复国军卖命的，价钱可一分都不能少。"

泉长老看了一眼这个只看钱的屠龙户："你放心。"

"只要金铢，不要银票，也不要鲛珠。"申屠大夫眼睛一转，瞟了一旁的如意一眼，忍不住又油嘴滑舌加了一句，"如果没有那么多现钱，也没关系，只要如意肯陪我……"

他的手刚伸过去，就被如意"啪"的一声狠狠打到了一边，她转头就从箱子里拎出来一大袋子沉甸甸的金铢，扔到了他面前："一万金铢在这里！还不赶快领了给我滚？"

"呵呵……不愧是叶城花魁，出手大方。"申屠大夫吃力地拎起那一大袋子金铢，笑了起来，"可惜，如今叶城我也回不得了——那个小郡主要是发现这孩子没回王府，估计会到处找我要人。"

"我们会派人送你去息风郡，先躲一阵子避避风头。"泉长老沉声道，安排好了后面的事情，"有什么需要，我们日后还会联系你。"

"别！求你们，这一年内别再来找我了。"申屠大夫眉开眼笑地数着钱，嘴里却道，"空桑人追查得紧，最好暂时切断联系，以保平安——否则，我一旦被抓，可熬不住刑，少不得把你们全招供出来。"

泉长老默然看了他一眼，隐隐有杀气，对方却只是嬉皮笑脸。

"其实吧……"申屠大夫站起身来准备走，忽然露出了正经的表情，叹了口气，"这些年来，看着你们打了那么多的仗，死了那么多的人，就算身为一个空桑人，我也是希望你们能早日复国。"

顿了顿，他又道："不过我一把老骨头，估计是看不到那一天了。"

如意的眼眶红了一下，连忙将这个人送了出去。

"我走了，你可要保重。"申屠大夫回过头，看了一眼老熟人，语气里没有油滑，只有诚挚，"我一把老骨头，这辈子估计是没有一亲芳泽的指望了——在我死后，你也要好好地活着，再美上个几百年。"

"去、去。"如意哭笑不得，连忙将他带出了大营，"快回去花你的钱吧！"

当大夫走后，泉长老看了看昏迷中的孩子，摇头："既然连申屠大夫都说治不好，看来是耽误不得了，得早点出发。"

"是。"简霖立刻道，"属下这就带他去苍梧之渊，求助龙神！"

"一定要小心。"泉长老叮嘱，"不要走陆路，从镜湖水底潜行，从北溟口沿着青水可以直接抵达九嶷山下的梦魇森林——那里离苍梧之渊很近，密林里虽然有女萝，却不会攻击我们鲛人，走这条路线比较安全也比较迅速。"

"是。"两人齐齐躬身领命。

"姐姐……姐姐……"直到被带离镜湖大营，那个孩子还在昏迷中喃喃地叫着，瘦小的身体佝偻成一团，细小的手指痉挛着，似乎想要去抓住什么。

然而，什么也抓不住。

第五章

九嶷烟树

当苏摩还在镜湖水底的复国军大营里陷入昏迷的时候，朱颜却已经飞到了云荒的北部。

新雨后，遥远的九嶷山麓腾起了漫漫的薄雾，如同一匹巨大无比的纱帐，将刚刚落在山峦上的白鸟和少女一起笼罩。

"师父呢？"朱颜脚尖刚沾地，就忍不住问，"他在哪儿？"

重明神鸟从帝都万里飞来，筋疲力尽，不耐烦地抖了一下羽毛，将背上的少女震了下去，似是清理了落在身上的不洁之物，翻起四只血红色的眼睛白了她一眼——朱颜知道它恨自己，顿时垂下头去。

暮色之中，遥远的山顶神庙远远地出现了几点亮光，重明神鸟"咕噜"了一声，扑扇着翅膀沿着山道往上飞掠。朱颜立刻拔脚追去。

一路上都不见一个人。如此空旷的九嶷山，几乎是见所未见——果然，大司命为了隔绝外人，已经提前让人将这里的所有神官都调开了。

重明神鸟飞了一路，终于在大庙的传国宝鼎之前翩然落下，回头看了她一眼，四只眼睛里的表情竟然各不相同，似是愤怒，又似是期盼。

"怎么？"朱颜喘着气，"师……师父在里面吗？"

大殿里面黑沉沉的，只有几点遥远的烛光，无数帷幕影影重重，看上去深不可测。然而重明神鸟低下头来，用巨喙不耐烦地推了推她，示意她往里走。

被它一推，朱颜心里骤然恍惚：这个场景，似乎在很久很久以前就出现过一次？是的，那时候师父还在石窟里独坐面壁，那时候她还只有七八岁……那时候，重明也曾这样催促着她走进去和那个人相见。

一切都一模一样。可是，这一次，重明的眼里只有憎恨。

朱颜心里百味杂陈，小心翼翼地推开了半掩的神庙的门走了进去。沉重的金丝楠木大门被推开，发出了一声悠远的回响。

"有……有人吗？"朱颜探头进去，开口。

没有人。整个大殿空空荡荡，只有祭坛前的灯还亮着，影影绰绰。她以为自己一推门就会看到满身鲜血的师父，为此鼓起了全部的勇气——然而，九嶷神庙里什么都没有，大司命不知道将师父安置在了何处。

她直走到最里面才停住，抬起头，看着巨大的孪生双神。

距离自己上一次离开这里，都已经过去五年了吧？

那时候，她跟着师父从苍梧之渊里脱险，九嶷神庙却忽然发出了逐客令，要把刚满十三岁的她即刻送下山去。她当然不肯，在神庙里哭哭啼啼，死活不肯放开师父的手，不明白自己错在哪里。

"阿颜，你没犯什么错，只是时间到了而已。"站在神像下，师父终于忍不住叹了一口气，语气里有说不出的复杂，"一切聚散离合都有自己的时间——而我们的缘分，在今日用尽了。"

"不会的！才没有用尽呢！"她气得要死，大声抗议，"我们的缘分一辈子都用不光！"

"一辈子？"师父似乎微微怔了一下，"不可能的。"

在山下被送上马车的时候，她哭得伤心欲绝："师父，你……你一定要来看我啊！"

他沉默了一瞬，终于点了点头。

"说话一定要算数啊！"她喜出望外，破涕为笑，"西荒其实一点也不苦寒，有很多好玩好吃的！等你来了，我一定带着你四处逛一圈！对了，我还可以让你见见渊……他可好了！"

然而，她叽叽喳喳地说了那么多，师父一直没有回答。少神官的眼神辽远，只是沉默着抬起手，将那一支晶莹剔透的玉骨插入了她的发间——那样温柔的眼神，她之前从来没有见到过。

可是，师父骗了她。

自从她离开九嶷后，一别五年，他再也没有出现在她的生命里。她每年都在天极风城翘首以待，他却从未兑现过那个诺言——

第一年，她早早准备好了美食华车，射猎游宴，可一直等到了大雪封路，他并没有来，也没有解释为何失约。

第二年，她忍不住写了信托父王带去九嶷山，以赤王的名义正式邀请他来西荒。然而，少神官推说神庙事务繁忙，婉言谢绝。

她气得要死，砸坏了父王最喜欢的大刀。

第三年，她气头过了，顾不得面子，又巴巴地写了一封信，让纸鹤传书送去了九嶷，热情洋溢地催促师父来天极风城。然而，那一年他回信说刚刚当上了大神官，无法分身下山。

第四年……第五年……

渐渐地，即便单纯如她，也明白师父是不会来看自己了——在她离开后，那个孤独地在深谷里修行的少年再次过上了与世隔绝的生活，并不想因为她而走出那座深谷。

她有些难过地摸了摸发间的玉骨：要不，等明年空了，自己干脆去一趟九嶷看看他？免得师父一个人在那里，那么寂寞。

然而毕竟年纪小，她往往只想了那一瞬，便又把这个念头放下了。少女时代的她是喜欢热闹的，回到王府见到了昔年的伙伴们，便天天呼朋引伴，在大漠上纵鹰走马，打猎游乐，玩得不亦乐乎，只恨时间不够用，哪里还顾得上跑回千里之外去见师父？

更何况，是他自己不肯来吧？他刻意地避开了她，不肯再见她了——光这一点，令人想想就觉得丧气，她又何必热脸去贴冷屁股？

于是，到了第五年，她干脆连信都懒得写了。

她想，或许他早就忘记自己了吧？

那么多年来，在她的心里，师父的形象一直是高远而淡漠的，如同山顶皑皑白雪，云间皎皎冷月，令人可望而不可即——可是，那样冷冰冰的人，又为何会在生命的尽头，对自己说出那样的话呢？

"我很喜欢你，阿颜……虽然你一直那么怕我。"

他最后的话如同刀锋，直插心底。

五年后，朱颜独自站在神庙里，忍不住颤抖了一下——是的，不能再去想了。每次想起那个清晨废墟里生离死别的场景，她的心就仿佛被撕裂成两半。

"不要哭，这真的是最好的结局了……我们之间有恩报恩，有怨报怨，这一世从此两不相欠。等来世……"

等来世什么？等来世再见？

不！她才不要什么虚无缥缈的来世！灵魂可以流转不灭，而人，却只活这一世！下一世的她，就如这一刻流过的水一样，再也不会是同一个模样——她只要活在这一世，守住最重要的人。

无论如何，哪怕舍了性命，她都要把师父救回来！

想到这里，朱颜终于抬起头来，看着神像，默默地握紧了袖子里那一页写着星魂血誓的纸。

神像前灯火辉煌——那是九嶷神庙用来镇山用的七星灯，传说是空桑开国之主星尊大帝留下的，上面七盏灯分别象征了空桑六部和帝王之血。

此刻，灯已燃起，神庙却空无一人。

朱颜手指交错，在袖子里结了个印，小心翼翼地往灯下走了过去。然而她刚往里踏了一步，一声轻响，七星灯悄然转动！

巨大的古铜色灯台，以一种奇特的方式开始动了起来，一支一支伸出来的灯如同一支一支的手臂，在虚空中缓缓展开。七支烛台上，点燃着七支蜡烛，每一支烛的焰心里都似乎跳动着什么迥异于灯火的东西。

朱颜凝神看去，忽然忍不住惊呼了一声。

是的！灯里跳跃的不是烛火，而是七缕淡淡的光——那，竟然是人的七魄！

难道是大司命用术法将师父的七魄封在了这七星灯上？可是，若七魄在此，三魂又在何方？

想到这里，她骤然抬头，看到了创世神手里的莲花。

莲蕊之中，有光华流转，三缕白光缠绕在一起，微微明灭。

朱颜吸了一口气，忽然明白过来：这座神庙里的三魂七魄，难道正是师父的？可是，师父人呢？他又被安放在了何处？

寂静中，创世神的黑眸和破坏神的金瞳静谧地注视着这个来到空旷大殿里的女孩，似乎带了一种平日没有的神秘莫测的表情。

朱颜和神像对视了片刻，心里忽然安静了下来。

> 阿颜，你比你自己想象的更有力量。记住：只要你愿意，你就
> 永远做得到，也永远赶得及！

是吗？只要愿意，就永远做得到，也永远赶得及？

这一刻，朱颜再也不去想其他，心静如水，在结界内盘膝坐下，在七星灯的照耀下，展开了手心里那一页薄薄的纸。

这一页纸，乍一眼看上去是空白无一物的。

但是，当她闭上眼睛，开了天目来凝视之时，纸张上便有二十八个字浮现了出来。奇怪的是，每一个都是她所不认识的。细细看去，那些字居然都是由无数个极其细小的字组成，当她凝视着这一页薄薄的纸时，这些字仿佛瞬间活了，历历浮现出来，一变十，十变百，转眼无穷无尽，宛如苍穹中漫天的星斗，忽然降落，飞速地运行！

她用天目观看着这一切，身体微微摇晃了一下。

已经看过一次这样的情景，现在第二次看到，虽然早有准备，却还是几乎支撑不住——很难描述那一瞬的感受：在她张开天目的刹那，犹如早慧的孩童乍然抬头看到了茫茫宙合，瞬间觉得自己的力量极其微小，仿佛被巨大的呼啸牵扯着，几乎要在苍茫的虚空下瞬间迷失！

那是微小如芥子的个体，面对无穷无尽苍穹时的茫然。

在晕眩之中，朱颜竭力凝视着那些无穷无尽变化着的小光点，细细地辨别着，忽然怔了一下：这些光点的组合和聚散，岂不是和天上的星斗一模一样？

再下一刻，朱颜忽然明白过来：书写在纸上的，并不是二十八个字，而是二十八宿。是穹窿之上，代表了所有星辰的二十八宿！

> 以己之魂，与众星结盟。以血为引，注入三垣二十八宿，控众
> 星之轨。月离于毕，荧惑守心。魂魄游离于星宿，念力及于天地，
> 便可改星轨，逆生死。

那一刻，那些批注上的语句，她都顿时明白了过来。

朱颜双手结印，放在胸口，用离魂术将自身的三魂七魄释放了出来，用心魂连接着那些在遥远虚空里的星斗，从东宫青龙位所属七宿开始一个个掠过：角、亢、氐、房、心、尾、箕……然后，是南宫朱雀位，西宫白虎位，北宫玄武位。

最后，是太微、紫微、天市三垣。

漫天的星斗，被她的念力逐一掠过。她用全部的心魂感受着苍穹的变幻，双手在胸口飞快地变换、结印，渐渐开始和星辰共鸣，牵引星辰的轨迹——这是极其艰难的过程，每一颗星的联结都需要付出全部的精力。她感觉自己掠过诸天星斗、三垣二十八宿，渐渐和整个星空合二为一。

最终，她向着那一颗黯淡的星辰而去——那是师父即将陨落的命星。

然而，就在她即将接触到命星的关键一瞬，忽然有无数锐利的光从天而降，刺穿她的身体！

她的魂魄被击中，下坠。朱颜全身猛然一震，睁开了双眼。散开的魂魄从星空"唰"地回到了身体里，她整个人往前一倾，"哇"地吐出一口血来。

不行……还是不行！以目下她的力量，还是不能驾驭那些星辰！

朱颜在地上吃力地撑起了身体，抬起头，看向高处——夜空群星依旧璀璨，在原位置上一动不动，冷冷俯视着这个不自量力的凡人。

就算是螳臂当车、蚍蜉撼树，她也要试上一试！

朱颜默然擦去了唇角的血迹，挣扎着从地上爬了起来，重新开始结印——这一次，她想试试从南宫朱雀位进入星野，看看是否能最终抵达。

然而，不到三个时辰，她再次被星辰的力量击倒，再次呕血，再次爬起……不知道重复了多少次，直到星辰从天幕里隐去，白昼降临，才筋疲力尽地倒下，一动也不能动。

空荡荡的九嶷神庙里，只有孪生双神垂下眼帘，静静凝视着这个一次次不停努力的少女，金瞳和黑眸静谧如日月。

昏暗的神庙里，一阵微风拂过，有白影降临。重明神鸟穿过帘子，化成了雪雕大小来到了神庙里，停在了七星灯上。神鸟垂下头看着地上筋疲力尽的朱颜，血红色的四只眼睛动了动，发出了一声咕咚。

它落在了朱颜身上，忽然伸出头，狠狠啄了一下她的耳垂！

"哎呀！"半昏迷的人从剧痛中惊醒，刚撑起身，忽然间有一物从衣襟上掉落，却是一串朱红色的果子——形似葡萄，发出奇特的香气，在黑暗里发出淡淡的红色光芒。

"梦华朱果？"朱颜怔了一下。

这是生长在梦华峰上的珍奇灵药，只出现在被穷奇守护的悬崖上，吹天风、饮仙露，一百年才得结一次果，是修行者梦寐以求的东西。师父昔年为了考验她的修为曾经让她独自上山去采药，她被穷奇围攻，差点从崖上摔了下来。

她忽然明白了过来："四眼鸟，这是你去采来的？"

重明咕哝了一声，翻了翻白眼——那一瞬，朱颜发现它的右翅下面有一点殷红的血痕，似是被什么东西抓破了。

"你被穷奇伤了？"她吃了一惊，"要不要紧？"

重明没有理睬她，只是用喙子将朱果往她面前推了推，用血红色的四只眼睛恶狠狠地瞪了她一眼，发出一声"咕噜"，似是催促和警告，然后头也不回穿过重重帘幕飞走。

外面的天光已经亮了，九嶷笼罩着一层薄薄的雾气，宛如仙境。

她将朱果放入嘴里，瞬间化为一股清流，补充着元气。

是的，师父也说过：她其实比她自己想象的更加强大，任何事只要她想做，就一定能做得到，也一定能赶得及！

师父说的话，从没有错过，是不是？

当赤之一族的小郡主在云荒最北端的九嶷山上苦苦修炼，想要逆转星辰的同一时刻，叶城的赤王府行宫却是一片慌乱。

前些日子复国军叛乱，朱颜郡主在半夜不声不响地离开，过了十几天一直不见归来。总管打发了许多人出去，几乎把叶城翻了一个底朝天，也找不到郡主的下落，急得如同热锅上的蚂蚁。

在这样紧急关头，赤王偏偏又回来了。

"一群废物！"赤王咆哮如雷，须发皆张，"明明吩咐了让你们看好她的！居然还会让这个小丫头给跑了？要你们这些人有什么用？都拉出去斩了！"

"王爷饶命！"丫鬟侍从们顿时黑压压跪了一大片。

仿佛生怕自己再待下去会控制不住地暴怒，真的动怒杀人，赤王吩咐管家继续找人，扭头便出了府邸。他没有带上一个侍从，独自在错综复杂的巷子里熟门熟路地穿行，甩掉了一切身边的人。

等再度出来时，眼前豁然开朗，已经是白王行宫的后院。

"赤兄，等你好久了。"房间深处赫然已经坐了一个人，却是白王亲自在此处等待，合起了手里的书信，"有一个好消息要告诉你：大司命刚刚已经获得了帝君的旨意，许可时影辞去神职。"

"是吗？还真是有本事。"赤王粗声粗气地应了一句，"但那小子就算不当神官了，也未必肯回来当皇帝吧？有个屁用。"

"赤兄今日为何如此急躁？"白王有些愕然。

"我女儿不见了！"赤王咬牙，"找了这些日子都没影，你说急不急？"

"原来又是为了小郡主？赤兄真是英雄气短儿女情长啊。"白王叹了口气，不得不先放下正事，好言好语安慰同僚，"令千金不是普通女子，术法造诣高深，一般人伤不了她；她又没有什么宿敌仇家——如今出走，大概不过一时贪玩罢了。赤兄不用太过担心。我马上让风麟亲自带人出去好好找找。"

赤王叹了口气："多谢了。"

"不必谢。"白王笑了一笑，"迟早是一家人。"

"唉，现在别说这个。"赤王一听到这句话却是烦躁不已，"我都担心那丫头是得知了两族联姻的消息，所以一怒之下离家出走——上次她就逃了婚，这次再让她嫁给白风麟，只怕又……"

听到此话，白王脸色不由得有些不悦，语气淡淡道："我家风麟虽然愚钝，好歹也是白族长子，如今叶城的总督……配令千金，也不算辱没了吧？"

"不算，当然不算。"赤王性格粗豪，说话不注意细节，此刻明白同僚动怒，才连忙道，"只是我那女儿顽劣不堪，哪里肯听我的话？如果她一怒之下又离家出走，在外面遇到什么不测……"

"放心。"白王安抚同僚，"郡主多半是想偷偷出去玩一圈，等过几天玩够了，自然就回来了。"

"可现在不同以往，复国军造反，到处杀机四伏啊。"赤王又焦躁起来，"你看，连皇太子都在这一次动乱里失踪了，至今下落不明！外头流言四起，连你我都被牵扯了进去。"

刚说了这句话，赤王又停了下来，满腹疑虑地看了一眼白王。

在不久前，喜好玩乐的皇太子时雨偷偷出宫，带着雪莺郡主去叶城微服私访，不巧却遇到了复国军动乱。混乱中，雪莺郡主和皇太子走散了，跌跌撞撞地回到了叶城总督府，然而皇太子再也没有出现。

宫内流言纷起，其中更是有一种说法，暗示是白王从背后操纵了这一切，而最近和白王走近的赤王也不免被扯了进去。赤王性子急躁，自然觉得冤枉，白王却是气定神闲，竟是对流言不以为意。

"火炮不长眼，当时叶城那么乱，皇太子又没带随从，出事也是有可能的。"白王叹了口气，眼神忽然微妙地变了一下，"说不定，青王他们是再也找不到皇太子了。"

"什么？"赤王大吃一惊，"你……你到底知道一些什么？"

"我什么都不知道。"白王笑了一笑，"但我有预感。"

"预感？"赤王一时说不出话来，"难道是你……"

"我可没有那么大的胆子。"白王立刻摇头否认。

"那就好……那就好。"赤王松了一口气，暗自抹了一把冷汗，"如果你真的直接对皇太子下手，那也太胆大妄为了一些。万一……"

"万一？"白王看了同僚一眼，眼神却是锋锐如刀，"如果我真的做了此事，赤兄难道就临阵退缩了？"

这句话说得厉害，赤王迟疑了一下，摇了摇头："开弓没有回头箭，现在我们是同一条船上的人，哪能再有退路？只是如此行事实在是太危险了，直接干掉时雨，把青王兄妹逼到绝处，不知道会有怎样的结果。"

白王笑了笑，语气深远："那就逼一逼，看看结果？"

赤王沉默，只道："可雪莺她那么喜欢皇太子……"

"那又如何？我又不止她一个女儿。"白王声音平静，冷冷道，"本来她是要嫁给时雨做空桑皇后的，如今时雨不见了，我另外给她找个夫婿就是——听说紫王的内弟新丧了夫人，还没续弦。"

"雪莺郡主和皇太子自幼青梅竹马，怎么肯另嫁他人？"赤王听得这种安排，不由得摇头苦笑，"嫁给紫王的内弟？他都快五十岁了吧？换了我，可舍不得让自己的女儿遭这罪。"

"赤兄统共只得一个女儿，难怪英雄气短儿女情长。"白王笑了笑，语气却颇不以为然，"身为王室子女，本来就该有当筹码的觉悟。就算是你和我，当初的婚事，难道也是自己做主的吗？"

赤王怔了一下，顿时哑口无言：自己少时为了父母之命，不得不让朱颜生母委屈多年，直到正妃去世，才能把心爱的女子扶正。想到此处，他不由得叹了口气，道："就因为我们自己当年也吃过这样的苦，所以更不能让现在的孩子们受这等委屈……"

"是吗？"白王听得同僚这等语气，忍不住失笑，"没想到赤兄一介轩昂大汉，内心居然如此细腻？朱颜郡主是积了多少福，才投胎到你家……"

两位王者在内室书房低语，一个刚要进门的妙龄少女在门外听着，渐渐全身发抖，用手绢捂住嘴巴，掉头往回便走。出门没几步，眼里的泪水便直流下来，哭得上气不接下气。

一位嬷嬷正在四处找她，此刻看到哭倒在蔷薇花架下的少女，连忙上来道："雪莺郡主，你刚刚从乱军里回来，身体还没好呢，怎么就起来到处走了？地上这么凉，快起来——别让王爷、王妃担心。"

"担心？他们才不管我死活呢！"雪莺郡主头也不回地往里走，用手绢擦着眼角，哽咽，"横竖是个死，不如今日死了算了！"

"郡主莫哭郡主莫哭，哭肿了眼睛就不美了。"嬷嬷不知道又发生了什么，只能连忙赔笑，挑着她爱听的事说，"你看，今儿中州那边的珠宝商又来了，据说有极好的羊脂玉，其中有一只镯子正好可以和郡主手上那一只配成一对——要不要去看看？"

雪莺郡主从小喜欢玉石珠宝，每次心情不好，白王只要送女儿一堆首饰便能令她破涕为笑。她听嬷嬷说到这儿，果然渐渐止住了啼哭。然而，当嬷嬷以为郡主心情好转时，见她忽地一跺脚，摘下手腕上的镯子，狠狠地砸了下去，哭道："什么一对？谁稀罕！死了算了！"

"哎哟！"嬷嬷大吃一惊，连忙扑过去抢，"这可是上万金铢的镯子呀！"

哪里来得及？只听"叮"的一声，连城之宝瞬间破裂。

嬷嬷心疼得呼天喊地，而雪莺郡主定定站在花园里，想着父王说过的话，想着不知下落的恋人，握着手绢，哭得几乎喘不过气来，只恨不能立刻逃离了这个王府——可是，她不是朱颜那样有本事的人，被重重高墙包围着，没有翅膀，又怎么能飞得出去呢？

事到如今，已经由不得她了。她……是宁为玉碎，还是为瓦全？

第六章

星图之变

　　然而，雪莺不知道的是，此刻她心目中最有本事的朱颜，正在遥远北方的九嶷神庙里，陷入了空前未有的绝望和无力之中。

　　又一次失败，三魂七魄从满天星图之中被震了出来，"唰"地回到躯体之中。每一次魂魄的游离和重聚都会带来万箭穿心一样的剧痛，朱颜再度跌倒在了神庙冰冷的地面上，额头撞在灯台角上，磕出了淋漓的鲜血。

　　"还……还是不行吗？"她喃喃地抬起手，擦去了渗出的鲜血，感觉累得连眼睛都睁不开了，手指在剧烈地发抖，连抬起来都非常吃力，更不要说结印了。

　　这些天，她将自己关在神庙里，日夜不休地用星魂血誓来操纵星辰，试图改变星轨——然而接踵而来的，是一次又一次地失败。

　　每次当她将心魂融入天宇，让自己的力量刚刚抵达三垣，试图开始推动星野变幻的时候，所有的灵力便已经枯竭，眼睁睁看着师父的那颗星辰就在不远处，却无法抵达——就差了那么一点点，她却始终闯不过那一关！

　　一百多次的尝试，没有丝毫的进步。

　　难道，真的如同大司命所说，如果能力不够，无论怎么努力都无法掌握星魂血誓，反而会被禁咒反击？她在大司命面前夸下海口，却没料到自己没有足够的力量，不能在这短短的几十天里掌握最深奥的咒术。

她太高估自己，师父也太高估她了。

朱颜匍匐在神庙的地上，微微发抖，抬起头来看着神像——七星灯还亮着，莲花里的三魂流转，七魄凝聚，纯净而安详。

已经快一个月了，中阴身的期限即将结束，自己如果还是无法突破，这三魂七魄便会溃散，就来不及救回师父的命了！

一念及此，她身子猛地一颤，竟吐出一口血来，眼前顿时全部黑了下去。

不知道昏迷了多久，风在悄然流动，有一道白影掠来。

重明神鸟收敛翅膀落在地上，扔掉了嘴里叼着的朱果，一口叼住了她的衣领，将瘫软的人提了起来，四只血红的眼睛看着昏迷的少女，竟然露出了一丝叹息般的表情来。

神鸟用喙子推了推怀里的少女，"咕咕"轻声叫了几下，试图将她叫醒，然而朱颜实在是太累了，竟然一时醒不过来，闭着眼睛毫无知觉地歪倒在了它身上。重明转过颀长的颈，低下头从地上捡起了那一串朱果，用喙子挤碎了，悬空滴在了她的嘴上，让汁液一滴滴沁入唇中。

过了片刻，朱颜终于缓缓醒了过来。

"重明？"她筋疲力尽地睁开眼睛，映入眼帘的是四只血红的眼睛，连忙负疚地道，"怎么，我又睡着了吗？对不起……"

她虚弱地挣扎着，撑住神鸟柔软的身体，想要站起来。然而那一瞬，重明神鸟猛然战栗了一下，似乎是剧痛。

"怎么了？"朱颜吃了一惊，收回了手，忽然间发现自己的手上沾满了鲜红色的血！那些血是从重明神鸟的翅膀根部沁出的，将雪白的羽翼染红。血液里还有一丝看不见的暗绿色，如同蔓延的海藻，从翅根下蜿蜒而去，布满了半边的身体。

"你受伤了？"她失声，"你又被穷奇围攻了？"

重明神鸟没有说话，只是用喙子将那一串稀巴烂的朱果叼了起来，扔到了她的手心里，用四只眼睛看着她，"咕噜"了一声。

"我不吃！给你吧。"朱颜却摇头，将那一串仙果举了起来，递到它的嘴边，"你这次伤得很厉害，不治一下是不行的！"

重明神鸟猛然往后缩了一下头，避开了她的手，展开翅膀想要飞走。忽然间只听"哗啦"一声，重明翅膀横扫，竟然碰倒了那一盏供奉着魂魄的七星灯！

那一瞬，一人一鸟都惊住了。

"糟糕！"朱颜失声惊呼，和重明几乎是同时扑了过去，将七星灯扶了起来——灯盏里原本盛放着水一样清澈的东西，应该是大司命亲手所设，里面蕴藏着留住魂魄的力量。然而在这一扑之下，清水流空，这七盏灯转瞬间黯淡！

魂魄便是人的灯。七魄若是衰微，那……

那一刻，不知道哪里来的力气，朱颜"唰"地站了起来。

顾不得身体还没有恢复，她颤巍巍地抬起了手，用尽全部力气开始再一次施用星魂血誓：十指在眉心交错，飞快结印，指尖划过之处留下一道道耀眼的光华——是的，这是最后一次机会了！拼上她的性命，也要成功！

她飞快地释放出了所有的灵力，让三魂七魄脱离身躯。

心魂呼应着星辰，手指牵引着星轨，在紫微垣里找到了和师父对应的那颗紫芒大星。她一寸寸地沿着星图将灵力蔓延过去，竭尽全力想要接近它，然而，当即将抵达那颗星辰时，她身体里的力量再度枯竭。

不可以！这是最后一次机会了，无论如何都要成功！

地上的七星灯在渐渐熄灭，象征着生命的消失。那一刻，朱颜只觉得全身发抖，似乎自己也在一分分死去——只差那么一点点，她就能接触到那颗星辰了！为什么她竭尽全力，始终无法突破那剩下的一点点距离？

就在那一瞬间，眼前忽然掠过了一道白影，整个人便是一轻！

在这最后的关头，重明神鸟骤然飞了过来，不由分说一把将她托了起来，振翅往夜空里疾飞而上！

"重明……怎么了？"她失声，"你想做什么？"

重明神鸟没有说话，只是竭力拍打着受伤的翅膀，驮着她朝着夜空疾飞而上。凌厉的天风从耳边呼啸而过，仿佛刀子一样割着她的脸，白云一层层在眼前分了又合，她就这样以闪电般的速度穿过一重重白云，直上九天。

"啊！"朱颜忽然明白了过来，"你……你是想要帮我吗？"

是的，只差了那么一点点的距离，她的灵力就可以抵达师父的那一颗命星了——而重明为了弥补那一点距离，不惜竭尽全力将她带上了九天！

此刻天已经快亮了，星辰渐隐，斜月西沉，而天宇里师父的星辰摇摇欲坠，几乎淡得快要看不见了。

但在九天之上看去，它已经离自己近了许多。

不知道飞了多久，身周的空气都开始稀薄了，冷风如同刀子一样吹在脸上。重明的速度开始放缓，翅膀上似乎系上了沉重的铁块，每一次扑扇都用尽了力气。朱颜可以看到毒气从它翅膀下的伤口开始蔓延，让半边洁白的羽翼都变成了黑色——不能拖延了，就是现在！

朱颜深深吸了一口气，在神鸟的背上闭上了眼睛，重新将手指抬起，郑重地在眉心结印！

是的，成败在此一举。

如果在九天之上施用禁咒还不能成功，如果师父魂魄消散，她也不打算回到这个大地，就这样从鸟背上踊身一跃算了！

她飞快地结印，用尽了身体里最后一点力量。

用念力飞越三垣二十八宿，再度联结了那一颗紫芒的大星。那是师父的星辰，正在黎明前悄然坠落。

朱颜用星魂血誓竭尽全力地接近那颗星辰，试图把它拉离原来的位置，然而几次尝试未果。当她再度感觉到力量枯竭的时候，座下的重明神鸟发出了一声尖厉的呼啸，忽然加速振翅直上！

鲜血从翅膀上不停滴落，神鸟不顾一切地托起了背上的少女，将她尽可能地送向离那颗星辰更近的地方。

近了……近了！

当漫天的星斗都近在眼前的时候，朱颜的眼前一阵阵发白，不惜冒着损耗元神的风险，将灵力竭力推向彼岸，终于感觉到了联结的悄然建立——跨越了最后的那一点点距离，抵达了星辰！

那一刻，朱颜用力一咬牙，鲜血从舌尖沁出。

她抬起手，用灵苗之血涂染指尖，飞快地画出了复杂的符咒，同时从流血的唇齿之间吐出绵长的咒语。

漫天的星斗在眼前旋转，渐渐纳入了她的力量范围。她张开了双手，用最高禁咒将自己的鲜血祭献给苍穹，注入师父的那颗星辰。

那一刻，星魂血誓开始启动！

星空下，属于她的那颗大星骤然闪亮，发出了赤色的光芒，照耀天地。以那颗星辰为中心，四周星野开始微微晃动，向着她汇聚而来。

动了……动了！那漫天的星斗，居然因她而动！

这个瞬间，朱颜终于感觉到了师父说过的"五行相生、六合呼应"的强大力量，如同澎湃汹涌的海水从四面八方而来，灌注进了她的身体——她通过自己的心魂操纵着这一股巨大的力量，让自己的命星焕发出巨大的光芒，横向联结了属于师父的那颗紫芒大星！

双星刹那变轨，一举便将即将坠落的暗星拉出了原来所在的轨道！

整个星野在一瞬间全部改变。

那一刻，苍穹发出了轰然巨响。天空骤然雪亮如电，又骤然暗淡。

漫天的星辰都在摇晃，如同天目即将坠落。在炫目的光影之中，朱颜再也支撑不住，手一松，竟然直直地从重明的背上摔了下去——与此同时，重明神鸟再也没有力气往上飞上一寸，一只翅膀全然变成漆黑，在环绕的电光之中，从九天之上折翼坠落！

她和重明双双从高空下跌，如同流星坠落。

朱颜在下坠之中渐渐昏迷。最后的视线里，只看到无数星斗在眼前旋转、飞舞，仿佛有无数的流星雨飞快地滑落。她知道那是虚影——是被改变轨道之后，那些死去星辰的幻影，只停留一刹，便消失在时空之中。

在从九天上跌落的瞬间，朱颜忘了死亡的恐惧，仰望的瞳孔里映照着璀璨的星空，心里只有最后一个念头——是的！师父……我终于做到了！

九嶷神庙里，七星灯骤然大亮，绽放出闪电一样的光华。七魄被看不见的力量催动，从即将熄灭的灯上亮起，和三魂一起"唰"地上升，向着夜空凝聚，回到了那颗重新亮起来的紫色星辰里。

星野变，天命改。

从此后，天上地下，所有一切都已经不同！

当九嶷上空的星图发生改变的时候，伽蓝白塔顶上的神庙里有一双深邃苍老的眼睛凝视着这一切，再也无法抑制地露出了惊喜交加的表情。

"真的成功了！"大司命看着天宇，有点不可思议，面露狂喜，低呼，"只用了三十二天……这个小丫头，果然不简单！"

在他身后，有个声音微弱地问："什么……成功了？"

大司命霍然回头，看着病榻上的北冕帝，眼神里有掩饰不住的狂喜，忽然一挥手，道："好了，现在影没事了，你也可以死了！"

大司命挥了挥手，瞬间撤去了笼罩在帝君身上的续命咒术。那一刻，病弱的老人颓然倒下，在锦绣堆中剧烈地颤抖，魂魄从衰朽的躯壳上游离而出，蠕蠕而动，随时溃散。

"时间到了，我不会再耗费灵力用术法替你聚拢魂魄——如果运气好，你大概还能活个十天吧。"为帝君续命几十天，大司命似乎也是极疲倦，"阿珺，我们这一世的兄弟缘分，也差不多到头了。"

帝君的眼睛里充满了垂死的混浊，看着大司命，却有无限的不解和不安，努力发出了一丝声音："阿珏，你……到底在做什么？"

"说了你也不懂。"大司命却是不屑。

看着大司命拂袖转身，帝君忍不住问："你……要去哪里？"垂死的人从龙床上伸出手来，枯瘦的手指微微屈伸，似乎想要挽留唯一的胞弟，"等一等！"

"怎么，你怕一个人在这里等死？"大司命应声站住，回头看着自己的胞兄，语气含着一丝讥讽，"放心，青妃会来陪你走过最后一程——她不知道我已经拆穿了她，还想着要给你喂最后一碗药呢！"

北冕帝全身一震，喃喃："青妃……她……"

"你都已经亲眼看到了，难道还是不相信？"大司命冷笑，"这种事，她也不是第一次做了——当年她还不是这样对付了阿嫣？"

"什么？"北冕帝的身体猛然一震，"真的？"

阿嫣。这个名字，即便是在垂死之时听来，依旧有着惊心动魄的力量。

"当然是真的。你难道相信当年是阿嫣赐死了你那个鲛人女奴？"大司命冷笑了一声，眼里露出刻骨的仇恨来，"也不用脑子想想，阿嫣那种性格，怎么能做得出那种狠毒的事？你中了青妃的计。"

"不……"北冕帝剧烈地喘息着，缓缓摇着头，"不可能……"

"什么不可能？"大司命冷笑起来，"是你不可能中计，还是青妃不可能杀人？你忘了青妃送来的'还魂汤'是什么滋味了？那是来自中州苗疆的降头蛊，可以控制人的神志，云荒罕见。"

顿了一顿，他冷冷道："既然明白了这一点，当年你那个鲛人女宠是怎么死的，也就昭然若揭了。"

"不！明……明明是……阿嬷杀了……杀了秋水。"帝君剧烈地喘息着，声音虚弱，却丝毫不曾动摇，"和青妃……有什么关系？"

大司命冷笑："所以我说你愚蠢啊，哥哥！"

"不……不可能。"北冕帝似乎用尽了剩下的力气，在思考着那一件时间遥远的深宫疑案，眼神缓缓变化，身体也渐渐发抖，"秋水……秋水死之前，亲口对我说……是皇后杀了她！是她亲口说的！"

大司命冷然："她说的不是实话。"

"不可能！秋水她……她不会骗我！"北冕帝失声，眼神可怖，"她……她的眼睛都被人挖掉了！我问过了，那一天除了皇后，没……没有其他人进过她的房间！"

"是啊，你那么宠幸她，自然相信那个鲛人说的话。"大司命声音冷酷，将多年前尘封的往事划破揭开，"如果我说，秋水歌姬的眼睛是她自己挖掉的，你信不信？"

北冕帝猛然一震，失声："不可能！"

"你看，就是我这样告诉你，你也不会信。"大司命冷冷，看着垂死的胞兄，"那当初阿嬷这样对你说，你自然更不会信。"

"不可能。"北冕帝喃喃，"不可能！"

"有什么不可能？那个鲛人中了蛊，被青妃操纵了神志。"大司命的声音平静而森冷，"蛊虫的力量，足以让她毫不犹豫地亲手挖掉自己的眼睛，然后在你面前嫁祸给阿嬷！"

"什……什么？"北冕帝虚弱的声音都提高了。

"青妃也真是狠毒。不但让那个鲛人女奴挖了自己的眼睛，还把那一对眼睛做成凝碧珠，放在了阿嬷的房间里。"大司命叹了口气，同情地看了胞兄一眼，"你愤怒得发了狂，自然不会怀疑心爱女人临死之前的话——青妃既杀了你的宠妃，又借她之口除去了皇后，这个后宫，自然就是她一个人的天下了。这种一石二鸟的计谋，也算高明。"

"我亲眼看着秋水在我怀里断了气！她、她明明对我说，是皇后做的……"北冕帝全身发抖，似乎在努力地思考这番话的合理性，"时隔多年……空口无凭，你……"

"你想看凭据？"大司命看着北冕帝的表情，冷笑了一声，从怀里拿出了一物，递到他面前，"我就让你看看！"

那是一张微微泛黄的纸，上面写着斑驳的血书。

北冕帝定定地看着上面简单的几句话，微微战栗。

上面不过短短几行，写的内容却是触目惊心，"天日昭昭""含冤莫雪""愿求一死，奈何无人托孤"……斑斑血泪，纵横交错。

那是白嫣皇后在冷宫里写下的最后遗言，十年之后，才出现在他的眼前。那里面，她写了自己那一天里的遭遇，也说到了看到秋水歌姬忽然自挖双目时的震惊——然而，当皇后明白发生了什么时，一切都已经晚了。

天罗地网已经落下，她再也无法逃脱。

在被打入冷宫、辗转呻吟等死的七日七夜里，作为空桑帝君，他竟然没有收到丝毫有关她的消息——如今回想才觉得此事诡异。想必是青妃操控了后宫上下，不让皇后的一切传到紫宸殿和他的耳边吧？可当时的他沉溺在宠妃死去的悲哀之中不能自拔，哪里管得了这些？

等他知晓时，他的皇后已经在冷宫里死去了数日。

在死去之前，她又经历过多少绝望、悲哀和不甘？

"这是阿嫣临死之前留给我的信，辗转送出了宫外。"大司命枯瘦的手剧烈地发着抖，如同他的声音，"同样是一个女人临死之前说的话，为什么你就相信了那个鲛人女奴，而不肯相信自己的皇后呢？"

北冕帝定定地看着那一纸遗书，说不出话来。

是的，对于那个阿嫣，他甚至没有多少的记忆。不知道是当初就不曾上心，还是刻意遗忘——从皇太子时代开始，他就极少和这个被指配给自己的妻子见面，说过的话更是屈指可数。连她最后死的时候，他都没有去看上一眼。

她这一封绝命书里写的字，甚至比他们一生里交谈过的话还多。

这样的夫妻，又是一种怎样扭曲而绝望的缘分。

"十年前那件事发生的时候，我正好在梦华峰闭关，等出关已经是一年之后。看到这封信，我立刻赶回帝都，却已经太迟了。"大司命的声音有一丝战栗，厉声道，"阿珺，从那一天开始，我就恨不得你死！"

北冕帝喘息了许久："当时……为什么不告诉我？"

"没有证据。青妃做得很隐蔽，所有的人证、物证都已经被消灭了。何况你当时盛怒之下，也根本不会听进我说的话。"大司命顿了顿，眼里忽然流露出一丝狠意，厉声道，"那时候，我甚至想直接将青妃母子全数杀了，为阿嬷报仇！"

北冕帝猛烈一震，半晌无语。

许久，他才低声："那……你为什么没那么做？"

"呵……那时候青王兄妹权势熏天，如果我那么做了，整个天下就会大乱。我从小深受神庙教导，无法做出这种事。"大司命沉默了片刻，又坦然道，"当然，阿珺，我也想过杀你——可你那时候运势极旺，命不该绝，我不敢随便出手，生怕打乱了整个天下的平衡。"

说到这里，大司命摇了摇头，发出了一声冷笑："真可笑啊……就因为我知道天命，所以反而思前想后，束手束脚！如果我是剑圣门下弟子就好了，快意恩仇，哪用苦苦等到今天！"

北冕帝定定地听着，忽然嘶哑地问："那你……一直等到现在才动手，是因为……是因为，喀喀，现在我的运势已经衰弱，死期将近？"

"到后来，我已经不想杀你了。"大司命长长叹了一口气，看了垂死的老人一眼，"阿嬷在遗书里恳求我不要替她报仇，只要我好好照顾时影——我本来想，只要能完成她的嘱托也就够了。"

说到这里，他顿了一顿，厉声道："可是，树欲静而风不止——二十几年了，他们始终还是不肯放过影！"

"他们？谁？"北冕帝忽地震了一下，"青王？"

大司命并没有否认，冷笑起来："那么多年来，他们一直想斩草除根，光在宫里的时候就派人下了三次毒手，你却全然不知——我只能借口天命相冲，不让任何宫女接近他，以防青妃下毒手；在他五岁的时候，又出面对你说：必须把他送往九嶷山神庙，否则这孩子就会夭折。其实这不是什么预言，只不过是事实罢了……"

大司命顿了顿，低声："你根本无心保护阿嬷留下的孩子，我若把影就这样留在后宫，他绝对活不过十岁。"

北冕帝剧烈地咳嗽，神色复杂，似有羞愧。

"幸亏你也没把这个儿子放在心上，我那么一说，你为了省事，挥挥手就让时影出了家。"大司命淡淡道，"于是我把时影送去了九嶷神庙，让他独自住在深谷里，不许外人靠近——这些年来，我为他费尽了心血。"

他看了垂死的帝君一眼，冷笑："而你这个当父亲的，只会让自己的儿子自生自灭！"

北冕帝不说话，指尖微微发抖。

是的，那么多年来，他把自己所有的一切都给了背负罪孽的小儿子，却让嫡长子在深山野外风餐露宿——在临死前的这一刻，一切都明了了，巨大的愧疚忽然间充斥了他的心，令他说不出话来。

"信不信由你……反正等你到了黄泉，自己亲口和阿嫣问个明白就知道了。"大司命长叹了一口气，从怀里拿出一物，扔到了北冕帝的手边，"这个给你，或许你用得着。"

"这是？"北冕帝看着那个奇怪的小小银盒子。

"里面是一根针，遇到中州的蛊虫就会变成惨碧色。"大司命淡淡道，"我走后，青妃会再给你送来'还魂大补汤'——到时候你大可试试，看我说的到底是不是真的。"

北冕帝握紧了那个银盒，全身发抖。

"如果是真的，你会怎么做呢，阿珺？"大司命饶有兴趣地看着自己的哥哥，"我劝你千万不要惹急了那个女人……她心肠毒辣，一旦翻脸，只怕你到时候求生不得求死不能。"

北冕帝死死握着那个银盒子，脸上却并无恐惧。

"我有急事，必须得走了。阿珺，你可得好好保重多活几天……否则，只怕我们真的要下辈子才能见面了。"大司命长身站起，回头看了一眼垂死的兄长，眼里有复杂的光，"当了一辈子兄弟，最后不能亲眼看着你断气，真是可惜啊。"

"你……要去九嶷神庙？"帝君终于说出了一句话，声音嘶哑，"影是真的要辞去神职了？他是想回来吗？"

"是啊。"大司命淡淡，拿着他写下的旨意，"你反对吗？"

"不。"许久，北冕帝才说了那么一句话，闭上眼睛重新躺入了锦绣之中，喃喃，"他是我的嫡长子……让他回来吧！"

"回来，拿走我所亏欠他的一切。"

遥远的北海上，有一艘船无声无息破浪而来。

船上有十个穿着黑袍的巫师，沉默地坐着，双手交握胸口，低低的祝颂声如同海浪弥漫在风里——船上既没有挂帆，也没有桨，然而在这些咒术的支持下，船只无风自动，在冷月下飞快地划过了冰冷的苍茫海。

"前面就是云荒了。"首座巫咸抬起头，看着月下极远处隐约可见的大地，低声，"按照智者大人吩咐，我们要在北部寒号岬登陆，去往九嶷神庙。"

"唉……五年前没有杀掉，如今还要不远万里赶来。"另一个黑袍巫师摇头冷笑，"希望那个人的确重要，值得我们全体奔波这一趟。"

"自然值得。"巫咸淡淡，"智者大人的决定，你敢质疑吗？"

十巫全部低下头去，不再说话。

"我们冰族，七千年之前被星尊帝驱逐出云荒，居无定所地在西海上漂流，一直梦想着回归这片大地。"巫咸看着远处的大地影子，声音凝重，"智者大人说了，此行事关云荒大局变化——如果我们能顺利完成任务，那么空桑王朝的气数也将结束，我们重返大陆的时候就到了！"

"是！"十巫齐齐领命。

巫咸刚想继续说什么，却凝望着夜空某一处，脱口："怎么了？为什么……为什么星野在变动？"

那一刻，黑袍巫师们齐齐抬起头，顺着他的视线看过去——那本来是极不显眼的角落，如果不是巫咸特意指出，一般没有人会注意到。

在紫微垣上的那片星野，的确在移动！

那种移动，不是正常的斗转星移，而是反常的横移！

有一颗带着赤芒的大星散发出耀眼的光芒，以罕见的亮度跃然于星空。在那颗星的周围，如有看不见的力量牵引着，其他星辰以明显不正常的速度加速运行，一颗一颗地偏离了原来的轨道！

星野变，天命改！这个云荒，竟然有人在施行背天逆命之术！

巫咸脱口而出："天啊！是谁正在移动星轨？"

话音未落，那一颗赤芒大星的光芒忽然收敛。与此同时，那些被不可知力量推动的星辰瞬间停止了移动，摇晃了一下，"唰"地静止了下来！天空平静如初，所有星辰都在宁静地闪耀，不知道哪些移动过，哪些又从未移动过。

一切发生在短短的一瞬，若不是孤舟上的十巫此刻抬头亲眼所见，天地之间估计没有人会注意这片刻之间发生了什么。

是谁在试图改变星辰，改变命运？

"立刻将此事禀告智者大人。"巫咸厉声下令，"加快速度，前去云荒！"

没有风的海面上，那一艘船的帆忽然鼓满了不知从何而来的风，如同一支离弦的箭一样，"唰"地向着云荒激射而去！

第七章

宛如隔世

朱颜从九天上坠落。

不知道过去了多久，她终于恢复了神志。睁开眼时只觉得全身酸软，头痛欲裂，如同喝了一斗烈酒后的宿醉。她心里清楚这是灵力透支造成的衰竭，只怕要休息很久才能恢复——而且，从这一刻起，她元神大伤，要折损一半的寿命。

不过没关系，只要师父没事就行了……

刚想到师父，她神志顿时清醒了，挣扎着试图坐起来——对了，师父呢？他到底怎么样？为什么到了九嶷之后，从头到尾她都没见过他？不会是……然而刚一动，全身就碎裂一样地疼痛，她忍不住"啊"的一声，头重脚轻地栽了下去。

在鼻梁几乎要撞到地面的瞬间，眼前有白影一晃，将她扶住。

"师父？"她下意识地失声惊呼。

然而回过头，看到的是四只朱红色的眼睛。

她正躺在重明神鸟的翅膀根部，被厚重洁白的羽毛覆盖着，如同一颗静待孵化的蛋，温暖而柔软。重明神鸟看到她还挣扎着想爬起来，回过脖子，用喙子将她不客气地叼住，然后扔下来一串朱果。

"啊？"朱颜接住了灵药，喃喃，"四眼鸟……你没事吧？"

重明神鸟再度"咕噜"了一声，不满地抽了抽翅膀。朱颜这才抬起沉重的脑袋，看到她正靠在它受伤的翅根附近，羽毛上的鲜血刚刚凝固——那一夜，为了让她突破最后的极限，它奋翅直上九天，被雷电所击伤。

"哎呀！"朱颜一个激灵，挪了一下身子，"对不起对不起……"

重明神鸟没有将翅膀收回，反而扑闪了一下，用羽尖温柔地拂过了她的额头，"咕咕"了几声。那是这么久以来，朱颜第一次看到神鸟眼里的敌意消失，不由得心里一酸，哽咽："四眼鸟，你……你原谅我了？"

重明神鸟用喙子敲了敲她的脑袋，"咕噜"了一声。

"那么，师父呢？他……他怎么样了？"她擦了擦眼角，迫不及待地问，"你有看到他吗？他……他是不是真的活过来了？"

重明神鸟没有说话，四只眼睛转向了她的身后。

"怎么？"朱颜愣了一下，下意识地回头看去。

原来她已经被重明神鸟带到了帝王谷，此刻正身处师父当年经常修炼的那块白色大岩石之上——岩石底下有个小小的石洞，深不见底，赫然便是师父昔年苦修所居之处。

"师父在那里？"她一下子跳了起来，"他……他好了吗？"

她下意识地就想跑进去查看，重明神鸟在背后伸了一下头，似乎想叼住她的衣襟把她拖回来，犹豫了一下却又停住了，只是从喉咙里发出了一声咕哝，缩回了头，四只血红的眼睛里有复杂的表情。

朱颜迫不及待地往里走去，心里怦怦直跳——师父他……他真的活过来了吗？星魂血誓真的管用了？

她……她犯下的弥天大错，真的可以弥补？

一切都和十年前一模一样，狭长的甬道通向最里面的小小石室。石室简单素净，几无长物，空如雪窟，地上铺着枯叶，一条旧毯子，一个火塘，像是那些苦行僧侣的歇脚处。

她疾步往里走，一路上有无数的画面掠过心头。

八岁那年，她第一次被重明带到了这里，走进去看到了师父，差点被他一掌打死；九岁开始，她在帝王谷里跟着他修行，在这石窟里打了四年的地铺，风餐露宿，吃尽了苦头；十三岁那年，她离开了九嶷，便再也没有回到过这里。

而如今，再一次来到这里，已经是重来回首后的三生。

朱颜越走越慢，到最后竟然停住了脚步，忽然想要退缩。

然而一眼看过去，在山洞的最深处，果然有一个人。

一道天光从凿开的头顶石壁上透射下来，将那个独坐的人笼罩。那个熟悉的人影就在那里，静静面壁而坐，不知道在想着什么，依旧是一袭白袍一尘不染，清空挺拔，宛如雪中之月、云上之光。

听到她走进来，却没有回头。

师父！真的是师父！朱颜一眼看到那个熟悉的背影，心里骤然一紧，喉咙发涩，竟是说不出一个字，眼前模糊了，有泪水无法控制地涌出了眼眶。

师父……师父！你没事了吗？

她想喊，却又莫名地胆怯，想要伸出手却又缩回，只能怔怔地站在他身后不足一丈之外的地方，嘴唇颤抖着，终于小声地说了两个字："师父？"

那人背对着她，没有回答。

这短短的一刻，竟恍然漫长得如同一生一世。

从她的角度，只能看到他的右手放在膝上，微微握紧，指节修长。他应该已经知道了她的到来，却没有说话，只是看着面前的石壁，神色专注——石壁上还有十年前他闭关时留下的纵横交错的血色掌印，至今斑驳未褪。

八岁时的她，曾经那样毫无畏惧地奔过去，拉住他的衣襟，殷殷切切地询问——然而，十年之后他的她似乎再也没有了当初那样单纯炙热的赤子之心，反而觉得眼前咫尺的距离仿佛生死一样遥远，竟一时退缩。

从死到生走了一回，有什么东西已经不一样了。

"是星魂血誓？"忽然间，她听到了一句问话在石洞里响起。

那个声音很轻，却是如此熟悉，似乎从遥远的前生传来，轰隆隆地响在耳边，让朱颜猛然震了一下，一时间脑子空白一片，竟然完全失语。

她忘了回答，那个人也并没有回头，只是凝视着自己的手，缓缓握紧又松开，似乎在反复确认自己还活在世间这个事实，许久，他顿了一顿，语气平静地再度开口询问："我此刻还活着——是因为星魂血誓吗？"

"是……是的！"朱颜终于能够挣扎出两个字，声音发抖。

那一刻，面前的人霍然回头！

朱颜"啊"了一声，下意识地往后退了一步——是的，那是师父！千真万确！师父……师父终于摆脱了死亡的阴影，回到了眼前！

然而，此刻他的眼神充满了罕见的怒意，如同乌云里隐隐的雷电，令她下意识地一颤，呆在了原地。多年来，她一直那么怕他，竟连从生到死走了一回都还是一模一样。

朱颜一时间怔住了，师父他……他为什么会这么生气？

时影看到她恐惧的样子，沉默了一瞬，沉声："是大司命逼你这么做的？"

"不……不是的！"朱颜鼓起勇气，结结巴巴地回答，"是……是我自己要这么做的！是我求……求大司命教给我的！"

"你求他？"时影一震，忽然沉默了下去。

短促的沉默里，石窟里的空气显得分外凝滞，几乎让人无法呼吸。过了不知道多久，他握紧的手缓缓松开，只吐出两个字："愚蠢。"

朱颜颤了一下，只觉得仿佛一把刀"唰"地穿心而过，痛得她不禁倒吸了一口冷气——这些天来她不饮不食，竭尽全力，不顾一切地用自己一半的寿命交换回了他的性命，却只换来了这样两个字？

她眼眶瞬间红了，死死咬着牙努力不让自己哭出来。

"出去。"他扭过头去不再看她，再度说了两个字。

让她出去？朱颜颤抖了一下，不敢相信自己的耳朵，红着眼眶看着对方，希望他能回头看自己一眼。然而时影只是面对着石壁，头也不回，声音隐约带着烦躁："出去！"

她终于忍不住哭了出来，哽咽着，一步步地往后挪。

"谁让你们把我从黄泉之路带回来的？一切不应该是这样……"时影对着石壁坐着，忽然低低说了一句，声音里有压抑不住的愤怒和烦躁，"一切应该在那一刻就结束了！在那时候！"

朱颜已经退到了洞口，本准备离开，然而他语气里的异常让她不由得愣了一下，下意识地回过头看了一眼——下一个刹那，她就看到师父抬起手，狠狠一拳捶在了面前的石壁上！

她失声惊呼，看着石壁在眼前四分五裂。

"师父……师父！"朱颜惊得呆了，飞快地冲了回去。

情急之下，她想去拉住他失控的手，却完全忘记他拥有多可怕的力量。

当她接触到他的衣袖的时候，一股凌厉的抗力"唰"地袭来，让毫无防备的她整个人朝后飞出！朱颜发出了一声惊呼，身体便重重地砸到了石壁上。

那一刻，时影似乎也愣住了，猛然站起身："阿颜！"

朱颜从石壁上缓缓滑落，费力地用手撑住身体，脸色苍白。然而她顾不得疼痛，只是抬起头看着师父。那一刻，她终于知道了方才说话时他一直没有回头的原因——他的双手全是斑斑血迹，眉头紧蹙，颊侧居然有着隐约的泪痕。

同样的表情，她只在十几年前的石窟里才看到过一次！

时影"唰"地站起身，似乎想扶住她，可在接触到她的瞬间又仿佛触电般瞬间松开了手，往后退了一步，僵在了那里——那一瞬，两个人极近，又极远，连彼此的呼吸声都近在耳畔。

是的，呼吸。象征着生命存在的呼吸！

刹那间，她的心里忽然安定了，不再去想其他。

是的！无论如何，师父是真的活过来了！他没有死！光这一点，便能让她觉得九死而不悔，被他骂上几句打上一下，又有什么关系？

她揉着屁股自己站了起来，嘀咕了一声："好疼……"

她一开口，时影就听出了她并无大碍，顿时松了一口气——是的，刚才那一击他没有控制住自己，换了是普通人，挨上一下只怕早已五内俱碎。然而阿颜苦修多年，早已不是那个毫无反抗之力的小女孩，又怎会随随便便就被他打伤？

时间早就如流水般过去，一切都不同了，他却居然觉得她还是十几年前初见的那个孩子？

他无声地叹了一口气，镇定了下来，脸上的表情全部消失。

朱颜本来想趁机撒个娇，看到师父此刻的神色，忽然间又说不出话来——从小她便是惧怕他的，然而经历了这么多事情，此刻这种惧怕有了微妙的改变，似乎是两人之间有了一种奇特的尴尬，连多说一句话、多看一眼都会觉得不自在。

然而即便是不看、不说，此刻面对着从黄泉返回的师父，她满脑子回响着那天在星海云庭他和自己说过的最后的话，字字句句，如同魔咒。

"我很喜欢你，阿颜……虽然你一直那么怕我。"

只念及这一句话，朱颜顿时脸色飞红，微微发抖，再也不敢看他。幸亏时影并没有说话，只是往后退了一步，重新坐了下来，垂下头看着自己的手，眼神里掠过复杂的情绪。

"你的手在流血……"沉默中，她艰涩地开口提醒。

时影抬起手在眼前看了一下，没有作声，只是转了一下手腕——流血的伤口以肉眼可见的速度愈合，瞬间复原。她心里却是一急，忍不住道："你刚刚才恢复，还是别动用灵力了！"

时影看了她一眼，竟然真的停住了手。

朱颜愣了一下，不由得有些意外：师父……师父居然肯听自己的话？该不是重生了一次，连性子都改了吧？

然而看到他满手的血，她连忙撕下一块衣襟，上去替他包扎。

石洞深处的气氛一时间又变得极其寂静，甚至连两人的呼吸声都显得太过明显。朱颜心里只觉跳个不停，手指发抖，试了好几次才把绑带打好。她能感觉到师父正在看着她，便低着头，怎么也不敢抬头和他视线相对。

沉默中，听到他低声说："阿颜，你瘦了许多。"

她的手指不由得颤了一下，讷讷道："嗯，的确是……好久没心思好好吃饭了……"

时影沉默了一下，忽然道："那你先去吃饭吧。"

啊？朱颜没料到他忽然来了这一句，不由得愕然，把满腹要说的话都闷了回去：经历了一轮生死大变，两人好不容易又重新聚首了，她还没来得及和他说上几句话，师父……师父这就要赶她出去？为什么他的脾气忽然变得古怪而不可捉摸起来？

然而她不敢不听，僵硬地站起身来，鼓足勇气抬头看他——然而，只是短短一瞬，他已经重新转身面向石壁。朱颜看着他的背影，嘴唇动了动，终究是什么也没说，转身走出了石洞。

外面的重明神鸟守在洞口，一见她出来便一口叼住了她的衣襟，把她硬生生拖了过去，四只眼睛骨碌碌地盯着她，急切不已。

"放心。"她快快地道，"师父他已经没事了。"

重明神鸟松开了嘴，发出了一声欢悦的长啸，双翅一扇，"唰"地飞上半空，上下旋舞起来，如同白色的电光。

朱颜怔怔地看着欢欣雀跃的神鸟，却是有些出神。

是的，师父是恢复了，可他们之间，有什么东西似乎永远无法恢复——两人之间充斥着从未有过的奇怪氛围，令一贯没心没肺的她都无所适从。或许，重生的他也是觉得同样无所适从，才会急于赶她出来的吧？

今天是个阴雨天，外面阴云密布，没有一丝阳光。

朱颜独自在帝王谷里孑然而行，心里充满了从未有过的萧瑟和荒凉。当她在溪里俯下身掬水喝时，忽然被自己吓了一跳——不过一个多月的时间而已，水面里映照出的人竟然是如此苍白消瘦，宛如即将凋零的枝头落叶，哪里还是昔日明丽丰艳的小郡主？难怪师父刚才一眼看到她都感到惊讶。

毕竟是死过一次，一切都不同了。

朱颜草草吃了一点东西，天已经暗下来了。草木之间忽然响起了疏疏落落的声音，竟是下起了雨。她想回到那个石洞里避雨，却又犹豫了一下，心里隐约觉得畏惧，不敢过去。

"阿颜。"就在那个时候，她听到有人在雨里叫了她一声。

她下意识地回头，竟然看到岩石下有一袭飘摇的白衣——时影不知何时已经走了出来，在石窟洞口远远看着她，脸上没有太多表情，只说了一句："天黑了，怎么还站在雨地里？"

她心里一跳，垂着头，仿佛一只小狗似的快快走了过去。

"淋成这样？"时影皱着眉头看了她一眼，屈起手指虚空一弹，一股无形的力量涌来，"唰"地便将她身上的水珠齐齐震落在地，发丝却一点也不动。他这一手极其漂亮，如同行云流水不露痕迹，朱颜却吓了一跳，一把抓住了他的手，脱口："你刚刚好起来，快……快别耗费灵力了！"

时影顿住了手，看了她一眼。朱颜下意识地颤了一下，连忙缩回手去，只觉指尖仿佛被灼烧了一样烫手。然而他并没有说什么，只是转过身向着洞里走了进去，她便也只能乖乖地在后头跟着。

外面天色已黑，石洞深处的火塘里生起了火，映照着两人的脸。

恍惚中，她想起这样的相处，在少时也有过无数次——每次修炼归来，她都会跟着师父回这里休息，在石洞里点起火，吃过简单的食物，他会考问一些白天练习过的口诀和心法，她若是不幸答错，便要被戒尺打手心，痛得哭起来；等一天的修行结束，筋疲力尽的她裹着毯子在火边倒头呼呼大睡，他便在一边盘膝静坐吐纳，直到天亮，丝毫不被她一连串的小呼噜所扰。

在漫长孤独的岁月里，他们两个人曾经相处得如此融洽。可是此刻，当火光再度亮起的时候，火塘边的朱颜觉得无比别扭和尴尬。

时影也是沉默着，过了许久，忽然开口："用了多久？"

"什么？"朱颜一时没反应过来。

他只是看着火焰，淡淡道："你用了多久，才完成星魂血誓？"

"三……三十几天吧。"她讷讷道，"不够快……我太笨了。"

"够快了。"时影的声音平静，"纵观整个云荒，也只有三个人掌握这个禁咒，而你是第一个真正有勇气和力量去使用它的——只凭这一点，甚至连我也比不上。"

猝不及防地被表扬了，她眼睛一亮：天哪，师父居然夸奖她了！从小到大，他夸奖她的次数可是连一只手也数得过来！

"只是，大司命不该这么做！"时影的语气却忽然一沉，眉头微微蹙起，似乎在面对一个极其艰涩难解的局面，喃喃，"他丝毫没有顾及我的意愿，就出手干扰天意，打乱星盘……为什么？"

"他……"朱颜本来想辩护几句，可一想起大司命，心口骤然一痛，不由得脸色苍白了一下——是的，她对大司命立下誓言，要用星魂血誓换回师父的性命。如今师父好了，她是不是就该离开了？

她瞬间的异常没有逃出他的眼睛，时影转头："怎么了？"

"没什么。大司命他……"朱颜喃喃，最终没有把那些曲曲折折的事说出来，只是道，"大司命他……他只是不想你死。"她低下头，浓密而修长的睫毛如同小扇子一样扑闪扑闪，颤声，"我……我也不想你死啊！"

时影神色微微一动，有些意外地看着她："怎么，你不恨我了吗？"

"不……不了。"她迟疑了一下，终于咬着嘴唇摇摇头，轻声道，"你也死过了一次，一命抵一命……算是两清了。"

"两清。"他点了点头，松了一口气，却又似是不知道该说什么，只是沉默地看着石壁上陈旧的血掌印，清朗的眼神忽然有些恍惚。

石洞里的气氛沉默下去，顿时又显出几分尴尬来。

"其实……"朱颜顿了顿，开了口，涩声道，"渊……渊也和我说过，他和你为了各自的族人和国家而战，无论杀或者被杀，都是作为一个战士应得的结局，让我无须介怀……可惜在那时候，我并没能想明白这一点。"

"是吗？"这些话让时影一震，眼神微微改变。

没想到，这个鲛人还曾经对阿颜说了这一番话。一个卑贱的鲛人，居然也有这等心胸？大概，他也是隐约预测到了自己的结局，所以想事先在她心底种下一颗谅解的种子，避免将来她陷入一个无法挽回的死局。

那个鲛人，原来是真正爱她的。

想通了这一点，反而令他的内心有灼烧般的苦痛。

"总之，阿颜，对不起。"时影看着她，语气沉重，"我不得不杀了你这辈子最爱的人。"

她眼眶一红，几乎又掉下泪来。

"我……我也很对不起你，师父。"她哽咽着，对他承认，"那时候，我气昏了头，一心一意只……只想杀了你。"

她的声音很轻，眼泪"唰"地掉了下来："对不起！"

时影听到这句"对不起"，反而有些讶异地看着她："怎么，你觉得很内疚？我杀他，你杀我，这不是应该的吗？"

朱颜回忆起一刀刺穿他心口后自己当时的那种震撼和恐惧，不由得全身颤了一下，失声："不！我……我不想这样的！我不想你们死……我宁可自己死了也不想你们死！可是……可是，我气昏头了，完全控制不住！"

生死大劫过后，她终于能有机会说出心里的感受，心神激荡，刚一开口便不由得失声痛哭，肩膀剧烈地抽搐，大颗大颗的泪水接二连三地滚落面颊："师父你……你对我这么好，我……我竟然想都不想就杀了你！"

时影沉默地看着她的泪水，眼神里有一丝痛惜，抬手抚摸着满是陈旧血痕的石壁，道："阿颜，你不必如此内疚。要知道，在十年前，我十七岁，却已经一个人在这个山谷里住了十二年——"

"嗯？"朱颜有些猝不及防，哽咽了一声。

这些事，她自然都知道，他为何在此刻忽然提起？

时影继续看着那面石壁，道："那一天，雨下得很大，帝都的使者来到九嶷山，带来了一个噩耗：我那个被贬斥在冷宫的母亲，在上个月死了……尸体十几天后才被人发现。如果不是天气酷寒，说不定早就腐臭不堪。"

"啊？"她抽抽噎噎地停了下来，说不出话。

"而我父亲，因为记恨我母亲害死了他最宠爱的鲛人女奴，甚至不愿让她以皇后之礼入葬帝王谷——我母亲是白之一族的嫡女，堂堂空桑皇后，他竟然敢这样在生前死后羞辱于她，一至于斯！"时影看着那些血痕，语气忽然激烈起来，"我在五岁时就被他从母亲身边赶走。即使在她死后，他也不许我踏出这个山谷，去看母亲最后一眼！"

朱颜不知道说什么才好。

她还记得那一个下大雨的日子，她独自走进石窟，遇到了狂怒中的少年——原来，那一天发生了这样的事情？难怪当时他脸上血泪交错，有着她从未见过的可怕表情。

就是因为这样，他才一直那么憎恨鲛人一族吗？

"本来我一直以为，只要我用心修炼，等当上了大神官，等父王去世，总是有机会再见到母亲一面的。可是……永远没有这个机会了。"时影的声音轻而冷，如同从极远地方传来，"噩耗传来的那一天，我瞬间被击垮了，完全忘记了多年的修行，心里满是恶念——我想要闯出山谷去伽蓝帝都，杀了我的父亲！"

说到这里的时候，他虽然竭力克制，可尾音微微上扬，依旧露出了一丝起伏。

朱颜心里一痛，忍不住伸出手去，握住了他的手。

"在那一刻，我几乎入了魔。我击打石壁，直到满手鲜血——如果再有一念之差，我可能真的会回到帝都，弑父篡位，屠杀后宫！"他抬起手按在石壁陈旧的血痕上，声音忽然变得温和，"可是，仿佛是天意注定，就在那一刻，阿颜，你走进了这里——你阻止了我。"

这样短短的一句话，让朱颜猛然一震，如醍醐灌顶。

她想起那一天的情景。懵懂无知的孩子扑上去，试图拉住他自残得全是鲜血的手，却被少年在狂怒之下击飞，奄奄一息。等她回过神来的时候，他抱着她坐在重明神鸟的背上，已经是来回跨越了一次鬼门关。

原来，事情的前因后果竟是如此。

"阿颜，你在那一刻出现在我生命里，其实是有原因的。虽然你自己从未意识到这一点。"时影的声音轻而淡，如同薄薄的雾气，"所以，你完全不必觉得内疚，因为你已经救过我好几次——却只杀过我一次。"

她一时讷讷，不知说什么好。

时影在说话的时候一直没有看她，只是注视着火塘里跳跃的火，手指忽然轻轻一动，一团火焰"唰"地飞到了他的手心。

"这一次，我并没有给自己留退路。我计划好了所有的事，原本以为一切都会在星海云庭的那一天结束，所以在赴死之前倾心吐胆，未留余地。"他看着掌心的那一团火，声音越来越低，摇了摇头，苦笑，"可是我错了……这一切没有在十年前的那一天结束，也没有在星海云庭的那一天结束——每次当我觉得应该结束的时候，宿命却不顾我的意愿，一次次延续了下去！却完全不管……"

说到这里，他的声音停顿了一下，缓缓收拢了手指，将那一团炙热的火生生熄灭在掌心，低声喃喃："却完全不管，这样延续下去，又该让人如何面对这残局……"

"师父！"朱颜失声，想要阻止他这种近乎自残的行为，然而这次他只是将手指捏紧到底，直到指缝间的火焰熄灭。

朱颜心里又痛又乱，隐约知道这些话的意思，却不知如何回应。

师父是说，他那天是抱着必死之心，所以才豁出去了，对自己说了那些话？可是，没想到偏偏最后没死成，现在活过来了？他面对着自己觉得尴尬，不知道如何收场。他……他是这个意思吧？

可是……可是，她也不知道怎么收场啊！

她不知道如何是好，只觉得耳根都热辣辣起来。

"你说你不恨我了，是真的吗？"时影将手指松开，那一团火灼伤了他的手，他皱着眉头看着，"如果你心里还有一丝恨意，就在这里杀掉我吧——星魂血誓达成之后有一个'隐期'。在这期间将咒术撤除，对施术者毫无损害。而过了这个期限，再要解除我们之间的关联就非常麻烦了。"

"不……不！"她吓了一跳，结结巴巴，"我……我好容易把你救回来！"

时影看着她，没有说话，似是在衡量她心里的真实想法，最终舒了一口气，喃喃道："也是，我杀了止渊，你杀了我，一报还一报，算是两清——如今大事已了，既然还能重新回到这个世间，再沉湎于上一世的恩怨也无益处了。"

她用力点了点头，表示同意，却还是说不出话来。无论如何，是不可能真的两清的吧？经此一事，他们之间已经再也不能回到之前。

"睡吧。"沉默了片刻，他淡淡道，"有什么事明天再说。"

是的，明天再说。那一刻她也是暗自松了一口气，不敢抬头看他。

时影在跳跃的火塘旁盘膝而坐，闭目入定。朱颜却怎么也睡不着，在火边翻来覆去，不时抬眼悄悄看着那个背影，心里思绪翻涌如潮：一会儿想起星海云庭底下的生死决裂，一会儿想起大司命的诅咒，一会儿又想起父母和族人……

她心乱如麻，不知不觉睡去。

第二日醒来的时候，火塘里的火已经熄灭，外面天色大亮，竟已经是接近中午。她吃了一惊，迷迷糊糊中一下子跳了起来——该死，自己怎么会睡死过去了？起得晚了耽误了修炼，可是要被师父骂的！

然而下一刻，她忽然想起自己早已出师，再也不用早起做功课了。

大梦初醒，竟然瞬间有一种失落。

"醒了？"她听到那个熟悉的声音开口，"该走了。"

走？去哪里？她茫茫然地看着他。然而时影只是负手看着外面，神色平静，似乎在一夜之间想通了什么，道："既然活下来了，总不能永远待在这里……外面的一切，终究还是要走出去面对的。"

外面的一切？朱颜转瞬想起了大司命，想起了父母，心里顿时沉重起来。只能草草整理了一下头发衣衫，跟在他后面，走出了石窟。

外面还是阴雨天，无数细蒙蒙的雨丝在空谷里如烟聚散。

她看着师父的背影。如雪白衣映衬在洞口射入的天光里，看上去宛如神仙，不染一丝凡尘——重新回到这个世间的他，似乎又回到了遥远不可接近的模样，令她不敢再提起当日他曾经说过的话，甚至连想一想，都觉得刺心。

是啊，到现在，又该如何收拾残局？

或许并没有想象的那么难吧？只要装作不曾发生就好了。

她垂着头，心事重重地跟在他后面，走出了石窟。外面的重明神鸟一见到他们两人出来，发出了一声欢天喜地的呼啸，"唰"地飞过来，用巨大的翅膀将时影围住，低下头，用脑袋撞在了他的胸口，用力顶了一下，又左右摩擦。

"怎么像只小狗似的?"朱颜不禁失笑。

重明神鸟翻起四只血红色的眼睛,白了她一眼,翅尖一扫便将她推到了一边,重新用脑袋顶了一下他的肩膀,还真发出了类似于小狗的咕噜声。

"谢谢。"时影抬手抚摸神鸟的脑袋,轻声,"辛苦你了。"

重明神鸟用头蹭了蹭他的肩膀,抖擞了一下羽毛,忽地一扭脖子,叼了一物扔在他手里,却是一大串鲜红欲滴的果子,香气馥郁。

"天,又摘了一串?梦华峰上的朱果都被你采完了吧?"朱颜愕然,不由得心疼,"那些穷奇还不和你拼命?"

重明神鸟傲然仰头,咕哝了一声,拍拍翅膀露出伤口上新长出的粉红色的肉,头一扭,又扔下来一朵紫色的灵芝。

"谢谢。"时影笑了一笑,将朱果和灵芝放在掌心,走到少时修炼的那块白石上盘膝坐下。他微微闭上眼睛,将玉简放在膝盖上,合掌汲取着灵药的力量,苍白的脸色渐渐有些好转——毕竟是重生之躯,尚自衰弱,需要重新巩固筑基。

直到他闭上眼睛,她才敢抬起头,偷偷地打量。

可能是从小太过于畏惧这个人,从不敢正眼看,她竟从没有注意到师父居然是这样好看的男子,眉目清俊如水墨画,矫矫不群,几乎不像是尘世中的人。

她看着看着,竟然有些发了呆。

一直到过了三个时辰,薄暮初起,眼看又要下雨了,他才睁开了眼睛,双眸亮如星辰。朱颜心里一跳,连忙错开了视线,重新低下头去。

"差不多恢复了七八成,够了。剩下的慢慢来。"时影拂了拂前襟,长身站起,"回神庙看看吧,把残局收拾了。"

两人从帝王谷走出来,沿着石阶拾级而上。

朱颜走在他身后一步之遥,看着前面的一袭白衣,忽然觉得是如此可望而不可即,心事如麻,脚步不由得慢慢滞重起来,落在了后头——她是多么想继续这样与他并肩走下去,永无尽头。然而,不能。

因为她是被诅咒过的灾星,会给师父带来第二次灾难!

如果他再次因她而死,哪怕只有万分之一的可能,她也宁可先把自己杀死一百次,杜绝这种事的发生!

或许，大司命说得对，她该从他的人生里消失。

从帝王谷到九嶷神庙路程不近，足足有上千级的台阶。走到一半，薄暮之中，雨越来越大，而朱颜心神恍惚，竟丝毫未觉。走在前面的时影却抬起了手，手腕一转，掌心瞬间幻化出一把伞来。

他执伞，在前面的台阶上微微顿住了脚步，似在等着她上前。朱颜心里骤然一紧，竟有些畏缩，想要停住脚步。然而他只是撑着伞在台阶上静静地看着她，她脚下又不敢停，走了几步，便在台阶上和他并肩。

两人共伞而行，雨淅淅沥沥地落在伞上，伞下的气氛却安静得出奇。

听着近在咫尺的呼吸，她拼命克制住自己的思维，不让自己去多想，然而越是不去想，当日那生死诀别的一幕就越是清晰地浮现在眼前。

"我很喜欢你，阿颜……虽然你一直那么怕我。"

她想起他在生命尽头的话语，虽然竭力节制，却依旧有着难以抑制的火焰；她想起他最后落在她唇上的那个吻，冰冷如雪，伴随着逐渐消失的气息——这一切，只要一想起来，就令她整个心都缩紧，灼痛如火，几乎无法呼吸。

他那时候说的，是真的吗？

"阿颜？"忽然间，她听到身边的人问了一句，看了一眼停下脚步不肯走的她，"怎么了？"

"啊？"她从恍惚中惊醒，"没……没什么！"

糟糕，师父会读心术，该不会是知道她刚才一瞬间想起了……她涨红了脸，然而时影只是摇了摇头，道："你好像比以前沉默了许多，也不爱笑了。"

"啊……"她结结巴巴，匆忙掩饰，"真的没什么！"

"放心，我不会再随便使用读心术了。"他看出了她的失措，只是轻微地叹了口气，"我尊重你内心的想法。你如果不愿意说，谁也不会勉强你。"

她长长松了一口气，心里却有点空落落的，不知道说什么才好。

此刻，她有无限心事，却一句也不能说。如果他能直接读出来，说不定倒也好了。

阅尽天涯离别苦，不道归来，零落花如许。

花底相看无一语，绿窗春与天俱暮。

待把相思灯下诉，一缕新欢，旧恨千千缕。

最是人间留不住，朱颜辞镜花辞树。[1]

恍惚之间，忽地想起了少时这一首渊教过她的词。

这首从中州传来的词，里面隐藏着多少深长的情意和淡淡的离愁，沧桑过尽之后的百转千回，却终究化为沉默。

两个人打着伞，沉默地拾级而上，不知不觉就来到了神庙面前。

所有的神官和侍从都被遣走了，空旷的九嶷山上只有他们两个人，风空荡荡地吹过空山密林，满山的树叶瑟瑟如同波涛，竟盖过了雨声。

时影打着伞站在阶下，看着神庙里巨大的神像，神情复杂。她在一旁沉默地站了半天，忍不住叹了口气：“上一次来这里，都已经是五年前的事了——那天我刚想进神庙点一炷香，你忽然拦住了我，不容分说就赶我下山。”

“那是没有办法的事。”冷不防她翻起了旧账，时影微微蹙眉，“那时候你已经长大了。神庙不能留女人。”

朱颜却还是气鼓鼓的：“可是，你说会去天极风城看我，却一直都没来！”

他神色微微变了变，没有分辩。

是的，当年，在她下山后，他就再也没有去看过她，即便她几次邀请催促，他也只是狠下心来，视而不见。

许久，时影才低声：“我原本想把一切就此斩断。”

人生因缘聚散，如大海浮萍。当时他送走了她，便定下心试图压制自己，就当这一切只是心魔乍现，幻影空花，转眼便能付之流水，再无踪影——可是……在帝王谷独自苦修了一千多个日日夜夜，却始终未能磨灭心头的影子，最终还是导致了今日这样的局面，就如抽刀断水水更流。

朱颜听得云里雾里，不知道他说的斩断是什么意思。她想问，但看到此刻他的语气和神情，却又隐约觉得这是不可以问的，不由得惴惴。

两人沉默了片刻，时影注视着神殿内的神像，忽然道：“神的眼神变

---

1 清·王国维《蝶恋花》。

了——看来已经知道了我身上发生的一切。"

"什么?"她愣了一下,看了看神庙。

七星灯下,那一座塑像还是一模一样,哪里有什么变化?

"我在神庙里长大,曾经发誓全身心地侍奉神前,绝足红尘。"时影隔着雨帘,凝视着孪生双神的金瞳和黑眸,语气里透露出一丝苦涩,"可是,事到如今,这身神官白袍,我已经再也当不起了。"

什么?朱颜心里惊了一下,想起大司命说过的话——难不成那个老人又猜准了:在去过一趟鬼门关之后,师父还想要辞去神职?

"现在的我已经不适合再侍奉神前,更不适合担当大神官之职。"时影沉默了片刻,果然开口道,"接下来,我会辞去神职,离开九嶷山。"

大司命果然料事如神!那一瞬,朱颜不由得倒抽了一口冷气,连她都以为师父经历了这样的事,说不定会就此远离红尘,独自在世外度过一生。然而,如大司命所言,他反而下定决心离开神庙!

这个老人,才是世上最洞察师父想法的人吧?

她茫然地问:"那……你想去做什么呢?"

"浪迹天涯,做回一个红尘俗世里的普通人。"时影淡淡说了一句,"我的前半生都被埋葬在这座山谷里,到了现在,也该出去看看这个天地了。"

"嗯。"朱颜不想扫他的兴致,便道,"六合有无限风景,光是我们西荒,便够你看个十年也看不完呢!"

时影点了点头,停顿了片刻,忽然抬头看向她,问:"那……你愿意跟我一起去看吗?"

这句话是直接明了的,即便迟钝如朱颜也是猛地明白了过来。她骤然一震,不敢相信地抬起头,对上了他的眼睛。雪白的蔷薇纸伞下,他的双眸清亮,如同夜空的星辰,似在等待她的回答。

那一刻,她胸口如受重击,说不出话来。

原来,他并没有装作忘记,并没有当那天的话没有说过!他终究还是对着她再一次说出了同样的话!

——对这样骄傲的人,这需要多大的勇气啊……

经历了一遍生和死,他真的变得和以前有点不一样了。

"我……我……"朱颜讷讷,脸色苍白,竟不敢看他。

回答已经在舌尖上凝聚，但是那一刻，她想起了大司命的话，一时间仿佛有一只手伸过来，死死扼住了她的咽喉，让她说不出一句话——仿佛自己说了一声"愿意"，就等同是再次对他下了死亡的诅咒一样。

"你难道不希望你师父过得好，有个善终吗？"

"你难道希望你的父母和族人因你而遭受飞来横祸吗？"

那个洞彻天地的老人嘴里吐出过这样冰冷的预言，冷酷如死神。

她的嘴唇微微动了动，却终究说不出那个简单的字。

沉默了片刻，时影看着她的表情，眼里那一点光亮缓缓暗淡，终于也是转过头去，不再说第二句话。是的，他从小看着她长大，怎么会不知道她是什么样的人？以她热烈跳脱、爱憎分明的个性，若是心中有意，断然不会像如今这样嗫嚅不答。

终究还是无法跨越吧？他杀了她一生中最爱的人，她能不记恨已经很好，还怎能奢望其他？毕竟世间的所有事，不是都可以重来的。

"我知道了。"他轻叹了一口气，便再也不说一句。

她嘴唇动了一动，却无法开口分辩半句——她知道，同样的话，他是再也不会问她第二遍了。

他们之间这一生的缘分，说不定就在这一刻真正到了尽头。

第八章

万劫地狱

时影不再看她，转身踏入了神庙，走进了那一片深邃暗淡的殿堂里，并没有回头，似乎刚才那一段对话只是字面上那样简单，波澜不惊。

九嶷的大神官在七星灯下凝望着神像，双手合十，垂目祈祷，默默感谢神的庇佑。烛影下，他的表情沉静凝重，有着一种不可亲近的庄严。朱颜跟了进来，在后面跟着跪了下来，双手合十，却是心乱如麻。

祈祷了片刻，时影站了起来，走到了门口，双手一展，只听"扑簌簌"一声，无数的白影从他的袍袖之中飞出，四散飞入白云。

朱颜吃了一惊："这是什么？"

"召集神庙里的神官侍从回到这里。"时影头也不回地道，"我一醒来，就接到了大司命的传信，说帝君已经同意了我的要求，准许我辞去神职——大司命此刻正朝着九嶷赶来，准备替我主持脱离神职的仪式。"

朱颜听到"大司命"三个字便忍不住变了脸色，心虚了一半，脱口："为什么非要举行仪式？你……你既然想走，直接走不就可以了吗？"

时影看了她一眼，神色严厉起来："凡事都有规矩。我身为九嶷神庙大神官，天下神职人员的表率，想要毁弃誓言、离开神前已经是大错——若因此不接受惩罚，何以约束后世历代神官？"

"这……"朱颜一贯怕他，听到这么严厉的训斥忍不住噤声，然而忽地想起了什么，惊呼，"难道……你真的要去那个什么万劫地狱？"

"当然。"时影神色淡然，"万劫地狱，天雷炼体，这是辞去神职之人必须付出的代价，我自然也不能例外。"

"可是！"朱颜惊得叫了起来，"你会被打死的啊！"

"不会的。"他摇头，语气平静，"天雷炼体之刑只能击碎筋骨，震碎元婴，毁去我一身修为，并不能置我于死地。"

毁去一身修为？听到他说得如此淡定，朱颜更是惊慌，失声："不行！我好容易才把你救回来，绝不能让你再进那个什么万劫地狱！什么破规矩！"

"住口！"时影厉声道，"你算是九嶷不记名的弟子，怎敢随便诋毁门规？"

"我……"朱颜万般无奈，只觉得愤愤不已——师父一贯严苛，行事一板一眼，从不违背所谓的规矩和诺言。当初送她下山时毫不容情，逃婚后送她回王府时也是毫不容情，如今连对待自己，竟然也是毫不容情！

这个人，怎么就那么认死理啊？

朱颜万般无奈，又不敢发作，只憋屈得眼眶都红了。

"我不会死的，你放心。"似乎知道了她的情绪，时影难得地开口解释，安慰她，"星魂血誓已经把我们的命运联结在一起了，一荣俱荣，一损俱损——所以，我一定会好好活到寿终正寝那一天。"

听得这种话，她不由得睁大了眼睛："真的？那……我们会在同年同月同日死吗？"

"你将剩下的阳寿分了一半给我，你说会不会在同一天死？"时影指了指外面已经暗淡下来的天空，"我们的命运已经同轨。当大限到来的那一刻，两颗星会同时陨落。无论我们各自身处天涯还是海角，都会同时死去。"

"啊？"朱颜怔了半响，脑海里忽然一片翻腾。

同时死去，天各一方？听起来好凄凉啊……如果死亡的同步到来是不可避免的，那么几十年之后，到临死的时候，谁会陪在自己身边？谁……谁又会陪在他身边？他们两个的最后一刻，会是什么样？

短短的一瞬，她心里已经回转了千百个念头。而每想过一个，心里便痛一下，如同在刀山里辗转，鲜血淋漓几乎无法自控。

"反正……反正还早呢。"最后，她终于勉强振作了一下精神，似是安慰他，也似是安慰自己，"大司命说我能活到七十二岁！就算分你一半，我们都还有二十七年好活呢。"

"二十七年吗？"时影却叹息，"还真是漫长。"

那一刻，他脸上的神色空寂而淡漠，看得她心下又是一痛。神庙里的气氛一时低沉下去，沉默得令人心惊。朱颜视线茫然地掠过神像，创世神美丽的黑瞳俯视着她，露出温暖的微笑。

神啊……你能告诉我，接下来的二十七年会怎样吗？

那个大司命说的，是不是真的？我会害死他吗？

她在一旁心乱如麻，时影也没有说话，只是站在廊下，看着外面的夜空，忽然间开口："那一卷手札上面的术法，你都学会了？"

朱颜愣了一下，不防他忽然问起了这个，不由得点了点头。

他微微蹙眉："手札呢？"

"啊？那个……"朱颜愣了一下，忽地想起那本手札已经和苏摩一起不知下落，心里不由得一惊，不由得讷讷，"我……我没带在身边。"

"这么重要的东西，怎么能随便乱放？"时影看到她的表情，便知道事情不妥，不由得蹙眉，流露出不悦，"那里面哪怕是一页纸的内容，都是云荒无数人梦寐以求的至宝！你怎么不小心保管？"

"我……我……"她张口结舌，不敢和师父说她把上面的术法教给了一个鲛人——师父若是知道了，会打死她吧？

时影看着她恐惧的神色，神色放缓，只道："算了。幸亏我知道你做事向来顾前不顾后，为了以防万一，已经在上面设了咒封。"

"咒封？"朱颜愣了一下。

"是，那是一个隔离封印之术。"他语气淡淡，"除了你之外，别人即便是得到了那卷手札，也无法阅读和领会上面的术法——除非对方的修为比我高。"

她吃了一惊，忽然间明白了：难怪苏摩那个小家伙一直学不会上面的术法！那时候他说那些字在动，根本无法看进去，她还以为那个小家伙在为自己的蠢笨找借口，原来竟然是这样的原因！

"手札里一共有三十六个大术法，七十二个衍生小术法。才那么短短几个月，你居然都学会了？不错。"时影停了一下，"要知道有些天赋不够的修行者，哪怕穷尽一生，都无法掌握千树那样的术法。"

她难得听到师父的夸奖，不由得又是开心又是紧张——因为她知道师父每次的夸奖之后，都必然会指出她的不足。

果然，时影顿了一顿，又道："但是，你知道为什么在星海云庭和我对战的时候，你我之间的力量会相差那么多吗？"

朱颜下意识地脱口："那当然是因为师父你更厉害啊！"

"错了。"时影却是淡淡道，"你和我之间的差距，其实并没有你想象中那么大——我所掌握的术法，如今你也都已经掌握了，区别不过在于发动的速度、掌控的半径，以及运用时的存乎一心。"

"存乎一心？"朱颜忍不住愕然。

"术法有万千变化。"时影颔首，"比如水系术法和火系术法如果同时使用，冷热交替，就会瞬间引起巨大的旋风——我把这个咒术叫作'飓风之镰'，可以在大范围内以风为刃，斩杀所有一切。"

"真的吗？还能同时使用？"她的眼睛亮了一下，惊喜万分，"我都没听过哎……这是你创新出来的术法吗？"

"是的。还有许多类似的。"时影淡淡，"每一个五行术法都可以和另一个叠加，从而创造出新的术——随着两个术法施展时投入的力量不同，效果也会不同。就如万花筒一样，变化无边无尽。"

"居然还有这回事？"朱颜脱口，眼睛闪闪发光，"难怪我翻完了整本手札，都没看到你在苏萨哈鲁用过的那个可以控制万箭的咒术！"

时影颔首："那是我临时创造出来的术，用了金系的'虚空碎'和水系的'风凝雪'，叠加而成——只用过一次，还没有名字。"

"哇，太过分了……"朱颜忍不住咂嘴，"那么厉害的术法，你居然用过就算，连名字都不给它取一个！"

"名字不过是个记号而已，并不重要。"站在九嶷山的星空下，时影耐心地教导唯一的弟子，"当叠加的咒术越强大、越精妙，产生的新咒术就越凌厉。如果你同时施展最强的攻击术'天诛'和最强的防御术'千树'……"

朱颜眼神亮了起来，脱口而出："那会怎样？！"

时影低下头看着自己的双手，淡淡道："这两个最强的术法叠加，将会产生一个接近于神迹的咒术。我给它取名为'九曜天神'——这个咒术的级别，几乎能和星魂血誓相当。它不能轻易使用，因为当它被发动的时候……"

"会如何？"朱颜只听得热血沸腾，"一定会很炫吧？！"

"你将来自己去试试就知道了。"时影却笑了一下。

她想了片刻，只觉得心底有无数爪子在挠着，恨不得立刻看看师父说的是不是真的，然而只想了片刻，又愣愣地道："不对啊……无论是天诛还是千树，都需要双手结印才能发动吧？又怎么能'同时'施展呢？"

时影看了她一眼："谁说必须要双手结印才能发动？"

"那些结印的手势，明明是你在手札上画的！"朱颜皱起了眉头，理直气壮地反驳，"难道你画的还会有错？"

时影没说话，只是转过目光，注视了一下神庙外的地面，伸出一根手指——只是一瞬间，无数巨大的树木从广场上破土而出，蜿蜒生长！

"啊！"朱颜失声惊呼，几乎不相信自己的眼睛，"千……千树？！"

是的，师父刚才没有出手结印，甚至连咒语都没吐出一个字，就在无声无息之间瞬间发动了这个最高深的防御术！他……他是怎么做到的？用眼神吗？

时影没有说话，只是微微闭了一下眼睛，收回了手指。那一瞬，联结成屏障的巨大树木瞬间枯萎，重新回到了土壤之下，整个神庙外的广场依旧平整如初，仿佛什么也没有发生过一样！

他负手，在廊下回头看了一眼弟子，声音平静："看到了吗？发动咒术，并非必须结印，甚至也无须念咒，你的眼睛可以代替手，你的意念也可以代替语言——运用之妙，存乎一心。"

"存乎一心？"她怔怔重复了第二遍这个词，若有所思。

"学无止境。云荒术法大都出自九嶷一系，在不同的人手里用出来却天差地别。"时影声音平静，却含着期许，"阿颜，你虽然已经学会了所有术法，但只能算是登堂，尚未入室——好好努力吧。"

"嗯！"她用力地点头，"总有一天，我会追上你的！"

时影眼神微微动了一下，望着天宇沉默了下去。

气氛忽然又变得异常。片刻后，朱颜终于忍不了那样窒息的寂静，开口小声地问："你……你在看什么？"

"星象。"时影叹息了一声，"可惜阴云太重，无法观测。"

她心里腾地一跳，转头也看着夜空——漆黑得没有一丝光，所有的星辰月亮都被遮蔽起来了。朱颜忍不住也大大叹了口气，她是多么想看看星魂血誓移动后的星图，想看看她的星辰和他的星辰啊！可为什么偏偏下雨了呢？

她还在叹气，却听到时影在一边淡淡道："你该走了——很快侍从们都会回来，按规矩，九嶷神庙不能有女性出现。"

"什么破规矩！凭什么女人就不能进庙？"她嘀咕了一声，却知道师父行事严格，不得不屈从，"那……我先回石窟里躲一躲好了。"

"不，你该回去了。"他却淡淡地开口，并不容情，"你父王那么久没见到你，一定着急得很。你早点回去，也不用他日夜悬心。"

啊……父王！那一瞬，朱颜心里一跳，想起了家人。

是的，离她在乱兵之中悄然出走已经一个多月了，父王如今一定急死了吧？是不是在天翻地覆地找她？盛嬷嬷没有受责罚吧？还有，申屠大夫有没有带着苏摩回府？那小家伙的伤，是不是彻底好了？

这些大事小事，在生死压顶的时候来不及想起，此刻却都骤然冒了出来，一时间让她不由得忧心如焚，只恨不得插翅飞回去看看。

"让重明送你去吧。"时影似是知道她的心焦，淡淡道。

"好！"她跳了起来，冲向门口。

看到她的离去，时影的眼神有些异样，似是极力压抑着什么——然而，刚走到神庙门口，朱颜又停住了脚步，回过头看着他。

"怎么？"时影一震，声音还是平静，"还有什么事？"

"啊，对了！如果我现在走了，回来时……回来时你还会在这里吗？"朱颜站在神庙门口，看着灯下孤零零的神官，疑虑，"你马上就要辞去神职，离开九嶷了，是不是？"

他轻叹了一声，点了点头："是。"

"那我现在要是回去了，是不是就再也见不到你了？"朱颜忽然明白过来，一跺脚，"那……那我先不回去了！我写信给父王报个平安，然后留在这里，看着……"

"看着我进万劫地狱？"那一刻，时影再也无法控制，语气里有了一丝平时没有的烦躁和怒意，厉声道，"反正都是要走，早一天迟一天有什么区别？"

他眼里的光芒令她吃了一惊，心里一紧，竟不敢说话。

是啊，还有什么好说呢？既然她不能跟他一起云游七海，既然他们必然天各一方……

"那么……"她想了半天，还是舍不得离开，怯怯地说了一句，"留到明天再走，行不行？"看到他没有说话，连忙又补了一句，"一大早我就走，绝不会让那些人看到的！"

时影没有说话，许久，一言不发地转身离开。

他的背影沉默而孤独，显得如此遥不可及。她在后面看着他走远，心里忽然有一种冲动，想不顾一切地奔过去拉住他——哪怕明日便永隔天涯。

然而天不怕地不怕的她在此刻忽然失去了勇气，只能站在原地，看着他越走越远，再也看不见。

这一夜，她睡在神庙的客舍里，辗转不能成眠。中宵几次推开窗，偷偷看向师父的房间，却发现他的房间里一直灯火通明，隔着窗纸，可以看到他在案前执笔的剪影，清拔而孤寂，不知道写着一些什么，竟也是通宵未曾安睡。

她静静地凝望，心里千头万绪，竟怔怔落下泪来。

第二日，天光微亮，尚未醒转，窗户忽然打开，一阵风卷来，重明神鸟探头进来，一口把她叼了起来，摇了一摇，抖掉了她身上的被子。

"吵死了。"朱颜咕哝着，不情不愿地从梦里醒来，蓬头乱发。

重明把她重重地扔下，丢回了床榻上，"咕咕"了一声，看着山门的方向。外面天色初亮，却已经有了人声，是那些神官侍从被重新召集，又回到了九嶷，等待举行仪式——外面人都要到齐了，她可不能再留在九嶷了。

朱颜不敢怠慢，连忙爬起来，胡乱梳洗了一下："师父呢？"

重明神鸟没有回答，用四只眼睛看了看山下。

"他已经下山去了？"朱颜明白了过来，轻声嘀咕，有掩饰不住的失望，"怎么，居然连最后一面都不愿意见啊……"

重明"咕噜"了一声，将一物扔到了她怀里，却是一个小小的包裹。

"什么东西？"她打开来一看，里面却是一本小册子。

小册子上用熟悉的笔迹写着"朱颜"两字，和上次他给她的第一本几乎一模一样，上面笔墨初干，尚有墨香——她心里一跳：师父昨夜一宿未睡，莫非就是在写这一卷手札？

翻开来，里面记载的并不是什么新术法，而是昨天晚上师父说过的对于那些咒术的精妙运用：各种术法叠加而产生的新术法，以及反噬和逆风的化解等。那是师父毕生的经验总结，见解精辟，思虑深远，有一些独到创新之处，见所未见，是她穷尽一生也未必能达到的境界。

朱颜的眼眶红了一下，知道那是他留给她的最后礼物，将手札收好，擦了擦眼角，推开窗跳上了神鸟的背："走吧！"

重明神鸟轻轻叫了一声，振翅飞起，带着她掠下了九嶷山。

树木山陵皆在脚下迅速倒退，她在神鸟背上低头看去，只见底下乌压压的都是人，果然所有的神官都已经从外面赶了回来，每一座庙宇都聚集了人群——山门外，有盛大的阵仗，侍从如云，似乎在迎接一个重要人物的到来。

怎么，是大司命已经莅临了九嶷吗？

云上的风太大，朱颜下意识地理了一下发丝，忽然间碰到了冰凉的簪子，不由得怔了怔，想起一件事来：对了……大司命吩咐过她，要她事毕后将玉骨还给师父，从此永不相见——可是她走得匆忙，竟忘了这回事。

要不要……回去还一下呢？借着这个机会，还能看到他最后一次吧？

她怔怔地想着，看着远处人群中的那一袭白衣，百味杂陈。

白云离合的九嶷山上，时影站在万人簇拥之中，迎向了远道而来的大司命。老少两人行完礼之后，便一起转身，朝着九嶷神庙步去——不过一个多月不见，大司命似乎更加衰老了，步态之中几有龙钟之感，更映衬得身边的时影疏朗俊秀，如同玉树临风。

她定定地看着，竟是移不开眼睛。

虽然隔得远，仿佛是感觉到了什么，时影在台阶上骤然回头，看向了天空。那一刻，朱颜心里一惊，连忙扭过了头，眼睛一热，几乎又要掉下泪来——说不定，这就是他们这一辈子最后一面了。二十七年之后，他们会天各一方，各自死去，永不再见。

一时之间，她只觉得心里刺痛难当，再也忍不住将头埋在重明神鸟洁白柔软的羽翼里，在九天之上肆无忌惮地放声大哭起来，哭声在云上回荡。

"影，你在看什么？"大司命在台阶上驻足，和大神官一起抬头回望——碧空如洗，万里无云，只有一点淡淡的白色飞速地掠过，如同一颗流星。

"是重明？"老人开口问。

"嗯。"时影没有多说，凝视了一眼便转过身来，头也不回地继续拾级而上，"我让它送阿颜回赤王府。"

"哦。"大司命应了一声，心里明了前因后果，却只道，"那个小丫头，真是吃了熊心豹子胆！竟然闯下这等大祸，差点害得云荒天翻地覆。"

时影深深颔首："多亏大司命出手，才躲过这一劫。"

"是吗？"老人淡淡，锐利的目光从他脸上一掠而过，"影，你心里不是这么想的，对吧？你在埋怨我这把老骨头擅自出手，打乱了你的计划，是不是？"

时影没有说话，脸色淡淡，却也不否认。

"你一心求死，竟从未和我透露只言片语。"大司命沉下了脸，语气肃穆，"影，你是做大事的人，竟然只为了一个女子便如此连性命都不管不顾？我在你身上花了这么多年的心血，差一点就白费了！"

长辈语气严厉，时影看了他一眼，却不为所动："大司命的栽培，在下自然没齿难忘。只是每个人都有自己的想法，值不值得，也只有自己知道。"

很少看到这个晚辈有如此锋芒毕露的反击，老人一时间没有说话，只是颓然摇了摇头："唉……你和你母亲，脾气还真是一模一样。"

时影的神色微微一动，似被刺中了心底某处。

母亲。作为从小被送到深谷的孤儿，那个早逝的母亲永远是他心底的隐痛。而在这个世上，如今还和她有一丝丝联系的，就是大司命了。从他记事时候开始，这个号称云荒术法宗师的老人就一直引导他、提携他、教给他许多，从未求任何回报。

有时候，他也会想：这是因为什么？

可是大司命的修为在自己之上，在这个云荒，即便他能读懂任何一个人的心，也永远不知道这个老人心里埋藏的秘密。

说话间两人缓步而行，速度看似极慢，然而脚下缩地千尺，转瞬便到了九嶷神庙的大殿门口。

那里，仪式即将开始，一切都已经准备好了。

"九嶷神庙存在了七千年，有过各级神官数万名。根据记载，想要脱离神职的神官共计有九百八十七位。"大司命在孪生双神的巨大雕塑下转过身，深深凝望年轻的大神官，"但是，能活着通过万劫地狱的只有十一位。其他的人，全部都灰飞烟灭，尸骨无存——此乃炼狱之路，汝知否？"

时影声色不动："在下已知。"

"既然知道，也毫无退缩？"大司命摇头，似是无可奈何，"影，尘心是否动过只有自己知道——你大可继续当你的大神官，又何必非要去走刀山火海？"

"不。"时影摇了摇头，"神已经知道。"

他抬起头，看了看神像，眼神黯然："既然已经破了誓言，不能全心全意侍奉，又何必尸位素餐、自欺欺人？"

老人终于点了点头，叹了口气："也罢。我知道你就是这样严苛的人，对别人是这样，对自己更是这样——影，你自幼出家，本该清净无念，却为何尘心炽热，一至于此？"

时影叹息："箭已离弦，如之奈何？"

"原来无论如何，你还是要为了那个女人而破誓下山。"大司命也是叹息，终于点了点头，拿起了手里黑色的玉简，"你真的想好了？不惜粉身碎骨、万劫不复，也要脱下这一件神袍？"

"是。"

"无论是否神形俱灭，都不后悔？"

"无怨无悔。"

"好一个无怨无悔！"大司命拂袖回身，花白的须发在风中飞舞，厉声道，"那么，看在你母亲的分上，我就成全你！去，在神的面前跪下吧！"

时影往前一步，踏入神庙，振衣而拜。

外面鼓乐齐奏，仪式正式宣告开始。无数神官侍从列队而来，簇拥神前，祝颂声如同水一样绵延宏大，大司命持着玉简，按照上古的步骤向着神像叩首，宣读了帝都同意大神官辞去神职的旨意，向孪生双神禀告下界的意图，开始奉上了丰盛的三牲供品。

那些供品，是为了获得神的谅解而设。

——而最重要的供品，是人的本身！

大司命做完了最后一个步骤，在神前合掌，低声禀告上苍："九嶷大神官时影，幼年出家，自愿侍奉神灵终身。如今发心未毕而尘心已动，竟欲破誓下山，其罪万死——今愿以血肉之身而穿炼狱，亲自向神辞行！"

听到大司命念完了祈祷词的最后一句，时影从神前直起了身，深深合掌，一言不发地抬手解下了头上束发的羽冠，弯腰脱掉了足上的丝履，将所有大神官所用的器物都呈放神前。当一切该放下的都放下之后，便穿着一袭白袍，赤足披发，缓步从神殿里走出。

那一刻，外面所有的祝颂声都停止了，无数侍从一起抬头凝望着时影，看到平日高高在上的大神官如今的模样，眼神各异，充满了震惊。

这是最近一百年来，第一个准备要破誓下山的大神官。

然而这个要踏入地狱的人眼神平静。踏上生死路，犹似壮游时。

大司命站在祭坛前，看着时影一步步走出去，苍老的眼神里有不可名状的叹息和震动——老人深吸一口气，振袖而起。那一瞬，黑色玉简在大神官的手里化为一柄黑色的剑，直指神庙西北。剑落处，云雾散开，露出一座平日看不见的巍峨高山来！

那是大空山的梦华峰，万劫地狱所在。

"去吧！走完这万劫地狱，献上你的血肉，在神面前赎清你的罪孽！"

"然后，你才可以脱下神袍，回到人间。"

所谓的万劫地狱，其实只是一条路。

那条路从九嶷神庙起，到梦华峰顶止，一共十一万一千一百一十一步。所有破了誓、犯了罪孽的神官，都要被发跣足、独自走完这漫长的一条路。

云雾萦绕的梦华峰壁立千仞，飞鸟难上，其间布满妖鬼魔兽，寸步难行。然而有一道天梯贴着悬崖，穿云而上。那条天梯由毗陵王朝的第一代大司命韶明开辟，每一级台阶都形似一把巨大锋利的剑：剑柄嵌入崖上，剑刃横向伸出，刃口朝上，刺破虚空，凛冽锐利。剑锋环绕梦华峰，寒光闪烁入层云。

而罪人，必须一步步在刀刃之上行走。

那一路，是不折不扣的地狱之路：头顶是交错的闪电惊雷，脚下是烈烈燃烧的地狱之火。不能躲避，不能反抗，也不能中途返回，一旦踏上这条路，便只能一直一直地往上走，直到筋疲力尽，直到血尽骨裂，掉下悬崖。如果能侥幸走完这十一万步，活着来到梦华峰顶，在坐忘台前将神袍脱下，玉简交还，还要接受天雷炼体之刑，才算是完成了整个仪式。

七千年来，近一千个破誓者里，只有十一个生还。

而他，便是第十二个。

在无数神官侍从屏息的注视里，时影的脸色却一如平日沉寂，连眉梢都没有动一下，只是抬头看了看云雾中的峰顶，并没有丝毫的迟疑，轻轻拂了拂衣襟，便踏上了第一步。

刀刃刺入足底，他身子微微一晃，随即站稳。

"我在峰顶坐忘台等你。"大司命看着他踏上了路途，在山下一字一句地叮嘱，"去吧……等你活着到了那里，我有重要的事情告诉你。"

时影怔了一下，有略微的意外：大司命要和他说什么？为什么非要等他到了山顶才能说？

"事关空桑国运。"大司命似乎也明白他心中的疑惑，微微颔首，看着那一条天梯，"如果你心意已决，具备足够的力量踏过炼狱重返红尘，那就证明你堪当此任。到时候，由我再来告诉你吧。"

"好。"时影不再追问，点了点头，便回头继续踏上了刀锋。

那些利刃狰狞地从断崖上一把把刺出，参差闪耀，组成雪亮的天梯。然而，这些刀剑故意做得有些钝，踏上之后双足血肉毁损，却不至于锋利到瞬间削断。

时影沉默着，一步步往上，每一步都如在地狱里行走。

他能感觉到脚底的刀剑，每一把竟然都各自不同，踩踏上去之后，有些烈烈如火，有些寒酷如冰，有些甚至在微微蠕动——他知道，这座山上的每一把刀剑里都封印着一个恶鬼，由历代神官从云荒各处擒获，被封印在这座神山上。

那些恶鬼已经饿了几千年，唯一的血食只有这些寥寥的破誓罪人。所以，它们是嗜血而疯狂的，令每一步都是极大的煎熬。

所以，一步一劫，谓之万劫。

时影踩踏着刀刃，忍受着剧痛，一步步往上，鲜血从足底沁出，染红白袍的下摆，渐渐变成了红衣，看上去触目惊心。

梦华峰下，无数人一起抬头看着那个被发跣足、踏着刀山火海走入云中的人，眼里露出敬畏不解的神情——这世上，为什么会有人愿意承受比死还痛苦的煎熬，去走这条路？

忽然，有人看到了那一点红，脱口："看啊……大神官流血了！"

"大神官居然也会流血？他自幼修行，不是不死之身吗？"

"无论灵力多强也是人，哪会不流血？"

"可他走得好稳啊……好像丝毫不觉得痛一样！"

在议论声里，只见那个白袍人一步一步从刀山之上走过，慢慢隐入了云雾之中，越来越远，身形看上去已如一只白鹤。

然而，眼看他已经接近半山的云层，就在那一瞬间，风云突变，一道巨大的闪电从云中而降，"唰"地劈落在了独行者的身上！

大神官猛然一个摇晃，便朝着刀锋倒了下去。

"啊！"底下的人齐齐发出了一声惊呼，却见下一个瞬间，大神官的身形忽然定住，伸出一只手"唰"地扣住了刀刃边缘，硬生生地阻止了下坠。

在万劫地狱行走时，是不许使用任何术法的，所以他只能赤手抓住了刀刃，任凭血一滴滴从手掌边缘流下。

雷电在他身体上萦绕，锁住他每一寸骨骼，痛得仿佛整个身体粉碎。然而时影还是用手攀着刀刃，缓缓重新站了起来，双手鲜血淋漓。他吸了一口气，默然抬头凝视着前方无尽的刀山，眼眸是黑色的，沉沉不动。

行至此处，才不过一万步，而前面的每一步，都是在雷电里穿行。

这就是所谓的天雷炼体，将全身的骨骼都寸寸击碎！

时影只是沉默地低下头，抬起了脚，再一步踏了上去。他身形一动，云中的电光随之而动，再度从天而降，击中他的后背——然而这一次因为有了准备，他只是踩着刀刃踉跄了一下，膝盖抵上了利刃，不曾下坠。

等剧痛消失后，他撑起身体，抬手擦去了唇角沁出的血丝，继续往前。

而下一步刚迈出，又是一道惊雷落下！

底下所有人怔怔地抬着头，看着那一袭白袍在云雾中越走越远，渐渐隐入了无数的雷电之中，再也看不见，一时间议论纷纷，感慨万千。

"没想到，有生之年还能看到这一幕！"

"唉……离上一次有人踏上这条路，已经有一百多年了吧？"

"应该是善纯帝在位时候的事情了。据说那个神官爱上了一个藩王家的千金，横下一条心要脱离神职，不顾一切走了这条路。"

"哪个藩王家千金啊，这么有本事？"

"嗯……好像是赤王府的？"

"赤王府？那些大漠来的女人，就是妖精！"

"不过，我觉得我们的大神官这次肯定不会是为了女人——要知道他从五岁开始就在神庙里修行，只怕这一辈子都没怎么见过女人。"

"那又是为了什么？吃这么大的苦头，抵得上死去活来好几次了！"

"天知道……"

当走到三万步的时候，脚下的那些议论声已经依稀远去了，再也听不见。耳边只有雷电轰鸣，眼前只有刀山火海，妖鬼冷笑，魔物嚎叫。

那一条通往云中的路，似乎漫长得没有尽头。

重明神鸟展翅往南飞，朱颜却忍不住地翘首北望。

回头看去，梦华峰上云雾萦绕，云间穿梭着无数的闪电，在那么远的地方还能听到惊雷一声声落下，密集如雨。她远远地听着，都觉得身上一阵阵发抖——那些闪电，那些霹雳……是不是都打在了师父身上？

他……他现在怎样？

她心急如焚，双手结印，在眉心交错，瞬间开了天目，"唰"地将视线穿入了那一片云雾之中，努力寻找着那一袭白衣的踪影。

然而，一睁眼，她只看到一袭鲜红的血衣！

"师父！"只看得一眼，她便心胆俱裂，失声大喊——那……那是师父？那个在刀山火海之中遍身鲜血、跟跄而行的人，竟是师父！

师父……师父怎么会变成了这个样子？！

"四眼鸟……四眼鸟！"她不顾一切地拍打着重明的脖子，厉声道，

"回去……快给我回去！去梦华峰！"

重明神鸟在云中飞行，听到这句话，翻起了后面两只眼睛看了看她，并没有表示——重明乃是上古神鸟，奉了时影的指令要送她回赤王身边去，又怎肯半路听别人的指令？

然而，当朱颜几乎急得要掐它的脖子强迫它返回时，重明忽然长长地叹了一口气，雪白的巨翅迎风展开，在云中来了一个大回转，朝着梦华峰的方向飞了过去！

一步，又一步。踏过万刃，时影终于从云雾之中走出。

模糊的视线里已经能够看到梦华峰的顶端，在太阳下发出耀眼的光，如同来自彼岸的召唤。他默数着，知道自己已经走了八万三千九百六十一步，已经即将穿行出天雷炼体的云层，进入妄念心魔的区域。

行到此处，他一身的白袍血迹斑斑，全身上下的肌肤已经没有一处完好。当最后一道天雷落下的时候，他终于支撑不住，倒了下去。

刀刃切入他的身体，刺穿了肋骨，将他卡在了悬崖上。然而，幸亏这么一阻，他才没有直接摔入万仞深渊。

他躺在冰冷的刀刃上，急促地呼吸，默默看着脚下的深渊。

那里有一具枯骨，被雷电劈开，只剩下了半边的身体，挂在悬崖上穷奇的巢穴边，黑洞洞的眼睛朝上看着，似乎在和他对视。

能一路走到八万多步的，应该也是修为高深的神官了吧？在云荒历史上也是屈指可数——又是什么让那个人也走上了这条路，义无反顾？在那个万丈红尘里，又有什么在召唤着他呢？

说不定，就是那些侍从口里说的、百年前赤王府的另一个千金？那些赤之一族的女子，真的是有着火焰一样让飞蛾扑火的力量啊……

时影的脸贴着冰冷的刀锋，定定地和那具枯骨对视了片刻，神志居然不受控制地涣散了一瞬，分不清过去和未来。幻觉之中，他甚至感到那具枯骨忽然幻化成了熟悉的脸，对着他笑了一笑，无邪明媚，如同夏季初开的玫瑰。

"阿颜……"他忍不住失声喃喃。

刚说了两个字，又硬生生咬住牙。停了片刻，时影收敛心神，终于还是缓缓用手臂撑住了刀刃，将被贯穿的身体一分分地从刀上拔了出来。神袍上又多了一个对穿的血洞。

从这里开始，前面的每一步都间隔巨大。

他提起一口气，从一道刀刃上跃起，踩住下一道刀刃，人在绝壁之上纵跃，只要一个不小心，便会立刻坠落深渊。头顶的天雷散去了，化为千百支利剑悬挂在上方，如同密密麻麻的钟乳石，只要一个轻微的震动就会"唰"地落下！

他努力维持着呼吸，不让神志涣散，一步一步小心地往前。

这最后一段路，不再像前面一样只是折磨人的身体，转而催生了无数的妄念心魔。每一个走在上面的人都会看到各种幻象，被内心里最黑暗的东西吸引——筋疲力尽之下，只要踏错一步，便会化为飞灰。

他在这条路上孑然独行，所有肉体上的痛苦都已经麻木。

然而眼前一幕一幕展开的，是无穷无尽的幻象。

他看到了自己的幼年：冷宫是黑暗的，饭菜是馊臭的，所有人的脸都是冰冷的，母亲是孤独而绝望的，而父亲……父亲是空白的。那只是一个高冠长袍遥遥坐在王座上的剪影，从未有记忆，从未靠近。

他看到了自己的少年：那个深谷里的小小苦修者，和他的母亲一样孤独——他一个人成长，一个人思考，和死去的人交谈，和星辰日月对视，在无数的古卷秘咒里打发漫长的时光。

他有着一双无欲无求，也没有亮光的眼睛。

有一日，那个少年看到了碧落海上的那一片归邪，预示着空桑国运的衰亡和云荒的动荡，便竭尽全力奔走，力求斩断那一缕海皇的血脉。

那，就是他的全部人生。

——是的，他的人生寡淡简单，生于孤独，长于寂静，如同黑白水墨，乏善可陈。这些年来他持身严苛，一言一行无懈可击，即便是在幻境里也找不到丝毫的心魔暗影，穿过这最后的炼狱，应该是如履平地吧？

然而走着走着，时影猛然震了一下。

穿过了那么多黑白冰冷的记忆，面前的幻象忽然变了，变得丰富而有色彩，仿佛烈焰一样在眼前燃起！

有一个穿着红衣的少女站在火海里，就这样定定地看着他，眼里有着跳跃的光芒，如同星辰，如同火焰，呼唤他："师父，你来了？"

阿颜？他驻足不前，心神动摇了一瞬。

"你、你竟然把我最喜欢的渊给杀了！"然而，她转瞬变了脸色，对着他大喊，眼里都是泪水，一把利刃直刺过来，"该死……我要杀了你！"

听到这种话，他陡然便是一阵恍惚，心痛如绞。

"阿颜……你不是说原谅我了吗？"那一刻，他竟然忘记了自己是在万劫地狱的幻境之中，喃喃说了一句，"你其实还是恨我的……是不是？那……你来杀了我好了。"

他在幻境之中伸出手，想去触摸那个浮在虚空里的虚幻影子，完全不顾刀锋刺向他的心口，就如同那一日重现。

行至此处，身体已经千疮百孔，濒临崩溃。此刻心魔一起，所有的危险便立刻蜂拥而上！时影身体刚一动，脚下一步踏空，便直坠下去。与此同时，头顶一把悬挂的利刃应声而动，朝着他的天灵直插而下！

"师父！"在那个瞬间，有人凌空跳下来，大叫。

谁？他从幻境中愕然抬头，看到了红衣少女的影子从天而降——那道从云中而来、带着光的身影，在一瞬间和幻境里那个持剑刺来的影子重合了。

他怔在原地，任凭长剑直插头顶，一时间脑海竟然是空白的。

"师父！小心！"朱颜顾不得身在高空，便从重明神鸟背上一跃而下，不顾一切地扑过去一把抱住了他，向着石壁的方向侧身避让——只听"唰"的一声，头顶那把利刃擦着他的脸颊落下，在深渊里碎裂成千片。

下一瞬，前面的那个幻影消失了，身边的影子却清晰起来。

"你……"他转过头，吃力地看着身边的人，喃喃，"阿颜？"

那个少女从天而降，在刀山火海之中抱住了他。明丽的脸上布满了恐惧和关切，就在咫尺的地方看着他，全身正在微微颤抖，呼吸急促。

他陡然又是一阵恍惚，竟然分不清是现实还是虚幻。

"师父……你、你……你怎么了？刚才你没看到头上那把掉下来的剑吗？那么大一把剑！"朱颜靠着石壁，只吓得脸色发白，紧紧抓着他的袖子，"你差点就跌下去了知道吗？你、你这是怎么了啊……"

她说不下去，看着满身是血的他，忍不住哭出声来。

时影撑住身体，深深地呼吸，竭尽全力将自己的神志重新凝聚起来，终于看清楚了身边的少女，身子骤然晃了一晃。

这是真人！并不是幻觉！

怎么？阿颜……她竟然去而复返？不是和她说了让她不要来的吗？为什么她还要来？！她就这么想看他走入万劫地狱，万劫不复的样子？

那一瞬，他心下忽然有无穷无尽的烦躁和愤怒。

"谁让你来这里的？"时影吃力地站起身，往后踉跄退了一步，一把推开了她，"看看你做的好事！"

他的语气失去了平日的从容气度，眼神涣散，脸色苍白，一身白袍早就被血染红，如同从血池炼狱里走出的孤魂野鬼，哪有昔日半分的神清骨秀？

"师父，你怎么了？"朱颜看到他发怒，心里自然也是惊恐，然而此时此刻他的样子更让她惊惧，"刚刚你中了邪，差一点那把剑就掉下来刺中你了！幸亏我……"

"我不需要你来救我！这是我自己要走的路！"话音未落，时影眼里全是怒意，手指一并，便击落了头顶悬挂的剑林！

朱颜连惊呼都来不及发出，又一把利刃从天而降，如同闪电一般落下。她下意识地想抢身上前推开她，然而那一刻时影不闪不避，竟然以身相迎！

"嗤"的一声，那把剑从右肩刺入，斜向刺穿了他的身体！

"师父！"她心胆俱裂，失声扑了过去。

"放开手！"时影却毫不犹豫地甩开了她的手，指着贯穿身体的那一剑，厉声道，"看到了吗？这是补刚才那一剑！这条路是我要走的。凡是我该承受的，没有人可以替我承担！"

他回过身，指着看不到头的来路，声音冰冷："否则，我宁可自己再从头走一遍！"

朱颜吓得说不出话来，赶紧缩回了手——此刻，师父的眼神是黑的，如同暗的火，有着从未见过的决绝和狠意，毫不容情。如果她真的再敢插手，估计他会说到做到，从头再把这条路走一遍吧？

"回去。"时影头也不抬地对她道，语气冰冷。

"不！"她在一边，几乎是带了哭音，"我不回去。"

"重明！"时影提高声音，召唤半空里的神鸟，"带她回去！"

然而云雾之中白羽一掠而过，重明神鸟发出了一声含义不明的咕哝，却是视而不见，径直飞上了云端，将两人扔在了这里。

"重明！"时影气极，然而自身此刻已经非常衰弱，也是无可奈何，只能扭头对她冷笑了一声，"那好，既然你想看，就看着吧！"

他转过了头，再也不看她一眼，独自踏上刀山而去。

剩下的一万步，他整整走了一天一夜。

梦华峰上的斜阳沉了又升起，日月交替。他一袭血衣，在看不到头的地狱里前行，跟跟跄跄，筋疲力尽。到最后，甚至只能凭着模糊的视觉，摸索着刀刃，一寸寸地攀爬，走向日月升起之处。

一直有隐约的哭声跟在后面，寸步不离。

实在是很烦人啊……明明已经让她回去父母身边了，她却要半途折返。难道，她非要看着他这种血污狼狈的样子？并不想让她看到此刻的自己……这个小丫头，怎么就不明白呢？

时影恍惚地想着，缓慢地一步步走上了坐忘台——那几尺高的台阶，在此刻竟然如同天堑，每一步都如同攀爬绝顶般艰难。

在走完最后一步时，所有的精神气都濒临崩溃，时影一个跟跄，在坐忘台上单膝跪地，颤抖着抬起手，将身上那一件千疮百孔的神袍脱了下来。神袍已经完全被血染红，黏在了肌肤上，触目惊心。

他用尽全力抬起双臂，将血袍供奉在了高台上，合掌对着神像深深行礼，长长松了一口气。

是的，在这一刻，他终于可以告别过去！

一礼行毕，时影刚要站起来，却觉得眼前一黑，整个人再也忍不住朝前倒下，连呼吸都在瞬间中断。

"师父……师父！"他听到她从身后扑了过来，哭声就在耳畔。

为什么她还跟着上了坐忘台？快……快赶紧走开！接下来马上就是五雷之刑了……

他想推开她，然而手脚已经完全不听使唤，他张了张口，想告诉她必须立刻离开，却已经说不出话来——在走完万劫地狱之后，他的元神都几乎涣散。

"师父！你、你可不要死！"她大概吓坏了，哭得撕心裂肺，拼命摇晃着他的肩膀，大颗大颗的眼泪一滴滴地砸落在他的脸颊上。

那一瞬，头顶风云变幻，有无数光芒在聚集，在坐忘台上旋转——这是万劫地狱的最后一击：用天雷击碎气海，毁掉所有的修为，让九嶷神庙的绝学再也不能随着这个罪人被带入凡尘！

就在说话之间，五雷轰顶而落！

第九章

十巫

　　无数耀眼的光芒从天而降，几乎刺穿她，朱颜身体一轻，整个人瞬间腾云驾雾地飞起，被重重扔到了地上，摔得七荤八素。

　　"不知好歹的野丫头！"一袭猎猎飞舞的黑袍出现在了她颠倒的视野里，"找死吗？"

　　那是大司命！在最后的一刻，那个老人出现在坐忘台，将朱颜一把抓了起来，远远地扔开——轰然降落的五雷全数击在了时影的身上，瞬间将那一袭血色白衣彻底淹没！

　　"师父……师父！"她伏在地上，撕心裂肺地叫了起来。

　　"叫什么？"大司命扔下了她，语气冷淡，带着讥讽，"他只是承受了五雷天刑而已，死不了的。"

　　什么？朱颜愣了一下，抬头看了看眼前的老人——在白塔顶上一别之后，她还是第一次再看到这个莫测的老人。然而每次一看到，她就像见到了阎罗一样，心里一紧，恐惧得发抖。

　　大司命没有看她，只是上去俯身查看着时影的伤势，脸色凝重。

　　这一路行来，刀山火海，即便是时影这样的修为，也是受了极其严重的伤：四肢百骸俱断，全身上下几乎已经没有一寸完整的血肉。而最后的天雷震散了他的三魂七魄，击碎了他的气海丹田，已经将毕生的修为硬生生毁去！

五岁出家，避世苦修，这样的术法天才，居然毁于一旦。

一念及此，大司命心里不由得一阵怒意，抬头看了少女一眼，厉声道："你还来这里做什么？怎么不回到赤王府去？玉骨呢？怎么还在你头上，为何还没还给他？"

"我……"朱颜被老人迎头一骂，"我是担心……"

"轮不到你来担心。"大司命语气冰冷，将地上昏迷的时影扶起来，让他在坐忘台上盘膝而坐，抬手将一白一黑两枚玉简一起放入他双手。然后从怀里拿出了一只匣子，打开来，将里面的东西全都放在了地上。

应该是有备而来，匣子里装的全是药，琳琅满目。

大司命将一颗紫色的丹药送入时影的嘴里，用水给他服下，又倒出了几枚金色的药丸，在手心捏碎，敷在他的几处大穴上，手法非常迅速。最后抬起手，飞快地封住了他的气海，将元婴巩固。

等一切都做好，老人才回过头看了她一眼，冷冷："你怎么还不走？"

朱颜看着他对师父施救，心里渐渐镇定下来，安定了大半。沉默了一瞬，她终究是忍不住不甘，一跺脚，失声："为什么一直赶我走？我真的会害死师父吗？会不会……会不会是你弄错了？"

听到这种话，大司命略微愕然地看了她一眼，脸上浮出了洞察般的冷笑："怎么，事到如今，眼看着影活过来了，你是想反悔了吗？信不信我让你走不下这个梦华峰？"

"我可不怕你！"感觉到了对方心里的杀机，朱颜却毫无畏惧，"你也杀不了我——师父说了，星魂血誓已经把我们的命联结在一起了，如果你杀了我，他也就死了！"

"呵……倒是打得一手好算盘。"大司命似乎被伶牙俐齿的她给堵得说不出话来，打量了她半晌，才道，"你不愿意离开他，为什么？是舍不得？"

朱颜一下子顿住了嘴，讷讷说不出话来。

她只知道自己不想接受这样的结果，不想天各一方永不相见，却还未曾想过这样的想法，究竟是因为什么。

"呵……我就知道，你其实是喜欢他的。"大司命审视了她一番，冷冷，"在星海云庭看到你的瞬间，我就知道了。"

"不……不是的！"她下意识地否认，"他是我师父……"

"星魂血誓最大的源力，是人心之中的爱。没人会愿意付出生命来换回一个不爱的人。"大司命凝望着她，眼神洞察，"或许连你自己也不清楚自己的心意——但是，当你做出那个决定的时候，一切就已经明了。不必抵赖。"

她说不出话来，瞥了一眼远处的时影，只觉心跳如鼓。

"可惜，影还不知道这一点吧？他从小出类拔萃，样样皆通，唯独在儿女私情这方面，比常人还不如。"大司命叹了口气，也转头看了一眼结界里无知无觉休眠中的时影，忽然道，"也幸亏如此……不然一切就麻烦了。"

朱颜站在那里，脸色阵红阵白，忽然鼓足勇气，抬起头看着大司命："是的，我不想离开师父！你那么有本事，有没有什么方法可以化解这一切，让我不成为他命中的灾星？"

大司命停顿了一瞬，脸色沉了下来，骤然掠过一丝怒意和杀机："我早就知道你这个小丫头会反悔——"

他从怀里拿出一样东西，放到了朱颜的面前："所以，便从帝君那里请了这一道旨意！"

那一瞬，少女猛然僵住了，不敢相信地睁大了眼睛。

> 赤之一族，辜负天恩，悖逆妄为。百年来勾结复国军，叛国谋逆，罪行累累，不可计数——赐赤王夫妇五马分尸之刑，并诛其满门！

"你……"朱颜定定看了这道圣旨半天，才抬起头看了一眼大司命，如同看着一个魔鬼，愤怒地大喊，"你居然……居然让帝君下了这种旨意？浑蛋！"

她猛然一伸手，想要撕毁那道旨意，然而大司命袍袖一拂，瞬间将那东西收了回去，神色森然："这算什么谣言惑主？那个复国军首领止渊，长年居住在赤王府里，是不是事实？赤之一族世代包庇叛党，是不是事实？在这次叛乱里，你更是亲自出手，对抗天军！就凭这些，下旨灭你满门，算不算冤枉？"

朱颜一下子说不出话来，只觉全身发抖。

"这道旨意，就算是影亲自看了，也无话可说。"大司命淡淡，"他一生泾渭分明，公允无情，有事实摆在面前，就算他心里再不愿意，也绝对不会帮你开脱——想来你也不愿意令他陷入这种两难的境地，是不是？"

朱颜知道他说的是实情，一颗心慢慢下沉。

是的，因为庇护鲛人，他们赤之一族是有软肋的，特别是她，更是罪行累累，此刻被这个老人拿捏住了七寸，根本是动弹不得。

看到她的神色从愤怒转为低沉，大司命眼里的讥诮更加浓了起来——毕竟年纪还小，锦衣玉食，从未见过外面的明刀暗箭，这个小女娃被自己这么一说，立刻便退缩了。

"这道旨意一下，你父王母妃，乃至所有亲眷，立刻便要被屠戮殆尽。"大司命的声音森冷，一字一句，"不要以为我只是吓吓你而已，等你看到赤王人头悬上天极风城那一天，就知道我没有一句话是诳语！"

朱颜咬着嘴唇，说不出话来。

大司命冷笑了一声："现在，你敢反悔吗？你敢不敢用全家族的人命，来搏一搏你的那点痴心妄想？"

朱颜脸色苍白，心里的那一口气终于慢慢散了，颓然低下了头去。

"我给你最后一次机会：留下玉骨，回赤王府去，永远不要再和影相见。前面的那些事就一笔勾销。"大司命声音冰冷，"你父母极爱你，相信你也不想为了自己的一点私心而牵累他们全部送命，是吧？"

朱颜想了又想，眼神渐渐灰暗。许久，终于是不作声地叹了一口气，缓缓抬起手，从头上抽下了那一支玉骨，放到了大司命的面前。

"拿……拿去吧。"她涩声道，眼里含着泪。

"这不是我们的约定。"然而大司命看着她，并没伸手去接那支玉骨，冷冷道，"我要你亲手还给他，亲口告诉他！"

朱颜颤抖了一下："告……告诉他什么？"

"你知道的。"大司命冷冷，"我在伽蓝白塔神庙里叮嘱过你。"

他没有理睬脸色灰白的朱颜，蹙眉道："好了，我现在得先替影疗伤，大约需要三个时辰，这期间不能被任何事情打断。你在旁边替我们护法——

顺便好好想一想，等下要怎么告诉他吧！"

"你……"朱颜气极，一跺脚，强行忍住了用玉骨把这个老家伙扎个对穿的冲动。

天雷散去，梦华峰顶上阳光普照。

在这寂静的大空山里，只有天风过耳，不绝如缕。"啪"的一声，有什么从风里坠落下来，差点砸到她头上。定睛看去，却是一朵大如碗口的花朵——或许因为梦华峰上人迹罕至，这里的花树都长得有几人高，花开时灿如云霞。

朱颜失魂落魄地坐在树下，手里握着玉骨，指尖微微发抖。

她看了一眼不远处坐忘台上的大司命，然而老人只是全神贯注地看着时影，苍老的眼睛里充满焦虑和凝重——他盘膝坐在时影背后，一手并指点在他的灵台，一手按在他的后心，额头有袅袅的紫气。那是灵力极度凝聚的象征。

竟然是在耗用真元吗？这个大司命，还真的是拼了命地在帮师父啊……那么说来，他对自己这般苦苦相逼，说不定……真的也是为了师父好？朱颜心里茫茫然地想着，将玉骨在手指之间反复把玩，心神不定地想着，等一会儿师父醒来，自己又该如何开口。

"一想到是你在我面前杀了渊，我就怎么也无法原谅你。"

这样一句话，是否已经足够？

这句话有匕首一样的杀伤力，师父听了之后，大概会什么都不说，转头就走吧？或许就如大司命说的，他从此以后再也不会见她了。

可是……可是……这一切，怎么会变成这样？朱颜想来想去，觉得心绪烦躁，这个老人，为什么非要逼着她把事情做绝！

那一刻，她忽然后悔自己按捺不住返回了这里——不仅什么忙都没帮上，师父还为她多挨了一剑。如果她和重明一起回了王府，又怎会有现在的局面？

她恨恨地将手捶在地上，"叮"的一声，玉骨竟将白石刺出一道裂缝来。

同一瞬间，耳边传来一声尖厉的叫声，直上九霄，惊得她瞬间抬起头——那是重明的叫声。它……是在发出凄厉的警告！出什么事情了吗？

朱颜从树下跃起身来，玉骨在指尖瞬间化成了一柄剑。

梦华峰上云雾萦绕，正是清晨，日光初露。然而就在一瞬间，头顶狂风顿起，树木摇动，无数的花朵簌簌落下，如同下了一场血雨。是什么东西飞过来了，引来那么大的动静？

然而，朱颜刚跳起来，头顶的天空忽然就黑了，黑得没有一丝光，仿佛有幕布从头顶"唰"地拉起，将整个山头都密封了起来！

在不祥的漆黑里，她看到了树林之间浮起了一双双冷亮的眼睛。

本来空无一人的梦华峰上，忽然出现了许多穿着黑袍的人。脸深陷在阴影里，双手枯瘦如柴，只有双瞳是冰蓝色的，在暗影里如同鬼火跳跃。

那一瞬，朱颜"啊"了一声，只觉得全身发冷。

是的！那些眼睛，那些黑袍，她曾经在十三岁的梦魇森林里看到过！那个少时的噩梦，居然在这个时候回来了！这些人，和五年前追杀过他们的人是同一拨！他们到底是谁？为什么会在这时候忽然出现在这里？他们……他们是怎么上的梦华峰？

悄然浮现在密林深处的黑袍人有着冰蓝色的眼睛，风帽下露出暗金色的长发，手里握着法杖，袍子上绣着双头金翅鸟的徽章，无声无息地朝着梦华峰顶围了过来。

坐忘台上的大司命睁开了眼睛，只看得一眼，便是全身大震！

"十巫？"他脱口惊呼，手指微微一颤。

远在西海的沧流帝国冰族十巫，竟然联袂出现在了这里！

自从七千年前被星尊大帝驱逐出云荒大地之后，冰族一直流浪于西海之上，建立了沧流帝国，千年来虽然屡屡试图返回大陆，但无一成功。这一次沧流帝国的元老院居然倾巢而出，远赴云荒，简直是百年来从未有过的情景！

这些人，莫非预先知道了今天会是时影最衰弱的时候，所以才乘虚而入？又是谁向他们透露了这个消息？！

黑袍人一个个地在虚空里现身，默不作声地围住坐忘台。

大司命正在给刚经历过雷火天刑的时影疗伤，气海之内的真元源源不断注入对方体内，修复损伤，稳固气脉，正进行到关键的时刻。时影伤重垂死，尚未醒来，全赖他这一口气续命，若在此刻一旦突然中断，两人必然同时受到重伤。

大司命尽管内心惊骇，竟是无法动上一动。

十位黑袍人将坐忘台团团围住，当先的巫咸站出列，审视了一眼盘膝恢复中的时影，点了点头，似乎确认了身份："是他。"

然后看了一眼坐在时影身后的大司命，神色一动："居然是空桑大司命？好久不见了。如今是亲自前来替时影主持仪式吗？"

大司命嘴角动了动，没有说话，手指没有离开时影背心。

"怎么，说不了话？"巫咸顿了一顿，饶有兴趣地审视着坐忘台上的两个人，"正在给他凝固真元，紧要关头放不了手吧？"

黑袍的巫师大笑起来，转头告诉同僚："你们看，空桑术法最强的两个人此刻居然都在这里！意外之喜，一箭双雕！"

冰族十巫"唰"地散开，将坐忘台包围，手里法杖一横，整个梦华峰上骤然暗得伸手不见五指。

"结十方大阵！"巫咸一眼便判断完了形势，吩咐其他九位黑袍巫师，"按照智者大人的吩咐，直接让那个年轻的神魂俱灭——那老家伙要留着。他有一甲子的修为，若能吸取到他的真元，我们每个人都至少能突破一层境界。"

听到了这些话，大司命脸色一沉。

是的，沧流帝国的十巫修习的乃是暗系术法，擅长汲取别人的生命和力量为己用，自己此刻动弹不得，若是落到他们手里，只怕后果不堪设想！

"滚开！"然而不等十巫动手，斜刺里忽然传来一声大喝。

一道光华从暗夜里绽放，如同闪电割裂一切，在坐忘台上划出一道弧线，将那些欺近来的黑袍人给凌厉地逼了回去。只听"叮"的一声响，十巫手里的法杖击在那一道光上，竟都瞬间齐齐退了一步。

大司命的眼神一变，看清了出手的人。

那是朱颜。她从树下点足飞跃，玉骨凌空一转，化为一把长剑"唰"地回到了她的手里。她持剑在手，屈膝落到了坐忘台前，"唰"地一剑逼退众人，另一只手结了一个防御的印，大喝："想动我师父？做梦！"

巫咸显然没想到梦华峰上会凭空出现一个女人，不由得有些错愕——这小丫头是谁？她口里说的"师父"又是谁？是大司命，还是大神官？

然而，还没等他转过念头，朱颜手掌一按地面，飞快地念动了咒术。只是一转眼，梦华峰上大地颤抖，无数的树木破土而出，密密麻麻，瞬间将坐忘台给围了起来，结成了一个淡绿色的圈！

"千树！"那一刻，巫咸脱口惊呼。

这是九嶷术法里最高深的防御术，非多年修为的术士不能掌握，居然被这个少女一出手就施了出来！这个人，果然是九嶷门下的高徒吗？可是九嶷神庙什么时候收女弟子了？

巫咸长眉一蹙，断然吩咐："先解决她！"

十巫"唰"的一声，齐齐往前飘浮了一步，团团将少女围在了中间。

"没事，我来对付这些人！"朱颜却是毫无惧色，紧紧盯着十巫，握着玉骨，头也不回地对大司命道，"你只要好好给师父疗伤就行了。"

话音未落，她大喝一声，握着剑便冲了出去。

结界里的大司命皱了皱眉头，吸了一口气——这个小丫头，实在太不知道天高地厚了。沧流帝国的十巫掌握了暗系的术法，每一个都修为深厚，如今联袂前来，就算是他自己或者时影，都未必会是对手。

而这个小丫头，竟然想也不想地冲了出去？

然而，朱颜的战斗力之旺盛，令经验丰富的大司命都意外。

这个小丫头冲了出去，整整挡住了十巫一百多个回合的攻击，竟然咬着牙一步都不退。

这一仗不知道持续了多久。到最后，朱颜甚至都已经神志恍惚，每一个简单的动作、每一个简单的咒语都需要耗费极大的力量。然而，她知道自己只要一退，眼前这些人就会像五年前那样取走师父的性命。

玉骨舞成了一道流光，密不透风地围绕着坐忘台，将十巫的每一次攻击都竭尽全力地挡了回去。

千树结界里，大司命抬眼看到这一幕，有略微的动容——这个小丫头还不到二十岁吧？在九嶷山不过只待了四五年，居然就有这样高的悟性。如果不是她不久前刚用过星魂血誓，损伤了元神，只怕此刻还不止于此。

影，你还真是收了个好徒弟啊……

大司命无声地叹息，眼神有些复杂，一手并指点在时影的灵台，一手按在他的后心，头顶紫气袅袅，飞速地修复重伤之人。

然而那一边，朱颜已经渐渐支撑不住。

毕竟是年少，实战经验不足，更不知怎么应对多人配合的阵法，她只是一味地进攻，先发制人，不停地逼退对方上前的企图。然而十巫经验丰富，很快看出了她的弱点，不急于一时，只是此起彼伏地配合着，消耗着她的灵力。

终于，觑到了一个空当。

朱颜发出了落日箭，"唰"地将靠近坐忘台的巫彭和巫朗逼退，然而左支右绌，自身空门大露。刹那间，七支法杖击落下来，"咔嗒"一声，护体的金汤之盾应声碎裂！

朱颜往前跟跄一步，一口鲜血吐了出来，感觉全身寸裂。

不行……五年了，和当年一样，她还是打不过这些人！

她……她怎么这么没用？！

眼看着十巫越过了她的防线，联袂走向坐忘台，她只觉得心里的一股狂怒和不甘勃然而起，一声大喊，手掌一按地面，整个人"唰"地飞起，从背后扑向了巫咸。

"站住！不许动我师父！"那一瞬，她杀红了眼，不顾一切地合起双手，指尖相对，在眉心交错，大喝一声，"天诛！"

梦华峰的上空顿时骤然一亮！狂暴的雷电被召唤而至，当空下击，如同盛大的金色烟火轰击入人群。黑袍巫师们齐齐跟跄一步。

"找死！"巫咸面带怒容，带着十巫齐齐回身。

十支法杖齐齐落在她背上，朱颜被震得整个人往后飞出，又是猛然吐了一口血。然而，在半空中，她的嘴角露出了一丝奇特的笑意，忽然间飞快地念了一句什么，说了一声："定！"

所有飞溅的血，在虚空中忽然定住！

"不好！"那一刻，巫咸失声，"小心，她在用燃血咒！"

这个丫头，居然是在拼命！

从她身体内飞溅出来的鲜血一滴滴在空中凝结，如同无数红色的珠子，散落在十巫身侧。然而随着她吐出的咒语，那些鲜血忽然化成了一团火焰，轰然爆炸！

惊人的爆裂声里，十巫齐齐往外退开，其中三个摇晃了一下，被咒术击倒在地，结好的十方大阵顿时破了。趁着那一刻，朱颜用尽最后一点力气飞身扑过，重新守住了坐忘台的入口，孤身挡住了十巫。

然而她也已经筋疲力尽，再也撑不住身体，跌坐在地。

朱颜剧烈地喘息着，只觉得全身的骨骼都要碎了，嘴里全是血腥味，心里又是愤怒又是沮丧——这、这还是她学完了师父的手札之后的第一战吧？居然就打输了？早知道这些人这么难打，真应该平日多刻苦练功啊！

然而初出茅庐的她并不知道，能独力和十巫周旋那么久，在这个云荒也已经是个奇迹。

"先解决这个丫头！"眼看一次次被拦截，巫咸失去了耐心，法杖一挥，整个梦华峰忽地震动了一下，山川崩塌——漆黑的天幕下，只听无数的簌簌声响起，草木摇动，如同波浪。那些声音从山崖底下传来，入耳惊心。

那……那是什么声音？他们在召唤什么？

朱颜心下有不祥的预感，视线所及之处，令她忍不住惊呼了一声——天哪！居然……居然有无数的骷髅，从山崖下爬了上来！

那些骷髅不知道死去了多少年，早已风化干枯，有些甚至四肢不全，然而身上都还穿着褴褛的神袍，仿佛是提线木偶。一步一步，踩着刀刃做的阶梯，歪歪扭扭地走了过来。

那一刻，她只觉得头皮发麻——这些西海上来的家伙，居然用巫术召唤出了这座山上所有死去的亡灵！

九百多名历代神官，密密麻麻，踩着刀刃从崖下走了上来，将孤零零的坐忘台包围，无数双空洞的眼窝盯着她，面无表情。

"杀了这里所有人。"巫咸念完了咒术，吩咐。

"唰"的一声，所有死去的空桑神官齐齐转身，对着她扑了过来！

"啊……啊啊啊！"看到那些死去多年的脸，朱颜头皮发麻，刹那间几乎有拔腿就跑的冲动。然而刚跑了几步，一想到背后就是尚自昏迷的师父，硬生生顿住了脚步——管不得别的了，不能让师父陷入危险！

就算是大不敬，也得把这些前辈碎尸万段！

她反过身来，重新握紧了玉骨，向着那密密麻麻的骷髅冲了过去。

"退下！"正当她孤身陷入重围的一瞬，忽然听到背后一声清啸，一道电光破空而起，将梦华峰上的浓烈黑气整个破开！

危急关头，大司命终于完成了治疗，从坐忘台上奋袂而起！

"十巫这一次，定然铩羽而归。"在遥远的西海上，有一个声音低沉地说了一句，拂袖而起——面前的水镜转瞬激起了细碎的波纹，将里面映照出的所有幻影撞碎，智者低语，"不用看了。"

圣女跪在一边，闻言微微颤抖了一下。

"告诉青王，这一次失败了。"黑暗里，一双黄金色的瞳孔闪烁，璀璨里含着暗色，乍一看上去，几乎和空桑人供奉的破坏神的眼睛一模一样！

"是。"圣女叩首，膝行退出。

水镜重新平静，里面果然映出了接下来梦华峰上的走向——大司命终于腾出手来和那个少女并肩作战，一老一少两个人，竟和十巫斗得不相上下。沧流帝国这次孤军深入云荒腹地，本身靠的就是奇袭，若一旦陷入久战，只怕胜算便会骤减。

怎么会忽然出来那么一个丫头……居然连十巫都收拾不了她？空桑六部上下，从何处出来了那么一个变数？

还是，隔了七千年，他已经对原来那片土地陌生了？

金色璀璨的瞳孔里掠过无数复杂的表情，智者沉吟着。

忽然，水镜里的画面变幻——梦华峰上的那一场对战被打断了。云层裂开，一道白色的闪电撕裂黑暗冲了下来，发出凄厉的叫声。那是重明神鸟，背上负着十几名神官侍从，冲开迷雾从山下飞了上来！

那些援军加入了战团，局面瞬间扭转。

果然，到最后还是功亏一篑啊……坐在黑暗中的智者无声叹了口气，抬起头看着夜空，忽然间怔了一下。

是的，头顶的星象整个变了！

星野变，天命改。北斗帝星虽然暗淡，但旁边骤然出现了并肩的两颗大星！一颗带着紫芒，一颗闪着暗红——细细看去，这两颗星之间有着隐约的联结，竟是休戚与共，交相辉映，点亮了整个天宇。

璀璨的黄金瞳忽然暗了一下，若有所思——这个世上，可以改变星图、隐蔽星辰的，除了自己之外，居然还有别的高人！

是来自空桑，还是海国？

"虽然到了末世，但云荒大地上竟然还是有这样的能人异士……"声音从黑暗里低声响起，模糊而深沉，似是从远古传来，"那些空桑人，是想垂死挣扎，挽回天运和宿命吗？"

"看来，我是要亲自去一趟云荒了。"

第十章

分飞

梦华峰顶的那一场血战，以牺牲了九嶷神庙二十七位神官、一百多名侍从而结束。一天一夜的激战之后，山下的援军赶到，十巫最终无功而返，而所有被召唤的骷髅重新坠回了崖下，再无声息。

重明神鸟一身白羽上也溅满了点点血红，筋疲力尽，挣扎着飞向了深谷，去寻找灵药治疗自己的伤口。

大司命转过头，看着坐忘台上的时影，长长松了口气。

垂危的人已经好转，脸上渐渐有了一点血色，一团光华在体内流转，显然已经重新凝起了被天雷震碎的元婴——万劫地狱，五雷天刑，自古从未有神官从这条路上幸免。幸亏自己一早就计划好了，亲自守在终点施救，这才勉强保住了时影的一身修为。

这样的人，若是重新沦为普通凡人，岂不是暴殄天物？

大神官在渐渐恢复，而那个赤之一族的小郡主托着一条折断的胳膊，蹲在他面前，忧心忡忡地看着，明亮的眼睛里满是焦急。

大司命的视线落在朱颜身上，微微动容。

那个丫头在这一场激战里和他并肩战斗，竟然从头撑到了最后。虽然修为尚不能和前辈相比，却胜在打起来不要命的气势，三次被十巫联手击飞，三次拼命反攻，弄得全身上下都是伤。因为咬破舌尖施用血咒时不慎咬到了脸颊，连脸都肿了半边，龇牙咧嘴，显得有点可笑——但此刻，九死一生的她顾不得包扎自己的伤口，只是蹲在那里关切地看着时影。

大司命不作声地叹了一口气，走过去拍了拍她的肩膀。朱颜一个激灵，抬头看着这个黑袍老人，往后猛然退了一步。

这个小丫头，很怕自己吧？

"影就要醒了，你让开一点。"大司命声音森冷，从怀里抽出了那一卷旨意，在她眼前闪了一下又放回去，"记住你答应过我什么。"

朱颜看到那道圣旨，脸色"唰"地苍白。

那一瞬她握紧玉骨，似乎想要冲上来拼命，然而迟疑了一下，眼里的那一点光亮毕竟还是暗了下去。她默默站起来，退回到了花树下，独自发呆。到了这时候，她才感觉到了周身上下的疼痛，发现鲜血几乎染红了半边袖子。

"没想到你年纪轻轻，修为竟然达到了这种地步。"大司命的声音从背后传来，带着一丝叹息，"即便是影，在和你同年龄的时候，也无法独自在十巫手下撑那么久。"

"过奖了……谁能比师父还厉害啊？"朱颜并不想搭理他，没好气地嘀咕了一声，"只是一个人若到了拼命的时候，本领自然会比平时骤然强上好几倍——我宁死也不会让这些冰夷动师父一根手指头！"

大司命心里一动，再次打量了一下朱颜。而少女说了那一句话之后便嗒然若丧地垂下了头，用衣带包扎着受伤的胳膊。

"怎么，很不甘心？"大司命看出了她的心思，问。

朱颜没有说话，胡乱将伤口包上，只是看着满地的残花发呆。那些空山里的花，原本开得正好，被这一场激斗一摧全数掉了下来，在地上层层叠叠地铺满，如同一地的华丽锦缎。她伸出脚尖茫然地踢了踢那些落花，隔了很久才"嗯"了一声。

"你还小。"大司命在心里叹了口气，声音却依旧平静，"等你再长大一点就会知道，无论是谁，只要活在这世上，再不甘心也得接受的事情其实会有很多。"

朱颜忍不住问："那你难道也有过不甘心的事吗？"

"当然。"她问得突兀，大司命却只是淡淡回答，"我的一生都身不由己。"

朱颜不由得睁大了眼睛，"唰"地回过头看着老人，不敢相信："是吗？可你是大司命哎！你本事那么大，怎么也有做不到的事？"

"当然有。"大司命短促地回答。

"是什么？"少女眼里露出了强烈的好奇，"是很重要的事吗？"

大司命摇了摇头，似是想起了什么遥远的事情，眼神有些黯然，终于还是低声说："和你一样。终其一生，我也没能和所爱的人在一起。"

"啊……和我一样？"朱颜怔了一下，只是低着头用足尖踢着地上的落花，半晌才轻声，"是因为阻挠你们的人比你厉害，你打不过吗？"

大司命想了一想，竟然不知道该如何回答。他要对抗的，其实并不是任何一个人，而是他的命运——几乎是一出生就被注定的命运。

朱颜却看着他，追问："真的打不过？你竭尽全力了？"

那一刻，大司命震了一下，没有说话。

"难道你没有？"朱颜忍不住嘀咕。

老人没有说话，眼神里转过复杂的神色，渐渐变成了悲凉——是的，在遥远的过去，当得知父王将阿嫣指给兄长当了太子妃的时候，他做了什么？他什么也没有做，只是躲入了神庙，埋头于那些术法典籍之中，毕生再也不肯从那个壳子里出来，直到惊闻噩耗。

是的，他什么也没做，更没有竭尽全力！他只是过早地放弃了。

"可是，我和你不一样。我努力争取过了！我……我用尽了我所有的力气！"朱颜却挺起了胸膛，大声道。

然而说完了那句话，她又垂下头去，沮丧地喃喃："可是……我还是斗不过你。真是太可恶了。"

少女的话语直率而大胆，然而大司命定定地看着她，眼里的神色竟然变成了温和。

"我并不是在为难你。"老人终于开口，叹了口气，"我只是在保护空桑，保护时影。"

"说得这么冠冕堂皇。"朱颜嘀咕了一声，再度打量了一下这个老人，有些无可奈何，"唉……虽然我对你用不了读心术，但我也看得出你是个好人。这些日子以来，你一直在帮我师父，对不对？没有你，师父估计早就被我害死了。"

大司命点了点头："你知道就好。"

"所以……说不定我听你的话，也是对的。"朱颜叹了一口气，快快道，"我不能拿这种事冒险，更不能再害师父第二次了——我……我应该走得远远的，让他好好地、平安地过完剩下的二十八年。"

说到这里，少女的眼神渐渐灰暗了下去，显然是内心开始动摇，逐步放弃了最初的坚持。大司命看在眼里，心中不知道为何有一阵隐痛，叹了口气："你能这么想最好。"

"可是……就算这么想，还是很难受啊！"她嘀咕着，声音发抖，"心里很痛，像被硬生生撕开了一样！"

"我知道这种感觉。"老人的声音是温和的，叹息，"但是你还小，还有无数遇到其他人的可能——时间终究会让所有的伤口痊愈。"

"不，不可能了。"朱颜嘀咕着，声音哽咽，"我错过了渊，又错过了师父……我再也遇不到喜欢的人了！"

"会遇到的。"大司命温和地说着，抬起手，握住了朱颜的肩膀。刹那间一道流转的光华笼罩下来，朱颜还来不及回过神，折断的手臂便已经消失了痛楚。

"啊？"朱颜愣了一下，抬头看了看大司命，"你在帮我疗伤？你自己的伤还没好呢！"

"我没事。"大司命看着她明亮的眼睛，心里也是沉重。

说到这里，那一边忽然有侍从惊喜地喊："大神官醒了！"

"师父醒了！"朱颜欣喜若狂，便要奔过去。这一刻，大司命却忽然抬起手拉住了她——回头之间，朱颜看到老人眼里的温度再次全部消失了，变得冰冷不容情，冷冷地看着她。

刹那间，朱颜明白了他的意思，忍不住颤抖了一下。

"记住，不要拿父母和全族的命开玩笑！"大司命语气冰冷，带着威胁，"别忘了，你答应过我什么。"

朱颜的手指颤抖，终于还是握住了那一支玉骨，走向了那个人。

经历过漫长的炼狱之路，时影刚刚睁开眼睛，犹自虚弱。他看着周围簇拥上来的人群，神情有些恍惚，竟是想不起此时此刻此地是什么景象，自己又为何会出现在这里。

然而，当那个少女来到他面前时，他的神志忽然清晰了起来。

"阿颜？"他看着走到眼前的人，失声，"你……你不是回王府去了吗？怎么又来了这里？"

朱颜沉默地凝视着他，嘴唇微微动了动，欲言又止。

然而，时影看到她鼻青脸肿满身是伤的样子顿时变了脸色，撑起身来，失声问："怎么，你受伤了？是谁把你打成这样的？！"

"没……没事。"朱颜连忙摇了摇头，往后退了一步。

她反常的退缩让他怔住了。就在这短短的刹那，时影的意识渐渐清晰起来，迅速地回忆起了万劫地狱途中的种种，再看着眼前的人，心里忽然间百味杂陈，说不出一句话来。

仿佛生怕自己失去勇气，下一刻，朱颜忽地咬了一咬牙，抬起手，直直地伸到了他面前，大声道："我……我是来还你这个的！"

时影看到她的掌心，猛然一震。

——她的掌心里，赫然握着那一支晶莹剔透的玉骨！

他抬起眼，询问地看向她。朱颜却立刻垂下了头，避开了他的视线，声音僵得如同一条直线，手臂也仿佛僵硬似的伸在那里，递到了他面前，一动不动："还给你。"

时影明白了她的意思，瞬间吸了一口气，眼神黯淡了下去，然而只是沉默了片刻，他便控制住了自己，声音竟然还是平静的："既然已经送给你了，就不用还回来了。"

听到这个回答，朱颜嘴角动了一动，几乎露出一个哭出来的表情——怎么，他不肯收？难道……还是得逼着她说那句话吗？

她下意识地看了一眼大司命，然而那个老人在人群之外定定地看着她，表情沉默而冰冷，并无丝毫缓和。在他的手里，握着那一道可以夺走她全族生命的旨意，让她不得不臣服于死亡的威胁之下。

没办法了，必须要说了！

朱颜转过头看着师父，深深吸了一口气，艰难地开了口："可是，我……我不想留着它了！每次只要一看到它，我就会想到是你杀了渊！

我……我怎么也忘不了那一天的事，我再也不想看到它了！"

时影蓦然抬头看着她，露出不可思议的神色。

他的视线令她全身一震，仿佛是烫手一样，玉骨从她的掌心颓然滑落！

时影瞬间抬起手，在玉骨落地之前接住了它，用力握紧——用力到让尖端深深刺入掌心，鲜血沁出。

"我知道了——那就拿回来吧。"时影定定地看着她，沉默了一瞬，声音竟然还是平静的，"原来是这样……你早该说出来的。"

朱颜怔了一下，一时心如刀绞。说完那几句话几乎耗尽她所有力气，此刻她不知道该说什么，大脑一片空白，呆呆地站在原地，双脚仿佛生了根一样。

时影吃力地站起身，将被她扔掉的玉骨握在手里看了一看，嘴角微微动了动，再度沉默了片刻，道："那，就让重明送你回去吧。"

重明神鸟应声从深谷里飞回，落在两人身边，不知道发生了什么，却也知道气氛不对，四只眼睛骨碌碌地看着他们两个人，竟是不肯上前。

大司命在一旁看着，开口解围："重明刚受了伤，不适合飞行万里之遥，还是让我的金瞳狻猊送朱颜郡主回去吧。"

"如此也好。"时影对长辈颔首，"多谢了。"

大司命也颔首："何必客气。"

朱颜怔怔地看着时影和大司命应酬揖让，站在一边，竟是无法开口说一句话——当她说出那句话后，看到他的眼神，内心几乎碎裂。然而他听了这句话，居然平静如旧？

朱颜死死地看着眼前的人，他每一个表情，每一个动作，每一句话都刀一样地刺入她的心里，朱颜全身发抖，必须动用全部的力气，才能控制住自己不在这一刻哭出声音来。

此刻，他只要看她一眼，便能发觉她的反常。

然而他已经回过头去，再也不看她。

当狻猊飞起，再度带着赤之一族的小郡主离开时，大司命长长叹了一口气，眼里露出了一丝复杂的表情，如释重负。

是的，一切终于结束了。

当那一句话被说出来的时候，无形中似乎有什么被斩断了，如此干脆利落，不留余地。从小到大，影的性格一直是骄傲而决绝的，宁为玉碎不为瓦全。既然被人当面拒绝，他便会转身离开，再不会回头。

"可是，至少我努力争取过了！我用尽了所有的力气！"

那一句话还在耳边萦绕。那种热情和力量，明亮耀眼，如同太阳，竟然连他苍老的心都忍不住为之震动。大司命的神色变得恍惚而伤感，不作声地摇了摇头——唉，傻孩子，你的确是尽了力。可是，你不知道你在对抗的是什么。我并不讨厌你，只是这个天下，还有比你们这些儿女之情更重要的事情罢了……

大司命还在树下出神，侍从跑过来匆忙地禀告，语音惊慌无比："大司命！大神官……大神官他刚刚忽然间吐血了！"

"没事。"大司命却毫不动容，只是淡淡道，"先回神庙！"

变乱过去后的九嶷神庙恢复了平日的宁静，晨钟暮鼓，祈祷祝颂，一切如旧。当侍从们都退回去各司其职之后，大殿里只留下了两个人，供桌上整整齐齐地放着两件东西：一枚玉简，一件血衣。

原本如雪的神袍，竟是染成了血一样的颜色。

"走完万劫地狱、接受天雷炼体，终于脱下了这件法袍，也就算是脱离了九嶷门下。"大司命的视线从那两件东西上掠过，对身后的时影道，"从此后，你可以重返红尘俗世，过和普通人一样的生活。"

时影没有说话，只是默然聆听。

"你虽然接受了五雷天刑，但我替你护住了气海，守住了元婴不散——最多休息一个月，你依旧是之前的你。"大司命继续道，指了指案上，"在没有选出新的大神官人选之前，这枚玉简先由你保存。"

时影没有说话，也没有开口表示感谢，手里攥着那一支玉骨，不知道想着什么，忽然开口问了一个奇怪的问题："一百多年前，九嶷……是否曾有个神官活着走完了万劫地狱？"

"什么？"大司命有些错愕，不知道他为何忽然问起了这个，"在你之前一百二十七年，的确有个神官打破了誓言，经受五雷天刑回到了尘世，走的时候甚至还带走了神庙里的一件神器——那个神官，据说是和……"

说到这里，大司命忽然明白了时影为什么要问这个问题，顿了顿，却还是如实回答：“是和赤之一族的郡主私奔了。”

“是吗？”时影的眉梢微微一动，掠过了复杂的表情，轻声喃喃，“原来，我在悬崖上看到的那具尸体并不是他？太好了。”

他的语气里充满了欣慰，竟似认识那个百年前的人一样。

“那个神官活着下山，和赤族的郡主走了，从此不知下落[1]。”大司命知道他心里在想着什么，不由得叹了口气，“那些大漠上的女子，天性热烈自由，敢爱敢恨，就像是一团火……真是修行者天生的克星。”

时影没有说话，只是垂下眼睛看着手里的玉骨，忽然咳嗽了几声。

“怎么？”大司命看了他一眼，问，“感觉不舒服？”

时影摇了摇头：“没什么大碍。”

“我也知道你没什么大碍——方才你忽然呕血，只是气急攻心罢了。”老人看着他，眼里有洞察的表情，叹息，“没想到你自幼修行，心如止水，区区一个女娃竟让你如此方寸大乱，真是孽缘啊……”

时影握紧了玉骨，眼神渐渐有些烦躁，没有接大司命的话。

“不过，她把话说开了也好，免得再耽误下去。”大司命盯着他看，语气看似客观平静，却字字句句入耳刺心，“我知道你杀那个鲛人不是为了私仇，而是为了空桑大业。可惜，那个丫头不能谅解你，过不了心里那个坎。她若是能……”

“住口！不要说了！”那一瞬，时影忽然冲口而出。

他的声音里气性大作，有着平日罕见的怒意和狂躁——大司命微微一惊，不再说话，生怕再度激怒了这个年轻人，沉默了下去。

片刻，时影平静下来，只道：“对不起。我现在不想和人说这些。”

“好。”大司命点了点头，果然不再继续这个话题。

时影沉默了片刻，再度开口问：“在踏上万劫地狱之前，你说过有重要的事情要和我说——是什么？”

大司命怔了一怔，这才回想起来此事，肃然道：“对。我是来告诉你一件大事的：你父王病危，只怕已经活不了多久了。”

---

1 详见《镜》卷三：《龙战》。

什么？时影一震，眼神终于动了一动，抬头看着老人。

大司命仔细地看着他的表情，似在捕捉着他内心的想法，道："既然如今你已经通过了万劫地狱的考验，脱下了这一身神袍，那么，就跟我回帝都去吧——以一个儿子的身份，去见一见你久别的父亲。可好？"

时影沉默着，脸色冷冷不动，并没有开口应允。

大司命微微皱眉："你们父子已经二十几年没有见过了……如今他都已经这样了，你难道不想见他最后一面吗？"

"不想。"时影断然回答了两个字。

大司命倒吸了一口气，一时没有说话。

"而且，他也未必想见我。"虽然是说着自己的亲生父亲，时影的声音依旧平静而冷漠，"我此刻刚刚脱离神职，如果回到帝都，那些人不会以为我只是去看父王一面而已。呵……他们只会以为我是回去抢我弟弟的王位！我可不想引发云荒的内乱。"

大司命花白的长眉一挑："怎么，你真的全然无心帝位吗？"

时影颔首："没有丝毫兴趣。"

"可惜了。"大司命凝视着他，语重心长，"影，你会是一个非常优秀的帝王——比起你那个只知道吃喝玩乐不成器的弟弟来，要强上千百倍！"

"其实也不必如此贬低时雨。"提到弟弟，时影脸上的表情温和了一些，语气平和公允，"虽然他学识不高，贪玩好色，但至少心地不坏——如果有大司命您辅佐，他即便不能是个中兴明主，也不至于是个昏君。"

"辅佐？呵……"大司命冷笑了一声，"青妃生的小子，算是什么东西？也配我去辅佐？"

听出了这一声冷笑里的杀机，时影心中一惊，不由得抬头看着大司命。

"我不是宰辅，也不是六部之王，担不起这个责任。而且，空桑的未来，难道就指望让我竭尽全力去扶一摊烂泥上墙？"大司命看着他，神色出乎意料地严峻，语气凌厉，"何况，我的寿数已经不多——七十年后，灭国的大难就要降临了！你觉得到时候能指望那个不成器的小子？"

"什么？"时影的身体一震，眼里露出不敢相信的表情，站起来失声道，"灭国大难？海皇已死，海国的威胁不是已经被彻底清除了吗？"

"不。"大司命摇了摇头，一字一句地回答，"没有。"

老人的回答让时影倒吸了一口冷气，脱口："不可能！"

"真的。虽然你做了那么多，可空桑未来的灾难，迄今未曾有丝毫改变。"大司命定定地看着时影，叹了口气，眼里露出悲悯的表情，"唉，你刚刚走完万劫地狱，九死一生，我本来不想这么早告诉你这个消息的……这对你来说，未免也太残酷了。"

"不可能！"时影脸色瞬间苍白，站起身推开了窗户。

外面的风吹进来，月朗星稀，长久阴雨之后的九嶷山终于迎来了一个晴朗美好的夜晚。然而，时影只看了一眼星辰，便剧烈地颤抖了一下，失手将玉简摔到了地上！

——自从他复活以来，九嶷一直笼罩着阴雨，所以从未能好好看过夜空星图。而此刻抬头仰望，一切便已经赫然在目。

"不……"他眼里露出不可思议的表情，喃喃，"不可能！"

"在你杀死了止渊之后，那片归邪还在原位置，并未消失，甚至不曾减弱。"大司命凝视着他，一字一句道，"我实在不想告诉你这个消息，影——虽然你竭尽了全力，但是，很不幸，你的尝试失败了。"

时影脸色变得死去一样苍白，身体晃了一下。

房间里，一时间沉默得几乎令人窒息。

"是吗？"不知道过了多久，时影才开口，语气里竟然有一种溺水之人濒死的虚弱，喃喃，"这么说来……海皇的血脉……依旧还在这个世间？我杀止渊……竟是杀错了？"

"不，你当然没有杀错！"大司命断然回答，"那个人是复国军的左权使，鲛人叛军的领袖——你替空桑诛杀了这样一个逆首，一点错都没有！"

"可他并不是海皇的血脉。"时影摇头，低声，"我……弄错了？"

那一个"错"字，几乎有千斤重，但他终于还是亲口说出来了。作为独步云荒的术法天才，他自幼深窥天机，几乎从未有过一次错误的判断——二十八年日积月累的胜利，逐渐造就了他从不容许别人质疑自己的性格。

那么久以来，他还是第一次亲口承认自己的错！

"不，你没有错！"大司命一把抓住了他的衣襟，死死盯着他灰冷的眼眸，厉声道，"影，你千万不能认为自己错了！一旦你对自己失去了信心，你就真的败了！"

"可是……"时影苦涩地喃喃，"错了就是错了。"

他低下头，看着自己的双手——生平第一次，他居然错了？自己如此竭尽全力，不惜牺牲自己的生命乃至阿颜的幸福，让双手染满鲜血。然而这件事，到头来，居然还是错的？

多么愚蠢，多么可笑啊……他一生无错，却在最重要的事情上错了！

错得万劫不复。

如果阿颜知道了，又会怎么想？他……又有何脸面再去面对她？

可是，即便海皇重生的事是真的，那个人也未必就是渊啊！

万一……万一你弄错了呢？一旦杀错了，可就无法挽回了！

那个时候，她就曾对着他大声说过这样的话。

为了维护那个鲛人，她的表情是如此不甘而绝望，近乎不顾一切。可他呢？当时的他只是愤怒于她居然敢质疑自己——是的，他怎么会错？他是独步云荒的大神官，从出生到现在一直俯瞰天地、洞彻古今，还从没有错过一次！

然而，就是因为这样的自负，他才一意孤行将错事做绝，终至无可挽回！

时影将头深深地埋入掌心，说不出一句话。

大司命在一旁看着，伸出手轻轻拍了拍他的肩膀。然而那一刻，老人发现他整个人都在微微颤抖，不由得心生悲悯。

"谁都会出错，哪怕是神。"大司命低声，"你不过是凡人，不必自苛。"

"她把玉骨还了回来……这样也好。"时影竭力控制着自己的战栗，沉默了很久，才低声说了一句，"难怪阿颜不肯原谅我……我做错的事，万劫不复。"

大司命怔了一下，一时无语。

那个小丫头为何不肯原谅，为何要执意离开，自然没有人比他更清楚。此刻听到时影居然曲解了缘由，老人心里一怔，却也是不想解释其中曲折——是的，影是如此自苛的一个人，如今种下了这个心魔，大约会令他一生都自惭形秽，不会再有接近那个少女的念头了，不也是正好？

大司命叹了口气，只道："放心，这件事她永远不会知道……反正那个鲛人也已经死了，她知道了也于事无补。"

时影还是没有说话，身上的战栗一直持续，只是默然竭力克制。

大司命眼里露出一丝担忧，从小到大，他还从没见过影这一刻的样子：如此绝望和灰冷，整个人仿佛被由内而外地摧毁了，再也不复昔日的冷傲睥睨、俯瞰天下。再这样下去……

"好了，振作起来。"大司命叹了口气，不得不提点陷入低沉的人，"既然海皇血脉未被斩断，空桑大难就依旧未除——影，你肩头的重任尚未卸下。我们需要从头再来！"

听到这句话，时影猛然震了一下，在月下沉默了许久，终于点了点头。

"眼前这局面，远比你预料的严峻得多。"大司命看着他，声音轻而冷，一字一句，"到了现在，你还想脱身远离云荒，自由自在去海外吗？"

时影微微一怔，反问："你是要我留下来辅佐时雨？"

"你错了。"大司命看着他，一字一句道，"我的意思，是让你在你父亲驾崩后，君临这个云荒，守护空桑天下！"

什么？时影不由得震了一下，扭头看着这个老人。大司命的眼睛亮得可怕，直视着他，目不转睛——时影刹那明白对方并不是说笑，脸色也转瞬凝重了起来。

"不。"沉默了一瞬，他吐出一个字。

"你还是不愿意？"大司命皱眉，语气不悦，"都这个时候了，你还要坚持你那视天下如粪土的清高？"

"我不想和弟弟为敌。"时影摇了摇头，语气也是凝重，"若是我此刻返回帝都，和时雨争夺王位，青王、青妃又如何肯干休？他们手握重兵，必然令天下动荡——如此一来，七十年后的大难岂不是就要提前了？"

"放心，你不用和时雨争夺帝位。"大司命忽然笑了一笑，看着他，缓缓道，"已经没有这个必要了。"

"怎么？"时影被老人眼里亮如妖鬼的光芒给惊了一下，心里忽然有一种极其不祥的预感，失声，"你……你难道……"

"是的。"大司命忽然间笑起来了，那个笑意深而冷，如同一柄利刃在寒夜里闪过光芒，令时影心惊不已。

"你看！"大司命从袍袖之间抬起了手，手心里握着一块玉佩，放到了时影的眼前，"你不用和你弟弟争夺帝位——因为，他已经不能再和你争什么了。"

——握在大司命手心的，竟是皇太子随身携带的玉佩！

时影脸色刹那间苍白，整个人都震了一下。

"影，我已经替你提前扫清了道路。"大司命淡淡地说着，然后手指一碾，竟然将坚固的玉石一分分地碾为粉末！

"死人是无法再来争夺帝位的。"大司命吹了一口气，化为齑粉的玉石瞬间消失，"现在，时雨这个人已经彻底消失了，在这个六合之中什么痕迹也不曾留下。"

时影失声："你……你到底把时雨怎么了？"

大司命脸色不变，看着他："你大概不知道吧？你的弟弟，空桑的皇太子时雨，早就在那一场复国军的动乱里，不明不白地死在了叶城。"

"什么？"时影大惊，"死了？！"

"对。"大司命却是看着他冷笑，"早就死了。"

"不可能！"时影霍然抬起头，看向窗外的夜空，指着星辰，"时雨他的命星明明还亮着！他明明还……"

然而，话没有说完，语音戛然而止。

时影定定地凝视着夜空里时雨的那颗星辰，露出疑虑的表情，继而转为震惊——是的！仔细看去，那颗星虽然还在原来的位置上，似乎一动未动，但作为大神官，他能看出那已经是一颗幻影！

那是一颗已经陨落的星辰，本应该消失在天际，却有术法极高的人做了手脚，暂时保留了陨星的残相，让光芒停驻天宇，暂时不至于消失。这样高明的伪装，整个云荒大约只有他能识破。但是……

时影倒吸了一口冷气，猛地看向了大司命："是你做的？"

大司命眼神里露出一丝冷然，低声："现在你明白局面了？"

时影怔怔地看着这个云荒术法宗师，眼神从震惊变为茫然，充满了不敢相信。

"怎么会？"冷静如他也忍不住反复地喃喃，"你……杀了时雨？你竟然杀了空桑的皇太子……你、你是大司命啊！"

这个老人，原本是他在这个世间最熟悉的人，二十几年来照顾他、教导他，一手将孤苦无依的孩子带大，可谓亦师亦友——但到了现在，他才发现自己原来从未了解这个人！

"杀了皇太子又如何？那么重要的位置，岂能让一个朽木去当？"大司命苦笑，看着深受震惊的时影，"影……你真是个善良的孩子。虽然一辈子也没见过时雨几次，居然真的当他是自己的弟弟？"

"你怎么可以杀了时雨？他做错什么了？"时影一把勒住大司命的衣领，手指微微发抖，杀气在眼里凝结，"为什么要杀他？！"

"时雨是个无忧无虑又无脑的孩子，当然没做错什么。只是，他是青妃那个贱人所生，又正好挡了你的路而已……"大司命咳嗽着，语气意味深长，"怎么，你要因此杀了我吗？"

时影眼里杀气一盛，几乎捏碎了大司命的喉咙，然而老人的眼里没有丝毫的恐惧，只是冷笑地看着他，并无反抗。

最终，他的手顿了顿，并没有继续勒紧。

大司命微微冷笑，低声："是的，现在时雨已经死了，你再杀了我也于事无补，只会令空桑更加震荡不安——又是何必呢？"

时影没有说话，却也没有反驳。

"你……为何要做这种事？"许久，他低声开口，声音嘶哑，几近颤抖，"身为大司命，供奉神的人，你……你不该做这样肮脏的事！"

大司命喘息了一口气，反问："我如果说我是为了云荒天下，你信吗？"

时影沉默了一瞬，竟然松开了手。

大司命颓然后退，剧烈地喘息，看着时影缓缓点头，一字一句道："我就知道，即便天下人都误解我，你也一定会明白我的苦心——要知道，我这一生所做的事，从未有一件是为了我自己。"

"可无论如何，你也不该对时雨下这样的毒手！"时影咬牙，眼神里充满了愤怒，"如果我一早知道这事，一定会不惜代价阻拦你！"

"呵呵……就像那个小丫头不惜一切代价阻拦你杀那个鲛人一样？"大司命忽然冷笑了一声，意味深长地看着他，"影，你认为那个小丫头目光短浅，可是，我又何尝不认为你看得不够长远？你真的觉得归邪是一切灾祸的缘起？那么归邪更远处的那颗昭明星呢，你看到其中的关联了吗？"

听到这句话，时影猛然震了一下，扭头看向窗外，脸色渐渐苍白。

"你是说……"他看着老人，又看了看夜空，有些恍然地喃喃，"除了归邪，还有其他力量在影响空桑的国运？"

"是。天穹星辰万千，相互影响，并非单一改变某处就能改变整个结局。"大司命看着星空，语气严肃，"就算没有了归邪，空桑的帝星也已经暗淡了，国运已衰。你要消除归邪，并没有错，那是一切灾祸的缘起——但宿命的线千头万绪，通向空桑覆灭结局的，不仅仅只有这一根！就算你真的斩断了海皇血脉、灭了归邪，云荒在七十年后也未必平安。"

时影沉默地看着天象，双手痉挛地握紧了窗台，只听"咔"的一声轻响，窗台上的硬木应声在他手心粉碎！

"你说过：我们身为神官司命，总得要做点什么。"大司命霍地回过头，看着时影，眼神炯炯，"而我要做的，便是让你成为云荒之主！"

时影不可思议地看着他，喃喃："为什么？"

大司命一字一句道："因为星象千变万化，不可捉摸，无法应对。唯有改变自身才是根本之道——我相信以你的能力，只要坐上了帝位，定然能让空桑度过大劫！你，才是那个可以改变云荒未来的人！"

时影仿佛被这样的说辞震住，一时沉默，并没有回答。

"影，除了术法之外，我从小便以帝王之道教你，为的就是这一天。"大司命看着他，声音冷定，"我很早就在安排这一切——而最近借着星魂血誓的力量，星野大变，正好是我们回归帝都的时候！"

时影听着这样惊人的话，终于开口说了一句话："原来，您是将我当成了棋子吗？"

大司命停了一停，抬起花白的长眉看着这个自己一手带出来的年轻人，似是洞察："怎么？不甘心吗，影？"

时影摇头："如果我拒绝呢？"

"你要怎么拒绝？同样是为了挽救空桑，你尝试过的方法已经失败了，如今，也只能按照我的方法来勉力一试。"大司命凝视着他的表情，摇头，"你从小是个心怀天下的人，悲悯苍生，甚至可以为此牺牲自我——现在，空桑上下只有你这么一个继承者了。你若是不肯继位，那么云荒的动荡，恐怕真的是要立刻来临了！你愿意吗？"

时影抿住了嘴唇，剑眉紧锁，没有说话。

"影，你想想现在空桑的局面！十巫刚刚深入腹地，扬长而去！"大司命一字一句地问，看着他脸上的表情，"帝位悬空，云荒动荡，外族入侵……这一切，难道是你愿意眼睁睁看着发生的事吗？"

时影沉默了许久，看着这个师长。而老人也在看着他。

两人对峙了不知多少时间，直到窗外斗转星移，苍穹变幻。黎明破晓的光射了进来，映照着大神官苍白英俊的侧脸，冰冷如雕塑。

然而，他的眼神已经悄然改变。

大司命捕捉到了他的变化，在晨曦之中对着他伸出手来，低声："怎么样？想定主意了吗？跟我一起回帝都去吧——"

"白王和赤王，都在等待着我们的到来。"

第十一章

联姻

朱颜趴在狻猊的背上，从梦华峰上呼啸而回。

没有了玉骨，她的一头长发披散了下来，在风里如同匹练飞舞。这一路穿越了整个云荒，白云在身边离合，脚下景色壮阔无限，可她无心观赏，只是发呆，心里空空荡荡，想哭又哭不出来——这一别，不知何日再相见。

师父脱下了神袍，不再受到戒律的约束。他说过要云游四方以终老，那么会去哪里？七海，空寂之山，慕士塔格，还是更遥远的中州、西天竺？

她不知道……她只知道，自己只怕永远见不到他了。

横跨了飞鸟难渡的镜湖，脚下出现了繁华喧嚣的城市。狻猊连续飞了好几天，终于带着魂不守舍的她回到了久别的叶城。

朱颜迫不及待地跳下，一边叫着阿娘，一边直接扑到了在窗下梳头的母妃怀里。母妃发出了惊喜交集的喊声，赤王闻声随即从内室紧张地冲了出来，然而一眼看到归来的爱女，顿时愣在了原地。

久别重逢，朱颜眼眶一红，再也忍不住抱着父母痛哭起来。

当初她为了给苏摩治病，在半夜里不辞而别，不料这一走便是天翻地覆，孤身走遍了半个云荒。如今不过短短数月，却已经发生了如此多惊心动魄的变化，再度见到父母的脸，简直恍如隔世。

这中间，她受了多少委屈和悲苦，一直勉强支撑着，然而此刻一回到父母的怀抱，立刻涕泪纵横，哭得像一个走出迷途后归家的孩子。

赤王正要痛骂这个离家出走的女儿，反而被她痛哭的样子吓住，母妃更是心疼，抱着女儿，居然也忍不住哭了起来。

一时间，赤王一家三口抱头痛哭，吓得侍从们都悄悄退了出去。

不知道哭了多久，朱颜终于平静了下来，抹着眼泪，看着出现在行宫的赤王妃，有点诧异，哽咽着问："娘，你……你怎么也到了叶城？你、你不是应该在西荒天极风城的王府吗？"

"还不是为了你这个丫头！"听到这句话，赤王终于找到了一个机会发怒，"跑出去一个多月，全家谁坐得住？你娘千里迢迢把王府里的所有得力人手都带过来了，把整个叶城都翻了个底朝天！你这个不知好歹的……"

"好了好了。"母妃连忙擦了擦眼泪，阻止了赤王，低声，"别骂了，只要阿颜回来了就好……你要是再骂她，小心她又跑了。"

赤王一下子停住了话，用手指重重戳了一下女儿的脑袋。

"哎哟！"朱颜忍不住痛呼了一声，连忙道，"放心吧，父王，母妃，我以后再也不乱跑了！我会好好听话，再也不会让你们担心了。"

"真的？"母妃却有些不信，"这种话你说了有一百遍。"

"真的真的！"她连忙道，"这次我吃了大苦头，以后一定会学乖！"

说出这话的时候，她倒是诚心诚意。是的，让家里人提心吊胆了一个月，眼看着母妃形容消瘦，哭得连眼睛都肿了，她心里满怀歉疚，的确是决心从今往后做一个安分守己的模范郡主，好好让父母安心。

"好。这话可是你说的。"赤王看了她一眼，还是满腹怀疑，"等下可别再反悔，说'不干了''要逃跑'之类的话。"

"啊？"朱颜一惊，"难道……你们又想要我干什么？"

"哎。"赤王刚要说什么，母妃却拉了一下他的衣襟，递了一个眼神过来，摇了摇头，"先别提这些了。阿颜刚回来呢……日后再说。"

赤王于是收住了话题，恨铁不成钢地瞪了女儿一眼。

"阿颜，你这几天去哪儿了？那一天复国军叛乱的时候，你一个人半夜跑出去做什么了？"母妃将她揽入怀里，看了又看，心疼，"怎么搞得鼻青脸肿的？谁欺负你了？"

"没什么没什么。"朱颜忙不迭地转过头去，"是我自己不小心摔的。"

总不能告诉她，是自己杀了大神官、帝君的嫡长子，然后为了救回他，在梦华峰上被十巫联手打成这样的吧？要是父王母后知道了，可不知道会吓成什么样子！

"摔？"母妃却是不相信，"怎么可能摔成这样？你的手臂……"

"阿娘，我已经好几天没吃饭了！肚子饿死了……"她连忙岔开了话题，摸了摸肚子，装出一副可怜兮兮的样子，"厨房里有好吃的吗？"

"有有有。"母妃连忙道，"瘦得下巴都尖了，赶紧多吃一点！"

嘴里说是饿了，其实朱颜却是半分胃口也无。当离开了父母的视线，独自坐在那里时，她只喝了几口汤便再也吃不下了，垂下头，呆呆地看着汤匙出神。

"原来是这样……你早该说出来的。"

耳边回响着师父收回玉骨时说的话，冷淡而决绝。那一瞬，她心里一抽，再也忍不住发出了一声啜泣，大颗大颗的眼泪从脸颊上滚落，簌簌落到了汤碗里。端着菜上来的盛嬷嬷吓了一大跳："郡主，你这是怎么啦？"

她摇着头，不想解释，只哽咽着道："伤……伤口很疼。"

"唉，我说郡主啊，你这些天到底是去了哪里？可把我们给急死了……"盛嬷嬷给她又端来了一大碗汤，唠唠叨叨，"王爷、王妃带着人满城找你，府里不知道多少人为此挨了板子！"

"呃？"她吃了一惊，"他们没有打你吧？"

"这倒不曾。"盛嬷嬷将汤碗放到了她面前，叹气，"我一把老骨头了，王爷的爹都还是我奶大的呢，他也下不去手。"

"谢天谢地……"朱颜心有余悸，"不然我罪过就大了。"

"我的小祖宗哎，这些天你到底跑哪儿去了？"盛嬷嬷看了她一眼，又是心疼又是生气，"弄得这样鼻青脸肿的回来，头上这么大一个包！"

"唉……说也说不清。"她叹了口气，摸了摸肿得有一个鸡蛋高的额头，黯然道，"反正这次我吃了大苦头，能活着回来就不错了……我以后一定会乖乖听话，再也不会乱跑啦！"

"真的？"盛嬷嬷居然也不信她，"你会听话？"

"骗你是小狗。"朱颜实在是没有胃口吃饭,就从旁边的漆盒里抓了一把糖,刚剥开了一颗,看着那张糖纸,忽地仿佛想起了什么,随口问,"对了,那个小家伙呢,怎么不见他出来找我?"

"哪个?"盛嬷嬷一时没回过神来。

"苏摩啊!"朱颜抓着糖,有些意外,"那个小家伙去哪里了?我回来了这半天,怎么没见他出来?难道又在闹脾气不成?"

"苏摩?"盛嬷嬷也是吃了一惊,脱口反问,"那个小家伙,不是那天晚上被郡主一起带走了吗?今天没和郡主一起回来吗?"

"什么?"朱颜知道不对劲,脸色立刻变了,失声道,"我那天晚上明明让申屠大夫先行把他送回府里的!难道他没送苏摩回来?"

盛嬷嬷愕然:"没有看到申屠大夫来过啊!"

"什么?没有来过?这是怎么回事?"这下朱颜大吃一惊,直跳起来往外就走,"该死的,他把苏摩弄哪儿去了?看来我得去一趟屠龙村,把那个老色鬼找过来问问!"

"郡主,郡主!"盛嬷嬷连忙小跑着追上来,一把拦住了她,"不用去了。那个什么申屠大夫,已经不在屠龙村了!他失踪了!"

"真的?"她吃了一惊。

"是真的!"盛嬷嬷连忙上来拉住她的手,生怕她又跑出去不见了,道,"前些日子为了找你,王爷把叶城角角落落都搜遍了,所有接触过你的人也被调查了一个遍——自然也派人去找过那个申屠大夫。可奇怪的是,怎么也找不到他了!"

"什么?"朱颜怔了一下,一时间说不出话来。

这些天来,她在外奔波流离,历经生死大劫,自顾不暇,心里一直以为申屠大夫那晚定然是将苏摩送回了赤王行宫——不料一两个月后回到叶城,得到的却是这样的答案!

已经过去了那么久,那个小家伙到底是怎么了?

难道,是被那个申屠大夫拐带了?

"怎么会这样?"她想了又想,还是百思不得其解,"兵荒马乱的,他带着那小家伙又会去哪里?那个孩子肚子里的瘤子刚刚被剖出来,身体还很虚弱——又能去哪里?"

想到这里，她不由得打了一个冷战，失声："天啊……他们不会是遇到了什么不测吧？那天晚上兵荒马乱，万一被不长眼的火炮击中，那……"

"唉，郡主，别想这个了。"盛嬷嬷紧紧拉着她的手，"说不定只是在乱兵之中走散了，等过一段日子自然会回来。"

朱颜皱着眉头，却不相信她的说辞："不对劲——现在都过去一两个月了，如果要回来也早该回来了。"

"说不定是那个孩子病了，申屠大夫这些日子一直在忙着给他治呢！所以一直不方便外出。"盛嬷嬷拉着她回了房间，竭力安慰，"你看，既然是跟大夫在一起，那孩子一定会很安全的，你不用担心——那个孩子身体虚弱带着残疾，卖也卖不出好价钱，申屠大夫又能把他怎么样？"

"唉……也是。"朱颜想了一想，颔首，"这小家伙是鲛人中的残次品，想来也没有谁会想着打他的主意。"

"郡主，你还是好好养伤吧，小心破相留疤，也成了残次品。"老嬷嬷一边说，一边拿起布巾擦了擦她的额头，"你看，好大一个包。"

"嘶……"朱颜痛得倒吸了一口冷气，捂着额头跳了起来，口里却道，"我怎么能不担心？告诉管家，快派人出去找申屠大夫和那个孩子！"

"是。"盛嬷嬷连声答应，"我等下就派人去告诉管家。"

然而她一边说着，一边手上动作不停，还在继续给她的额头敷药。

"现在就去！"朱颜一把扯开了她的手，"不要磨磨蹭蹭的。"

"好好好。"盛嬷嬷无可奈何，只能放下布巾出去。

朱颜独自捂着额头在榻上坐了下来，看了看房间——这是她在叶城行宫的闺房，布置得和天极风城一模一样，她不由得感叹父母对自己关怀之深，暗自发誓以后一定不让他们担心。

一边想着，她一边随处走了一圈，随手推了推侧面小房间的门。那是一个储藏室，平时她几乎从不进去，然而此刻一推居然没有推开。

奇怪，怎么会上了锁？

朱颜天生是个好奇心泛滥的人，一看到居然上了锁，反而非要打开看看。手指一画，用了一个小小的术，上面的锁应声而开。

这小房间里堆了满满当当的东西，几乎从地上堆到了梁下。朱颜心下起疑，忍不住扯开油布看了一眼——原来那是一排箱笼，整整齐齐，雕花镶玉，华丽无比，散发着淡淡的木香味。

她越发好奇，忍不住挨个打开了那些箱笼看了一圈，发现里面都是价值连城的珠宝：拇指大的明珠，鸽蛋大的宝石，其中甚至还有雪莺向她夸耀过的价值连城的驻颜珠，整个暗淡的储藏室都被照得如同秉烛。朱颜也算是王侯之女，自幼钟鸣鼎食，见多了各种珍宝，可此刻乍一眼看到这些东西，竟也被镇住了。

"那是什么？"等盛嬷嬷回来，她便指着那一排珠光宝气的箱笼发问，"父王忽然发财了吗？为啥堆了这么多金山银山在我房间里？"

"哎呀！郡主你怎么把这些给翻出来了？"盛嬷嬷一眼看到，不由得大吃一惊，脱口，"明明我都已经锁好了！"

"为什么要上锁？"朱颜看了她一眼，大惑不解，"哪里来的？"

盛嬷嬷竟然有些口吃："那……那是……别人送来的礼物。"

"谁送来的？"她心里更加觉得不对劲，"平白无故的，谁会送那么贵重的东西给我？"

盛嬷嬷沉默了一下，没有回答。

"难道是白风麟？除了白王，天下还有谁会那么有钱——不过他为何送了那么贵重的礼物来？莫非是……"朱颜心念电转，一下子就想到了答案，失声，"哎呀！真该死！"

她变了脸色，"唰"地就冲了出去，速度快得盛嬷嬷拦都拦不住。

该死！父王为什么收了白风麟那么多贵重的礼物？无事献殷勤，非奸即盗——那个口蜜腹剑的家伙这么讨好她家，又是为了什么？

朱颜气愤地奔到了父王的门口，正要推开门，忽地听到了父母的声音。

"联姻的事情，你就先不要和阿颜提起了，我也让人把那些箱笼都锁起来了。"母妃的声音穿过帘子传来，细细的，微微咳嗽，"唉，她刚回来……别听了这个消息一气之下又出走了。这丫头脾气暴得很，你也知道的。"

朱颜听到"联姻"两字，如同晴天霹雳，一下子怔住，竟忘了推开门。

"这事情迟早还是得让她知道！"赤王闷声闷气道，声音透着不悦，"白王送来的聘礼我们都已经收了，还能瞒着她不成？白风麟也算六部藩王年轻一代里的佼佼者了，配阿颜还有什么不够？"

听到这句话，朱颜身子猛然晃了一晃。白风麟？果然……父王真的是和白王结了亲，不是说这一两年都暂时不考虑把她嫁掉的吗？怎么可以出尔反尔！

"是，白王亲自来替长子求娶，也算是给足了我们面子。"然而，母妃轻叹了一口气，显然对这门婚事也是心满意足，"听说白风麟不但年轻俊秀，身份尊贵，更要紧的是他对阿颜一见钟情，主动要求父亲出面结这门亲——只要有这一份心意在，日后对阿颜也一定会好，我们也就放心了。"

赤王点了点头："老实说，像阿颜这种嫁过一次又守寡的，能做未来的白王妃，也算是她有福气了。"

朱颜在外面听着，气得就要炸裂——谁要这种福气？那个白风麟，看着斯文正派，却天天出入青楼妓馆，风流好色，口蜜腹剑，镇压鲛人又残酷无情，她才不要嫁给这种人！

气头之下，她也顾不得父王会问"你怎么会知道他出入青楼妓馆"，便要推门进去大闹一场。然而刚一抬手，听里面母妃长长叹息了一声："但是……我总觉得阿颜不会同意。你没看她这次回来心事重重吗？都不知道她在外面到底遇到了什么事。"

赤王也沉默了一瞬，叹气："肯定吃了大苦头。"

女儿自小是个藏不住心思的人，这次回来却整个人都沉默了许多，也不像之前那么爱笑了，说话行事都乖了许多——她不过十九岁，胆大包天地独自闯出去，消失于战乱，又凭空地回来，谁也不知道这段时间她经历过什么，想起来都让人心里又是担心又是后怕。

母妃叹了口气："所以，你先别和她提这事了，缓一缓，等找一个合适的时机，让我出面和她慢慢说开。"

"由不得她！"赤王厉声道，"她不是刚保证会听话吗？"

"这丫头的话你也信？"母妃苦笑，打断丈夫的话，"从小到大，她求饶了那么多次，哪次真的听话过？这些年来，我们替她收拾了多少次残局，擦了多少次屁股，这次可万万不能再得罪白王了——否则，赤之一族在云荒哪还有立足之地？"

为什么不能得罪白王？得罪了又怎么了？朱颜正在气头上，想要推门进去，忽然听到赤王压低了声音，道："白王知道那个鲛人的事情。"

"什么？"母妃吃了一惊，语音有些发抖，"他……他怎么会知道阿颜昔年想和那个鲛人私奔的丑闻？是……是哪个多嘴多舌的下人泄露出去的？这可如何是好！"

"你们这些女人，就知道这些婆婆妈妈的事情！"赤王有些烦躁，一拳捶在了桌子上，"我说的不是这个——你知道吗？那个鲛人，止渊，居然是复国军的卧底！"

"什么！"母妃大吃一惊，手里的茶盏砰然落地，"那个止渊？"

"千真万确。白风麟镇压了叶城复国军叛乱，经过仔细盘查，发现叛军的首领便是那个在我们府上住过多年的止渊。"赤王压低了声音，咬着牙，"此事是灭族杀头的罪名，要是暴露，整个赤之一族都要被株连！"

这一下，不要说母妃，连在门外的朱颜都怔住了。

她千辛万苦想瞒下来的事，居然被白风麟知道了？这下可怎么收场？！是不是……是不是要去求大司命帮忙？不然白王那边若是禀告了朝廷……

"他是复国军？"母妃也说不出话来，"这可怎么办！"

"白风麟没有禀告朝廷，把这件事压了下来。"赤王叹了口气，"他年纪虽轻，做事却有魄力。他刚弄明白那个复国军首领的身份，便立刻将相关知情的人都处理掉了，直接告知了白王，让白王来和我商量。"

什么？朱颜在门外听得不禁怔住了。

"他居然肯为阿颜冒这么大的风险！你说，我能不领这个情吗？"赤王低声道，"这才是我最后不得不答应白王联姻的真正原因。"

"这么说来，白王那边拿捏着我们的要害了？"母妃语气有点发抖，顿了一顿，却急道，"那阿颜嫁过去了，会不会受欺负？"

"唉……你怎么只想着女儿？"赤王跺脚，"整个赤之一族都要大难临头了，你知不知道？"

朱颜在门外听着，渐渐地低下头去，垂下了要推门的手。

"这门亲事看来非结不可了。可是……阿颜要是不答应呢？"母妃忧心忡忡，"她的性子你也是知道的。万一又跑掉，或者拼死不从，我们也奈何不了她，又该怎么办？"

"那还能怎么办？我也不能真的把她绑了送到白王府去……"赤王长长叹了一口气，"事情如果瞒不住了，最多赤之一族满门抄斩便是。一家人，要死也得死在一起。"

"不会有那么严重吧？"母妃是个胆子小的人，吓得声音都变了，"就一门亲事而已，白王怎么会对我们家下这么重的手？"

"妇人之见！"赤王低声训斥，"联姻就是结盟——不为盟友，便为敌手。知道吗？"

朱颜站在门外，肩膀微微发抖，思前想后，终于放弃了推门而入和父母闹一场的心思，颓然转身，往回走去。

然而，刚转头便看到了盛嬷嬷正往这边赶来，看到她正要开口招呼。朱颜连忙竖起手指放在嘴唇上，轻轻对嬷嬷摇了摇头，便径直走了开去。

她梦游似的回到了房间，看着那一堆价值连城的珠宝，呆呆地出神。

在这一刻，虽然家人在旁，珠玉环绕，然而她的心里是从未有过的荒凉无助，就像是一个人站在旷野里，空荡荡的什么也看不到。她想要哭，却连哭都不能，因为能让她放心大哭出声的那个怀抱也已经不存在了。

渊……渊，如果你还在这里该有多好，至少我还可以找到你倾吐一番，好好地大哭一场。可是现在，连你都已经离我而去。

如果你在，会建议我怎么做呢？

盛嬷嬷不知道郡主在想什么，便在一旁陪着，隐约担心——郡主这次回来之后，心里忽然就多了许多事，再也不曾展露以前那种没心没肺的欢颜了。那个明亮快乐、充满了活力的少女，似乎一去不复返。

"嬷嬷。"朱颜低头把玩着那一颗价值连城的驻颜珠，沉默了许久，忽然轻声道，"你觉得……我嫁到白之一族如何？"

盛嬷嬷愣了一下，一时间竟不知道如何回答。

半晌，她才小心翼翼地道："那个白风麟今年二十五岁，听说长得俊秀斯文，做事妥帖细心，是六部许多少女的梦中情郎。"

"是吗？"朱颜喃喃，吐了一口气，仿佛下定了什么决心一样，忽然道，"那就替我写一封回函给白风麟吧……就说他的礼物我收下了，很喜欢。"

"什么？"盛嬷嬷吃了一惊，张大嘴巴说不出话来。

"回头你也去和母妃私下说一声。"朱颜一边说着，一边将那颗绯红色的美丽珠宝托在掌心，凝视着珠子上流转出的光华，"就说我愿意嫁给白风麟，让她别担心了。"

盛嬷嬷还是说不出一句话——这些日子以来，她早就看出小郡主对白风麟心怀不满，对婚嫁更是抗拒得很。此刻忽然说出这样的话来，简直吓人。

然而朱颜苦涩地笑了一笑，什么都没有说。

是的，反正她已经失去了渊、失去了师父，为何不干脆做个决定，再退一步，让父母彻底安心呢？从小到大，他们一直在宠爱和迁就着她，为她操碎了心，如今她长大了，应该反过来守护父母和族人了吧？

她已经失去太多的东西了，必须要好好守护住剩下仅有的！

她叹了口气，下意识地抬起手摸了摸头发——上面空空荡荡的，就如她此刻的心。

白赤两族的联姻消息传出来的时候，整个帝都都为之震惊。

事关六部藩王长子长女的婚姻，此次联姻需要禀告朝廷，由帝君赐婚，方能进行大婚仪式。于是，白王带着长子白风麟、赤王带着独女朱颜，双双离开了叶城的府邸，抵达了位于镜湖中心的帝都伽蓝城，在行宫里等待帝君召见。

在帝都停留的短短几天里，朱颜终于见到了长久不见的好友。

"没想到，阿颜你竟然会成为我的嫂子。"微风从湖上吹来，驱走了夏日的灼热，白之一族的雪莺郡主看着朱颜，叹了一口气——她和朱颜同岁，两人因为母亲是表姐妹的关系往来甚密，自幼一起长大，情同姐妹。但近几年聚少离多，渐渐生疏，难得有这般在一起闲聊的时候。

"世事无常。"朱颜折着手里的东西，心不在焉地回答。

"你在做什么？"雪莺诧异，看到女伴正在用糖纸折着一只纸鹤——她的案头已经累累堆了好几十个纸鹤，各种各样的颜色。等最后一个叠好，朱颜将那一捧糖纸折成的纸鹤捧在手心里，用力吹了一口气——瞬间，那些纸鹤"呼啦啦"地从她手心里飞起来，雪片般朝着天空四散。

雪莺吃了一惊："你……你在用术法？帝都不是禁止私下乱用术法吗？！"

"在自家后花园呢……管得了那么多？"朱颜不以为意地嘀咕，脸色有些疲倦——纸鹤传书虽然是小术，但一下子派出了几十只纸鹤，还是有点累。她拿起茶盏喝了一口，对好友道，"我收养的那个小鲛人在这次的战乱里走丢了，我一直在找他……派了那么多飞鹤出去，还是一点消息也没带回来。"

"又是鲛人？"听到这里，雪莺忍不住刺了她一句，"你还真是喜欢鲛人。"

朱颜没好气："怎么，你有意见吗？"

"我倒是没意见。"雪莺心下暗自不悦，对多年的好友也是直来直去，"但是我哥他可不喜欢鲛人——你该不会想带着这个小鲛人嫁到我家来吧？"

"什么？白风麟他不喜欢鲛人？"朱颜听到这里，忍不住冷笑了一声，"他去星海云庭可去得勤呢！"

"什么？"雪莺吃了一惊，"你怎么知道？"

"我……"朱颜嘴快，一下子把白风麟逛青楼的事捅给了他的亲妹妹，立刻赧然，不好意思说自己也去了青楼，只能摇了摇头含糊了过去，道，"反正我知道——我一定要把那个小兔崽子找回来！我答应过他阿娘要照顾他，绝不能扔着他不管。"

"云荒那么大，哪里能找得到？"雪莺叹了口气，"而且你自己也快要成亲了，哪里还管得了这些？等大婚完毕再说这些琐事吧。"

一提起大婚，朱颜就不说话了，只是低下头玩着糖果。

"怎么，你好像不开心？难道是不想嫁给我哥哥？"雪莺看着同伴郁郁寡欢的神色，皱了皱眉头，"阿颜，你最近怎么忽然瘦了那么多？"

朱颜勉强振作精神，笑了一笑："你不也瘦了？"

"我那是……唉。"雪莺叹了口气，欲言又止，片刻抬起头，盯着她看了一眼，开口道，"阿颜，我哥哥是个风流自赏眼高于顶的人，以前身边女伴也很多，见到你后却是两样了。他很喜欢你——可是，你喜欢他吗？"

"我……"朱颜愣了一下，一时间竟无法回答。

无论如何，即便联姻已成定局，她还是怎么也说不出违心的话。

"难道，你还是喜欢那个叫什么渊的鲛人？"毕竟是多年的闺密，雪莺很快便自以为是地猜出了她嗫嚅的原因，心头一怒，顿时露出不屑一顾的表情来，"你是堂堂赤之一族的郡主，怎么会被一个肮脏的鲛人奴隶迷住了呢？那家伙有什么好？我哥哥和他相比，简直是一个在天一个在地！"

"一个在天一个在地？"朱颜变了脸色，"你是说反了吧？"

"你！"雪莺脸色一沉，也要发火，却又硬生生忍住——她们两个人隔着桌子对视，眼神都不善。

终于，朱颜先收敛了怒意，叹了口气："我们俩难得见上一次，就别为这些事吵架了。"

雪莺毕竟性格温柔，看到好友让步，立刻也放缓了语气，不好意思地喃喃："我……我今天也不是来和你吵架的。"

朱颜苦笑了一声，看了看好友："从小到大都不曾见过你和人吵架。你对白风麟这个哥哥，倒是很维护。"

"在十几个兄弟姐妹里，他是最照顾我的。"雪莺轻声道，"在我生母去世之后也不曾冷落我们这一房，逢年过节都派人送礼探问，倒是比对自己的同胞妹妹更亲切一些。"

朱颜心里暗自冷笑了一声——那家伙口蜜腹剑，心思细密，这点表面文章自然做得好好的。雪莺长在深闺里，不谙世事，这一点功夫就把她收买了。真论起亲疏远近，白风麟断断不可能把雪莺放在一母同胞的妹妹之上。

然而她笑了一声，终究不忍心拆穿，只是闷头喝了一口茶。

这次一番经历下来，她的确是有点长大了，许多到了嘴边的话也能硬生生忍下来。

雪莺想了一想，还是忍不住开口劝说："那个小鲛人如今不见了踪影，你就算心里难受，也不要在我哥哥面前表现出来——他这个人，心眼可小了。还有那个什么止渊，更是提也不要提！"

"是吗？"朱颜蹙眉，心里更生反感。

或许是多年不见，这一次她和雪莺在一起的时候明显地感到了生疏，连聊一个话题都无法继续，再也没有了少时的那种亲密无间。毕竟路长多歧，行至此时，童年的两个好友早已不再是同路人——原来，这世上所有的感情都有枯荣变迁，无论是朋友还是恋人，都逃不过命运潮汐的涨落。

朱颜心里暗暗感叹，然而刚想到这里，下一刻，雪莺伸过手来，忽地握住了她的手腕，眼里扑簌簌掉下眼泪来。

"怎么了？"她吓了一跳，回过神来。

"阿颜，怎么办？我……我觉得快要撑不住了。"雪莺哽咽着，眼眶红红地看着她，压低了声音不肯让旁人听见，"时雨……时雨他到现在还没回来！我都快要疯了！"

朱颜回过神来："怎么，皇太子还是下落不明吗？"

雪莺点了点头，掉下一连串的泪水来，哽咽着："他都失踪两个月了……帝都叶城全找遍了，还是一点影子都没有，我怕是……"

"别胡思乱想！"朱颜心里一跳，嘴里却安慰着好友，"他一向喜欢到处玩，你又不是不知道。你再等一等就是了。"

"可是……"雪莺张了张口，欲言又止，"我等不得了。"

朱颜怔了怔："为什么？你父王逼你了？"

"我……我……"雪莺只是摇了摇头，低下了哭红的眼，茫然地拨弄着手里的茶盏，不再说话了。

许久，她才轻声道："那天，我们偷偷跑了出来，到了叶城。他非说要去看看没破身的鱼尾鲛人是啥样子，我拗不过他，便一起去了……可是刚走到屠龙村附近的群玉坊，前面就战乱了。他拉着我往回跑，转过一个弯，眼前忽然白光一闪，我就晕倒了。"

朱颜知道那天正好是复国军叛乱的日子，心想这也真是不巧，平日锦衣玉食的皇太子遇到了这种动荡，炮弹不长眼睛，只怕有什么三长两短也说不准，然而嘴里安慰道："皇太子吉人天相，不会有事的。"

"等我醒来，就已经在总督府的花园里了。"雪莺喃喃，"不知道是不是时雨把我送回来的……可是他自己又去了哪里？"

朱颜心里一跳，很想说其实那天是我路过看到，顺手把你送回去的啊！当时你躺在路边的尸体堆里，早已失去了知觉，皇太子也压根不见踪影——想了一想，又硬生生地把话忍了下来。

如果实话一说，又要解释一大堆其他的事吧？比如自己为何会在那天出现在屠龙村，比如她之后去做了什么……每一件事扯出来，细细追查，都会给赤之一族带来灾祸。

她只能缄默下来，不再说话。

"你说，时雨他是不是为了保护我，自己却出了什么意外？"雪莺声音发抖，越想越是害怕，"我……我这几天一直梦到他全身是血的样子，好可怕！他、他一定是出了什么事！"

朱颜连忙按住她的手，安慰："不会的，别多想。"

"阿颜，我……我好想他！他怎么会忍心撇下我不理？"雪莺却再也忍不住地啜泣了起来，捂住了脸，"你不知道，帝君现在病危，朝中局势微妙得很——他、他要是再不回来，可能父王就要把我许配给别人了！"

朱颜大吃一惊："不会吧？许配给谁？"

"给……给……"雪莺侧过头去，死死咬着嘴唇发抖，怎么也说不出口自己将会被嫁给紫王五十多岁的内弟的事。

"雪莺，你要扛住，决不能答应你父王！"朱颜却愤怒起来，为好友抱不平，"皇太子只是暂时失踪了而已，他一定会回来的！你父王难道不想你当上皇后母仪天下吗？让他多等几天！"

"唉，父王哪里肯听我的话？他有他自己的盘算。"雪莺目光游离，微弱地道，"他不像你父王，对你言听计从。我父王他有十几个孩子呢。我母亲虽然是正妃，却已经去世了……如今家里当权的是二夫人、白凤麟的生母——她对我，可是一直当作眼中钉。"

朱颜第一次听到她说这种话，一时说不出话来。

从小到大，她都羡慕雪莺，因为她比自己美貌，比自己富有，不但父亲宠爱，母亲也是正妃——却没想到白王偌大的后宫里居然有那么多钩心斗角，雪莺也并非一直过得快乐无忧。

半晌，她才开口道："皇太子一定会回来的……帝君就一个孩子，他若不回来，帝位岂不是就悬空了吗？"

"谁说只有一个孩子？"雪莺摇了摇头，"你不知道吗？听说白皇后生的嫡长子辞去了神职，马上就要返回帝都了。青王、青妃都很紧张。"

"不可能！"朱颜脱口而出，"他……他怎么可能来帝都？"

"是真的。"雪莺咬牙，语气愤愤不平，"我听父王说了，大司命带着那个嫡长子已经从九嶷山动身，这两天就要回到帝都来了！"

什么？朱颜只觉身体一晃，说不出话来。

师父要回帝都来，而且是和大司命一起？这……这怎么可能！

"多半只是个谣言。"许久，她才艰涩地开口，"他是个从小出家修行的大神官……回来帝都做什么？"

"自然是来夺王位的！"雪莺满怀敌意，咬着牙低声说，"你看，那个人被驱逐出帝都二十九年，如今帝君一病危，他就回来了！说不定就是他们设下计谋，害了时雨！"

"不可能！"朱颜失声，"肯定不是他！"

她激烈的反应让雪莺怔了一下，愕然看着她："为什么？"

"因为……因为……"朱颜讷讷，又不能说出那天她亲眼看到师父正在星海云庭狙击止渊，断无可能再分出手来暗算皇太子，只能道，"人家不是一直待在九巘吗，又怎么可能跑到叶城去？"

"你也太天真了。"雪莺冷笑一声，居然用朱颜腹诽自己的话来回敬了她，"他是大神官，术法高深，若想杀个人，那点距离又怎能难住他？"

朱颜愤然拍案："胡说！他才不是这种人！"

"那你说为何他自幼出家修行，此刻帝君一病危，他就辞去神职回到了帝都？"雪莺蹙眉，语气尖锐，"分明早就有意染指王位，心怀不轨！"

朱颜一时语塞，只能勉强开口道："如今帝君垂危，他……他就不能回来看望一下父亲吗？"

"呵……说得他们好像一向父子情深一样。"雪莺讥诮地笑了一声，"谁不知道皇长子从小被驱逐出帝都，都二十八年没见过帝君了？早不来晚不来，偏偏这时候来！"

朱颜一时语塞，只能硬着脖子道："反正他不是那种人！"

雪莺也看得出她脸色不好，顿住了语声，久久沉默。两人多时未见，一见面便是连续话不投机，她便也止住了继续倾诉的心思，擦了擦眼角站起了身，低声道："我先告辞了。明天要一起进宫去觐见帝君，你可别忘了。"

"知道了。"朱颜一想起这个心里便很不是滋味，嘀咕了一声。

雪莺站起身，身体忽然摇晃了一下，连忙扶住了栏杆。

"怎么了？"朱颜吃了一惊，"你生病了？"

"没事。"她脸色苍白，勉强笑道，"就……就是有点头晕恶心。"

"可得小心一点。"朱颜抬手小心翼翼地扶住了她，轻声埋怨，"你从小身体就不大好，是个风都吹得倒的娇小姐，这次可别又病了……"

"放心，我会照顾自己的。"雪莺扶着朱颜的手，缓步走下了台阶，回头看了她一眼，轻声道，"我好羡慕你啊，阿颜！父王母妃对你爱若掌珠，你自己又有本事，我哥哥也对你一见倾心。而我……什么都没有了……"

她声音低了下去，垂下眼看着自己的足尖。

"别怕，我会帮你。"朱颜看不得好友情绪如此低落，一时不由得心头一热，慨然道，"如果你父王真的逼你嫁给不喜欢的人，你就来找我——我一定帮你逃婚！"

"逃婚？"雪莺愣了一下。

"是啊。"朱颜拍着胸口，"这个我可在行了。"

雪莺怔了一下，似乎遥遥设想了一下逃婚的可能性，最终还是摇了摇头，喃喃，"逃出去了又能干嘛呢？我……我什么都不会，离开王府能做什么？没有了嬷嬷照顾，我连头都梳不好。"

朱颜愣了一下，一时间无言以对——夏虫不可以语冰。当逆风猎猎起时，西荒大漠里矫健的萨朗鹰，又怎能带着柳荫深处的相思雀一齐展翅飞去呢？她固然希望雪莺能够挣脱厄运，可是，谁知道雪莺的想法和自己是不是一样？

当雪莺走后，她还在呆呆出神，直到耳边传来管家的禀告声。

朱颜一怔，回过神来，有些不耐烦："怎么了，不就是明日入宫一趟吗？父王是怕我又惹祸，所以派你再来耳提面命一番？"

"属下不敢。"管家恭恭敬敬地道。

朱颜微微蹙起了眉头："我吩咐你去找的那个小家伙，有消息吗？"

管家不防她忽然有这么一问，连忙道："属下无能，迄今尚未找到……"

"那申屠大夫呢？"朱颜急道，"找到了吗？"

"也没有。那个好色的老家伙忽然人间蒸发，谁也不知道他去哪儿了。"管家为难道，"屠龙村已经在战火里付之一炬了，屠龙户都被暂时安置在城南，属下带着人去细细查问了一遍，也没有任何人看到申屠大夫。"

"都快两个月了，怎么一点踪影也没找到？"朱颜心里焦急，顿时顾不得嘴下留情，"只是找个孩子而已，真是一群饭桶！"

"是，属下无能。"管家连忙请罪，"请郡主原谅！"

"唉……我这些天派了不少纸鹤出去，也是一个消息都没带回来，真令人心焦。"朱颜叹了口气，跺脚，"对了，申屠大夫那个老家伙很好色，他要是在叶城，少不得又要去那些地方！你去群玉坊那边，把每个青楼歌舞馆都给我翻过来找找！"

"是！"管家连忙颔首，"这就派人去找！"

"还有还有……"仿佛想起了什么，朱颜又急急忙忙加了一句，"给我贴出悬赏令！叶城凡是有人知道苏摩或者申屠大夫下落的，无论是谁，都奖赏一万金铢！我就不信重赏之下没有勇夫。"

"属下立刻照办。"管家点了点头。

"那个小兔崽子身体不好，万一出了点什么事，我怎么对得起鱼姬啊……"朱颜心里沉甸甸的，"希望老天保佑，早点找到那个不省心的家伙。"

"郡主放心，他一定会平安归来的。"管家温言安慰，又道，"只是明日就要入宫觐见了，王爷吩咐郡主今日务必早点休息。"

"知道了。"她知道管家心里担心什么，回答了一声，"我这回一定不会再跑掉的，你放心。"

顿了顿，她轻声补充："我这一辈子，都不会再逃了。"

说到这句话的时候，赤之一族小郡主的脸上忽然浮现出了一丝哀伤的表情，抬头看着窗外——天地浩渺，然而，她的心已经熄灭了火焰。曾经飞上过九天的鹰，此刻收拢了翱翔的翅膀，决定就这样在这个牢笼之中终老。

等找到了那个小兔崽子，就这样与他相依为命地过一辈子吧……

她认命了。

第十二章

龙神现

　　然而，最近一直深陷于命运旋涡的朱颜并不知道，在她离开的短短两个多月里，那个鲛人的孩子又遇到了什么样的事情……

　　青水的末端伸向神秘阴暗的森林，树木森森，阴凉扑面。即便是白天，九嶷山下的这片梦魇森林里也少有行人，空荡寂静得宛如坟墓。

　　林间小径上，传来了隐约的足音。

　　结伴而来的是一男一女，年轻俊美，一头水蓝色长发如绸缎般柔顺，虽风尘仆仆不能掩其容色——正是来自镜湖大营的如意与简霖。

　　他们从镜湖潜行而来，一路上穿过镜湖、行过青水，到这里已经疲惫不堪。如意抱着怀里的孩子，脚步滞重，旁边同行的简霖将行囊往背后一甩，伸出手："让我来抱一会儿吧！你身上的伤还没好全。"

　　"不用。"如意压低了声音，"这小家伙好容易才睡着，别吵醒他。"

　　在她怀里的是一个看上去只有六七岁的孩子，瘦小苍白，小脸看上去只有巴掌大，如同一只病弱的猫咪一样缩成一团，眉头紧蹙地睡着了。

　　一路上，这个孩子反复发病，全靠着申屠大夫给的药才支撑到这里。眼看穿过这片梦魇森林就要到苍梧之渊了，可这个孩子在密林里又突然发起了高烧，开始不断地呓语。

"姐姐……姐姐……"怀里的孩子喃喃。

在空荡荡的森林里，声音显得分外清晰。

如意低下头，轻轻叹了口气，将孩子抱紧了一点。这一路上，昏迷中这个孩子一直反复地叫着两个名字，一个是阿娘，另一个便是姐姐——如意也曾是叶城西市里的奴隶，知道孩子的母亲是鱼姬，可是另一个所谓的姐姐从未见过，想来，便是申屠大夫口里所说的那位赤之一族的郡主吧？

如意从小看着苏摩长大，自然知道这个孩子性格孤僻。那个空桑郡主到底是什么样的人，竟然会让这个孩子生出如此依赖？

"要不要再喂他吃点药？"简霖担忧地问，"这孩子好像在抽搐。"

"好。"如意点了点头，缓下了脚步，看了一眼四周。

简霖见机，赶紧上前一步，在密林的一块石头上铺开了布巾，这才示意同伴坐下。如意看了他一眼，露出了感激的笑意，坐了下来，从自己的怀里拿出了药——然而，就在这一刻，简霖眼神忽然一变，手腕一翻拔出了剑，翻身后掠！

只听"刺啦"一声，一条雪白的藤蔓似的东西飞快地从布满枯叶的树下缩了回去，钻入土壤，消失不见。

"这是什么？"如意吃了一惊，连忙将孩子护在怀里，"蛇？"

"女萝。"简霖低声，"奇怪，怎么会盯上我们？"

"女萝？"如意知道那是什么样的一种妖物，不由得倒抽了一口冷气——然而放眼看去，这一片看不见尽头的密林里，四处都是窸窸窣窣的声音，枯叶底下似乎有什么在翻转，如同一条条蛇在地底下起伏翻转。

那些不是蛇，而是女萝。

这一片位于九嶷山下的森林，正因为有女萝盘踞，才有了"梦魇森林"的称呼。

如意从怀里拿出药，放到了昏迷的孩子嘴里，然后用水壶里的水喂他。然而她刚刚把水壶放下，只听耳边"簌簌"一响，竟然又有什么从枯叶里动了起来！

"小心！"简霖再次厉声道，出手如电。

只见白光一闪，一只苍白的手被钉在了地上，不停抽搐着——那是一只女子的手，纤细小巧，毫无血色，若不是几乎有一丈之长，看上去几乎是美丽的。然而此刻，它如同一条被钉住的蛇一样在地上翻滚，挣扎，发出奇怪的叫喊，不似人声。

"出来！"简霖一个箭步过去，将那只绵长的手臂扯起。

"唰"的一声，仿佛一条藤蔓被扯出了根，空气里传来一声痛苦惊惧的叫声，有一物破土而出，滚落在密林的地面上——那是一个赤身裸体的女子，蜷在枯叶上瑟瑟发抖，发出尖厉的哭泣，水蓝色的长发如同海藻一样披散在了苍白的胴体上，赫然是一个鲛人的模样。

然而，"她"的眼神是空洞的，里面只有混浊的两团灰白，拖着两条极长的手臂，下半身还埋在土里，就像是雪白的藤蔓。"她"的手臂被剑刺穿，然而奇怪的是伤口是漆黑色的，并没有流出血，在"她"惨白色的肩膀上，还有着一个刺眼的烙印。

如意看在眼里，忽然间心里一痛：她认得那个烙印，那是奴隶的记号——就和她自己肩膀上的一模一样！

是的，这些女萝，在生前本来是她的同族。

她们都是被殉葬的鲛人。

空桑人相信宿命和轮回，所以非常重视地宫王陵的建设。历代空桑帝王均推崇厚葬，墓室宏大，陪葬珍宝无数——而其中最珍贵的陪葬品，便是来自海国的鲛人奴隶。以密铺的明珠为底，灌入黄泉之水，然后将那些生前在宫中最受帝王青睐的鲛人奴隶活着装入特制的、被称之为"紫河车"的革囊中，沉入挖好的陪葬坑里，再将土填平，加上封印，便完成了殉葬的过程。

因为鲛人生于海上，所以尽管土下没有可以呼吸的空气，黄泉之水也极为阴寒，却依旧可以在坑里活上多年而不死，最终成为怪物。因为怨恨和阴毒，那些处于不生不死状态的鲛人某一日冲破了封印，从墓里逃脱，游荡于九嶷山下，渐渐地云集在这一片梦魇森林里，成为介于生和死之间的一种魔物，袭击路人，吞噬生命。

这种鲛人，被称为"女萝"。

如意看着那个挣扎惨叫的女萝，眼里露出不忍的神色，轻声叹了口气："算了，放了她吧。"

简霖迟疑了一下，终于拔起了钉住的剑。那只女萝发出了一声叫喊，一得了自由便飞快地缩回地下，地面微微起伏，转眼便潜行离开，消失在了密林的深处。

"女萝不是从不袭击鲛人的吗?"如意有些愕然,"今天是怎么了?"

"可能是最近穿过梦魇森林的行人太少了吧,它们都开始饥不择食。"简霖握着剑,小心地巡视着四周,"太阳快落山了,我们得赶紧穿过这片密林。"

"好。"如意匆匆地将药喂入了孩子嘴里,抱着苏摩站了起来,"我们好容易才躲过了空桑人的追捕,可别最后在这种地方出了意外。"

"我看过地图,穿过这片林子,前面就是苍梧之渊了。"简霖虽然年轻,做事却老练,"只要按照长老们的吩咐把孩子带到那儿,交给龙神,我们的任务就完成了。"

"嗯。"如意叹气,"希望到了那里,龙神会救这个孩子。"

简霖沉默了一下,却没有回答——泉长老说过:"如果龙神不肯救,那这个孩子就不是我们要找的人,能不能活下来就看他自己的造化了。"

这样的吩咐,其实意味着……遗弃?

想到这里的时候,简霖忽然感觉到自己身后的行囊紧了一紧,里面有东西在蠕蠕而动——如意抱着苏摩,而他的行囊里放着从孩子腹部被剖出的肉胎。那个诡异的东西即便是被申屠大夫用银针封住了,也还在蠢蠢欲动。

"姐姐……姐姐。"高烧之中的孩子说着呓语,"不要丢下我!"

"我在这里。"如意将孩子抱了起来,柔声,"我不会丢下你的。"

"痛……很痛。"苏摩咽下了药,喉咙里轻轻咕哝了几句,抓紧了如意的衣襟,怎么也不肯放开,"姐姐……痛……"

如意叹了口气,抱起了孩子,重新走上了小径。

他们两个人走得很快,一心想尽早穿过这片不祥的密林。一路上非常安静,那些树叶下的女萝似乎忽然都消失了,并没有再次出现。

"应该再有一里路就到了。"简霖估计了一下距离,开口道。然而话音未落,他忽然觉得背后的行囊里有什么明显地动了一下,似在挣扎,隐约发出"嘤嘤"的哭泣一样的声音。

然而就在那一瞬间,眼前一晃,整个森林忽然变成了惨白色!

无数手臂,无数双足,从腐土里、从树木中、从溪水里伸了出来,密密麻麻,如同一望无际的雪白藤蔓,铺天盖地而来!那些梦魇森林里的女萝居然全部瞬间出现,集中在了这里,扑向他们两个人!

"快走！"简霖失声惊呼，一把拉住了如意，点足飞掠。

"拦住他们……拦住他们！"那些女萝在纷纷嘶喊，相互传达着讯息，"他们手里有一个孩子……就是那个孩子！"

那些东西怎么会突然集结在了这里，还知道他们带了一个孩子？难道是有人通风报信，复国军里出了内奸？

简霖心里震惊，手上却丝毫不慢，长剑如同电光纵横，"唰唰"地斩出了一条血路。女萝的战斗力并不高，然而数量众多，冰冷的肢体如同海底的水母，一条条被割断，又一条条伸过来，似乎完全不觉得疼痛，尖利的指甲闪耀着有毒的光芒，迎面抓向他们。

"快！"简霖低叱，"到树林外面去！"

如意一手抱着苏摩，另一只手也拔出了短剑，跟着他往前冲。

这片树林已经快要到尽头，她甚至能看到密林外漫射进来的夕照，只要再往外冲个几十丈，便是苍梧之渊，他们此行的最后目的地——然而，此刻眼前是一片雪白，无穷无尽的女萝如同一张网拦在了前方，令他们寸步难行。

不知道为何，那些女萝竟然蜂拥而至，要抢夺那个孩子！

决不能让苏摩落在它们手里！如意不顾一切地搏杀，将那些伸过来的手脚砍断，那些死去同族的血飞溅在她脸上，腥臭而冰凉，令人毛骨悚然。

怀里的孩子似乎被这一番激烈的动作惊醒了，睁开了湛碧色的眼睛，懵懂虚弱地看着这一切，不知道自己置身何处。

"别怕。"她一边血战，一边安慰，"没事的。"

"如意！"然而她只是一分神，耳边就听到简霖的惊呼，"小心！"

如意一抬头，便看到一只银发的女萝从树上无声无息地挂了下来，双手延长到一丈多，化成两支尖刺，"唰"的一声朝着自己刺了过来！"不！"她失声，只来得及抬起手臂，死死护住了怀里的孩子。

她的双臂瞬间被洞穿，鲜血飞溅。女萝洞穿了她的手臂，却没有抓得到她怀里的苏摩，将手愤然往回一抽。她被拖得往前踉跄了一步，几乎跌倒，却忍着剧痛不肯撒手。

"给我！"那只银发女萝厉声道，再度攻击而来。

白光一闪，只听金铁交击之声响起，简霖扔出了手里的剑，击在女萝身上，硬生生将那只银发女萝逼退。

"快！"简霖一把拉住了她，"走！"

如意用流血的手臂抱着孩子，一起朝着梦魇森林外狂奔而去。背后窸窸窣窣的声音铺天盖地而来，是整个森林都在疯狂地汹涌，无数女萝都破土而出，追杀而来——奇怪，女萝虽然沦为妖物，却从来不会攻击同属于海国族人的鲛人，今日为何忽然大反常态？

此刻他们已经到了森林尽头，前面豁然开朗，阳光万丈。

那些女萝仿佛畏惧日光，纷纷在树林里顿住了脚步。

简霖杀出了一条路，带领如意奔出森林。然而，当他杀到密林边缘时，忽然间觉得背后一冷，动作停顿了——有什么东西刺中了他的后颈，那一瞬，他只觉得僵硬麻痹，全身的力量都被抽走。

怎么，是女萝终于从背后刺中了自己？

"简霖！你的背后！"如意失声惊呼。

他背后的行囊裂开了，有一个小小的东西爬出来，悄然贴在了他的后颈——那不是女萝，而是那个从苏摩腹中被剖出的诡异肉胎，居然挣脱了银针封印，爬在他背后，一口咬住了简霖！

如意不顾一切地抢身而上，短剑下指，想要硬生生将那个肉胎从简霖身上切离。然而那个小肉块居然非常灵活，看到她上前，又缩回了行囊。当它转身的那一刻，发出了一声尖啸。声音落处，整个密林里的女萝仿佛听到了什么命令，竟然再也顾不上畏惧日光，暴风骤雨般攻击了过来！

如意只看得心惊：这个肉胎到底是什么东西？居然能号令那些女萝！

然而，她已经没有时间再去想这些，视线里只有一片惨白——无数的手臂朝着她伸过来，青紫色的尖利指甲如同刀锋，闪着妖异的光。

完了……他们终究没能完成长老的嘱托！

在最后的一刻，她下意识地弯下腰，将孩子护在了怀里，闭上了眼睛，等待着万箭穿心的刹那。

然而，什么都没有发生，周身忽然寂静如死。

如意等了片刻，愕然睁开眼，忽地发现那些铺天盖地而来的女萝竟然都顿住了，被看不见的力量震慑似的，那些尖利的手指离自己已经不足一尺，却齐刷刷停在了原地，仿佛被瞬间冻结。

它们的眼睛，齐刷刷地盯着她怀里的孩子，表情恐惧。

她怀里的苏摩睁开了眼睛，凝视着遍地的妖鬼，孩子的眼眸是湛碧色的，映照着日光，如同琉璃璀璨。苏摩看着面前诡异的情境，虚弱地摇了摇头，喃喃："你们……是什么东西？滚开。"

当那个细小的声音一出口，那些尖利的指甲竟然颤抖了一下，所有的女萝纷纷往后倒退了一步！

"那个孩子……那个孩子！"女萝们看着如意怀里的那个小鲛人，纷纷低语，似乎畏惧着什么，"他的声音里，有着'皇'一样的力量！"

"不对！如果这个孩子才是'皇'，那么，刚才召唤我们的又是谁？"

"不可能……难道有两个'皇'？"

什么？这些东西，难道听从苏摩的指令？如意听到这些窃窃私语，忍不住吃了一惊，低下头看着怀里的孩子。苏摩在伤病之中，犹自虚弱，眼神也没有完全清醒，嘴唇苍白单薄——然而只是短短吐出了两个字，便似乎有着巨大的不可抗拒的力量，让遍地妖鬼都为之退缩！

趁着这一刻空当，简霖已经拉着如意转身狂奔。

两人奔跑了一百多丈，穿过了界碑，终于来到苍梧之渊旁。深渊如同一线，黝黑不见底，通向另一个地底世界。渊内雾气弥漫，伸手不见五指，只有隐约的一点猩红，如同地狱的熊熊之火。

简霖将怀里的宝物拿出，跪倒在裂渊旁边，大呼："龙神！我是您的子民……请接受祭献！"

一语落，他对着云雾弥漫的深渊扔出了手里的宝物——那是泉长老给他的玉环，里面封印着上古的龙血，"唰"地直坠深渊。刚坠入不久，在虚空中仿佛受到重击，寸寸碎裂，释放了里面封印的血。

那一滴远古的龙神之血从封印里涌出，滴落云雾之中。

仿佛一滴血沸腾了整个沧海，那一刻，黑黝黝的裂渊地下，骤然风起云涌，吹出令人睁不开眼睛的飓风——只听一声巨响，有一道金色的闪电穿透了黄泉之水，瞬间直上九天，照彻了梦魇森林！

"龙神！是龙神！"电光之下，所有的女萝发出了一声惊惧交加的呼喊，全部缩回了密林，不敢暴露在那耀眼的金色光芒之下。

风云从龙而起，整个苍梧之渊瞬间天翻地覆。影影绰绰的巨大影子从地底腾空而起，伴随着电闪雷鸣，直上九霄！

"谁？是谁？"闪电里，传来了雄浑低沉声音，"以我之血惊醒我？"

"是您的子民。"简霖匍匐在地，"奉命前来参拜。"

如意仰起脸，看到了闪电里的海国神灵，再也忍不住地惊呼。她下意识地松开了手，想要合掌膜拜。然而，刚刚松开手，一股强大的力量吸来，她怀里的孩子忽地飞了出去！

"苏摩！"她惊呼了一声，不顾一切地想去抓住他。

简霖大吃一惊，不顾一切地伸出手，冒着自己跌落深渊的危险想要抓住苏摩。然而，下一个瞬间，深渊再度被闪电照彻，苏摩忽然停止了坠落的趋势，仿佛有一只手托住他的背部，让他重新向上升了起来，离开了深不见底的苍梧之渊。

托住他的，是金色的巨龙。

龙神从苍梧之渊现身，夺去了如意怀里的孩子，盘身云海，垂首细细地凝视怀里那个微小如芥子的生灵。

"这……这个小家伙……"龙神看着孩子，似乎长久不曾说过话，所以发音都很吃力，"难道就是……嗯？"

苏摩几次飞升和坠落之后有些晕眩，虚弱地睁开眼睛，在半空和龙对视，瞳子里居然没有丝毫畏惧。龙神俯下头，用巨大如同日轮的双眼凝视着那个瘦小的孩子，似乎在审视着所有的过去与未来，片刻，终于吐出一声长叹："果然是你……七千年了，这一天终于到来了！"

一语未落，龙神忽然甩了一下尾巴——狂风之中，孩子背上的衣衫寸寸碎裂，露出了背部一片黑色的痣。

"我的一部分在你的身上沉睡了那么多年，也该醒来了。"龙神低语，对着苏摩吹了一口气：那一刻，孩子背后的那一团黑色忽然流动了起来，闪现出了微微的光亮。如同被什么注入，那团黑色瞬间旋转，化成了一条龙的形状，竟然和虚空中的龙神一模一样！

"痛……"孩子呻吟了一声，小小的身体蜷曲起来。

"天啊……"如意低低惊呼，不敢相信地拉住了旁边的简霖，"你……你看到了吗？苏摩……苏摩背上的那个不是痣！而是……而是……"

"腾龙的血徽！"简霖冲口而出，定定地看着半空——是的，这个孩子身负海皇之血，背上有可以和龙神呼应的图腾！他就是传说中的海皇！

　　两个人站在深渊边上，一时间目眩神迷。

　　龙神背负着孩子，在云雾里上下飞腾，想要破空而去——然而，它颈下的逆鳞上锁着一条金色的锁链，上面萦绕着无数的电光，死死锁住了它的每一个动作，无论它怎么挣扎，始终无法挣脱。

　　随着龙神的不断飞跃，苏摩背上的那个黑色文身也在剧烈地变化，每一个动作都和龙神对应，似乎在他的身体里也有另一条龙，正在奋力挣扎着，要突破这个躯壳的障碍，从孩子的身体里飞出！

　　然而，无论是那个影子，还是蛟龙，都始终无法挣脱。

　　"为何……为何还不让我走？"龙神仰首望向九天，发出了低吼，似在和什么人对话，"海皇已经归来了……三女神，请将存于九天之上的力量归还海国！"

　　然而，九天白云离合，亦无回响。

　　腾龙的影子在苏摩的躯壳里挣扎，他小小的身体不停地抽搐，痛苦非常。最后，瘦弱的孩子再也支撑不住，发出了一声大喊，倒了下去，眼里流出两滴殷红的血，背后的图腾瞬间熄灭了光芒。

　　同一瞬间，半空的龙神发出一声低吼，也突然沉入了深渊！

　　风云转瞬消失，四周是死一样的沉默。

　　"怎……怎么了？"如意愣住了，看着忽然间又陷入寂静的苍梧之渊，声音微微发抖，"方才……方才发生了什么？"

　　简霖的脸色也是苍白，半晌，才轻声道："龙神失败了。"

　　"你说什么？"如意脱口。

　　"刚才，龙神想要挣脱七千年前星尊大帝设下的禁锢，跃出这个被困千年的地方……但是，龙神失败了。"简霖站在深渊旁边，看着底下滚滚的黄泉之水，声音发抖，"龙神闯不出那个结界，筋疲力尽——最终重新沉入了苍梧之渊！"

　　"怎么会？！"如意的脸色瞬间惨白，"那么……苏摩呢？"

　　简霖摇了摇头，看着深不见底的裂渊，低声道："大约是跟着龙神一起沉下去了吧。"

　　苍梧之渊底下，便是涛涛的黄泉之水。任何阳世的活物都无法在其中生存，这个小小的孩子，估计早就神魂俱灭、尸骨无存了吧？难怪泉长老说了，见了龙神之后，能不能活下来要看那个孩子的造化了——看来，这孩子终究未能通过这一轮严酷的试炼。

如意猛烈地颤抖了一下，冲到了深渊旁边，失声大喊："苏摩……苏摩！"

然而，黄泉之水滚滚而来，深渊里弥漫着死亡的气息，哪里有丝毫活人的迹象？

"苏摩……苏摩。"如意颓然跪倒在地，泪水一颗颗滚落，在地上化为珍珠。苍梧之渊上，天色已经暗了，头顶星辰明亮，耳边只有梦魇森林里女萝邪异的窃窃私语和黄泉滔滔的逝水声。

忽然，地上有什么东西动了一下。

那是简霖的行囊，在刚才的搏杀里被扔到了地上，四散开来——里面有东西在蠕动，正是那个诡异的肉胎。似乎是看到了刚才发生的一幕，肉胎的脸上露出了一个奇特的讥笑表情。

"笑什么？"看到那个诡异的表情，如意忽然觉得一阵莫名的愤怒，一把抓起那个肉胎，就要往苍梧之渊里投掷下去！那个肉胎发出了一阵尖厉的"嘤嘤"，似乎是在尖叫，听起来毛骨悚然。

然而，如意刚抬起手，忽地对上了一双巨大的日轮，从苍梧之渊的地底升起。怎么……怎么会有两个太阳同时升起？

如意被炫住了眼睛，却听到简霖在一边失声惊呼："龙神？"

海国的守护神此刻竟然再度从深渊里浮了上来，吃力地将头颅探出了苍梧之渊，喘着粗气，全身金鳞片片染血。这个时候，他可以清晰地看到龙神的身体上缠绕着一根金光四射的巨大锁链，死死地锁住了它的脖子，勒入了血肉，末端拖向了深不可测的苍梧之渊地底。

那是七千年前星尊帝灭亡海国之后，为了困住鲛人的神祇而设下的。

然而即便是如此疲惫，龙神还是挣扎着第二次攀上了苍梧之渊，用爪子抓住了深渊的边缘。在龙神的额头上，赫然躺着一个昏迷的孩子，小小的身体缩成一团，脸色苍白如纸，却还有微弱的呼吸。

"苏摩！"那一刻，如意失声惊呼，惊喜万分，"苏摩！"

龙神抬起巨大的爪子，摇了摇脑袋，吃力地把苏摩从身上勾了下来，小心地放到了地上，满怀担忧地看了一眼，忽然俯下头，将孩子一口吞了下去！

简霖和如意一起惊呼，双双上前想要阻拦，却见龙神只是衔着昏迷的孩子，含在嘴里，并无伤害的意图——随着呼吸，龙牙之间绽放出奇特的光华，开始一分分地注入孩子的身体。

龙神一共呼吸了三次，才收住了光芒，伸长脖子，吐出了苏摩。昏迷的孩子滚落在深渊边的草地上，一动不动。如意扑过去将苏摩抱在了怀里，跪倒在了神祇的面前。

"这个小家伙，太虚弱了……我分了一点力量给他。"龙神的声音低沉而缓慢，非常吃力，对他们两人道，"我知道长老们让你们带他来这里的意图——是的，这个孩子的确是你们要等待的人。可惜……时间还没有到。"

龙神在和他们对话？那一瞬，简霖和如意都震惊得说不出话来。

时间还没有到？这是什么意思？

"时间还没到。所以，九天上的云浮城，不曾将海皇的力量归还海国。"龙神语气非常虚弱，抬头望了一眼裂渊上空的天宇，"这个孩子还没有继承海皇的力量，也无法帮助我斩断金锁。"

简霖和如意没有明白龙神这些话的意思，面露疑惑之色。

"和你们解释这些也没有用……你们都回去吧。"龙神的声音渐渐微弱下去，攀住地面的爪子也逐渐松动，"等七十年后，等这个孩子经历了更多，获得了更大的力量，或许……我们可以在此地再度相见。"

还要等七十年？简霖和如意双双愕然，不知道说什么好。

"在这样漫长的时间里，应该会有许多人想要夺走这个孩子的生命吧？包括空桑人……西海上的冰族……还有他。真是令人忧心啊。"龙神低声沉吟，似乎遥遥地感知着这个六合之间的一切，"似乎现在就有人想通过归邪，找到这个孩子？这可不行！"

龙神仰起首，对着苍穹长啸一声，猛地吸了一口气，探出了爪子！那一瞬，龙神周身绽放出千万道耀眼的闪电，天空风起云涌，令人无法直视。

风云过后，星空里，似乎有什么悄然变了。

——那一片腾起于碧落海上的归邪，竟然消失不见！

"我在星图上暂时抹去了这个孩子的踪影……现在，即便是凡界最有力量的占星者，也无法再追查这个孩子的下落了……"龙神动了动爪子，将昏迷的孩子推了过来，声音越发虚弱，"现在我能做的……也不过是这些。好了。你们带他回去吧，好好保护他。"

"是！"简霖如意不敢违抗，齐齐领命。

就在那一刻，被遗弃在地上的那个肉胎动了一动，似乎想要跟随他们离开。

"咦？这个小东西……是什么？"虽然那个东西微小如芥子，却逃不过龙神的眼睛，龙神一看，眼神忽地一变，喃喃，"这是非常邪恶的存在啊……是光之后的暗，是毕生不能摆脱的心魔。"

话音未落，龙神低下头，轰然吐出了一口烈焰！

然而烈焰过后，那一团小小的肉胎居然完好无损。

"奇怪……连赤炎都没有办法消弭这种'恶'吗？"龙神疲倦地低语，抖了抖身体，"唰"的一声，无数道金光落下，刺穿了肉胎的每一个关节，将它钉死在了地上！

那是细小的龙鳞，每一片都贴着申屠大夫原先的银针的位置，镶嵌在那个肉胎骨节上，如同银骨金钉。瞬间，那个肉胎蜷缩成一团，发出了尖厉的痛呼，刺耳惊心，却依旧在剧烈地扭动，不曾死亡。

"还真是消弭不掉吗？"龙神看着这个诡异的肉胎，有些诧异，也有些疲倦，"这是'恶'的孪生"……看来，会和这个孩子毕生如影随形。"

龙神疲惫地呼出一口气，爪子微微锁紧。

同一瞬间，贴在肉胎上的金鳞瞬间发出光芒，同时嵌入了肉胎的各个关节之中，和银针融为一体——那个诡异的肉胎发出了婴儿般的尖叫，身体扭动着，仿佛被无形的锁链锁住，渐渐不能动弹。

"我暂时封印了它——希望这七十年的时间，足够让这个孩子变得强大。"龙神的声音低沉，垂头看着昏迷的苏摩，眼神里露出一丝怜悯，"唉……这个可怜的孩子，不但要对付敌人，还要对付自己内心这样可怕的魔……希望、希望他能够带领你们，重归碧落海……"

说到这里，龙神声音低了下去，似乎再也坚持不住，爪子缓缓从苍梧之渊松开。那一条沉重的金色锁链从深渊里伸出，无声无息地锁紧，用可怖的力量将巨龙一寸寸地重新拖回不见天日的渊底，重新禁锢。

"龙神！"简霖和如意不舍，双双冲到了裂渊旁。

"我的子民啊……你们已经等待了七千年。再等七十年，也只是刹那吧？"龙神的声音从渊底缥缈的云雾里传出，惊心动魄，"所有的苦难即将到头……七十年后，这个脆弱的孩子将会成为海国空前绝后的海皇，带领你们挣脱锁链，进而倾覆这个云荒！"

"到那时，你们将在此处，再次见证海国的复兴！"

龙神消失在深渊，然而预言还在空中回荡，如滚滚春雷。

如意战栗着俯下身，抱住了怀里的苏摩，泪水接二连三地滚落，在地上凝为珍珠。简霖在她身侧，凝望着那个孩子，神情也是难掩激动。

那么年幼的孩子，瘦小得如同一只路边流浪猫，脆弱无助，神志不清——怎么看，都不像是能号令七海的海皇啊！

然而，如意抱紧了怀里瘦小的孩子，警惕地看了看身后的密林，提防着里面的女萝再次冲过来，低声道："我们得尽快把这个孩子带回大营！长老们要是知道了这个消息，一定会……"

说到这里，苏摩在她的怀里战栗了一下，悠悠醒转。那双湛碧色的眼眸里有着大海一样的深远，令人只看得一眼便有些目眩。

"苏摩？"如意惊喜地低呼，"你醒了？太好了！"

她的手覆上孩子的额头，发现经过龙神的治疗，苏摩身上的高烧果然已经奇迹般退了下去，只是小脸苍白，气息依旧微弱。然而，当她想要将孩子抱起的时候，苏摩忽然微微一用力，扭动着想挣脱她的怀抱。

她怔了一下："怎么了？"

"不……不要碰我。"孩子的眼神里充满了敌意，干涸的嘴唇微微动了动，喃喃，"这……这是在哪里？让我走！"

"怎么，你不认识我了吗？"如意以为这个孩子刚刚苏醒，脑子一时糊涂了，连忙道，"我是如姨啊！"

"我知道。"那个孩子定定地看着她，"是又怎么样？"

如意被孩子语气里森冷的敌意刺了一下，看着苍梧之渊旁的小小身影，有些迷惑："怎么啦，苏摩？是不是生我的气了？对不起，让你独自流落在西荒那么多年，被那些空桑人折磨欺负……"

她张开了双手，想要拥抱他："不过现在没事了。其实我是复国军秘部的人，长老们让我带你来到这里觐见龙神，一路保护你的安全——以后再也没有人会欺负你了！我会替你阿娘好好照顾你。"

"替我阿娘照顾我？"孩子喃喃，眼里忽然露出了复杂的表情。

如意叹了口气，道："既然你找到了我们复国军，就是回家了——只要跟我们回到镜湖大营，以后整个云荒，谁也不能欺负你了！"

一边说着，她一边屈身前倾，想要伸手拥抱这个瘦小的孩子。然而下一个瞬间，她身体猛然一震，几乎僵住——孩子的手里握着一柄短剑，悄无声息地抬起，"唰"地抵住了她的心口！

"走开。"苏摩不知何时拿起了一把草地上掉落的短剑，戳在如意的心口，将这个试图拥抱自己的女子抵住，语气很冷漠。

"如意！"简霖脱口惊呼，几乎不敢相信自己的眼睛。他刚想一个箭步上前，如意却"唰"地抬起手阻止了他的行动。苏摩看着眼前的同族，眼里流露出一种极其厌恶的光："我说过了，不要再碰我！"

"苏摩，你……你怎么了？"如意双臂僵硬，无法置信地看着这个孩子，喃喃，"我们是你的族人，是来帮你的啊！"

"帮我？你们只是想找属于自己的海皇吧？"孩子细细的手腕握着短剑，一分不退，眼睛里全是戒备，"你想带我去复国军大营？呵……那里有三个老头子，在昏迷的时候，我听到他们说……"

说到这里，孩子冷笑了一下："如果龙神不肯救我，那我就不是你们要找的人，也就不用管我的死活了——是不是？"

那一刻，简霖和如意都默然倒抽了一口冷气。

没想到，这个孩子竟然装作昏迷，偷听了镜湖大营里复国军首领们的谈话，而且一路上不动声色！这么小的孩子，心机怎么会如此深沉？

"我怎么会丢下你不管呢？我答应过鱼姬要照顾你。"如意急切地道，想安抚这个剑拔弩张的孩子，"何况，既然现在你是龙神认可的海皇，长老们一定会好好对待你——苏摩，跟我回去吧，你会成为我们的皇！"

孩子却摇了摇头，不屑一顾："我才不想当你们的皇。"

"什么？"简霖和如意同时惊呼了一声。

这样短短的一句回答，仿佛是一个惊雷，将听到的人瞬间打入了炼狱。

——这个孩子，在说什么？他居然说，他不愿意成为海皇？海国自从亡国之后，所有的鲛人等待海皇已经整整等待了七千年；而七千年后，转世重生的海皇，居然说不愿意成为他们的领袖？

这……这怎么可能？！

"我最恨别人把我当货物一样买来卖去——无论是买去当奴隶，还是买去当皇帝。"孩子的语气很轻很冷，看着面前的两个同族，眼里带着锋锐的恶意，"呵……你们复国军，说到底，和那些该死的空桑人又有什么区别？"

顿了顿，孩子轻轻摇头："不，有些空桑人，甚至还比你们更好一些。"

"不！不是这样的！"如意急切地道，"你怎么会这么想？空桑人怎么会比族人还好？你疯了吗？"

"我当然没疯。"苏摩的眼神厌倦而厌恶，"疯的是你们。"

如意和简霖双双怔住，说不出话来。

许多年过去了，她还记得那个孩子被关在笼子里的样子，瘦弱而孤僻，如同一只小兽。好多年不见，这个孩子一路颠沛流离，不知道吃了多少的苦头，竟然变成了今天这种阴枭早熟的模样，竟然手里拿着剑，对着她说出了这样的话！

"你怎么会不相信如姨呢？快和我们回去吧！"如意心里一痛，顾不得那一把短剑还抵在心口上，便想伸手抱住他——是的，她不信这个孩子真的会杀人，无论如何，她也不能让他离开！

然而看到她的孤注一掷，苏摩脸色一变，眼里的戾气大盛！

"滚开！"孩子咬了一咬牙，手里的剑竟真的不肯缩回。

"唰"的一声，剑尖刺破了如意的肌肤，然而，叶城花魁脸色沉痛，也带着一种不顾一切的决绝，竟然不惜被刺穿身体也要将这个孩子拥入怀里！

生死交界的一瞬，耳后忽地有风声逼近，猛然击落在苏摩的后脑。

孩子"啊"了一声，眼里露出憎恨震惊的神色，晃了一晃，终于倒下。

简霖在千钧一发之际出手，断然打倒苏摩，解救了危局。他从孩子的手里夺过短剑，看了一眼——那把短剑，尖头已经染上了殷红的血。他忍不住倒吸了一口冷气，低声："好险！这小家伙，还真的是想杀人哪……如意，你也是的，怎么能这么不管不顾？"

"不，我们不能失去他。"如意喃喃，不知道是心里痛还是身上痛，全身都在发抖，"简霖，我们不能失去这个孩子！"

"我知道。"简霖是个战士，做事雷厉风行，完全不像如意那么感性温柔，一边说一边俯下身，将被击倒的孩子提了起来，双手双脚全部捆住，

"所以，别和他多废话了，赶紧把这个小家伙带回去就是。"

"小心一点。"如意看得心疼，"别弄疼了他！"

简霖利落地绑好了苏摩，把地上散落的东西都捡起，包括那个被龙神封印的肉胎都一起捡起来，重新放入了背后的行囊，转头对如意道："回去让长老们说服他吧！我们的责任已经完成了——这里不安全，尽快离开为好。"

"好。"如意终于回过了神，她伸手接过苏摩，背在了背上，揽过了所有的负荷，方便简霖腾出双手握剑，以应对一路上的不测。

他们两人从苍梧之渊返回，重新穿越了那片梦魇森林。

返回的时候，天已经全黑了。那一片邪异的森林里到处都是奇怪的声音。那些女萝在地底蠕动，窥测着这一行人，蠢蠢欲动。简霖握剑在前面开路，如意背着苏摩紧跟在后，警惕地前行。

"奇怪。"简霖低声，"那些东西还在跟着我们。"

"怎么回事？"如意也是有些疑惑——这些受尽折磨而死去的鲛人，按理说应该不会袭击自己的族人，为何这一路上还在苦苦地跟着他们？

他们一路警惕，幸亏平安无事。

然而，在他们快要安然走出这片森林的时候，如意怀里的孩子醒了过来，发现自己已被束缚住，便开始激烈地反抗，如同困住的小兽。

"不要挣了。"如意叹了口气，"跟我们回镜湖大营吧。"

"不！我不和你们回去！"苏摩挣扎着，厉声道，"放开我！"

孩子的挣扎力量是微弱的，不值一提。然而，诡异的事情发生了：就在他喊出"放开"两个字的时候，整个森林都震了一震。当他第二次喊出"放开"的时候，如同接到了一个命令，森林深处的所有女萝发出了铺天盖地的尖叫，忽然从各个方向冲了过来！

"天啊……"如意失声惊呼，提醒简霖，"小心！"

森林仿佛在疯狂地舞动，一片惨白，所有蛰伏的女萝同时向他们发起了攻击！领头的银发女萝不顾一切地围攻向他们两人，伸出细长的手，用锋利的指甲割断了束缚，将那个孩子从她怀里生生抢了过去！

尽管她和简霖拼命搏杀，却一时无法从铺天盖地的女萝中杀出一条血路。那些女萝仿佛被什么指挥着，一旦抢到了苏摩，立刻带着这个孩子迅速地奔赴青水，沉入了水底，如同游鱼一样飞快地消失，再也不见了踪迹。

　　苏摩一声求救，无数的女萝疯狂地扑来，将他带走。一双双苍白的手从水中升起，将瘦小的孩子托起，向着青水深处潜行而去，如同白色的荷叶上托着一个小小的孩子。

　　领头的银发女萝看着苏摩，因为激动而微微颤抖，说不出话来。

　　这……就是传说中的海皇？可是，这么瘦弱的孩子，连保护自己都做不到，将来的某一日，能肩负起那样的重担吗？

　　"放开我……"孩子微弱地挣扎了一下。

　　仿佛一句咒语，三个字刚落，无数藤蔓般缠绕的手臂瞬间松开了。苏摩漂浮在了青水里，一头蓝色的长发如水藻一样浮动，看着身边的妖魅，神色充满了警惕和不信任。他刚一动，周围无数惨白的手臂随之而动，如同森林围绕着，并不放他离开。

　　孩子看着眼前这一群奇诡的同类，眼里有疑惑，忽然问："你们……也想把我抢回去当你们的皇帝吗？"

　　"当然不。"领头的银发女萝怔了一下，"您刚才发出了命令，想要从那两个鲛人手里挣脱——于是我们听从了您的命令。仅此而已。"

　　"是吗？"孩子沉默，似乎是在考虑这群奇怪的东西说的话是不是真的，半晌，忽然摇头，"不对。那么在我们来的路上，你们又为何会袭击如姨？那个时候我可没有命令攻击他们。"

　　"您没有？那时候，我们明明听到了您的召唤！"银发女萝显然也是吃了一惊，"我听到您说要我们杀掉他们两个人，所以才不顾一切地动了手——否则我们怎么会忽然袭击同族？"

　　"胡说。"苏摩皱起了眉头，"我怎么可能会让你们杀死如姨？"

　　"可是，我们明明听到了……"

　　"嘻嘻。"在他们两个人争辩的时候，水面上忽然间传来了一声细细的冷笑。银发女萝"唰"地回头，看到了青水的水面上不知何时漂来了一个褡裢。在褡裢里，露出了一张小得只有一寸大的脸，带着一丝诡异的笑容。

　　那一瞬，苏摩发出了一声惊呼，整个身体都蜷曲了起来。

　　那个肉胎！那个从他身体里被剖出来的肉胎，竟然随水漂了上来！

"这是什么东西？"银发女萝愕然，伸手将那个褡裢捞了起来，端详，"是……一个小傀儡？"

苏摩心里一冷，骤然明白了过来：是的，方才女萝听到的那个声音，并不来自他，而是来自眼前这个诡异的小东西……那个死去的胎儿、恶的孪生！而且，龙神说，终其一生，它都将如同梦魇一样缠绕着他。

"这是我的东西。"苏摩劈手将这个褡裢拿了过来，看着银发女萝，语气却依旧充满了敌意，"可是……你们为什么要听我的命令？"

"因为您是被龙神承认的海皇啊！"银发女萝恭谨地鞠了一个躬，回答，"所有鲛人，无论生和死，怎能不听海皇的吩咐？"

"海皇？"孩子脸上露出一丝疑惑的神色，顿了顿，却问，"那我的话，你们真的都会听？"

"是。"银发女萝断然回答，"无论任何命令。"

苏摩蹙眉："如果我想走呢？你们会让我走吗？"

"当然，我们怎敢勉强您？"银发女萝同样想也不想地颔首，"您无论想做什么我们都会听从；您想去哪里，我们都可以送您去。"

"是吗？"孩子脸上有一掠而过的喜悦，迟疑了一下，道，"我不想回镜湖大营。我……我要去叶城。"

"好，一切听凭您的吩咐。"银发女萝毫无考虑地接受了指令，立刻道，"我们可以护送您到息风郡的浮桥渡，那里是我们女萝所能到达的极限距离——我们生前被空桑人用禁咒封印在九嶷，无法离开这里太远。"

"不用你们跟着。"苏摩摇了摇头，还是流露出一丝戒备，"送我到浮桥渡，我会自己回去。"

"那也好。"女萝首领点了点头，看了一眼瘦弱的孩子，却忍不住问，"可是……您要去叶城做什么呢？那里刚刚围剿过复国军，对鲛人来说，是非常不安全的。"

"我一定要回去。"孩子摇了摇头，在青水上抬起眼睛看向了远方，轻声道，"已经在外面那么久了……不能让姐姐担心。"

姐姐？女萝的首领微微惊讶，却忍住了并没有问。

第十三章

宫闱变

　　然而，远在苍梧之渊的苏摩并不知道，在他历经种种磨难，一心想要回到叶城见朱颜时，那位赤之一族的小郡主已经不在叶城了。她在镜湖中心的伽蓝帝都——同时，也陷入了另一个牢笼。

　　困住她的，是世间无数无形的枷锁。

　　因为答应了联姻，事关两个王族，便需要进京请求赐婚。一大早，朱颜便起身洗漱梳妆，跟着父王母妃起身，准备去宫里觐见北冕帝。

　　在遥远的过去，大约六岁的时候，她也曾跟着父王来到伽蓝帝都，觐见过一次北冕帝。当时帝君赏赐了她和六部的郡主们每人一柄玉如意、两串夜光珠、一匣出自斑斓海的龙涎香。其他郡主都惊喜地把玩着美丽的珠宝玉石，只有她对这些小东西觉得无聊，随手扔给了盛嬷嬷，独自偷偷地四处看。

　　顽皮的她，甚至趁着侍女不注意，攀上了伽蓝白塔顶的女墙，将小脑袋探出去，第一次俯瞰到了云荒全境——白云之下，四野浩荡，七海围合，镜湖宛如深邃的大地之眼，静静凝望着天宇下的一切，恢宏瑰丽。

　　小小的她忍不住发出了一声赞叹，张开双臂，想要拥抱身边离合缥缈的白云。侍女们惊呼起来，赶紧扑上去把她拉了下来。

然而，那一眼看到的云荒天地全图，烙印一样刻在了她的心里。

如今她十九岁了，第二次来到帝都，却已是另一番心境。

入城之前，朱颜偷偷撩开了马车的帘子，往外看了一眼。入眼的是占地巨大的白色石材，如同一堵墙在眼前展开，一望无际——那道墙是那么高，即便是用力抬起头，却还是望不到顶。

那是伽蓝白塔的基座。

传说中，这座伽蓝白塔高六万四千尺，底座占地十顷，占了整个帝都十分之一的面积——七千年前，空桑历史上最伟大的帝王，开创毗陵王朝的星尊帝琅玕，用九百位处子的血向上天祭献，分葬白塔基座六方，驱三十万民众历时二十年，才在号称云荒之心的地方建起了这座通天白塔。

数千年过去了，朝代更迭，生死轮回，无论帝王还是将相都已经成了白骨，唯有这座塔还伫立在天地之间。

而今日，它也将见证她一生之中重大转折的到来。

赤王一行人车马如云，抵达了宫外，从正门循序鱼贯进入。还没有到紫宸殿，她便注意到宫里一片反常的寂静，宫女侍从进进出出，虽然个个低头不语，但每个人脸上都隐隐有惊惶之色。

朱颜暗自吃惊，怎么了，为何整个内宫的气氛都不大对？听说帝君最近一直病势沉重，难道是他们这一行正赶上出什么事了吗？

她跟着父王母后在偏殿里等着许久，里面却一直迟迟不宣觐见。赤王的脸色也渐渐有些凝重起来，抬眼看了看外面——此刻，白王应该也已经到了，被安排在另一侧的偏殿里，不知道是什么样的情况。

赤王在袖子里结了一个手印，用术法放飞了传讯的幻鸽，想探知白王的下落，然而那幻鸽飞出去后居然杳无音信，似是落入了罗网，有去无回。

赤王暗自心惊，但生怕身边的妻女担心，表面上不显山不露水，只是对朱颜低声叮嘱："等下进内宫之后，你要好好跟着我，寸步不能离开，知道吗？"

"是。"朱颜今日特别乖巧，立刻点头。

赤王一家在偏殿等了半个多时辰，终于看到了大内总管从后宫出来，身边带着一批御医，远远地对着他递了一个眼色。赤王心里更是不安，正准备想个法子去打听一下，忽然身后一阵清风，袖子微微一动。他下意识地手指收拢，"唰"的一声，一道白光返回他的掌心——竟是那只幻鸽终于带回了讯息。

"今日有变，千万小心。"

白王传来的，竟然是这样短短几个字。

什么？赤王悚然一惊，立刻将幻鸽熄灭，扭头看了一眼深宫——那一瞬，不知道在深深的浓荫中看到了什么，他忽然脸色一变！

"宣白王、赤王入内觐见！"就在此时，宫内传出了宣召。

赤王站了起来，看了一眼妻子和女儿，眼神隐约有些异样。然而内侍已经在旁边等着了，无法拖延，赤王便整了整衣衫，跟着内侍进去，转身之间，忽地低声对女儿说了一句："阿颜，小心照顾好你母妃。"

什么？朱颜微微一怔，心里一沉。

和他们父女二人相比，阿娘只是个普通人，不会术法。此刻父王如此交代，不啻暗示着即将有大变到来。可是……都已经到了伽蓝帝都的内宫，又会发生什么样的意外？

她心念电转，手指在袖子里飞快地划过，将灵力凝聚在指尖，随时准备搏杀，一边随着父母一起朝着紫宸殿深处走了进去。

一路上，气氛更加肃杀。角楼上隐约有弓箭手闪动，道路两侧侍卫夹道，仔细看去，这些人中有几个比较面熟，竟然不是原本的禁宫侍卫，而是骁骑军中的影战士！

怎么，到底发生了什么，为何将骁骑军中的精英都全数调集到了宫里？朱颜看在眼里，心下更是担忧，不知今日此行到底是福是祸，小心翼翼，一路沉默地被领到了紫宸殿外。

白王一行已经在殿外等候，看到他们来，只是迅速交换了一下眼神。白风麟也站在白王身后，穿了一身宫廷正装，仪容俊美，正目光炯炯地打量着朱颜，似笑非笑地说了一句："郡主，又见面了。"

朱颜不由得一阵不自在，蹙眉转过了头去。

今日之后，这个人便要成为自己的夫君了吗？他们以后要在一个屋檐下生活，生儿育女，直到老死？一想起这样的未来，她心里就有不可抑制的抵触，只能勉强克制住自己。

白王和赤王两行人站在廊下，等着北冕帝宣召。

"今日是怎么了？"在内侍进去禀告的时候，赤王压低了声音，问旁边并肩站着的白王，"听说帝君前些日子不是一直昏迷不醒吗，怎么今天忽地宣召我们入内？一路上看这阵仗，里面到底是出了什么事？"

"我也不知道。"白王看了看四周，低声，"据说今日帝君醒来后，第一个就传召了青妃进去——早上进去，直到现在还没出来。"

"青妃？"赤王一惊，压低了声音，"为何一醒来就召见青妃？莫非……是时雨皇太子回来了？"

"怎么可能？"白王哑然失笑，"皇太子他……"

然而，短短几个字后白王立刻止住了，眼神复杂地闭了嘴。

"皇太子到底去了哪里？"赤王看着这个同僚，眼里有无法抑制的疑惑，忽地压低了声音，"他的下落，你……到底知不知情？"

"当然不知情！"白王压低了声音，脸色也有些不好，"难道你也觉得我和这件事脱不了干系？"

"谁不知道你和青王、青妃是多年的宿敌？皇太子若是出了事，只有你得利最多。只怕就算不是你干的，也要把这笔账算在你头上。"赤王苦笑，摇了摇头，"唉……只怕我们这次进宫，凶多吉少啊。"

"你怕了？"白王心机深沉，到了此刻居然还能开得出玩笑来："青妃不会是在里面磨刀霍霍等着我吧？到时候，你打算站哪边？"

赤王看了同僚一眼，只问："大司命怎么说？"

"大司命？"白王摇了摇头，"据说此刻并不在宫中。"

"什么？这种时候他居然不在宫中？"赤王这回是真正吃了一惊，大司命是他们在帝都的盟友，关键时分居然不在宫中，那可真是……

白王低声，也是大惑不解："大司命是三天前临时离开帝都的，当时只和我说是去九嶷神庙有要事，数日之内便会返回——也不知道他葫芦里卖的什么药。"

"这老家伙……"赤王有些愤怒，"做事怎么从不和我们商量？"

两位藩王低声商议，各自心里都有些忐忑不安，不知今日入宫会面对什么样的局面。白王暗自指了指紫宸殿旁的松柏，低声："进来的时候，你有看到那几个藏在树影里的人吗？有剑气，好像是剑圣门下。"

"果然是剑圣一门的人？我还以为是我看错了。"赤王吸了一口气，低声，"他们不是已经很久不曾出现在世间了吗？"

白王喃喃："所以今日真是不同寻常。"

剑圣一门源远流长，自从星尊帝、白薇皇后时期便已经存在。此一门传承千年，以剑道立世，每代剑圣均为一男一女，分别传承不同风格的剑术，身手惊人，足以和世间修为最高的术法宗师相媲美。

剑圣一门虽然经常从六部王族里吸纳天赋出众的少年作为门下弟子，却一贯游离于王权之外，不参与空桑朝堂上的一切争斗。此刻，为何门下弟子忽然出现在了帝都深宫？

难道这一次入宫，竟然是一场鸿门宴？

两位藩王刚低声私语了片刻，内侍已经走了出来，宣外面的人入内觐见。白王、赤王不能再多说，便只能带了家眷走了进去。

刚走进去，身后的殿门便关上了。

那一刻，朱颜大吃一惊，下意识地往前一步，挡在了父亲的面前——在殿内，重重的帷幕背后，有无数的刀剑寒光！

有危险！那一刻，朱颜想也不想，"唰"的一声以手按地，瞬间无数的树木从深宫地面破土而出，纵横交错，转瞬便将自己和父母都护在了里面，密不透风。

那边白王父子看了她一眼，却是不动声色。

"喀喀……千树？好身手……"帷幕深处忽然传出了一个声音，虚弱而混浊，赫然是北冕帝，"赤王……你的小女儿……喀喀，果然是出色……"

"阿颜，帝君面前不得无礼。"赤王一看这个阵仗，心里也是一惊，低声喝止了剑拔弩张的女儿，"撤掉结界。"

朱颜犹豫了一下，看了看周围那些握剑的人，只能先收回了术法，往后退了一步，站在父亲身后，寸步不离。

赤王和白王对视了一眼，双双上前俯身下跪："叩见帝君。"

所有人一起附身行礼。朱颜不得已，也只能和白风麟一起跪下，然而背后是绷紧的，时时刻刻警惕着周围——宫殿的深处，到处都是森然的剑气，不知道有多少高手潜伏在暗影中。

"喀喀……"她正在左思右想，却听到帷幕深处的北冕帝咳嗽着，"小小年纪，便能掌握这么高深的术法……很好，很好。"

"谢帝君夸奖。"赤王低声,"愿帝君龙体安康。"

帘幕微微一动,分别向左右撩起,挽在了玉钩上。灯火透入重帘,看到北冕帝被人扶起,斜斜地靠在卧榻上,不停咳嗽着,声音衰弱之极,似是风中残烛,缓缓点了点头:"白赤两族联姻……喀喀,是一件好事……能令空桑更为稳固。朕……朕很赞同。"

"多谢帝君成全!"白王、赤王本来有些惴惴不安,生怕今天会出什么意外,此刻听得这句话,心里一块大石头落地,连忙谢恩。

北冕帝吃力地抬起手:"平……平身吧。"

两位藩王站了起来,面色却有些惊疑不定。北冕帝前些日子已经陷入了断断续续的昏迷,谁都以为驾崩乃是指日可待之事,为何今日前来,却发现帝君神志清晰、谈吐正常,竟似比前些日子还康复了许多?难道……帝君前些日子的病,只是个障眼法?

那么说来,又是为了障谁的眼?

白王、赤王心里各自忐忑,对视了一眼,却听到帝君在帷幕深处的病榻上咳嗽了几声,道:"喀喀……你们两人……单独上前一步说话。"

什么?两位藩王心里一跳,却不得不上前。

朱颜心里焦急,但没有旨意,无法随着父亲上前,她抬起眼睛无声无息地打量了一圈周围——空桑帝君的龙床是用巨大的沉香木雕琢而成,床架宏大,华丽无比,竟然也分了三进:第一进是客人停留,第二进是仆从服侍,第三进才是帝君起卧之所。每一进之间,都垂落着华丽的帷幕。

而此刻看去,帷幕的最深处,帝君病榻的背后隐隐约约站着两个人。一男一女,看不清面目,只是远远静默地站着,却已经令她悚然心惊。

这两个人都是绝顶的高手,只怕比自己还厉害!

——她刚想到这里,忽然听到赤王和白王到了帝君病榻前,不知道看到了什么,齐齐脱口,发出了一声短促的惊呼!

"父王!"她吓了一跳,不顾一切地冲了过去。

然而刚一动,只听"唰"的一声,两道电光从黑暗里袭来,凌厉无比。她手指一动,瞬间结成了护盾——然而,只听一声裂帛,两道闪电左右交剪而来,只是一个撞击,金汤之盾居然被轰然洞穿!

朱颜踉跄后退,只觉一口血迅速涌到了咽喉。

"朱颜郡主。"一边的白风麟拉住了她，低声，"别妄动！"

他年纪虽然比她大不了几岁，但从小长于权谋之中，处事稳重老练得多。此刻早已看出了情形不对，哪怕自己父亲身陷其中，却也不敢轻举妄动。朱颜愤怒地甩开了他的手，摸了一摸脸上，发现颊边居然有一丝极细的割伤，鲜血沁出，染红了半边脸。

方才那一击，竟然是剑气！在云荒大地上，居然还有人用剑气便能击溃她的金汤之盾！是谁，有这般身手？！

她霍然抬头，看到了隐藏在帷幕背后的那两个人——那两个人虽然站在暗影的最深处，却有闪电般的剑光从他们手里射出，耀眼如同旭日，凛冽得令人不敢稍微靠近。这是……

"阿颜，快退下！"赤王连忙回头厉叱，"不许乱来！"

"没……没事。"病榻上的帝君却咳嗽着，断断续续地挥手，"让……让她也一并过来吧……飞华，流梦，两位不必阻拦。"

话音一落，剑光瞬间消失了。

飞华？流梦？那一瞬，朱颜大吃一惊，几乎不敢相信自己的耳朵。这……这不是当今两位剑圣的名字吗？难道此刻，在紫宸殿里保护着帝君的，居然是空桑当世的两位剑圣？

朱颜心里震惊，连忙往前几步跃到了父亲身后，生怕再有什么不测。

然而，等她一上来，病榻两侧便有人悄然出现，替北冕帝拉上了帷幕，将他们三人和外面等待的其他人隔离了开来。转眼之间，连母妃和白风麟都消失在了视线之外。

朱颜心下焦虑，生怕母妃独自在外会有什么不测，却又更不放心父亲，只能惴惴不安地向着帝君的病榻上看了一眼——这一瞥之下，她忽然也忍不住脱口惊呼了一声！

帝君的榻前，竟然横躺着一个人。

衣衫华贵，满头珠翠，面容秀丽雍容，显然是宫中显赫的后妃。然而，那个女子横倒在地，咽喉中却是有一道血红，眼睛犹自大睁，竟是被一剑杀死在了北冕帝的床榻前！

——这个女子，赫然便是统领后宫的青妃！

那一瞬，朱颜惊骇得说不出话来，指尖都微微发抖，知道事情不妙，只能飞快地积聚灵力，随时准备着动手保护父母——青妃死了？难怪外面到处是刀斧手，戒备森严，竟然是发生了宫变！

"喀喀……不用怕。"北冕帝似乎知道他们三个人的惊骇，微微咳嗽，断断续续地开口，"青妃……青妃心怀歹毒，竟然敢于病榻之上意欲毒害于我……幸亏，喀喀，幸亏被我识破……当场诛杀。"

什么？朱颜刚要发动结界，听到这句话却是愣了一愣。

青妃之死，竟然是北冕帝下的令？

这个老人……她忍不住打量了病榻上的北冕帝一眼，发现这个风烛残年的帝君虽然不能动弹，眼神却是雪亮的，里面隐约像是藏着两把利剑。

白王和赤王齐齐震了一下，对视了一眼。

青妃要毒杀帝君？这倒是不无可能……帝君病重卧床那么久，青妃估计早就等得不耐烦了吧？可是，皇太子时雨尚在失踪阶段，现在就动手毒杀帝君，未免有点贸然。以青妃之精明，当不会如此。而且，帝君长期软弱无能，卧病之后又昏昏沉沉，为何能识破并控制了局面？

两位藩王心里还在惊疑不定，不知到底是什么样的情况，耳边又听得北冕帝开口，咳嗽着："我召两位剑圣入宫，替我诛杀了青妃……此事……喀喀，此事和你们没有关系，不必担忧。"

白王和赤王对视了一眼，双双松了口气。

原来，是剑圣出手，帮帝君诛杀了青妃？如此一来，此事便和他们两人没关系了。不用和青王决裂，倒也是不错。

"喀喀……总而言之，你们今天来得正好。"北冕帝虚弱地抬了一抬手，示意两位王者往前一步，"我……我正要草拟一道诏书。此事十分重要……喀喀，必须得到你们的支持方可。"

两位藩王心里忐忑，然而到了此刻也只能走一步看一步，便恭恭敬敬地道："请帝君示下。"

北冕帝剧烈地咳嗽了一番，终于缓了口气，一字一句："我……我要下诏，废黜时雨的皇太子之位，改立时影为皇太子！"

什么？宛如一道霹雳打下来，白王和赤王都惊在当地，一时说不出话来。连站在他们身后的朱颜，瞬间也僵在了原地。

"怎么？"北冕帝看着两个藩王，不由得露出了一丝意味深长的笑容，

"喀喀，你们两个……难道反对？"

"不，不。"白王反应过来，连忙摇首，"不反对！"

"那……"北冕帝抬了抬眼睛，看了一眼赤王。

赤王虽然粗豪，却粗中有细，此刻在电光石火之间便明白了利害关系，知道此刻便是关键的转折点，若不立刻表态，顷刻之间便会有灭族之祸，于是立刻上前，断然领命："帝君英明！"

唯独朱颜呆在一边，脱口而出："不！"

一语出，所有人都吃了一惊，齐刷刷地看向了她。

"阿颜？你……你在做什么？"赤王没想到这个不知好歹的女儿居然会在这个当口上横插一嘴，不由得又惊又气，厉喝，"没有人问你的意见，闭嘴！"

然而，北冕帝并没发怒，只是饶有兴趣地看着这个少女，咳嗽了几声："你……为什么说不？"

"我……我只是觉得……"朱颜迟疑了一下，低声，"你们几个在这里自己商量就决定了别人的人生。可是，万一人家不肯当皇太子呢？"

"孩子话！"赤王忍不住嗤笑了一声，"有谁会不肯当皇太子？"

"可是……"她忍不住要反驳。

师父是这样清高出尘的人，从小无心于争权夺利，早就打算好辞了神职后要去游历天下，又怎么肯回来帝都继承帝位？帝君真是病得糊涂了，哪有到了这个时候贸然改立皇太子的？这个做法，不啻是给时雨判了死刑，而且将师父硬生生推进了旋涡之中啊……

"给我住嘴！"赤王一声厉喝，打断了不知好歹的女儿，"这里没你的事。再说这些胡话，小心回去打断你的腿！"

朱颜气得鼓起了嘴，瞪了父王一眼。

然而北冕帝若有所思地看着她，点了点头："你……喀喀，你认识时影吗？为何……为何你觉得他不肯同来当皇太子？"

"我……"朱颜不知道如何解释，一时发怔。

过去种种，如孽缘纠结，已经不知道如何与人说起。更何况如今他们之间已经彻底决裂，从今往后再无瓜葛，此刻又有何余地置喙他的人生？

朱颜不知道怎么说，那边白王已经从案几上拿来了笔墨，在帝君病榻前展开。北冕帝不再和她继续说话，努力撑起了身体，断断续续地口述了这一道旨意。赤王捧墨，白王挥笔，在深宫里写下了那一道改变整个空桑命运的诏书——

> 青妃心怀不轨，竟于病榻前意欲谋害。特赐其死，并褫夺时雨皇太子之位，废为庶人。即日起，改立白皇后所出的嫡长子时影为皇太子。钦此。

这样简单的几句话，却是惊心动魄。

白王和赤王一起拟好了诏书，拿过去给北冕帝看了一遍。帝君沉沉点头，抬起眼睛再度示意，赤王连忙上前一步，将旁边的传国玉玺奉上。北冕帝用尽力气拿起沉重的玉玺，"啪"的一声盖了下来，留下了一个鲜红刺目的印记。

废立之事，便如此尘埃落定。

"好了，现在……一切都看你们了。"北冕帝虚弱地喃喃，将那道诏书推给了白王和赤王，"我所能做的……喀喀，也只有这些了。"

两位藩王面面相觑，拿着那道诏书，竟一时间无法回答。

今天他们不过是来请求赐婚的，却骤然看到青妃横尸就地，深宫大变已生。事情急转直下，实在变得太快，即便是权谋心机过人如白王，也无法瞬间明白这深宫里短短数日到底发生了一些什么。

那一道御旨握在手里，却是如同握住了火炭。

白王毕竟是枭雄，立刻就回过了神，马上一拉赤王，双双在北冕帝病榻前单膝下跪："属下领旨，请帝君放心！"

这声一出，便象征着他们两人站在了嫡长子的那一边。

北冕帝看到两位藩王领命，微微松了一口气，抬起手虚弱地挥了几下，示意他们平身，然后回过头，对着深宫里唤了一声："好了……喀喀，现在……可以传他们进来了。"

谁？朱颜不禁吃了一惊，以为帝君是对守护在侧的两位空桑剑圣说话，然而一转头，看到站在帷幕后的两位剑圣微微侧身，让开了一条路——房间的更深处有门无声打开，两个人并肩走了出来。

他们穿过重重的帷幕，一直走到了北冕帝的榻前，无声无息。

在看到来人的一瞬，所有的人都惊呆在当地！

"你……"朱颜嘴唇微微翕动，竟是说不出话来，"你们……"

是的！从最深处走出的不是别人，正是大司命——而那个消失几日的老人，此刻竟是带着九嶷神庙的大神官、帝君的嫡长子，一起出现在了这里！

师父！是师父！他竟然来了这里！

朱颜在那一瞬几乎要惊呼出来，却又硬生生地忍住，不知不觉泪已盈睫。

不过是一段时间不见，重新出现的时影却已经有些陌生了。他没有再穿神官的白袍，而是穿着空桑皇室制式的礼服，高冠广袖，神色冷静，目不斜视地走过来，甚至在看到她也在的时候，竟然连眉梢都没有动一下。

隔着帝君的病榻，她愣愣地看着他，一时间只觉千言万语哽在咽喉，嘴唇动了动，竟然说不出一句话。时影没有看她，只是低下头看着自己的父亲，眉宇之间复杂无比，低声唤了一句："父王。"

北冕帝苍老垂死的眼神忽然亮了一下，似乎有火光在心底燃起，竟被这两个字唤回了魂魄。

"你来了。"他勉力伸出手，对着嫡长子招了招，"影……"

时影面无表情地走了过去，在父亲的病榻前俯下身去。北冕帝吃力地抬起手，枯瘦的手臂无力地落在了他的肩膀上，老人抬起眼睛端详着自己的嫡长子，呼吸低沉而急促。

忽然间，有混浊的泪水从眼角流下来。

"原来……你是长得这般模样，很像阿嬷。"北冕帝喃喃，细细地看着面前陌生而英俊的年轻人，语音缥缈虚弱，"虽然我已经不记得她的模样了……喀喀，但我记得，她的眼睛……也是这样亮……就像星辰一样。"

"是。"时影面无表情地看着垂死的父亲，声音轻而冷，"听说，她到死的那一瞬，都不曾瞑目。"

这句话就像是匕首插入了北冕帝的心里，老人脸色也是忽地煞白，抬起来想要抚摸儿子脸颊的手顿住了，剧烈地颤抖着，半晌没有动。

"何必说这些？"大司命看了时影一眼，神色里带着责备。然而从万里外归来的皇子神色冷淡，隐约透露着锋锐的敌意。

"我知道……你不会原谅我，喀喀……"北冕帝颓然地放下手，剧烈地咳嗽起来，整个身体都佝偻一团，"整整二十几年……我们父子之间相隔天堑。喀喀，事到如今……夫复何言？"

他吃力地抬起手来，将一物放到了时影的手心："给你。"

即便是冷定如时影，也不自禁地动容——放入他掌心的是一枚戒指：银色的底座上，展开的双翼托起了一枚璀璨的宝石，耀眼夺目，灵气万千。

那，竟是象征着空桑帝王之血的皇天神戒！

"交给你了。把……把这个云荒，握到你的手心里来吧！"北冕帝看着嫡长子，眼神殷切，断断续续地咳嗽着，"这是……我这一生的最后一个决定。相信你会是一个非常好的皇帝……喀喀，比……比我好十倍、百倍。"

时影看着手心里的皇天神戒，手指缓缓握紧，颔首。

他一直没怎么说话，也没正眼看她。然而朱颜看着这一幕，心里震惊得难以言表——她怎么也想不到，原本在九嶷便以为此生再不相见的人会在此刻出现；而等他再次出现的时候，又已经是换了另一个她遥不可及的身份！

他继承了皇天，即将君临这个云荒天下！

怎么会？他怎么会回到这里？怎么又会坦然接受了皇太子的身份？他……他明明说过无意于空桑的权力争夺，要远游海外过完这一生！为何言犹在耳，转身却做了截然不同的事？

他……竟然是对自己说谎了吗？

朱颜站在那里，定定地看着握紧了皇天神戒的时影，眼神复杂而疑惑，恍如看着一个完全陌生的人。时影显然是感觉到了她的注视，眉梢微微动了一下，却没有回顾，只是低下头看了看横在脚下的尸体。

那个谋害了母亲、一生专横的奸妃终于死了。被自己的丈夫亲手所杀，到死也不知道自己唯一的儿子已经早一步去了黄泉——她昔日所做的一切，终于有了报应。可是，为何到了此刻，他心里没有多少快慰？

"影他一定会做得很好。"开口说话的是一边一直没有出声的大司命，"放心，我也会尽心尽力地辅佐他。"

"很好……很好。"北冕帝抬起头，看到了自己唯一的胞弟，喃喃，"我撑了那么久，就是为了等你们回来……"

帝君枯瘦发抖的手握了上来，冰冷如柴。大司命猛然一震，并没有抽出手，忽然间嘴角动了动。

怎么，大司命……他是哭了吗？

那一刻，朱颜心里一震，几乎不敢相信自己的眼睛。

继承了帝王之血的两个兄弟在深宫病榻前握手言和，那一刻的气氛是如此凝重而复杂，令所有人一时间都没有说话。

时影看着这一幕，眼神也是微微变化。

"喀喀……影已经正式辞去了神职，回到了帝都。"许久许久，北冕帝松开手，剧烈地咳嗽起来，看了看两位藩王，"白王，你是影的舅父……赤王又是你的姻亲，喀喀……我、我就把影托付给你们两位了……"

白王连忙上前一步，断然道："帝君放心！"

"王位的交替，一定要平稳……我听说青王暗中勾结冰夷，喀喀，不……不要让他趁机作乱……"北冕帝的声音低微，语言却清晰。

在生命的最后一程，这个平日耽于享乐的皇帝忽然变得反常地清醒起来，竟然连续做出了这样的安排，令人刮目相看！

"是。请帝君放心。"白王和赤王连忙一起回答。

"你们……喀喀，你们先退下吧。明天一早上朝，就宣读诏书。"北冕帝说了许多话，声音已经极其微弱，他挥了挥手，"阿珏，你出去送送白王和赤王……我、我和时影……还有话想要单独说。"

"是。"白王、赤王联袂退出。

而大司命扭头看了一眼病榻上的北冕帝，眼神微微变化，似乎有些不放心，却终究没有拂逆他的意思，跟随两位藩王一起走了出去。

而朱颜站在原地，一时间不知该如何是好。

这么天翻地覆的大事，难道就在这几句话之间决定了？不知为何，在这样重要的场合，所有人，包括北冕帝，都没有提到他另一个儿子时雨。此刻的情况——似乎那个被一句话褫夺王位的儿子，也同时被一句话就轻易抹去了存在。

如此残忍，如此凉薄。

朱颜怔怔地看着这一切，有一种如同梦幻的感觉。

"阿颜。"赤王站住脚步，回头看着呆呆留在北冕帝榻前的她，声音里有责备之意。时影的眼神微微一动，却始终不曾看她。

朱颜被父亲唤回了神志，最后看了一眼在深宫里的时影，茫然地跟着父亲从帝君的病榻前出来，回到了外面。站在外头的母妃已经急得面无人色，看到他们父女一出现，身体一软，便再也支撑不住地晕倒在地。赤王连忙扶起妻子，招呼侍从。白凤麟也急急忙忙地围了上来，低声向白王询问出了什么事。

一时间，四周一片嘈杂，无数人头涌动。

朱颜没有留意这一切，只是有些恍惚地看着外面的天色。

只是短短的片刻，这个云荒，便已经要天翻地覆了。而在这短短片刻之间，她所认识了十几年的人，也已经完全陌生。

第十四章

咫尺

当所有人退出之后，紫宸殿里空空荡荡，只剩下了父子两人。风在帘幕间停住，宝鼎余香萦绕，气氛仿佛像是凝结了。

"二十三年了。"北冕帝喃喃，"我们……终于见面了。"

身为至高无上的空桑帝君，语气里居然有着一丝羞愧和感慨的情绪。而时影只是垂下头看着手心里的皇天神戒，神色复杂——这只由远古星尊帝打造、象征着云荒皇权的戒指在他的手指间闪烁，瑰丽夺目。

他尝试着伸出手，将左手无名指伸入那只神戒。

在距离还有一寸的时候，皇天忽然亮起了一道光！

"看，它在呼应你呢……"北冕帝在病榻上定定地看着嫡长子，呼吸缓慢而低沉，感慨万分，"你是星尊帝和白薇皇后的直系后裔，身上有着最纯正的帝王之血……喀喀，足以做它的主人。"

时影却收回了手指，并没有将皇天戴上——他的眉宇之间笼罩着沉沉的阴影，虽然是天下在握，却没有丝毫的轻松快意，仿佛更像是握着一团火炭。

"影，你……"许久，北冕帝看着嫡长子，终于艰难地开了口，一字一句，"是不是已经杀了你弟弟？"

那一刻，时影猛然一惊，瞬间抬起头来！

垂死老人的眼神是冰冷而锐利的，直视着唯一剩下的儿子，并没有丝毫回避。时影的嘴角动了动——他想说自己并没有杀死弟弟，然而时雨之死分明又是因为他，无论如何都是脱不了干系。

"呵呵……"看到他骤然改变的神色，北冕帝苦笑起来，喃喃，"果然啊……时雨，那个可怜的孩子，喀喀……已经被你们抹去了吗？"

时影说不出话来，眼神渐渐锐利。

帝君留下他单独谈话，莫非就是为了这个？他想替时雨报仇？

"放心吧，我不会追究了……事到如今，喀喀……难道我要杀了我仅剩的嫡长子，为他报仇？"北冕帝喃喃，眼神里也充满了灰冷的虚无，"时雨是个好孩子……要怪，只能怪他生在帝王家吧……"

时影将皇天握在手心，听到这些话，只觉得心里一阵刺痛。

君臣父子，兄友弟恭。这些原本都是天道、是人伦，是自然而然的事情。然而在这样君临天下的帝王家，一切都反了：丈夫杀了妻子，兄长杀了弟弟……这样的红尘，犹如地狱。

这难道就是他脱下神袍，将要度尽余生的地方？

恍惚之中，耳边又听到北冕帝低沉的话："你回来了，成了皇太子……那很好。接着，从白王的那些女儿里……选出一个做你的皇后吧，尽早让空桑的局面安定下来。"

什么？时影一震，抬头看着北冕帝。

"怎么，你很意外？"北冕帝看着他的表情，嘴角浮出了一丝笑，声音微弱，"空桑历代的皇后，都要在白之一族里遴选……这是世代相传的规矩。"

时影没有说话，只觉得手心里的皇天似乎是一团火炭。

"册妃之事，容我再想想。"过了片刻，他开了口，语气平静，"我自幼出家，对这些儿女之事并不感兴趣。"

北冕帝打量着他，沉默了下去。

怎么？时影抬起头看了父亲一眼，却发现北冕帝正在看着他，眼神里有一种奇怪的洞彻和了然——那种表情，是只有至亲血缘之人才能了解的。

"你不愿意？"北冕帝低声，"你心里另有所爱？"

那一瞬，时影终于再也控制不住地变了脸色——这个垂死的老人，难道竟会读心术？可是，整个云荒除了大司命，又有谁的术法修为比自己更高，能读出自己的心?

"哈……真不愧是我的儿子啊。"北冕帝咳嗽着,看着儿子的表情,断断续续地苦笑,"影……你知道吗?三十多年前……当父王勒令我迎娶你母亲的时候,我的表情,也是一模一样……一模一样!"

时影全身一震,似乎被一刀刺中了心脏,说不出话来。

原来,他是这样读出了自己的心?

"当年,我是不得不迎娶阿嫣的……"北冕帝喃喃,似乎从儿子身上看到了遥远的过去,"在那时候,我已经遇到了秋水……只可惜,她只是一个鲛人,永远……喀喀,永远做不了空桑的皇后。"

秋水歌姬!

此刻父亲提及的,是自己曾经切齿痛恨过的那个鲛人——然而不知道为何,他的心里没有以前那样浓的憎恨,反而只是化作了灰冷的悲悯。背弃心意的痛苦,求而不得的挣扎,一生负重前行,却总是咫尺天涯。

——这些,他都已经了解。所以,也渐渐宽恕。

"我非常爱秋水,喀喀,却还是不得不为了巩固王位……迎娶六部王室的郡主……光娶了一个皇后还不够,还得接二连三地娶……以平衡六部的势力。"在垂死的时候提及昔年,北冕帝的声音还是含着深沉的痛苦,"唉……后宫险恶。我……我身为空桑帝君,却不能保护好她,只能眼睁睁地看着她惨死!喀喀……这中间的痛苦,无法用语言形容万一。"

时影看着垂死的父亲,手指开始略微有些颤抖。

这些话,他永远没想到会从这个人的嘴里说出——那个从小遗弃他们母子的父亲,那个高高在上却视他们母子如敝屣的帝王,竟然在临死之前对着自己说出了这样的话!

"我只希望……我这一生遭遇过的,你将来都不会再遭遇。"北冕帝语气虚弱,看着自己的嫡长子,"我所受过的苦,你也不必再受。"

时影默默握紧了手,忽然道:"我被迫离开母亲十几年,在深谷里听到她惨死在深宫的时候,我心里的感受,也难以用语言形容万一。"

北冕帝的话语停住了,剧烈地喘息着,长久凝望着自己的儿子。

"我知道,你永远不会原谅我了……"许久,北冕帝发出了一声苦笑,喃喃,"可是,当你站到我位置上的时候,或许……或许会多多少少理解我。影……你将来会知道，为了这个帝位，需要付出多少的牺牲——牺牲自己，也牺牲别人。"

时影深深吸了一口气，控制住了自己的情绪。

是啊，需要多少的牺牲？这一点，他早已明白。因为他的父亲，他的母亲，乃至于他自己，无一不是牺牲品！面前这个垂死的老人，已经即将解脱，而他呢？面前等待着他的，又是怎样一条漫漫无尽的路？

那条路，是否比万劫地狱更难、更痛、更无法回头？

可是，此时此刻，他不入地狱，谁入地狱？

"我、我的时间不多了。"北冕帝咳嗽着，声音微弱，"两位剑圣替我用真气提振元神，喀喀……才、才让我拖到了现在。要抓紧时间……先……先让白王和赤王完成联姻吧。"

时影一震，脱口而出："白赤两族的联姻？"

"是啊。"北冕帝断断续续地咳嗽着，"今天白王和赤王来请求赐婚，你不是也看见了吗？喀喀……这两族的联姻，将会是保证你继位的基石……你必须重视。如今我病重了……此事……还是你亲自去办吧。"

时影没有说话，一瞬间连呼吸都停住了。

父王后面说的那些话，他再也没注意，脑子里只回想着一个念头：联姻？两族联姻？怎么可能！原来，她今天出现在帝都深宫里，居然是为了这事？

她、她会同意嫁给白凤麟？

时影紧紧握着手心里的皇天，神色复杂地变幻着，沉默着一言不发，竭力控制着自己的情绪。北冕帝虽然是垂死之人，此刻却注意到了他眼神的变化，慢慢地停住了话语。

"影？"他蹙起了眉头，问自己的儿子，"在想什么？"

"她……"时影忍不住开口，声音发涩，"她同意了？"

"她？你说的是谁？"那一刻，垂死的老人脑中灵光一现，忽然想起了什么——对了，那个赤王的独女、朱颜郡主，听说过去似乎学过术法，曾经拜在九嶷门下。影……说的是她？他们，难道认识？

北冕帝的心里猛然一沉，有一种不祥的预感。

然而时影只是脱口问了这么一句话，又停住了。他微微咬住了嘴唇，在灯下垂首，将脸埋在了灯火的阴影里，让人看不见自己的表情。

是的，这句话，他完全问得多余。

那个丫头烈性如火，只要她心里有一丝不情愿，又有谁能勉强？既然今天她跟着父亲来紫宸殿，那说明她已经是首肯了——离梦华峰顶上，将玉骨还给他才不过短短半个月而已。她的想法和心意，竟然已经完全转折？

"据我所知，喀喀……朱颜郡主并没有异议。"北冕帝看着嫡长子的表情，语气有些凝重，带着一丝试探，"这门婚事……你以为如何？"

时影的手指微微震了一下，握紧了皇天，没有回答。

"如果你觉得不妥……"北冕帝缓慢地开口。

然而，就在那一刻，他听到时影开口说了一句："并没有什么不妥。"

北冕帝怔了一下，没想到他竟然答应得如此痛快，不由得止住了下面要说的话，细细看了嫡长子一眼——时影从灯火下仰起头来，冷静的脸上看不出丝毫痕迹，似乎方才一瞬失神只是幻觉。

是的，事到如今，还能说什么呢？

在这短短半个月里，连他自己的想法也已经完全改变，又有何资格要求别人依旧如昔？更何况，她从一开始也说明白了，因为那个鲛人的死，她永远无法释怀，也永远无法接受他——既然如此，她接下来也应该有自己的人生。她亲自选择了这条路，旁人又能如何？

时影沉默了许久，手指痉挛着握紧了皇天，终于开口说了一句："既然这场联姻如此重要，我会好好安排，尽量促成。"

"好。"北冕帝凝视着嫡长子的表情，咳嗽着点了点头，又问，"那……册立皇太子妃的事情……"

"册立是大事。"时影头也不抬，淡淡地回答，"我会去见白王，和他细细商议。一切以空桑大局为重。"

只是片刻，那种激烈的光芒从他的眼眸深处迅速地消退了，宛如从未出现过一样。那双亮如星辰的眼眸依旧平静，那种平静底下，却隐藏着说不出的暗色，似乎刀刃上滴下的血。

北冕帝看在眼里，心里微微一沉。

当时影离开后，重病的北冕帝再也支撑不住，颓然倒下，剧烈地喘息。不知道想着什么，老人的眼里有一种深深的悲痛，竟是无法抑制。

"你不能再耗神思虑了。"忽然间，一个声音在身后低低道，却是刚刚送走白王和赤王的大司命，悄然返回病榻之前，"你寿数已尽，活一天是一天，就不要这么劳心劳力了。"

"唉……我很担心影。"北冕帝喃喃，"未了之事太多了。我如果不处理完，就是死了也不安心。"

"难得。"大司命看着奄奄一息的北冕帝，忍不住笑了一笑，"没想到你糊涂享乐了一辈子，临死却忽然变得这般英明神武。"

大司命的声音里满含讽刺，然而眼神并无恶意。

"那是。"北冕帝微弱地苦笑起来，"我、我们身上，毕竟流着一样的血……谁会比谁蠢多少呢？"

"本来我也觉得你未必能对付得了青妃，没想到你竟能自己一手平了后宫。"大司命探了探北冕帝的气脉，颔首，"居然能请动两位剑圣，难得。"

北冕帝喃喃："当了一辈子皇帝……也总会结交一两个朋友吧？喀喀……剑圣一门，欠我一个人情……如今算是偿还了。"

"原来如此。"大司命看着兄长，微微蹙眉，"你这样硬撑着，是想在死之前料理好一切吗？其实你不必如此，我会好好安排，让空桑王朝延续下去。"

"你……你觉得，我会任由青妃这个贱人窃取天下？"北冕帝冷笑了起来，手指痉挛着握紧，眼睛里充满了愤怒的杀意，"只……只要我还有一口气！我、我就要亲手替秋水报仇，把这个贱人……"

垂死的帝君剧烈地咳嗽了起来，说不出下面的话。

"好了好了，我知道你是想替秋水歌姬报仇。"大司命连忙轻抚他的背部，"如今青妃已经死了，你可以放心了。"

北冕帝虚弱地握着锦缎斜靠在榻上，眼神有些涣散地看着高高的屋顶，沉默了许久，才低声："是啊……我是可以放心了。现在影回来了……喀喀，有你在身边辅佐，我也很放心……"

大司命拍了拍帝君的肩，默不作声地点了点头。

"只是……我在影的身上，看到了当年的自己。"北冕帝看着虚空，轻声道，"你看出来了没有？他……似乎不太想娶白之一族的郡主当皇后啊……"

大司命猛然一震，停了下来，眼神复杂地看着胞兄。

"放心，他会迎娶白王的女儿的。"大司命沉默了一瞬，开了口，"影是一个心智出众、冷静决断的人，绝不会因一己之私而弃天下不顾。"

"是吗？作为我的儿子……他可正好和我相反呢。"北冕帝笑了一声，看着大司命，"阿珏……你把我的儿子培养成了一个优秀的帝王。"

大司命苦笑了起来，摇头："我只是为了空桑未来的国运。"

"国运？你们这些自称可以看透天命的神官……喀喀，总是说这些玄之又玄的话。"北冕帝的声音虚弱，透出一股死气，"将来如何，又有谁能真的知道？人总是活在当下的。我不想他和我一样……"

"你都快死了，还想这么多干吗？"大司命摇头，绕开了帝君的话题，"影有他自己的命运，他自然会知道定夺取舍。"

北冕帝沉默了下去，过了片刻才咳嗽了几声："也是。人生不满百，常怀千岁忧啊……"

兄弟两人在深宫里静默相对，耳边只有微微的风吹过的声音。

"明日早朝，我便要宣布今天拟定的旨意了。"许久，北冕帝低声咳嗽着，"你……你觉得，青王庚，他会干脆叛乱吗？"

"难说。"大司命只简短地回了一句，"那只老狐狸心思缜密，不是一时冲动的人，也不会因为胞妹一怒之下便起兵造反。"

"嗯……"北冕帝沉吟，"那你觉得……他会忍？"

"也难说。根据密探禀告，青王最近和西海上的冰夷来往甚密，必有所谋。"大司命蹙眉，神色凝重，"而且此刻你病危，影又刚回到帝都，新旧交替之际，正是最容易乘虚而入之际——以青王庚的聪明，未必会放过这个机会。"

"也是。"北冕帝神色凝重起来，苦苦思考着眼前的局面，咳嗽了起来，整个身体佝偻成一团。

"好了，你先好好养病，不要多想了。"大司命掌心结印，按在他的背后，"这些事，就让我们来操心吧。"

北冕帝咳嗽着喘息，微微点头，闭目静养。

"喀喀……我记得你上次让我写下了一道诛灭赤王满门的旨意。"沉默了许久，北冕帝忽地开了口，问了一个问题，"后来……用上了吗？"

"用上了。"大司命淡淡。

北冕帝盯着他看，咳嗽着追问："是为了促成这一次白赤两族的联姻而用的吗？"

大司命忍不住再次看了一眼兄长，眼里掠过一丝意外："阿珺，真是没想到，到了此刻，你的脑子还这般聪明。"

"大概……喀喀，大概是回光返照吧。"北冕帝苦笑着，摇头，"你是为了让影顺利继位，才极力促成两族的联姻的吧？"

"不只为了这个。"大司命摇了摇头，声音忽地低了下去。

是的，不只为了这个。

空桑的新帝君，必须要迎娶白之一族的皇后。如果不把那个女娃从影的身边彻底带走，不把他们两个人的牵绊彻底斩断，又怎能让影心无挂碍地登上帝位？如果影不在这个位置上，又有谁来守护空桑的天下？星象险恶，要和天命相抗，又需要多大的力量啊……

风还在夜空舞动，而头顶的星野已悄然变幻。

从今夜开始，整个空桑的局面，将要发生巨大的转折！

得到了帝君的正式赐婚，白赤两族的王室联姻便提上了日程。

赐婚的旨意下达后短短几天之内，一道道烦琐的王族婚礼程序已经走完。

用了整整一个早上，赤王府才把礼单上的都清点完毕。朱颜在赤王府帝都的行宫里，看着一箱箱的珠宝首饰，忍不住叹了口气，回头对坐在对面的人道："这份单子是你拟的吧，雪鸾？"

"你怎么看出来的？"坐在对面的是白之一族郡主雪鸾，听得好友如此问，不禁笑了笑。

朱颜撇了撇嘴："这上面的东西，可全都是你喜欢的。"

"难道你不喜欢？"雪鸾笑了一下，那个笑容却是心事重重，"我记得你以前看到我的驻颜珠啊辟尘犀啊，一直嚷嚷着说希望自己也有一颗……你看，现在不都给你送上了？"

朱颜连忙拍了拍雪鸾的手背，道："我很喜欢……你别胡思乱想。"

雪鸾点了点头，不说话。不过短短几日不见，她显得更加消瘦了，下颌尖尖，手腕伶仃，眉目之间都是愁容。朱颜知道她是心里挂念不知下落的时雨，而此刻朝野巨变，时雨被废黜，白王转了风向开始全力辅佐新太子，此事对雪莺来说更是绝大的打击。

除了她以外，整个帝都只怕已经没有人再记得时雨。

朱颜看着好友如此郁郁寡欢，却不知道如何安慰，只能将面前的茶点推过去："好歹吃一点吧？看你瘦成了这样。"

雪莺的手一颤，默默握紧了茶盏，垂下头去。

"阿颜，我、我觉得……时雨是不会回来了。"她声音轻微地说着，忽然间抬起了头，语调发抖，"他、他一定是被他们害死了！"

朱颜吃了一惊："被谁？"

"那个白皇后的儿子，时影！一定是他！"雪莺咬着牙，"为了抢这个王位，他们可是什么事都做得出来！"

"不会的！你别胡说！"朱颜也是一颤，口里虽然这么说，声音却已经不如之前反驳时候的响亮——在深宫里骤然见到师父出现的瞬间，她心里也是起了极大的震撼：那个超然出尘、不理权势争夺的人，竟然来到了帝都！

他口口声声对自己说辞去神职后要离开云荒，远游七海，为何转头又杀回了这个权谋的中心，从弟弟手里夺走了王位？

这一系列的变故影响重大，一环扣着一环，步步紧逼，显然非一时半刻可以安排出来，师父……师父是不是真的早就谋划好了？他是如此厉害的人，只要他想，要翻覆天下也在只手之间。

可是……他怎么会是这样的人呢？

朱颜心里隐约觉得刺痛，又极混乱，低下头去不说话。

"其实不回来也好。现在这种情况，时雨他就算回来也是死路一条。"回过神来的时候，只听雪莺在一边喃喃，"我最近总是做梦……梦见他满身是血的样子。他、他想对我说什么，可是我……可是我怎么也听不清楚！"

她抽泣起来，单薄的肩膀一耸一耸，梨花带雨。朱颜无语地凝视着好友，心里觉得疼惜，却不知道说什么好，讷讷了一会儿，问："那现在……你打算怎么办？"

"我……我不知道。我想死。"雪莺啜泣着，将脸埋入了手掌心，哀伤而绝望地喃喃，"时雨都不在了……我还活着干吗？"

朱颜心里一紧，看着她灰冷绝望的眼神，忽然间仿佛看到了昔日的自己——是的，这种心情，她也曾经历过！当所爱的人都离开之后，恨不能自己也就此死去，一刻都不想在这个世上独自停留。现在的雪莺，是不是和那时候的自己一样无助绝望？

自己要怎样才能帮上忙呢？

下次有机会再见到师父，怎么也要抓住机会问问他时雨的下落。可是……万一他真的回答了，而答案又是她不愿意知道的，那……她又该怎么办？

"别这样。"朱颜叹了口气，"你可要好好活着。"

"活着干什么？不如死了一了百了。"雪莺的啜泣停了一下，尖尖的瓜子脸上露出哀伤的表情，摇了摇头，"唉，真的是逼得人喘不过气来。如、如果不是因为……"

她抬起手放在小腹上，却没有说下去，神色复杂。

朱颜是个粗心大意的人，没有追问原因，只是道："你可千万别满脑子想着死，要多想想好的事情——你一定要继续等。万一时雨没死，明天就回来了呢？你要是死了，岂不是就见不到他了？"

"是吗？明天就回来？如果是那样，可真的像是做梦一样呢……"雪莺苦笑了一下，眼里露出凄迷的神色，"可是……我等不得了。父王已经在筹划把我嫁出去了——嫁给那个……那个快五十岁的老头。"

说到最后她又颤了一下，低声抽泣起来。

"那怎么行？"朱颜一惊，"你可千万不能答应！"

"不答应有什么用？"雪莺苦笑，"在父王嫡出的女儿里，唯一还没出嫁的就是我了……此刻空桑政局动荡，不拿我来联姻，还能拿谁呢？"

"逃吧！"朱颜脱口而出，"我帮你逃出去！"

雪莺震了一下，眼里掠过一丝光，却又黯淡了，摇了摇头："这个念头……也只能想想罢了。父王的手段我也是知道的，无论逃到天涯海角，还不是被他抓回来？而且……我一点本事也没有，逃出去了又能怎样？"

朱颜知道好友从小性格柔弱顺从，只能无奈地叹了口气——每个人都有自己的命运，别人又怎能干涉得来？

"我闷在家里许多时日，今天趁着过来送聘礼，好容易出来透透气，和你说了这一些，心里好受多了。"雪莺喃喃，神情有些恍惚，"我……我真的怕自己闷在家里，哪天一时想不开，就真的去寻了短见。"

"可千万别！"朱颜不由得着急起来，抓紧了好友的手，"你别一时糊涂，忍一忍，一切会好起来的。"

"嗯，我会尽量忍着的。现在我的命也不是我自己一个人的……一定会用尽力气活下去的。"雪莺苦笑了一下，意味深长地摇了摇头，看了一眼好友，眼眶红红的，哽咽道，"阿颜，你比我命好……别像我一样。"

"我哪里又比你好了？你不知道我……"朱颜不由得也苦笑了起来，咬了咬嘴唇停住了——雪莺，你可知道我并不比你好多少？我也是被迫离开了不愿意离开的人，即将嫁给一个不愿意嫁的人，甚至连反抗一下的机会都没有，还只能微笑着，装作若无其事心甘情愿地嫁出去！

她们这些朱门王侯之女，无论有着什么样的性格和本领，是否一个个都如笼子里被金锁链锁住的鸟儿，永远无法展翅飞上天宇？

在白王府邸里，将聘礼送到了赤王那边之后，气氛却是有些凝重。白风麟脸色阴晴不定，想了又想，终于还是对父亲说出了自己的想法——

"父王，我觉得，这门婚事应该再斟酌一下。"

不出所料，白王果然耸然动容，几乎是拍案而起。

"你在说什么？你想悔婚？"白王蹙眉盯着长子，声音里全是不悦，"今天已经把所有的礼单都送到赤王府那边去了，你现在忽然提出异议，要把婚事暂缓是什么意思？难道是不想结这门亲了吗？好大的胆！"

"父王息怒。"白风麟低声，脸色也是青白不定，"孩儿只是觉得事情似乎有些不妥，若能缓一缓再办，可能更好。"

"怎么又不妥了？"白王眼里隐约有怒意，几乎要对最倚重的长子咆哮起来了，指着他的脑门，"这门亲是你自己提出要结的，我也由得你。现在帝君的旨意都下了，你却来说不妥？两族联姻，是能随便出尔反尔的吗？"

"当初是孩儿考虑得不周全。现在看起来，万一这门亲结得不对，反而是为整个白之一族埋下祸根。"白风麟神色有些复杂微妙，停顿了片刻，忽然问，"对于这门亲事，表兄……不，皇太子殿下他有何看法？"

"你说时影？"白王怔了一下，"此事和他有何关联？"

白风麟迟疑了一下，不知道该说什么好。

他是个心思缜密、滴水不漏的人，把一切都看在了眼里，心里自然有自己的算盘。可是，又该怎么对父王说明白呢？难道要他说，他怀疑时影心里所爱的女子其实是朱颜，所以对缔结这门婚事惴惴不安？

这个表兄，原本只是个不理时政的大神官，得罪也就得罪了，以白之一族的赫赫权势，其实并没太大关系。如今，这个人却忽然翻身成了皇太子，未来还会是云荒帝君！

自己若真是夺了对方的心头爱，这门亲一旦结下，反而会变成白之一族的大祸！

可这种猜测，无根无据，又怎能凭空和父王说？

"那……太子妃的人选定了吗？"迟疑了片刻，他只能开口，从另一个角度委婉提问，"皇太子是否答应了要在妹妹们里选一个做妃子？"

是了，若是时影准备册立白之一族的郡主为妃，那就证明自己的猜测是错的。而且，只要白之一族的郡主成了太子妃，他也不必再捕风捉影地提心吊胆。

"当然。"白王似乎很奇怪儿子会提这种问题，看了他一眼，"历代皇后都必须从白之一族里遴选，时影若要即位，自然也不能例外——我安排了王府里的赏灯游园会，在三天后，皇太子到时候也会莅临。一来是为了替帝君表示对你们大婚的关心，二来也是打算先非正式地拜会一下你的妹妹们，好在里面选一个当太子妃。"

"是这样啊……太好了。"白风麟听到这样的回答，不由得长长松了一口气，表情松弛了下去，"那看来，是我多虑了。"

白王有些不解地看着长子，蹙眉："你到底对此事有什么疑问？"

"没有……没有了。"白风麟摇了摇头，如释重负，"如果皇太子真的从妹妹里选了一个当妃子，那我就没有什么好担心的。"

"真不明白你心里想的是什么。"白王摇了摇头，看了儿子一眼，"总而言之，现在正是关键时分，一点差错都不能出！早点完成联姻对我们都好。"

"是。"白风麟低下头去，"孩儿知道了。"

"何况，你不也挺喜欢那个丫头的吗？你一向风流自赏，眼高于顶，却偏偏对那个丫头一见钟情。"白王看着这个最倚重的长子，摇头叹气，"不过，成亲以后，你给我少去几趟秦楼楚馆，免得赤王那边脸上难看——他对这个唯一的女儿可是视若掌珠。你若不想委屈自己，将来多娶几房姬妾便是。"

"是，是。"白凤麟连忙颔首，"谨遵父王命令。"

白王挥了挥手："好了，你去忙吧——三天后皇太子要来府邸里赏灯，需要打理的事情很多。"

"是。"叶城总督退了出去。

在雪莺走后，朱颜一个人在花园里，盯着池水怔怔出神。

盛嬷嬷点数完礼单，回来向郡主禀告，远远一眼看到，心里不由得一沉——这些日子以来，经常看到郡主发呆，一坐就是半天，完全不像是昔日活泼跳脱的样子，不知道她心里到底藏了什么样的事情。

难道，她是为了这门婚事不开心吗？

叶城总督白凤麟，是六部年轻一代里的佼佼者，英俊倜傥，知书识礼，出身高贵，多半还是未来的白王。能嫁给他，也算是六部贵族少女里人人梦想的事情了吧？为何郡主她还是如此不开心呢？

是不是……她心里还想着那个离开很久杳无消息的鲛人？

然而盛嬷嬷不知道的是，朱颜此刻心里想着的，是另一个鲛人。

"嬷嬷。"在池水里看到了盛嬷嬷走近的影子，她转过头，问老妇人，"有那个小兔崽子的消息吗？"

盛嬷嬷怔了一下："哪个小兔崽子？"

"苏摩呀！"朱颜踩脚，"一直都没听到他的消息，急死我了。"

盛嬷嬷暗地里松了口气，摇了摇头，道："叶城的管家尚未传来任何消息，只怕还是不知下落。"

"怎么会这样？"朱颜不由得有些焦躁，语气也变了，"这都过去一个半月了！这些日子我放了那么多飞鹤出去，都没有一只带回消息的——要不，我还是自己去一趟叶城找找看吧。"

"那可不行！"盛嬷嬷吓了一跳，连忙拼命劝阻，"郡主你刚刚从外面回来，马上就要大婚了，怎么还能到处乱跑？"

"离大婚不是还有一段时间吗？"她踩脚，惴惴不安，"万一那个小兔崽子出什么事了，我……"

"唉，郡主你就算去了，又能做什么？论对叶城的熟悉，管家可比你强上百倍。他都找不到，你去了也是浪费时间。"盛嬷嬷竭力想打消朱颜的这个念头，"而且，明天皇太子就要来府邸了，你可不能再出什么岔子啊！"

"什么？"朱颜吃了一惊，"皇太子？他……他来府里做什么？"

"天恩浩荡。大婚临近了，皇太子奉帝君之命，前来赐礼。"盛嬷嬷想说得热闹一些让朱颜开心，却不料自己说的字字句句都扎在她的心里，"据说这次大婚，北冕帝赏赐了整整一百件国库里的珍宝，由皇太子亲自将礼单送到府邸，以示对赤之一族的恩宠。"

"是吗？"朱颜颤了一下，脸色却有些苍白。

他……他要来了？还是以皇太子的身份，前来赐婚？

九嶷山分别之后，她心里想着的是从此永不相见——从此她会远远地离开，独自躲在另一个角落舔舐着伤口，默默等待生命的消逝，直到终点。

然而她发现自己错了：她不可能永不见他。

因为他将拥有云荒的每一寸土地，她的一生都会活在他的阴影之下：看着他来赐婚，看着他登基，看着他大婚……他的每一个讯息都会传到她耳畔，她却只能眼睁睁地看着，无法说出一句话。

咫尺天涯，各自终老。原来，这才是他们的结局。

直到盛嬷嬷离开，朱颜还是在园子里望着离合的池水怔怔发呆，一坐就是一下午，连天色将暗，新月升起，有人悄然出现在了身后都不知道。

周围似乎起了微风。池水里映出了一袭白衣，在波光里微微摇动。

"师……师父？！"朱颜情不自禁地惊呼出来，瞬间回头。

时影果然站在深沉的夜色里，默默看着她，眉头微微锁紧。一身白衣笼罩在月光下，恍如梦境。

他这次出来换下了宫廷里华丽繁复的礼服，只穿了一袭朴素的白袍，一时间仿佛恢复了昔年九嶷山上修行者的模样，只是眼神复杂而深远，已不复昔年的明澈。

朱颜跳起来，往前冲了一步，却又硬生生地忍住。她竭尽全力让自己平静下来，看着对方，只是声音还是有些控制不住地发抖："你……你不是应该明天才来的吗？"

"我来问你一个问题。"他终于开了口，"等到明天，那就迟了。"

朱颜心头猛地一跳，一时间有无数猜测掠过脑海："什……什么问题？"

"你……"时影看着她，眼神微微动了一动——不过几日不见，她明显又瘦了，丰润的脸颊变得苍白，下颌尖尖的，连带着一双眼睛都显得分外大了起来。他错开了视线，凝望着池塘里的残荷，低声开口："你是自愿嫁给白凤麟的吗？还是你父王逼你的？"

朱颜一震，嘴唇动了动，却是一个字也没说。

原来，他特意来这里，就是为了问她这句话？

可是……要怎么说呢？她当然是不愿意嫁给白凤麟的，可是她又是心甘情愿的——这样错综复杂的前因后果，又怎么能一句两句说清楚？

而且，她又能怎么说？说她参与了复国军叛乱，赤之一族包庇了复国军领袖，而空桑大司命利用了这一点，逼迫她答应了两族联姻？大司命是他的师长，如今又是支持他继位的股肱，她这么一说，会导致什么样的后果？

无数的话涌到嘴边，却又冻结，总归一句也说不出。

"说实话就行。"他看着她的表情，蹙眉，"你不必这样怕我。"

她明显地颤了一下，却不是因为恐惧。朱颜鼓起了勇气抬头看他，然而他的瞳子漆黑如夜，看不到底，她只是瞄了一眼心里就猛然一震，触电般别开了头，心里怦怦直跳。

"说吧，不要再猜测怎么回答才最好，只要说实话。"他看到她这样的表情，误以为她还是害怕，"我答应过，从此不再对你用读心术。所以，你必须要告诉我你的想法。"

"父王……他没逼我。"她半晌终于说出话来。

时影的眼神动了一下，似乎有闪电一掠而过，又恢复了无比深黑。他沉默了片刻，苦笑了一声："果然，你是自愿的。否则以你的脾气和本事，又有谁能逼你？"

"我……"朱颜心里一冷，想要分辩什么，却又停住。

"如果你后悔了，或者有丝毫的不情愿，现在就告诉我。"虽然是最后一次的争取，时影声音依旧是平静的，"别弄得像在苏萨哈鲁那一次一样，等事到临头，又来逃婚。"

"不会的！"仿佛被他这句话刺激到了，她握紧了拳头，大声，"我……我答应过我父王，再不会乱来了！"

时影沉默地看着她，暮色里有风吹来，他全身的白衣微微舞动，整个人却沉静如古井无波，唯有眼神是极亮的，在看着她时几乎能看到心底深处。朱颜虽然知道师父素来恪守承诺，说了不再对她用读心术便不会再用，但在这一刻，依旧有被人看穿的胆怯。

然而他停了许久，只是叹了一口气："你好像真的是有点变了啊……阿颜。你真的从此听话，再不会乱来了吗？"

"是的。"她震力了一下，竭力维持着平静，"你以前在苏萨哈鲁，不是教训过我吗？身为赤之一族郡主，既然平时受子民供养，锦衣玉食，享尽万人之上的福分——那么参与家族联姻这种事，也是理所应当的尽责……"

说到后面，她的声音越来越轻，终于停住了。

时影默默地听着，唇角掠过一丝苦笑——是的，这些话，都是当日他教训她时亲口说过的，如今从她嘴里原样说出来，几乎有一种刻骨的讽刺。那时候他恨铁不成钢，如今她成长了，懂事了，学会考虑大局了，他难道不应该赞赏有加吗？

"既然你都想定了，那就好。"许久，他终于开了口，"我……也放心了。"

"嗯。"她垂下了头去，声音很轻，"多谢师父关心。"

那一声师父令他微微震了震，忽然正色道："以后就不要再叫我师父了，你从来都不是九嶷神庙的正式弟子。现在你应该叫我皇太子殿下——再过一阵子，就应该叫帝君了。"

她愣了一下，一时间不知道该怎么回答。

他却已经再不看她，拂袖转身，只淡淡留下了一句话："好了，你早点回去休息吧……我明天来赤王府的时候，你可以不必出来迎接。"

时影抬起了手。天空里传来一阵"扑簌簌"的声响，绿荫深处有一只雪白的鹞鹰飞来。时影跃上了重明神鸟，眼神里有无数复杂的情绪，却终究化为沉默。

"按你的想法好好去生活吧。"时影最后回头看了她一眼，眼神变得温和，几不可闻地叹了一口气，"再见，阿颜。"

朱颜看着他转身，心里大痛，却说不出话来。

"等一下，我还有一个问题要……"在他离开的那一瞬，朱颜忽地想起了还要问时雨的事情，却已经来不及了——重明神鸟展翅飞去，转瞬在暮色里变成目力不能及的小小一点。

　　时雨呢？他去了哪里？是不是……已经死了？是不是你做的？

　　然而，她曾经想过要帮雪莺问的这个问题，终究没来得及问出口。

【未完待续】

图书在版编目（CIP）数据

朱颜. 完结篇：全2册 / 沧月著. — 南京：江苏
凤凰文艺出版社，2021.10（2022.1重印）
ISBN 978-7-5594-6204-6

Ⅰ.①朱… Ⅱ.①沧… Ⅲ.①长篇小说 – 中国 – 当代
Ⅳ.① I247.5

中国版本图书馆 CIP 数据核字 (2021) 第 167109 号

朱颜 ．完结篇：全2册

沧月 著

策　　划	北京记忆坊文化
特约策划	暖　暖
特约编辑	莫桃桃
责任编辑	白　涵
封面绘图	容　境
卡册绘图	非洲考拉
封面设计	80 零·小贾
版式设计	赵凌云
出版发行	江苏凤凰文艺出版社
	南京市中央路 165 号，邮编：210009
网　　址	http://www.jswenyi.com
印　　刷	环球东方（北京）印务有限公司
开　　本	670 毫米 × 970 毫米 1/16
字　　数	467 千字
印　　张	30
版　　次	2021 年 10 月第 1 版
印　　次	2022 年 1 月第 2 次印刷
书　　号	ISBN 978-7-5594-6204-6
定　　价	78.00 元（全二册）

MEMORY HOUSE

记忆坊文化

朱颜

ZHU YAN

「完结篇」（全二册）下

沧月 著

江苏凤凰文艺出版社

JIANGSU PHOENIX LITERATURE AND
ART PUBLISHING

目录

ZHU
YAN

第十五章

弃子

　　然而，朱颜没有听从他的劝告。第二日，当新皇太子莅临赤王府行宫，代替帝君前来赏赐藩王时，她也跟着父母走了出来。

　　她没想到他这一次来时的阵仗会那么大，赤王夫妇双双出来迎接，三呼万岁，叩首谢恩，而她怔怔地看着阖府上下乌压压一片人头，心里一阵阵别扭，站在那里似乎僵硬一般动也不动。

　　一边的盛嬷嬷焦急地扯了扯她，低声："郡主，还不跪下？"

　　她愣了一下，忽然间明白了过来。昨天他让她不必出来，就是不想让她看到这一幕吧？如今他已经是空桑的皇太子，未来的帝君。君臣大纲，贵贱有别。只要一见面，她的父母要向他下跪，她也要向他下跪！

　　他们之间，已经如同云泥一般遥不可及。

　　念及这一点，她心里便如同雷击一样震动，意识一片空白。

　　在一片匍匐的人群中，只有赤之一族的小郡主是站着的。而时影只是淡然看了她一眼，并没有任何表示，抬起手，令赤王一家平身。

　　新皇太子按照礼节，向赤王宣示空桑帝君的恩宠：一箱箱的贺礼依次打开，无数的珍宝，无数的赏赐，耀眼夺目。唱礼官不停地报着名字，府里的侍女们不时发出低低的惊呼。

　　然而，朱颜在一边看着，眼神淡淡的。这些东西，对她来说又有什么意义呢？不过是买下她一生自由的出价而已……

　　御赐的贺信交付完毕，时影坐下来和赤王夫妇略略寒暄了几句，便切入了正题，径直提问："不知大婚的时间定下来了没有？白赤两族的长子长女联姻，关系重大，到时候，我会替帝君前来主持。"

　　朱颜猛然一震，几乎将手里的茶盏跌落。

　　他……他来主持？为什么是他？他……他怎么会答应这种事的？！她震惊莫名地看向他，然而皇太子只是转头看着赤王，并没有分心看上她一眼。

　　"多谢帝君和皇太子殿下的隆恩！"赤王谢过了恩，恭恭敬敬地回禀，"婚礼的日期已经择好了，只是尚要和白王商议——等一旦定下来，便立刻知会皇太子。"

　　时影神色不动，淡淡道："目下是云荒非常时期，大约要办得仓促一些了，未免有些委屈了朱颜郡主。"

　　说到这里，他终于看了朱颜一眼，眼神却是平静无波。

　　她心里一跳，只觉得手指抖得几乎拿不住茶盏。耳边却听父王笑道："这些繁文缛节，其实并不重要。古人战时还有阵前成亲的呢。"

　　双方絮絮谈了几句其他的，赤王妃眼看大家谈得入港，便在一旁笑着开了口："婚娶乃是大事——帝君龙体不安，大约也急着想看到皇太子殿下大婚吧？不知皇太子妃的册立，殿下如今心里可有人选？"

　　皇太子妃？朱颜又是一震，这次茶盏从手里直接落了下去。

　　时影没有看她一眼，手指却在袍袖底下无声无息地迅速一划——刹那间，那个快要掉落在地面的茶盏瞬间反向飞起，"唰"的一声又回到了她的手中，竟是一滴水都不曾溅出！

　　这一瞬间的变化，满堂无人知晓，他更是连看也没看她一眼。朱颜惊疑不定地握着茶盏，心里七上八下，却只听时影淡淡地开了口，气定神闲地回答了这个问题："两天之后，在下会去一趟白王府邸，和白王商量此事——按惯例，应该就在白王四位未出嫁的女儿之中选一个吧。"

　　"白王的千金个个美貌贤淑，足以母仪天下。"赤王笑着开口，"祝皇太子殿下早日得配佳偶，云荒也好共享喜庆。"

"多谢赤王吉言。"时影微微一笑，放下茶盏，起身告退。

在最后一刻，他的眼神淡淡地扫过她，神色不动。朱颜想说什么，却又说不出来——这一次的见面，从头到尾，他们都没有机会说上一句话，她只能旁观着，听着他和自己父母应酬寒暄，就如同看着陌生人一样。

咫尺天涯，再会无期。

"恭送皇太子殿下！"当他离开的时候，再一次地，赤王府所有的人都匍匐下跪，只有朱颜怔怔地站在那里，看着他的背影——师父他……他要娶妻了？是啊，他已经再也不是九嶷神庙的大神官了，作为帝君唯一的继承人、空桑的皇太子，他必然是要娶妻的，而且必须要从白之一族的王室里选取皇太子妃。

一切都理所应当。可是……这一切，怎么会发生得这么快？快得简直不真实，完全令人无法接受——就像是昨日他刚刚在她怀里死去，今日却忽然变换了一个身份，重新来到这个世间一样！

是他失去了所有的记忆，还是她忘记了？

"郡主，你还不快……"盛嬷嬷看到郡主又在那里发呆，忍不住焦急地抬起手，想扯住她的衣襟让她一起下跪。

然而朱颜微微甩了一下袖子，只是一瞬，整个人就忽然消失了。

八匹装饰华丽的骏马，拉着描金绘彩的皇家马车，停在了王府门口。车上有着银色的双翼，是空桑帝王之血的皇室徽章。等时影坐入马车，大内侍从便从外面关上了门，拉上了帘子。车内华丽宽敞，并无一个侍从。然而，帘子刚一合上，又微微动了一动。

时影端坐在车内，蹙了蹙眉头，忽然对着虚空开了口："你跟来做什么？"

"啊……"马车里空无一人，却有一个声音低低地开口，似乎带着一丝懊恼，"你……你看出来了？"

密闭的车厢里似乎有风微微掠过，旋转着落地。"唰"的一声，一个人影从半空现了形，明眸皓齿，顾盼生辉，正是赤王府的小郡主。

"像你说的，如果同时施用隐身术和缩地术，就能出现新的术法。"朱颜回顾了一下自己方才瞬间的身手，语气里有一丝得意，"刚才这个术，连我父王都没看出来呢……"

时影眉头动了一动，似是掠过赞赏之意，却并没有说话。六王是云荒里仅次于帝君的人物，要在眼皮底下瞒过赤王施用术法，已经是很了不得的修为——这个小丫头还真是聪明，他只是略微点拨，立刻便能举一反三。

然而，他没有接她的话题："你身为即将出嫁的赤之一族郡主，这样忽然跑到我的马车里来，万一被人知道，会给各方造成很大困扰……在没有被人觉察之前，赶快离开吧。"

朱颜是一时冲动才跟了上来，听到他如此公事公办的语气，心里刚才那点血勇和冲动冷了下来，半晌才讷讷："刚才……刚才那边的人太多了，一直没机会问你问题，所以才忍不住跑过来……"

时影怔了一下，神色有些异样："你……要问什么？"

朱颜一跺脚："你为什么要来主持婚典？"

"就问这个？"时影不知为何松了一口气，端坐在马车里，目不斜视地看着前方，语声平静冷淡，"我如今是皇太子，既然帝君病了，我只能替他出面，向臣子藩王们施恩以笼络人心——如此而已。"

"可是……可是……"她说了几个"可是"，却不知道如何组织下面的话。

"可是我若是来插手此事，会让你觉得很不舒服，是不是？"他却仿佛猜到了她的想法，淡淡回答，"你不能因为自己觉得心里不舒服，就拒绝帝君的恩赐——你不是说自己已经懂事了吗？既然都已经想定了主意要嫁，怎么会还在这些小事上闹别扭？"

她一时无言以对。

是的，既然她都已经决定了要嫁给白凤麟，为什么还要在意谁来主婚？这些细枝末节，和嫁给谁相比起来又有什么意义？朱颜嘴唇动了动，脸色灰白地垂下了头，过了片刻，还是忍不住开了口："你……你真的要册立太子妃吗？"

"当然。"时影连眼角都没有动，"哪个帝君能没有皇后？"

朱颜沉默了下去，再也不说话了。

马车在飞驰，车里的气氛仿佛是凝固了。转眼间马车已经疾驰出了三条街，时影直视着前方，淡淡道："前面快到禁宫了，你该回去了。"

朱颜怔了怔，忽然冲口道："我……我还有一个问题要问你！"

时影皱了皱眉头："什么事？"

"那个……那个原来的皇太子，时雨。"她咬了咬牙，终于鼓起勇气开了口，"他如今怎样了？你知道他的消息吗？"

时影一震，似乎是没想到她会问出这个问题，终于回头看了她一眼，眼神深而冷："为什么问这个？"

朱颜低声："因为他是雪莺的心上人！"

时影眉头皱了一下眉头："白之一族的雪莺郡主？"

"嗯。你知道她？"朱颜没想到他对自己的情况居然了如指掌，也不由得有些意外，"她为时雨茶饭不思，担心得要命……唉，我怕再这样下去她真的会想不开……"

时影没有正面回答这个问题，只是淡淡道："你不要管别人的事。"

"雪莺她是我最好的朋友！"朱颜看到他没有否认，心知不妙，心里直直沉了下去，"她……她都怀疑是你杀了皇太子！我气得差点和她吵起来。如果早点找到你弟弟，她就不会那么无端端怀疑你了！"

"无端端？"时影沉默了一瞬，忽然淡淡道，"怎么，你就这么坚信我是无辜的吗？"

"什么？"朱颜猛然一震，一时间说不出话来。

"阿颜，不要装了。当你在紫宸殿深处看到我的时候，难道心里就没有一丝疑虑？"时影端坐在皇室御用马车里，穿着皇太子的礼服，声音淡淡，却是深不见底，"我为什么会回到帝都？我和大司命之间有什么协议？我为了夺回原本属于我的东西，又付出了什么样的代价？这些，你都不会不曾想过吧？"

"可……可是……"她呆住了，看着他，声音里透着一种坚决，"无论如何，师父你都不可能会是这种人！"

"哪种人？"时影看了她一眼，眉宇间掠过一丝讥诮，"呵……你真的知道我是怎样的人吗？"

朱颜无法说什么，只觉得他的语气里有一柄冰冷的刀，一寸寸地切割下来，把她从他身边彻底分离出去——说真的，即便相处多年，对她来说，他也一直仿佛在极遥远的地方，无法触及，甚至无法看清。他们之间最近的那一刻，或许是在他临死对她说出那句话的时候。

——也就在那一刻，她才发现其实师父的内心完全不是她所能捉摸的。

而到了此刻，即将成为帝君的他，内心又是如何？

她依旧是云里雾里，永远不能看清楚他的真实模样。

"告诉雪莺郡主，不必再等时雨了。"时影转头平视着前方，语气冰冷，一字一句，"他再也不会回来了。"

"什么？"朱颜惊呆在当地，一时间如同有冰雪当头泼下，寒冷彻骨，"天啊！难道……难道雪莺说的是真的吗？师父，这一切，都是你做的？"

时影的手在膝盖上无声地握紧，却没有否认这个罪名，顿了顿，忽然有些烦躁地厉声说了一句："我说过，从此后不要再叫我师父了！"

她说不出话来，只觉得胸中寒冷如冰，过了片刻，终于艰难地再度开口，似乎不听到答案就不会死心："那么，请问皇太子殿下……时雨，是真的死了吗？"

时影直视着前方，语气平静冰冷："是。"

朱颜震了一下，半晌才不敢相信地追问："是……你做的？"

"你觉得呢？"时影冷冷，却并没有否认，"是又如何？"

朱颜身子晃了一晃，只觉得脑子里一片空白。她踉跄着往后退了一步，靠在了马车上，仿佛不认识一样地看着这个熟悉的人，眼里的神色几度激烈地变幻。

马车里许久不曾有任何声音。

不知道过了多久，时影转过头来，看了身侧一眼，似乎是想要分辩一些什么——然而，出乎意料地，她已经不在那儿了。生平第一次，她的术法居然骗过了他，就这样无声无息地在他的面前消失。

"阿颜！"那一瞬，他忍不住低低唤了一声。

当马车从街道尽头消失后，朱颜出现在街角，脸色苍白。她踉踉跄跄地往回走着，脚步虚浮，魂不守舍。

"我说过，从此后不要再叫我师父了！"

那句话一直在她脑海里回响，令人几乎喘不上气来。她神志恍惚地往前走着，不辨方向。忽然间一个踉跄，撞到了什么。

"哎哟……痛痛！"被撞倒的是一个孩子，手里拿着一串吹糖做的小人儿，正捂着额头发出了痛呼，小手白皙如玉，面容清秀可爱。

朱颜眼睛一瞥，失声："小兔崽子？你跑哪儿去了？！"

她把那个跌倒的孩子拉了起来，用力抱住。

"阿娘！阿娘！救命！"那个孩子却拼命挣扎，惊声尖叫起来。朱颜看清楚了那个孩子的脸，怔了怔，放开手来——是的，这不是苏摩……这个孩子有着黑色的长发和眼眸，明显是空桑人，只是她方才心神恍惚，居然看错了。

她的这一生里，为何会有这么多次看错人的时候？

在伽蓝帝都的行宫里，管家正在书房向赤王禀近日的情况，诸事一一交代完毕，最后说了一句："请王爷放心。属下看这次郡主回来后有了不少改变，真的已经变得懂事多了。"

"希望如此吧……"赤王叹了口气，揉着太阳穴，"这丫头，从小就天不怕地不怕，现在经历了这许多事，她也该长大一点了。"

"只是……"管家沉吟着，有些不安。

"怎么？"赤王皱起了眉头，看着这个心腹，"有话直说！"

"有件事属下有点担心。"管家叹了口气，有些忧虑，"郡主还是非常挂念那个小鲛人，虽然身在帝都，还再三再四地吩咐属下去找……"

"那你到底找到了没？"赤王皱眉。

"禀告王爷，的确是找到了。"管家四顾看了看周围，凑过去，压低了声音，"昨日刚刚接到叶城那边的消息，说有个衣衫褴褛的小鲛人在半夜敲门，门一开，就昏倒在了叶城行宫外……"

"什么？"赤王跳了起来，"那小兔崽子……回来了？"

"是啊，那小家伙还真是命大。"管家吃不准赤王对待此事的态度，小心翼翼地措辞，看着藩王的脸色，"不知道那小家伙这些日子去了哪儿——大夫说这孩子看样子很虚弱，似乎跋涉了上千里才回到叶城。"

赤王变了脸色，脱口而出："该死！这事千万不能让阿颜知道。"

咦？原来王爷并不希望这件事发生？管家瞬间摸清楚了赤王的心意，连忙道："是！幸亏那小兔崽子回来的时候，郡主已经离开叶城了——属下第一时间已经让那边的侍卫长把那个小兔崽子单独隔离起来，派了两个心腹侍女去看着，不让外人知道此事。"

"做得好。"赤王松了一口气，越想越烦，一时间眼里全是怒意，"怎么又是鲛人！上次府里的那个鲛人给我们惹来的麻烦还不够吗？"

"是。"知道了自己该站哪一边，管家连忙点头，"属下已经派了人将那个兔崽子严密看管起来，绝对不会让他再有机会跑掉！"

"看管什么？"赤王听到此话，却是怒斥，"还不赶紧处理掉！"

"可是……郡主的脾气王爷也是知道的。"管家有些为难，小心翼翼地措辞，"若是找不到那个孩子，她如何肯善罢甘休？"

"那你就想想办法，打消她这个念头！你不是号称智囊吗？"赤王恨铁不成钢地看着这个心腹，"明日你不用陪着我进宫，先抽身回一趟叶城那边处理好这件事——务必干净利落，不能再让那个小兔崽子出现在阿颜面前！"

"是。"管家连忙点头，"属下知道王爷的意思了！"

赤王顿了一顿，忽然盯着他，再次反问："真的知道了？"

管家看到赤王的眼神，暗自打了个冷战，重重点了点头："是的，属下知道了！不论用什么手段，一定让那小兔崽子从此消失！"

赤王的声音很冷："而且，要毫无痕迹永绝后患。"

"是！"管家点头，连忙退下。

赤王重重拍了一下案几，长叹了一声，神色复杂——阿颜，你可别怪父王狠心。目下空桑大变将至，作为赤之一族唯一的郡主，你马上就要和白之一族联姻了，怎能为了一个鲛人小奴隶而影响两族日后的和睦？前车之鉴已经摆在那里了。无论如何，我也不能让昔年渊的事情重演！

所以，这个潜在的祸端，就让父王替你早点清除了吧！

就如当初，我替你清除了玉绯和云缦一样。

镜湖南端的叶城，入夜之后灯火辉煌，如同一颗璀璨的明珠镶嵌在大海边际，昭示着它作为云荒最繁华城市的地位。

叶城赤王府行宫里，有人借着烛光，端详着榻上沉睡的孩子。

"还没醒？"一个侍女叹了口气，"可怜见的，瘦得都只剩下一口气了。"

"这个孩子应该是走了很长的路，脚上都是水泡。"另一个年长的侍女也叹了口气，"大夫说昏倒前他至少已经三天没吃过饭了——身上除了一个傀儡偶人，什么都没带，也不知道这一路怎么活下来的。"

"傀儡偶人？"年轻侍女却好奇起来。

"是啊，在这里。"年长的侍女指了指床头的柜子，那里有一个布包，"那个偶人，和这个孩子长得一模一样。"

"是吗？"年轻的侍女走过去，小心翼翼地打开看了一眼，不由得低声惊呼起来——那是一个不足一尺的小小的偶人，不知道是什么材料做的，手感很柔软，五官清晰，每一个关节上都钉着一枚金色的刺，不知道是什么材质做成，四肢软软地垂落，一动不动。

"咦，做得好精致，关节还能活动呢！"年轻的侍女好奇地拉起了小偶人的手臂，"看上去，像是那些傀儡戏里的傀儡娃娃呢！"

一边说着，她一边忍不住拿起一块手帕给那个娃娃围了一件小衣服，用别针别起来，看上去就像是定做好的衣服一样。

"哎，真的和这个孩子长得几乎一模一样呢！"年轻的侍女给那个小偶人穿好了小衣服，端详了一下，忍不住惊叹，"这工艺，真是巧了！"

那个小偶人睁着眼睛看着她们两人，在灯火下，那湛碧色的眼眸似乎是活的，看着年轻的侍女，似乎还顽皮地眨了一眨眼。年轻的侍女吓了一大跳，"啪"的一声将它扔回了桌子上，往后退了一步："这……这东西，好奇怪啊！"

"是啊，看着就不大舒服。"年长的侍女道，"还是包起来吧。"

"嗯。"年轻的侍女连忙将布包重新包好，不敢再看那个小偶人的眼睛，嘀咕，"这孩子身上为何会有这种东西？"

"不知道。"年长的侍女摇了摇头，看了一眼昏迷的病弱孩童，叹了口气，"听说这孩子是郡主最近收养的小奴隶，很受宠爱，在前段时间的复国军叛乱里走丢了——大家都以为再也找不回来了呢，结果居然自己回了赤王府。"

"自己回来的？"年轻侍女吃了一惊，看这个昏睡中的小鲛人，露出不可思议的表情，"这些鲛人奴隶个个不听话，一个看管不严便想方设法地逃走，这个小家伙居然还千辛万苦一路找回来？"

"可能是郡主对他很好吧。"年长的侍女轻叹，"只可惜……"

"是啊！"年轻侍女想起了什么，也忍不住颤抖起一下，再度注视着榻上昏迷的小鲛人，忍不住低声，"真不知道管家为什么要这样对付一个小孩子……难道郡主会同意吗？"

"嘘。这你就不要多问了，照着上面吩咐的去说去做就是了。"年长的侍女淡淡道，"在王府里，多嘴多舌的人经常不会有好下场。"

"是的！"年轻侍女连忙点头，缄口不言。

"也不是什么多难的事，哄个孩子而已。"年长的侍女看了一眼紧张的同伴，笑了一笑，"你进府也有好几年了，难道还对付不了一个七八岁的孩子？等把这孩子顺利哄走了，总管大人重重有赏。"

"是。"年轻侍女连忙点头。

又沉默了一会儿，榻上那个昏睡的小奴隶还是没有醒，灯影下的脸是如此苍白，长长的睫毛覆盖在脸颊上，虽然只是一个孩童，却已经有着惊心动魄的美丽。两位侍女静默地看了一瞬，一时间都有些说不出话来。

"难怪郡主那么喜欢这个小家伙，这么漂亮的孩子……简直不像是这个人间所有啊！"年轻的侍女毕竟心软，喃喃。

话说到这里，灯下的人忽然动了一动。

"哎呀，他醒了？！"年轻侍女惊喜地叫了一声。

灯影下，一双湛碧色的瞳子吃力地睁了开来，茫然地凝望着光亮的来源，嘴唇翕动着，微弱地说了一句什么。

"你醒了？"年长的侍女抬起手，将小鲛人脸上散乱的发丝掠了开去，替他擦了擦额头的冷汗，用慈爱的语调道，"我叫若萍，她叫小蕙，都是赤王府的人。你感觉怎么样？要喝点水吗？"

那个小鲛人没有说话，只是茫然地看着她们，瞳孔里的表情是散乱的，似乎一时间还没回忆起自己在什么地方——然而，当侍女的手指拂过他额头的时候，那个孩子忽然震了一下，下意识地把她的手推了出去！

"不要碰我！"孩子尖厉地叫了起来，"滚开。"

若萍一时不防，差点一个跟跄跌倒在地。小蕙连忙扶住她，一回头，却吓得尖叫了一声——那个孩子已经坐起来了，蜷缩在墙角，手里却握住了案头原本用来削水果的一把小刀！在灯光下看起来，孩子的眼睛特别亮，有可怕的敌意和戒备，如同一只准备扑过来噬人的野兽。

"你们是谁？不……不要靠近我。"孩子竭力想要撑住身体，声音却虚弱之极，喃喃，"我……我要见姐姐。"

"姐姐？"若萍毕竟老成一些，定了定神，"你说的是朱颜郡主吗？"

苏摩握着刀，不作声地点了一下头："她在哪里？"

"郡主她不在府邸里。"若萍放缓了口气，小心翼翼地不去触怒这个孩子，"她前几日跟着王爷一起进京了。"

"啊？"孩子怔了一怔，声音里满怀失望，"那……盛嬷嬷呢？"

若萍摇头："也跟着郡主一起进京了。"

"什么？"孩子手里的刀尖抖了抖，"她们……她们都走了？"

从苍梧之渊到这里，这一路漫长而困顿，迢迢万里。他不知道吃了多少苦，好容易才回到了叶城——可是，姐姐已经不在这里了？她……她不是说任何时候都不会扔下自己不管的吗？

看到他这样的神色，若萍和小蕙对视了一眼。若萍开了口，声音温柔，试图安慰这个剑拔弩张的小鲛人："别怕，就算郡主不在，我们也会照顾你的，快把手里的刀放下来！"

"她……她去做什么了？"孩子却不肯松懈，握着刀看着她们，问，"她什么时候回来？"

"郡主跟着王爷、王妃进京觐见帝君去了。"若萍按照管家的吩咐，一句一句地说了下去，谨慎地看着孩子的神色，"帝君要主持白赤两族联姻。等大婚典礼完毕，郡主也不会回赤王府，大概直接就去叶城的总督府夫家了。"

"什么？"那个鲛人孩子吃了一惊，"联姻？"

"是啊，郡主嫁了个好夫婿呢。"小蕙满心欢喜地道，和若萍一搭一档，"她要嫁给叶城总督白风麟了，将来多半还会是白王妃！"

孩子忽然间厉声道："骗人！"

若萍和小蕙同时被吓了一跳："怎么？"

"你们骗人！"孩子握着刀，刀尖在剧烈地发抖，声音带着愤怒和不信，瞪着她们两个，"她……她和我说过，她喜欢的明明是一个鲛人！怎么会去嫁给叶城总督，做什么白王妃？你们……你们骗人！"

孩子的眼睛里似乎有一团火在燃烧，愤怒中却是条理分明，反驳得让两个心机玲珑的侍女竟然不由得一怔，一时间哑口无言。

这个鲛人孩子，竟是有点难哄？

"我们可没有骗你。"若萍定了定神，连忙开口道，"你出去问问，全天下都知道我们家的朱颜郡主要出嫁了！真的！"

或许听出了她话里的底气，孩子不说话了，沉默了片刻，忽然开了口，声音细细的，有些发抖："那……那她有说什么时候来接我吗？"

那一刻，孩童湛碧色的瞳孔里浮出一种无措。小蕙毕竟年轻，看在眼里，心里居然也觉得一痛，下面总管交代过的话便怎么也说不出口。旁边的若萍瞪了她一眼，连忙笑着开口："你不用着急，郡主早就吩咐过啦！她让我们把丹书身契还给你，放你自由，还给你留了一千个金铢呢。"

"什……什么？"苏摩愣了一下，眼里露出不敢相信的表情。

"放心，郡主想的可周全呢。"若萍将丹书身契拿出来，放在案头，笑道，"把这个拿回去，你就是自由身了！不用做奴隶，想去哪儿就去哪儿，云荒上不知道有多少鲛人都会羡慕你……"

孩子怔了怔，看着灯下的那张纸——那的确是他的身契，上面还有叶城总督的签名和印章，原本是在朱颜手里存着的，此刻却被拿到了这里。那么说来，这一切安排，真的是她的意思了？

苏摩沉默了半晌，终于开了口："姐姐……她是不要我了吗？"

若萍和小蕙对视了一眼，知道到了关键，便尽量把语气放得委婉："唉，郡主也是为你好……她已经嫁人了，总不能带着一个鲛人小奴隶过门啊！要知道总督大人可不喜欢家里养个鲛人——"

然而，话音未落，那个孩子忽地跳下地来，一把拿起那个人偶往外便走。

"喂，你要去哪里？"小蕙急了，连忙追上去扯住他，忽然间痛呼了一声，松开手来。滚烫的鲜血从指间滴落，竟然是被割了一刀！

"滚开！不许碰我！"那个孩子拿着滴着血的刀，回指着她们两个，眼神是恶狠狠的，"我要去帝都找她问个清楚！姐姐不会不要我的……她不会去嫁给什么叶城总督！你们这些人的话，我一句也不信！"

孩子几乎是喊着说完了那些话，握着短刀，头也不回地跨出了房门。

"快回来！"没想到这个孩子性格这么桀骜不驯，事情急转直下，连若萍都忍不住慌乱了起来，连忙提着裙裾追了出去——怎么能让这个孩子跑了呢？管家大人吩咐下来的事要是办砸了，那就……

然而她提着裙裾，怎么也跑不快，追不上那个孩子。

眼看着苏摩就要推开花园的门跑出去，夜里忽然有一个黑影从门口掠过，出手如电，一下子重重击在了孩子的后脑！

苏摩连一声都没喊出来，就往前倒了下去。

"怎么搞的，两个人还看不住一个孩子？"来人低叱，将昏迷的孩子单手拎起来，蜂腰猿臂，彪悍有力，却是赤王行宫里的侍卫长。

"大人！"若萍惊喜交加地看着眼前从天而降的人，"还好你来了！"

"真是没用。"侍卫长看了看守孩子的侍女一眼，冷冷，"哄个孩子都做不到？还好我来得及时，否则让他跑了怎么办！"

"大人您不知道，这……这孩子好邪门啊！"小蕙捂着伤口，又惊又怕，忍不住哭了起来，"小小的年纪，竟然敢动刀子杀人！"

"幸亏大人您及时赶到。"若萍连忙道，"不然就真的麻烦了。"

"这个小兔崽子，敬酒不吃吃罚酒！"侍卫长将孩子扛上了肩膀，在夜色里回头看了两个侍女，忽然叹了口气，"唉，你们两个，也真是不走运。"

什么意思？那一眼的神色有些异样，若萍毕竟年长一些，下意识往后退了一步。然而她脚步刚刚一动，一道雪亮的光便已经掠了过来。

"呀——"小蕙想要逃，然而尖叫尚未出喉便中断了。

侍卫长带着昏迷的孩子，头也不回地离开，背后留下了两具侍女的尸体。

按照总管的吩咐，这事情极度机密，无论成败，一个活口都不能留——原本即便是计划顺利，这个鲛人孩子信以为真拿了钱，永远地走了，这两个女人也是要被灭口的。更何况如今第一个计划完全失败了？

侍卫长带着苏摩，正准备离开赤王行宫。忽然间，黑暗的最深处传来了一个人的声音："怎么，她们俩没瞒过这孩子？"

侍卫长听出了是谁的声音，不由得失声："总管大人？"

他的脸色也"唰"地变了，下意识往后退了一步，几乎把手里的孩子砸到了地上——是的，那个站在花园黑暗角落里的人，赫然是赤王府的大总管！

"怎么，被我吓了一跳？"总管看到侍卫长脸上的表情，不由得笑了一声，"见鬼了一样。"

"您……您不是陪着赤王进京觐见帝君了吗？"侍卫长讷讷，惊魂不定，"怎么会……怎么会忽然出现在行宫？"

"唉，赤王对这小鬼的事情太上心，非要我连夜过来盯紧。"总管摇了摇头，"怎么，都轮到你出手了？若萍她们没能搞定他吗？"

"是啊。"侍卫长定了定神，吐出一口气来，"这孩子人小鬼大，可精明着呢！无论怎么劝，他都非要去找郡主当面问清楚，连若萍这种人精都骗不过他。一个不小心还被他逃了出来。"

"还真是不知好歹。"总管皱了皱眉头，看着那个小小的鲛人孩子，眼里掠过一丝冷意，"本来还想做得缓和一点，只要这小兔崽子死了心乖乖离开，就留他一条命的，没想到他这么不领情。怨谁呢？"

昏迷的孩子毫无知觉地转头，手里抓着那个小小的人偶，脸庞精致美丽，也宛如一个娃娃。

"可惜了。"总管声音里也带着一丝惋惜，摆了摆手，吩咐，"把这孩子连夜处理掉吧，尸体也不能留，扔到海里去——就当作这个孩子从此失踪，从来没有返回过行宫一样。"

"是！"侍卫长领命，一把将孩子拖了起来。

"动作快一点，我明天还要赶着回帝都参加大婚典礼呢！"总管在后面叮嘱了一句，"处理完毕后，带个信物回来，我也好向王爷交代。"

"是。"侍卫长颔首，点足"唰"地一跃，离开了行宫。

入夜后，外面的风很冷。侍卫长扛着昏迷的孩子几个起落，掠过了无人的海滩，在一块礁石上停了下来。他将孩子放了下来，踩在脚底，抽出长刀

"唰"地插入了沙滩，四顾看了看。

那里，居然已经有几个人影在等着，静默无声。

"孩子带来了吗？"带头的那个人开口问，声音苍老，眼睛在冷月下看来是湛碧色的，在风帽里露出一缕发白的淡蓝色头发，竟赫然是个鲛人！

"已经带到了。"侍卫长将孩子从肩上放下，"差点出了意外。"

看到苏摩落地的瞬间，老人身后一个蒙面的女子发出了低低的惊呼，瞬间冲过去将那个孩子抱了起来，看了又看，眼里有泪光。

"是他。"那个女子回头，对着老人颔首确认。

泉长老松了一口气，对侍卫长点了点头："辛苦了。"

"好险。"侍卫长拍了拍手，吐出一口气，"我今晚刚打算把这小家伙私下带出来，不料总管却忽然从帝都赶回了行宫！差点就露出马脚——还好总管不喜欢见血，没有跟着来，否则岂不露馅？"

"怎么？"泉长老神色肃然，"难道赤王发现了我们的交易？"

"这倒是没有。"侍卫长想了一想，道，"我猜大概是因为郡主曾经被那个叫渊的鲛人迷得神魂颠倒，所以赤王不想再让她和鲛人扯上任何关系了吧？即便是一个孩子，也宁可错杀，不可放过。"

"原来如此。"泉长老和身后的几个人一震，相互交换了一下眼色——这些空桑贵族一贯冷血自私，如果赤王真的那样打算，倒也正中他们下怀。从此后，这个孩子便将和赤王府没有任何关系。

侍卫长皱了皱眉头："我要的东西呢？"

"不会少你的。"泉长老身后的女子上前一步，将一个沉甸甸的袋子交到了他的手里，"一万金铢，你点一下。"

"不用了。"侍卫长只是在手里掂量了一下，便大概知道了数目，"还有说好的另一样东西呢？没有那个，我可没办法回去交差。"

"这里。"泉长老淡淡点头，身后另一个人将一物放到了地上。那是一个长长的布包，揭开来，里面赫然是一个死去的孩童——小小的身体佝偻成一团，瘦得形销骨立，淡蓝色的长发纠结成一团。

"已经死了？"侍卫长有些不满，"怎么不找个活的替身？万一不小心被看出来……"

"在西市找了一圈，也只有这个比较像，其他奴隶的年龄身材都不符合。"泉长老简短地打断了他的不满，淡淡道，"我们给这个孩子易过容，一般人看不出来，足够瞒过赤王府总管。"

"算了。"侍卫长嘀咕了一声，走过去就是一刀，"唰"地将那个孩童尸体的头颅给斩了下来，提在了手里，"估计勉强也能交差。"

"啊！"当他砍下孩童尸体头颅的那一瞬，那个蒙面女子下意识地发出了惊呼，声音极惨痛。侍卫长忍不住转身看了一眼，眼神里流露出一丝诧异："奇怪……你的声音有点熟，我是不是在哪里见过你？"

那个女子转过了头，不再和他视线对接，手指微微发抖。

"好了。"泉长老咳嗽了一声，打断了他们的话，"一万金铢差不多是你十年的俸禄了吧？不相关的事情，就不要多问了。"

侍卫长将视线从女子身上移开，看了一眼手里的金铢，笑了一笑："也是。"他收好了钱，弯腰将那个孩童的头颅提了起来，"我回去交差了。今日之事，就当没发生过。"

"后会无期。"泉长老声音冷淡，目送他离开。

黎明前的大海分外黑暗，只有隐约的涛声从天际而来，回荡在耳边。老人走到海滩上，屈膝跪下，将那一具无头的孩童尸体收殓好，长长叹了口气，又看了看女子怀里昏迷的小孩。

"你觉得，这孩子真的能成为海皇吗？"背后有人开口，却是三长老中的另外两个，语气沉重，"如此叛逆，心里无家也无国——在苍梧之渊被龙神认可之后，他不但没有接受海皇的身份，反而竭力想要逃离！"

"他如今也不过是个孩子，还没有真正意识到自己肩上的担子吧？"泉长老叹息，"改变一个孩子的心意，还是容易的。"

三位长老都沉默了下去，不再说话。

"先让如意照顾他吧……就不要带这个孩子回镜湖大营了，找个安全的地方安顿下来再说。"思考了许久，泉长老开了口，"这孩子性格桀骜不驯，把他强行带回复国军那边，迫使他肩负起领袖的重担，并不是好主意。"

另外两位长老蹙眉："那该怎么办？"

"一步一步来。"泉长老点了点头，"回头要除掉这个赤王府的侍卫长，免得留下线索，让空桑人追查到这边。"

"好。"涧长老点头，胸有成竹地回答，"这个人爱喝酒赌钱，经常欠债，所以才会被我们收买——让银钩赌坊的老板娘安排一次，就说是赌徒之间输红了眼动了手，趁乱把他杀了灭口。"

"好，就这样安排。"泉长老点了点头，顿了顿，又道，"天可怜见，现在这个孩子终于平安回到我们手里了。"

"我们一定要让这个孩子斩断一切羁绊，成为真正的海皇！"

第十六章

同族

　　一个平淡无奇的夜晚，一个鲛人孩子在叶城的海边悄然"死去"了，没有任何人知晓。第二日，赤王府的总管在亲自检视过孩童的人头之后，返回帝都复命——所有的一切仿佛如同叶子上的露水，悄然消失。

　　而在一个拥挤简陋的院子里，那个"死去"的孩子醒了过来。

　　他茫然地睁开了眼睛，却旋即因为刺目的日光而重新闭上了——这是哪里？他是死了，还是活着？

　　"这家伙是谁啊？从哪里来的？"耳边模糊听到话语，同样是孩子的声音，"又瘦又脏，像个猫似的。"

　　"不知道，一早醒来就看到他躺在这里了。"

　　"真讨厌，居然还占了小遥的床！"

　　"唉，小遥已经死了，他的床迟早会空出来给别人用。"

　　"我讨厌这家伙……又瘦又小，弱不禁风，只怕也活不了几天。"

　　谁？都是谁在说话？好吵……迷迷糊糊中，苏摩挣扎了一下，努力想要将这些嗡嗡的耳语从耳边挥走。

　　"哎呀……看！他醒了！"然而他刚一动，耳边那个喧闹的声音就大了起来，似是好几个人在争先恐后地喊着，"快去叫姐姐来！"

姐姐？孩子忽地一震。是她吗？是她……是她终于回来了？昨天在叶城行宫里，那些宫女说她已经不要自己了，她们一定是在说谎！

"姐姐！"他身子剧烈地颤了一下，猛然坐了起来。

"呀！"他坐起得突然，面前一个正在俯身察看他伤势的人避退不及，一下子和他撞了头——那是一个看起来和他差不多年纪的孩子，头上扎着一块布巾，有着湛碧色的眼睛和柔软的水蓝色头发，容貌清秀，有着不辨男女的美丽。

苏摩不由得愣了一下：在病榻前照顾他的，居然是一个鲛人孩子？

他下意识地抬头，打量了周围一圈，发现自己并不是在赤王府的行宫里，而是在一个陌生的简陋棚子下。他接着抬头四顾，也没有发现朱颜的人影——这个屋子里的所有人，居然都是年纪和他差不多大的鲛人孩子。

孩子不由得吃了一惊：这里到底是什么地方？看上去像是东西两市里专门卖鲛人的奴隶主家里……难道，他昨天昏过去之后，是被叶城赤王府的人给卖到了这里当奴隶了？

不可以！绝对不可以！

"哎呀，你终于醒了吗？"那个鲛人孩子揉着额头，没有因为疼痛而发怒，反而微笑着打招呼，"身上还有哪儿觉得难受吗？"

苏摩没有作声，沉默地打量着周围。

这是一个简陋的棚子，撑在一个破旧院落里，头顶的日光穿过破洞洒落，让他和那个鲛人孩子身上都洒满了碎金。院子一角的空地上摆着一个架子，有好多孩子聚集在那边。苏摩只看了一眼，就抿紧了嘴唇，眼神阴沉下来——那是兵器架，上面寒光凛冽，有刀剑也有枪戟，一排排整齐地列在那里。

这些孩子，是在习武？叶城的奴隶主可从不会训练鲛人习武。

这到底是哪里？自己为什么会在这里醒过来？

"我叫炎汐，你呢？"那个孩子并没有因为他的沉默而退却，继续开口询问，"你饿不饿？要不要吃点东西？"

苏摩还是没有回答，视线在他身上停留了一瞬——这个叫炎汐的小鲛人看上去和自己差不多大，手脚上都有伤痕，脖子上却没有套着奴隶专用的项圈，说话的态度温柔亲切，如同此刻的阳光。

他扭开了视线，自顾自地撑起身体，没有理睬。

"炎汐，别理他了。"旁边有个孩子"哼"了一声，扯了扯炎汐的衣角，白了这个新来的人一眼，"摆一张臭脸，以为自己是谁？"

炎汐笑了一下："姐姐让我们照顾他的。"

又听到"姐姐"两个字，苏摩震了一下，忽然转过了头来，终于开口："你们……你们说的'姐姐'，到底是谁？"

"如意姐姐呀。"炎汐愕然地看着他，"昨天是她把你带回这里来的……你难道忘了吗？"

"是她？"苏摩怔了怔，喃喃，"如姨？"

"哈哈哈！"听到这句话，炎汐身后那个孩子忽然忍不住大笑起来，露出一口整齐洁白的牙齿，揶揄他，"哎，怎么，你竟然叫她姨？那么说来，你岂不是要叫我们小叔叔了？"

苏摩眼神变了一下，瞪了那个孩子一眼。

"怎么，还不服气啊？"那个孩子却不畏惧，扬起头来，大声道，"要打架吗？来，那边有武器，随便你挑一件，打赢了我就叫你小叔叔！"

"好了好了。"炎汐连忙过来打圆场，拉开了那个孩子，皱着眉头埋怨了一句，"宁凉，你不要到处挑衅了，姐姐会骂你的——他刚来这里，身上的伤都还没好呢，怎么能和你比武？"

"呸，这种臭脾气的家伙，不给个下马威怎么行？"那个叫宁凉的孩子一头短发乱蓬蓬的，一边说一边去推苏摩，嘴里骂骂咧咧，"你看，他还占了小遥的床！我看着他就不顺眼！"

然而还不等他的手碰到胸口，苏摩一把就把他推了出去！

"哎呀！"宁凉惊呼了一声，没想到这个瘦弱的孩子忽然就动手了。然而他的反应也是快，还没等向后跌倒，猛然一扭身，手掌向下按住了地面，一个鲤鱼打挺跳了起来，然后顺势前跃，一拳便朝着苏摩的咽喉打了过去，口中怒喝，"敢打我？该死的家伙！"

那一拳打得又迅速又刁毒，完全不像是孩子之间的打闹，苏摩重伤初愈，竟然是完全来不及抵挡。

"够了！"就在这一瞬，一只手伸过来，拦住。

那只手很纤细，柔软的手指一捏，便牢牢地握住了宁凉的拳头，嗔怪着："阿凉，你怎么这么顽皮！要是把少主打坏了怎么办？"

少主？所有孩子都吃了一惊，连苏摩自己都怔住了，转头看向了来人。

说话的，果然是他认识的人：如意。

那个艳绝天下的花魁此刻粗布蓬头，脸上脂粉不施，一抬手便将打成一团的孩子们分开，一手一个扔到了两边，皱着眉头训斥，看上去就如同一个忙于照顾一大堆孩子的小母亲。

"什么少主？"宁凉看了苏摩一眼，嗤之以鼻，"这个瘦不拉几的小家伙，我分分钟都能把他打死。"

"不许这样说话！没规矩。"然而，如意一改平日的温柔亲切，厉声训斥，"从今天起，苏摩就是你们的头儿！谁都要听他的话，遇到危险还要用生命来保护他——这是命令，知道吗？"

什么？孩子们面面相觑，脸上都有不相信不情愿的表情，一时间谁都没有说话，无数双眼睛一起盯着苏摩，看得他心里都有些不自在起来。

苏摩忍不住冷冷道："我才不要他们保护我。"

"喏，姐姐你听到了？"听到这句，宁凉立刻叫了起来，"是他自己说不要的！"

"好了，你们少给我闹脾气了！"如意皱起了眉头，看了一眼这群鲛人孩子，微微提高了声音，"你们不都是想加入复国军吗？当战士的以服从命令为天职，我说的话，你们难道不听吗？"

孩子们震了一下，脸上不羁的神色收敛了许多，却还是个个不吭声。最后，还是炎汐首先站了出来，点了点头，表态："我们知道了。他是我们的新成员，我们一定会用尽全力来保护他的安全。"

苏摩却冷笑了一声："我才不要和你们这些人一伙！"

孩子的语气充满了敌意，听得其他鲛人孩子脸色大怒，个个恨不得上来揍他一顿。如意叹了口气："苏摩，你……你到底怎么了？"

苏摩毫无所动，只是冷冷："我不想在这里，我想回家。"

"回家？你哪有家！"如意温柔而悲哀地看着这个孩子，语重心长，

"难道你是想回去找那个空桑郡主？你不知道吗？她马上就要联姻去了，哪里还顾得上你？"

听到这句话，苏摩脸色大变，失声："连你也知道姐姐她要成亲？"

"那当然，天下人人都知道白赤两族要联姻。"如意叹了口气，"昨天晚上，赤王府的人差点想要杀了你，多亏我及时赶去才把你给救了回来——对她来说你已经是个累赘了，你别不知趣非要凑上去。"

苏摩剧烈一震，始终低头不语。

"对那些空桑人来说，养个鲛人就和养个小猫小狗没区别，开心的时候摸一摸逗一逗，一旦不方便养着了，立刻弃如敝屣。"如意看着这个沉默的孩子，语气渐渐加重，"事到如今，你难道还在做梦？"

"胡说！"苏摩脸色终于动了一动，恶狠狠地看着如意，大声，"她……她是我姐姐！她不会扔下我不管！"

"傻孩子，别做梦了。"如意急切之间一把将他拉住，几乎让瘦小的孩子一头栽倒，"那些空桑人，哪里会把一个鲛人奴隶放在心上？她现在嫁去了豪门，早就已经不要你了！"

"不，你胡说！"苏摩恶狠狠地回头看着她，"我不信！"

如意愣了一下："傻孩子，你要怎么才信？"

"除非我亲眼看见，亲耳听见！除非……除非，她亲口和我说她不要我了，我才相信！"瘦弱的孩子站在那里，握紧了拳头，整个身体都在微微发抖，盯着他们，眼里的光似乎要喷出来一样，一字一句，"现在，你们这些人说的，我都不信！一个字也不信！"

如意没想到这个孩子脾气那么倔强，一时间无言以对。

院子外面，三位长老静静地听着这一切，眼里闪过一丝忧虑的光。

看来，就算是他们苦心安排，将这个孩子从空桑人的手里彻底抢了回来，可这个孩子中毒太深，已经无法挽回了——事到如今，他竟然还是心心念念地要去找那个什么姐姐！

七千年之后，转世的海皇，居然向着星尊帝的后裔，毫无为海国而战的心，还真是讽刺啊……

"要么，用术法试试看？"涧长老蹙起了花白的长眉，说出一个计策来，"用洗心咒消除这个孩子这一年里的所有记忆，让他再也不记得那个空桑小郡主，岂不是一劳永逸？"

"哪有那么简单？"泉长老摇头，叹气，"这个孩子身上有着海皇的血脉，区区洗心咒又怎么能起作用？"

长老们沉默下去，不再说话了。

"和空桑人的最终决战之前，我们先要完成的是这一场人心的争夺战。"泉长老顿了一顿，眼里露出一丝可怕的冷光，低声，"先让这个孩子在这里安顿一段日子，再慢慢一步步来吧——反正空桑人那边以为这孩子已经死了，也不会再四处找他。我们有的是时间，去把他的心慢慢地夺回来。"

"他是我们的海皇。这一战，我们绝对不能输！"

被困在这里几天之后，苏摩终于知道了自己此刻身处何地。

这里果然是叶城西市，一个中州大行商商铺的后院。这个商铺属于一位姓慕容的大商贾，中州首屈一指的商人世家。慕容家世代往来于云荒和中州之间贩货，积累了上百年的基业，在商贾云集的叶城也是赫赫有名。因为云荒和中州路途遥远，来回一趟需要几年的时间，为了生意上的方便，慕容世家就干脆在西市买下了半条街的铺面，留下心腹人手长期看管——不知道如意是哪里来的路子，居然渗透了进来，将这里当作复国军的又一个秘密据点。

慕容氏的商铺规模巨大，一个院子连着一个院子，每个院子的厢房里都摆满了中州来的货物：一匹匹的绸缎，一箱箱的茶叶，和田的白玉，海南的沉香……还有一盒盒的瑶草，价值巨万。

这个最偏僻的院子，却是空空如也，只有一群鲛人孩子。

然而即便如此，这个院子看守严密，墙上布满了铁丝网，连唯一的大门都用铁栅栏锁住，如同一个牢笼。

苏摩沉默地坐在棚子底下，看了一圈周围的环境，心知无法逃离，视线黯了一下，投向了外面的院子。

今天日光很好，那些孩子在空地上腾挪跳跃，正在练习各种武器。

鲛人生于海上，后天又接受过分腿劈骨的残酷改造，身体天生缺乏力量，但平衡性和敏锐度比陆地上的人类更好，所以适合轻兵器或者远距离射击。此刻，这些孩子手里拿着的都是短刀或者短剑，还有几个正在练习暗器和弓箭，个个聚精会神，看样子都已经是久经训练。

苏摩远远地看着，不由得有些出神。

鲛人一族里，竟然真的有那么多人为了所谓的复国在努力？这些和他一样大的孩子，都曾经是奴隶，现在又都被复国军解放了……他们各自都经历过什么样的人生，才会在这个院子里聚首？

孩子茫茫然地想着，湛碧色的眼眸里有复杂的情绪。

忽然间，头顶有一阵风吹过，风里传来"簌簌"的声音。苏摩抬起头，眼角瞥见有什么东西从半空里飘下来，似乎是一只蜻蜓——他一开始并没有留意，然而那只蜻蜓在院子上空盘绕不去，发出奇怪的声音。

"苏摩……苏摩！"

那个声音，似乎非常耳熟。

是姐姐？孩子一惊，终于忍不住回头看了第二眼，忽然发现上空盘旋的不是一只蜻蜓，而是一只小小的鸟儿！

那只鸟只有两寸不到，不知道从哪里飞来，只管在这个院子上空盘旋不去，翅膀"扑棱棱"地扇着，速度越来越慢，最后一头撞到了铁丝网上。

"苏摩……苏摩！"

被铁丝网拦住的鸟儿还在微微扑闪着翅膀，发出呼唤的声音。

多么熟悉的声音。那、那是……

"姐姐！"瘦弱的孩子忽然跳了起来，连鞋子也忘了穿，就赤脚奔出了房间，穿过了院子。那些正在训练的孩子惊诧地看着苏摩忽然狂奔而来，直接向着墙头扑了过去，竟然完全不顾上面布满了尖刺。

"拉住他……快拉住！"孩子不约而同地惊呼起来，扔下了手头的训练，朝着他蜂拥追去，"站住！不许跑！"

宁凉跑得快，率先追了上去，不顾一切地抓住了苏摩的腿。

然而那一瞬间，苏摩已经奋不顾身地跃起，抬起手臂，一把抓住了那一只被卡在铁丝网里的纸鹤。同一个瞬间，他被追来的宁凉抓住了腿，用力往回扯，整个人压到了铁丝网上。孩子怎么也不肯下来，手臂在铁丝网里飞快地拖着，被尖锐的铁丝刺得鲜血淋漓，却始终不肯放开拳头。

毕竟瘦弱，只僵持了短短的刹那，苏摩便被孩子们抓住，重重地从墙头跌落地面，发出了沉闷的响声，全身鲜血淋漓。

"小兔崽子！"宁凉把他压在地上，气急败坏，"你想跑哪儿去？"

"不许打他！"炎汐连忙冲过来，一把拽住了同伴的拳头。

苏摩没有理睬他们，擦了擦脸上的血，也不喊疼，只是自顾自地从地上挣扎着爬起来，看了看捏在手心的东西——那只鸟儿已经被捏得扁扁的，一动不动，恢复成了没有生命的纸鹤。

这……是她折的吗？方才他明明听到了姐姐的声音！

苏摩怔怔地看着，手上伤口里的鲜血一滴滴流下来，染红了纸鹤——这只纸鹤，是从多远的地方飞过来的？穿越了千山万水，到这里的时候已经筋疲力尽，却还是带来了她的声音。

是的，她从遥远彼方发出了呼唤，正在召唤着他回去！

她果然没有不管他……她一直在找他！

"放开我！"瘦弱的孩子仿佛忽然间就疯了，不顾一切地跳了起来，推开了堵在面前的同龄人，往大门冲了过去，"让我出去！快让我出去！我要回家！"

"怎么回事？"院子里的骚动惊动了后面的人，如意匆匆走了出来，一见便大惊失色，"天啊，苏摩，你怎么全是血？你……你的手怎么了？"

如意一把抓住孩子的手臂，试图查看苏摩的伤势。

"别碰我！别碰我！"在她试图将这个孩子拉起来的时候，苏摩猛地将她推开，眼神里全是愤怒，小小的拳头紧握着，近乎咆哮，"你们这些家伙，快点把我从这里放出去！姐姐……姐姐她在找我！"

"姐姐？"如意看到了他手心里的纸鹤，一时间脸色微微一变，压低了声音，"这只纸鹤，是来自朱颜郡主那里吗？"

苏摩点了一下头，大喊："快放了我！"

"姐姐？"如意还没想好要怎么回答，一边的宁凉忍不住冷笑了起来，对同伴们大声道，"你们看，这个家伙居然叫空桑人姐姐！认贼作父，吃里爬外！是一个已经被空桑人圈养熟了的家奴！"

"闭嘴！"苏摩猛然叫了起来，一拳便打了过去。

"住手！"如意扣住了孩子的手腕，狠狠地分开了苏摩和宁凉。她瞪了一眼宁凉，一手将受伤的苏摩拖了起来，按在了座位上，开始清理伤口止住血流——那些铁丝扎入血肉并不深，然而因为被生生从墙头拖下来，伤口很长，几乎划过整个手臂，看上去触目惊心。

"快拿纱布和药膏来！"不等如意吩咐，炎汐就对着宁凉开口了。宁凉"哼"了一声，却显然很听炎汐的话，立刻不情愿地跑了出去，很快就拿了药回来，也不看苏摩，"啪"地扔在了一边。

"宁凉！"如意低叱，"不许闹脾气！"

"是我不好……我没管住大家，才惹出这些事情。"炎汐低下头，对着如意道，"姐姐，你不要怪宁凉。"

"我不怪你们。"如意将伤药拿了过来，看了一眼还在座位上不停挣扎的苏摩，叹了口气，"我知道这个小家伙脾气倔强怪异，很难相处，也真是难为你们了——都出去继续练习吧，不要耽误了。"

孩子们都退了出去，很快房间里就只剩下了两个人。

"放开我！"苏摩再度挣扎了一下，试图将手臂从她手里抽回来，然而如意干脆封住了孩子的穴道，令他无法用力。

"别乱动。"她皱着眉头，小心而迅速地给他涂抹着伤药。

苏摩挣扎了片刻，发现无法逃脱，神色黯了下来，隐约流露出一丝狠毒，咬着牙，忽然道："就算你们用铁笼子，也关不住我！如果不放我走，我迟早有一天会杀光这里所有人再闯出去的！"

他的声音里有真正的杀意，让如意的手停顿了一下。

"你说什么？"她抬起头，细细端详这个看起来只有七八岁的孩子，眼里的神色震惊而哀伤，喃喃，"你在说什么啊……苏摩？你说你要杀了你的同族？杀了那些和你一样的孩子？"

"我没有同族！"孩子愤怒地叫了起来，"我只是一个人！"

"胡说！你怎么会没有同族？你觉得自己很凄惨很特殊吗？"如意再也忍不住，一把抓起了他，指着外面那些人，厉声道，"看看他们！他们和你一样，从一生下来就是奴隶；和你一样，被关在笼子里长大；和你一样，父母双亡，在这个世上无依无靠——外面那些孩子，没有一个不是和你一样！

经历过生离死别，饱受欺凌！"

很少听到温柔美丽的如姨有这样愤怒的语气，苏摩震了一下，小小的脸上没有表情，然而眼神有微妙的变化。

"听着，你不是这世上唯一受苦的人。不要以为只有你自己一个人遭到了这样的不幸。"如意低下头，盯着孩子的眼睛，"千百年来，在空桑人的统治下，我们整个鲛人一族都在受苦！每一个人都一样！"

苏摩默然地听着她说这些话，眼神微微变了变，然而垂下头看到手心里那只带血的纸鹤，又猛然一震，仰起头，大声："就算……就算他们也都受过苦，就算每一个鲛人都在受苦，那又关我什么事？我为什么必须留下来？我为什么必须要和他们一样？"

"什么？"如意颤抖了一下，似是不相信自己的耳朵，"就算每个人都在受苦，也不关你的事？"

"是！"苏摩冷冷，看了一眼外面的宁凉，冷冷，"我讨厌他们。"

"讨厌？"如意看着孩子冷然的小脸，嘴角浮起了一丝苦笑，喃喃，"是了，你从小似乎就没喜欢过谁，一个玩伴都没有，也难怪……可是，为什么你喜欢那个空桑人？她……对你施用了什么魔法吗？"

孩子的脸色变了一下，抿紧了嘴唇，扭过头去。

"不关你的事。"半晌，他只短促地说了那么一句，"不许……不许你说姐姐的坏话！"

"好，那我不说了。"如意知道他的脾气，立刻避开了敏感的争议话题，无奈地叹了口气，"苏摩，你若是肯和他们好好相处，就会发现他们都是好孩子，比那个空桑人更值得做你的同伴。"

苏摩冷冷地"哼"了一声，并没有回答。

"我介绍给你看。"如意叹了口气，指点着外面的同龄人，"炎汐是孩子里的头儿，他性格很好，能团结不同的孩子，有大局观，将来会是个领袖。"如意又指了指那个和他打架的孩子，"宁凉是和他一起被送到这里来的，他在武学上有天赋，脾气却很暴，经常和人起冲突，孩子们都很怕他——但我挺喜欢他的。"

"那个很高很壮的叫广汉，鲛人一族有这样体格的比较少见，他是孩子里唯一一个能使用重兵器的；那个害羞不说话的孩子叫潇，她和她的妹妹汀，是一起被送到我们这里的——我觉得这对姐妹花将来会大有作为；还有那个瘦小轻灵的孩子叫碧，轻身术很好，就是身体有些虚弱，经常生病……"

如意指着外面的孩子，一个一个地介绍给苏摩。而苏摩只是漠然地看着外面那些同龄人，眼里的神色还是冷冷的，忽然开口问了一个问题："你把他们都关在这里，训练他们，又有什么企图？"

"哪有什么企图？"如意愕然地回头看着这个孩子，"他们都是我们从东市、西市里救出来的。"

"可是现在他们已经获救了……你们为何还不放他们走？"苏摩看着外面受训的同龄人，眼里全是阴暗的猜疑，"你们救他们是有目的的，是吧？是想从小训练他们，让他们成为复国军战士，为你们去送命！"

"不！都是他们自己愿意留下来！"如意微微提高了声音，严肃了起来，"外面世道如此黑暗，鲛人出去了只能当奴隶——他们不愿意为奴为婢，宁可留在这里为自己而战！"

苏摩冷冷道："说得漂亮。"

如意真的生气起来，将手里的药物一摔："好，你现在就去外面问问，他们哪一个不是自己选择留下来的？我有强迫他们分毫吗？如果有，我立刻把头割下来给你！"

苏摩沉默了一下，似乎没有想到什么反驳的话。

"我要你的头做什么？"最终，孩子只是别扭地嘀咕了一句。

"其实，即便是在这里，他们要活下来，也并不容易。"如意看了看外面的那群孩子，叹了口气，"这个地方最多的时候收容过近二十个孩子，如今只剩下了十一个。"

"为什么？"苏摩皱眉，"剩下的去哪里了？"

"死了。"如意的声音低了下去，神色难掩哀伤，"这些孩子被救回来的时候本身就奄奄一息，往往伤病缠身。最近因为叶城镇压复国军，海魂川被毁，我们很缺药物，也很难找到大夫。小遥就是三天前因为肺病恶化而死。那个可怜的孩子，死了之后还被——"

说到这里，她停了一下，脸色微微苍白："那个孩子死了之后，他的尸体被长老们拿去做了苏摩的替身，以便于侍卫长斩下头颅回去复命。"

"死了之后怎么了？"苏摩敏锐地感觉到了她情绪的波动，蹙眉。

"他是为海国而死的。"如意长长叹了一口气，"好孩子。"

然而，听到这样的话，苏摩全身一震，声音尖锐了起来："你觉得这很光荣吗？要一个孩子为你们的海国而死？"

他的眼神让如意激灵灵打了一个冷战，心里一沉：是的……这个曾经她看着长大的孩子，如今已经不一样了！难怪长老们这样如临大敌，一定要不择手段地改变他的想法。

"你很抵触我们是吗，苏摩？你不喜欢复国军？"她看着身边的孩子，尽量把语气放得柔和，"为什么？我们都是你的同族啊……比外面那些世代压迫奴役我们的空桑人岂不是要好上一千倍？为何你非要把我们看成是敌人呢？"

"同族？"苏摩忽然冷笑起来，指着院墙上的铁丝网和门上的铁栅栏，"有这样把我关在铁栅栏里的同族吗？"

孩子看了她一眼，声音里满是敌意："在苍梧之渊的时候，我就已经说过我不要当什么海皇了！可是，你们还是把我弄到了这里！"

"可是，龙神认定了你是我们的海皇。"如意看着孩子铁青的脸，叹了口气，"我们好容易找到了你，真能让你就这样一去不复返？要知道，外面的空桑人也在找你，万一你落到了他们手上，那就……"

"胡说！"苏摩不耐烦地叫了起来，"我不要当你们的海皇！"

"你怎么能那么说？"如意蹙眉，"你知道我们等待海皇转生，已经等待了多久吗？整整七千年啊……"

她说得声情并茂，然而苏摩眼睛里只有讥诮："整整七千年？可是，你们问过我愿不愿意吗？"

如意皱眉："你难道不愿意成为我们的皇？"

"为什么我就非要愿意？我又不是外面这群被你们训练成战士的傻瓜！"那个孩子嘴角浮起一丝厌恶，话语变得锋利而刻薄，"你们这些大人，自己没有本事复国，却总是想要把自己的梦想强加在我们身上！"

如意愣住了，被噎得一下子说不出话来。

长久以来，她都把反抗奴役、获得自由、重建海国作为人生最高的奋斗目标，不惜为此献上所有一切，心里便以为所有族人也都如她一样信念坚定，毫不犹豫，如今竟是第一次遇到这样的叛逆孩子！

而且，这个孩子，偏偏是他们的海皇。

如意看着这个阴郁桀骜的孩子，喃喃："可你是我们复国的希望啊……"

"不要把自己的希望寄托在别人身上！"苏摩烦躁起来，"我说了我不要当什么海皇！放我走！"

如意眼看他去意坚决，忍不住也沉下脸来："怎么，你一定要去找那个空桑人吗？那个侍卫长也说了，那个朱颜郡主现在已经去帝都大婚了……你早已经成了一个累赘！她和她的家族，都不要你了！"

"胡说！"苏摩握紧了拳头，"姐姐她在找我！你看！"

那样斩钉截铁的语气让如意沉默了一下。她低下头，看了看捏在孩子掌心里的纸鹤，眼神默然变幻着——是的，那只血迹斑斑的纸鹤上，被附加过灵力，应该是来自遥远的彼方。那个远嫁帝都的空桑贵族少女，居然真的并不曾忘记这个小小的奴隶，还在四处搜寻苏摩的下落，甚至找到这里来！

如此执着，对这个孩子而言，到底是幸抑或不幸？

如意看着那只纸鹤，心里转过了千百个念头，长长叹了口气："长老们让我好好看管你，劝你回心转意——但我从小看着你长大，也知道你的脾气……如果这样一直关着你，你一定会发疯或者死掉的。你绝对不会屈服，是不是？"

"是！"苏摩点了点头，咬着牙。

"你是鱼姬的孩子，我怎么会忍心看着你死呢？"如意叹了口气，似乎终于下了一个决心，轻声道，"既然你非要见她一面才死心的话，那么，我就成全你吧……"

苏摩震了一下，失声："真的？"

"真的。"如意点了点头，"你要走，那就走吧。"

孩子沉默了一下，似乎有点动心，小心翼翼地看了一眼她，低声问："要怎么走？"

"那里。"她指了指院子后面的那口井，"这口井下面，有水脉直通镜湖，本来是我们作为暗道逃生之用——如果你体力足够，不怕死，说不定可以一直穿过镜湖游到伽蓝帝都，去找你的那个姐姐。"

孩子不说话了，双手不停地握紧又松开，似在考虑。

"你……你不会是在骗我吧？"苏摩抬起眼睛，深深地看了如意一眼，眼神充满了疑虑，"如姨，你说的是真的？"

如意沉默了一瞬，却还是点了点头："当然是真的。"

"那好！"苏摩在一瞬间就下定了决心，"我这就走。"

"不，现在你还不能走。长老们都在这里。"如意低声道，"我先去探听一下，看长老们何时起身返回镜湖大营——等他们一走，我把炎汐他们都调开，你就可以离开了。"

苏摩看着她，终于点了点头："谢谢……如姨。"

他的声音里第一次出现了某种柔和的依赖，一如遥远的童年时代。

"说什么谢谢呢？你是鱼姬的孩子……"如意抬起手，轻轻抚摸着孩子柔软的水蓝色长发，叹息，"人心是不可以扭转的呀……就算你是我们的海皇，如果不能真心替海国而战的话，又有什么用呢？"

"所以，我还是决定让你走。"

然而，嘴里这样说着，她的眼眸里有奇特的光一闪而过。

第十七章

选妃

月圆之夜，光影笼罩了云荒中心的伽蓝帝都。

天还没有黑，白王行宫里早已布置得花团锦簇，一盏盏宫灯挑了起来，疏疏落落地点缀在花园里。虽然还没有点上蜡烛，但每一盏灯都缀着水晶片，只要有一点点光射入，便流转出无数璀璨光芒来，美得不可形容。

单单这一百盏灯，便花了上万的金铢，罔论其他。

"皇太子殿下什么时候到？"白凤麟看着一切都准备妥当，不由得转头问了心腹侍从福全一声。

福全恭敬地道："刚刚传来的信报，说辰时已经从宫内出发了。根据紫骏的脚力，大概再有半个时辰便要到了。"

"那就让郡主们开始准备起来。"白凤麟将折扇在手心敲了一敲，低声，"特别是小九，她一贯拖沓散漫，可别等人来了连梳妆都没好。"

"是。"福全知道白凤麟是偏心和自己一母所生的雪雁，今日有意想将她推荐给前来的皇太子，便笑道，"属下一早派人去催过了，郡主今天从清早开始都很紧张，这会儿只怕是妆都化过两遍了。"

"是吗？"白凤麟不由得笑了，想着妹妹平日的样子，"小九她也会紧张？平日可不是眼高于顶谁也不理的吗？"

"今日来的是皇太子嘛。"福全笑道，"任凭谁都会紧张一点。"

白风麟想了一下，低声叮嘱道："你告诉小九，到时候可以活泼大胆一些……皇太子应该喜欢有活力的妙龄少女，不是安静端庄的大家闺秀。"

"是吗？"福全没想到总督大人还有这一说，不由得有些吃惊。

"但是千万不要在他面前提到白嫣皇后，哪怕稍微沾边的也不可以。"白风麟仔细地想了一下相关的细节，叮嘱，"也不要提皇太子他以前在九嶷山的经历——这些都是忌讳，一说就糟糕了。"

"是。"福全逐一记在心头，"属下这就去禀告雪雁郡主。"

"对了，我记得雪雁以前也跟着族里的神官修行过，会一些术法，如果今天有机会倒是可以露一手，但千万别演砸了。"白风麟又想了一下，道，"我能想到的也就这些，剩下的就看小九她的福分了。"

雪雁和自己是一母同胞，也是白王女儿里年纪最小的一个，虽然并不是嫡出，容貌也不比其他两位待字闺中的姐姐出色多少，却胜在娇憨活泼，只怕正合时影所好——毕竟这位新晋的皇太子从小是个苦修者，唯一长久相处过的女子只有朱颜。而那个赤之一族的小郡主，正好也是那样类型的少女。

会爱屋及乌吗？白风麟心里默然盘算着这一切，眼神几度变化，心里略微有点不是滋味——时影算是自己的表兄弟，然而不知为何，一想起那个人，他心里总是充满了难以言说的阴影。

当皇太子从紫宸殿驾临白王行宫的时候，天色还是亮的。

日影西斜，映照在园子里的水面上，盈盈波光折射在水晶灯下，似乎落下了满园的星辰。紫骏停住，轻袍缓带的皇太子走下马车，从水晶之中穿行而来，看上去宛如天人。

那一瞬，白王府上下所有人的神思都不禁为之一夺。

"哎呀，哥哥，他……他居然长得这般好看？"雪雁站在他身后，忍不住扯了扯哥哥的衣服，低低地喊，有说不出的开心，"真是太好看了！"

"庄重点。"白风麟忍笑呵斥，心里却有些不是滋味。

是的，这个人简直是上天的宠儿，生下来便有着云荒最高贵的血统，虽然小时候被驱逐出帝都受尽冷落，但今日忽然翻了盘，一下子又回到了皇太子的位置上——不像自己，因为出身不好，虽然努力了半生，费尽心机，如今却还是得看人脸色，一个不小心就会失去白王的欢心。

人和人，有时候真的是一比就寒心。

"恭迎皇太子殿下！"白王领着家眷迎上去，一群人乌压压跪了一地。

时影淡淡地令白王府上下平身，和白王略微叙了叙，便起身入内。

天色尚早，未到赏灯时间，白王便带着时影在行宫里四处游览了一圈，将府里几处精心设计过的园林景观介绍了一番。白凤麟带着几位郡主跟在他们身后，每到一处，主人殷勤向贵客介绍景物，那些盛装打扮的贵族少女便有意无意地在眼前走过，轻声笑语，美目流盼，衣香鬓影，乱人眼目。

然而时影的神色只是淡淡的，说话不多，客气有礼，眼神不曾在随行的任何一个女子身上停留。白王一直察言观色，却丝毫看不出皇太子的意向，不由得有些纳闷起来：莫非他的几个女儿，皇太子竟然是一个也看不上？这可如何是好？

"哎呀！"一行人刚路过九曲桥，一个小丫头没踩稳滑了一跤，周围的女子发出了一片惊呼。

眼看那个小侍女就要跌落，水面"咔嚓"一声响，却骤然凝结，化成了冰！冰面迅速扩大，变厚，转眼就托住了那个落水的侍女。

所有人一起转头看去，发现居然是雪雁郡主双手结印，控制住了水面。

旁边的人松了一口气，连忙伸手将那个小侍女拉了上来。雪雁郡主轻声叱了一句："今天有贵客在，走路小心一点，小娅！"

"谢……谢谢郡主！"侍女脸色苍白，连忙叩首。

一场小骚动很快平息，游园队伍继续往前，时影却是多看了那一位郡主几眼。那是一个非常年轻的少女，只不过十六七岁，眉目灵动，颇有朝气，乌压压的头发绾成双鬟，只用一支玉簪绾了，不像其他姐妹一样插满了珠宝首饰，更显得简洁大气，颇为不俗。

"这是本王最小的一个女儿，雪雁，今年十六岁。"白王看到了他神色一动，立刻介绍，"以前跟着族里的神官学过一点术法皮毛，今日竟然敢在皇太子面前献丑，真是自不量力！"

"算是不错了。"时影淡淡地回答，"不愧是白王的女儿。"

"多谢皇太子夸奖。"白王终于看到皇太子夸了自家女儿一句，不由得松了一口气——看来，这一回皇太子终于还是有了一个看得上眼的人了？雪雁这个丫头虽然是庶出，却和胞兄白风麟一样机灵，日后应该有大出息。

只是，白风麟已经是要接掌王位的人了，若再让雪雁当了太子妃，其他几房一定会说是他偏心二房吧？后院又要起火了。

白王心底已经开始盘算，一边陪着时影往前走。

此刻一行人已经来到回廊的尽头，正要回到大堂里就座用膳。时影却忽然在芭蕉下停了一停，转头看向另一处，露出一丝诧异的神情来。

怎么？白王也是一怔，因为同时听到了园子深处传来哭声，不由得心里一沉——前面便是闻莺阁，是雪莺住的地方。

怎么了？今天下午刚告诉她准备将她嫁给紫王的内弟做续弦，这个小丫头便哭得昏天黑地，死活也不从。他生怕她再闹下去会打扰了皇太子的莅临，便特意把她关在了房间里不许出来，还派了嬷嬷盯着，不想还是出了这等事情！

雪莺这个该死的丫头，一点也不听话，真是白疼她了。

然而不等他想好要怎样把这事遮掩过去，只听"吱呀"一声响，闻莺阁的门被推开了，里面两个侍女惊叫着往外跑出来，大喊："不好了……不好了！郡、郡主她拿了刀，要寻短见！"

什么？白王大吃一惊，没想到这当口上会出这种事，正不知道如何是好，身边风声一动，皇太子却忽然消失了。

"殿下……殿下！"白王惊呼着，连忙揽衣朝着闻莺阁奔了过去。刚奔出几步，看到身后的一行人也拔脚跟了上来，生怕这等丑闻会扩散出去，不由得站住脚步，回头呵斥其他人："都给我在外面等着！一个人也不许进来！"

白王朝着闻莺阁奔去，心里惴惴不安。

今天他把一切都安排得妥当了，眼看皇太子也顺利选定了太子妃，没想到最后还是出了差错！雪莺那个丫头向来柔弱顺从，怎么会有自杀的胆子！这种事算是家丑，绝不能外传，偏偏被皇太子给撞见了，可怎生是好？

看到父王和皇太子都离开了，其他三位郡主都脸色不悦，相互交换了一下眼神。雪莺本来是她们之中最得父王宠爱的，然而因为时雨皇太子被废，也迅速地失去了父王的欢心。她们原本以为只要和另外两个姐妹竞争就够了，没想到事到临头居然还闹起了这种事！

"我说，雪莺姐姐是故意的吧？"雪雁忍不住皱了皱眉头，有些气愤地嘀咕，"明明知道今天是皇太子要来，还大声哭哭啼啼引人注意！分明是恨父王不给她机会，想找机会毛遂自荐一下。"

"是呀。"另一个郡主冷冷笑了一声，"有手段的可不止你一个。"

雪雁一怔，脸色便有些不好——刚才在过桥的时候，她故意安排贴身侍女假装失足落水，好让自己有展露身手的机会。这事情她以为自己做得天衣无缝，并无外人知晓。原来，姐姐们虽然声色不动，却都看在了眼里。

"不要得意得太早了。"两位姐姐冷哼了一声，从她身边走了过去，"晚宴和歌舞都还没开始，还不知道皇太子最后会选中谁呢。"

闻莺阁幽深，共分三进院落，雪莺的居所位于最里面。当白王三步两步跑进去时，看到他的女儿横卧在榻上，气息奄奄，胸口鲜血淋漓，一把小刀掉落在她脚边，已经断成了两截。

时影就站在她的身边，将手按在伤口上，淡淡的紫色在他五指之间涌动，飞速地愈合着那个可怖的伤口。

"这……"白王愣住了，一时竟然不知道说什么来圆场。

"抱歉，来得晚了一步，还是来不及阻拦令千金。"时影一边用术法替雪莺疗伤，一边道，"幸亏这一刀没有刺中要害，应无大碍。"

"这……"白王怔了一怔，"谢谢皇太子！在下立刻去传大夫来！"

"不用，这种伤我很快就能治好，何必惊动外人，惹来是非。"时影探了探雪莺的脉搏，眉头忽然皱了一皱，眼神变得有些奇怪，"奇怪，这是……"

怎么了？白王心里一跳，不知道哪里不对，时影忽然转头看着他："奇怪，白王，你明明有四个女儿，为何只让我见了三个，却唯独藏起了这一个？"

什么？白王大吃一惊，脸色都有些变了。

雪莺虽然没有被正式册封为太子妃，但她和时雨从小亲密，此事在帝都无人不知无人不晓，想必时影也早已知道——如今时雨不在了，新的皇太子来选妃，于情于理自然是不能再将她送出去的。

没想到，听皇太子的口气，竟然是在责备自己？

白王背后一冷，连忙道："禀……禀皇太子，小女雪莺已经许配给紫王内弟了，所以……所以就没有让她出来见驾。"

"是吗？"时影微微蹙眉，"婚书已经下了吗？"

"婚书还不曾下。"白王连忙摇头，"只是信函里已许婚。"

"哦，那就还不是定论了？做不得准。"时影淡淡道，回头看了一眼白王，"白王觉得紫王那个年近五十岁的内弟，会比在下更合适做东床快婿吗？"

"不……不敢！"白王大吃一惊，猛然摇头，"哪能和皇太子相提并论！"

"那就是了。"时影语气还是冷淡，似是说着和自己无关的事情，摆了摆手，"既然如此，不如从长计议。"

"这……"白王一时间有些愕然，不知如何回应。然而时影皱眉头看着半昏迷中的雪莺郡主，道："我要继续给郡主治伤，麻烦王爷先自便——等治好了雪莺郡主，晚上她便可以和我们一起用膳。"

白王一时间心里惊疑不定，只能讷讷点头。

怎么回事？皇太子……竟然看上了雪莺？难道是为了赌气，非要和时雨抢？但无论如何，选中了雪莺，也总比一个都没看上强吧。这个皇太子，真的是令人捉摸不透啊……专门喜欢捡弟弟的旧人吗？

白王退了出去，脸色青白不定。

当白王离开房间之后，时影看了一眼雪莺郡主——只是短短片刻，她身上的伤口已经完全愈合了，一滴血都没有留下。他伸出指尖在雪莺郡主的额心点了一点，那个脸色苍白的贵族少女应声醒来，睁开眼睛，看到面前的陌生人，一时间有些茫然。

"我……是活着还是死了？"雪莺气息奄奄，"你……你是谁？"

"你最恨的人。"时影淡淡回答了一句。

雪莺的视线渐渐清晰，忽然间全身就是一震！

"皇天？是你！"不知道哪来的力气，她"唰"地坐了起来，直视着这个面前人，眼里燃烧着愤怒的火焰，"你……你就是时影？你就是白皇后的儿子？"

"是。"他声音平静，并不以对方的无礼为意。

雪莺声音发抖，打量着他的一身衣饰："你……你现在是皇太子了？"

"是。"时影的声音依旧平静。

"你得逞了啊……你这个杀人凶手！"雪莺再也忍不住地叫了起来，拳头握紧，声音哽咽，"把时雨还给我！你现在都已经是皇太子了……还要把时雨怎样？求求你，放他回来！"

时影一时间没有说话，只是低下头打量了一下她——这个贵族少女容貌绝美，气质如同空谷幽兰，论容色甚至比朱颜更胜一筹，温柔安静，弱不禁风。然而她此刻眼里充满了愤怒的光芒，宛如雷霆！

"时雨是不会回来了。"他声音冷淡，"你就死了这条心吧。"

"什么？"雪莺身上的战栗忽然止住了，一瞬间瞳孔睁大，看着他说不出话来，连呼吸都停止了，"你……你说什么？"

"你不用等他了。"时影语气平静，并没有流露一丝感情，"我弟弟已经死了，你接下来要好好为自己打算。"

"浑蛋！"那一刻，雪莺不顾一切地跳起来，抓起那把染血的短刀，一边喊着一边就对着时影直刺了过去！

然而，时影居然只是站在那里看着她，动也不动。

只听"唰"的一声，这一刀刺入了他的心脏，直扎了对穿！雪莺在狂怒之下拔起了刀，又想第二次刺下去，却忽然怔住了——那一刀原本正中心脏，然而一刀下去全无血迹，等拔出来后，那个伤口也瞬间消失！

这、这是怎么回事？

她不可思议地看着眼前的人，一回头，却看到了另一个时影已经站在了自己身后，淡淡地看着她："解恨了没？"

那一刻，她忍不住失声尖叫，又是一刀刺了过去。

"胆子不小。"时影只是一抬手，便扣住她瘦弱的手腕，令她不能动弹分毫，冷冷道，"敢在白王府里刺杀皇太子，不怕满门抄斩吗？"

"浑蛋！我要杀了你！"雪莺完全失去了理智，她想要再次刺过去，身体忽然一麻，完全无法动弹。

时影并没有动怒，看了她一眼："你是阿颜的闺中好友吧？我好像听她提起过你的名字。"他审视着她，眼里忽然露出一丝奇特的神情，顿了顿，低声道，"反正好歹也得选一个，不如就选你算了。"

雪莺一下子怔住了："做梦！我死也不会嫁给你！"

"是吗？你真的想就这样死了？"时影抬头看着这个绝望的贵族少女，眼里有洞彻一切的亮光，淡淡道，"只怕你舍不得吧。"

他顿了顿，低下头在她耳边说了一句什么。

"什么？"雪莺全身一震，如同被雷霆击中，脸色上连一丝血色都没有了，颤声道，"你……你怎么会知道？谁告诉你的？"

"这世上的事，能瞒住我的可不多。"时影的语气并无任何夸耀之意，仿佛只是在说一个事实，"你的父王还不知道这件事吧？所以想着要把你嫁给那个老头子当填房——对不对？"

雪莺说不出话来，在这个人冷酷的语气里发抖。

这个人，还是第一次见面，可为什么他好像什么都知道？简直是个魔鬼！

"呵，你心里也知道，嫁是万万不能的。否则该怎么收场？"时影看着她苍白如死的脸色，语气还是不紧不慢，"你已经被逼到没有退路了，所以才想干脆寻个一死？还真是懦弱。"

雪莺咬着牙，说不出话，眼里却有大颗的泪珠滚落。

"如果你真的横了一条心想死，本来我也管不着。"时影淡淡道，"可是时雨已经死了，即便是为了他，你也该稍微努力一点活下去吧？"

她全身发抖，死死地看着眼前这个人："你……你到底想说什么？"

"我说得很清楚了：如果你不想死，那就来当我的太子妃。"时影淡淡地开口，语气无喜无怒，"这个邀约，在今天我离开这儿之前都有效——你想清楚了。如果你还想苟活下去，等会儿就来找我。"

"不！我死也不会嫁给害死时雨的凶手！"雪莺凄厉地大喊。

"唉……"时影的脸色终于微微动了一下，似是不易觉察地叹了一口气，低声，"如果我告诉你，时雨并不是我杀的呢？"

雪莺怔了一下，看向他。而这个新任的皇太子也在冷冷地看着她，眼神平静冷澈，如同秋冷的湖面，空空荡荡，无所隐藏。

雪莺本来极激动，和他眼神对视，心里不知为何忽然一静，竟是不知为何忽地信了几分，然而立刻便警醒起来，生怕是中了对方的术法迷失了神志，脱口："我不信！一定是你……除了你还会有谁？"

时影没有再辩解，淡淡道："不信就算了。我只是指给你一条生路。"

"为什么？为什么你要指给我生路？"她声音剧烈地发抖，看着眼前的人，不敢相信，"你既然知道了这一切，为什么不干脆杀了我，灭口了事？你……你这么做，到底有什么企图？"

"企图？"时影似乎也是想了一想，眼神转瞬流露出复杂的情愫，却只是淡淡回答，"可能……我只是觉得自己愧对时雨吧。"顿了顿，他补充，"我的企图并不重要。重要的是，你想不想活下去？"

雪莺怔在了那里，剧烈地颤抖着，不知道该如何回答。

"你仔细想一想吧……我会在那里等你到最后一刻。"时影没有再多说什么，手指微微一转，解除了她身上的禁锢，低声，"如果真的还是想不通，就死在这里也无妨。"

他将那把短刀扔到了桌子上，转身离开，再也不见。

雪莺长长地吐出一口气来，手指痉挛着，握紧了桌子上那一把带血的短刀，转过头看着镜子里容颜憔悴的自己，反复思量着刚才的那一番话，身体颤抖得如同风中的树叶。

除了他给出的邀约，她没有选择了吗？

不，她还是有选择的——她可以选择死。

可是……她真的想这样死了吗？如果死了，那……

最终，雪莺松开了刀柄，在镜子面前颓然坐下，抬手轻轻放在小腹上，脸色如同雪一样苍白。

歌舞方歇，皇太子被白王府里的美人们簇拥。几个郡主纷纷围绕在他身边，一边保持着贵族的矜持，一边不失优雅地和贵客笑语，言语之间有微妙的钩心斗角，几乎隐约听得见刀兵交错的铮然。

雪雁用术法在杯里凝出了一朵玲珑剔透的冰花，向着皇太子敬酒，然而时影端起酒杯，视线越过了她，看着厅外台阶上的人影，嘴角浮起了一丝奇特的笑意，低声："怎么来得这么晚？"

所有人悚然动容，抬头看去，不由得大吃一惊。

白日里还在寻死的雪莺郡主，此刻居然盛装打扮来到了这里！

刹那，连白王都为之色变，一时不知道该说什么。雪莺鼓足勇气来到这里，却发现席间已经坐满了，她怔怔地站在人群外面，一时无措，脸色分外苍白，在暗夜里看去如同一朵即将凋零的花朵。

时影眼里却没有丝毫意外，只是微微颔首，从美人环绕之中从容站起身来，亲自迎了出去："酒都已经快冷了。来。"

雪莺身体微微发抖，直视着他的面容，眼神复杂而激烈，充满了憎恨和无奈，似乎时时刻刻都想再抽出一把剑刺入对面这个人的心口——然而，最终还是拿起了酒杯，对着他一饮而尽。

"一杯就够了，喝多了对你身体不好。"时影放下了酒杯，从怀里拿出一样东西，放在了她的面前，"请收下这个。"

放在她面前的，是空桑帝君赐给每一个皇子的玉佩，华美润泽，上面有着皇室的徽章，是身负帝王之血的重要信物之一。身为皇太子的时影在众人面前将这个玉佩交给她，便是对所有人表示自己已经选好了未来的王妃。

那一瞬，其他郡主都怔住了，每一张脸上有各种不同的错愕表情。

雪莺还没回过神来，白王却是松了一口气，在一边已经抢先起身离席，匍匐下跪："多谢皇太子抬爱！"

当皇太子在席间将玉佩交给雪莺郡主的时候，整个白王府邸里的人都震惊了。

旋即，整个帝都也被震惊。

虽然早就知道太子妃必然会在白之一族里选出，但是谁也没料到皇太子居然会选了雪莺郡主——要知道，那个少女曾经是时雨皇太子的爱侣，一度还差点被正式册封为太子妃，而新的皇太子居然不避嫌地将她纳入了后宫？

这算是什么样的……胸怀？

"喀喀……影做事，还……真是从来不按常理啊。"消息刚刚传入紫宸殿，连卧病的帝君也发出了一声苦笑，对着一边的人道，"你也没想到吧？"

坐在他身边的大司命摇了摇头，又点了点头。

"他该不是负气吧？"北冕帝喃喃，眼神复杂，"和我当年一样，觉得这辈子反正也没什么指望了，所以……不如就随便选一个？结果就这样害了阿嫣……也害了秋水。喀喀。"

"阿珺，你就不要操心这些了。"大司命打断了兄长的话，"都已经是半截身子入土的人了，保命要紧，还是少耗费心力。"

北冕帝喘了一口气，低低道："幸亏你活得长，时影身边有你辅佐……喀喀，我也放心了……"

大司命苦笑了一下，摇了摇头："只可惜，我的寿数也快要到了。"

"什么？"北冕帝一惊，撑起了身体。

"别那么看着我——我好歹是大司命，能预知自己的寿数。"大司命望向窗外的夜空，苦笑，"你看，我的星辰已经开始暗淡了……屈指细算，我的寿命也就在这两年之间了。"

"怎……怎么会这样？"北冕帝脸色灰白，喃喃道，"你……你身体好好的，为什么会这两年就……"

"当然不是自然死亡。"大司命语气平静，"而是血光之灾——如果没算错，我应该死于被杀。"

"不可能！"北冕帝脱口而出，"这个云荒，谁能杀了你？"

"呵，对于这个问题，我自己也很好奇……"大司命淡淡道，看着外面的星辰，"这个云荒上能超越我的人几乎已经没有了——要杀我，除非是影他亲自出手？"

"时影？"北冕帝没想到会听到自己儿子的名字，不由得变了脸色，"他一直视你为师，怎么会杀你？这……喀喀，这不可能！"

"没有什么不可能，我为了云荒的天下，曾经做过一些见不得人的事。"大司命摇了摇头，嘴角露出了一丝意味深长的苦笑，"如果他知道我暗地里做了什么，一定也会想杀了我吧。"

北冕帝沉默下来，仿佛忽然间明白了什么，抬头看着大司命，一字一句："那就永远别让他知道。"

大司命的脸映照在灯火里，阴暗凹凸，深不见底。

"先别说这些了。"大司命摇了摇头，试图将凝滞的气氛化开，转过了话题，"既然影已经选定了妃子，后面的一切都该抓紧了——要知道，青王已经在领地上开始调集军队了。"

"是吗？"北冕帝听到这个噩耗却没有流露出太大的震惊，喃喃，"青王果然狼子野心，被逼得急了，还真的是要公然造反啊……"

"放心，根据探子发回来的情报，迄今为止还没有一个藩王站在他这一边。"大司命低声，"原本由青罡负责的骁骑军如今已经由玄灿接管，白王和赤王也已经各自调动军队准备入京——这天下的局面，一时间还是倾覆不了的。"

"喀喀……"然而北冕帝只是虚弱地咳嗽，忧心忡忡，"可是……青王呢？难道就任由他在领地上厉兵秣马？他……他是不是还勾结了西海上的冰夷？云荒北面的门户，万一被沧流帝国攻陷……"

"不会的，你别担心。"大司命叹了口气，振衣而起，"青王的事，我会亲自过去处理掉，不会让他继续乱来。"

"什么？"北冕帝一惊，"你……你要做什么？"

"擒贼先擒王。"大司命淡淡道，"趁着他们还没正式举旗反叛，我去紫台青王府先将青王给杀了——群龙无首，反叛之事多半也就成不了气候。"

说到孤身于万军之中取首级之事，他却如同喝一杯茶那般淡然。

"你……你一个人去？"北冕帝伸出手一把抓住了胞弟的手腕，剧烈地咳嗽着，"太危险了！喀喀……绝对不可以！"

"唉，阿珺，现在可不是兄友弟恭的时候。"大司命叹了口气，回过身凝视着垂死的帝君，"空桑天下岌岌可危，你又随时可能驾崩，在这种时候，我若不当机立断先行一步，只怕被别人抢了先手！"

"这么……这么危险的事情……你一个人……"北冕帝一急之下剧烈地咳嗽，连话都说不清楚了，"不……不行……绝对！"

大司命没料到他的反应会那么激烈，倒不禁愣了一下，拍了拍胞兄枯瘦的肩膀，低声安慰："我好歹也是云荒大地上首屈一指的术法宗师，以一敌万不敢说，以一敌百还是可以的——青之一族的神官很平庸，不足为惧。我孤身深入，就算杀不了青王，全身而退至少还是不难……你不用太担心。"

北冕帝渐渐松开手来，眼神却还是担忧，低声："要不，我再去请求剑圣一门出手？"

"算了吧，剑圣一门？"大司命苦笑起来，拍了拍他的手背，"他们千百年来一向远离云荒政局，独立于朝野——你上次能请动他们帮你清除内乱已经令我很吃惊了，难道还能再请一次？"

北冕帝沉默下去，呼吸急促，半晌才低声："早知道……我应该留着先代剑圣的那道手令，好让、让他们这一次跟你去青王府……咳咳……何必用在诛杀青妃这种事情上？"

垂死之人说得急切，到最后又剧烈咳嗽了起来。

显然是被胞兄的真切所感染，大司命眼神变幻了一下，忍不住叹息："阿珺，你难道忘了我不久之前还想要你的命吗？我虽然是你的胞弟，但这一生对你所怀的多半是恨意，并无多少亲近之心。你为何还这样替我设想？"

北冕帝咳嗽着，半晌才说出话来："我的一生……亦做错过很多事。"

大司命沉默了片刻，拍了拍胞兄的肩膀："好好休息，我去去就回。事情顺利的话，说不定还能回来赶上大婚典礼。"

老人转身离开，黑色的长袍在深宫的烛影里猎猎飞舞。

入夜，白塔顶上的风更加凛冽，吹得人几乎站不住。然而玑衡前有人默默伫立，一动不动，只有一袭白袍在风里飞舞，眼里映照着星辰，手指飞快地掐算着，到最后，身体一震。

"怎么，还在推测那片归邪的位置吗？"大司命不作声地出现在了时影的背后，淡淡道，"你找不到的——我已经反复地推测过了，它已被一种更大的力量隐藏起来，超出我们所能推算的范畴了。"

"不。"时影摇了摇头，低声，"我在看昭明的轨迹。"

"昭明？"大司命怔了一怔。

"你那时候不是提醒我，影响空桑未来国运的力量不止一股吗？"时影负手看着夜空，眉宇之间有解不开的烦忧，"如果归邪是代表海国，那昭明又代表了什么？浮槎海外的流亡一族吗？这些力量交错在一起，千头万绪，令我看不清这个云荒的未来。"

大司命摇了摇头，不以为然："要知道，连区区一个人的命运都会被无数股力量左右，谓之'无常'，更何况是一个国家的命运？"

时影思考着师长的这番话，忍不住苦笑了一声："是了。我曾经自不量力，以为可以用一己之力扭转未来，却终究还是失败了……"

大司命看着这个年轻人，感叹："能说出这句话，真是难得——影，居然心平气和地认了输？你从小出类拔萃，从未失败过。这一次意外失手，连我都担心你会因此崩溃。但是你终究还是撑住了，做出了正确的选择。"

时影微微蹙眉，下意识地反问："正确的选择？"

"是。"大司命的声音平静，"比如选了白王之女为妃。"

"我以为你会来训斥我。"时影顿了一顿，苦笑，"会说我不该选时雨的未婚妻为妃。"

"呵呵……我哪敢训斥你？"大司命笑了起来，无奈摇头，"影，我从小看着你长大，知道你的性格。你原本是无情无欲的世外之人，如今愿意回到帝都继承王位，迎娶白王之女，已经是做了超出我意料的最大让步——我要是再强求更多，就未免逼人太甚了。"

时影看着大司命，眼里的神色柔和了起来，最终叹了一口气："我不怪你。说到底，你即便对我一再苦苦相逼，也都是为了空桑。"

"你能谅解我的苦心就好。"大司命垂下了眼帘，语气意味深长，"要知道我即便是不惜弄脏自己的手，做了一些不足为外人道的事，也并不是出于私心。"

"我知道。"时影断然回答，"我能体谅。"

"是吗？"大司命看了他一眼，欲言又止，最后咳嗽了一声，抬头看了看天幕，"其实，今晚我是来向你告别的。"

"告别？"时影吃了一惊，转头看着老人，"你要去哪里？"

"北方的紫台，青王府。"大司命叹了一口气，指着遥远的北方尽头，"山雨欲来啊……眼看青王庚勾结冰夷，就要举起叛旗了。我不能坐视不理。"

"你一个人？"时影耸然动容，"那怎么行！"

"俯览整个帝都，当前并无一人堪用。"大司命冷笑了一声，"我若孤身往返，一击不中还可以全身而退，若还要照顾其他庸才，那可真的要把我的老命送在那儿了。"

"我跟你去。"时影断然回答。

"不行！"大司命却毫不犹豫地打断了他，"若你现在还是九嶷神庙的大神官，自然可以随我同行——而现在你是空桑的皇太子，怎能亲身深入险境？万一你出了什么事，整个云荒就要倾覆！"

时影沉默了下去，无法反驳。

"更何况，你马上就要大婚了，也离不开这里。"大司命低声，指着脚下灯火辉煌的镜中之城，"帝君病危，伽蓝帝都是云荒的心脏，需要人镇守。你就留在这里安心做个新郎吧……"

时影叹了口气，低声："我怎能安心。"

"影，你身上背负着整个空桑，不能再以外力乱心。"大司命抬起头来凝视着这个年轻的继承者，一字一句地叮嘱，"要知道天上的星相千变万化，不可捉摸，唯一可以把握的，只有自身——你身负帝王之血，只要你守护着这个天下，无论多少敌人虎视眈眈，那又有何惧？"

时影眼神渐渐凝聚，无声地点了点头："恭聆教诲。"

"好好照顾你父王吧，让他多活几天。"大司命最后笑了一笑，拍了拍他的肩膀，"我会尽量早点赶回来参加你的婚典。"

一语毕，老人从长袍里拿出黑色的玉简，指向了夜空。风里传来"扑簌簌"的声响，有一只巨大的神兽乘着风云浮现在虚空里，向着大司命匍匐待命——那是空桑大司命的御魂守：金瞳狻猊。

"再会。"大司命大袖一拂，瞬间消失在了夜里。

"看，宿命的线在汇聚啊……"

遥远的星空下，有另一个人也在同一时刻抬起头，凝望着伽蓝白塔上的星空，用含糊不能辨的声音发出了一声低沉的叹息——那是一个藏在深深的阴影里的人，宛如一团雾气，唯有一对璀璨的金色瞳子，如同神殿里的魔。

他坐在一艘船上，如风驰骋，抬头仰望夜空里的群星。

"归邪被隐藏了……被一股很强的力量。"坐在阴影里的那个人喃喃，吐出含糊不清的声音，"有趣……这个云荒，在七千年后还是出乎我的意料。"

船舱外有衣裾拖地的窸窸窣窣，有人膝行而来，停在了外面。

"智者大人。"圣女跪在船舱外面，恭敬地禀告，"我们很快就要抵达云荒北部了。准备在寒号岬登陆，特来请示您的同意。"

智者微微点了点头。他坐在黑暗里，凝望了星辰许久，微微对着天空屈起了手指，似乎抓住了什么看不见的东西：终于，要回到那片土地上去了吗？几千年前，这只手创造了空桑的一切；那么几千年后，再由这只手毁弃一切，也是理所应当的吧？

毕竟，魔之左手，司掌的就是毁灭的力量！

一念及此，一身的黑袍顿时烈烈飞起，金瞳里忽然迸发出如呼啸箭雨一样的凌厉！

跪在地上的圣女在杀气中战栗着匍匐下了身体，不敢直视。

十年前，这位神秘的智者大人从东而来，在一场席卷一切的海难中拯救了浮槎海上的冰族——那个人甚至独力抵住了海啸，托住了下沉的岛屿，让成千上万沉入海里的族人奇迹般从海难中生还！

他展示的力量令所有人为之震惊，几乎被所有冰族视为神祇。

所以，当这个神秘来客提出要将自己的力量传授给冰族，带领大家重返云荒时，整个沧流帝国的族人立刻沸腾了。

击溃空桑，夺回云荒！

光这样两句话，就足够令漂流在外几千年的冰族目眩神迷。

但是，族里的长者对这个不知从何而来的神秘人并不信任。虽然将智者礼遇为上宾，却并不允许他进入沧流帝国的核心权力圈。长者们以为，只要时间久了，便能知道这个陌生人的真正用心。

然而出乎所有人意料，这个不知来自何方的人，竟在短短的时间里渗透进了沧流帝国，给所有人带来了从未见过的惊人力量！

那个神秘的智者向军队出示了一本名叫《营造法式》的书籍，告诉他们这可以改变整个冰族的命运。军工坊的匠作们研究了那本书，发现分为征天、靖海、镇野三卷。每一卷上，都详细记载了不同武器的制造方法——按照这些卷轴上的指示，他们不仅可以制造出力量巨大的火炮、碾压陆地的战车，甚至还能制作出可以飞翔天宇的风隼、可以潜入深海的螺舟！

"怎么可能？疯了吧？"当时，匠作监总管看着手札，嘀咕，"铁和木头也能飞？"

然而，当第一架风隼从初阳岛呼啸而起，翱翔海天的时候，所有的冰族人都因为震惊而说不出一句话——他们发现对方似乎来自一个遥远的国度，他所掌握的智慧，远远超出了云荒大地上的人类！

这个神秘人，真的是高深莫测，近乎神。

"只要按照我指引，不出三十年，冰族就能夺回云荒！"

被这样的许诺激发了热血，尚武激进的年轻冰族纷纷投向了这个神秘人物。保守的长老们尽管忧心忡忡，却也无法勒住如脱缰骏马一般的民意。

最终，这个自称为智者的神秘人一跃成了沧流帝国的领袖。

在得到了拥护、掌握了权力之后，那个所谓的"智者"便在沧流冰族里进行了大刀阔斧的改革：先是重新从族里遴选出了十巫，取代了原来的长老们；然后建立了元老院制度，从而避免了普通百姓对让一个外来者统治国家的异议——元老院可以处理日常事务，但是在军政大事上要事事经过智者的批准。

经过这样的层层控制，智者最终从幕后掌控了西海上的沧流帝国。

然而奇怪的是，自始至终，从未有人看到过他的脸。那个穿着黑袍的神秘人，一直仿佛一团虚无的影子，融于黑暗，寂静而沉默。只有一双金色的眸子璀璨如魔，令人不敢直视。

随着冰族的日益强大，智者大人的地位也日渐提高，所作所为没有任何人敢质疑——就像是这一次，当十巫铩羽而归之后，智者大人突然离开西海去往云荒，整个帝国上下虽然疑惑不已，却是无人敢劝阻。

"由寒号岬登陆，去九嶷郡的紫台。"智者沉默了片刻，才用一种自由圣女才能听懂的含糊语音开了口，"青王……他此刻估计需要我们的协助。"

"是。"圣女躬身而退。

只是一瞬间，海面上的孤舟呼啸而起，如同飞一样在月下滑行！

第十八章

良夜

叶城最冷清的小巷里，有人彻夜未眠。

小小的身体在床上辗转，湛碧色的眼睛一直睁着，在黑暗里凝视着屋顶——周围的同伴们都睡着了，无论是炎汐还是宁凉，都在一天辛苦的训练之后陷入了酣睡。孩子们的鼻息均匀，起伏绵长，耳后的鳃也伴随着呼吸一开一合，偶尔发出喃喃的梦呓。

苏摩独自在黑夜里静静地听了许久，眼里掠过一丝复杂的感情。

是的，在这个云荒生存了那么多年，还是第一次听到族人的呼吸如此平静均匀。在这个世界里，鲛人从出生到死，哪一天哪一夜不在痛苦中挣扎？或许如姨说的是对的，这些和他一样的同龄孩子，是心甘情愿地留在这里，接受了为海国而战的命运，心里充满了崇高明亮的牺牲意志。

和他比起来，似乎完全是另一个世界的孩子呢……

刚想到此处，子夜过后，窗棂上忽然有一道影子悄然移过，将门拉开了一线，看了进来。苏摩一惊，赤足跳下地来，一把抓起了床头的小傀儡人，小心翼翼地绕过熟睡的小伙伴，朝着门口无声无息走了过去。

门外月色如银，一个美丽的女子站在那里，对着他招了招手，神色严肃——那是如意，按照约定的时间来接应他了。

孩子一言不发地跟着她往后走，来到了那一口井旁边。

在冷月下，那口古井爬满了青苔，依稀看得到井台上刻着繁复的花纹。井口黑洞洞的，最底下似乎有汩汩的泉水，在冷月下，极深处掠过一丝丝的光，如同一只睁开在大地深处的神秘眼睛。

不知道为什么，苏摩一靠近这口古井，忽然间就打了个寒战。

这口井，就是通往镜湖的水底通路。

"好了，今天下午长老们都回镜湖大营去了，趁着这个空当，你快走吧。"如意压低了声音，指着黑黝黝的井底，"从这里沿着泉脉往前游，游出一百里，就能进入镜湖水域了。然后你浮出水面看看伽蓝帝都的方向，再潜游过去……可能要游上三四天才能到，能支撑住吗？"

苏摩点了点头，没有说话。

"带上这个。"如意将一个小小的锦囊挂在了他的脖子上，叮嘱，"这里面是我为你准备的一些干粮和药——你身体还没恢复，这段路又那么长，真怕你到半路就走不动了……唉，记住，如果找不到姐姐，要回来的话，这里的大门随时对你敞开。"

"不。"孩子抬起头，一字一字地回答，"我一定会找到姐姐的！"

如意看着他坚定的眼神，眸子里掠过一丝黯然，摸了摸孩子的头："好吧，那你就去吧……要留住人心，谈何容易。"

孩子没有再说话，只是赤足走向了井边。

他在井口边上站住了身，最后一次回望冷月下美丽的女子。叶城的花魁看着他，眼里不知为何流露出一丝哀伤的表情，嘴唇动了动，欲言又止，最终只是叹息了一声："你一路小心。"

"嗯。"孩子停顿了一下，轻声，"谢谢你，如姨。"

那一瞬，如意的身体却微微颤了颤。

苏摩吃力地攀爬上了石台，然后毫不犹豫地一跃，跳入了那口深不见底的井，如同一只扑向火焰的苍白单薄的蝶。

"啊！"那一刻，如意再也忍不住，失声发出了轻轻的惊呼，随即咬紧了牙关，脸色苍白。

苏摩跃入了古井，奇怪的是，下坠的过程出乎意料地漫长。孩子几乎有一种恍惚，仿佛自己置身于不见底的黑暗河流上，不知道过了多久，才感觉自己接触到了水面。

在接触到水面的那一刻，孩子心里有一丝微微的诧异。

这个古井下面的水，竟然是温的！

温暖而柔软，从四面八方蔓上来，温柔地包裹住了跃入其中的瘦小的孩子。苏摩在一瞬间觉得难以言表地舒服，不知不觉就放松了神志，让自己不停地下沉、下沉……就如同回到了遥远的母胎里一样。

当那个孩子小小的身影从井口消失后，如意依旧站在冷月下，怔怔地看着那口深邃的井，眼神黯然，忽然间有泪水夺眶而出。

"怎么，舍不得了吗？"一个苍老的声音冷冷问。

冷月下，三位原本应该回到了镜湖大营的长老，赫然出现在了此处！

"长老。"如意连忙拭去眼泪，行礼。

泉长老问："把那个符咒放到他身上去了吗？"

"是的。"如意低声回答，脸色苍白，"他……一点戒备都没有，以为只是我送他路上吃的干粮。"

"很好。这样一来，那孩子就毫无防备地坠入'大梦'之中了。"泉长老走到了井台旁，俯视了一眼黑洞洞的井口，"这孩子身负海皇之血，如果不让他放松警惕，我们的术法可是很难起效果的——全亏了你，如意。"

如意没有说话，脸色苍白。

"今晚这事情绝密，只有我们四个人知道。"泉长老看着其他三个人，一字一顿，"不能让第五人知道。大家明白了吗？"

"明白！"几位长老断然回答，毫不犹豫。

泉长老回过头，对着另外两位长老道："好了，时间不多，我们开始吧——'大梦之术'是云浮幻术里最高深的一种，需要我们三人合力，趁着月光射入井口的瞬间进行。大家快一点。"

"好。"三位长老联袂，围住了古井——就在那一瞬间，所有遮蔽井台的青苔在一瞬间消失，那些古老的石头上发出闪耀的光芒来！

那是一圈圈的符咒，被镌刻在井上，密密围绕着井口，如同发着光的圆圈，通往黑黝黝的另一个世界。

三位长老在冷月下开始祝颂，声音绵延宏大，似是用尽了全部的灵力在操控着什么。随着咒语不断吐出，深井里的水忽然微微泛起了波澜，一波一波翻起，形如莲花，在月色下盛开！随着水波的涌动，水里无知觉漂浮的孩子也微微动了动，如同一个在母胎羊水里沉睡的胎儿，显得无辜而纯净。

他的脖子上挂着如意送给他的那个小锦囊，里面也有同样的金光隐约透出，一圈一圈扩散，将孩子围绕在了水里。

她不忍心再看下去，回头走回了前厅，掩上了门。

其实，苏摩此刻应该很开心吧？那个小小的孩子，毫不犹豫地从井口一跃而下，便以为可以抛下国仇家恨，从此天空海阔，自由自在地回去寻找他的姐姐，寻找他自己想要的那种生活。

可是，这个天真的孩子不知道：这一切都是不能被容许的！

作为一个鲛人的海皇，背负一切的复兴者，怎能就这样抛下一切，回到一个空桑人身边去度过余生？所有的族人，甚至是她，都不会允许这样的选择存在！人心的力量是强大的——可是，一个人的心意，又怎能比得过无数人的执念呢？

"没事，他只是睡着了……在一个深深的梦境里。"她的声音轻如梦呓，似乎是在安慰自己，喃喃，"等这孩子醒来，一切就都好了……他会从梦里醒来，忘记那些不该记得的东西。"

"我们的海皇会回来，我们的海国也会复生。"

"一切都会好起来。"

苏摩被困在了一个古井里，介于生死之间，不知身在何处。他并不知道，他所要寻找的朱颜此刻也陷入了旋涡之中，被一个晴天霹雳震惊。

"你们听说了吗？皇太子已经选好了太子妃呢！"

"皇太子？他不是失踪了？"

"呸呸，当然不是说原来那个皇太子！现在谁还关心那个人啊……我说的是帝君新册立的皇太子，白皇后生的嫡长子！"

"啊？是那个大神官吗？他……不是刚回到帝都吗？这么快就册妃了？"

"动作快得很，不愧是赶来捡便宜的。嘿嘿……昨天晚上就去了白王在帝都的府邸选妃，听说当场就下了定呢。"

"哎，那他选了白王家哪个郡主？肯定不会是雪莺郡主……难道是雪雁？"

"那你就猜不到了吧？人家偏偏选了弟弟的女人……嘻嘻。"

"啊！不会吧？天呢……"

"真的真的。白王府那边的玉儿告诉我的，我也吓了一跳呢！"

"天呢……新的皇太子不会是发疯了吧？"

一大清早，朱颜刚刚醒来，模模糊糊中照例听到外间有侍女窃窃私语，如同聚在一起的一群小鸟。她习惯了这回事，也懒得睁开眼睛，想多睡一会儿，然而听着听着，便被听到的消息震得从榻上跳了起来。

"什么？"她一下冲出去，抓住了正在低声闲聊的侍女，失声，"你们……你们刚才说什么？"

"郡、郡主？"外面两个侍女冷不丁吓了一大跳，手里的金盆差点落在地上，结结巴巴，"您……您这么早就醒了？"

"你们刚才说什么？皇太子……皇太子昨晚去了白王府邸选妃？"朱颜一把抓住了一个侍女的衣领，几乎把她提了起来，厉声道，"他到底选了谁为妃？快告诉我！"

侍女战战兢兢地回答："选……选了雪莺郡主！"

"雪莺？"朱颜的手僵硬了一下，下意识地脱口而出，"胡说八道！怎么可能是她？"

"是……是真的啊！"侍女喘了口气，小声地道，"昨晚消息就从白王府传出来了，大家谁都不敢相信……可今日清早帝都下达了正式的旨意，准备派御史给白王府送去玉册，这事情便千真万确了！"

"开……开什么玩笑！"朱颜失声，"雪莺要嫁给他？不可能！"

她脸色瞬间苍白，赤着脚不由分说便往外跑去："我去问问雪莺！这到底是怎么一回事？"

"郡……郡主！"侍女不由得吓了一跳，"您还没梳妆呢！"

然而哪里叫得住？只是一转眼，朱颜便已经消失在了外面。

侍女们怔在那里，不由得面面相觑。

这……到底是怎么回事？郡主和雪莺不是非常要好的姐妹吗？如今雪莺出人意料地被皇太子选中，郡主难道不应该替好姐妹高兴吗？为何她乍一听说，却是这种激烈奇怪的反应？

从赤王府行宫到白王府行宫，之间有十余里，然而朱颜气急之下顾不得帝都之内不许擅用术法的禁令，赫然用出了缩地术，只是用了一瞬便抵达。她顾不得繁文缛节，越过了宫墙，出现在了雪莺的房间里。

房内香气馥郁，帘幕低垂，寂静无声。

她熟门熟路地往里冲过去，撩起帘子，在昏暗的光线之中看到了床上的雪莺。她的闺中好友显然还在沉睡，绣金的锦缎里只看到一张脸苍白得毫无血色，单薄憔悴，眼角还有斑驳的泪痕，在梦里还在喃喃喊着时雨的名字。

朱颜只看了好友一眼，心里便定了一定，气顿时平了——雪莺这种样子，怎么看也不像是刚被册封为太子妃的啊！外面的那些流言蜚语，哪是能信的？

她不想打扰好友的睡眠，刚要悄然退出，全身却忽然僵住了。

玉佩！在雪莺的枕边，赫然放着那一块她熟悉的玉佩！

朱颜颤抖了一下，弯下腰一把拿了过来，反复看着，脸色渐渐苍白——这块价值连城的玉佩，正面雕刻着空桑皇室的徽章，反面雕刻着一个"影"字。她确定是他身边的随身物件。

朱颜身体晃了一下，仿佛被烫着了一样松开手来。"叮"的一声，玉佩跌落在床头，发出清脆的声响。

"谁？"雪莺被惊醒，蒙蒙眬眬睁开眼睛，看清楚了来人，失声惊呼，"阿……阿颜？你怎么来了？"

清晨的光线里，她看到她最好的朋友从天而降，正在脸色惨白地看着她，嘴唇微微颤抖着，似乎想说什么却又说不出话来，那枚玉佩已经滑落，跌在枕边。

她知道了？雪莺下意识地握紧了那枚玉佩，脸色也是"唰"地苍白。

"是真的吗？"沉默了许久，朱颜只问了那么一句话。

雪莺转开头去，不敢和好友的视线对接，点了点头。

"是真的？你……你要嫁给他？"朱颜还是不敢相信，"你不是很恨他吗？这到底怎么回事啊！这是疯了吗？"

雪莺不知道说什么好，纤细雪白的手指有些痉挛地握紧了玉佩。昨日自裁的那一刀还在胸口隐隐作痛，然而好友的这句问话比尖刀更加刺心。

"启禀雪莺郡主，已经过了辰时了。"寂静之中，有侍女隔着门小声地禀告，"王爷、王妃说今日大内御史一早出发前来册封太子妃，眼看就快要到了——还需郡主起来梳洗接驾，耽误不得。"

话语一出，朱颜身体一颤，房间里一片沉默。

原来，那竟是真的！

半晌，雪莺才低低"嗯"了一声："退下吧。"

侍女退去，朱颜站在锦绣闺阁里，看着面前的好友，脸色已经苍白得毫无血色。雪莺被她盯着觉得别过了脸去，手指微微发抖。

"这……这到底是为什么啊？"过了很久，朱颜才开了口，声音微微发抖，"你不是恨死他了吗？为什么还要嫁给他？！不要拿这种事开玩笑！"

雪莺沉默着，许久才低声挣出了一句："我……也是走投无路。"

"什么走投无路？你明明可以逃走！"看到好友没有否认，朱颜气急之下忍不住大声喊了起来，"我早说了我会帮你逃跑的——你……你分明就是留恋富贵，贪生怕死！太子妃这个名头，就这么有魔力吗？"

她说得犀利尖刻，雪莺脸色惨白地听着，全身发抖，忽然抬头盯着她看了一眼："阿颜，你……你为什么这么生气？"

朱颜震了一下，一时间忽然哑了，半晌才喃喃："你做了这样荒唐乱来的事，我怎么能不生气！你……你不会是想着嫁过去，然后再找机会替时雨报仇吧？"

"我害不害他，嫁不嫁他，与你何干？"雪莺看着好友，神色也是异样，"为什么你那么紧张？莫非……你认识那个人？"

"我——"朱颜脱口，然而刚说了一个字便顿住了。

被九巇的戒律约束，她虽然幼年上山学艺，和时影之间却从未有过正式的拜师仪式，即便是神庙的名册上也不曾留下师徒的名分，在外界更是无人知晓——在父王的要求下，她甚至都不敢对外提起他们之间的关系。到了现在，她还是不知道该不该和雪莺提及。

那么久远的缘分，那么漫长的羁绊，到最后，却竟然不敢与人言说。

雪莺看着好友微妙的表情，恍然大悟："你真的认识他？"

朱颜沉默着，脸色青白不定。

"难怪你那么紧张……原来你是生我这个气？"雪莺愣了一下，苦笑，"害他？你也太高看我了——他这种人，是我能害得了的？"

朱颜愣了一下，脱口："也是！"

是的，师父他是何等人？他修为高深，对一切都洞若观火，又怎么可能会被雪莺给轻易骗了过去？

"我在想什么，皇太子他心里可是明镜似的……"雪莺握起了那块玉佩，垂下头，"可是，他明明什么都知道，还是主动提出了这个婚约。"

"什么？是他主动提出来的？"朱颜整个人一震，失声，"不可能！"

"是啊，我也不明白他为什么要这么做。明明他可以有更好的选择。"雪莺若有所思地喃喃，"唉，阿颜，我知道你一定会生我的气。可我也是没办法……我真的没有别的路走了。如果不是为了……"

她说着，忽然间觉得手里一痛，那块玉佩竟被劈手抢走。

"不行！你绝对不能这么干！"朱颜攥紧了玉佩，眼神里似乎有烈焰在燃烧，"雪莺，你不能昧着良心嫁给完全不喜欢的人，葬送你自己的一生！"

"我……"雪莺半晌才长长叹了口气，脸色惨白地喃喃，失魂落魄，"我也是没有办法啊！"

"到底是为了什么？"朱颜实在是无法理解，"什么叫没有办法？"

雪莺沉默许久，终于狠下心来似的，一咬牙，低声说了一句："因为……因为我有了。"

"嗯？"朱颜一时间没有回过神来，莫名其妙，"什么有了？"

"我有孩子了！"雪莺的声音细微，略略颤抖，垂下眼睛去抚摸着自己的腹部，眼神哀伤而温柔，"我……我没有别的办法。"

"什么？！"朱颜惊得几乎跳了起来，往后退了一步，端详着好友，不可思议地喃喃，"这……这什么时候发生的事？不可能！你有他的孩子了？"

一边说，她一边又看了看雪莺的小腹——虽然凸起得并不明显，但和她消瘦的体型大不相配，的确是有了两三个月身孕的样子。那一瞬，朱颜脸色煞白，只觉得一股怒火从心底直冲而起，转身打算夺门而出。

雪莺连忙拉住了她："不！是时雨的孩子！"

"时雨？"朱颜怔了一下，将正要往外急奔的身形硬生生地顿住，脸上的表情也从狂怒转为惊讶，然后从惊讶转为尴尬和恍然，颓然重新坐下，喃喃，"啊？是……是时雨的……遗腹子？"

"嗯。"雪莺低下了头，眼里渐渐有泪水盈眶，"那一次，我们偷偷相约跑出来去叶城游玩，一路上都住在一起，时雨他天天缠着我，非要……我拗不过他，就……"

"好了好了，我知道了。"朱颜心里恍然，也不知道是松了一口气还是沉了一分，顿足失声，"你也太轻率了！怎么就这样被那小子的花言巧语骗上了床？没成亲你就怀了孩子，万一被你父王知道了，他一定会……"

说到这里，她猛然愣了一下：是了！白王先将雪莺许配给了紫王内弟，后来又同意了这门婚事，显然并不知道她已经怀孕——否则，任凭他有多大胆，也不敢把怀着时雨孩子的女儿许配给时影！

"如果时雨还在，就算我怀了孩子，父王也只会欣喜若狂地催我们快成亲——所以那时候玩得疯，我倒是不怕的。"雪莺低声，眼神却全是绝望，哽咽出声，"可是谁会想到如今的情况？时雨不在了，我私下托了人去找青妃娘娘，写了几封信，也一直没有回应。我……我真不知道该怎么办。"

朱颜跺脚："你为什么不早点跟我说？"

"我不敢告诉任何人。"雪莺看了一眼好友，眼里有羞愧和感激的神色交错而过，"不敢告诉父王，也不敢告诉母妃……这个孩子是时雨唯一的遗腹子，身份特殊，我生怕一被人得知，便会……"

朱颜愣了一下，心里不由得一冷。

是的，雪莺终究还是信不过她。她是担心自己会把秘密泄露出去，威胁到了腹中孩子的生命，所以才绝口不提。

如果时雨还是皇太子，那么她腹中的这个孩子就会成为云荒继承人。而如今局面急转直下，白王决定拥立时影，转向与青王为敌，她肚子里的孩子无疑便成了一个隐患——若是被她父亲知道了，只怕会为了免除祸患而催逼女儿堕胎吧？雪莺这么害怕，也是有原因的。

朱颜愣了半天，忽地问："那时影……他知道这个孩子吗？"

"他……他什么都知道。"雪莺轻声，脸上露出了奇特的表情，喃喃道，"他说只要我答应当太子妃，他便会保护我们母子不受任何伤害。"

"什么？"朱颜怔住了，一时间完全无法理解，"他没发疯吧？"

"我……也觉得这事情太不可思议。"雪莺停顿了一下，似乎不知道怎么回答，只能露出一个无可奈何的苦笑，"可是，就算我不信又有什么用呢？我如果不答应他，就得被父王逼着嫁给那个老头子……到时候事情暴露，依旧是一尸两命，死路一条。"

顿了顿，她仿佛用尽了最大的勇气，轻声道："反正都是没有活路了，我……我还不如去搏一搏。"

朱颜沉默下来，只觉得脑子里一下子被塞进了太多的讯息，一时间有点紊乱，思前想后，只明白了一件事，看着好友，喃喃："那么说来，你真的是自愿的了？"

"是的，我是自愿嫁给时影的。我没有其他的路可走。"雪莺苦笑着，看着好友，"阿颜，我没你那么大的本事，可以独身闯荡天下，什么也不怕。除了接受命运，我……我不知道还能怎么办。"

"怎么会没有？"朱颜看着好友苍白憔悴的脸，心里有一种热血慨然而起，"别的不管，我只问：你是真的想要这个孩子吗？"

"当然！"雪莺脱口回答，眼神里有亮光，哽咽，"如果不是为了这个孩子，我怎么还会苟活在世上？这是时雨的唯一骨血！"

"好！"朱颜很少在这个柔弱的好友身上看到这样坚决的眼神，慨然道，"我可以带你离开帝都，给你钱，给你找地方住，安顿你的下半生！你何必陪葬了自己一生，去嫁给时影当幌子？他害死时雨，你不是恨死他了吗？"

雪莺停顿了一下，低声道："他……他说，时雨不是他杀的。"

"是吗？"朱颜怔了怔，脱口而出，"他说不是那肯定就不是了。"

话说到这里，她想起了时影曾在马车里对她亲口承认时雨的死和自己有关，心里不由得一冷——是的，当初她也追问过他同样的问题，得到的却是默认！他说得那么波澜不惊，就好像兄弟相残不过是理所当然，甚至令她都信以为真。

师父这样高傲的人，是从不肯为自己辩白的，哪怕是被举世误解，也懒得抬手抹去那些黏上来的蛛丝——可是，为什么他独独和雪莺说了实话？

他……他难道就这么想说服雪莺嫁给他吗？！

一想到这里，朱颜只觉得一股怒火直往上冲，跺了跺脚，咬着牙道："不行！无论如何你都不能嫁给他！"

"现在帝君都已经下旨了，我还能怎么办？"雪莺声音软弱，哀哀哭泣，"阿颜，我相信人的一生都有命数——我就要册封太子妃，你也马上要嫁给我哥哥了……一切都已经太晚了。"

"谁说的？不晚！"朱颜却不信，咬牙，"来得及！"

"那你想怎么办？"雪莺抬起苍白的脸，苦笑，"现在帝君已经派御史到门外了，你让我这时候悔婚出逃，父王怎么交代？白之一族怎么交代？"

"总有办法交代的……先跑了再说！"朱颜不耐烦起来，跺脚。不知怎的，一想到自己最好的朋友就要怀着孩子嫁给师父，心里顿时乱成一团——这世上，怎么到处都是这种匪夷所思、颠倒错乱的事情？

师父他是脑子坏掉了吗？为什么想要娶雪莺？是不是在梦华峰顶接受五雷之刑后连神志都被震碎了，所以才会做出这种奇怪荒唐的事情来？

不，她决不能坐视这种事发生！

然而就在两人对峙的时候，听到外间帘影"簌簌"一动，有侍女紧张地跑进来，隔着卧房的门小声禀告："郡主……来册封太子妃的御史，已经到一条街之外了！王爷、王妃都准备好接驾了，来催您赶紧出去！"

册封太子妃的御史？帝都的动作竟然那么快！昨夜才定下人选，今天便要册封？如此雷厉风行，真不愧是他的风格。

朱颜再也按捺不住，劈手夺了那块赐婚用的玉佩，问了雪莺最后一个问题："他给你玉骨了吗？"

"玉骨？"雪莺怔了一下，"那是什么？"

听到这个回答，朱颜的眼里忽然亮了一亮，忽地笑了起来："太好了……果然还不晚！"

"阿颜，别胡闹了！你要做什么？"雪莺失声，虚弱地挣扎起身，"快、快把玉佩还给我……大内御史快要到门外了！"

话音未落，眼前红影一动，人早已消失了。

朱颜出了白王行宫，一路便朝着紫宸殿方向奔去——然而刚刚奔出一条街，路面便已经被封锁，出现了把守的士兵，呵殿上前大声："御史奉旨前往白王行宫！闲杂人一律回避！"

御史？是拿着玉册来册封太子妃的吗？已经到这里了？

朱颜本来已经足尖一点跃上了墙头，准备夺路而走，听到这句话不由得顿住了脚步，回头看了一眼来的一行人。忽然之间一踩脚，手指飞快结了一个印，身形就忽然消失在了日光之下。

外面已经是正午，深宫里却还是帘幕低垂，暗影重重，有森然的凉意——那是浓重的死亡阴影，悄然笼罩了这个云荒的心脏，带来不祥的预示。

北冕帝颓然靠在卧榻上，喘息了许久。最近几日他的身体越来越糟糕，就像是有一股力量在抽取着生命一样，每做一个细小的动作都几乎要耗费全部精力。

"别动。"时影从榻前俯下身，用手按在他的膻中上——每一次替父亲续命，都需要消耗他大量的灵力。

"大司命他……他去了北方。"等略微好了一些，垂死的北冕帝开了口，对嫡长子道，"喀喀，紫台……青王府。"

"我知道。"时影静静道，"他来和我告别过了。"

"那家伙……还真是任性啊。"北冕帝喃喃，"都一大把年纪了……喀喀，谁的话也不听……说走就走。让他带一些人手去……喀喀，也不肯听我的。"

"大司命是为了空桑大局才冒险前去。我相信以他的修为，即便不能成功，要全身而退也不难。"时影的声音平静，对父亲道，"您身体不好，就不要多操心这些了。"

　　然而，他的语气里并没有温度，也并不关切，似乎服侍父亲只是一件必须要做的事情而已。

　　北冕帝过了半晌，忽然道："你……为什么选了雪鸢？"

　　时影放在膝盖上的手指动了一下，声色却不动："您并没有说过雪鸢郡主是不可选择的，不是吗？"

　　"是。"北冕帝点了点头，喃喃，"可是，你为什么要这么做？即便是青妃害死了你的母亲，但现在……喀喀，你已经报仇了。为何……为何还要意气用事，非要将时雨生前所爱的女子也据为己有？"

　　"您未免也太小看我了。"时影听到这句话，眉头微微动了一下，"我这么做有我的理由，做决定之前也已经想得很清楚了，并非意气用事。"

　　北冕帝皱了皱眉头："你的理由是什么？"

　　时影没有回答，只道："现在还不能说。"

　　北冕帝沉默了一下，抬起昏沉的眼睛看着嫡长子——二十几年过去了，那个自小在九嶷山苦修的少年已经长大成了冷峻挺拔的青年，在深宫的烛光下端坐，穿着皇太子的冠冕，俊美端庄犹如神灵。然而，他的眼睛是冷冷的，似乎任何光线都无法穿透。

　　北冕帝直直地看了自己的儿子许久，忽然叹了口气，"那么……喀喀，你已经把玉骨给雪鸢郡主了？"

　　"玉骨？"时影震了一下，摇头，"不，昨日用的是玉佩。"

　　北冕帝的眉头皱了一下，低声："那玉骨呢？"

　　"还在这里。"时影探手入怀，将一支通体剔透的玉簪拿了出来。北冕帝在灯火下凝视着这件旧物，眼神复杂地变幻着："玉骨……是空桑皇帝给皇后的结发簪啊……喀喀，你既然选定了太子妃，为何只给了玉佩，却没有用玉骨呢？"

　　时影淡淡回答："在空桑皇室规矩里，并没有要求必须用玉骨做聘礼。"

　　"喀喀……动不动就抬出皇室规矩来堵我。"北冕帝看着自己的嫡长子，混浊的眼睛里闪过一丝洞察的光，"影，我怎么觉得……喀喀，你的确是在意气用事？终身大事……要想清楚了。"

时影沉默下去，似乎不想回答这个问题。

"我这一生非常失败，是一个糟糕的丈夫……喀喀，和更糟糕的父亲。而这一切的一切……都源于我选择了错误的婚姻。"北冕帝虚弱地咳嗽，抬起枯瘦的手，紧紧握住了儿子的手腕，"影，你是我的嫡长子，我希望你……喀喀，希望你，不要再重蹈我的覆辙。"

时影全身一震，触电一般抬头，却对上了老人垂死却灼热的凝视——毕生隔阂的父子在深宫内默然相对，长久无语。

"不会的。"沉默了片刻，时影低声，"我知道我自己在做什么。"

"不。"帝君却开了口，衰弱的语气里透露出了一种罕见的严厉，断然反驳，"你不知道自己在做什么。"

时影双眉一蹙，忍不住长身立起，硬生生压住了怒意，只道："此事不用多议——我已经选定了太子妃。"

"不行。"北冕帝蹙眉，剧烈地咳嗽了起来。

听到这两个字，时影愕然回头，冷笑了一声："怎么，您对我袖手旁观了那么多年，不会在这当口上忽然跳出来，要在我的婚事上来显示您作为帝君和父亲的双重威严了吧？如今天下局面岌岌可危，空桑皇室和白族这次的联姻意义重大，您应该也清楚。"

"可是……喀喀，终身大事，同样意义重大啊。"北冕帝咳嗽着，低声，"无论如何……不能操之过急。"

时影不想继续和他谈论这件事，只是淡淡说了一句："您就好好养病吧。"

他伸出手，想从父亲的手里要回玉骨，然而北冕帝死死地将玉骨攥在手心，竟是不肯交还给嫡长子，剧烈地咳嗽着："不！这玉骨……喀喀，这玉骨不能给你。不然……所托非人。"

"那你就自己留着吧！"时影冷然，声音里也动了一丝气性。

话音未落，忽地听到门外有急促的脚步声传来，内侍匍匐在帘子外，声音带着几分惶恐："启禀帝君，大内御史有急事求见！"

大内御史？那不是早上刚刚奉旨去白王那边册封新太子妃了吗？册封礼仪复杂，至少要耗费一日的时间，怎么这么快就回来复命了？

北冕帝怔了一下，咳嗽着："宣。"

　　一声旨下，门外帘子拂开，大内御史口称万死，踉踉跄跄地连滚带爬进来，在病榻前跪了下去，磕头如捣蒜，连一边的时影都不由得吃了一惊。

　　"平身。"北冕帝虚弱地道，"出……什么事了？"

　　"臣……臣罪该万死！今日臣奉旨前去白王行宫，不料在半路上被人抢劫！"平时风度翩翩的大内御史有些语无伦次，帽子不见了，头发散乱，显然是受了极大的惊吓，喃喃，"在天子脚下……竟、竟然有狂徒胆敢如此！"

　　"抢劫？"北冕帝愣了一下，"抢了什么？"

　　"册、册封太子妃用的玉册！"大内御史脸色青白，声音发抖，"光天化日之下……真是……真是……"

　　一语出，不要说北冕帝，连一边的时影脸色都沉了一沉。

　　"到底怎么回事？"北冕帝咳嗽了起来，旁边的时影不作声地抬起手扶持着，同时蹙眉扭头看向了地上的人。

　　大内御史在这种目光下只觉得有无形的威压，声音更是抖得凌乱无比，讷讷道："臣……臣奉旨出了禁城，一路都好好的，可刚刚到白王行宫门口，马车忽地自动停下来了！无论怎么抽打，怎么都不肯动！就好像中邪了一样！"

　　听到这里，时影眉头又皱了一下。

　　——这分明用的是术法了。又是谁做的好事？

　　"喀喀……到底怎么回事？"北冕帝不耐烦地咳嗽着，"后来呢？"

　　大内御史连忙磕头道："臣……臣只能命人下去查看出了什么事。可是，刚一掀开帘子，就看到一阵风卷了进来！臣也没看到人影，只觉得手里一空，玉册竟然被劈手抢走了！"

　　"什……什么？"北冕帝也怔住了，不敢相信会有这样的事，"是谁竟这样大胆妄为？光天化日之下……喀喀，为何要抢走玉册？"

　　"臣罪该万死！竟然连人影都没看清！"大内御史匍匐在地，不停地叩首，颤声，"那人身怀绝技，来去如风，不但御马不肯动弹，连左右侍从都来不及护卫！那时候臣想要拼死保护玉册，结果被那人……"

　　说到这里，御史捂住了脸，不敢再说下去。

在他白胖的脸上，赫然留着一个清晰的掌印——手指纤细，竟似是女子。然而力气之大，又媲美壮汉，几乎把半边脸打肿。

时影听到这里终于皱了皱眉，开口："那个人有说过什么吗？"

"没……没有。"御史羞愧地捂着脸，讷讷道，"臣……臣死命护着玉册，不肯放手，被她抽了一个耳光，耳朵里嗡嗡作响，跌倒在地。只依稀听见她冷笑了一声，劈手抢了便走……听声音似乎是个年轻女子。"

"年轻女子？"时影看着御史脸上的掌印，神色有些复杂。

"是……是的。"御史捂着脸，不是很确定地说，"好……好像还穿着红衣服？臣……臣被打得头晕眼花，只看到一道红影一闪，人就不见了。"

北冕帝听到这里，眼里忽然露出了一种奇怪的光，扭头看着自己的儿子。时影一直沉默，脸色却是复杂地变幻着。

"臣罪该万死！"大内御史连忙磕头，"请帝君降罪！"

然而，当灰头土脸的大内御史跪在地下，惊慌失措地痛陈自己遭遇了怎样的惊吓和虐待时，卧病已久的帝君听着听着，不知道想通了什么事，竟然忍不住大笑了起来："哈哈哈……有趣！"

"帝君？"御史怔了一下，被北冕帝反常的态度震惊。

"有趣……有趣！"虚弱重病的老人在病榻上放声大笑，竟似听到了什么极好笑的事一样，笑得咳嗽了起来，"真是个有趣的女娃儿！"

御史跪在地下，愣是回不过神来。

帝君这是怎么了？在堂堂帝都，天子脚下，册封皇太子妃的玉册被人拦路抢劫了，居然会觉得有趣？帝君……不会是病入膏肓到神志不清了吧？

"好了，此事已知悉。"不等他有机会表示疑惑，坐在帝君身侧的皇太子冷冷地说了一句，打发他下去，"帝君身体不好，已经累了，你也先退下去养伤吧！此事从长计议。"

"可是……"大内御史讷讷，一头雾水地退了出来。

玉册丢了是大事，难道不该马上发动缇骑去缉拿犯人吗？

当大内御史退下后，空荡荡的深宫里，只有父子两人相对无言。北冕帝笑了半晌，才渐渐平息，开始咳嗽起来，嘴角却犹自带了笑意。

"是她吧？"北冕帝喃喃，看着嫡长子。

时影没有回答，却也没有否认，神色复杂。

"那丫头……还真的是大胆。"北冕帝咳嗽着，看了儿子一眼，"居然敢在光天化日之下劫持御史，抢走玉册？喀喀……砍头的大罪啊！"

"我现在就去把玉册拿回来。"时影没有回答父亲的问话，只是简短地说了一句，"简直无法无天。"

"影！"老人抬起枯瘦的手，按住了儿子，"你要想清楚。"

"我想得很清楚了。"时影不动声色地从北冕帝手底下抽出了袖子，"放心，为了保证安全，等这一次夺回了玉册，我会亲自带着御史去白王府，一路把玉册交到未来太子妃手上。"

北冕帝看着儿子冷冷的侧脸，说不出话来。

——是的，影的脾气从来是遇强则强，从不退缩，想做的事九头牛也拉不回来。那个小丫头，怎么会以为抢走了册妃的玉册，便能阻止事情的发生？

"你……"知道无法阻拦这个嫡长子，帝君只是颓然长叹，"影，你自幼天赋过人，样样出类拔萃，可在如此重大的事情上竟然棋错一着，将来……喀喀，将来你一定会后悔的。"

时影的背影在门口停顿了一下，沉默不答。

"这不是我能够选择的。"当北冕帝以为嫡长子终于有所动的时候，却听到他低声说了一句话，语气里竟然有无尽的低回，"我只是被选择的——要说后悔，也不是我能后悔的。"

什么？北冕帝吃了一惊，握紧了玉骨。

听这语气，难道……是那个女娃不要他？

然而尚未来得及开口询问，时影已经拂开了重重帘幕，转身从宫殿的最深处走了出去，头也不回。

外面正是盛夏的光景，绿荫浓重，烈日如焚。那样炙热的阳光如同熔浆，从天宇直泻而下，将所有一切都笼罩在无法躲避的热浪里。一袭白袍的时影在深宫里独自行走，却是显得毫无暑气，甚至所走过的地方也是阴凉顿生。

然而，刚穿过长廊，日光忽然微微暗了一下。那只是极其微妙的暗，转瞬即逝，如同一片巨大的蝉翼掠过。

那一瞬间，时影霍然抬手！

风声刚起，他头也不回，左右两只手却分别在袖子中结印，飞快地释放了两个不同的咒术，两道光从袍袖中直飞出去，拦截住了什么无形的东西，只听轰然一声响，整个庭院都震了一震！

一道红影从蔷薇花架子上落下来，落地时轻呼一声，似乎崴了脚。

时影头也没有回，淡淡道："你竟然还敢来这里？"

那是一个红衣少女，十八九岁的年纪，容颜明艳如同此刻盛开的红蔷薇，歪歪斜斜地靠着柱子站着，揉了揉脚跟，嘀咕："我……我在这里等你半天了！你和帝君一直在里面说话，我也不敢贸然闯进去……唉，外头可热死了。"

他没有听她啰唆下去，只是抬起了一只手："拿来。"

"什……什么拿来？"朱颜下意识地往后退了一步，以为他又要释放什么咒术。然而时影只是抬起手，不动声色："玉册——还有玉佩。"

"啊？"毕竟是年纪小没有心机，朱颜瑟缩一下，完全忘了抵赖，脱口，"你……你怎么这么快就知道是我？"

看到她承认，时影的神色终于略微动了一动，叹了口气："不是你还会是谁？这世上，还有谁会做这等大胆荒唐的事情？"

朱颜听到这里，脸忽然红了一红。

然而，她还没来得及继续想下去，只听他冷冷道："不要胡闹了——再闹下去就是大罪了，快把玉册玉佩拿回来，不要耽误正事。只要交回来，这一次就不追究你了。"

"不！"她往后退了一步，护住了手里的东西，"不能给你！你拿了这些，就又要去娶雪鸢了！你……你不能娶雪鸢！绝对不行！"

"绝对不行？"他的神色终于冷了下来，看着她，忽地失去了耐心，"我是空桑的皇太子，雪鸢郡主是白王的嫡女，这门婚事门当户对，空桑上下无不赞成——你凭什么说'不行'两个字？"

她从未领教过他的这种语气，一时间脸色煞白，不知道该怎么回答，嘴唇微微颤抖，只道："我……我……"

他只是冷冷将手伸过去："还给我。"

然而，话音未落，只听"咔嚓"一声，朱颜死死地盯着他，忽然一跺脚，竟然硬生生地将那块玉佩　分分捏得粉碎！那一瞬，她眼里烈焰般的光芒，竟然让时影震了一下，回不过神来。

"好！还给你！"朱颜咬着牙，将捏碎的玉佩扔在地上，又将玉册抽了出来，想一把掰断，"都还给你！"

"你！"时影低喝了一声，抬起手指。

朱颜只觉忽然间手里一痛，玉册被无形的力量瞬间飞快地抽走，她自己也立足不稳，几乎跌倒在地。然而她也是反应迅速，不等站稳，反手便起了一个诀，一道光从指尖飞射而出，只听"叮"的一声，凌厉的光芒击碎玉册，顺带着将背后的蔷薇架子都削去了半边，神殿前顿时一片狼藉。

"居然在这里用出落日箭？"时影看着势如疯虎的她，终于忍不住真正动了怒意，并指点出，"你疯了吗？"

仿佛是怕她继续发狂，他一出手就用了缚灵术和定魂咒，另一只手结印，准备着对付她后继的反抗——自从苏萨哈鲁回来之后，最近一年她进步神速，不可小觑，更何况现在是在伽蓝帝都的禁城之内，若不迅速制服这不知天高地厚的小妮子，只怕要把这内宫搅аться得天翻地覆。

然而，出乎意料的是，直到他的咒术落到她身上，朱颜都没有任何反抗的意思。她击碎了玉册，捏碎了玉佩，仿佛完成了一个心愿，只是站着抬头定定地看着他，一动不动，眼睛里蓄满了泪水。

时影心里一惊，下意识地将缚灵术飞快地撤了回来，只怕真的落下去伤到她——然而，就在他撤回术法的那一瞬，她忽然飞身扑了上来！

那一瞬，撤回的缚灵术正以双倍的力量反击回他自身，在这当口上，如果她再释放咒术顺势攻击，即便是他一时间也定然难以抵挡。

然而，朱颜没有用任何术法，也没有任何的防护，就这样扑入他怀里，爆发出了一声呜咽："师父！"

他吃了一惊，下意识地想往后退，却还是被她一把抱了个结实。

"师父！"她不顾一切地扑上来，抱住他的脖子，抽抽噎噎，"这到底是怎么了？事情……事情怎么会变成这样子……"

她哭得那样伤心，像个受尽委屈的孩子，滚烫的眼泪如同断了线的珍珠一样一滴滴落下，打湿了他的衣领——那一瞬，盛夏灼热的阳光似乎更加热了起来，几乎是灼烤着人的心肺，令他呼吸都几乎停顿。蝉鸣风声瞬间寂灭，天地间只有她的哭声在耳边回荡，那么近，又那么远。

"不要哭了。"他有些苦痛地闭上了眼睛，低声叹息，只觉得心里忽然间有一种软弱汹涌而来，无法阻挡。

"这到底是怎么了！"她匍在他的肩上，哭得撕心裂肺，完全不顾会不会被旁人看见，呜咽着，"你……你为什么要去娶雪莺！她明明不喜欢你，你也明明不喜欢她！你……你为什么要做这种莫名其妙的事！"

"喜不喜欢，又有什么关系呢？"时影茫然地回答，语气充满了叹息，"在这个世上，本来也很少有人真的能和自己所爱之人在一起。"

"可……可是，那也不能和一个毫不相干的陌生人耗上一辈子啊！能活一次多不容易。"她抬头看着他，明亮的眼睛里有晶莹的泪水，摇摇欲坠，几乎像火焰一样耀眼夺目，"师父……我、我不想你这样。"

他吸了一口冷气，僵在了那里，很久很久没有说话。眼神复杂地变幻着，最终深深吸了口气，只是艰涩地开口："我说过不要再叫我师父。"

"不，我就是要叫！"她却不管不顾，"这一辈子你都是我的师父！"

时影苦涩地笑了一下，摇头："一辈子？这一切早就结束了。你已经被许配给了白王之子，我也册封了太子妃，事情该尘埃落定了。"

"那又怎样？"她气急，大声，"你又不喜欢雪莺！"

他淡淡道："你怎么知道我不喜欢？"

朱颜脱口而出："你连玉骨都没给她！"

他猛然震了一下，说不出话来。

"师父，你……你不能就这样莫名其妙地把自己的一生葬送了！我好容易才把你救回来的！"她死死抓住了他的衣襟，急得几乎要掉眼泪，"你明明不喜欢雪莺，为什么还要娶她？！你……你喜欢的不是我吗？"

她说得如此直白而炽热，如同此刻头顶倾泻下来的盛夏日光。

时影一震，没有否认这一句话，然而也不知该如何回答，沉默了片刻，只是反问："那你难道是真喜欢白凤麟吗？"

"当然不啊！"她想也不想，脱口而出，"我只喜欢师父！"

　　时影猛然震了一下，脸上血色尽褪，苍白如玉。他吸了一口气，并起指尖，不知道想要释放读心术还是将她推开，然而心神剧烈地震荡，那个对他来说简单之极的咒语竟是无法完成。

　　我当然喜欢渊！从小就喜欢！你！你竟然把我最喜欢的渊给杀了？！浑蛋……我恨死你了！

　　我……我不想留着它！每次只要一看到它，我就会想到是你杀了渊！我……我怎么也忘不了那一天的事，我再也不想看到它了！

　　不知道为什么，在这样的瞬间，很久以前听过的那两句话又从记忆里浮出来了，在脑海里一遍一遍地回响，盖住了她此刻灼热的告白。

　　每一句，都伴随着刀锋割裂心脏一样的痛苦。

　　到底哪一句是真的呢？

　　这个他看着长大的女孩，看上去是这样率真无邪，为什么行事却如此反复无常，令人无法捉摸？或者，她之前说的是假的，或者，现在说的也是假的？她只是因为不甘心？即便是有着读心术的他，也无法猜透她说的哪一句话是真，哪一句话又是假。

　　算了……算了吧。不要去想了。

　　只要斩断眼前这一切，他就再也不会有这样的苦恼。她所说的一切，无论真或者假，都无法伤害他分毫了——那一刻，他竭力克制住了自己胸中的汹涌，一分分地推开了她的手，沉默不语。

　　朱颜并不知道在那一瞬他的心里转过了多少个念头，却也明白他眼里渐渐熄灭的光芒意味着什么。她心急如焚，忽然间一跺脚，不顾一切地扑了上去，用力一把抱住了眼前的人！

　　"别……"他失声喃喃，然而刚一动，便有柔软的唇舌贴了上来。西荒少女的吻热烈而馥郁，如同最烈的醇酒，在一瞬间便能令人沉溺。

　　他在晕眩中跟跄着后退，背后一下子撞上了神殿的门。

　　沉重的门在瞬间洞开，他们两人齐齐向内倒去。

在失衡的瞬间，她却死活不肯松开手，仿佛生怕一松手就会失去他一样。两人一起跌倒在地上，压倒了一幅垂落飘飞的帷幔，发出了撕裂的响声。帷幔从高高的穹顶坠落，覆盖住他们，如同千重锦幛。

帷幔的背后，露出了神像的宁静面容。黑眸和金瞳从虚空里一起凝视下来，看着脚下的这两个年轻人，莫测喜怒，沉默不语。

天光透过神庙的穹顶射落，将少女的侧影笼罩在神圣的光与影之中，美得不可方物。朱颜不顾一切地俯下身来，亲吻眼前的人，唇舌热烈而魅惑，连呼出的气息都似乎带了馥郁的甜香，令人沉醉。

这种感觉……简直像是梦境。

爱欲于人，竟是比任何咒术都蛊惑人心。

他的手指触及了她赤裸的肌肤，却无法使出一点点力气将怀里炽热美丽的少女推开。在这一刻降临的时候，多年苦修竟然不堪一击，她紧紧拥抱他，如同沙漠上奔驰的小小猎豹，咬住了猎物怎么也不肯放开，呼吸之间都是香味。

然而，那个热烈而笨拙的吻刚刚到了一半，忽然停住了。

他有些愕然地看向她，有一瞬间的犹豫。那个美丽的少女披散着卷曲的长发，匍匐在他的胸口上，微微喘息，似乎有些不知所措，抬头看着他，红着脸不好意思地哧哧笑了，喃喃："啊……那个……接下来，该怎么做？我……我不知道……师父……你教教我？"

少女的脸庞绯红，眼神清澈又动人，兼具了孩童的天真和美艳的魅惑，只是看得一眼，便能令最心如止水的修行者也无法自拔。

"阿颜！"他再也忍不住伸出手，将她拥入了怀中。

"皇太子哪里去了？帝君正在找他！"

从中午起，皇太子便失踪了。内宫被找了个天翻地覆，却四处不见人影。当夜色降临的时候，内侍们终于从宫内一路找到了伽蓝白塔顶上——然而刚刚接近神殿，忽地便有一阵风卷来，巨大的白色羽翼从夜色里升起，掠过神殿，"唰"地拦住了去路。

"神鸟！"内侍们惊呼，往后退了一步。

　　那居然是重明，蹲在白塔顶上，全身羽毛都抖开了，四只血红的眼睛狠狠地盯着这些靠近的人，喉咙里发出低沉的"咕噜"声，吓得内侍们不敢再上前。

　　对峙了片刻，看到他们还不肯走，重明忽地一伸脖子，一把叼起了当先的一个内侍，甩下了台阶！

　　顿时所有侍从发出了一阵惊呼，连滚带爬地离开了塔顶。

　　白塔重新安静了下来，重明神鸟收敛了杀气，却没有离开，只是安安稳稳地一屁股蹲在了通往塔顶的道路口上，喉咙里"咕噜"了一声，如同一只正在看守着大门的忠犬——如果有人在这时候仔细看去，会发现此刻那四只血红的眼睛里其实充满了温柔的笑意。

　　神庙里灯火熄灭，良夜安静，连风都很温柔。

第十九章 如风长逝

朱颜在云荒的最高处沉睡，感觉自己做了一个漫长的梦。

恍惚中，忽然置身于伽蓝帝都的南门外，站在一望无际的镜湖旁。湖面映照着月光，广袤而缥缈，宛如幻境。她怔怔看着水面，忽然发现水的深处有什么东西在冉冉升起，朝着她而来——刚开始她以为是一条鱼，仔细一看，居然是一个人影。

那……是个鲛人吗？

她内心一动，情不自禁地往前走了几步。裙裾在水面上浮起，如同一朵盛开的花。湖面宁静无波，有一种反常的绝对静美，从更高处看过去，她仿佛是站在一面巨大的镜子上，身周映照出奇特的幻境。

看到她站在那里，那个水底的幻影停了一停，转身往回游去，蓝色的长发如同绸缎一样在水底拂动。

"渊！"那一瞬，她脱口而出，"是你吗？"

依稀中，她似乎真的看到了止渊——那个陪伴她从童年到现在的温柔的鲛人重新出现了，隔着水面回望着站在镜湖里的少女，湛碧色的眼眸温柔而欣慰，却没有继续靠近，只是回过身无声无息地游向了镜湖深处。

"渊……渊！"她失声，不顾一切地涉水追去，"你要去哪里？"

一脚踩空，她整个人往下沉。冰冷的水灌满她的口鼻，令她无法呼吸。她拼命地想要浮起来，然而仿佛有一只无形的手按在头顶，怎么也不让她重见天日。她的挣扎渐渐微弱，沉入无尽水底。

"姐姐。"忽然间，身边有人轻轻叫了一声。

谁？她涣散的神志忽然一震，勉力睁开眼睛看去。

模模糊糊中，身边不知何时出现了一双湛碧色的眼睛，宛如雾气里的星辰。小小的影子在水下游动，细小瘦长的手臂伸了过来，托起了她下沉的身体。

"苏摩？"她不由得脱口惊呼，"是你？"

那个孩子没有回答，眼里却蕴藏了无限的渴盼和不安。

"小兔崽子，你去哪儿了？都急死我了！"她不知道哪来的力气，想要抓住那只小小的手——然而就在那一瞬，整个湖面天昏地暗，狂风四起！那些扑过来的浪，居然是血红色的！

"苏摩！"朱颜猛然一颤，瞬间醒了过来。

醒来的时候心还在怦怦跳动，她有一瞬的神思恍惚。一睁开眼，映入眼帘的却是两双没有温度的眼睛：一双纯黑如墨，一双璀璨如金，正从半空之中俯视着她，眼里都带着莫测的表情。

这是在……在……伽蓝白塔顶端的神庙？

下一个刹那，朱颜清醒了过来，回忆起了昨天发生的一切，脸色"唰"地飞红，仿佛做贼似的一把抓起帷幔掩住了胸口。周围很安静，并没有人，她这才定了定神，朝四周看去，发现自己正靠在神像脚下的蒲团上，整个神殿里空空荡荡，几乎能听到风的回响。

他……他呢？朱颜心里一惊，跳了起来，在神殿里找了一圈。然而时影已经不在了，似乎从没出现在这里一样。

她心里又冷又惊，披上衣服冲了出去。

刚刚踏出神庙，朱颜就不由自主地站住了——原来，这一觉的时间大概过去了五六个时辰，外面已经是子夜。月至中天，群星璀璨，在庞大的玑衡上空缓缓运转，分野变幻，无声无息。而玑衡下静默地坐着一个人，披着一身淡淡的月光，手里扣着玉简，默然地看着苍穹变幻。

原来……他在这里？

那一瞬，朱颜心里定了定，想出声喊他，却又莫名其妙地觉得有些畏缩，一时间居然呆在了那里——她自幼天不怕地不怕，还从没有此刻缩手缩脚的尴尬，简直是不知道上前还是后退。

他一个人在那里想什么？会不会……是在后悔？

朱颜遥遥地看着他的背影，纠结了半天，还是没有勇气上前，颓然转过了身。然而，足尖刚转过方向，背后忽然传来了一个声音："要去哪里？"

朱颜被这突如其来的问话吓得颤了一下，忍住了几乎要拔脚逃跑的冲动，站住身，强自装作镇定地回答："回……回家啊！都半夜了，我还没回去，父王一定急死了。"

时影还是不看她，淡淡地问："回赤王府？"

"嗯。"她怯怯地应了一声，心里有些忐忑，低着头不敢看他，竟是不知道期盼他挽留自己还是不挽留自己。

时影点了点头："你连夜回去，是为了不让家人知道今天来过这里？"

"对啊……不然要被打断腿！"她回答着，愣了一下，忽地明白了他想说什么，连忙点头保证，"放心！今天……今天的事，我一定不会告诉任何人！"

"是吗？"时影神色微微一变，冷冷道，"你就想当作什么事都没发生？"

"啊？"他的语气里有一种尖锐，让朱颜一下子张口结舌，"不、不是的……不过，反正你不用担心！我、我先回去再说……"

她刚要溜之大吉，时影却霍然回过了头，沉声："你打算就这样回去，嫁给白凤麟？"

"我……"那一刻，她被他眼里的光芒震慑，吓得往后又退了一步，脚下一绊，磕在了玑衡的基座上，"啊"的一声整个人往后摔倒。

时影眉头一皱，也不见他起身，瞬间便出现在了她身旁，一伸手就将她托了起来。其实以朱颜的本事，即便是被绊了一脚，也不见得会真的跌倒，但被他那么一扶，只觉得心神一乱，脚下一软，便真的跌在了他怀里，一时间全身酸软，连站起来的力气都没了。

他的眉眼近在咫尺，呼出的气息吹拂着她的发梢，一眼瞥过，还能看到他衣领下修长侧颈和清瘦的锁骨。朱颜耳朵一热，只觉得心口小鹿急跳，一下子力气全无，全身微微发抖。

"怎么了？"他却以为她是在害怕，冷然道，"昨天你不是还胆子很大吗？居然敢在神殿里——"

然而，话说到一半，他忽地停住了，脸微微一红。

那一刻，朱颜色迷心窍，不知道哪里来的胆子，忽然攀住他的肩膀，将嘴唇骤然贴了上来，狠狠又亲了一下！

这一次，他依旧猝不及防，僵在了原地。但手里下意识地一松，"啪"的一声把她给摔到了地上。朱颜刚得手便跌了个屁股开花，不由得痛呼了一声。

远处的重明神鸟"咕噜"了一声，四只眼睛翻起，尴尬地扭过了头去。

"好了，别闹了。"僵持了片刻，时影终于定下神来，伸手将她从地上拉了起来，语气平静，"你到底想怎样？"

"我……我不想怎样。我……我一定是鬼迷心窍……"朱颜嘀咕了一句，脸色飞红，低下头去，"反正今晚的事情是我自己心甘情愿的……不不，是我自己主动要求的！不关你的事。"

"不关我的事？"时影眉梢挑了一挑，冷然，"怎么会不关我的事？"

"你放心！"朱颜却以为他是担心别的，当下拍着胸口保证，"我们大漠儿女敢作敢当，敢爱敢恨，从来不拖泥带水，更不会去苦苦纠缠别人。"

时影微微蹙眉："什么意思？"

"我……我的意思是……"朱颜咬了咬牙，狠下一条心，道，"今天的事情是我自己胡闹在先，自己跑来，怨不得别人——我不会告诉任何人今天发生过的事，包括我的父王和母妃。你不用担心。"

时影微微一震，冷冷道："那要多谢你了。"

他的话语里含着讥诮，朱颜脸色一白，似乎被人当胸打了一拳，过了半晌，才低声："我……我也不知道自己怎么了，本来都说好了各过各的。可早上一听到你要册妃的消息，脑子一热，就什么也不管地跑到这里来……"

她说到一半，又说不下去，只觉得心里一团乱麻似的，羞愧交加，又苦又涩。沉默了片刻，咬牙道："反正，事情已经这样了，就当没发生吧！父王母后为我操心了半辈子，我可不能这时候再让他们失望了。"

时影沉默，半晌才道："你现在竟然如此懂事了？"

她一时间没听出他这是讥诮还是赞许，嘀咕了一声："身为天潢贵胄，王室之女，做事再也不能不管不顾——这是你说过的，不是吗？"

"对。"他嘴角露出一丝复杂的笑意，点了点头，"所以，你就不管不顾地闯来了这里，做了这种事？"

朱颜的脸顿时飞红，耳根热辣辣的。

时影冷冷看了她一眼，似乎不想再和她说下去，朱颜却一把抓住了他的袖子："不过，你无论如何不应该娶雪莺！真的是太荒唐了！你会害了雪莺，也害了自己！你明明知道她不喜欢你，是吧？"

"是。"时影淡淡。

她豁出去地问："她怀了时雨的孩子，你也是知道的吧？"

"是。"听到这样的消息，他还是不动声色。

"那你为什么还要娶她？"朱颜气急了，不敢相信这竟然会是他的选择，"太荒唐了……这门婚事，明明是不对的！"

"对不对，又有何重要。"看着她急切的表情，时影语气却淡漠而平静，似乎说的是旁人的人生，"对错的标准，原本就是因人而异：于普通百姓而言，婚配当然是自由的；可我是空桑的储君，就必须迎娶白之一族的一位郡主——这哪里又有对错可言？"

朱颜怔住，一时间竟然无言以对。

"于我而言——"时影的声音低沉，一字一顿，"既然非要从白王的女儿里挑一个，那我为什么不选一个我认为合适一点的呢？"

"合适？"朱颜怔住了，"你……你觉得雪莺合适？"

"对。"时影看了她一眼，"她是你的好朋友，你也希望她能熬过这一关，是吧？"

"当然！"她断然回答。

他淡淡点头："那我这么做，至少满足了你这个愿望。"

朱颜怔了一下，心里又苦又甜，却依旧据理力争："可是，明明还有别的许多方法，同样能令她熬过这一关！可以不用赔上她和你的一辈子的方法！为什么非要这么做？"

"因为还有别的顾虑，比如，她腹中孩子的未来。"时影抬头看着星空，忽然间叹息了一声，"我亏欠时雨，希望能在他的孩子身上弥补……若没有这个遗腹子，等我死了，空桑的帝王之血也就断绝了。"

"怎么会？"朱颜失声，"你将来迟早会有自己的孩子啊！"

"不会有。"时影的声音疏远而冷淡，一字一句，"此生此世，我已经准备孤独终老，永远不会有妻与子。"

他的语气波澜不惊，却让她怔在了原地。

"所以，我需要一个名义上的皇后——如果还能有一个名义上的子嗣，岂不是更完美？"时影抬起头，淡淡看了看天空，"所以，我为什么不能娶雪莺郡主呢？从方方面面衡量，她是白王所有女儿里最适合我的一个了，不是吗？"

朱颜怔在了原地，无法回答，甚至渐渐觉得呼吸都要停住——他的语气很平淡，里面却有极深的疲倦和绝望，令她听得全身发冷，却无法反驳。是的，即便是到了这样的绝境，他依旧还能如此冷静！

"不！"她忍不住叫了起来，"你不能这样过一辈子！"

"那还能如何呢？我只能在各种坏的选择里，挑选一个略好的。"他的眉梢微微动了一下，看向她，眼神却是平静的，"我没有别的选择——因为，你并没有给我那个选择。"

"我……"朱颜身子猛然晃了一晃，忽然而来的刺痛让她瞬间崩溃，有泪水再也无法控制地夺眶而出，接二连三地滚落她的面颊，她全身开始剧烈地发抖，却不能说出一句话。

"你哭了？"他看着她的表情，眼眸里有一丝不解，"为什么？"

"我……"她哽咽着，不知从何说起，只难受得全身发抖。

时影凝视着她，语气意味深长："阿颜，我一早就和你说过，如果你不愿意嫁给白王的儿子，我一定设法替你取消这门婚事……可是你非要说你是自愿联姻。就算到了现在，你只要再说一句不愿，我一样可以让你自由——可是，你为什么什么也不肯说，还一再拒绝？"

"因为……"那一瞬，她心头巨震，几乎就要脱口而出。然而那些话涌到了舌尖，却又硬生生地凝结了——巨大的情感和巨大的责任在争夺着她的心，只是一瞬，便几乎把她生生撕裂。

时影一直在等她的回答，而等来的只有高空呼啸的风声。许久，他终于摇了摇头，苦笑了一声。

"好了，我知道了。"他站起身来，语气已经悄然改变，"既然这是你最后的选择，那我尊重你——趁天还没亮，回赤王府去吧！就当我们今天没见过面。"

"我……我……"她全身发抖，心里天人交战。

"重明！"时影转过了身，召唤神鸟，"送阿颜回去。"

重明神鸟"咕噜"了一声，懒洋洋地拍打了一下翅膀，翻起四只眼睛看了看这边，居然扭过了头去，压根没有理睬他的呼唤。

"重明！"时影厉声道。

重明神鸟翻了个白眼，终于飞掠过来，却在半空一转身，化成了鹧鹰大小，停在了他的肩膀上，"咕咕"低语了几句。时影刚要说什么，脸色却凝住了，眼神瞬间变得分外可怕。

"什么？"他看了一眼重明神鸟，"你说的是真的？"

重明神鸟"咕"了一声，懒洋洋地翻了个白眼，看了看一边的朱颜，"唰"地振翅飞起，头也不回地离开了白塔绝顶，竟是将两人撇在了原地。

"等一下！"时影厉声道，一把拉住了正要转身走下白塔的朱颜。

朱颜吓了一跳，回头看他——这一瞬，他的眼神忽然变得非常奇怪，里面有闪电般的亮光隐约浮现，交错着极其复杂的情绪，几乎是带着愤怒。朱颜不知道重明刚才对他说了什么，下意识地往后退了一步。

"这事情，是不是和大司命有关？"时影凝视着她，忽然问了一句，"他对你说过什么？"

"啊？"她吓了一跳，脱口，"你……你怎么知道？"

话一出口，时影的脸色就沉了下去，咬着牙，短促地说了两个字："果然。"

朱颜张了张嘴，还是无法说什么，然而时影已经抬起了手，"唰"地点在了她的眉心！一道光从他的指尖透出——读心术！他明明说过，以后再也不会对她使用读心术了的!

朱颜奋力挣扎,却无法摆脱,只能眼睁睁地看着他控制住了自己,直接读取她脑海里的所有隐私。一时间,愤怒、屈辱和如释重负同时涌现,她整个人都在发抖,眼里有泪夺眶而出。

时影看着她的表情,手指又收了回来。

"对,我答应过你,再也不对你用读心术。"他的眼神恢复了平静,似乎是强行克制住了自己,叹了一口气,"阿颜,我不逼你,还是由你来告诉我到底发生了什么吧——我就知道,大司命不会平白无故把星魂血誓教给你。他一定有他的条件。"

朱颜迟疑了一下,还是摇了摇头:"我……我不能说。"

他的手一紧,几乎捏碎了她的肩膀,声音里带着怒意:"都到这个时候了,你还不说?"

"我……"她的嘴唇动了动,千言万语凝结在舌尖。

"重明刚才跟我说,在我死去的那几天,大司命一直把你关在神庙里。"他看着她,神色凝重而冷肃,"你现在的一切行为,是不是和那时候他对你所做的有关?"

朱颜全身发抖,并不回答。

"大司命到底对你说了什么,让你变成了现在这个样子?"时影凝视着她的神色,"我刚刚回想了一下从我复活到现在你的所作所为,的确反常——你愿意牺牲自己来救我,却还要把玉骨还给我,为什么?"

她全身发抖,还是咬着牙:"我不能说。"

"说!"时影厉声道,"你这是逼我!"

她很少听到他这样带着杀气的声音,心里一颤,无数的情绪在心中飞快地堆积,几乎如同一座山,沉默了半晌,忽然间再也忍不住,终于爆发似的哭了起来:"我……我不能说!我也立下过誓言!如果……如果违背了……会、会有很多人因此而死!"

时影震了一下,似乎明白过来了,沉声:"有我在,大司命不能把他们怎样。"

"不……大司命很厉害。"朱颜哽咽着,眼里有着恐惧,"我不怕死。

可是……我不能拿他们的命来冒险！"

时影厉声道："'他们'是谁？"

朱颜想要说什么，却又硬生生忍住，最后只是低声道："那些人里……也包括你。"

时影猛然一震，沉默了下来，许久才点了点头，语气森冷："我明白了。我回头会去好好地问大司命，查个水落石出——"顿了顿，他又补充了一句，"但是，在那之前，你也不能成亲！"

朱颜一惊，讷讷道："可是……帝君已经下旨赐婚给……"

"不要去管这些！"时影的语气严厉，看着她，"你自己想要怎样，告诉我就好——你是真的想嫁过去联姻吗？"

"不！"她冲口而出，"可是大司命……"

她还没说完，时影便打断了她："别再提什么大司命！"提起这个长辈，时影的语气里再也没有以往的敬意，面沉如水，"我不知道他到底和你说了什么，才导致现在这样的局面——但你放心，只要有我在，他就没法伤害到你。"

"等他从紫台回来，我会好好地和他算这笔账！"

朱颜刚要说什么，忽然听到远处一阵呼喊。两人一惊，一起回过头，看到有一排侍从跪在离神殿还有两三层的台阶上，不敢上前，正仰着头看着这边，喊着"皇太子殿下"。

"怎么？"时影蹙眉，走到汉白玉栏杆前俯视众人。

"禀……禀皇太子！"领头的是紫宸殿内侍，"帝君下令让属下们立刻找您回去……再找不到，就要砍了属下们的脑袋！"

时影没想到北冥帝也有这般暴虐的时候，不由得有些意外。

"哎，那你就先回去吧！"朱颜虽舍不得塔顶两人独处的时光，但看到下面那些吓得脸色苍白的侍从，叹了口气。

时影回头看了看她，点了点头。

"我陪你去。"朱颜显然还是舍不得离开，吐了吐舌头，拉住了他的衣袖，手指一划，结了一个隐身的咒，"偷偷地！"

半夜时分，紫宸殿深处，昏睡醒来的北冕帝看了看空无一人的榻旁，眼里露出了一丝焦躁。

"臣已经派人去找了。"内侍看了看外面渐渐亮起来的天色，有些战战兢兢地回答，"皇太子殿下……大约是去了塔顶的玑衡那边了吧？可是，重明神鸟把守着神殿，谁也无法靠近。"

"重明？"北冕帝眼神略微露出惊诧，"奇怪。"

沉默中，外面有"簌簌"的衣裾拖地的声音，有人悄然从后门进来，却是北冕帝多年来的贴身心腹、大内总管宁清。

"有事禀告帝君。"大内总管袖手站在榻边，眼里露出了迟疑的神色，"打扰帝君休息，罪该万死。"

北冕帝对着内侍挥了挥手，示意所有人退下，咳嗽着转过头看着大总管："怎么……喀喀，我让你找的后土神戒……找到了？"

二十多年前，白嫣皇后被贬斥，不久便死于冷宫，后土神戒便落到了掌管后宫的青妃手上——如今青妃已伏诛，自然要将这一国之重宝重新觅回。

"启禀帝君。"大内总管知道帝君精力不济，便长话短说，"日前青妃被帝君赐死之后，属下便立刻派了得力人手，查封了她所住的青蘅殿，凡是物件都翻检过了——但目前为止，尚未找到后土神戒。"

"喀喀……"北冕帝脸色微微一变，"该死！她、她藏哪里去了？"

"帝君息怒，后土神戒想必迟早会找得到，但是……"大内总管停顿了一下，道，"在查抄青蘅殿的过程中，意外翻出了一封从外头刚刚传进来的密信。"

"密信？"北冕帝咳嗽着，愕然，"是……青王的写给她吗？"

"不，事情奇就奇在这里。"大内总管压低了声音，露出了凝重的表情，"这封信……是来自白王府的。"

"什么？"北冕帝吸了一口冷气，"白王府？"

白王和青王乃是对立的宿敌，为何白王府竟还有人和青妃私相授受？

"属下拷问过那名私下传带的侍女，那封密信的确是来自白王府。她贪了一万金铢的贿赂，甘冒风险替人传递消息给青妃——而青妃尚未来得及回信，便被帝君诛杀了。"大内总管从怀里抽出一封信，恭恭敬敬地呈递了上去，"事关重大，属下不敢自专，特意第一时间赶过来请帝君过目。"

北冕帝伸出枯槁的手，颤巍巍地拿过来看了一眼——信封上是娟秀的字迹，显然是出自女子之手，柔弱无力，上面密封的火漆犹在。

大内总管禀告："据青蘅宫的侍女交代，这封信是青妃伏诛的当天中午刚刚送入宫中的，所以尚未有人拆看过。"

"哦。"北冕帝微微纳闷，不明白白王府的女眷为何会和青妃有往来。然而抽出信笺，看了一眼内容，脸色顿时大变，剧烈地咳嗽了起来！

"帝君！"大内总管吃了一惊，"您……您没事吧？"

这封信上到底写了什么，竟然让帝君如此震怒？

"居……居然……喀喀喀！该死！"北冕帝将那封信捏在手心，紧紧揉成一团，咳嗽得整个人都佝偻了起来，半晌才勉强平定了呼吸，脸色发青，也不说什么，只道，"这封信……你看过了吗？"

大内总管心里一惊，立刻跪下："这信来源蹊跷，属下哪里来的胆子敢擅自拆看？自然是第一时间就拿到了帝君面前。"

"嗯……"北冕帝急促地喘息着，打量这个多年的心腹臣子，最终还是缓缓点了点头，"这些年来你一贯做事谨慎……这一次，算是救了你的命。"

大内总管只觉得背上一冷，有刀锋过体的寒意。

北冕帝冷冷道："这封信的事，不能和任何人提及，知道吗？"

"是。"大内总管心里诧异，却不敢多说。

"还有，青……喀喀，青蘅殿内所有服侍青妃的人，包括那名私下传信的侍女……都统统赐死。"北冕帝微微咳嗽着，"一个……一个都不能留。"

"是。"大内总管吃了一惊，连忙点头。

这些年来，北冕帝耽于享乐，日日歌舞升平，酒池肉林，然而并不是一个暴虐的帝君——该不是到了垂死的时候，连整个人的性格都变了吧？或者，是那封信里，藏着可怕的原因？

"下去吧。"北冕帝挥了挥手，竟是毫不解释。

当房间里再也没有外人的时候，北冕帝重新展开了手心里揉皱的信笺，缓慢地重读了一遍，眉头慢慢锁紧，呼吸也粗重断续起来，显然有激烈的情绪在衰弱的胸中冲撞，令垂死的老人辗转不安。

"冤孽……冤孽啊！"许久，北冕帝重重将手捶在床榻上，嘶哑地喃喃，转头召唤外间的内侍，语气烦躁而愤怒，"快去！喀喀……快去替我找皇太子前来！再找不到……要你们的狗命！"

"是。"内侍从未见过帝君如此声色俱厉，吓得匆匆退下。

北冕帝剧烈地咳嗽着，斜斜靠在榻上，头晕目眩的感觉越来越重，然而勉强提着一口气，怎么也不肯就这样躺下。视线空茫茫地落在华美青铜灯树上，那些火焰跳跃着，映照出明明灭灭的光影，仿佛有无数幻象浮现。

那一瞬，仿佛是临死前的回光返照，他一生所有的事都如梦幻泡影一样掠过：秋水歌姬，白嫣皇后，青妃，两个儿子，六位藩王，无数的臣子民众……所有的一切幻影，都如眼前的残灯一样，在风中摇曳，即将熄灭。

怎么事情会变成这样？自己……是造了什么孽吗？

过了不知多久，外面传来脚步声，北冕帝震了一下，以为是时影回来了，正撑起身体挣扎着开口，却听到了侍从在外面禀告："帝君，白王求见。"

北冕帝怔了一下：白王？如今还不到寅时，天色未亮，为何白王一大早就独自入宫了？难道……他也是得知了这封密信上的事情，所以匆匆赶来？这样的话……岂不是……

北冕帝忍不住剧烈地咳嗽了起来："宣。"

片刻，白王进入了内殿，隔着垂帘问安，言辞恭谨，神色却欲言又止。北冕帝缓慢地回答了几句，不住咳嗽，看着藩王的脸色，暗自不安。白王隔着帘幕应答了几句，终于开口道："为何不见皇太子在左右侍奉？"

终于还是提到了时影吗？北冕帝声色不动，只道："他已经在此守了多日，我刚刚派他去处理一些事了。"

"皇太子……是去查办昨日那个大胆妄为的逆贼了吧？"白王脸上露出羞愧之色，忽地揽衣而起，匍匐谢罪，"是小王无能，竟然让前来赐婚的御史在光天化日之下蒙羞！"

"喀喀……"北冕帝咳嗽了起来，脸色一变。

白王重重叩首，继续谢罪："雪莺刚刚承蒙圣眷，却不料遭此意外——不但玉册丢失，连皇太子赐予小女的玉佩都被逆贼夺去了。小王内心如沸，夜不能寐，特意赶来请帝君降罪！"

"哦……"听到这样的话,白王竟然是松了口气,喃喃,"原来……你一大早赶来,是为了这件事?"

白王愣了一下,不知道帝君为何有此一问。昨天在白王府门口出了这么大的岔子,赐婚的使者被劫,玉册失落,他担心得一宿未睡,一大清早就特意过来向帝君赔罪,为何帝君反应却是如此奇怪?

"如此就好……"北冕帝脱口说了三个字,立刻回过神来,没有再多说什么,将手里捏着的那封信收了起来,问,"除了玉册,连玉佩都被夺了吗?"

白王连忙叩首:"那个逆贼胆大包天,竟闯入雪莺房中窃取了玉佩!"

"是吗?"北冕帝却没有问那个逆贼的下落,只是关切地问,"雪莺郡主没事吧?她身体不大好,喀喀……可不能出什么事。"

白王连忙道:"多谢帝君关心。雪莺只是略微受了惊吓,并无大碍。"

"嗯……那就好,那就好。"北冕帝松了口气,昏沉的眼睛里掠过一丝光,不知道想着什么,只是摇了摇手,淡淡道,"起来吧。"

"小王不敢。"白王匍匐在地,"还请帝君降罪!"

"降什么罪呢?喀喀……"北冕帝咳嗽着,"在天子脚下出了这种事,按理说……喀喀,最该怪罪的就是朕了吧?治国无方啊……"

"帝君言重了!"白王连忙叩首,"一些宵小而已,相信皇太子一定能很快将其捉拿归案——只是册封太子妃乃国之大事,不能因此耽误……"

他本来想委婉提醒帝君应该再度派出御史,重新赐予玉册,然而北冕帝眉头紧锁,忽然道:"光天化日之下,玉册和玉佩居然会不翼而飞……喀喀,此乃不祥之兆啊……看来这门婚事还需要从长计议。"

"什么?"白王忽地愣住了。

帝君是什么意思?难道……他是想借机取消这门婚约?

"还好也没有正式册封。"北冕帝在榻上咳嗽着,断断续续,声音却是从未有过地坚决,"回头……回头我再请大司命出面,请神赐下旨意,重新决定太子妃人选。爱卿以为如何?"

"这……"白王怎么也没想到帝君会忽然说出这样的话来,一时间僵在了原地,心里又惊又怒——天家婚娶,一言九鼎,岂有出尔反尔的道理?莫非帝君早就对这门婚约不满,如今只是借机发难?

想到这里，白王忽然一个激灵：难道，白日里那个忽然闯出来抢走玉册和玉佩的神秘人，竟是奉了帝都的旨意？

然而毕竟城府深沉，心中虽然剧震，白王脸上始终不曾露出丝毫不悦，沉默了一瞬，只是叩首道："帝君说得是，此事应从长计议。"

"喀喀……你可不要误会了。"北冕帝咳嗽着，语气却是温和的，安慰着满腹不满的藩王，"白之一族始终是空桑巨擘，国之柱石……世代皇后都要从白之一族里遴选。这一点，喀喀，这一点绝不会变。只是……"

说到这里，北冕帝顿了顿，意味深长："只是雪鸷不合适。"

白王心里一跳，知道帝君话里有话，想必是暗指雪鸷昔年和时雨的那一段情，想了想，只能小心翼翼地道："帝君说得是，雪鸷自小身体孱弱，小王也觉得不合适替帝王之血开枝散叶。可皇太子殿下一意孤行……"

"册封太子妃之事，决定权在朕，不在皇太子。"北冕帝精神有些不济了，说的话也短促起来，"你……喀喀，你回去好好安抚雪鸷吧……回头把她送进宫来住几天，决不能因此委屈了她。"

"是。"白王不敢再说什么，眼神却闪烁。

走到门口，还是忍不住回头看了北冕帝一眼，只见那个垂死的老人半躺在厚重的锦绣被褥里，脸上并无半点血色，神色莫测——皇太子时雨失踪，青王造反在即，空桑如今风雨飘摇，而这个行将就木的帝君心里，到底又在想什么呢？

等白王走了之后，北冕帝合起了眼睛。

当左右侍从以为老人已经又陷入了昏睡时，榻旁的帷幕动了动，有一个修身玉立的人从侧厢缓步而入，来到了榻前，微微躬身："父皇找我？"

北冕帝一惊，睁开了刚刚合上的眼睛。已经有整整一天未曾出现，皇太子不知去了何处，归来时一袭白衣依旧一尘不染，神色也和昨日并无二样。北冕帝吃力地看了他一眼，抬了抬手。内侍们明白了帝君的意思，立刻纷纷退下。

当房间里只有父子两个人时，气氛变得分外静谧，只能听到帝君迟缓凝滞的呼吸，如同回荡在空廊里的风声。北冕帝没有问他昨夜去了哪里，只是合起了眼睛，疲倦地说了一句："刚才……喀喀，刚才我和白王说的话，你都听到了？"

"是。"时影点了点头。

北冕帝淡淡道："我替你取消了和雪莺的婚约。"

时影沉默了一下，道："儿臣并无意见。"

"并无意见……呵呵，并无意见！"北冕帝却忽然冷笑了起来，提高了声音，从病榻上勉力抬起手臂，"唰"的一声将一物迎面摔了过去，厉声道，"你看看……喀喀，你看看你做的好事！"

事出突然，时影未曾料到父亲如此震怒，脸色微微一变，却没有躲闪。

"不许打他！"就在那一瞬间，一个声音忽地叫了起来。只凭空一声裂响，那东西还没接触到时影，就四分五裂化为齑粉！

"住手！"时影瞬间出手拉住了对方，低喝，"阿颜，不许无礼。"

隐身术被打破，一个红衣少女的影子从虚空里浮现出来，站在了烛光之下，满脸紧张地挡在时影面前，如临大敌。

紫宸殿最深处寂静无声，只有纸屑纷纷而落，如同漫天的雪片——原来北冕帝迎面扔过来的，竟然是那封被截获的密信！

"喀喀……是你？"北冕帝看着那个从时影身后冒出来的少女，脸上的惊讶渐渐退去，枯槁的嘴角忽地露出一丝笑意来，"我认得你……你，喀喀，你是赤之一族的小郡主，是不是？"

朱颜本来是悄悄地跟在时影后面，但一看到帝君动手，生怕师父会吃亏，在情急之下便径直冲了出来。此刻，看清楚扔过来的不过是一张纸，不由得也僵在了原地，愣了愣，睁大眼睛说不出话来。

北冕帝看到她目瞪口呆的表情，不由得笑了起来："原来……喀喀，原来昨天晚上，影是和你在一起？你们去哪里了？"

"我……我……"朱颜张口结舌，大胆直率如她此刻也居然有几分羞涩，下意识地看了旁边的时影一眼，似是求助。时影抓着她的手腕，将她轻轻拉到了身后，看着北冕帝，平静简短地回答了一句："是和我在一起。"

什么？他居然在父亲面前一口承认了？朱颜的脸"唰"地红到了脖子根，连头都抬不起来了，只能抓着他的袖子躲在他后面，不敢看病榻上的帝君。

"唉，你们两个……真是……"北冕帝打量着他们两个人，脸色忽转，忽然间笑了起来，"好……好！喀喀……太、太好了！"

抱病在床的老人忽然爆发出了大笑，竟然有说不出的欢喜和畅快。朱颜有些傻了眼，不知所措地看了看帝君，又看了看时影。然而这父子两人一个动一个静，竟然是谁都没有理睬她。

不知过了多久，北冕帝终于平定了咳嗽，看了一边的嫡长子一眼，道："好了……本来我想好好责骂你一顿的，喀喀……现在看来不用了。看来，这世上的事情，就算到了我快要死的最后一刻，依然还会峰回路转啊……"

北冕帝又转过头，打量了他身边的红衣少女半天，嘴角含着深深的笑意，咳嗽着转头对时影道："看在她的分上，暂时饶了你。"

朱颜却不忿："他又没做错什么，为什么要你饶？"

"喀喀……怎么，还没嫁过来，就这么护着他了？"北冕帝啼笑皆非地看着这个少女，咳嗽着，指着碎裂一地的纸张，"你看看他做的好事！如果……喀喀，如果不是总管查获了这封信，我还被他蒙在鼓里！"

"信？"朱颜怔了怔，看了看一地的纸片。

时影微微皱眉，平举起手掌，"唰"的一声，那些碎裂的纸张从地上飞起，瞬间在他掌心拼合，完整如初。

他只看了一眼，眉头就皱了起来。

没错，这是雪莺郡主的笔迹！

那个白之一族的郡主，丝毫不知深宫凶险，在走投无路的情况下，竟然贸贸然给青妃写了一封求救信！然而不知道青妃自身难保，于是这封信便毫不意外地被总管查抄，送到了帝君这里。

时影看着信里的内容，眉头也渐渐蹙起，看了一眼父亲。

"雪莺郡主……她、她居然怀了时雨的孩子！"北冕帝指着时影，声音沙哑低沉，"这么大的事，你居然瞒着我？"

什么？帝君……帝君他居然知道了？！

朱颜吓了一大跳，一时间不知道说什么好。然而时影的神色还是淡淡的，手指一松，那封信在他手里重新化为齑粉，散落了一地。

一时间，紫宸殿深处的气氛几近凝固。

"影，你就是为了这个，才选了她当太子妃吧？"沉默了很久，北冕帝看着嫡长子，眼神复杂，"你说我小看了你的心胸……喀喀，还真的是。呵……我怎么也没想到，你、你居然会心胸宽广到母子一起收！"

愤怒之下，北冕帝的语气很重，时影沉默着承受父亲的怒火，并没有回答。朱颜惴惴不安，有心想替师父说话，又不知该怎么辩解，嘴唇动了动又沉默。

"你想什么呢！"北冕帝捶着床沿，厉声道，"你是要把他们母子收入宫中，当自己的孩子抚养？你就不怕这孩子养大了，会杀了你报仇吗？"

"报什么仇啊？"朱颜忍不住争辩了一句，"时雨又不是他杀的！"

什么？北冕帝微微一怔，看向了嫡长子。

然而时影并未替自己分辩，只是淡淡道："杀我报仇？如果那孩子将来有这样的本事，倒是空桑之福。"

"你……"北冕帝被这个儿子给气得苦笑起来，剧烈地咳嗽。

"帝君，您快歇一歇！"朱颜看得心惊胆跳，生怕这个垂死的老人一口气上不来，想上前替他捶背，"不要说那么多话了……消消气，消消气。要不要叫御医进来看看？"

北冕帝没有理睬她，只是死死地盯着儿子，咳嗽着："总而言之，雪莺郡主绝不能成为太子妃！喀喀……否则像什么样子？全乱套了！这门婚事你想都不要想……我、我非得替你取消不可！"

"好。"时影居然一口答应，"我同意。"

北冕帝似乎没料到嫡长子居然毫不反抗，不由得怔了一下："你……为什么忽然间又改口了？你不会现在又想杀了雪莺母子吧？"

"当然不。"时影冷冷回答，"放心，我会照顾他们母子。"

北冕帝凝视着自己的嫡长子，神色复杂："那就好。毕竟那孩子也是帝王之血的后裔……喀喀，希望你真的心胸宽大，不会对孤儿寡母赶尽杀绝。"

时影还没表态，朱颜却忍不住开口："我保证，师父他肯定不是那种人！"

"你保证？"北冕帝转过头看着这个少女，沉默了片刻，抬起手招了招，"小姑娘……喀喀，过、过来。"

朱颜愣了一下，看了看一边的时影。时影脸色淡然，并没有表示反对，她便小心翼翼地走了过去，在帝君的病榻前一尺之处站住了脚步。

北冕帝在辉煌光线下端详着这个少女，眼神渐渐变换，低声叹了口气："真是像红日一样朝气夺目啊……难怪……喀喀，难怪生活在永夜里的影会喜欢……小姑娘，他对你好不好？"

朱颜脸红了一下，连忙点头："好，很好！"

"再过来一点。"北冕帝又招了招手。

朱颜小心翼翼地又往前挪了几步，几乎已经贴着榻边了，不知道帝君要做什么，心头怦怦跳。

北冕帝凝视了她片刻，低声："低下头来。"

她吓了一跳，忐忑不安地低下头去。忽然间，只觉得发上微微一动，有奇特的微光亮了一下，从虚空里笼罩了她。

"玉骨？"朱颜抬手摸了一下，失声惊呼。

"归你了。"刚才那个小小的动作似乎已经耗费了很大的精力，垂死的皇帝重新靠入了软榻，咳嗽着，"好好……好好保管它。"

朱颜愣了一下，明白北冕帝这算是正式承认了自己的身份，不由得心里一喜，摸着玉骨说不出话来，半晌才讷讷道："谢谢！"

北冕帝看着少女明亮的眼睛，混浊的老眼里也闪过一丝笑意，咳嗽着，嘱咐："喀喀……以后你们两个要好好相处，不要再吵吵闹闹了。"

"我、我哪敢和他吵啊……我怕死他了。"朱颜嘀咕了一声，白了时影一眼，"他生气起来可吓人了！不打我就不错了……"

"什么，他还敢打你？"北冕帝失笑，"他以后要是敢打你……"

然而话说到一半，帝君脸上笑容未敛，整个人向后倒去！

那一瞬，时影抢身到了榻前，失声："父皇！"

朱颜吓了一跳，看到时影变了脸色，冲上去叩住了北冕帝的腕脉，十指间迅速升起一点幽蓝色的光，顺着老人枯瘦的手臂扩散上去——朱颜认得那是九嶷术法里最高阶的聚魂返魄之术，非常耗费灵力。

然而即便是这样，当咒术笼罩住老人时，她还是看到北冕帝的魂魄从七窍飘出，不受控制地溃散！

"不……不要勉强了。"北冕帝的声音虚弱而低沉，如同风中之烛，身体微微抽搐，"时间早就到了。我……喀喀，我已经拖了太久……"

时影却还是不肯放开分毫，继续施用着大耗元气的术法，低声："天下动荡，大事未毕，还需要您坐镇。"

"喀喀……我挨不下去了……"北冕帝全身颤抖，眼神慢慢开始溃散，喃喃，"本来……本来还想等大司命回来……可惜……喀喀，没时间了。"

"有时间。"时影的声音却冷定，"您要撑住。"

"不……不用了。"北冕帝喃喃，全身都在不停地抽搐，手脚渐渐冰冷，"太……太痛苦了……阳寿尽了，却苟延残喘，每一分每一刻……都如同在炼狱里煎熬啊……我、我不想挨下去了。"

时影的手指微微一颤，眼神变了一下，没有说话。

握在他掌心的那只手苍老而枯槁，轻得仿佛没有重量，在不停地剧烈颤抖，显然承受着极大的折磨——那样的折磨，足够摧毁一个人的求生意志。一个风烛残年的老人，又怎么能承受如此痛苦？

"影，我很快……就要见到你的母亲了……"垂死的帝君从咽喉里发出了叹息，"我会去祈求她的原谅……可是……你呢？影，你原谅我吗？"

时影震了一下，并没有回答，神色复杂地变幻。

朱颜看着老人祈盼的眼神，心里难受，几乎恨不得脱口而出替他回答，然而毕竟知道好歹，硬生生地忍住了，抿紧嘴唇站在一边，看着这一对父子。

"对了，还有一件事……"北冕帝喃喃，吃力地吐出最后的请求，"在我死后，把……把我和秋水歌姬……合葬在一起。"

时影在榻边看着垂死中的父亲，感觉自己的手也在微微发抖——他自幼出家，一生苦修，自以为早已修到心如止水，生死不惊，然而这一刻面对着亲生父亲临终前的祈求，还是忍不住心神激荡，不能自已。

母亲和自己一生的悲剧，都由眼前这个男人而起。可这个人不但早年抛弃妻子，到了生命的最后，依旧要选择和那个鲛人一起长眠！

这个人并不后悔自己的选择。那自己，是否要原谅？

朱颜看到他久久沉默，忍不住轻轻伸出手，按在了师父的肩膀上。那一瞬，她骤然间一惊，发现时影的身体竟然在剧烈地发抖。

"如你所愿。"终于,他低声说出了几个字。

北冕帝颤抖了一下,竟然有一滴泪从眼角滑落,他伸出枯瘦的手,痉挛着抓紧了儿子的手腕,声音越来越虚弱,低得几乎要贴耳才能听见:"等……等大司命回来……喀喀,你告诉他……我……我很抱歉,没能等到他回来……"

时影微微点头,并没有多说什么。可是那一瞬间,不知道是不是错觉,朱颜似乎看到他眼眸里有晶亮的光芒一闪而逝。她站在一边看着,只觉得自己心里也是揪紧了一次又一次,几乎无法呼吸。

北冕帝的声音停止了,重新开始剧烈地咳嗽,整个人都佝偻成一团,似乎要把心肺都咳出来一样。时影抓住了父亲的手腕,迟疑了一下,又一分分地松开——在他松开手的一瞬间,北冕帝从胸腔里吐出了最后一口气,衰竭的三魂七魄再也无法控制地朝着四方溃散。

虚空中有飓风席卷而来,那些肉眼不可见的魂魄如同闪耀的星星一样,转瞬离开这一具奄奄一息的躯壳,随风而去!

"啊!"朱颜失声惊呼,又竭力忍住。

然而,时影不等父亲呼吸停止,便断然站起身,头也不回地往外走。仿佛就像是在逃离什么一样!

他……为什么在这一刻走了?朱颜想要追上去,却又不忍心看着老人就这样一个人死去,还是在榻边踌躇了片刻。

"秋水……"病榻上,北冕帝吐出了最后的一句低语,寂然无声。

——那个他毕生爱恋的名字,直到生命的最后一刻,还刻在他的心里。

朱颜怔在那里,看着北冕帝的呼吸慢慢停止,一时间心中翻天覆地,竟然有一种要哭出来的冲动——这,便是一个生死轮回吗?是不是将来的某一天,她也要这样送走父王和母后?虽然万般不愿,却无能为力。

生死轮回,如同潮汐来去,是洪荒一般不可抗拒的力量。

第二十章

同生共死

这个长夜，几乎如同永恒。当太阳升起的时候，有人已经在黎明中去世。

不一时，有服侍早膳的内侍进来，发现了北冕帝的驾崩，立刻惊慌地退出告知诸人。朱颜藏身于帷幕之后，看到总管带着侍从从外面涌入，叹了一口气，离开了喧闹的后宫。

她在白塔顶上的神庙里找到了时影。他正独自在神像下合掌祈祷。神庙空旷，有微光从穹顶射落，从大门这边望进去，几乎宛如深不可测的大海，而海的彼端是神魔无声的凝视，令人心生敬畏。

朱颜隔着飘摇的帷幕，静静地遥望着那一袭白袍，不敢出声打扰。

隔了多久？十年？

上一次，在接到母亲死去的消息时，在深谷修行的少年神官也曾在石窟里面壁静坐，却终究无法抑制心魔肆虐，发狂地哭号着，在石壁上留下了满壁的血手印，甚至差点错手杀了她。

而这一次，在目睹父亲死去时，他已然能够平静。

那么多年过去了，不仅是她自己，甚至连师父都已经成长了许多……

朱颜叹了口气，终于轻轻地走过去，在他身侧一起跪了下来，合起掌来，默念往生咒。祝颂声绵长如水。白塔凌云，俯瞰云荒，神魔的眼眸无声深远，凝视着这一对年轻人。

当一百遍往生咒念完，时影站了起来，却还是不说话，转身往外走。她心里有些不安，不由得追了上去，轻声："你没事吧？"

时影虽然没说话，可表情里有一种异样，让朱颜忍不住暗自诧异，然而不等她再次开口，他忽然停下脚步，回身看着她。

那种眼神，令她一下子忘了要说什么。

"阿颜。"他低声，忽地伸出手将她拥入怀中！

她一时间忘了想说的话，大脑有短暂的空白，只是软绵绵地伏在他的胸口，一动不敢动。那一瞬，神庙里极其安静，她甚至听到了他的心跳——原来，他的心跳得那么激烈，完全和他表面上的平静相反。

她忍不住抬起头看他，却在一瞬间惊呆了。

他在哭——眉目不动，无声无息，只有泪水滑过脸颊，消失在日光里。

那是她生平第二次看到他落泪。朱颜颤了一下，心中剧痛，想说什么却最终没说出来，只是抬起手默默抱紧他的后背，侧首贴上了他的心口。

此刻，一句话也不必再说。

她记得他少年时的沉默孤独，却不料成年后依旧如此——这个自幼被家人遗弃在深谷的人，如今好容易得回了缺失的温暖，却又在短短的刹那之后，再度彻底失去。在这二十多年里，他到底有过多少开心的日子？

那一瞬间，她忍不住脱口："别怕。就算你的父王母后都不在了，还有我呢！我……我会一直和你在一起。"

诺言在神和魔的面前许下，少女的眼眸亮如星辰。

那一刻，在伽蓝白塔绝顶的晴空下，时影紧紧拥抱这个美丽的少女——她的身体是如此娇小柔软，却给了他一个错觉：好像只要拥住怀里这个小小的人儿，便可以对抗无情而强大的时间。

朱颜不敢说话，只是听凭他拥抱着，抬起手轻抚他的背部。

时影沉默了许久，心跳渐渐平静，低首凝视着她，眼里闪过了诸多复杂的表情，忽然开口："我们这就各自回去把婚约取消了吧！"

"啊？"朱颜吓了一跳，脑子一时间转不过弯来。

"既然我们决定要在一起，就得把婚约取消。"时影的眼神冷冽，声音平静而有力，"难道到了现在，你还在想着要嫁给白风麟？"

"当然不！"她没有一秒钟的犹豫，"谁要嫁给那家伙！"

他凝视着她的表情，蹙眉："那你还在犹豫什么？"

"我……我……"朱颜的嘴唇颤了一下，心里猛然往下一沉。

"你还在害怕大司命？"时影审视着她的表情，蹙眉，"我说过，无论他威胁了你什么，只要有我在，你和你所在意的人都不会有事——你的父王、你的母妃、你的族人……包括你在意的那个小鲛人，他们都不会有事。我的承诺，你应该可以相信。"

"我当然相信！"朱颜颤抖了一下，"可是……不只是这样。"

"还有什么？"时影看着她，愕然。

朱颜看着他，眼神哀伤，有一种隐约入骨的恐惧，喃喃："你……你可以保护所有人，可是，谁又能来保护你呢？"

"保护我？"他有些不解，"为什么？"

"因为我会害死你！"朱颜全身发抖，终于无法控制住内心的恐惧，说出了真正的顾虑，"大司命说，我是你命里的灾星，如果继续和你在一起，一定会害死你的！如果因为我，再一次害死你的话……"

"什么？"时影吃了一惊，却只是皱了皱眉头，"你不要听他胡说。"

"不不，大司命不会胡说。"朱颜的声音剧烈地颤抖，带着无尽恐惧，"我会害死你的。我……我已经害死过你一次了！再也不能有第二次了……星魂血誓也只能用一次！要是再出一次事……"

"大司命真的这么说？"时影的眉头忍不住蹙了起来，语气莫测——在这个云荒，唯一术法造诣可以在自己之上的人，只有大司命。他无法看到自己的宿命，那么，那个老人是否真的能看到？

"是的。"朱颜终于说出了真正害怕的东西，声音发抖，"我……我可不想再看着你死一次！我宁可自己死了也不想再让你死！我——"

"胡说！"忽然间，他厉声打断了她。

朱颜被他吓了一跳，一下子说不出话来——时影的眼神变得非常严肃，隐约带着怒意，凌厉闪烁，接近于可怕。

"原来是因为这个？阿颜，你竟瞒了我那么多事！"他看着她，语气里不知道是释然还是愤怒，"别听大司命胡说八道。"

"可他是大司命！"朱颜有些无措，"他……他比你还厉害吧？他说的话，怎么敢不听？我……我怎么敢拿你的命来冒险！"

听到她这样坚信不疑地说着，时影的眼神越发冷冽，几乎已经带着怒意和杀气："呵……那个家伙！"

他顿了一顿，严肃地看着她："听着，阿颜，我不知道大司命背着我和你说了什么。但，无论他说什么，你都不要信——他不是预言我十八岁之前如果见到了女人，就会因她而死吗？"

"是啊！"朱颜颤声，"所以……所以你被我杀了！"

"不，不是这样的。"时影凝视着她，断然摇头，"我的确因为你而死，可是我又因为你活了过来！这个事，大司命他预料到了吗？"

朱颜一下子愣住了，只是怔怔看着他。

——是的。大司命是算到了时影会因她而死，可是，他怎么没算到他也会因她而活呢？

"如果你是因为自己的想法而离开我，我没有办法。但是，如果你只是为了大司命一句预言而放弃，那就太荒谬了！"时影看着她，眼神凌厉，语气也严厉，"我教了你那么多年，不该把你教得那么蠢。"

"我……我……"他话说得那么重，她本来应该生气的，却莫名地觉得有些欢喜，喃喃，"真的吗？大司命说的话，也未必一定准？"

"当然。"时影冷然，"我可以肯定，他只是在吓唬你。"

"是吗？可是万一……"她心里一阵狂喜，却又一阵担心。

"没有什么万一！"他断然截止了她的话，"你不要被他骗了！"

朱颜噤声，不敢再说。然而她沉默了一会儿，忽然想起了一事，忍不住又眼眶一红，哽咽了起来，断断续续："不！我还是不能和你在一起。因为……因为大司命手里有一道圣旨……"

"什么圣旨？"他握住了她的肩膀，严厉地催促，"不要哭！从头到尾和我说一遍。"

她抹着眼泪，终于抛开了一切顾虑，将过去发生的事情对他完完全全地说了一遍：从大司命在神庙里以离开他为条件，传授她星魂血誓开始，讲到大司命拿父母族人性命威胁她，让她在梦华峰上违心和他分离……

每说及一件，时影的神色便冷一分，渐渐面沉如水，眼神可怕。

"竟然有这种事？"他喃喃低声，"难怪。"

是的，对她这样热烈不羁、天不怕地不怕的人来说，除非用至亲至爱之人相胁，不然怎么肯俯首帖耳听从安排？

可即便是如此，听到他要大婚之前，她还是不顾一切地跑来了这里。她是明知不可能，却还是想要螳臂当车，再见他一次吧？

哪怕那之后便是永远的分离。

"我不想害死你……也不想害死全族……我、我没别的办法。"说到后来，朱颜终于忍不住哭了起来，全身发抖，"是我不好！本来我答应了大司命，就应该好好走开的……居然……居然跑到了这里来！我一定是鬼迷心窍。"

时影沉默地听着，伸手轻轻擦掉她挂满颊边的泪水，将她拥入了怀里，低声说了一句："幸亏你鬼迷心窍，跑到紫宸殿来找我。不然，我们这一生，可能也就这样错过了。"

"嗯？"她愕然地抬头看了他一眼。

时影叹息了一声，眼神里流露出一丝庆幸："要知道，既然你已经表了态，我是决不会去找你的。幸亏你来找我……阿颜，我真的很感激。你一直很勇敢。"

他的语气前所未有地温柔，听得她心里一震。

"那是！"朱颜忍不住挺起了胸膛，"不是你让我要对自己有信心吗？只要我愿意，就永远做得到，也永远赶得及！"

时影没想到她会把自己昔年的教导用在这里，一时无语。

他默默抬手轻抚她的发梢，眼神却是在不停地变幻，似在思考着什么问题，沉默了片刻，道："既然父王临死前已经替我取消了婚约，那么，现在你也回去取消你的婚约吧。"

"啊？我……我怕父王揍我。"朱颜全身一僵，说了实话，声音低了下去，"我上次就逃婚了。他这次好容易又替我选了一门婚事，如果……如果和他说我又要取消婚约，恐怕他……"

时影皱了皱眉，只道："那这件事让我来处理。"

"怎么处理？我父王脾气可大了。"朱颜心里忐忑不安，忽然灵光一现，"哎，如果他发脾气，我就说我们两个已经生米做成熟饭，连娃都有了！估计父王就不会骂我了。"

时影半晌没有说话，用一种无法形容的表情看着她。

她看到他的表情，连忙垂下头，嘀咕："我……我也就是说说而已。"

时影蹙眉："你这是从哪儿学来的？我可没教过你这些。"

"哪里用得着别人教？"她却不以为耻，脸皮厚得如同城墙，"你看，雪莺一说她怀孕了，立刻连帝君都吓住了，马上下旨意把她的婚约给取消了！这招很管用，父王如果听我这么一说，一定也会吓住的。"

时影无奈地苦笑了一声："赤王烈性暴躁，哪里会被吓住？你那么说，多半会挨一顿暴打。"

"没事，我豁出去了！总不能真的去嫁给白凤麟那家伙。"她却浑然不惧，挽住了他的手臂，"反正父王他也不能往死里打我——有星魂血誓在，我们同生共死了。他可不敢杀你。"

时影看着她的表情，忍不住笑了一笑，拍了拍她的肩膀。

"别担心。"他低声道，"事情会解决的。你先回去吧。"

"去哪儿？"她怔了一下。

"回赤王府去。"他道，语气已经恢复了以往的平静，"你一夜未归，一定让父母悬心，回去好好道个歉。"

"才不会呢！"她却犹自嘴硬，恋恋不舍，"这些年我老是往外跑，他们早就习惯啦！"

"回去道歉！"时影声音忽然严厉了起来，"趁着你还能道歉！"

朱颜被他的语气吓了一跳，往后缩了缩肩膀。然而时影的声音很快又低了下去："要知道，就算是父母子女之缘，也是有尽头的——不要像我这样等到双亲都不在了，才知道……时不再来。"

直到这一刻，他的脸上才掠过了一丝哀伤。

朱颜心里猛然一痛，抓紧他的手臂，将脸埋在了他的肩膀上，低头轻轻唤了一声"师父"。

"你先回家。我要去内宫处理一下事务。"时影叹了口气，"父王驾崩，有很多事情要立刻处理，不能耽误片刻。"

"好吧。"朱颜依依不舍地放开了他的手臂，"你自己小心。"

"嗯。"时影颔首，凝视了她一眼，还是忍不住抬起手触摸她的脸颊。那一刻，朱颜忍不住颤了一下，下意识地把头往回缩了缩。

"怎么？"他微微蹙眉。

"以……以为你又要打我。"她尴尬地低声，"吓惯了。"

时影无语，只哭笑不得地道："放心，以后都不会打你了。"

"真的吗？"朱颜的眼神亮了一下，简直似听到了天底下最好的消息，"你可要说话算话！以后无论我犯了什么事，你……你都不能再打我了！"

"嗯。"他点头应承。

她知道师父一诺千金，顿时长长松了一口气，有拿到免死金牌的狂喜，抱怨："吓死我了。上次在苏萨哈鲁，只不过想逃个婚，屁股都快被你打肿了……以后你可不许再打我了！"

时影微微一窘，脸色微妙："不要再提那件事了。"

"咦？"朱颜还是第一次看到师父脸上出现这种奇怪的表情，忍不住想抬手推一下他，然而手刚一抬起，就被时影扣住了。那一瞬，他的呼吸有一些乱，手指也有不可觉察的微颤。

"你怎么啦？"她还是懵懂未解。

时影并没和她继续纠缠下去，松开手，只道："天亮了，让重明送你回去吧。记得别乱说话，不要惹你父王生气——等我来处理。"

他的声音很温柔，朱颜听得心都要化了，刚想再赖过去蹭一会儿，时影却已经转身，招手唤来了重明神鸟。

"你……"当重明神鸟展翅飞起的时候，朱颜趴在鸟背上回头看他，脸红红的，欲言又止，最终只是道，"今天我很开心！"

时影嘴角浮起了一丝笑意，微微颔首："我也是。"

当她的身影从天际消失之后，时影在夜空下停顿了一刻，闭上了眼睛，似乎在默默转换着内心的某些情绪。等终于将这些儿女私情都摒除出了内心，这才转身走下白塔，重新返回了紫宸殿。

他刚走下白塔顶，等待已久的大内总管就迎了上来，一迭声："可算找到您了！皇太子……不，帝君！先帝驾崩，相关的诏书已经拟好，还有一个时辰就要早朝了，诸王即将齐集。您要不要休息一下，准备准备？"

时影沉默了一下，道："不用。"

他低下头看着手上的皇天戒指，忽然问："后土神戒找到了吗？"

不防皇太子忽然问起了这回事，大内总管连忙回禀："自从白嫣皇后去世之后，后土神戒便一直由执掌后宫的青妃保管。如今青妃刚刚伏诛，属下派得力人手正在查抄青蘅殿，一时间还没有……"

时影微微蹙眉："她身边的心腹侍女呢？"

"拷问过侍女，她们说……"大内总管略微犹豫了一下，还是决定实话实说，"她们说，后土神戒原本被青妃收藏在枕边的匣子里，但某一天晚上忽然化作了一道光，就飞出窗外不见了。"

"什么？"时影也忍不住愕然。

大内总管道："宫女们都私下说，是因为青妃并无资格保管这枚只能由白之一族皇后继承的后土，神戒有灵，才自行离开了。"

时影眉头微微蹙起："对她们用过读心术了吗？"

"用过了。"大内总管颔首，"说的是真话。"

时影再度沉默了下去，手指轻轻敲打着扶手，面沉如水。

"这说不定是青妃耍的把戏，掩人耳目，好将后土神戒据为己有。"大内总管连忙补充了一句，"请殿下放心，在下一定会好好地继续追查！"

时影想了想，问："青妃平时一般的活动范围是哪里？"

"青妃深居简出，很少离开皇城，平日也就在青蘅殿与紫宸殿之间来去。"大内总管回答，"最多每逢初一十五去一下白塔顶上的神殿，拜祭神灵。行踪非常有限。"

"那么说来，后土神戒多半还留在帝都。"时影沉吟了片刻，吩咐，"此事非同小可，派人抓紧去找，如果找不到，提头来见。"

"是！"大内总管连忙点头，退了出去。

晨曦还没露出来的时候，天幕是深沉的暗蓝色。

朱颜坐着重明神鸟落在了自家的后院，蹑手蹑脚地跳了下来，往房间里迅速地溜回去，生怕惊动了父亲——然而刚一进院门，就被抓了一个正着。

"小祖宗哎，你怎么现在才回来？"盛嬷嬷一直守在她的房间里，一眼见到了她，赶紧一把抓住，"可急死我了！"

"嘘……"她吓得一个激灵，左顾右盼，"别吵醒父王！"

"你也知道害怕？"盛嬷嬷看到她惊恐的表情，不由得啼笑皆非，"放心，王爷不在这里。一个时辰之前他接到内宫传来的秘密消息，说帝君深夜驾崩了！王爷不等早朝时刻，便火急火燎地立刻进宫去了。"

"进宫去了？"朱颜不由得松了一口气，喃喃道，"太好了，终于不用挨骂了！父王……父王他知道我昨晚一晚上没回来不？"

"怎么不知道？王爷可着急了！我的小祖宗，你这一个晚上都跑到哪里去野了？"盛嬷嬷担心不已，拉着她的手上下打量，忽地惊呼，"神啊，你……你这是怎么了？是不是有人欺负你了？"

"欺负？"她又愣了一下，"谁敢欺负我？"

"那你脖子上的红印是怎么回事？为什么连里面的小衣都穿反了？"老嬷嬷毕竟精明，目光如炬，上下扫视了朱颜一遍，忍不住变了脸色，"天，郡主！你……你难道是……哪个天杀的，居然敢欺负你？你快老实说昨天到底是去了哪里！"

"我……我没事，你别乱说！"朱颜的脸"唰"地红到了耳根，支支吾吾半天，忽地跺脚，"反正……反正我没被人欺负。就算有，也是我欺负了别人！你就不要再啰啰唆唆地问啦！"

"真的没事？"盛嬷嬷上下打量着这个小魔头，越看越不对劲，"小祖宗，你可是马上要嫁往白王府的人啊……一整夜不回家，万一传出去可怎么办？"

"一人做事一人当！"朱颜感觉自己的脸热辣辣的，却只拧着脖子犟道，"放心，我回头会自己和父王说。"

"什么？"盛嬷嬷没想到郡主居然一口就承认了，反而一下子说不出话来，颓然坐到了凳子上，喃喃，"这下可麻烦了！要怎么和白王府交代？虽说你嫁过一次，但六部都知道上次压根没圆房——现在你……"

"为什么要和他们交代？"朱颜脸色飞红，跺脚，发了狠话，"反正我也不会嫁给白风麟。"

"什么？"盛嬷嬷大吃一惊，"你这次难道又想逃婚？"

"我……"朱颜本来想分辩几句，但又不想扯上师父，只能愤然道，"反正不用你瞎担心！"

盛嬷嬷知道郡主从小是个主意大的女娃，看她动了怒气，只能放软了语气，问道："郡主饿了吗？要厨下去炖竹鸡吗？"

朱颜折腾了一晚上没好好休息，刚回来又被从头到尾盘问了这一番，心里未免有点烦，赌气道："不吃了！我困了，你出去吧……谁也不许来吵我！"

将嬷嬷赶出去之后，她独自坐了下来，刚脱下外衣就寝，却一眼瞥见了镜子里自己的侧颈上果然有几处红痕——她忽然明白过来盛嬷嬷为什么会猜到了昨晚发生的事，顿时脸上飞红，连忙将自己埋进了被窝。

唉，已经快到卯时了，该是紫宸殿早朝的时间。

帝君驾崩，六王齐集，今日，少不了又是一场大事件。

他……现在应该很忙吧？马上就要从皇太子变成帝君了，整个云荒的事，以后都要由他来管了，只怕有三头六臂也忙不过来吧？他什么时候会来找她呢？明天真的能见到吗？

哎……说不定，等会儿一睡着就会梦见了吧？

在入睡之前，她心里想着，忐忑而充满期待。

在朱颜留宿白塔绝顶的同一个晚上，叶城一个秘密的后院里，一口深深的古井荡漾着，宛如一只不见底的眼睛。

没有风，没有光，只有一泓离合的冰冷的水，簇拥着悬浮在其中的小小孩童。

那是被诱入其中的苏摩，紧闭着眼睛，在井底的水里浮浮沉沉，仿佛是陷入了一个漫长的梦境。孩子虽然仿佛睡去了，细瘦的手臂却在不停地挥舞着，似乎在竭尽全力地游向某一个地方，不敢有丝毫停顿。

无论他多么努力地挣扎，身体都被凝固在同一个地方，丝毫未曾移动。

"他游到哪里了？"

"在幻境的距离中，估计快到伽蓝帝都的城南码头了吧。"

"很快啊……即便是在大梦的时间里，也才过了四天半而已吧？"

"是的，这个小家伙很拼命呢……"

"可怜。"

声音来自头顶的某一个地方，带着俯视一切的悲悯。

围绕着深深的井口，海国至高无上的三位长老低下头，一起俯视着被困在黑暗水底的孩子，发出了低低的叹息和议论。在他们脚下，无数的咒语发出璀璨的金光，围绕着井台，似乎将井缠绕成了一个神奇的茧——而在那个茧里面，那个孤独的孩子被困在三位长老联手编织的幻境里，双眼紧闭，无法醒来。

"该让他上岸了吧？"涧长老有些不忍心，"这孩子快累垮了。"

"差不多是时候了。"泉长老凝视着孩子的表情，抬起了手。

在他指尖划过的地方，幽深死寂的井水忽然起了微微的波澜，似乎是当空的冷月折射下了一道光华，水面转瞬幻化出了一幅瑰丽的图画：那是位于镜湖中心的伽蓝帝都的巍峨城门，门口还有缇骑纵横来去，贩夫走卒，喧嚣热闹，栩栩如生。

"幻境竟然能这样真实？"第一次看到这个禁咒的力量，连清长老也不由得赞叹，"果然是难分真假。"

"大梦之术并不是凭空造出幻境，而是借用现实——我现在就是以镜湖为镜，把俗世的景象折射到了水底。"泉长老对另外两位长老道，"只有以真实的世界为倒影，才能完美无缺地编织出梦境。这个小家伙可精着呢……略有一点破绽，只怕就会被识破。"

"嗯……"涧长老点点头，看着水底深处历历浮现的幻境和被困在幻境里的孩子，有一丝疑虑，"你把真实的伽蓝帝都给折射了下来，缔造出大梦结界，固然是省心——可是，万一那孩子想要见的人也正好被映照在里面……"

"放心。这幻境里发生的一切，都将由我们来控制。"泉长老道，"这个孩子内心有太多的不安全感和恐惧，千疮百孔——我们只要扩大他心里最微小的阴暗面，便能击溃他的意志，进而在幻境中左右他的想法"

"那就好。"另外两位长老松了口气。

"去吧。"泉长老对着井底沉睡的孩子说了两个字，抬起手指向了那一幅幻境，"去找你想要找的人……去迎接属于你的命运。"

幻境里，浮现出了伽蓝帝都水岸边际线，码头近在眼前。位于茧中心的孩子全身一震，脸上露出了欣喜的表情，似在筋疲力尽之下终于抵达了帝都。

泉长老回头看着另外两位同僚，目光肃然："海皇要进入他的幻境了，准备好了吗？"

同一刻，朱颜也沉入了她的梦境。

与睡前的愿望相反，她并没有梦到时影，反而梦见自己再度回到了镜湖边——那是在伽蓝帝都的南门外。湖面映照着月光，如同点点碎银，美丽不可方物。湖上的世界繁华无比，映在湖上如同幻境。

她站在湖边怔怔看着，在梦境之中忽然升腾起一种奇怪的感觉——是的，这个场景，似乎有哪儿不对劲？

她还没有想清楚到底是怎么了，水的深处有什么东西冉冉升起：那是一个灵活的影子，如同一条游鱼般朝着她飞速地游了过来——那是什么？是一条鱼，还是……还是一个鲛人？那个鲛人，是渊吗？

那一刻，那种奇怪的感觉越来越强烈。

她是在做梦吗？这个梦，似乎不久前刚刚做过？

当那个影子越来越近的时候，她在梦里下意识地往后退了一步。

"哗啦"一声，水面碎裂，有什么浮了出来。水底游过来的竟然是一个孩子，不过六七岁的年纪，身形小小的，消瘦阴郁，眼睛明亮，看着岸边的她，惊喜万分地唤了一声："姐姐！"

"苏摩？"她认出了那个孩子，大吃一惊，"你怎么在这里？"

"姐姐！"那个孩子急速地浮出水面，对着她喊，"姐姐！"

"苏摩！"她急急俯下身去，试图抓住他的手，"快上来！"

奇怪的是，那一抓，却落了空。

她的手指从苏摩的手臂里对穿而过，仿佛握住的只是一个幻影。那一瞬，她因为用力过猛，一个收势不住，便往湖里一头栽了进去！

"苏摩！"她在溺水之前惊呼，"苏摩！"

"姐姐！"那个孩子也在惊呼，游过来，不顾一切地想抓住她的手——然而诡异的事情发生了，他们已经近在咫尺，双手几次相遇，都在拼命地想抓住彼此，她的手几次从他小小的手臂里对穿而过，如同握住的只是虚无。

这是怎么回事？她明明就在那个孩子的旁边，却怎么也触不到他！

恐惧和焦急控制住了她，朱颜不顾一切地向着那个孩子伸出手，胡乱挣扎，然而什么都无法触碰到——他们之间仿佛隔了一堵无形的墙壁，再不能逾越分毫。冰冷的湖水倒灌入她的七窍，淹没她的视觉和听觉。

苏摩拼命地向她伸出手来，大声喊："姐姐……姐姐！"

"苏摩！苏摩！"她在水中大声喊，然而无论用了多大的声音，苏摩仿似完全听不到——咫尺之隔，那个孩子也在拼命地挥手，想要抓住她，却怎么也无法接触到她。

有一堵透明的墙伫立在他们中间，隔开了两个人。

"她怎么会在这里？快分开他们！"

恍惚中，一个声音响了起来，不知道是从哪个角落里传来，依稀传入她的耳畔："她竟然进入了这里……糟糕，绝不能让他们在'镜像'里相遇！"

谁？是谁在说话？

她被一股奇怪的力量控制，如同陷入了看不见的浓稠泥沼里，身不由己，拼命挣扎却只是越陷越深，和苏摩分开得越来越远。水淹没了口鼻，令她渐渐不能呼吸，逐步接近灭顶。

所有的感知都变得恍惚而遥远，那是濒死的感觉。

不……不！她和师父约好了……她决不能死在了这里！

就在这一瞬，随着她内心的强烈呼唤，她的全身仿佛可以动了。她竭尽全力地挣扎，呼救，忽然有一道闪电从天而降，"唰"地劈开了混沌！

那种沉溺的力量瞬间消退，她感觉呼吸一下子顺畅。

"苏摩！"朱颜失声大喊，挣扎起身。

下一个刹那，她发现自己在房间里醒来，全身发抖，剧烈地咳嗽。周围还是熟悉的陈设，外面却已经天亮。房间里环绕着一种说不出的诡异沉闷气息，她发现自己整个人都在出汗，如同从水里捞出来一样，从喉咙里咳出来的都是淡淡的血。

怎么回事？她……刚才是做噩梦了？

朱颜怔怔地坐着，一时间回不过神来。感觉到头顶有光亮一闪，抬头看去，居然是临睡前已经好好地放在梳妆台前的玉骨。

那支有灵性的簪子自行飞了起来，悬在虚空中，正在围绕着她飞行，发出明灭的光芒——刚才那道闪电，难道是它？是它把自己救出了噩梦的围困？这……这是怎么了？自己刚才是做了个梦吗？

可是这个梦，实在是太不寻常了。

朱颜独自在床上喘息了半天，满身冷汗，回忆着梦境里的一切，心里忐忑不安：苏摩到底怎么了？那个小兔崽子失踪已经好几个月了。而她自己也在这几个月里历经生死大劫，自顾不暇，竟是不能分身出去好好地寻找。

如今做了这种梦，难道是一种不祥的预示？如果万一那小兔崽子真的出了什么不测，那……

玉骨在掌心不停地明暗跳跃，如同她焦灼的内心。

第二十一章 无尽噩梦

当玉骨从天而降，闪电般击穿水中幻影的时候，围在井台边上的三位长老齐齐一震，不由自主地同时向后踉跄了一步，"哇"的一声吐出了一口鲜血！

"糟糕，术被破了吗？"泉长老顾不得受伤，连忙爬到井口，望了下去——那一池清澈的古井之水已经混浊了，变成了血一样的颜色！

幸好，那个孩子还是胎儿一样蜷缩在水底，全身剧烈地抽搐，并没有睁开眼睛。他脖子里的那个锦囊发出光芒，拘禁他的魂魄，井台上的符咒一圈一圈地缠绕，将这个孩子继续困在这个造出来的幻境之中。

"还好……"泉长老松了一口气，"大梦之术尚未被破。"

另外两位长老剧烈地咳嗽着，从地上挣扎起身，震惊："刚才……刚才是怎么回事？是有人闯入了大梦之术里，破了我们的术法？"

泉长老咳嗽着："对，是那个女人。"

"什么？"清长老和涧长老齐齐失声，"难道是那个空桑的……"

泉长老迅速竖起了食指，看了一眼井底的孩子。另外两个长老也立刻噤声，压低了声音："她……她怎么会闯进来？那个空桑小郡主，应该不知道这个孩子在我们手里吧？"

"应该是她的地魄太过于活跃，在睡梦中飘游在外，无意穿破了无色的两界，闯入了我们的幻境。"泉长老低声，叹了口气，"天意啊……或许是因为心切吧，在白日里还梦魂萦绕着这件事，想要找到这个孩子。"

其他两位长老都不说话了，许久，涧长老叹息了一声："唉，她的确是非常关心这个孩子。"

"可是要闯入大梦之术需要很强大的灵力，"清长老喃喃，还是不可思议，"她年纪轻轻，不过十几年的修为，怎么能……"

泉长老冷笑："你不知道她是九嶷山大神官的嫡传弟子？"

清长老和涧长老同时吸了一口冷气，不再说话。

这些年来，九嶷神庙的大神官时影一直在苦苦追查海皇复生的线索，甚至几度逼近了真相——这个小郡主和苏摩的关系如此紧密，如果他通过朱颜得知了苏摩的存在，只怕海国最大的秘密就要保不住了！

"那些空桑人离我们的最高机密，只有一步之遥了！"泉长老低声，脸色严肃，"我们得赶紧将剩下的步骤结束——若一旦惊动了时影，海皇就会面临极大的危险！"

"是。"另外两位长老应声而起，回到了古井旁边。

"这孩子梦到哪里了？"泉长老低声，并指点去，井台上的符咒瞬间发出耀眼的光，如同流动的闪电，"唰"地映入水底，将那个瘦小的孩子包围了起来——水面正在重新平静下来，微微荡漾，映射着月光，交织出了新的幻境。

从井口俯视下去，如同俯视着另一种人生。

在那些流动的波光里隐约浮现出的，完全是帝都伽蓝城里的景象，栩栩如生。而那个孩子刚刚从镜湖里筋疲力尽地浮出，发梢滴着水，赤脚站在车水马龙的城门口，显得瘦小孤独、无所适从。

是的，他还在幻境里寻找他的姐姐，不曾放弃。

"要知道，海皇的血统过于强大，即便是用最强的术法，也未必能完全封住这个孩子的记忆。"泉长老叹了口气，看着沉在井底苏摩，低声，"除非是他心甘情愿地遗忘，从内而外地断绝，才能永绝后患。"

"心甘情愿？"清长老苦笑，"这孩子可固执了，怎么可能心甘情愿？"

"总有办法。"泉长老看着幻影里的孩子，低声问，"关于那个空桑赤族郡主，这个孩子现实里对她的记忆停在哪里？"

"在屠龙村那里。"另外两位长老回答，"根据申屠大夫的描述，那个空桑郡主协助他完成了手术，从苏摩身体里将寄生胎取出之后，她就奔赴战场。申屠大夫便将苏摩带到了镜湖大营——那之后，他们再没见过面。"

"嗯。那么说来，这个孩子关于那个空桑郡主的最后一个记忆，似乎是非常痛苦的？"泉长老喃喃，眼里居然流露出欣喜的神色，"太好了……我们只要扩大这种痛苦，便能找到一个完美的开始。"

"完美的开始？"另外两位长老有些不解。

"我们要击溃这个孩子的内心，把一个念头植入他的潜意识里，用来抵消那个空桑女子留在他心里的依恋。"泉长老合起手，指尖开始流动淡淡的光华，"我们要让他深深地记住——那个所谓的姐姐，其实是令他痛苦的。"

"来吧……从现在开始，他的记忆，就由我们来编织了。"

"我们一定要把海皇的心，重新拉回到族人身上！"

苏摩不知道自己游了多久，才从叶城西市的那口古井里游到了伽蓝帝都——这一路恍恍惚惚，全部都在深蓝色的水底潜行，甚至都分不清头顶的昼夜变幻。直到那座湖心的巍峨城市近在咫尺，他才筋疲力尽地浮出水面。

就在离开水面的那一瞬，孩子忽然看到了岸上华丽轩昂的车队，有金甲的斥候在前面来回驰骋开路，车马绵延不绝。

"谁啊，竟然在御道上策马？"

"是赤王的独女，今天跟着父亲进宫去觐见帝君，商谈联姻的事。帝君为表恩宠，特许她驰马入禁城——可真是风光啊！"

"了不得，了不得啊……高嫁高娶，王室联姻！"

听到岸上围观百姓的窃窃私语，孩子忍不住打了个哆嗦。那一瞬间，在叶城行宫里遭遇的事情又历历浮上心头——

"我们可没有骗你，你出去问问，全天下都知道白族和赤族要联姻了！"

"别做梦了……她马上就要嫁给叶城总督，做未来的白王妃了，哪里还会把你这个小兔崽子放心上？"

"她早就不要你了！"

那时候，行宫里的侍女那么说，连如姨也那么说。

众口铄金，言之凿凿。可他只是不信。是的，他对自己说——除非亲眼看到，亲耳听到，他才不会相信那些人说的话！

而现在，他终于亲眼看到了。

苏摩从水里爬上岸来，踉踉跄跄挤入了人群里——有一辆金色的马车正从眼前驶过，风微微吹动绣金的垂帘，金钩摇晃，露出了里面穿着华贵衣衫的美丽少女。

残月还悬在天际，黎明前的微光里，那个明丽爽朗的赤之一族公主全身都笼罩在绣金霞帔里，美得宛如不真实。

那是她！真的是她！

"姐姐！"那一刻，孩子再也忍不住失声大喊起来，"姐姐！我在这里！"

他竭尽全力大声呼唤，可毕竟人小力弱，声音被喧闹的喜乐声覆盖了过去，庞大的车队并不因为他而有丝毫的停滞，还是照样飞驰而过。孩子不舍，踉踉跄跄地跟随着车队奔跑，想要追上她乘坐的那驾华丽的马车。

侍卫立刻将他从人群里推搡了出去，厉叱："小兔崽子，居然敢冲撞车队？还不快滚？"

"且慢！"很快旁边的另一个侍卫发现了他的身份，立刻道，"这是个鲛人！他的主人呢，怎么放奴隶出来乱走？快抓起来！"

"姐姐……姐姐！"孩子拼命地反抗，却被打倒在地上。

仿佛听到了外面的声音，马车停了下来，一只纤细的手伸了出来，将垂落的帘子微微往上挑起了三分之一。帘子下露出了一双熟悉的眼睛，明亮而美丽，如同火焰一样跳跃——那真是赤之一族的朱颜郡主。

她的视线落在了那个被打倒在地的孩子身上，停住。

"姐姐？"苏摩看到她终于注意到了自己，不由得惊喜万分，伸出细小的手臂，狂呼，"姐姐！我在这里！"

然而，朱颜的眉头微微一扬，忽然低低说了一句："怎么又是你？"她沉下脸来，手忽地往回一收，帘子"啪"的一声重新垂落了下来，挡住了她的脸，再也看不见。

孩子的身体忽然僵硬，然后开始剧烈地发抖。

刚才……刚才姐姐说什么？"又是你"？

苏摩看着那一道垂落的帘子，手指竟然不能动上一动——这一路，他历经千辛万苦，横渡了镜湖才到这里，此刻要找的人已经近在眼前，然而他仿佛失去了所有的力气。

马车里传来另一个人的声音，像是照顾过自己的盛嬷嬷。那个老人语气比较温和，似乎还想唤起朱颜的同情心，道："哎，郡主你听，那小家伙一直叫你姐姐呢。蛮可怜的。"

朱颜的语气却是冰冷："我是独女，哪来的弟弟？"

只是短短一句话，便把孩子钉在了原地。如同一把短而利的刀，一把就扎进了心脏，再无余地。

盛嬷嬷还想替他求情："那些侍卫，只怕会把他打死了。"

"打死也是活该！"然而朱颜不为所动，声音充满了厌恶和不耐烦，"我不是一早叫人拿了钱打发他走吗？怎么这小兔崽子居然还不识相，不但不走，还非要闯到这里来？"

"姐姐！"苏摩猛然一震，不敢相信这些话是从熟悉的人嘴里说出的，那一刻，他不知道哪来的力气，忽地扑了过去，一伸手，将那一道帘子扯了下来，失声问，"你……你真的不要我了？"

"小兔崽子！"马车里的朱颜一下子暴露在天光之下，转过头，怒容满面，"还不快把他拉开？万一被人看到了一个鲛人小奴隶叫我姐姐，我们赤之一族的脸往哪里搁？"

听到了郡主的命令，侍卫们立刻冲了上来，抓住了孩子细小的胳膊。

"你说谎！"然而苏摩挣扎着，失声大喊，声音发抖，"你……你明明说过不会扔掉我的！你看……这是你派来的纸鹤！"

孩子抬起了手，竭尽全力将细小的胳膊抬起——在他展开的掌心里，捏着一个稀烂的纸鹤：被血染红，被水浸泡，早已看不出形状，被孩子死死地捏在手心，几乎揉皱成一团。

坐在马车里的朱颜一眼瞥见，表情忽然大变！

"这是你的纸鹤！"苏摩看着她的表情，眼里有最后一丝期盼，"我……我知道你一直在找我回去！你不会丢下我的，是不是？姐姐！"

朱颜似乎也怔了一下，陡然沉默，不知如何应对。

她脸色苍白而呆滞，如同木偶。

那一瞬，不知道是不是幻觉，似乎时间都停止了。隔着霞帔，苏摩可以看到她眼里的表情是凝结的，手指是凝结的，甚至连此刻吹过的风，涌过的浪，身上飞舞的华丽的霞帔，都似乎瞬间静止了，仿佛镜像凝结，如此诡异。

"怎么回事？"耳边有一个熟悉的声音响起来，隐约在极其遥远的地方传来，带着止不住的惊骇，"这纸鹤是从哪里来的？"

"好像是那孩子一直捏在掌心里带进去的。"

"该死，我们忘了好好检查一下。"

"什么，这东西居然被他带进了幻境里去？这下糟了！"

谁？谁的声音？好熟悉……好像是复国军的那几个长老？他们怎么会在这里？难道他们知道自己偷偷逃跑，已经追过来了吗？

那一瞬，苏摩颤抖了一下，流露出一丝恐惧。他甚至想下意识地拔脚逃跑，远离人群，躲藏回镜湖之下的水里。

然而，身边所有的景象都只是停顿了短短一瞬，又骤然开始，恢复了正常。

"小兔崽子！你在做梦呢？这是什么破纸？"朱颜变了脸色，蹙眉，不耐烦地说了一声，一道黑影迎面而来，"还不快滚开？"

只听"唰"的一声，竟然是一条鞭子抽了过来，将他手上的纸鹤抽得稀烂！苏摩来不及缩手，手心里顿时留下了一道殷红的血痕。

"姐姐！"孩子震惊地看着她，颤声，"你……你以前说过的话，难道是在骗我？"

"骗你又怎么样？小孩子家家，脑子没长好，跟你说什么都当真了？"马车里的朱颜冷笑了一声，又扬了一下鞭子，嫌弃地嘀咕，"赶你走都不走，真是卑贱……还不快滚？"

"骗子！"苏摩忽然冲向了马车，厉声道，"你这个骗子！"

"快拉开他！别让他碰到郡主！"眼看他快要扑到郡主的身侧，侍卫们应声而至，一把将孩子抓住，粗暴地拖了回来。

孩子出奇地倔强，任凭侍卫们拳打脚踢，死活都不喊出一声痛。然而马车里的朱颜看着这一切，只是皱了皱眉头，一句话也没说，她脸上的表情充满了厌恶不屑，如同看着一只癞皮狗。

孩子愣了一下，胸中的那一口气忽然泄了，再不挣扎。

"小兔崽子！"侍卫长终于抓住了他，一把拎了起来，气急败坏地对下属大喊，"给我送到西市里去！"

什么？孩子吃了一惊，大叫着重新拼命挣扎起来——这些空桑人，难道准备把他送去西市，当作奴隶卖掉吗？

那一刻，他再也忍不住转过头，求助似的看着她。

只要马车里那个锦衣玉食的空桑贵族小姐说上一句话，就能扭转他被贩卖为奴的命运——然而，朱颜根本没有用眼角的余光瞥上他一下，如同完全忘了这个鲛人小奴隶的存在。

那一刻，看到她的表情，苏摩的心忽然冷了下来，不再挣扎。

"姐姐。"他最后轻轻地叫了一声，声音轻得只有自己听得见。

孩子忽然间不再反抗了，像死了一样一动不动。蜂拥而上的侍卫们按住他，将他从地上拖起来，拳脚如雨。额头被打破了，血从眼睛上流了下来，整个世界在孩子的眼睛里都变成了一片血红色——然而这一次，无论怎样痛彻心扉，他再也没有开口喊她、求她。

她留给他最后的记忆，是如此疼痛彻骨，难以忘记。

当小小的手指失去力气后，那只稀烂的纸鹤从他的掌心里掉了出来，展开了折断的翅膀，歪歪扭扭地在地上打着转，如同一个破烂的玩偶。

如此可笑，如此幼稚。

如同孩童内心一度对温暖的奢望。

"停！"泉长老忽然间收住了手势，向着另外两位长老厉叱，"快停！"

三位长老停住了咒术，放下手臂，齐齐往后退了一步——阵法一撒，井台上繁复咒语上的金光开始暗淡下去，却依旧围绕着井中的孩童，如同一道金色的墙将其围困。

古井无波，上面映照着种种栩栩如生的幻影。水面上最后凝固的影子，是掉头离去的空桑郡主，以及蜂拥而上殴打孩童的侍从，几乎像是真的一样。

而苏摩沉睡在幻境里，一动不动。

"进行得很顺利。"清长老愕然，"为什么要停下来？"

"我有点担心。"泉长老在井台上凝视着水面下的孩子，流露出一丝焦虑，"这孩子……为什么忽然不反抗了？"

"心死了嘛。"涧长老冷冷道，"他终于相信对方是真的不要他了。"

"停在这里最合适。"清长老赞许地颔首，"到这里为止，这个空桑郡主留下的最后印象，和这个孩子的记忆非常吻合。天衣无缝。"

是的，无论是实境还是幻境，在这个孩子日后的记忆里，关于这个空桑郡主的片段都是极其痛苦的记忆，戛然而止，再无后续。

就这样斩断一切纠葛，才算是干净利落。

三位长老从井台上往下看去，这口井如同一只深不见底的瞳孔。而孩子被困在井底，全身蜷缩着，如同回到了母亲子宫里的胎儿，一动不动。他的手指松开了，掌心里捏着的那只纸鹤漂浮了起来，在古井水面上浮浮沉沉，拖着折断的翅膀，渐渐变成了一团烂纸。

"也真是倔强。"泉长老叹了口气，"居然一直留着那只纸鹤。"

"是我们的疏忽。"另外两位长老低声，"我们已经把他软禁在这里有一段日子了，以为切断了他和外界的联系，却没有发现他居然带了这东西在身边！"

"那纸鹤，真的是那个赤之一族的郡主放出来的？"泉长老摇了摇头，似乎想要说什么——然而那一刻，水面上忽然起了微微的波澜！

有一点光从黑暗深处升起，竟然突破了井口符咒的封锁！

"那是……"泉长老怔住了，失声，"纸鹤？"

那只皱巴巴的、支离破碎的纸鹤，在水面上浮沉了片刻，忽然间仿佛被注入了一股力量，"唰"地振起翅膀，活了过来！

"糟糕！"泉长老失声，手指飞快地一弹，一道白光呼啸而出，追向了空中飞去的纸鹤，想要把它当空焚烧为灰烬。

终究还是迟了一步。

那只纸鹤从古井幻境中飞起，歪歪斜斜地消失在了夜空！

"什么？这、这是……"三位长老不敢相信地回过头，看着沉在古井底的孩子。苏摩紧闭着眼睛，消瘦苍白的小脸上镌刻着绝然的表情，嘴唇微微颤抖——刚才那一刻，他虽然克制着没有喊出"姐姐"两个字，心里的力量却增强到了不可思议的地步！

在那样强大的念力之下，那只残破的纸鹤才会瞬间复活！

它带着孩子不熄的执念，破空飞起，去寻找最初的缘起。

"现在怎么办？"另外两位长老有一些措手不及，询问。

"还能怎么办？事已至此，只能做到底。"泉长老却是处变不惊，低下头看着古井幻境里沉睡的孩子，"这孩子非常倔强孤僻，心里只要还有一念未曾熄灭，就永远不会放下这一切，成为我们的海皇。"

"难道还要再继续给他施用大梦之术吗？"清长老有些没有把握，看着水底七窍流血蜷成一团的孩子，"这么小的孩子，会不会承受不住？上次陷入大梦幻境的那个人，最终精神崩溃，再也没有醒来。"

"不会的。"泉长老冷冷看了一眼水底的孩子，"如果这么容易就崩溃了，那也就不是我们的海皇了。"

另外两位长老无语。

泉长老低声催促："快，我们要趁着那些空桑人还没被惊动，把这个大梦之术完成！我来主导接下来的梦境，你们继续配合我。"

三位长老悄然移动，重新守住了古井的三个方位。

随着祝颂的吐出，井口的金光再一次闪耀，编出了深不见底的幻境。

漫长的噩梦，似乎完全没有醒来的时候。

被赤王府的侍从们拳打脚踢了一顿，苏摩觉得自己的身体千疮百孔，在痛得几乎碎裂中昏迷了过去，再无知觉。

醒来的时候，在一个陌生的地方，冰冷的铁笼子禁锢着他瘦小的身体，脸压在了笼上，不知昏迷了多久，满脸都是青紫色的压印。然而，在一睁开眼睛的瞬间，苏摩就忍不住全身颤抖了一下，瞬间认出了自己身在何处——

那是叶城的西市，最大的鲛人奴隶市场。

他曾经在这里度过了整个童年，其间的痛苦屈辱，多年过后只要一想就令人全身发抖。尽管后来，他逃出了那个牢笼，但那个噩梦还是日日夜夜归来，在夜里吞噬着孩子的心，令他从骨髓中发抖。

小小的孩子几乎穷尽了一生之力，才逃离这个噩梦般的牢笼，可没想到在五十年后，居然又辗转回到了这里！

孩子虚弱地喘息着，睁开眼睛看了一下。

这是一个规模不大的小店，光线暗淡，房间里层层叠叠堆着十六七个铁笼，每一个笼子里都关着一个鲛人：那些同族个个消瘦苍白，年龄不一，有些看上去甚至比他还小，只有五六岁的模样。但每个鲛人无一例外都拖着沉重的镣铐，关在手臂粗的铁笼里，身边放着一盆水、一碗饭，如同成批被出售的畜生。

"你醒了？"看到他睁开眼睛，隔壁笼子有人关切地问。

那是一个比他大一些的鲛人，刚刚分化出性别，看上去如同人类十五六岁的少女，然而还不曾在屠龙户手里破身，拖着一条鱼尾，看上去分外怪异，正攀着铁笼殷殷地看着隔壁笼子里奄奄一息的孩童。

苏摩侧开了脸，不想和对方的视线触碰，飞快地明白了自己目下的处境：是的，那些空桑人，竟然真的把他卖到了叶城的奴隶市场！

而那个曾经被他称为"姐姐"的人，对这一切视而不见。

一念及此，孩子再也忍不住地发起抖来，瘦小的身体剧烈地战栗，连带着锁住手脚和脖子的铁链都不停颤着，敲击在铁笼上发出细密的"叮叮"声。

"怎么了？"隔壁笼子的鲛人少女吃了一惊，"你很冷吗？"

孩子没有回答，咬着牙压住了颤抖，强迫自己冷静下来——可是，要怎么不去想呢？他的姐姐，那个曾经发誓过要照顾他的空桑郡主，居然如此无情狠毒。她把他再度扔回到了多年前逃离的那个地狱里，头也不回地离开。

不……不！怎么会是这样？

那个鲛人少女看着这个孩子，道："我叫楚楚，你呢？"

苏摩还是蜷缩在笼子角落，发着抖，咬着牙不说话，眼神宛如一只重伤垂死的小兽，拼命忍受着内心想要噬咬一切的冲动，压根没有想要回答她的问题。

"你都昏过去三天多了，是不是都饿坏了？"那个叫楚楚的鲛人少女并没有怪他，只是叹了口气，"可怜见的，才六十几岁吧？那么小就被抓到这里来了，唉……饿坏了身体可不行，快吃点东西吧！"

苏摩没有回答，只是看了一眼那个粗糙的瓷碗：那里面只有一点混浊的水，以及一些不新鲜的水草和发臭的贝类，哪里是可以吃的食物？

显然看出了孩子脸上的厌恶，楚楚叹了口气，只听轻轻一声响，有一个东西被塞了过来。

"喏，吃这个吧！"楚楚轻声道，"这个味道挺好的。"

孩子下意识地张开手，发现被塞过来的居然是一根烤得香喷喷的小鱼干，不由得愕然，抬头看了隔壁笼子的少女一眼。不知道为什么，那一眼让孩子吃了一惊，这个鲛人少女，为什么看上去竟然颇有点像某个人……

对，是像如意……后来去了星海云庭的那个如姨。

五十年前，当他在囚笼中长大时，她也曾这样照顾过自己。

那一瞬，孩子的眼神微微变幻，无声地柔软了起来。

"这是我偷偷攒下来的私货，平时都舍不得吃呢！"看到孩子顺从地咬住了烤鱼吃了下去，鲛人少女吐了吐舌头，眼睛亮亮的，"你快吃吧，被主人看到了就糟糕了。他可凶了！你记着千万别顶撞他。"

孩子没有理会她好意的叮嘱，只是双手捧着烤鱼，埋下脸拼命地啃，很快鱼便变成了一根鱼骨，而孩子的半张脸上也沾满了碎屑。

"嘻嘻……花脸小馋猫。"楚楚忍不住笑了。

有什么柔软冰凉的东西忽然攀上了孩子的脸，温柔地擦拭。苏摩吃了一惊，下意识地往后靠了一靠，定睛看去——原来那是鱼尾，隔着笼子从缝隙里伸过来，如同灵活的手指轻抚着他的面容，替他擦去嘴角的碎屑。

"没见过长鱼尾的鲛人吗？"鲛人少女看到孩子的眼神，忍不住笑了——作为一个被关在笼子里的鲛人，她笑得也未免太多了一些。

苏摩没有回答，侧过头去，不让她继续摸。

"我是在碧落海里长大的……刚刚被抓到云荒来。"楚楚叹了口气，

"你没见过碧落海吧？可美了，有七色的海草、珊瑚做的宫殿，在夜里，无数的大蚌会浮出海面，迎着星空开合，吐出一粒粒的夜明珠……简直是陆地上人做梦都梦不见的美景。"

那个少女的声音缥缈而传神，几乎在孩子的眼前勾勒出了一幅遥远的故乡图画。苏摩听着听着，眼里的阴郁灰暗渐渐消逝，流露出一丝向往，仿佛是有人在他小小的心底埋下了一粒隐约可见的火种。

是的，碧落海。鲛人的故乡。

这一生，他是否还有机会从陆地上回到大海？

"我恨这些空桑人。"楚楚喃喃，声音绝望而哀愁，"灭亡了我们海国，还把鲛人抓来当奴隶！都已经几千年了，这种日子何时是个头……"

何时是个头？苏摩怔了一下，心里竟隐约一痛。

这样的话，他似乎也从如姨的嘴里听说过！

然而，他们两个人隔着笼子刚说到这里，横空就传来了一声响亮的"哈哈"，有人推开门，道："爷，您的运气真不错，这次店里新到了一批刚刚捕获的鲛人——您看，都是顶顶新鲜的货色，足以媲美星海云庭里的美人呢！"

外面传来纷沓的脚步声，有人进来，挨个笼子地看过来。

"星海云庭？"客人冷笑了一声，"你这里的破烂货，还能和那地方的比？"一边说着，一边看着笼子里关着的各个鲛人，从鼻子里"哼"了一声，"连身都没破，甩着一条鱼尾就拿出来卖？贾六，你该不是又赌输了，连找个屠龙户的钱都没了吧？"

"嘿，这才是原汁原味的鲛人嘛！都刚从海里捕回来的。"店主是个矮胖的中年人，笑容带着几分猥琐，点头哈腰，"爷您看中了哪个，马上送去破身，劈出两条腿来，包管又长又直又白嫩！"

客人是个黄褐面皮的空桑商贾，熟练地打量着陈列在面前的货色，显然从事奴隶买卖已久，伸出手探入笼子，将一个个垂着头的鲛人拉起来看，嘴里道："贾老六，你该不是糊弄我吧？怎么这一批都是歪瓜裂枣？"

"爷，您是老顾客了。"店主连忙赔笑，"价钱好说。"

"贾老六，看来你真的是赌得当了裤子啊。"客人一边冷冷说着，一边挨个仔细地挑选打量，嘴里道，"价钱便宜也没用，这次是为叶城城主选几个自用的鲛人奴隶……嘿，人家什么眼界？这些货能看入眼？"

店主愣了一下："城主？白风麟大人？他……不是要成亲了吗？"

"要置外宅。"客人"哼"了一声，"以前城主喜欢去星海云庭，不过成亲以后碍着赤王的面子，就不大方便再去了，只能多畜养几个奴隶在外头——空桑贵族，谁不养几个鲛人玩玩？"

"也是，也是。"店主连忙点头，"那您好好挑！"

客人看了一圈，似乎都没有特别中意的，最终将眼光投向了角落里的笼子，忽然眼前一亮："哟，这里还有个雏儿？"

孩子竭力想要往后躲闪，然而身体虚弱到连动一下都乏力，只能拖着沉重的镣铐挪动着，尽可能地将身体蜷缩在笼子的一角。

然而，一只肥胖的手飞快地伸进来，一把抓住了他的头发。

"嘿，这可是一个绝色！"店主用力地揪住苏摩的头发，将孩子的脸扯得向上仰起，转向客人，"爷，看到了没？多漂亮的孩子！见过这么美的脸蛋吗？"

客人的目光盯住了孩子的脸，也流露出惊艳的表情，然而神色转瞬恢复了平常，只是淡淡道："年纪太小了，身体也都是疤。"

店主连忙道："不小！别看外形只有六十几岁，可您看一下骨龄，应该有七八十岁了！"

"就算有七八十岁了，那也要养个五六十年才能成年。"客人不为所动，"我买它过来干吗？留给下一代？我是做生意的，早点脱手早点变现，可不想攒个传家宝。"

"这……"店主苦着脸，一时想不出说什么好。

"而且，光脸长得好有什么用？"客人打量着笼子里的苏摩，继续挑刺，嘴下不留情，"身体那么瘦小，腹部伤痕累累，背上还全是黑色的胎记，谁买了谁赔钱——贾老六你是怎么搞的，捡便宜被人蒙了吧？"

店主被这么劈头盖脸一顿说，心寒了一半，气哼哼地松开了手。苏摩得了自由，立刻缩回了笼子角落，死死盯着眼前的两个空桑人，眼神里充满了憎恨。

客人心机深沉，暂时先放开了苏摩，眼睛一转，落到了隔壁的笼子里，脱口道："这个女娃子倒是不错。"

"嘿，有眼光！"店主连忙点头，一把抓住了笼子里的楚楚，拖到了客人的面前，"这是从碧落海深处刚刚抓回来的鲛人，产地最好，血统最纯！年纪也合适，刚刚一百五十岁，脸蛋娇嫩，身体也完美！"

只听"唰"的一声，楚楚身上的衣服被一把撕下，吓得发抖，却不敢反抗。少女的身体美丽如玉石，细腻得看不见一丝瑕疵，微微发着抖，腰身以下曲线优美，赫然是连着一条覆盖着薄薄蓝色鳞片的鱼尾。

"嗯……"客人锐利的眼神上下打量着，片刻才道，"八百金铢。"

"哎，爷，实在是太少了！"店主一听，连天叫起苦来，"为了把她运回来，光给船家就付了五百个金铢的船费呢！"

"八百。"客人丝毫不让步，"只是个半成品而已，我找屠龙户给她破身还得花好几百。而且万一腿劈得不正，这钱可就都白费了。"

"一千？养了也有半年了，爷好歹让我赚一点。"店主试着还价，苦苦哀求，一把抓过隔壁笼子里的苏摩，"要不，我把这个孩子当添头送您？"

"九百。"客人神色微微一动，露出正中下怀的表情，却还是故作沉吟，"再多我就走了。"

"好好！"店主连忙点头，"成交！"

客人拍了拍手，立刻便有随从进来，将笼子里挑选好的鲛人拉出来。楚楚一直在发抖，拼命用手掩着胸口碎裂的衣服，被塞进了另一个新的笼子。在被拉走之前，她偷了个空，匆匆地对着隔壁笼子里的苏摩说了一句："别怕。"

孩子愣了一下，抬起湛碧色的眼睛看了她一眼。

"你不要怕。"自顾不暇的鲛人少女殷切地看着这个孤独瘦弱的孩子，低声道，"还好我们是一起被买走……这一路上，我会照顾你。"

那一刻，她的面容看上去分外的像记忆中的如姨，竟然让苏摩有微微的恍惚。孩子冷冷的眼神终于动了一下，自己都快要不行了，还记着要照顾一个刚认识的人？这一切，只是因为他们是同族？

同样的亡国，同样的奴役，同样的千百年来悲惨的命运。

就是因为相同的血，相同的悲惨境遇，才把他们连在了一起吗？

当那些随从过来想把苏摩拉出来的时候，一直沉默的孩子忽然爆发了，如同一只小兽一样从笼子里跳了起来，一头撞到了对方的胸口，狠狠咬了下去。

"小兔崽子！"随从怒喝了一声，虎口上流下了鲜血。

"怎么了？"客人愕然，想要上前查看——话音未落，眼前一黑，只觉得一阵剧痛，鲜血从额头流了下来。

"滚！"孩子拿起笼子里盛水的粗瓷碗，用尽全力对着客人砸了过去，厉声大叫，"不许碰我，你们这些肮脏的空桑人！"

客人惨叫着跌倒在地，额头裂了一条半尺长的血口子。随从们蜂拥而上，怒喝着，一时间整个店里鸡飞狗跳。

苏摩被几个彪形大汉从笼子里拖了出来，由客人带头，围在中间轮流痛打。店主知道这个小兔崽子闯了祸，虽然惊惧，却不敢上前劝阻。

"不要打了！不要打了！"有人叫起来，拼命地扑过去挡在了孩子的面前，竟然是楚楚。她不顾一切地扑过去，拖着一条鱼尾在地上挣扎，苦苦哀求："各位爷，他还是个孩子……还是个孩子呀！别打了！"

然而，在气头上的客人哪里管得了这些？一个兜心脚过去，便将劝架的楚楚踢倒在了地上。没有双腿的鲛人摔倒在地，无法起身，只能拼命扑腾着，弯下身体挡住孩子，咬着牙，忍受着如雨而落的拳脚。

"没事的。"楚楚咬着牙，安慰着怀里的孩子，美丽的脸却因为一下下的击打而痛苦得变了形，颤声，"忍忍就过去了。别……别怕。"

话音未落，有人一脚重重地踢在了她的脊椎骨正中，她再也忍受不住地叫了一声，一口鲜血喷了出来，软软地倒下去，一动不动。

"哎，哎，爷快别打了！仔细手疼！"店主眼看鲛人要死了，这一回终于急了，"打死还脏了您的手呢！"

最终，客人什么都没有买就怒气冲冲地走了。

"你这个小兔崽子！"不等客人前脚走，店主一把将倒在地上血流满面的孩子拖了出来，"闯祸精！触霉头！看我不打死你！"

苏摩从楚楚的身下被拖出来，却一动不动。孩子的脸上全是血，几乎糊住了眼睛，却并不是他自己的，而是那个鲛人少女的血——她的脊椎被踢断了，内脏也受了重伤，大口的血从嘴里喷出。

在屠龙户赶来抢救之前，便断了呼吸。

苏摩呆呆地看着这个认识不到一天的同族，看到她美丽娇嫩的容颜在死亡的瞬间枯萎，看着她拖着一条鱼尾，渐渐在冰冷肮脏的地面上停止呼吸……她微闭的眼角噙着两滴泪，渐渐凝结成水滴状的珍珠，晶莹圆润，"啪"的一声落在了地上，细微无声。

尾鳍微微抽搐了一下，然后彻底不动了。

店主骂骂咧咧地过来，一脚将她踹开，然后俯下身捡起了那两颗珍珠——这个像如姨一样对待他的年轻同族，就这样死了。她再也不能回到朝思暮想的碧落海，连最后一滴泪也被空桑人捡了回去，当作珍珠贩卖。

可是苏摩怔怔地看着，脸上并没有表情。

"你这个灾星！你怎么不去死？"店主眼看店里唯一的摇钱树倒了，气急败坏，把惹祸的苏摩几乎往死里打。然而孩子不闪不避，就这样承受着如雨而落的棍棒，被打得鼻青脸肿，脸上还是没有表情。

"啪"的一声，手腕粗的木棍在孩子的背上断裂，苏摩跌倒在地。

"这该死的小兔崽子！邪性！"店主气馁了，筋疲力尽地扔掉了棍子，指着他骂，"养着也是白费钱，卖也卖不掉，这么打却连滴眼泪都不掉，也不能收集鲛珠去卖钱——养这个家伙有什么用？还不如扔了得了！"

"扔了可惜。"旁边有恶仆出主意，指着孩子湛碧色的双眸，"至少这孩子还有一双完好的眼睛！"

店主一拍大腿："对极！我怎么差点忘了？鲛人全身都是宝，这一对眼睛挖出来好好炮制，还能做成凝碧珠，卖上个几百金铢呢！"

然而话音未落，苏摩忽然便抓起了地上碎裂的瓷片！

"怎么？"店主吃了一惊，以为这孩子又要攻击人。

可苏摩只是冷冷地看着这一屋子的空桑人，二话不说抬起手，将碎瓷片毫不犹豫地扎入了自己的眼睛！鲜血从眼中流下，殷红可怖，孩子本来绝美的脸刹那变成了恶鬼。

店里的所有人都惊住了，呆若木鸡。

"滚开！你们这群肮脏的空桑人！"苏摩双目流下殷红的血，握着尖利的碎片，对着那群人厉声道，"我再也不会听你们摆布！你们这些空桑人，永远、永远不要再想从我身上得到任何东西！永远！"

血如同两行泪，滑过孩童的脸，触目惊心。

当孩子在幻境里用尽全力喊出那句话时，古井外的三位长老齐齐失色。

海皇竟然亲手刺瞎了自己的眼睛！

"不好！"泉长老惊呼一声，双手在胸口交叉，"快结阵！"

那一刻，他们能监控到这个孩子的心里涌现了巨大的毁灭力量，排山倒海一般汹涌而来，充斥了整个"大梦"之中——那种力量充满了恶毒憎恨，恨不能将所有的一切都在眼前化为齑粉，和他自己一起归于寂灭！

然而，不等他们再度结阵，巨大的念力从水底轰然释放，如同呼啸的风暴，转瞬扩散而来。在一声巨响之中，古井彻底碎裂，连同那些镂刻着符咒的井台，都顿时四分五裂！

海国三位长老如受重击，齐齐朝外跌倒。

"怎……怎么了？"清长老失声，然而刚一开口说话，就有鲜血从嘴里喷了出来，只觉得五脏六腑如同被震碎一样，剧痛无比。

"喀喀……"泉长老也是咳嗽着，忍住了咽喉里翻涌的血腥味，声音断断续续，"大梦之术……是双向的，我们可以把我们的意志加倍传达给他，他、他也可以把自身的意志传达给我们——这个孩子潜在的力量比我预计的更加强烈百倍……我们控制不住他！"

刚才他看到这个孩子在幻境之中释放了纸鹤，用惊人的意志力对抗他们，死活不肯熄灭那一点希望，心里不免吃了一惊——这么小的孩子，海皇血统尚未觉醒，居然差点就破掉了他们联手的幻术！

于是，在短暂的停顿之后，为了彻底征服这个孩子，他迅速将幻境中施加的力量调到了最大，以最残酷的情境，全方位地侵蚀和渗入孩子的心灵，以求压倒他心中尚存不灭的一念。

——这个孩子终于崩溃了，失去了对空桑人的所有期待。

然而，他们没想到，当这个孩子崩溃后，忽然间做出了这等不顾一切的举动！绝望的海皇，竟然在绝境之中也毫不屈服，亲手刺瞎了自己的眼睛！

海国的三位长老齐齐瘫坐在地，身负重伤。

古井坍塌，苏摩漂浮在冰冷的水底，脸色惨白如纸，蜷缩着一动不动，仿佛黑暗水底的一个小小的苍白泡沫——孩子全身发抖，双眼紧闭，然而有不绝如缕的鲜血从眼里沁出，将整个身周都染成了血红！

看到这种情况，泉长老顾不得身上的伤，踉跄着从地上爬起，从碎裂井口一跃而下，将水底的孩子托了起来——在离开水面后，苏摩紧闭的眼睛里，依旧有着清晰的血痕。

另外两位长老大惊失色："这孩子……真的受伤了？"

明明是幻境，为何还能真的受到伤害？

"大梦之术可以杀人，伤人又岂在话下？"泉长老抱着孩子从井里浮出，神色异常紧张，"得赶紧给海皇治疗——不然他的眼睛可能从此就要瞎了！"

三位长老簇拥着苏摩从坍塌的古井旁离开，然而，还没走几步，迎面就遇到了闻声而来的如意。

她一直忧心忡忡地等候在外面，此刻听到巨响便不顾一切地奔了过来，一眼看到蜷缩在长老怀里的苏摩，知道事情不好，眼泪"唰"地就掉了下来。她伸手接过苏摩，发现怀里的孩子双眼里全是血，失声："他、他怎么了？"

"这孩子……"泉长老微微咳嗽着，低声大概说了一遍。

如意听着，脸色越来越惨白，手臂抖得几乎抱不住孩子。她几乎要冲口而出斥责，想起了三位长老的身份地位，不得不硬生生地忍住，只有泪如雨下。

"唉……的确是我不好。"一贯威严强势的泉长老叹了口气，罕见地低头认了错，"我操之过急了——海皇毕竟还是个孩子，受不了这样的打击。我没想到他这么脆弱，在瞬间就完全相信，接着就崩溃了。"

听得德高望重的长老如此说，如意心里那一口气更是无法发作出来，她只能抱住了失去神志的孩子，将他脸上的水珠连着血泪一起擦拭干净。

那个小小的孩子蜷缩在那里，全身冰冷，一动不动。

　　还能说什么呢？他们联手毁灭了他，把他逼成了现在这个样子。为了将这个孩子的心拉回自己的阵营，她利用了这个孩子对自己仅剩的信任，连同长老们一起设好了这个局，将他诱入其中，一步步逼到了崩溃。

　　然而没想到，当他放弃了心中执念的时候，同时也自我毁灭了！

　　"苏摩……苏摩！"她在孩子的耳边呼唤。然而他一动不动。

　　"他……他不会死了吧？"如意忍不住内心的惊恐，颤声。

　　"如果就这样轻易死了，就不可能是我们等待了几千年的海皇了。"然而泉长老只是镇定地回答了一句，将满脸是血的孩子交到了她的怀里，"我立刻让人去找大夫，你在这里好好照顾这个孩子，一旦他醒来，立刻禀告。"

　　"是。"如意颔首领命。

　　"这事情不能出一点的纰漏，否则前功尽弃。"泉长老想了一下，又附耳在如意身边交代了几句，细细叮嘱，"如果他醒来问起，你就按我说的回答，千万不可以错一个字。"

　　"是。"如意点头，默默地看着孩子，心痛如绞。

　　那个瘦小的孩子在她怀里，以胎儿的姿态蜷曲成一团，一动不动，只有肩膀在剧烈地颤抖痉挛，仿佛沉湎于某个不能醒来的梦境之中，紧闭的眼睛里两行血泪汨汨流下，不知道是在不停地流血，还是在不停地流泪。

　　苏摩……苏摩，你是在噩梦里被魔住了吗？

　　在那个无边无尽的梦境里，天地都是黑的，连唯一的一点温暖也冻结了——那么小的你，孤独地沉在冰冷的水底，还能凭着自己的意志力从崩溃中苏醒吗？或许，就这样永久地闭上眼睛，不肯醒来？

　　你是我们的海皇，是鲛人一族的救星，是我们怎么也不能放弃的希望。

　　可是，我们对你又何其残忍啊！

　　如意抱着昏迷的孩子回到了房间里，小心翼翼地放在了榻上。

　　这里是一间单独的卧室，位于后院，和其他鲛人孩子休息的大棚隔了开来，非常安静和私密。她给苏摩盖上了被子，打来温水，细细地洗净了孩子脸上的血迹，低下头端详孩子消瘦的脸颊，长长叹了一口气。

鲜血可以洗净，然而，失明的瞳孔永远不能恢复。

——就如这个孩子遭受到毁灭的心。

这一次，三位长老联手对苏摩施展了禁忌的"大梦之术"，却造成了这样惨烈的后果——那个强烈的幻术和由此带来的心理暗示，将作为潜意识，永久地沉淀入苏摩的内心最深处，潜移默化地扭曲他的记忆，重塑他的人格，将仇恨空桑的种子深深埋下，任其肆意疯长，直到种出遮天蔽日的毒蔓来。

她固然不愿意让那个郡主将苏摩的心拉走，可是，用这样暴虐残酷的手段对付一个年幼无助的孩子，也是超出了她的预计。

复国……复国。

为了那个遥远的梦想，已经牺牲了许许多多的鲛人，如今，连这个孩子也要被牺牲了吗？

如意坐在黑暗里，茫茫然地想着，心如刀绞。

不知道过了多久，苏摩似乎醒了，还没睁开眼，便一把甩开了她的手，用细小的胳膊撑起身体，往后缩去。

"别怕，是我。"她连忙扶住了孩子，轻声在他耳边道，"我是如姨……你快躺下，好好休息。"

听到"如姨"两个字，苏摩再度猛烈地颤抖了一下，却已经不再抗拒。

如意松了口气，放心了大半——显然，经过这一次大梦之术，这个孩子心底对自己的信任和依赖又加强了许多，再也没有之前的排斥。

苏摩在她的怀里沉默了许久，才闷闷地问了一句："我怎么会在这里？我……我记得自己……明明在叶城的西市。"

"是我们把你救回了这里。"如意按照泉长老的吩咐，小心翼翼地回答，"长老们发现你偷逃去了帝都，便一路追查，最后在叶城的奴隶市场里找到你，把你救了回来——那时候你已经奄奄一息，差点被空桑人扔到了乱葬岗里。"

这样的回答，一字一句都完美地契合了大梦之术里的一切，和已有的虚假记忆丝丝入扣，让这个孩子再无怀疑。

果然，听到这样的话之后，苏摩便沉默了下去。

"这样啊……"孩子喃喃地说了一句，不置可否。

他始终没有再问起过"姐姐"。

泉长老命人去找了大夫，然而那个大夫并没有申屠大夫那样高明的医术，一看到孩子的情况也不禁吃了一惊，连忙推辞，表示力不从心。如意一直关切地照顾着他，那些同龄的孩子，比如炎汐、宁凉，也时不时地来看他——然而孩子一直沉默，手里拿着那个小小的孪生肉胎，如同抱着一个奇特的娃娃，失明的双眼空空荡荡，不知道在想一些什么。

他用细小的胳膊将自己圈了起来，深深埋首在房间的角落里，身体呈现出胎儿般的防御姿态，既不吃东西，也不动弹，整个人仿佛枯萎了，看上去越发瘦小，四肢纤细得仿佛是琉璃制成，由内而外地布满了裂痕——有时候，如意甚至不敢触碰他。

她真怕自己略微一动，那个满身伤痕的孩子就会"咔嚓嚓"地裂开，碎成千百片，再也无法拼凑回原样。

泉长老来探视，看到孩子如此近况也不由得暗自吃惊，低声吩咐如意："这样下去可不行，无论如何得让他吃点东西。"

"这个孩子不肯。"如意眼里充满了泪水。

"蠢！你就不能强硬一点？按住他的脑袋，灌他吃下去！"泉长老气急，呵斥，"再不吃东西，他就要活活饿死了！"

如意沉默了一下，没有回答长老的吩咐。

在这个孩子心里，这个世界已经全然坍塌了。如果连她也对他暴力相向，他会不会彻底崩溃掉？

"听着，如意，我们不能失去他。"泉长老语重心长，教训这个多年来一贯忠诚的战士，"他是我们的海皇……我们几千年来一直等待的人！无论如何，你要保证这个孩子好好地活着。"

"好好地活着？"她喃喃重复了一遍，眼里满是悲哀——对一个孩子而言，这样活着，岂不是比死了还悲惨千百倍？"

等泉长老走后，如意沉默了很久，才转身回到房间。

然而，刚推开门，她就怔住了——床上空空荡荡，整个房间也空空荡荡，那个一直孤僻缩在一角的孩子居然不见了！

"苏摩！"她失声惊呼，一把推开了虚掩的窗户。

眼前是一条血色的带子，绵延往前，无休无止。

趁着她不在，那个瘦小的孩子已经悄然从窗户里爬了出去，掉落在了屋后的墙根下。屋后是一片碎石地，苏摩嘴里咬着那个由孪生弟弟做成的玩偶，摸索着在地上爬行，双手双脚都在尖利的碎石上摩擦得全是鲜血，身后拖出一条长长的血印，却头也不回。

如意刚要将他拉回来，不知为何，竟然犹豫了。

那个小小的身影在地上拼命地爬着，无惧伤痛，无惧流血，不顾一切地离开——仿佛是离开一个水深火热的魔窟一样。

如意看着这一切，全身发抖地站在那里，眼里的泪水接二连三地掉了下来，终于无法抑制地痛哭出来："苏摩……苏摩！"

她几步冲了过去，一把抱起了孩子。

"放开我！"苏摩眼里露出了阴沉的愤怒，刚要拼命挣扎，却发现她并没有将自己抱回房间里，而是奔向了另一个方向。

如意带着孩子来到了那一口古井边，推开了堆在地面上的碎裂的石块。

在大梦之术破灭后，写着符咒的井台全然粉碎，压住了井口，此刻一旦被清扫，犹如地面上露出了一只黑洞洞的眼睛。地底的泉脉由于失去了术法控制的作用，重新恢复成了一口普通的水井，流动了起来，通向了镜湖。

如意放下了苏摩，轻声："去吧。"

什么？孩子震了一下，不敢相信地抬起头，用没有神采的眼睛看着她，脸上的神色带着疑虑和戒备。

"几千年后，虽然宿命选中了你，可是，你并不想成为海皇。"如意悲凉地微笑，凝视着孩子消瘦的小脸，心痛无比，"如果硬生生把你留下，你一定会死——你是宁可死，也不会按照别人的意愿活着，是不是？"

苏摩点了点头，薄薄的嘴唇显出一种桀骜锋锐。

如意抬起手，一处一处地用术法治愈苏摩手脚上的擦伤，轻声："那些族人，包括长老，并不知道你是一个怎样的人——请你原谅他们吧。他们并不是要故意折磨你，他们……他们只是对自由有着过于狂热的执念。"

说到最后一句，她已然哽咽。

苏摩默默地听着，抬起枯瘦的小脸凝视着她。

最后一个伤口也停止了流血，如意叹了口气，放下手来，对那个孩子道："好了，去伽蓝帝都找你的姐姐吧！"

"不。"苏摩却忽然开了口，一字一顿，"我从来没有过什么姐姐。"

听到这样斩钉截铁的话，如意的身体猛然颤了一下。

——原来，三位长老的秘术还是生效了？

"不过，我也不会留在这里。"苏摩的声音平静，有着和年龄不相称的冷酷，"我不想被你们关在这里，被逼着当你们的王——宁死也不。"

如意怔了一怔，终究还是点了点头："你有你的自由。"

苏摩停顿了片刻，喃喃重复："对，自由。"

孩子仰起了脸，空洞的眼睛里带着一种坚决："我要的，就是这个。"

如意心里一震，不由得轻声叹息："那么，就快走吧——趁着现在没人看到。但你千万小心，不要再落到那些贩卖奴隶的空桑人手里了……"

孩子没有说话，忽地抬起了手，循声摸向了她的脸颊。

"如姨。"他叫了她一声，小手冰凉，"放走了我，你怎么办？"

没想到这个孩子到了这个时候还会问这句话，如意心里一热，泪水大颗大颗地掉了下来，哽咽："放……放心。即便事情暴露，长老们也不会因此杀了我的。你……只管去吧。"

苏摩长久地沉默，终于点了点头，转身跃入了水中。

这一次离开，他依旧是没有丝毫的犹豫和留恋。

只听轻微的一声响，地底的泉水泛起了涟漪，又渐渐恢复了平静，如同一只黑沉沉的眼睛——这个伤痕累累的孩子终于从漆黑的水底真正离开了，如同一尾游向了大海深处的鱼，很快便不见踪影。

他将去向何处？他又会经历什么？他的人生，会延续到哪里？

这一切，都再也不是她能够知道的。

那之后，如意便失去了苏摩的下落，并不知道这个孩子离开叶城复国军的秘密据点之后，漂泊到了何处，又经历过怎样的辗转流离。

直到七十年后，当云荒大变来临的时候，那个鲛人孩子才再度出现，站到了历史舞台的中间——那时候，他已经出落成一个少年，俊美如神，阴郁而冷漠，一言不发地站在紫宸殿的中央，搅起了整个云荒的动荡。

一如预言所说的：这个孩子倾覆了天下。

又过了一百年。沧海桑田，世事几度变幻，每个人的人生随之跌宕起伏。她被贬斥，又被再度启用。随后，她去往了东泽十二郡，奉命施展美人计，不料却真正爱上了那个异族的总督。

而她训练过的那些鲛人孩子纷纷长大了，炎汐、宁凉、潇、湘、碧、汀……一个个都成了优秀的战士，各自奔向战场，用自己的一生，写下了鲛人复国的血泪诗篇。

而她，来到桃源郡开了一家赌坊，一边经营生意、募集资金资助着复国军，一边等待着什么——终于，在某一日，云荒东面的慕士塔格雪山上发生了一场雪崩，有来自万里之外的异乡旅人抵达。

而那一行人里，有着她日日夜夜祈祷期盼的人。

那个叫作苏摩的孩子，终于归来了！

时隔上百年，在重逢的时候，阴郁冷漠的少年已经成长为一个男子。游历了天下六合，历经了无数沧桑，双眸依旧没有神采，整个人却光芒四射，望上去俊美如神祇。在他的十指间，有引线垂落，交缠如宿命，而另一端，牵着由孪生弟弟做成的傀儡人偶。

——他成了一名傀儡师。

归来的人凝望着久别的她，湛碧色的眼眸依旧空空荡荡。

"如姨，你还在等我吗？"他开口，用熟悉的称呼对她说，"我回来了。"

"海皇！"那一刻，她不由自主地痛哭出声，跪倒在了他的面前——

"沧海桑田都等着你回来！"[1]

1　注：苏摩之后的人生经历，详见《镜》系列。

第二十二章

血鶴折翼

当苏摩在镜湖的另一端陷入噩梦，苦苦挣扎的时候，在镜湖的中心，与他相关的另一个人却毫无知觉。

朱颜这一觉从清晨睡到了下午，直到因为肚子饿才醒来。草草梳妆打扮，便开始饕餮大餐，一边吃一边问："父王呢？"

"王爷还没回来。"盛嬷嬷道，有些忧心忡忡地压低了声音，"六王都还在内宫，九门紧闭，骁骑缇骑全部出动，尚未传出任何消息。"

"嗯……是吗？"朱颜咽了一口鸡汤，心里也是有些诧异：一去一整天，看来是有很多的事情需要商量了？帝君刚刚驾崩，空桑内外动荡，不知道师父他能不能控制得住局面？要知道师父从小是在神庙长大的，本来是要去当大神官的，可没学过怎么治理国家。万一……

刚想到这里，忽然听到前面一阵喧哗，却是赤王归来了。

"父王！"她顾不得吃到一半，立刻跳了起来。

赤王在宫里待了一整天，已是极疲惫，然而看到女儿迎面扑了过来，眼神也是亮了一亮，不由自主地加快脚步迎了上去，张开了双臂。然而，在朱颜刚刚要跳过来的瞬间，他迅速沉下脸来，大喝一声："你这个死丫头，一晚上出去乱跑，居然也知道回来？"

朱颜已经扑到了父亲身边不到一尺之处，正要去抱父亲的脖子，冷不防被这一声咆哮吓得缩了缩头，顿时脸露畏惧之色，不敢上前。

然而下一刻，只觉身体一倾，已经被赤王大力拥入了怀里。

"哎……父王！"她吓了一大跳，不敢挣扎，只是抬头瞄了瞄父亲的脸色，发现赤王一手将女儿抱起，神色复杂，却并无怒意，这才暗自松了口气。

"你个死丫头！"赤王果然没有打她，只是热情地抱着女儿，几乎把朱颜勒得无法喘息，也没有问她昨夜去了哪里，嘴里只是道，"知道回来就好！"

顿了顿，他又道："没想到你小小一个丫头，竟然有那么大的本事？"

"啊？"朱颜愣了一下，"有……怎么大的本事？"

"你以为父王不知道你昨天去了哪儿吗？"赤王摸了摸她的头发，忍不住笑了一笑，低声，"好家伙，你什么时候竟然搞定了这么难搞的人物？"

"啊？"朱颜回不过神来，"搞定了……谁？"

"还敢抵赖？"赤王没有说话，上下打量了一下女儿，忽地抬手，将她头上的发簪抽了下来，满脸的喜色——那支失而复得的玉骨在他粗大的手掌心里，如同一支小小的牙签，闪着晶莹温润的光华。

那一瞬，朱颜明白了父王说的是谁，脸顿时"唰"地一下烧了起来，一时间不知道怎么回答，只能嘀咕："你……你说什么呀！"

赤王看了看左右，也不多说，只是拉着女儿进了内室。

朱颜被父亲戳穿，不知道他会不会骂自己一顿，又羞又窘，一路忐忑不安，只能暗自打量着赤王的脸色。看到他笑容满面，这才放下了心。等进了房间，她小心翼翼地问："你……你今天见到皇太子了？"

"是。"赤王关上门，将玉骨拿在手里看了又看，满脸喜色，"帝君昨夜驾崩，除了青王之外，我们五部藩王都连夜入宫，在紫宸殿面见了皇太子殿下，和他谈了一整天——唉，我们空桑的新帝君，真是英明不凡。"

"那当然！"朱颜忍不住应了一声。

"你这小丫头……"赤王看到她的表情，忍不住刮了一下小女儿的鼻子。

朱颜脸红了一下，小声打听："那……你们今天在宫里待了一整天，到底都说了些什么啊？"

"你放心，都是好消息。"赤王意味深长地看了她一眼，点了点头，"由皇太子主持，大家坐下来在内宫心平气和地协商了一整天，解决了遗留的问题——原来的婚约全都作废，皇太子不用娶雪莺郡主，你也不用嫁给白风麟了。"

"太好了！"朱颜冲口而出，止不住地喜形于色，"我真的不用嫁了？"

"你怎么这么开心？"赤王看到她快要乐得开花的表情，不由得停住了去拿酒杯的手，愕然，"你居然这么不喜欢白风麟那小子……他有什么不好吗？白氏长子，英俊有为，六部多少人都想把自家女儿嫁给他呢！"

"当然不好！又嫖又赌，口蜜腹剑，杀人不眨眼，除了一个臭皮囊还不错，还有哪里好了？"朱颜委屈，恨恨地看着父王，赌气，"你看你，没问过我的意见就把婚约给许了！可恶。"

"你这个死丫头！"赤王骂了一句，然而想了一下又不由得有点后怕，试探着问女儿，"那……如果这门婚约没取消，你难道又打算要逃婚？"

朱颜看了父亲一眼，没有回答。

"该死！你还真打算……"赤王气得举起了手，怒视着女儿半晌，举起的手慢慢放下去了，脸上居然浮起一丝侥幸的神色，叹了口气，"幸亏不用嫁。唉，你如果真跑了，我和你母妃可怎么活啊！"

朱颜心里一热，眼眶也有点红了，闷声不响地走过去，抱住了父亲的肩膀，嘀咕了一句"对不起"。

"没事，现在好了。"赤王揉了揉女儿浓密的长发，"帝君在驾崩前下了旨意，解除了皇太子和雪莺郡主的婚约——今天皇太子和白王单独密谈了一个时辰，白王一出来，就和我说，要解除白风麟和你的婚约。"

"啊？居然是白王开口提的？"朱颜怔了怔，一时间说不出话来——解除和雪莺的婚约倒也罢了，毕竟是北冕帝在世时下过的旨意，而时影居然说服了白王放弃和赤之一族的婚约，倒实在是出人意料。

白王可不是好相与的人，到底是为什么同意了这种事？莫非师父提出了什么他无法拒绝的条件？

"那……"她怯怯地问，"父王您同意了吧？"

"开玩笑！我哪里肯同意？"赤王却冷笑了一声，浓眉倒竖，"那厮居然敢退我女儿的婚？我当时一听，气得差点扑上去把那老家伙狠狠揍一顿！"

"呃……"朱颜想起父亲的火暴脾气，也替紫宸殿上的所有人捏了一把冷汗。白王文质彬彬，年事已高，可经不起父王醋钵大的拳头。

赤王喝了一杯酒，吐出一口气："如果不是被皇太子及时拦住，我一定当场揍死那个老家伙。"说到这里，他斜眼看了看女儿，嘴角忽地露出一丝奇特的笑意，"阿颜，你很能干嘛……不愧是我的独生女儿。"

"啊？"她没立刻明白过来父亲说的是什么，"父王你说什么？"

"别装傻！皇太子都跟我说了。"赤王笑了一声，捏了捏女儿的脸，表情很是得意，"你就别扭扭捏捏了——你昨天是一个人冲去内宫找他了吧？一晚上没回来……嘿嘿，居然不声不响就做出了那么大的事情！"

朱颜顿时面红耳赤，跺脚："他……他怎么能到处乱说！"

"我是你父王，他未来的岳丈，跟我说怎么是乱说了？"赤王"哼"了一声，"何况父王也没有怪你——你能搞定皇太子，父王也很高兴。瞎子也看得出，他可比白风麟强多了！"

朱颜听着这句话，心里很不是滋味，却又不知道从何反驳起，想了又想，低声："那……白风麟那家伙，他也同意？"

"他脸上的表情倒是挺不情愿的。但不同意又能如何？"赤王冷笑了一声，喝了一口酒，"白王已经和皇太子达成了协议，一个庶出的长子能怎样？就算再能干，一旦没了父王的欢心，还不是说废就废了？"

朱颜不说话了，第一次觉得那个可恶的家伙也有几分可怜。

"那……雪莺呢？"她心思如电，把所有相关的人都想了一个遍，忍不住为好友担忧起来，"她这次被退了婚，白王……准备怎么办？"

"我怎么知道？"赤王显然不是很关心，"另觅佳婿呗。"

"可是……"她嘴唇动了动，把到了嘴边的话又咽下去了。

雪莺腹中还有时雨骨肉的事情，此刻白王是否知道？雪莺已经是第二次失去唾手可得的皇太子妃的位置了，接下来会沦落到非常尴尬危险的境地——时影曾经承诺要保护她，如今也不可能袖手旁观吧？

"反正，现在的局面对我们很有利。"赤王并不知道女儿心里转过了那么多小小的弯，又端起酒杯一饮而尽，露出满意舒畅的表情来，"嘿，你这个丫头，果然有本事……一晚上就搞定了皇太子。不亏我当年费尽心机把你送到九嶷去。"

"啊？"她茫茫然之中听到了这句，忽然一惊。

"当年，人人都说白皇后失势，她的儿子只怕也一辈子翻不了身……我可不信这个邪。"赤王低低"哼"了一声，"那个小子是人中之龙，就算被扔到世外深谷里，迟早有一天也会大放异彩——到时候，青妃生的那个蠢货又岂是他的对手？"

朱颜忍不住有些震惊："原来……父王你那么早就看好他了？"

"是啊，一直看好，却没什么机会结交——那个小子被大司命保护得密不透风，谁也接近不了。"说到这里，他抬起头看了一眼懵懂的女儿，眼里露出一丝意味深长的表情来，"幸好幸好，我还生了这么一个好女儿……"

朱颜一时间不知道说什么，心里发冷。

"要知道，锦上添花容易，雪中送炭却难，若能在那时候和落难的皇子结下一点交情，岂不是抵得过今天他当了皇帝之后再费尽心思去结交？"几杯酒落肚，赤王忍不住话多了起来，对着女儿诉苦，"你不知道那时候送你去，也是冒了风险的啊……大司命那边先不说，青王那一派的人也在虎视眈眈，谁敢随便结交这个废太子？还好你也只是个小孩子而已，他们不太往心里去……"

赤王喝下了最后一杯酒，忍不住得意："呵，谁都没想到，你和他之间，却有这等机缘！"

朱颜睁大眼睛看着赤王，似乎从小到大第一次认识父亲：是的，眼前这个看似魁梧粗犷的中年男人，其实心思缜密，深谋远虑。这个男人除了是自己的父亲之外，也是赤之一族的王——他心中装着的，除了妻女，应该还有诸多的争夺计算吧？

这一点，她长到那么大，竟然还是第一次觉察到！

父母无疑是爱她的，可是，这种爱，也并非毫无条件。

朱颜心里微微地沉了下去，过了很久，才轻声道："那么说来，父王你这次带我从西荒来帝都，也是为了……"

"也是为了搏一搏。"赤王从胸中长长吐出一口酒气，摸着女儿的脑袋，语重心长，"搏你的运气，也是搏赤之一族的运气——本来想，你能成为白王妃就够了。不料你这个丫头居然有如此福气，还能做到空桑一人之下万人之上的皇贵妃！"

朱颜下意识地怔了一下："皇……皇贵妃？"

"是啊，仅次于皇后的皇贵妃！"赤王拍着大腿，很是得意，"要知道，赤之一族近两百年来还是第一次出一位皇贵妃！"

朱颜愣了半天，失声："那……谁是皇后？"

"自然是白之一族的某个郡主。怎么了？"赤王这才发现女儿有些异样，愕然，"难不成，你还想当皇后？"

"我……"她的嘴唇颤抖了一下，说不出话来。

赤王看到女儿的表情，忍不住叹了口气："别傻了……无论皇太子多喜欢你，可是你毕竟是赤之一族的郡主，违反了宗法，又怎么能当皇后呢？"

她半晌才喃喃："这……这是他说的？"

"这是几千年来空桑皇室的礼法！"赤王看到女儿的表情，也不自禁严肃了起来，"阿颜，你可别再孩子气，想要得寸进尺——乖，我们不求非要当皇后的，啊？"

朱颜只觉得心里堵得慌，喃喃："那……他要立谁为皇后？"

"那我就不知道了，反正不会是雪莺郡主。"赤王皱了皱眉头，显然对此也有些不悦，"皇太子今天和白王私下密谈了那么久，估计是商议妥当了，要在其他几个郡主里再选一个——不然，白王那老家伙肯和我们退婚？他还不早就跳起来了？"

"是吗？"朱颜低声喃喃，脸色苍白。

"阿颜！"赤王连忙站起来扶住女儿，发现她全身都在剧烈地发抖，赶紧把她抱在了怀里，用力拍了拍，"别伤心。这不过是应付一下祖宗礼法罢了……他若不这么做，只怕也当不成皇帝。"

朱颜趴在父亲的怀里，听着这样的话，只觉得刺心地痛。

是的，她知道父王说的一切都没有错——身为空桑的皇太子，如今时影身上肩负着巨大的重压，要顾及天下大局和黎民百姓。眼下，他若要继承帝位，便要争取六王的支持，少不得要迎娶白王的女儿为皇后。

这一切，都是一环扣一环，哪一步都不能缺少的。

可是……可是……

"就算是另立皇后，皇太子的心也是在你身上。这就够了。"赤王拍了拍儿，安慰，"你看，你的母妃嫁给我的时候也只是个侧妃，这些年我有哪里亏待她了？等将来有一日皇后死了，你也可以像青妃那样成为三宫之主……"

"够了！"朱颜却一颤，陡然脱口，"别说了！"

赤王吃惊地低下头，看到了女儿竟然是满脸的泪水——那样悲伤的表情，竟然让他钢铁一样的心都刺痛了一下。

"别哭，别哭。"他忙不迭地拍着女儿的后背，"再哭父王就要心疼死了。"

朱颜不管不顾地在他怀里放声大哭，哭了许久，直到外面天彻底地黑去，才终于渐渐地平息了，小声地哽咽。

"我、我回去睡了。"她失魂落魄地喃喃。

回到房间时，房间里已经点起了层层叠叠的灯，璀璨如白昼。

朱颜异常地沉默，只是看着那些跳跃的火焰发呆——火是赤之一族，乃至整个大漠信奉的神灵，传说每一个赤族的王室，灵魂里都有着不熄的火焰。可是，这样热烈而不顾一切的燃烧，又能持续多久呢？

她从鬓发上抽下了玉骨。"唰"的一声，一头秀发如同瀑布一样顺着手臂跌落，将她一张脸衬得更苍白，在铜镜里看去，竟令她自己也隐约觉得心惊。

屈指算算，这一年多来，她的生活经历了许多巨大变化。一路跌宕，峰回路转，几次撕心裂肺死去活来——作为赤之一族唯一的小郡主，她自小锦衣玉食，开朗爱笑，从不知道忧愁为何物，可在这短短的一段时间里，她哭了那么多，几乎把前面二十年攒下的泪水都一下子流尽了。

那些落下的泪水，每一滴都带走了她生命里原本明亮充沛的光芒，渐渐地，让她成为现在的样子：不再那样没心没肺，不再那样不知进退，不再那样自以为是——就如现在，知道了他要另立皇后，她居然没有暴跳如雷。

她并没有愤怒，只是觉得悲凉。

朱颜将玉骨紧紧地握在手心里，忍不住抬起头看了一眼伽蓝白塔顶上，那里灯火通明——现在的他，在做什么呢？估计是被万众簇拥着，连闲下来片刻的时间都没有吧？他……会有空想起她吗？

虽然同在帝都，她却觉得两人之间的距离从未有过如此遥远。

以前，师徒两人独处深谷，他的世界里只有她。她只要一个转身，便能和他面对面。可以后他当了皇帝，有了无数的后宫妃嫔，无数的臣民百姓，他的世界就会变得无比广大和拥挤，她必须要穿过人山人海，才能看上他一眼。

他的世界越来越大了……到了最后，她会不会找不到他？

如果他不当空桑皇帝，那该多好啊。

然而，这个念头刚一浮现，便被她死死地压住了。朱颜甚至觉得羞愧，这么想，实在是太自私了吧？只想着霸占住他为自己一个人拥有，却忘记了他本身是一个流着帝王之血的继承者——即便是独处深谷的时候，他的心里，本来也装着这个云荒。

朱颜托着腮，看着夜色里的伽蓝白塔怔怔地出神，漫无目的地想着，心里越发紊乱不安。无意间眼角一瞥，忽然看到一只飞蛾从敞开的窗户里飞了进来，"扑簌簌"地直撞到了房间的灯下，直扑火焰。

她下意识地抬手挡了一下，想要将那只蛾子赶开。

而下一个瞬间，她忽地怔住了——

不，那不是飞蛾！而是……而是……

朱颜顾不得烫手，飞快地捏住了那只差点被火焰舔舐的小东西，发现那居然是一只纸鹤，残破不堪，歪歪扭扭，缺损了半边的翅膀，血污狼藉，不知道经过多少的波折才跌跌撞撞地飞到了这里。

"呀！"她从床上跳了起来，顿时睡意全无，"苏摩！"

这，分明是她上个月派出去打探苏摩消息的纸鹤！

那残破的纸鹤不知道飞了多少路，翅膀上微光闪烁，凝聚了微弱的念力，已经接近消耗殆尽。朱颜将纸鹤捧在掌心，飞快进行回溯。有依稀破碎的光芒从纸鹤里飞散出来，幻化成了种种影像。

那一瞬间，她捕捉到了光芒里飞快浮现出的短促画面。

那是一口深井，黑如不见底的瞳孔，井台上有无数发着光的符咒，围绕成连绵不断的金色圆圈。而那只金色眼睛的最深处，蜷缩着那个孩子，如同被困在母胎里的婴儿。苏摩沉在水底，眼睛没有睁开，嘴唇也没有动。

然而，她清晰地听到了几声短促的呼唤："姐姐……姐姐！"

撕心裂肺，如同从地底传来。

然而，当朱颜想要进一步仔细查看的时候，一圈圈的金色光芒忽然涌现，如同铁壁合拢，瞬间将那个幻影切断！

"苏摩！"她情不自禁地脱口而出，脸色煞白。

虽然只是电光石火的刹那，她却感觉到了遥远彼端传来的苦痛和挣扎——怎么了？那个小兔崽子是落难了吗？在叶城的动乱之后，苏摩他到底是落到了谁的手里？这世上，又有谁会为难那么小的一个孩子？

那口困住他的井，究竟是在哪里？

无数的疑问瞬间从心头掠过，朱颜又惊又怒，来不及多想，抽下玉骨，便在指尖上扎了一滴血，毫不犹豫地将鲜血滴入掌心的纸鹤上。

血渗入了残破的纸上，那只纸鹤忽然间昂首站了起来！

"快。"朱颜指尖一并，"带我去找他！"

纸鹤得了指令，"唰"地振翅飞起，穿出了窗外。朱颜毫不犹豫地随之跃出了窗户，朝着叶城方向疾奔——时间仿佛倒流了：那个鲛人孩子再一次危在旦夕，她顾不得和任何人打招呼，便像前一次一样，连夜从赤王府里只身离开。

催促她离开的，是心里那一种奇特的不祥预感。

她甚至觉得，如果此刻不赶紧找到苏摩，那么，她可能此生此世再也见不到那个孩子了。

第二十三章

魔君降临

　　此刻，在云荒的最北部，青之一族的领地上，有一片暗影悄然降临。那是一个披着黑袍的影子，凭空而降，无声无息地落在了青王的内宫。

　　王宫的上空悬挂着一轮冷月，清辉皎洁。然而，在那个人影出现的瞬间，整个内宫都奇迹般暗了一暗，似乎天上有一片乌云掠过，遮蔽了月色。

　　"智者大人。"跟随在他身后的女子轻声，"我们尚未通禀青王。"

　　黑影并没有理会，还是径直往里走去，片刻不停。冰族圣女只能紧跟在后面，不敢再出声劝阻一句。

　　这世上，又有谁能够拦得住智者大人？

　　那一日，从水镜里看到十巫在梦华峰顶联手围攻空桑大神官，最终却铩羽而归，智者大人面无表情，显然是对此事并不意外——然而，在抬头看到夜空星斗的瞬间，发出了一声低呼！

　　那一声惊呼，已经代表了从未有过的震惊。

　　不知道从星象里看到了什么，智者大人不等十巫归来，便亲自带领着他们从西海出发，万里迢迢抵达了云荒，去寻找青王。

　　然而出乎意料地，他们一行人在寒号岬，并没有看到青王派来接他们的军队。当她在寻思是不是空桑内部的情况又起了变化时，智者大人二话不说，直接便带着他们长驱直入，来到了这里。

青王宫里夜色深沉，守卫森严，那个影子在青王宫中穿行，却如入无人之境。智者从守卫之中走过，守卫竟浑然不觉，刀剑竟然纷纷自动垂落，似乎被一股不可抗拒的力量蒙蔽了眼目，进入了催眠状态。

"六部之王的所在，竟如此不堪一击。"一直走到了青王的寝宫，智者终于开口说话，语气却是复杂，"如今的空桑，已无人矣？"

话音方落，身后的圣女忽然发出了一声惊呼。

从昏暗的月色下看过去，前面的庭院里花影葱茏，却笼罩着一股血腥。那里是青王日常起居的所在，却已经没有一个活人——鲜血从尸山上蜿蜒而出，在月下如同蛇类一样四处爬行，渐渐蔓到了这一行不速之客的脚边。

里面的尸首已经堆叠如山，可是一墙之隔的守卫浑然不觉！

那个刺客，又是怎样的一个高手？

然而，看到这样的情形，智者反而发出了一声低低的笑："看来，有人来得比我们更早啊……"

他脚步不停，转瞬已经无声无息地飘入了庭院，扫视了一遍尸体。那些尸体死状各异，堆叠在一起。智者只是看了一眼，便熟悉地报出了一连串的名字："落日箭、疾风之斩、金汤之盾……嗯，还有天诛？"

他顿了顿："段位很高。"

"智者大人，青王他似乎已经……"冰族圣女刚要说什么，只见黑袍一动，智者已经消失在了眼前。

冰族圣女连忙跟随着智者进入了王宫的最深处，然而身形刚一动，眼前忽然闪过了一道白光，如同雷霆一样交剪而下，轰然盛放！

她下意识地往前冲过去，惊呼："大人小心！"

就在那一瞬，她看到智者大人从黑袍中抬起了手，凌空一握。

那一道惊雷，竟然就这样刹那间凭空消失！

"救命！"这一刻，王宫最深处有一个声音传来，却是被击倒在地的一个人——那人穿着华贵的藩王服饰，披头散发，满脸鲜血，正不顾一切地挣扎着，想要穿过那些尸体爬过来，"来人啊……有刺客！救……救命！"

然而，他刚一动，虚空中忽然出现了回环连绵的紫色光芒，如同屏障"唰"地展开。青王惨叫一声倒了下去，在地上不能动弹。

"不错。"智者凝视着站在青王王宫最深处的人，微微点了点头，发出了低沉含糊的断语，"这种'锦屏'之术，竟尚有人能施展？"

他抬起头来，看着出现在王宫最深处的老人："你是？"

在智者的对面，一个穿着黑袍的老人一脚踩住了挣扎的青王，抬起头来，看着这个贸然闯入的不速之客，眼神渐渐凝聚，手里握着黑色玉简，沉声："空桑大司命——源珏，奉帝君之命，来此诛杀叛贼！"

"大司命？"智者听到这个名字，黑袍深处的眼睛微微一亮，"不错……看来空桑如今还是有人才的。"

大司命蹙眉，看着这个不速之客："来者何人？"

"我是何人？哈哈哈……你是大司命，居然问我这个问题？"智者忽然间笑了起来——那笑声非常诡异，如同从长夜最深处传来，带着一丝傲然和苍凉，却又充满了杀气。

大司命心里掠过一丝冷意，眼角下瞥，看了看地上的青王。

"救命啊……智者大人！"那一刻，垂死的青王对着闯入的人放声惊呼，声音惊恐，"救……救命！"

智者大人？大司命心中一惊：莫非眼前这个不期而遇的黑袍人，竟然是传说中沧流帝国的神秘主宰者？

大司命心念电转，即刻转过了手腕，十指扣向了青王——是的，既然大敌当前，首先得杀了这次的目标！

然而他的手腕刚刚一动，虚空中忽然就有一股极其凌厉的力量迎面而来，格挡住了他下击的手。

"既然你是大司命，那应该算是如今空桑的术法宗师了吧？"智者凝视着王宫最深处白发苍苍的老人，一字一句，"那么就让我来看看，如今空桑的第一人，究竟有多少的水准。"

"空桑的大司命，可别让我失望啊……"

大司命怎么一去就杳无消息？

在云荒的最高处，紫宸殿的王座上，时影推开满案的奏章，发出了一声疲倦的叹息——原来当万人之上的帝君，竟然是比修行还苦的事。每天从寅时即起，一直要工作到子时，几乎完全不能休息。

早知如此，当初就不该答应大司命坐上这个位置……

然而，一想起大司命，时影的眼神便暗了一下。不久之前，大司命临危受命，准备孤身去九嶷郡青之一族的领地上刺杀青王，以阻止空桑内乱的发生。然而，整整半个月再也没有传来任何消息。

按理说，自己应该主动和大司命联系一下——然而奇怪的是，他心里隐约不想和那个人对话。

时影的眼神渐渐沉痛，抚摸着皇天沉吟。

那个老人，是自己从小的庇护者，陪伴他度过孤独的岁月，教授他各种学识，可以说在他的人生中取代了父亲的角色——可是，他曾经那么敬仰的那个老人到了现在，竟然渐渐到了不能共存的地步。

那个师长，竟然想要支配他的人生！

时影想了片刻，最终还是叹息了一声，推开奏折离开了紫宸殿，来到了伽蓝白塔顶上的神庙。

他换上了法袍，来到孪生双神的面前，开启了水镜——如今的他已经是空桑的帝君，再不能以个人喜恶为意，更不能意气用事。无论如何，他此刻应该联络一下大司命，看看北方的情况如今怎样。

时影双手合并，开始施展水镜之术。

咒术之下，铜镜中的薄薄一层水无风起波，在他手下苏醒，然后波纹渐渐平息，清浅的水面通向彼端，映照出另外一个空间——然而奇怪的是，过了一刻钟，水镜里居然没有出现任何影像！

时影的神色不由得起了变化，怎么可能？居然失去了大司命的踪影？

他在神前开了水镜，而咒术之下，这面水镜无法映照出影像，说明大司命的踪影已经不在他的力量所能追溯的范围里——这是他侍奉神前数十年，几乎从未遇到过的事情！

不会是出了什么不测吧？

时影微微蹙眉，抬头看了一眼天象。头顶穹窿上夜空深邃，大司命所对应的那颗星还好好地闪耀着；倒是青王的那颗星已经暗淡无光，摇摇欲坠——一切顺利，可是水镜里，怎么又映照不出对方的身影？

他双手结印，十指从平静的水面上掠过，再度释放出灵力。这一次，当他的手指移动到水镜中心点的瞬间，整个水面忽然亮了一亮！

平静如镜的水面上出现了一个影子，淡淡如烟，一掠而过。

"大司命！"时影失声。

是的，这一瞬，他终于看到了大司命的影子！

水镜里，那个他熟悉的老人正站在一个深宫之中，双手交错在胸口，显然是刚刚经历了一场剧烈的战斗——袍袖上鲜血四溅，脚下躺着许多尸体，那些死去的人身上都有着青之一族的家徽。

时影松了一口气，果然，大司命已经成功地进入了青王府邸！

然而，正当他要凝神继续细看的时候，水镜似乎被什么力量干扰，表面波纹骤起，一切碎裂模糊，再也看不到影像。

怎么回事？谁干扰了水镜的成影？

时影飞快地重新结印，双手再一次在水镜上掠过，用了比上一次更强大的力量，试图去开启新的通道。然而，这一次，当他的十指驻留在水镜中心的时候，水面平静无波，没有一丝的光亮。

时影站在空旷的神殿里，眼神越发地冷冽，神色肃穆。

大司命的确是出事了——看来，只能用水火大仪来开镜！

他霍然转身，在神像前行礼，双手合起举在眉心，开始念起繁复的咒语——这个咒术漫长而艰难，当念完的时候，整个伽蓝神庙的烛火似被无形的力量驱动，忽然齐齐一动，烛火向上跃起，整个火苗竟长达一尺！

"去！"时影手指并起，指向那一面水镜，"开镜！"

一瞬间，满殿光华大盛。那些烛上之火如同被号令一样，从虚空里飞速地升起，朝着他的指尖汇聚，又在他一挥之下飞快地向着水镜飞去，"唰"地凝聚成了一道耀眼的流星。

火和水在瞬间相遇。

然而，火并没有湮灭，在水镜上就像烟花一样细细密密地散开。那一瞬，水镜仿佛被极大的力量催动，忽然间，就在火焰里浮现出了画面！

这一次，时影清晰地看到了大司命。

战斗显然又进行了一段，画面上大司命正从地上站起，剧烈地喘息，半身都是鲜血，束发的羽冠都碎了。他的胸口有七处深可见骨的伤口，作北斗之状，流出来的血竟然呈现出暗紫。

时影一眼看去，不由得全身一震。

那是七星拜斗之术——在云荒，除了他和大司命，居然有人能用出这种咒术！青之一族的神官不过是泛泛之辈，怎能做到这样？

"大司命！"他对着水镜呼唤，"大司命！"

在彼端的大司命似乎感知到了他的召唤，抬起头，向着水镜的方向看了一眼。他终于听到自己的召唤了？时影微微松了一口气——然而，就在这一瞬间，水镜里画面忽然变幻！

那一瞬水镜里的景象，即使冷静如时影也忍不住失声惊呼。

青王王宫的深处，烛火半熄，各处都笼罩着巨大的阴影。然而，在阴影的最深处，忽然有一只手从大司命的背后伸出来，悄无声息地扣向了老人的背心！那只手的形状是扭曲的，奇长无比，如同影子一样慢慢拉长、靠近……

然而更令他震惊的是，那只手已经侵入到了身侧不足一尺之处，大司命居然丝毫未觉察！

"大司命！"那一刻，时影忍不住失声，"背后！"

不知道是不是听到了来自彼端的提醒，在那只苍白的手即将接触到后心的瞬间，大司命忽然脸色大变，头也不回，袍袖一拂，一道疾风平地卷起，整个人瞬间凭空消失。

时影一惊，认出此刻大司命用出的不是普通的瞬移，而是"迷踪"！

这是一种需要消耗极大灵力的术法，不但可以瞬间在六合之中转移自己的方位，还可以穿越无色两界，从实界进入幻界——这个术法因为结合了好几种高深的大术，普通术士只要一次便要耗尽大半灵力。大司命此刻用出了此术，显然是感觉到自己遇到了前所未有的劲敌！

在时影尚自吃惊之时，水镜里画面忽然停滞了。

火焰还在水上燃烧，然而里面映照出的景象再也没有变动，就像是定住了一样，青王府邸发生的一切都定格在了大司命消失的瞬间——地上横流的鲜血、风中四散的帷幕、屋顶坠落的宫灯……一切都停住了。

怎么回事？难道是水镜忽然间受到了干扰？

"大司命！"时影脱口惊呼，心里瞬间有不祥的预感。他重新抬起双手，飞快地结印，按向了水镜，想要用更大的力量打通这一道微弱的联系。

然而就在那一瞬，定住的画面又重新动了！

短促的凝固过后，大司命依旧不见踪影，房间空空荡荡。地上的血继续流出，帷幕和宫灯继续落下，一切仿佛只是在顿住了刹那之后又恢复了正常——然而，时影在这样平静的画面里感觉到了无可言表的诡异气息，隔着水镜，掌心都有细密的冷汗渗出。

大司命呢？他此刻在何处？是正穿梭于无色两界之中吗？可是时间为何持续得那么长？要知道，"迷踪"之术是不能持续太久的，否则穿行的人会被卡在虚实交界之处，永远无法回到人世。

就在心里惊疑不定的那一刻，隔着水镜，时影再度看到了另外一只手从黑暗里伸出！

与前面的那只手呼应，两只手缓缓交错，在烛影下做了一个手势：一手掌心向下，一手指尖朝天，忽然间，凌厉之极一撕！

"不！"那一瞬，时影脱口惊呼。

只听一声钝响，仿佛什么屏障被击破了，虚空中忽然落下了红色的雨！

"大司命！"时影心神巨震，失声，"大司命！"

"呵呵……"黑暗深处，似乎有人发出了一声睥睨的冷笑。

只是一个眨眼，那双手便缩了回去，消失于暗影之中，无声无息如同鬼魅。青王府邸深处再也看不到一个活人，只有红雨不停地从空荡荡的房间里滴落，在地面上积成了小小一摊。

"大司命！"时影脸色苍白，对着水镜彼端呼唤。

直到此刻，他还是看不到大司命的踪影，仿佛那个老人在施用迷踪之术的时候出现了意外，被卡在了虚实两界的交错之处——然而，那些血洒落地上，一滴一滴，却渐渐显露了一个人形的轮廓！

——是的！那是大司命……是被那一击困在了虚空里的大司命！

方才暗影里的那双手，只用了如此简单却蕴藏令天地失色力量的一个动作，竟将刚用完迷踪之术，正穿行于无色两界的大司命生生撕裂！

那一招叫什么？从未听过，从未看过……甚至，在空桑所有的上古术法典籍里都不曾有过任何记载。

可那是多么可怕的力量，几乎接近于神魔！

时影站在伽蓝白塔顶上的神庙里，看着万里之外发生的这一切，虽然竭力控制着自己的情绪，但全身微微发抖。

是的，大司命出事了！他要立刻赶去云荒最北部的紫台！

然而，当他刚一转身，水镜另一端忽然有什么动了动，令他骤然回身——水镜里还是看不到人影，满眼都是死寂，堆叠着尸体。然而再仔细看去，虚空中的血一滴滴地落下，却是在有规律地移动着，渐渐连成了一条线。

那一瞬，虽然看不到大司命的人在何处，时影却忽然明白了对方的意图。

——是的，大司命，是在写字！

被困在虚空里，大约已经自知无法幸免，那个老人，居然是用最后一点力气，用自己的血，在地上写出了字！

一撇、一竖……居然是一个"他"字。

"他？"时影低呼——大司命……他到底是要对自己说什么？

转瞬，又一个字被写了出来："来"。

接着，又是竖向的一笔。

时影定定地看着地面上那三个用血写出来的字，整个人都在微微颤抖，沉默地咬着牙，脸色苍白如死。

"他、来、了。"

大司命拼尽了最后力气，用血留下的字，竟然是这样三个字？

他是什么？是刚才在暗影里骤然出现的那双可怖的手？那双手的背后，又是一个怎样的存在？那样可怕的力量，几乎在整个云荒都不可能存在……

他，究竟是什么！

"大司命？"他对着水镜彼端呼唤，声音已经带了一丝颤抖。

然而，当第三个字被写完后，虚空里的血继续瀑布般滴落，再也不曾动上一动。水镜上的火渐渐熄灭，再也映照不出任何景象——那一面通往青王深宫的水镜，居然被某种力量悄然关闭！

时影毫不犹豫地将自己的手伸向了水镜，想要阻拦水镜的关闭。然而，当他手指移到水镜中心点的那一瞬，那一层薄薄的水忽然动了。

只听"哗啦"一声，平静的水面碎裂，仿佛有另一股力量在彼端冲击而来，薄薄的水面居中凸起，如同一股泉水喷涌而出！

不好！时影心念电转，闪电般翻转了手腕，指尖并起，向下点去。就在同一瞬间，那一层水喷薄而出——到了半空，居然幻化成了一只手的形状！

两只手在虚空中相抵。

那一瞬间，时影身形微微一晃，竟然连退了两步，手上的皇天神戒忽然发出了耀眼的光芒，整个神庙被照得刹那雪亮！

"是你？"

闪电交错的瞬间，他依稀听到了一句低语。

是谁？谁在水镜彼端对他说话？

然而，那个声音一闪即逝，整个神庙在战栗之中恢复了黑暗。那只手也从虚空中消失，只有无数的水珠从半空落下，洒落水镜，如同一阵骤然而落的雨——所有的一切发生得如此突然，几乎像一个转念间的幻觉。

只有时影知道，这一切都是真实的。

方才的那个刹那，隔着薄薄的一层水镜，他和一股来自不知何方的力量骤然相遇，相互试探，却又转瞬消失——这短短的交锋里，他能感觉到那股力量是如此强大而神秘，深不可测，竟无法探究对方的来源和极限！

是那股力量杀了大司命吗？

时影的手停在了水镜边缘，垂下头看着自己手上的皇天神戒，沉默。水镜上波光离合，映照着他的面容，苍白而肃穆。

不知道过了多久，时影才从空无一物的水镜上转开视线，回头看向了神殿外面的夜空——玑衡还在天宇下默默运行，头顶斗转星移，苍穹变幻，无休无止。然而，再也没有那个站在高台上观星的苍老背影。

属于大司命的那颗命星，已经暗了！

那个刹那，时影心头如猛受重击，竟然踉跄弯下腰去，无声地深深吸了一口气，才勉强稳住了自己的神志。

是的……大司命死了！

那个把他从童年的厄运里解救出来，保护着他、教导着他的老人，就在短短片刻之前，在自己的眼前死去了！连遗体都灰飞烟灭，化为乌有！

而他，竟然只能眼睁睁地看着。

不到一天之前，他还在愤怒于这个老人试图拆散他和阿颜，对自己的人生横加干涉的行为，甚至想着等回来以后要怎么算这一笔账——却没料到同一时刻，对方正在云荒的另一端孤身血战，对抗着前所未有的敌人！

时影深深地呼吸着，竭力压制着内心汹涌的波澜，然而巨大的苦痛和愤怒还是令他几乎崩溃。他张了张口，想要喊出来，却喑哑无声。那种痛苦盘旋在他的心里，如同拉扯着心肺，令他无法呼吸。

这是他一生之中，第二次眼睁睁地失去亲人。

那个老人，流尽了最后一滴血，被困在无色两界之间，终究是回不来了。陷入绝境的大司命用尽了最后一点力气，向他发出了警示；而他，竟然连那个凶手是谁都无法看到！

"他来了。"

他，到底是谁？

时影低下头凝视着左手上的皇天神戒，那银色的双翼上，托起的宝石熠熠生辉，如同一只冷邃的眼睛。时影凝视着这枚传承千年的皇天神戒许久，缓缓抬起手，覆盖了上去。

宝石还是炽热的，如同一团火在灼烧。

在隔着水镜的那一次交锋发生时，皇天神戒发出了耀眼的光，而此后便一直仿佛在燃烧——那是从未有过的异常，不得不令他心生凛然。为何在面对着水镜彼端这股陌生可怕的力量时，皇天会忽然亮起？

俯仰天地、通读典籍如他，也无法回答这个奇怪的现象。

沉默了许久，时影振衣而出，从神殿里走到了白塔顶上。

星辰已坠，长夜如墨。最北方的九嶷郡上空，帝星已暗，新光未露，昭示着云荒易主，帝君驾崩，新帝未现的局面。

然而在北斗之旁，赫然有一道浓重的黑气腾起！

那道黑气笼罩于云荒上空，诡异不可言。从方向判断，应该是来自西海，然而尾部盘旋，错综复杂，又令人迷失了其最初来处——以他的灵力，竟然也不能追溯到这一股神秘力量的真正起源。

时影不由得暗自心惊，通过窥管仔细地看着云荒最北方的分野。

只见那一道黑气在九嶷郡上空盘旋许久，仿佛感知到了来自白塔顶上他的窥探，忽然间换了方向，朝着云荒中心飞扑而来！

那一刻，时影只觉得手上一炽，皇天神戒竟然又焕发出了光芒！

难道……是他？时影从玑衡前猛然抬头，看向了夜空，心里忽然有了一个论断——早有密探禀告说青王和西海上的冰夷来往甚密；而十年前，少年时的自己也曾被冰族追杀于梦魇森林。

这一切，都和青王脱不了干系。

难道，云荒七十年后的灭国之难，竟是要提早来了？

时影沉吟片刻，疾步从白塔顶上走下，连夜召来了大内总管，语气严厉："后土神戒呢？为何一点消息也没有？"

大内总管面色如土，连忙跪下："禀……禀告殿下，属下派人将青妃的寝宫翻了一个遍，掘地三尺，拷问了所有侍女和侍从，却……却始终未能找到后土神戒藏到了何处。请殿下降罪！"

时影眼神一肃，手重重在椅子上一拍，想要说什么又硬生生地忍住——大内总管是个有手段的人，他若说找不到，定然已经是竭尽全力，再责怪下去根本无济于事。

那一瞬，他微微咬牙，想起了那个给他带来一生噩梦的女人。

即使在世外修行多年，在他的心中，其实还是未能磨灭对那个害死了母后、鸠占鹊巢的青妃的恨意。然而，直到她死，他竟从未有过机会和她面对面，更遑论复仇！此刻，她已经死了，时雨也死了，她的兄长、她的家族都面临着覆灭的危险……关于她的一切，都在这个云荒烟消云散。

然而到了临死，她竟还是留下了这么一个难题！

时影低下头，凝视着自己手上的皇天神戒，压住了内心的情绪，顿了顿，对着大内总管吩咐："立刻召集诸王入宫，让六部各族的神官也从领地上急速进京——调集骁骑的影战士全数待命！"

"是！"大内总管吃了一惊，却没有问为什么。

当总管退下后，深夜的紫宸殿空空荡荡，又只剩下了他一个人。时影独自坐在云荒最高处的宫殿里，摩挲着手上佩戴的皇天神戒，眼神里掠过一丝孤独。

是的……只剩下他一个人了。

即便是在幼年，被父亲遗弃，被送入深山，总还有大司命在身边，帮助他保护他教导他。而到了如今，纵览整个云荒，目之所及全是需要他保护的臣民，竟然是一个可以指望的人都没有了。

这样的重担，几乎压得人喘不过气。

如果他在脱下那一身神袍之后，选择云游天下，在六合七海之间打发余生，会不会就没有如今的烦恼了呢？

忽然间，垂帘动了一动，似乎有风吹过。

"重明？"他没有抬头，低声。

只是瞬间，重明化作鹦鹉大小，穿过帘幕"唰"地飞了进来，停在了他的御案上，歪着头，用四只红豆似的眼睛骨碌碌地盯着他看，似乎在打量着什么。

从昨夜之后，这只神鸟已经快一天一夜没见到自己了，此刻一旦飞回来，眼神却似乎有一些怪异。

然而，时影没有留意到重明的反常，只是心思沉重地皱着眉头，吩咐："去赤王行宫找阿颜，让她尽快来一趟紫宸殿。"

重明神鸟得了指令，却并没有动，只是转动眼睛看着他。

"怎么了？"时影微微蹙眉，"事情很紧急。"

然而重明神鸟还是没有动，上下打量着他，发出了"咕"的一声嘲笑——这只神鸟从小陪伴着帝王谷里孤独的孩子一起长大，几乎是如影随形，所以就在那一刻，时影明白了它的意思，脸色忽然变得有些奇怪。

"是。"他咳嗽了两声，"昨晚我是和阿颜在一起。"

重明神鸟听到他亲口承认，欣欣鼓舞地叫了一声，竟然"唰"地展开翅膀，就在紫宸殿里当空舞了起来！

"你这是做什么？现在不是说这个的时候！"时影却叹息了一声，并不想继续这个话题，"大司命刚刚去世，大敌当前，哪里顾得上这些？"

重明神鸟刚舞到当空，听到最后一句话，忽然间仿佛被雷击一样地怔住了，"啪"地掉了下来，盯着他看，四只眼睛一动不动。

"是的，大司命刚刚去世了……死于紫台青王宫深处，他的金瞳狻猊也没有回来。"时影将额头压在了手心，声音带着深切的哀伤和疲惫，"你看到了吗？他的星如今已经暗了。"

重明神鸟的羽毛一下子塌了下去，探头看了一眼外面的星野，不敢相信地"咕噜"了一声，呆若木鸡。

时影叹息："我甚至看不到杀他的是谁。"

重明神鸟颤抖了一下，忽地仰首长鸣。刹那间，有血红色的泪从它血红色的眼睛里落下，染得白羽一道殷红，触目惊心。

几十年了，还是第一次看到重明神鸟居然也会哭！

"重明……重明。"时影沉住了气，可声音也在微微发抖，"你比我们人类多活了几百年，应该知道轮回无尽，即便是神，也有死去的一天——现在不是哭的时候。"

重明神鸟一震，忽然发出了凄厉之极的啼叫。

"是的，我当然要为他报仇！"时影压低了声音，一字一句，充满了杀气，"而且，即便我不找那个凶手报仇，他此刻也正在赶来的路上了！"

时影起身走出了紫宸殿，抬起手，指给它看西北方的分野——那一道黑气正以惊人的速度向着云荒的中心扑来，所到之处，星辰皆暗！

那一刻，重明神鸟停止了哀鸣，全身的羽毛"唰"地竖起。

"你看到了？"他回头，看了一眼。

那只陪伴他二十八年的神鸟严肃了起来，几乎带着人类一样的表情，眼神复杂，沉默了一瞬，缓缓点了点头。

时影蹙眉："你知道那是谁吗？"

重明低低"咕噜"了一声，欲言又止。

"黑云压城，那个'他'，很快就要来伽蓝帝都了！"时影转过头，对身边的神鸟说，"去赤王府把阿颜叫来……如今在这个云荒，也只有她可以和我并肩作战了！"

重明点了点头，翅膀一振，卷起一道旋风穿窗而去。

第二十四章

相逢

然而他没想到的是，此刻的朱颜，已经悄然离开了帝都。

为了追踪苏摩的下落，她跟踪着那一只纸鹤，在湖底御道不眠不休地用缩地之术飞奔了整夜，在清晨时分，终于来到了湖底御道的出口处。

清晨，水底御道刚刚打开，叶城的北城门口排着许多人，大都是来自各地的商人，箱笼车队如云，都在等待着进入这一座云荒上最繁华的商贸中心。

"麻烦，借过一下！"只听清凌凌的一声，一个女孩从御道里奔来，速度之快宛如闪电。最近复国军动乱刚结束，叶城警卫森严，百姓必须排队检查后才能入城，然而那个女孩行色匆匆地直接奔向了城门，毫不停顿。

"站住！"守卫的士兵厉喝一声，横过了长戟。

然而那个少女并没有停下脚步，仿佛没有重量一样，被兵器一格挡，整个人纸片似的轻飘飘飞起，说了一声"借过"，便在半空忽地消失了踪影。

"咦？"所有人目瞪口呆，眼睁睁地看着半空。

叶城的城楼最高处，却有早起巡检的人看到了这一幕，忍不住笑了一声，双手扣向掌心，结了一个手印，往下一扣。

只听半空里"哎呀"了一声，凭空掉下一个人来！

朱颜用隐身术穿越了人群，翻身上了城门口，正要直奔进叶城去，忽然间感觉脚下一沉，被无形的手一扯，整个人踉跄了一下，从半空中直摔了下来——眼看就要头着地，忽地又被人拉住了。

"谁？"她失声惊呼，愤怒地抬起头来。

映入眼帘的却是熟悉的脸，一个翩翩锦袍贵公子站在城头最高处，半扶半抱着她，口里笑道："怎么，郡主大清早的就来闯关？"

"你……"朱颜认出了那是白风麟，气得便是一掌打去。

白风麟早起巡视，正好在叶城北门看到了朱颜，眼前一亮，忍不住便施展了一下手段，在猝不及防的时候把这个丫头给拉了下来。本来还想趁机调笑一下，没料到她脾气这么暴，照面便打。他马上松开手往后让了一让，然而还是没有完全避开这一掌，肩膀被打了一下，疼痛彻骨。

白风麟一下子冷静了下来，心里暗自懊悔自己冒昧——是的，这个少女原本是自己的俎上之肉，可情况变得快，她目下已经是皇太子妃了，万万冒犯不得。自己怎么会如此失态，一眼看到她出现，便忍不住动手动脚？幸亏这城上也没人在旁，否则传到时影耳中，还不知怎么收场。

心里虽然暗惊，他脸上笑容却不变，只是客客气气地道："大清早的，郡主为何来此处？你此刻不应该在帝都吗？"

"不关你的事！"朱颜恨他趁人不备出手占便宜，气愤地回答。

"皇太子可知道你来了叶城？"白风麟又问。

"也不关他的事！"朱颜心情不好，一句话又把他堵了回去。

白风麟为人精明，一看便知道她定然是背着时影出来的，不由得皱了皱眉头——这丫头，可真是令人不省心。以她现在的身份，万一要是在叶城出了什么事，自己岂不是要背黑锅？要知道，当初皇太子时雨在叶城失了踪，自己就被连累得差点丢了城主的位置。这次要是再来一个什么意外……

白风麟心思转了一下，口里便笑道："看来郡主这次回叶城定有急事，在下地头熟，不知能不能帮上一二？"

朱颜正准备跳下城楼，听到这句话却忍不住顿住了脚步。

是的，这家伙虽然讨厌，却好歹是叶城的城主，在这个地方拥有至高无上的权力，当初苏摩没有身契，他一句话就办妥了——此刻她孤身来到叶城，要大海捞针一样地寻找那个孩子，如果能借助一下他的力量，岂不是可以更快一些？

她正在迟疑，一扭头却发现那只纸鹤已经不见了！

"糟糕！"朱颜失声，来不及多想地一按城头，就从城楼上跳了下去——那只飞回的纸鹤是唯一可以找到苏摩的线索，一旦跟丢，就再也无法挽回。

白风麟正在等待她的回答，却看到她猝不及防地拔脚就跑，心里一惊，连忙跟着她跃了下去。

他为人机警，刚才虽然只瞥了一眼，已经看出这个纸鹤不同寻常，似乎是传讯之术所用——这个小丫头跟着纸鹤跑到这里，到底想做什么？而且，居然是瞒着时影？

他心底飞快地盘算着，眼里神色有些复杂，看了一眼对方。

"在这里！"朱颜眼角一瞥，欢呼了一声。

只见那只纸鹤歪歪斜斜地在空中盘旋了片刻，转入了一条小巷子。朱颜连忙跟了过去，一路往前追赶，那只纸鹤渐渐越飞越低，几乎贴到了地面，显然附在上面的灵力已经接近枯竭。

这条小巷又破又窄，坑坑洼洼，她只顾着往前追，差点摔倒。

"小心！"白风麟借机再度出手，扶了她一把。

然而此刻，朱颜顾不得和他计较——因为就在那一瞬，那只纸鹤去势已竭，就这样直坠了下去，消失在陋巷的沟渠里。

"糟了！"她一声大喊，顾不得脏便立刻"扑通"跪下，伸手去捞。然而纸鹤在失去灵力后已经重新变成了一片废纸，入水即湿，随着沟渠里的水，卷入了深不见底的地下。朱颜来不及用术法停住水流，便已经消失不见！

她扑倒在沟渠旁，一时间气急交加，捶地大叫了一声。

白风麟正在出神，骤然被她小豹子似的吼声吓了一跳，看着她急得跳脚的样子，却又觉得可爱，下意识地想伸出手摸摸她的长发，手指刚一动，又硬生生地忍住。

他在一旁看着这个娇艳的少女，心思复杂，一时间千回百转。作为白王庶出的长子，他自幼谨慎小心，如履薄冰，长大后做人做事手腕高明，擅长察言观色，深受父亲宠爱，被立为储君。二十几年来，他步步为营，向着目标不动声色地一步步逼近，一度以为自己可以得到想要的一切。

然而此刻，意中人近在咫尺，他心里清楚地知道：无论怎么奋斗，自己这一生，只怕是再也得不到眼前这个少女了。

前日，当白王从紫宸殿回来，告诉他取消了这门婚约时，他心中煎熬，却连一声抗议和质疑都不敢——因为他知道，他不过是一个地位尚未稳固的白族庶子，又怎能和空桑的帝王之血对抗？

这种如花美眷，就如永远也无法逾越的血统一样，将成为他毕生的遗憾。

白风麟看着她的侧脸，虽然表面不动声色，心里却翻江倒海，也是一阵苦涩——这种奇特的自卑和自怜，曾经伴随过他整个童年，但自他成年掌权以后还是第一次出现。

朱颜在水渠边看了半晌，知道回天乏力，怏怏地站了起来。

虽然还是清早，但不知为何，天色已经阴了下来。风从北方吹来，拂动少女暗红色的长发，美丽如仙子。

"郡主莫急。"白风麟看到她即将离开，终于回过神来，连忙赶上去殷勤地询问，"你这是在找什么？"

"我家的那个小鲛人不见了！"朱颜失去了最后的线索，心里灰了一半，一跺脚，"原本还指望这只纸鹤能带我去找他，现在连一点希望都没了！"

"小鲛人？"白风麟心念如电，"是你托我做了丹书身契的那个小家伙吗？"

"对！你还记得他吗？"朱颜点头，焦急万分，"那个小兔崽子自从那次动乱后就走丢了，一直没回来……"

"一个小鲛人而已，郡主何必如此着急？"白风麟虽然强自按捺，让自己不要多管闲事，然而看到她的表情，还是忍不住夸下了海口，"只要他还在这座城市里，我就迟早能把他给找出来！"

"真的吗？谢谢谢谢……"朱颜大喜，连连点头，第一次觉得这个讨厌的家伙顺眼了许多，"你……你真的能替我找回来？"

"凡是郡主的要求，在下一定竭尽全力。"白风麟是何等精明的人物，马上感觉到了她态度的软化，殷勤地道，"郡主跑了这一路，一定是累了吧？要不要去府上喝杯茶休息？"

"我……"朱颜刚要开口拒绝，又听他说："如今是东西两市的夏季开市，那些商家刚刚把货物名单送到了我这里，其中很多是新捕来的鲛人——说不定郡主找的那个小家伙也在里面呢！"

"真的？"她心里一动，又挪不开脚了。

然而就在她拿不定主意的时候，头顶一暗，有猛烈的风凌空而来，吹得人睁不开眼睛。

"四眼鸟！"朱颜抬头看去，失声惊呼。

一只巨大的白鸟从伽蓝帝都飞来，越过了半个镜湖，在叶城上盘旋许久，终于找到了陋巷里的她，一个俯身便急冲了下来，一把将她抓了起来。白风麟下意识想阻拦，幸亏眼神机灵，马上认出了那是时影的神鸟，连忙缩手，眼睁睁地看着神鸟将朱颜带走，眼神黯然。

是的，这一生里，人人都说他幸运，能由庶子而成为储君——可有谁知道，无数次面对着他真正想要的东西，他也只能束手。

朱颜跟着腾云驾雾，身不由己地飞起，失声："你……你怎么来了？"

重明神鸟叼住她，一把甩到了背上，"咕噜"了几声，掉头飞起，展翅向着镜湖中心的那座城市返回，片刻不敢停留。

"什么？"朱颜听到它的话，大吃一惊，"大……大司命死了？！"

她心里有刹那的空白，竟不知如何表达。

那个神一样、恶魔一样的老人，竟然死了？怎么可能？！不久之前，他还恶狠狠地警告着她，手里捏着她的死穴，令她战战兢兢如履薄冰——可是，转眼之间，他自己反而死了？

不可思议。这个云荒，又有谁能够杀得了大司命！

心思刚转到此处，她一抬头，忽然吃了一惊——如今正是白天，日光普照云荒大地。然而，在重明神鸟的背上看去，天地一片灿烂，唯独伽蓝帝都落在了黑暗之内！

那是一片巨大的暗影，从北方迢迢而来，无声无息笼罩了云荒的心脏。那片暗影的范围之大，几乎令隔着镜湖的叶城都恍如阴天。

伽蓝白塔的顶端升入了暗影之中，已经完全看不见了。

那种黑暗邪魅的气息之剧烈，几乎令人难以呼吸。朱颜只是看得一眼，心里猛然一沉，瞬间涌现出一种极为不祥的预感。

"师父！"那一瞬，她忍不住失声惊呼！

叶城的水底，有暗流无声急卷，从片刻前朱颜待过的水渠下飞快地滑过。水里有一个瘦小的孩子，全身是伤，正随水浮沉，从水底潜向广袤的镜湖，奔向自己新的人生历程。

孩子手里紧紧抱着孪生同胞做成的小偶人，空茫的眼睛里没有表情，如同木偶一样随波逐流。这一刻，他非常累，非常孤独，只想离开人世，长长地睡上一觉——在梦里，他可以忘记那些逼迫自己的空桑奴隶主，忘记那些利用自己的族人，也忘记那个背弃了自己的"姐姐"。

从此后，他只想一个人待着，不让任何人靠近，也不让任何人伤害。

孩子在水底潜行，很快随着水流离开了叶城。他并不知道头顶的地面上发生了什么，也不知道有人曾经来过，又已经离开——那只纸鹤"啪"的一声掉落在水面上，濡湿，化为支离破碎的纸。

纸从水里漂散，流过孩子的身侧，不知不觉，无声无息。

——如同交错而过的命运轨迹。

当来自北方的暗影笼罩下来时，惊呼从伽蓝帝都的各处传来，几达深宫。连一贯冷静稳重的大内总管都忍不住冲进了紫宸殿，然而，还没开口，坐在王座上的时影便微微抬起手，制止了他的询问。

"我知道了。"空桑新君的神色肃穆，凝视着从北而来的那一道煞气，"六王都还没到齐，没想到他会来得这么快——横跨半个云荒，也只用朝夕而已。"

他？他是谁？

大内总管心里吃惊，耳边又听他道："等一会儿影战士到的时候，让他们不必上来神殿了——来了也没有太多的用处。不如就在九门附近设置结界，保护民众，以免伤及无辜。"

"是。"大内总管领命，心里却是震惊。

影战士军团是骁骑军里的精锐，横扫云荒，从未有敌手，而殿下竟然说"没有太大的用处"？那个"他"，究竟是何方神圣？

"你传令缇骑，即刻在紫宸殿内外设置防御结界，保护所有宫里的人。"时影思考着，面色凝重，顿了顿，道，"等阿颜……朱颜郡主来的时候，让她即刻来塔顶的神庙找我。"

"是。"大内总管颔首领命。

"等六王到的时候，你让他们做好万一的准备。"时影沉吟了一下，缓缓，"说不定，这次我们要打开无色城。"

什么？打开无色城？这一瞬，大内总管终于忍不住震惊地抬起了头。

那座传说中的冥灵之城，难道竟要在今日打开？

这座传说中的城市，是由创立空桑的白薇皇后在七千年前一手建造，位于帝都伽蓝城的正下方，如同伽蓝城的镜像倒影：地面上的伽蓝城是活人的城市，而水底的无色城，却是专门为亡灵准备的虚无之所。

白薇皇后创建这个城市的时候，曾经留下了预言，说建造这座城市，是作为"千年之后空桑覆灭时的避难所"之用，必须同时祭献六王之血才能合力打开。七千年过去了，空桑历经兴亡更替，却从未有过打开这座城市的记录。

难道到了今日，竟是到了最后的关头？

"不过……"时影想了一想，摇了摇头，"如今六王之中独独缺了青王，只怕未必能成功——你去把骁骑军的前统领青罡给我找来。他虽不是青之一族储君，到底也算嫡系。"

"是。"大内总管凛然心惊。

"如果等一会儿，你看到白塔倒塌，我尚未返回，那么——"说到这里，时影顿了一下，神情凝重，"你就命人押着青罡，和其他六王一起杀出帝都，去往九嶷神庙的传国宝鼎之前。"

"是！"大内总管一颤，不敢耽误，立刻退了出去。

做完了最后的交代，当总管退下之后，时影低头看了看手上的皇天神戒，又抬头看了看已经黑暗的苍穹，深深吸了一口气，无声地站起来，独自穿过了深广的紫宸殿，走向了白塔顶上的神庙。

现在还是白天，但外面已经暗如子夜。

整个帝都到处都是子民的惊呼，一声声如惊涛骇浪，几乎传到了白塔上。这个空桑承平已久，几百年来除了偶尔爆发鲛人的反抗、部族的小冲突之外，从未发生过大的战乱，也难怪此刻百姓们惊慌不已。

时影仰头看着苍穹，心神沉重。

他一步步地往上走，去往伽蓝白塔的顶端。随着高度的增加，风在盘旋，呼啸如兽。等登上白塔顶端时，已如置身于风眼里，周围不远处一圈风云如涌，塔顶上反而平静，连一片衣袂都不曾掀起。

在生死大战之前，却是如此平静。

时影来到了神庙的侧室里，脱下冠冕，换上了神官的素白长袍，一手握起了玉简，回到神像前。

神庙空无一人，只有无数的烛火静静燃烧，映照着孪生双神的巨大雕像，金眸和黑瞳从虚空里凝视，意味深长。外面漆黑如墨，风雨呼啸，时影在神像前合掌，开始祈祷祝颂，凝聚起所有的灵力准备对抗即将到来的他。

那个不知来历的神秘人，将会是他空前绝后的劲敌！

然而，随着咒文，他的思绪又一次不受控制地飘散开来：阿颜怎么还没到？她去了哪里？如今大敌当前，叫她来这里，不啻让她和自己一起赴死。可是自己若战死此处，她也是难逃一死。与其如此，不如同生同死吧？

那一瞬，随着念力的溃散，祈祷骤然而止。

时影睁开了眼睛，脸色有略微的异常：怎么，如今的他，竟然已经无法凝聚起意念？入定才半个时辰，心魔如潮，不可遏制——这么多年的世外苦修，现在的他却被红尘缠绕，早已做不到心如止水。

原来，尘缘一起，竟是千丝万缕，再也难以斩断！

然而想到此处，就在这一刻，外面的黑暗往下沉了一沉，如同墨海倒悬，将整个伽蓝白塔顶端都淹没在乌云之中。

刹那，神庙里骤然有一阵阴风旋起，所有灯火齐齐熄灭！

谁？时影骤然回头，看向风来的方向——那种阴冷的风里，蕴藏着无限的不祥和恶毒。

乘风而入的，是什么东西？

就在时影骤然回头的时候，供奉在神庙面前的最后一盏长明灯仿佛被看不见的手指压制着，一分分地熄灭。只是一转眼，整个伽蓝神庙陷入了一片空前的黑暗中。阴风旋转而过，供奉在神前的水镜忽然起了波澜，那薄薄一层水竟"哗啦"一声全数跃起，在虚空里凝结！水珠全数倒流向虚空，竟然凝成了一张脸的形状！

"脸"上那一双空洞的眼睛，无声看着他。

"谁？"时影低喝，玉简悄然滑落手心，抬起手便是对着那一双眼睛横向一斩！

水镜"哗"地碎裂，凝成人脸的水珠又骤然全数散落，坠回了盘子里。那一阵阴风重新吹起，在神庙之中旋转，忽左忽右，仿佛是人的脚步，蹒跚着，卷起了帷幔凌乱地飞舞，仿佛黑暗中有无数蝙蝠簌簌飞起。

时影眼里冷芒一现，再不迟疑，玉简瞬间化为长剑，光芒如裂，"唰"地斩向了风里！

剑芒落处，似是砍中了什么。然而那一瞬的触感令时影怔了一下，忽然有一种极其诡异而不祥的感觉，下意识地往后退了一步。他低下头看着剑——剑尖上有一滴一滴的暗红色往下滴，赫然是血！

如果有血，他便是凡人，不足为惧。

"谁？"他沉声喝问，"出来！"

旋风忽地后退，在黑暗中绕着巨大的孪生神魔像盘旋，风里似乎可以听到奇怪的声音，仿佛低笑，又仿佛叹息——那种声音如潮水一般叠着传入耳边，竟然带着一种诡异的力量，让人的心神忽然动摇了一瞬！

"破！"他再不迟疑，双手在眉心合拢，厉叱。

黑暗里一道闪电划过，刹那照亮了神庙——天诛！

那一道天诛准确无误地刺入，"唰"的一声，以破云裂石之势将那一阵回旋的风钉住！神庙终于寂静了下来。

刺中了吗？

整个神庙陷入了一片诡异的漆黑。黑暗里，只有神和魔的双瞳炯炯。时影停顿了片刻，觉得有一种奇特的不祥，竟是不敢再继续追击。他转身后退，长袖一震，刹那之间，整个神殿的灯火齐齐燃起！

光明重生，照亮了神魔的面容。

那一瞬，镇定如时影，也忍不住失声惊呼："大司命！"

出现在光芒映照之下的，果然是多日不见的大司命——被刚才他那一击天诛击中，钉在了巨大的神像脚下！

血从老人的身体里倾泻而下，连神魔的半身都被染成殷红。

即便冷静如时影，也被眼前的景象震惊了。大司命……不是已经死在了北方九嶷青王宫深处了吗？为何还会忽然出现在这里？

"大司命？"他迟疑着，低声唤。

老人的身体抽动了一下，似乎想努力抬起头，最终却还是无力垂落。那动作，看上去如同断线的傀儡，被某种看不见的力量操纵。

傀儡？那一瞬，时影心里雪亮，忽然明白了过来。

他顿住了身形，不再上前，只是抬起手凌空一抓。他想收回法器，然而那枚化作长剑的玉简只是微微一震，依旧牢牢地穿透了大司命的胸口钉在神像上，竟然没有应声飞回！

果然，这个神庙里潜藏着一股前所未见的强大力量，在暗中与他对峙，让他失去了对自己法器的控制。刚才袭击他的，绝对不是大司命……而是另一个人，另一种力量！

"呵呵……"忽然间，黑暗中那个声音响起来了，含糊而森冷，"被你发现了？"

在诡异的笑声里，被钉在神像上的大司命应声抬起了头，如同一个傀儡被无形的引线拉起了头颈，脸上的表情是凝固的，果然已经死去多时。

"你究竟是谁？"时影心下一沉，脸色却丝毫不动，"出来！"

厉喝声里，他蓦然抬起左手，点在了右手上，双手合力往里一收——这一击他用上了十成十的力量，只听"咔嚓"一声，玉简终于应声松动，从大司命的胸口反跳而出！

"不错。"那个暗影里的声音低低说了一句。

话音未落，一股力量顺推而来，长剑在半空中忽然加速，如同闪电一样向着时影刺来！

时影转身，双手交错下压，格挡反刺而来的玉简。就在两股力量相交的瞬间，他只觉得前所未有的巨大压力骤然而至，刹那间，他不由自主地向后跟跄退了三步，脚下坚硬的玉石地面已经应声裂开。

但这一瞬，他的手指已经抓住了长剑。

可不等他控制住玉简化成的剑，不知道被什么力量一激，剑上的光芒轰然大盛，竟然将他的手指割破！

时影看到这样诡异的情况，忍不住微微一震：这一枚玉简，本来是九嶷神庙里在神前供奉了数百年的神器，洁净无瑕——在什么时候，竟然带上了这样浓重的邪气？

"破！"他低叱，吐出了一口气。

只听轰然一声，那把跃跃欲试的剑骤然飞起，在空中仿佛被两股看不见的力量相互拉扯，定在半空，剧烈地战栗着——只僵持了一瞬，只听一声金铁交击的铮然脆响，那一枚万年寒玉制成的上古神器，居然应声化为了齑粉！

同一瞬间，被钉在神像上的大司命跌落在了神庙的地上。

"大司命！"时影冲了过去，试图将老人扶起来。

可当他刚一触碰，大司命的身体一颤，如同灰尘被触碰，飞快地坍塌枯萎，一块一块地剥落，在风里成为齑粉——只是一转眼，便消失得一干二净。

一切发生在眼前。时影怔住，全身微微发抖。

死了？那个陪伴自己长大、严格训导自己的师长，那个独步天下的宗师，居然就在他的眼前化为了齑粉？自己曾经通过水镜目睹过这个老人的死亡，却不料，还要第二次亲眼看见他肉身的消亡！

他还有那么多话想对这个人说，还有那么多不忿和不理解的地方想要和这个始作俑者当面对质——可是，大司命居然就这样死了？

神庙里寂静了一瞬，然而那一瞬，仿佛漫长到永远。

"很悲痛？"黑暗里，那个声音再度响了起来，带着一丝莫测的冷意，"你身上散发出来的强烈情绪，几乎可以共振到我身上啊……"

时影霍然抬头，凝望着黑暗的最深处。

谁？是那个在青王宫里看到的，撕裂了大司命的神秘人吗？

然而，黑暗里并没有蜿蜒伸出两只手，只有声音不停地传来，含糊、低沉，如同异国人说着不熟练的空桑语言——

"这个人，独自闯入九嶷郡青之一族的领地，杀掉了正在策划起兵叛乱的青王庚……也算了不起。"那个声音在黑暗里低低地冷笑，"只可惜他运气不好，正好遇到了我。而我，又正好想试试号称当今云荒最强的术法宗师，到底具有怎样的实力……呵。"

那个声音是低沉而缓慢的，带着说不出的倨傲。

时影凝神倾听，在对方每说出一句话的时候便释放了一个咒术，去追踪声音所在的位置。然而可怕的是，竟然每一个咒术都落了空——那个在黑暗中说话的仿佛不是一个人，而只是一个声音，完全追寻不到踪影！

那个声音高傲而冷锐，不带一丝一毫的感情："如今的云荒，真是让人失望！这些渺小的人类！"

当最后一个音节吐出时，时影的手指忽然微微一动！

他的人还是站在原地，只是骤然抬起手肘，竖手为刃，一斩而下！只见一道白光从虚空腾起，一线烧过去，十丈开外的神殿中心，那一片水镜忽然"咔嚓"一声居中裂开，如同刀割一样齐齐落地！

诡异的是，水镜碎裂了，里面的薄薄一层水却悬浮在半空，一动不动。

"淬银之火？"那个声音忽地转移了方向，缥缈无定，"呵……连我的分身都触不到，怎么配戴上这枚皇天？"

皇天？时影一震，低下头，看到了自己手上的戒指。

那一枚传承了数千年，代表了空桑皇室血统的神戒，正在黑暗中闪烁着光芒。那种光是奇特的，带着暗金色的璀璨，如同此刻魔的眼睛——奇怪，皇天本身的气质是纯正厚重的，因为原本的戾气已经在七千年之前被星尊帝洗去，可是今天，为何凝聚出了这样的邪气？

就在他垂下眼睛看去的时候，皇天忽然动了！似乎是被一股无形的力量牵扯着，竟试图从他的手指上脱出，飞跃而去！

时影手腕一沉，手指迅速并拢，握紧了皇天神戒，然而戒指在指间剧烈地挣扎，竟割破了他的手。

鲜血从十指之间流下，滴滴落在黑暗中的地面。

那一瞬，时影吸了一口气，干脆以手沾血，飞快地发动了一个咒术！

一道淡淡的紫色星芒从指尖飞快扩散，如同莲花一瓣瓣展开，将整个神庙都笼罩在了其中！这是比千树更深奥的结界，莲花盛开，力量指向内部，在瞬间将整个伽蓝白塔困在了其中，神魔难逃！

"呵呵呵……这是'须弥'？"空旷的神庙里忽地响起了一阵低沉的笑声，"七千年之后，世上居然还有人能再使出来自云浮九天的禁忌之术？我倒是小看你了……"

须弥的笼罩之下，微如芥子也难逃。

这一次，终于锁定了声音的来源。时影霍然回头——辉煌的灯光下，那一座神魔孪生的神像忽然逆转了方向。魔悄然转过身，正面俯视着伽蓝白塔顶上神殿里的人，眸中金光闪耀，嘴唇微微开合！

而那个声音，正是从魔的嘴里吐出！

那一个刹那，连时影都忍不住微微变了脸色，这是何方神圣，竟然能附身于云荒被供奉了千年的神像？

不等他想明白，魔的雕像居然动了起来！

破坏神的手臂缓缓上举，手里那一把传承自星尊帝时期的辟天剑上，忽然绽放出无数的光！耀眼夺目，如同闪电，"唰"地向着他迎头刺来——每一道金光，都有着不逊于天诛的力量！

时影长眉一扬，袍袖猎猎，迎着光芒掠了过去。

最先的一道金光激射而来，如同巨大的利剑直刺眉心。时影不退不闪，凝神聚气，忽地伸出手去，"唰"地双指一并，硬生生地接了下来。那道光几乎要刺穿他的颅骨，末端却霍然被截断。

——那一瞬间，空中所有的光芒都顿住了。

同时，一道血痕从他的眉心缓缓滑落，时影却眼也不眨，微微吸了一口气，指尖再度一用力。只听"咔嚓"一声，那道无形的光居然在他手心粉碎。

——那一瞬间，只听轰然一声，空中所有的金光竟然也都凌空化为齑粉！

"好！"当千百道光芒刹那被他粉碎，空旷的神庙里传来了一声喝彩，"这一招，天地之间见所未见……叫什么名字？"

"无名。"时影冷冷，松开手指——短短的交锋之后，他的食指和中指都已经被割破，十指之间鲜血淋漓，几乎是硬生生咬着牙，才将咽喉里翻涌的血气压了下去。

这个不知何方神圣的神秘人，几乎是他生平未见的对手！

"好一个'无名'！"那个声音喃喃称赞。

忽然间，巨大的破坏神像"唰"地转身，握着手里滴血的长剑，迎头劈了下来，黑暗里的声音也转为严厉："好，让我来测一下你的深浅——看看你是不是比那个大司命，更值得一战？"

那一剑只是遥指。然而剑风所及，地面裂开，墙柱倒塌，竟然将神庙内有形的一切瞬间化为齑粉！那种毁灭的气息，几乎让人觉得真的是上古破坏神重新苏醒，降临在了伽蓝帝都！

时影手腕一转，又一个咒术在掌心凝结，瞬间幻化成一堵墙。

破坏神的手臂继续挥下，带起凌厉无比的剑风，只听一声裂响，那道墙居中碎裂，几乎要把他一起切割两半。

"弃剑！"那个声音低沉冰冷。

时影长眉一扬，双眸如冷电，却是丝毫没有退意。左手并起，飞快结印，指尖一点，左手结的印笼住右手，低声念动咒语。那一瞬，他的右臂和光芒融为一体，化成了和魔手里一样的巨剑！

"破！"时影低叱，整个人迎着魔掠了上去。

只听一声巨响，巨大的光剑劈落在魔手上。魔手里的辟天剑停顿了一下，整个雕像发出了奇特的"咔嚓"声，无数的裂痕出现在这一具躯体上，似乎这千年的神像也被由内而外震得寸寸碎裂。

而在裂缝里，隐约萦绕着一团黑气。

时影几乎是倾注了全部的力量挥出了这一剑，只觉右臂几乎失去知觉。一剑击中，他不敢怠慢，立刻重新凝聚起了灵力，将剑对着魔的眉心出现的裂缝，"唰"地狠狠刺了进去！

然而就在这个刹那，右手忽然剧痛。

皇天神戒不知道受到了什么样的召唤，在一瞬间发出了剧烈的震动，被看不见的力量拉扯着，竟然想要从他的手指上飞去！在那股巨大的力量牵扯之下，指根如同刀割，"唰"地流下血来，这一剑顿时失去了准头。

只是耽误了那短短的一瞬，魔那双金色的眸中光芒大盛，神像刹那间恢复原状，那些遍布上下的裂痕竟然奇迹般再度消失了！

魔重新动了起来，抬起了另一只没有握剑的手，一把抓住了时影的光剑。明明是虚无的光，竟然被泥塑木雕之手握住，不能动弹！

魔的手"唰"地捏紧，那一把光剑应声断裂。那一瞬，时影发出了一声低呼，踉跄而退。他的臂上鲜血喷涌而出，竟然也同时折断！

"把皇天神戒……还给我。"那个低沉的声音从虚空之中传来，伴随着一声声震动地面的巨响——黑暗中，巨大的破坏神雕像竟然从莲花座上走了下来，和创世神像脱离！

破坏神的雕像一步步踏近，手中的利剑再次缓缓落下，带着摧枯拉朽的气势，几乎要把这座神殿连着整个伽蓝白塔一切为二！

把皇天神戒还给他？对方到底在说什么？

然而，就在这个关头，空中传来了一声尖厉的呼啸！

"啪"的一声，伽蓝神庙的水晶穹顶片片碎裂，帷幔齐齐向内飘飞，如同下了一场浩大的流星雨。那样的情景，竟让时影和魔都齐齐抬头。

巨大的白鸟从天而降，撞碎了穹顶，飞了进来！

星空下，只听"叮"的一声脆响，凌空劲风袭来，魔手里的剑忽地停顿了一下，仿佛撞上了看不见的屏障。同一个瞬间，一道火焰之墙从神庙地面上燃烧起来，"唰"地将破坏神困在了其中！

"师父！"一个清脆的声音在空中呼喊，"你……你没事吧？"

"阿颜？"时影脱口而出，神色一变。

第二十五章

终战

　　从暗如泼墨的夜空里飞下来，撞碎穹顶进入神庙的正是重明神鸟。鸟背上的朱颜不等落地，便接连施展出了她所知道的最厉害的术法，一道落日箭击退对方，一道赤炎墙瞬间防护，试图隔空帮助受困的时影。

　　那个声音不由得微微愕然："又来一个？"

　　话音未落，破坏神手中的剑猛然抬起，指向天空。

　　"阿颜！"时影失声，"小心！"

　　只听朱颜惊呼了一声，被一股巨大的力量拉扯，离开了神鸟的背上，从高空飞速坠落，落向了魔手里举起的剑尖——就在那一瞬，眼前白影一闪，有什么屏障忽然展开，竟硬生生地替她接住了那一击！

　　"四眼鸟！"那一瞬，朱颜看到鲜血从重明神鸟颈中飞溅，不由得失声。

　　就在她遇袭坠落的那一瞬，重明神鸟展开双翼，覆盖了魔的头顶，将那一剑的力量全数拦截——那一道凌厉的剑风穿透了它的长颈，鲜血如箭般激射而出，如同凌空下了一场血雨！

　　朱颜撕心裂肺地惊呼，和重明神鸟一起从高空重重坠落地面。

　　那一场血雨，几乎落了她满身。

巨大的神鸟跌落在神庙地面上，垂下了颀长的头颈，奄奄一息。四只血红色的眼睛里还是露出了一丝焦急，挣扎着用翅膀推了推她，示意她转身迎战。然而朱颜哪里还有心思顾得上别的，扑过来飞快地用出了治愈术，试图阻止它脖子里汹涌而出的鲜血。

"阿颜，先不要管这个了！"时影却已经来到了她身后，低声厉喝，将她从重明身边拉起来，"御敌为先！"

朱颜毕竟心软，此刻哪里肯放手？然而不等她给重明施救，耳边忽然轰隆一声巨响，刚刚建立好的赤炎结界忽然破裂，一只巨大的手臂破壁而出！

当设下的结界被人破除，作为施术者的她同时也如受重击，眼前一黑，"哇"的一声吐出一口鲜血，扑倒在了重明神鸟身上。奄奄一息的重明看到她这样，万分焦急，却同样无法动弹。

"阿颜！"时影却毫不容情，低喝，"快站起来！"

朱颜深深地大口呼吸，只觉得整个身体如同被捣得对穿，摇摇欲坠。她从未遇到过这样厉害的对手，一击便能将自己击溃。然而听到师父焦急的话语，知道自己决不能在此刻就倒下，便咬紧牙关撑住了身体，一分一分地站起来——是的，她是来和师父一起战斗的！怎么可以一上来就趴下了？

然而，她一边给自己打气，一边眼角的余光看到那只手从结界里继续伸出、横扫，轻松将那一道火焰之墙转手扑灭，如同拍打零碎的火星一样！

地面发出钝响，猛烈地震动，那个破坏神一步一步地向他们逼近，金色的双瞳里光芒璀璨，手上的辟天长剑熠熠生辉。虽然是个泥塑木雕的神像，那样的力量和气势却仿佛上古战神重生，令她目瞪口呆。

"天啊！"朱颜忍不住失声，"破坏神……它居然活了？"

"这并不是破坏神。"时影沉声，"只是那个东西附在了神像上。"

"是什……什么东西？"朱颜声音有些发抖，看着这个朝着他们一步步逼过来的神像，感觉犹如梦寐，"见鬼！这到底是什么东西？"

时影沉默了一瞬，回答："我也不知道。"

就算是大敌当前，朱颜还是忍不住吃惊地回过头看了他一眼，生平第一次，她居然从师父的嘴里听到了"不知道"的回答？几乎是天上地下无所不能的师父，居然也看不穿眼前这个鬼东西的来历？！

然而，她来不及细想，因为凌厉的风又已经迎面割来！

黑暗的天幕下，风云涌动。仿佛被召唤着，四方的风忽然朝着白塔吹来，将原本平静的风眼灌满——乌云翻涌，整个神庙都在震动，似乎有无形的巨大的剑从虚空劈下，要把整个白塔一劈为二！

居然连天地风云都能召唤？这……到底是什么样来头啊！朱颜从未和这样厉害的对手对垒过，一时间有些无措。

耳边忽然听到时影低喝："快！"

"啊？"朱颜一时间没反应过来，眼前白光一晃，时影已经掠出！

他全力以赴地攻击，速度快如闪电，竟全然没有留下丝毫力量进行防御，全身空门大露。朱颜来不及多想，立刻屈膝，将双手按在了神庙破碎的地面上，飞速发动千树的结界。

在时影进攻的刹那，她同时召唤出了云荒大地深处的力量。那些力量从地底传来，沿着白塔汹涌而上，转瞬透出了神庙的地面。无数的参天树木破地而出，飞快地生长，宛如铜墙铁壁，将那个魔物困住。

就在那一瞬，时影手臂一横，手里再度发出了耀眼的光芒——在那一刻，他竟是单手再度发动了天诛！

电光石火之间，他们两个人一静一动，配合得妙到毫巅：最强的攻击术和最强的防御术在同一瞬间完成，转眼之间便形成了完美的一击！

时影飞身上前，将力量全部灌注，整个人都淹没在光芒里，仿佛化身成一柄长剑，"唰"地划过了魔的咽喉。锐利的光芒切割进了魔的神像，一掠而过。只听"咔嚓"一声响，魔的头颅从脖子上断开，在轰然的巨响里滚落地面，砸得石屑纷飞。

成功了？！那一瞬，朱颜惊喜万分地叫了一声。

时影一击后无声掠过，如同一只惊鸿停在了神庙的另一端，气息微微起伏，转头看了一眼朱颜，神色里有赞许——刚才生死关头，她配合得天衣无缝，几乎和他心意相通。

魔的头颅在神庙的地面上骨碌碌滚动，半响还不曾停下。朱颜忍不住抬起脚尖，踩住了魔的眉心，止住了这颗头颅的去势。

"小心！"时影一惊，飞速挡在了她的面前。

魔的眼睛大睁着，雕上去时的表情依旧狰狞，然而，整个雕塑已经变成了一件死物，再没有丝毫刚才的黑暗气息。

时影松了一口气，手上的光芒渐渐收敛。他抬起手，捂住了右手臂，气息有些急促——当天诛的光芒消失的时候，朱颜看到有鲜血不停地从他的肩膀上沁出，一身白衣已经有一半变成了红色。

"师父！"她失声惊呼，连忙在他肩膀上施了一个治疗的咒术。然而时影推开了她的手，低声："先不要管这个，留点力气。"

留点力气做什么？不是已经打完了吗？朱颜愕然。

然而，就在这个瞬间，空旷的神殿里响起了一句话——

"刚才那一剑，又叫什么？"

那个刹那，朱颜全身一寒，毛骨悚然，失声惊叫了起来。

是的，那个声音就在背后！而且，似乎并未受重伤——难道，师父刚才一击切下了魔的头颅，却没有伤到他？

"这一击，超出了云荒大地上人类应该具有的力量极限……不会……不会也是你自创的吧？"那个声音是从黑暗里传来的，带着一丝疲惫，却全无重伤的迹象，"难道……也叫无名？"

"是。"时影冷冷，"你杀了大司命，必须偿命。"

"偿命？"那个声音笑了起来，语气里带着说不出的嘲讽和不屑，"大地上的蝼蚁……也敢对我说这种话？"

"什么蝼蚁？"这样的语气激起了朱颜极大的愤怒，她忍不住大声道，"有本事就出来走几步，躲那里当缩头乌龟，算什么了不起！"

对方似乎才注意到这个少女："你是谁？"

"赤之一族的朱颜郡主！"朱颜毫不畏惧，仰起头，对着黑暗大声道，"你又是谁？鬼鬼祟祟的干吗？出来较量一下！"

"鬼鬼祟祟？你……"神庙最深处的暗影冷笑了一声，然而打量了她片刻，语气忽然变幻，失声，"你的头上，难道是……"

头上什么？朱颜愕然之间，忽然觉得头顶一动，满头长发一下子散了下来。她下意识地抬起手，只见一道白光"唰"一声从指间掠过，如同闪电。

——她头上的玉骨，竟然瞬间到了对方手里！

同一时间，时影和朱颜倒抽一口冷气，终于看到了那个从黑暗最深处走出来的"人"——或者说，只是一个人形的轮廓，披着黑色的长斗篷，影影绰绰，与黑暗融为一体，不辨面目，如同一团雾气。

"嗯……果然是玉骨。"那个人看着手里的玉骨，声音里似乎带着极其复杂的感情，"多少年过去了，这东西……居然还在？"

"还给我！"朱颜怒不可抑，"这是师父送我的！"

玉骨应声而动，不停地挣扎，想要返回朱颜身侧，然而对方的手指轻轻松松地扣住，便将这个神器收服在掌心。

"玉骨怎么会在你头上？你明明是赤之一族后裔啊……"对方低头看了看玉骨，又抬头看看朱颜，似乎略有意外，"你们两个是一对？奇怪……空桑帝王之血，不是世世代代只能和白之一族联姻吗？"

"关你什么事！"这句话触及了朱颜的痛处，她也顾不上大敌当前，想也不想地顶了回去，"要你多管？快把玉骨还给我！"

"关我什么事？"那个人停顿了一下，忽然低低地笑了——那声音低沉而模糊，似乎带着十二分的感慨，"真没想到……几千年后，云荒大地上会有人这样和我说话。"

他在黑暗里笑，笑声却苍凉如水。

时影始终不曾开口说话，身体静止，整个人如同绷紧的弓弦——是的，眼前的对手是如此强大莫测，敢在他面前闲庭信步。他注意到对方站的方位，如果悄无声息地释放出空曜之链，将其锁定，等一下便能占得先机。

他没有说话，只是看了朱颜一眼，悄无声息地转过了身体，双手在袖子里暗自平平相握，结了一个印——朱颜目光和他交错，顿时心领神会，在同一瞬间，也做了相同的动作。

两人同时发动了空曜之链，两道无形的锁链从两人脚下的地板上蔓延出来，飞快地向着黑暗的深处围合！

"唰"的一声，暗链围合，将黑暗里的对手包围。

"哦，我明白了……"看到他们两个人之间默契的配合，黑暗里的那个声音并没有陷入被包围的惊惶，反而发出了一声赞叹，"刚才那一招无名，其实是你们配合而成的——千树的防御，加上天诛的攻击。两个绝顶的咒术叠加在一起，才产生了这样惊人的一击。是不是？"

朱颜怔了一下，看向时影。

是的，师父曾经在九嶷神庙里指点过自己，说过当两种高等级的咒术同时使用，叠加在一起时，便会产生新的绝顶咒术——自己从没有实际验证过，却不料在刚才联手的那一瞬，竟然实现了！

时影并没有回答她，只是定定凝视着黑暗深处。

那里，到底藏着什么样的东西？那个"他"的修为深不可测，几乎是他生平仅见。而且，居然能够一眼洞穿空桑最高深的术法奥义！

"没想到，空桑到现在还有你们这样的人才……"那个声音在叹息，一改之前轻视的语气，"北冕帝是个昏庸无能的家伙，不足一提——可他的嫡长子，身上居然还流着真正的帝王之血？"

听到对方如此贬低自己的父亲，时影脸色微微一沉，冷冷："你到底是谁？是冰夷的首领智者吗？来伽蓝帝都，想要做什么？"

朱颜"啊"了一声，显然吃惊于对方的身份。

然而，时影心里早已暗自有了推断——对方和青王的关系如此深厚，又来自西海之上，纵观整个六合，也只有沧流帝国的冰族领袖，那个传说中所谓的"智者"，才能够有这般力量！

"不错，那群浮槎海外的流浪者称呼我为'智者'，臣服于我，希望我能带领他们返回这片大地。"那个声音喃喃，"几千年了，这个云荒已经烂得差不多了……我要重返这里，扫平沙盘，在废墟之上重新建立新的国家！"

"休想！"那一瞬，时影和朱颜同时冲口而出。

如此默契，倒也是心照不宣。

"不要螳臂当车。"黑暗之中，那个人冷冷笑了一声，看着时影，"你是大神官，应该也知道天命——七十年后，空桑便将亡国灭种。到那时候，六王齐殒，空寂鬼哭。这都是写在星图上的无可更改的事。"

时影心里一沉，默然。

原来，除了大司命和自己，这个云荒居然还有第三人能够看到这么遥远的未来？这个智者，术法修为如此高深，到底是什么来历？

"一切都注定好了，必然要发生。"黑暗里的人凝望着他们，低声叹息，"你们如今这么拼命……又是为何？"

"因为我们不认命！"朱颜不等他说完，大声回答，挺起了胸膛，"谁说空桑就必须亡国灭种了？你说了我就信？星图显示又怎么样？我还刚刚用星魂血誓改过星轨呢！命是可以改的！"

她的声音强硬而不屈，眼神烈烈如火，让智者怔了一下。

这个云荒上，居然还有这样的人类？不可小觑。难怪，玉骨在七千年后会落到了她的发端……倒是和它最初的主人有一点点像。

那一双璀璨的金瞳里，忽然浮现出了一丝哀伤。

"是的。我们虽知命，却不认命。"

这时，在一旁沉默的时影终于也开了口，一字一句地回答："身为神官，我曾经也困于天命，因循守旧，结果犯下大错——现在，我同意阿颜的做法，所谓的命运究竟如何，不到最后一刻谁都不知道。而直到最后一刻之前，我们都不会停止反抗！"

这样的话，让智者沉默了下来。在暗影里，只看到他的眼睛璀璨如金，和地上破坏神的双眸辉映。

时影在这几句话之间，已经飞快地默然释放了三个术，那些无形的波浪在黑暗中无声蔓延，透了神庙的每一个角落，默默地筑起了一道护盾。朱颜站在一旁，虽然没有转头看他，却仿佛也知道了师父的想法，同时也扣起了手指，发出了同样的咒术。

东北角筑成，西南角筑成。

风从东南灌注而入，而西北角上是……

当四方的护盾修筑完毕的那一瞬，时影眼神一变，转头看向朱颜——少女同时也在扭头看着他，眼神雪亮，如同一柄黑暗中出鞘的利剑。

"好一个知命而不认命！"终于，智者轻声叹息，"可是，即便是你们逆天改命，移动了星轨，却不知道……"

"就现在！"不等他说完，时影一声低喝。

朱颜心领神会，同时动了身。两人如同闪电般并肩掠去，半空"唰"地分开，落地时手指一按地面，双双释放咒术——只听一声呼啸，凭空闪耀出弧形的光华，如同一道天幕展开，"唰"地将整个神庙围合！

这一次，他们各自用了最大的力量，释放出了最高级别的咒术，击向了那个被空曜之链锁定的影子，这一击的力量，攻守兼备，在整个六合之间也算是空前绝后！

联手一击之下，那个暗影闷哼了一声，在闪电里骤然消失。

"唰"的一声，玉骨化成一道白光，从对方手里挣脱，重新回到了朱颜的身侧，瞬间在她手里化为一把利剑。

中了吗？他们两个人对视了一眼，却不敢大意，始终双手结印。

"到底是何方神圣……"朱颜抹去嘴角的血迹，喃喃，"西海上的冰夷里……几时出了这么厉害的人物？"

时影低声："这个智者，只怕不是冰族人。"

"我想也是！"朱颜领首，"他对空桑的术法这么熟悉，难道是……"

"小心！"她没有说完，时影忽然厉声道，"后面！"

朱颜一惊，还没来得及转身，电光石火之间，玉骨应声而动，"唰"地化为一道流光旋绕而去，迎向了她的身后！只听一声脆响，闪电般的光芒里，万千碎雪纷纷而落。

那一双从黑暗中蜿蜒而出的手几乎就要将朱颜撕裂，却在刹那之间被刺中，"唰"地缩了回去，消失不见。

然而，替她挡住了那一击之后，玉骨同时寸寸碎裂，化为齑粉！

朱颜失声惊呼，心痛得连呼吸都停住了一瞬。

"玉骨这是在拼死保护着你啊……"那个声音一击不中，低声叹息，似有感慨，"数千年前，它也曾这样保护过它的第一个主人。"

"该死的家伙！"朱颜顾不上他在唠叨什么，看着碎裂了一地的玉骨，只觉得胸口热血沸腾，大喊一声，便瞬间发动了攻击！

时影在同一瞬间和她一起飞身跃起。

仿佛是心有灵犀，他们两个人之间配合得非常默契，虽然相互并没有说一句话，但每当时影发出一个攻击咒术，她便想也不想地同时进行防御，反之亦然。只是短短的片刻，他们两人攻防互换，追逐着那个幻影，竭尽全力。

那一个影子一直在神庙里飘忽不定，他们追的速度越来越快，却始终还是无法捕捉到。好几次她都觉得他们已经击中了对方，然而下一个瞬间他又出现在神庙的另一个角落，新的反击如雷霆而来。

朱颜拼尽全力，却发现自己和对方之间显然有着不小的差距，若不是时影在一旁并肩作战，只怕自己早已坚持不住。

到最后，他的速度也开始减慢了，停在了神庙的中心。

朱颜心中一喜：原来他也会有累的时候？

"真是小觑你们了……"智者看着时影，微微颔首，"在紫台隔着水镜和你交手一度，我深为诧异——特意赶来这里，只是想亲眼看看是什么样的人改变了星轨而已。果然并不曾让我失望。"

时影冷冷："不，改变星轨的并不是我。"

智者微微一愣，却听那个少女"哼"了一声："是我！"

"你？是你施展了星魂血誓？"他眼里第一次露出诧异，注视着朱颜，黄金一样璀璨的瞳孔里有异样的表情，"你年纪轻轻，并未身负帝王之血，也不是白之一族的嫡系……居然能改变星轨？"

"你这家伙，别看不起人！"朱颜冷哼了一声，"马上就让你领教一下赤之一族的厉害！"

智者默然，再度注视着朱颜。

沉默了片刻，叹息："那么说来，是你为了救他，舍弃了自己的一半生命？可是，他又能怎样回报于你呢？帝王之血世世代代只能迎娶白之一族为皇后，你的牺牲毫无价值。"

"闭嘴！"朱颜不耐烦起来，厉声道，"看剑！"

然而身形刚一动，那个站在神庙中心的影子忽然又消失了。

"小心。"时影的声音从背后传来，却是和她同行同止，此刻正背向而立，替她防住了身周空门，低声叮嘱，"别让他激怒你。"

"你们两个人还真是同心同意啊……"智者再度出现在黑暗深处，一张脸始终笼罩在斗篷的阴影里，看向了时影，"你们以为能用星魂血誓改变星轨，扭转自身的命运，便也能够改变空桑的命运吗？"

"有何不可？"时影冷冷，"事在人为。"

"呵呵……"黑暗中的人发出了一声冷笑，"你的师父，那个号称云荒术法宗师的大司命，他有没有告诉你占星术里固有的'莫测律'？"

"莫测律？"时影微微一怔。

看到他的神色，对方摇了摇头，发出了一声叹息，指向头顶乌云密布的天宇，一字一句道："知道吗？星辰在九天之上运行，大地上仰首的人类，是无法真正掌握它的规律的。"

时影反驳："无数的术法卷宗上都记载有占星之术。"

"错了。"智者摇头，"凡人琐事倒也罢了，其力量不足以扭曲一个时空，被预言也就罢了——但是，当一个事关天下兴亡的星象被观测到的瞬间，天机泄露，通往未来的道路就会发生坍塌和扭曲。星象瞬间重组，从而产生新的变化。"

"什么？"时影脱口，神色不可控制地变幻。

"这就是'莫测律'。"智者低声，一字一句，"这条律法，就是告诉云荒所有的术士：天意莫测，不容窥探。可惜，居然在七千年后已经失传。"

时影沉默下去，没有回答。

在他内心，竟然隐隐觉得对方这种说法是正确的，虽然闻所未闻，却是云荒术法的真正的奥义。

"胡说八道！"朱颜虽然没有完全听懂对方说什么，然而已经感觉到师父的动摇，立刻大声反驳，"我才不信你的鬼话！什么天意莫测？所谓的天意又是谁制定的？"

"星辰运行的规律，传说中由开天辟地的鸿蒙之神制定。"智者居然老老实实地回答了这个问题，"而除了九天之上的云浮主宰者和我，这个大地上的一切都被星辰支配，无一例外。"

"什么鸿蒙之神？九天云浮？听都没听过。"朱颜听着听着，又不耐烦起来，指着对方，"你又算老几？凭什么你就要除外？"

"我算什么？"智者苦笑起来，摇了摇头，"算了……陆地上的人类，终其一生都无法理解这一切吧？就如井蛙不可语沧海，夏虫不可语冰——没有必要再和你们说下去。"

时影没有说话，只是听着他和朱颜的对话，手指渐渐握紧，几乎连指节都发白。对于这一番对话，他远比朱颜领悟得快和透彻，所以这一瞬内心的震惊和冲击也更加无以言表——是的，这个黑暗中的神秘人所说的短短几句话，其中的奥义，甚至远超大司命昔年对自己的教导！

他不但提出了大司命都不曾听说的"莫测律"，而且还提到了九天的云浮城！

那座传说中的城池，只有空桑皇室卷宗里才有记载，也是云荒最高秘密之一，若非大司命大神官不可能得知，而他竟然信口便说了出来？他究竟是谁？为何并不属于这片大地，也不受时间的约束？

如果说天意注定无法被窥探，那么迄今为止，他们所做的一切岂不是枉然……

想到这里，时影心里忽然冷静。

不，在这样的生死关头，他绝不能被对方引导！

"夏虫虽只鸣一季，亦然足够。"时影抬起一只手，默默按住了情绪有些激动的朱颜，回答，"宁鸣而死，不默而生。"

他的手平静而有力，让朱颜顿时心安了不少。少女转过眼眸看了一眼身边的人，发现他的表情虽然有些奇特，眼眸却已经重新恢复了亮度。那一瞬，她的心里也安静了下去，重新充满了力量和勇气。

"宁鸣而死，不默而生？"智者低声重复了一遍。

"是。"时影断然回答。

"好……好！"智者忍不住冷笑了起来，"原本命运的转轮要在七十年后才开始转动，但既然你们如此一意孤行，想要逆天改命——那么，就让我先来看看你们够不够资格吧！"

那一瞬，神庙里忽然黑了下来。

天地骤暗。乌云从顶上直压下来，如同墨海汹涌扑向神庙，狂风从六合之中呼啸而起，围绕着伽蓝白塔，几乎要将白塔折断！

朱颜感觉到巨大的力量扑面而来，身边的空气温度急速上升，瞬间就无法呼吸，如同熔炉。那个刹那，她有一种直觉，很快，这座伽蓝白塔塔顶就要变成一座炼狱！

"师父！"她不顾一切地冲向了身边的时影。然而，当黑暗压顶而来的瞬间，时影已经挺身向前，十指间鲜血滴落，绽放出了光华——那是皇天神戒被帝王之血催动，放出了盛大的光芒！

那是舍身之术！

在这最后的一刻，他已经决定要不惜一切代价阻止对方。朱颜看在眼里，只觉得胸口热血如沸，一股烈气冲上心头——是的，既然师父都已经豁出去了，她为何还要惜命？就一起在这里战死吧！

反正，他们早已结下了同生同死的誓约。

在最后的刹那，朱颜没有犹豫，也没有害怕。

他们两人联袂上前，不顾一切地发动了最后的攻击——身周已经是炼狱，酷热、黑暗、扭曲，充满了诡异的呼啸。

"唰"的一声，这一击，他们双双击中。

智者抬起双手，一边一个，分别格挡住了他们两人——时影和朱颜感觉到巨大的压迫力汹涌而来，如同排山倒海，几乎令人无法呼吸。但是两人拼尽全力，试图压制眼前共同的对手，无论如何都不肯退让半步。

这样的僵持局面，漫长如数百年。

一寸一寸，他们合力下击。在如此近的距离之中，朱颜终于看到了那个藏身于黑暗中的人的面容，忽然之间如遇雷击，竟忍不住失声惊呼！

这一声惊呼，陡然令她聚起的灵气一泄。

"阿颜！"那一瞬，她听到了时影的惊呼，"怎么了？"

"他、他……"朱颜失声，感觉心胆俱裂。

就在这一刻，智者一声低喝，双手一振，两道闪电从天而降，分别击中了他们两个人的心口，将两人双双向后击飞！

朱颜呕出了一口血，眼前刹那间彻底黑了。

还是输了吗？真不甘心啊……师父……师父！在最后的瞬间，她用尽全力伸出手，下意识地想要去触摸时影，然而，落了个空。

她在落地的瞬间便失去了知觉，蜷缩在地上，生命飞快地消逝。

时影同时跌落地面，神志尚在，却已经奄奄一息。他抬起手，想扶起身边的朱颜，手上却忽然一阵剧痛——他的手指鲜血淋漓，那一枚皇天神戒终于脱手飞去，飞向了智者的手里！

"不！"他一声低呼，撑起身体去追，却已经来不及。

就在这一刻，黑暗里传来凄厉的叫声，一道白影闪现，卷着旋风而来！重伤的重明神鸟用尽最后的力气挣扎而起，一伸脖子，硬生生地叼住了皇天神戒！

"重明！"时影低呼。

白鸟的羽翼上全是鲜血，却艰难地将脖子伸过来，一寸一寸，将皇天神戒放在了他的手心。一起放到他手心的，还有另外一把剑。

那是原本破坏神手里的辟天长剑。

"找死！"智者蹙眉，手掌一竖，斫向虚空。

无形的力量凌空斩落，重明神鸟一声凄厉长叫，颈骨折断，垂落在地面，再也不动——然而直到死去，神鸟的翅膀依旧展开，围合成一个弧度，护住了地上两个人，如同在竭尽全力保护自己的孩子不受伤害。

"愚蠢的禽类……"智者在黑暗里喃喃，语音虚弱，显然这一战后他也到了强弩之末，"明明知道金瞳狻猊都折在了我手里……居然还要来送死？"

话音未落，忽然顿住了。

黑暗中一道闪电凌空而来，"唰"地贯穿了他的身体！

什么？一轮激战之后，智者的反应已经没有最初那么神速，竟然来不及防御这一击，双手刚刚抬起结印，只是一眨眼，心口就这样被生生刺穿！

站在他面前的，竟然是垂死的时影。

剧烈的血战之后，大神官一身白袍已经全数被鲜血染红，触目惊心。然而方才一瞬，时影从死去的重明神鸟的喙子里取回了皇天神戒，用尽最后一点力气，用辟天剑挥出了这一击！

那个黑暗里的神秘人，终于被他真正刺中。

血从智者的身体里流出，沿着斗篷滴落，渐渐在地上蔓延开，如同一条条血红色的小蛇蜿蜒爬入黑暗——时影松了一口气，原来，即便是这种魔一样强大的对手，也是会流血的，也是能被杀死的！

"是，我虽有万古之寿，也是会死的。"仿佛知道他在想什么，智者低声回答，"明白了这一点，你……喀喀，是否觉得欣慰？"

"是。"时影冷冷回答，眼眸里有着剑芒一样锋锐的光，那一点光，几乎耗尽了他最后一滴血，"杀了你……至少……能保云荒这七十年太平。"

"那七十年后呢？"智者却反问。

"到那时……喀喀，到那时候，自然会有……新的守护者出现。"时影的声音断断续续，却并没有丝毫的犹豫，"我……我只是个凡人，也只能做好这一世的事情罢了……"

听到这种回答，智者眼眸里却掠过一丝异样。

人生不满百，常怀千岁忧。

这些大地上的人类，虽然生命短暂、朝生暮死，但在他们脆弱的躯壳内蕴藏着这样强大的力量，足以和神魔对抗！

智者站在暗影里，身形也已经开始摇摇欲坠。时影和他对视，也是用尽了最后的力气不肯倒下。

伽蓝白塔绝顶上黑暗笼罩，狂风四合，神魔都已经成为齑粉。而在这样的一片废墟之上，只有两个人孑然对立，衣衫猎猎飞舞，岿然不动。

"了不起。"智者在黑暗中喃喃说了一句，眼眸璀璨如黄金，语气虚弱而意味深长，"没想到七千年过去，我的血裔里……居然还有这样的人。"

什么？血裔？他说什么？难道是……

那一瞬，垂死的时影忽然明白了什么，震惊地想要撑起身体，看身边这个神秘人物一眼。然而已经是强弩之末，他提起一口气，一寸寸地伸过手，刚刚触及对方的斗篷，骤然如遇雷击般脱口惊呼！

他看到了他的模样。

黑暗里的那一张脸，居然和自己几乎一模一样！

"你们是这七千年来，第一个看到我真容的……"不知道是不是因为重伤垂危，智者并没有阻拦他的动作，只是抬起眼眸看着垂死的人，眼神虚弱，带着一丝笑意，"怎么，震惊吗，我的血裔？"

他的模样和时影非常相似，只是容貌略为苍老。眼角眉梢透出一种睥睨，霸气凌人。双眉间有一道深深的痕迹，犹如刀刻般凌厉，同时却带着一份深藏的寂寞，似覆盖了千年的沧桑。

难道，眼前的这个人，就是……

难怪方才阿颜看到了这张脸时，会在最后一击里忽然失神！

时影凝视着这个藏身于黑暗中的人，竭尽全力开启嘴唇想要说什么，然而已经到了强弩之末，溃散的神魂再也无法控制，鲜血从他嘴角涌出，刚一动，便似有一只巨手迎面推来，不容抗拒地将他拖入了灭顶的黑暗！

云荒的最高处一片寂静，时影和朱颜双双倒在了在废墟之中。

当时影的手指失去力气的瞬间，皇天仿佛得到了解放，瞬间从他的手上松脱，骤然消失——当下一刻再次出现的时候，却已经在智者身侧。

身受重伤的智者抬起流血的手指，轻触那一枚神戒，而那枚有灵性的戒指就在他的指尖辗转明灭，发出耀眼的光芒。仿佛得到了力量的注入，智者的眼眸渐渐恢复了明亮，如同黑暗中跳动的金色火焰。

这枚皇天神戒，竟然听命于他。

"七千年了，没想到还有用到你的一日。"智者发出了一声长长的叹息，手指轻轻屈起，将皇天神戒握入手心，"当初离开云荒的时候，我只带走了属于黑暗的那一半力量，而把另一半的力量留了下来，希望靠着它来守护空桑的世代平安。"智者低头凝视着这枚有灵性的戒指，轻声，"可是，如今的空桑，早已偏离我创造它的时候太远太远了。"

他的手指忽然握紧。仿佛响应着，皇天骤然发出了一股耀眼的光，宛如一把利剑骤然凝聚！

"螳臂当车！"智者握剑转身，指向地上两个垂死的人。

剑芒下指。然而，在轰隆巨响声中，有一道微光忽然出现，如同一朵莲花的绽放——皇天猛烈地一震，仿佛被什么阻挡，光芒忽敛。

那道光，是从创世神的手里闪现的。

"后土！"那一瞬，智者脱口而出，看着黑暗里出现的东西。

——那是一枚和皇天一模一样的戒指，凭空出现，在黑暗里同样闪着光芒。然而那种光芒和皇天的凌厉不同，是温柔的、悲悯的。不错，那是后土神戒，传说中蕴藏着"护"之力量，和皇天匹配的空桑圣物！

这枚失踪多日的后土神戒，竟在这里出现！

原来，这枚神戒并不在青蘅殿，而是和创世神手中的莲花合为一体！

后土神戒在这个最后的时刻降临，在虚空中转动着，发出了微光，笼罩在了这一对垂死的年轻人身上。感知到了它的出现，皇天神戒从黑暗中一跃而起，并肩凌空，相互映照。

一时间，成为废墟的黑暗神庙里光芒四射，犹如日月当空。

智者在黑暗中看着这一幕，眸里忽然露出了极其复杂的表情，似乎是想起了非常遥远的事情，神色渐渐变得哀伤。

离铸出它们的那一刻，已经过去了多少年？

千年倏惚，白驹过隙。戒犹如此，人何以堪。

"阿薇……这是你留在戒指上的残念吗？"他轻声喃喃，"没想到千百年后，你的心意还是'守护'——你不愿意看到我杀了这一对年轻人，是吗？就如当年不愿意看到我杀了那个鲛人一样。"

他的语气是如此虚弱，犹胜被时影一剑穿心的瞬间。

"如果当年你不是为了一个鲛人，断指还戒，跃入苍梧之渊，如此决绝地和我决裂，到现在整个云荒的局面也不会是这样。"智者喃喃，看着虚空浮动的后土神戒，"可是……七千年了，什么都晚了。"

智者的面容忽然变得衰老，骤然如同一个百岁的老人。

他喃喃说着，杀气尽散，仿佛再也支持不住地闭上了眼睛，似方才的一战已经用尽了他最后一点力气，他颓然倒地，再无声息。

后土神戒在他身侧盘旋许久，虚空里，似乎有一声隐约叹息。

这一战终于结束。

当智者倒下之后，聚集在伽蓝白塔上空的乌云开始散去，呼啸的狂风也缓了下来，阳光从乌云的缝隙内射入，照亮了伽蓝白塔的顶端，如同天眼重新张开，凝望着这座一度被黑暗笼罩的城市。

在开始变亮的天空下，有一只巨鸟从高空飞来，在白塔顶上盘旋——那不是真的飞鸟，而是由铁片和木构组成的有着鸟类外形的机械，双翼在太阳下折射出寒冷的金属光泽，不知施用了什么术法，竟然凌空飞了起来！

盘旋了几圈，只听"唰"的一声，机械的腹部打开，有一道闪电凌空下击，射落在白塔顶上的废墟里。定睛看去，那竟然是一道钢索，一头深深地钉在了白塔上。有一行人沿着钢索飞快下滑，转瞬落在了成为废墟的塔顶神殿上。

从西海上来的沧流帝国的人手，终于来到了风暴中心。

"大人！"冰族圣女落在地上，失声。

那一袭黑色的斗篷下，竟然是空空荡荡的。智者大人的身体似乎瞬间变得衰老和虚无，如同干枯的树叶。她用颤抖的手试图扶起那个至高无上的领袖，无法掩饰冰蓝色眼眸中的震惊——那个神话般的人物，居然也会被击倒在地，奄奄一息？这……是谁做的？

是不远处废墟里的那一对年轻男女吗？

冰族圣女神色微变，手里出现了一把小小的匕首——没想到空桑居然有这样厉害的人物，如果此刻不除去，迟早会成为沧流帝国的心腹大患！

然而，她的手还没抬起，忽然间整个人僵硬了。

有一种森冷的阴寒之意从心底升起，如同蛇类，嗖嗖吐芯着盘绕在她的脊背上，令她无法动弹。她甚至无法呼吸，只能勉强转动着眼睛，瞟向了地面上重伤的领袖——那一袭黑色的斗篷深处，一对璀璨的黄金瞳微弱地睁开了一线，正在冷冷看着她。

是智者大人？他……他不允许自己这么做吗？

冰族圣女在近乎窒息的情况下，艰难地一寸寸张开了手指，终于"啪"的一声将匕首扔到了地上。

同一个瞬间，那种压迫力骤然消失，空气终于流进了她的肺里。

"再等七十年吧。"她听到智者大人微弱的声音，"我们会回来。"

冰族圣女领首，脸色苍白地瘫倒在地上，还没来得及起身，就听到背后同伴发出了一连串的惊呼："空桑人他们马上就要上来了！六王到了……快、快将智者大人带上风隼，离开这里！"

"好！"冰族圣女顾不得多想，连忙将智者大人扶起。

风隼呼啸而去，飞向万里之外的西海。

第二十六章

命运之轮

当乌云散去之后，璀璨的金色阳光凌空倾泻，照射在伽蓝白塔的顶上，如同火炬点亮了云荒的心脏，昭告着这一场灾难的结束。

赤王一路狂奔，和白王一起率先来到了塔顶，发现这里赫然经历过一场可怕战斗，整个神庙已经成为废墟，破坏神的塑像和创世神一分为二，头颅断裂。而在一片废墟之中，巨大的白鸟垂落长颈，白羽沾血，已然死去。

"重明神鸟！"在看到的瞬间，诸王都变了脸色——众所周知，重明是皇太子的守护神鸟，此刻重明已死，皇太子岂不是……

然而，下一个瞬间，有两点星光跃入了大家的眼帘。

"皇天！"诸王惊呼，"后土！"

那一对神戒在虚空之中悬浮，光芒洒落，笼罩在一对年轻人身上。死去的神鸟双翅向前展开，羽翼微微围合，也是护住了那两人。那一对年轻人躺在死去神鸟的身旁，满身鲜血，伤痕累累。

然而，还在呼吸。

"阿颜！"赤王大呼一声，老泪纵横地扑上去抱住了独女。

而一边的白王冲上去一把扶起了时影，用术法给他止住流血，保护元神，心里不由得担忧不已——让他担忧的，不仅仅是这一次空桑几乎覆亡的危机，而是时影和身边这个赤之一族小郡主之间，那几乎不可切断的羁绊。

谁都看得出皇太子对这个少女的宠爱。若让这个小郡主进了后宫，日后自家的女儿岂不是要重蹈当年白嫣皇后的覆辙？

那一瞬，白王看了一眼赤王怀里的朱颜，眼神微微一变，几乎有一丝隐秘的杀机从心里一掠而过。

"你……喀喀……不必担忧。"

同一瞬间，有一个微弱的声音在耳边响起。

白王霍然抬头，露出了不可思议的神情——不知何时，身边重伤昏迷的时影已经醒转，睁开了眼睛，正在静静地看着他。那双眼里露出了洞察而意味深长的表情，几乎直接看到他的内心最深处。

这……这个年轻人，刚才难道对自己使用了读心术？

白王心头一凛，遍体生寒，搀扶着时影的手不由得紧了紧。然而刚想动，骤然发现身体已经麻痹——时影的手指轻轻搭在了他的腕脉上，无声无息中已经释放了一个禁锢咒术。

这个年轻人虽然身受重伤，却在反手之间已经夺去了控制权！

白王倒抽了一口冷气，连忙压制住了内心的杀意，不敢擅动。

神庙上一片慌乱，没有人觉察到白王和皇太子之间微妙的剑拔弩张。时影显然感觉到了他的杀机，却只是叹了一口气，轻声："放心吧，白王……你所担忧的事情，喀喀……永远不会发生……"

白王不知如何回答，只能沉默地看着年轻的皇太子。时影的眼眸深远，虽然虚弱而疲惫，却依旧不失光芒，似是看不见底的大海。

"一切，我早已安排好了。"

朱颜闭上眼睛，仿佛坠入了最深的海底，眼前一片漆黑，深不见底，如同幽冥黄泉的路，耳畔只有空茫的风声——隐隐约约中，她忽然想起这种感觉似乎曾经有过：那一次，被大司命从星海云庭带来白塔顶上神庙的时候，同样虚无，同样空茫，不知自己是生是死。

"师父……师父！"那一刹，朱颜下意识地喊出来。

"我在这里。"一个声音低声回答。

"师父！"她"唰"地坐起，睁开了眼睛，只听"哎呀"一声，眼前俯身正在问诊的御医被她撞得一个趔趄，幸亏身侧的时影抬起手扶了一下。

是师父？他……他还活着？

朱颜睁大眼睛盯着眼前的人看，目不转睛，生怕只是一个幻影。时影看到她双目圆睁呆呆的模样，忍不住抬起手轻轻摸了摸她的脸颊。

那只手，是有温度的。

"这……这是哪里？"她脸上一红，一下子回过了神，四顾，发现自己在一个陌生的地方。时影挥挥手，让御医退下，和她单独相对，道："这里是空桑皇后住的白华殿。"

朱颜愣了愣："我、我……真的没死？"

"当然没有。"时影的语气里透着怜惜。

她不由得发呆，低下头看了看自己的身上——她穿着干干净净的柔软长衣，身上也没有伤口，甚至，连痛的感觉都没有，就像是什么也没发生过一样。

"你已经躺了整整一个月。"仿佛明白她的惶惑，时影的声音叹了口气，"你的父王带着云荒最好的大夫日夜守护，把你身上的大大小小伤口都治愈了。你醒来便可以直接下地活蹦乱跳。"

"真的？"朱颜闻声跳起，真的下地蹦跳了一会儿，然后呆了片刻，看向他，"那……我们打赢了？"

这个问题却让时影沉默了片刻，许久才摇了摇头，道："没有。"

"啊？"朱颜怔了怔，"那……我们怎么还能活着？"

时影淡淡道："因为他也没有赢。"

"哦……"朱颜似乎懂了，"我们最后打了个平手吗？"

时影沉默了一下，似乎不知道怎么回答。

那一天，他们两人联手而战，终于重创了那个来自西海的神秘智者。他一剑刺穿了对方的心脏。但是，当自己精疲力竭倒下的时候，对方显然犹有余力——为何他并没有取走他们的性命？难道是因为……

那一刻，时影的视线下垂，落在了朱颜的手上。

后土神戒在她的指间闪耀。数千年来，这枚神戒第一次出现在白之一族之外的少女手上。而朱颜还犹自未曾发现奥秘，顺着他的视线低下头，只吃惊地嚷了起来："咦？为什么你的皇天跑到我手上来了？"

这个丫头还是如此粗枝大叶，全然不明白这是一对神戒中的另一个。时影嘴角忽然露出了一丝淡淡的苦笑，再也忍不住叹了一口气，摸了摸她的头发，俯身亲了一下她的额头。

"嗯……"朱颜一下子说不出话来，只觉得心脏狂跳。

那一刻，她才真正地确认：自己真的是还活着。

还活着，多好。

还可以拥抱所爱的人，还可以和他同患难，共白首。

原本，她还以为自己要在黄泉之路上才能和师父相聚呢！

"啊……对了，你看到那个家伙的模样没？"回忆起了那个黑暗中的神秘人，朱颜忽然激灵灵打了一个冷战，脱口，"那个家伙！他……他居然长得和你一模一样！你……你看到了没？"

"看到了。"时影叹了口气，却没有惊讶，"我们身上流的血是一样的，外貌相似也不足为奇。"

"什么？！"朱颜惊愕莫名，"你……知道他是谁？"

时影点了点头，神色凝重，长久不语。

"他是谁？"朱颜好奇心如同火苗一样蹿起来，再也无法压抑。

"能够召唤皇天神戒，掌握空桑最高深的术法奥义，甚至能够得知九天之上云浮城的秘密——这样的人，在整个云荒，古往今来也没有几个。"时影看了看四周，确认没有一个人之后才轻声回答，"如果我没猜错，他，应该就是传说中的空桑的开创者——"

他声音凝重，一字一顿："星尊大帝琅玕。"

"什么？"朱颜大惊，直接跳了起来，"这不可能！"

时影看着她："为什么不可能？"

"星尊帝……他、他是空桑上古传说中的人物啊！七千年了！怎么可能到现在还活着？"朱颜讷讷，眼神充满了震惊，拼命摇头，"不可能不可能……那个智者明明是从西海上来的！是冰族人的领袖！"

"天地之大，洪荒万古，没有什么不可能。"时影的声音却是平静，"为何七千年前之人不能出现在今天？对夏虫来说，冬季是不存在的。对蜉蝣来说，日月又何曾更替？而我们，说到底，也不过是被时间和命运约束的囚徒罢了。我们无法窥知更高处那些生灵的一生。"

朱颜看到他的表情，本来还想继续说什么，终于忍住。

师父是认真的？他竟然认为星尊帝还活着？那……必然有他的理由吧？自己还是不要和他为这种事伤和气比较好。

"就算他是星尊帝，那又怎样？"朱颜握紧了拳头，咬着牙道，"不管是谁，他若要对空桑不利，我们都来一个打一个！"

时影看着她，忍不住笑了。

阿颜就是这样的明快热烈、敢爱敢恨，如同即将到来的这个盛夏——她身上这种明亮的光芒，岂不正是最令他心折的地方？

"无论如何，终于都过去了。"时影叹息了一声，"这一次我们让他铩羽而归，等他下一次来的时候，又不知道是多久。"

顿了顿，他仿佛是在自语："或许，那时候我们都已经不在世间了。"

"七十年后的事情，哪里管得了？"朱颜点了点头，有些沮丧，"我们只能再活二十七年，也不能永远守着云荒。"

"没关系，就算我们走了，我们的后代也会继续守护着这片大地。"时影将眼光投向紫宸殿之外，语气深远，"世世代代，戴上皇天和后土，为空桑而战，直至最后一人。"

"我们……我们的后代？"然而朱颜没有听他后面的那番话，脸色忽然飞红，如同一只煮熟的大虾。

时影看到她忸怩的脸色，心中忽然有一阵温柔的涌动。

"当然。"他微笑着，把少女拥入了怀里，轻吻她的额角，"我们自然会有我们的后代——那些孩子将会延续我们的血脉，继续生活在这片土地上，守护它，为它而战。"

和……和师父的孩子？那会是什么样的？

朱颜没有去想这些家国千秋的大道理，只是反复地想着这一点，忽然觉得脸上发热，心中甜蜜，不自禁地便往他身边靠了过去。

"啊,你这么喜欢孩子?"她看着他,嘟起了嘴吧,抱怨,"我可不喜欢带孩子……烦死了。我怕我暴躁起来会忍不住一巴掌打过去。"

时影笑了笑:"那我来带好了。"

"什么?真的吗?"朱颜诡计得逞,笑逐颜开,"可不许赖。"

"这有何难——若不听话,就打屁股。"时影颔首,意味深长地看着她,"当年我就这样带大过你,不是吗?"

朱颜没想到他忽然提起这件事,脸色顿时飞红。

明亮的日光下,她的笑靥如花,脸庞红扑扑的,说不出的娇媚动人,令人明白什么才是真正的"朱颜"。然而笑着笑着,不知道忽地想起了什么,她的脸色忽然一变,整个人又僵住。

"怎么?"时影没想到她的情绪变化那么大,不由得微微蹙眉。然而朱颜看了他一眼,嘴巴动了动,想说什么又止住。

"你想说什么?"时影看着她的表情。

"我……我只是在想……"朱颜犹豫了半响,最终还是说了实话,语气怏怏的,"你将来当上空桑帝君后,应该……会有很多很多孩子吧?"

听得这句话,时影一震,脸色忽地沉了下去。

朱颜冲口说了这句话之后便知道不该说,立刻咬住了嘴角,然而神色之间已经黯然,再也不复片刻前的明亮。

时影静静审视着她,目光深不可测:"那你的意思是?"

"我……我没有怪你的意思。"朱颜心里一跳,急急忙忙补了一句,"我是说……空桑的皇帝从来都是三宫六院,自然也一定会有很多孩子。到时候,你可未必有时间一个个亲自带大了……是不是?"

时影点了点头,居然一口承认:"是。"

朱颜只觉得心里如同刀刺了一下,声音都有点发抖了,她明明知道自己不该继续这个话题,却仿佛着了魔一样继续道:"那么……你打算迎娶雪莺的哪个姐妹当皇后?你……"

说到这里,她终于说不下去了,眼眶发红。

寂静的紫宸殿里,时影看着她,忽然叹了口气,道:"阿颜,你要知道,有些事情是无法改变的,比如空桑传承千年的皇室婚娶制度——如若为某一个人而强行改变，必然引起天下动荡不安。"

"我……我知道。我没有怪你。"朱颜点了点头，声音却有些哽咽，"你……你去娶白之一族的皇后吧！"

"是吗？"时影凝视着她，眼神复杂，半晌才道，"你果然是长大了……要是换成以前，你估计二话不说就去婚礼上抢亲了。"

他的声音温和，却听不出是赞许还是黯然。朱颜心中剧痛，眼里的泪水再也忍不住噼里啪啦地落了下来，大颗大颗砸到了地上，哽咽着："那……那还能怎么办？空桑的皇帝，自然要娶白之一族的皇后。我……我总不能真的在大婚的时候去抢亲……"

"嗯……"时影停顿了一下，似乎想象了一下那个场面，嘴角忽然微微上扬，"其实，我倒是挺期待的。"

朱颜没想到他在这当口居然还能说出这种话，一时间张口结舌："你……"

然而下一刻，时影的手便按住了她的肩头，压住了即将跳起来的她，低下头凝视着她红红的眼眶，叹了口气："让你为这种事担忧，是我的不好……我怎么能把这样的难题扔给你，让你陷入两难的境地？"

朱颜刚想发作，听到这样的话瞬间便软了，垂下了头去，喃喃道："这也不怪你呀……谁让你是空桑的皇太子。你没得选。"

"不，我有得选。"时影的语气却忽然肃然，"事在人为，世上从来没有真的无可选择的事。"

"啊？"朱颜愣了一下，"历代的空桑皇帝，都、都要娶白之一族的当皇后的啊……你难道能破例？"

"不能。"时影摇了摇头。

朱颜心里刚刚亮起来的那一点火苗"唰"地熄灭了，再度垂下了头去，嘀咕："我就知道不能……你当了帝君却不娶白王的女儿，他还不得造反？"

时影摇了摇头，一字一顿："谁说我一定要当空桑皇帝？"

"啊？"这次朱颜大吃了一惊，"唰"地站直了身子，定定地看着他——时影神色严肃，并无任何说笑的迹象。

她渐渐明白了："难道你不当帝君了？"

"不当。"时影淡淡回答，斩钉截铁。

"你……你怎么可以不当！"朱颜不敢相信地看着他，失声叫了起来，"时雨已经死了……空桑的帝王之血已经快断绝了！你要是不当皇帝，还有谁来当？"

"自然还有人来当。"时影却不以为然。

"谁？"她睁大了眼睛。

时影停顿了一下，开了口："永隆。"

"永隆？"朱颜想了半天，愕然，"从来没听过皇室和六部里有这么一个人啊……他是谁？"

"你自然不曾听说过。"时影看向她茫然的脸，嘴角微微上扬，低声，"因为，这个人还没有降生到世间呢。"

朱颜听得满头雾水："你说什么？他还没生下来？"

"是。"时影颔首，眼神意味深长，"永隆如今还是个胎儿，还要过三个月才能离开母亲的身体，诞生在这个云荒——他会是王位的新继承人。"

"怎么可能……"朱颜讷讷，只觉得不可思议。

"怎么不可能？"时影看着她睁大眼睛茫然的样子，不由得叹了口气，摸了摸她的脑袋，轻声，"他的母亲，你其实也认识。"

"啊！"朱颜一震，忽然间明白过来，一下子跳了起来。

她跳得如此突然，以至于一下子撞到了时影的肩膀。然而她来不及道歉，只是一把抓住了他的衣襟，大喊："天啦，你……你说的是雪莺？她好像是快要生了，是不是？她的孩子叫永隆？"

"嘘，别乱嚷。"时影低声，按住了她，"此事极度机密，除了白王谁都不知道。"

"这……这……"朱颜团团乱转，眼睛瞪得有铜铃大，飞快地把这些事情在脑子里过了一遍，却还是觉得有些混乱，"天啦……雪莺她的确是怀了时雨的遗腹子！我居然没想起来这回事！"

她抬起头瞪着时影："你……你难道打算让那个孩子当空桑皇帝？"

"是。"时影点了点头。

朱颜想了一想，并无觉得有任何理由可以反驳，只能讷讷道："让雪莺的孩子当皇帝？六王……他们……都同意吗？"

"如今大司命已死，大神官空缺，空桑有权力认定帝王之血传承的人都已经不在了。所以只要我认可就行。"时影眉梢微微一扬，沉声，"何况时雨本来就是皇太子，雪鸳也是白王嫡女，他们的孩子血统纯正，继承皇位有何不可？"

朱颜听他说得如此胸有成竹，不由得有些意外："你……你一早都想好了？白王呢？他也同意？"

"白王当然同意。"时影简短地回答，"那是他的外孙，从血缘上来说，比我更近一层——我提出了这个交换条件，他才乖乖地解除了你和白凤麟的婚约。"

"那你呢？"朱颜睁大了眼睛，"你……你怎么办？"

"我？"时影淡淡，"在永隆成年之前，我会替他管理这个空桑——我们还有二十七年的时间，足够让这个孩子成长为合格的空桑帝王。然后，我们就远游海外，在天地间过自由自在的日子。"

他说得平静淡然，井井有条，仿佛在说话之间放弃的不是空桑的王位，而只是一件可以随手弃取的东西，无所挂碍，无谓得失。

朱颜听得呆了，过了半晌，才道："你……你不当皇帝，难道是因为……"

时影简短地回答："不想让你受委屈。"

她简直从没有听说过这样甜蜜的话，脑子轰然一响，只觉得血往上涌，心里剧烈地震荡，半天不知道说什么才好。时影看到她脸上怪异的表情，想说一点什么来安慰她，然而朱颜在那里怔了半天，忽然间就拉着他的袖子，大哭了起来："都是我不好！如果不是我……你是不是就能当空桑帝君了？"

她哭得那么伤心，似乎是自己做了什么天大的对不起他的事情一样。

"好了，好了，别哭。"他轻声地哄着她，替她擦去了脸上滚落下来的泪水，"我又不是那种喜欢当皇帝的人。你和我在一起那么久，难道不知道吗？"

朱颜心里又是内疚又是感动，哭得根本停不下来："都是我不好……呜呜呜都是我……"

"别哭了！"时影蹙眉低叱，然而朱颜还是无法停止地哽咽。

忽然间，声音停住了。

时影忽然弯下身，吻住了她的嘴唇。朱颜的身子一震，连抽泣都噎在了咽喉里，怔怔睁大了眼睛看着他，明亮的眼眸里充满了晶莹的泪水，犹如夏日栀子花瓣上的露珠，令他忍不住深吻。

忽然间，两个人都有些恍惚，同时想起了和现在相似的刹那。

那是在星海云庭的地下，他们师徒决裂，生死相搏，最终他让她如愿以偿地杀了自己。那时候，她也是哭得无法抑制，而他在临死前和她吻别——那时候，他们都以为这是他们一生中最初，也是最后的吻。

那种苦涩，一直烙印般留在记忆里，哪怕从生到死走了一回也不曾忘记。而现在，终于可以有新的甜味，可以完全覆盖过那种苦涩。

原来，人生虽然漫长，可是一生的悲喜似乎都浓缩在了这短短的一个春夏秋冬里。转眼间，已经是千帆过尽，幸亏身畔还是伊人。

时影捧起她的脸，凝望着她。朱颜终于不哭了，脸色绯红地看着他，眼神晶莹透亮，如同一只依偎在人身边的小鹿。玉骨已经在那生死一战里碎裂了，她的一头秀发披拂下来，厚而柔顺，如同最好的绸缎，令他的手指流连。

"傻瓜，不要觉得内疚，这也是为了我自己。"他叹了口气，轻声道，"要知道，我是绝不会接受一个配给过来的陌生女人，无论对方血统多么纯正。我也绝不自己允许把你推入那种两难的境界，自己却袖手旁观——这是我自己的问题，我需要做出选择。"

时影的声音很轻，却带着万钧之力："我做这一切，不仅是为了你，也是为了我自己——为了我们。"

她抬起明亮的大眼睛看着他，忽地笑了起来。

"不当就不当吧！"朱颜用力点了点头，吐了吐舌头，"雪莺的孩子当皇帝，我也挺开心。她吃了那么多苦，终于可以熬出头了。"

"不用担心别人。"时影轻抚着怀里少女的发丝，凝望着伽蓝白塔顶上的天空，轻声道，"阿颜，没有什么比我们一起度过一生更重要。"

"有！"朱颜却忽然抬起头，反驳。

时影不由得微微怔了一下，蹙眉看着顽皮的少女，只听她嘟囔："这一生太短了。我们下一生下一世，不，生生世世都要在一起！"

"生生世世？"时影一怔，轻声喃喃。

"对！"朱颜点头，忽然学了他当初死别时的口吻，"这一生，我们之间有恩报恩，有怨报怨，两不相欠——等来世，还是要继续在一起！"

说到最后，她自己忍不住扑哧一声笑了起来。然而他看着少女如花的笑靥、坚定热烈的眼神，却一时间微微失神。

轮回永在，聚散无情，有谁又能说生生世世？

即便是七千年前空桑始祖的星尊大帝，扫平六合，灭亡海国，君临天下，甚至突破了生死时间的界限，也留不住他的皇后——七千年了，那个曾经和他并肩开拓天下，联手缔造了空桑王朝的白薇皇后，如今又在何方？

在当年，他们只怕也曾经许下过生生世世的诺言吧？

皇天和后土还留在世间，一切却恍然消散在历史的烟尘里，唯留史记上短短的几行字，真假莫辨，以供后世传说。

而百年之后，千年之后，当命运轮盘转动，沧海桑田变迁，当朱颜凋落、红粉成灰，当新的群星闪耀天宇，新的时代风起云涌，这个世上，还会有多少人记得他们两人呢？

或者，记得与不记得都已经不重要。

重要的是此生此世、此时此地，他们曾经来过、活过、战过、相爱过，生死与共，同心同意，并肩守住了他们想要守住的东西。

时影望向了她明亮的双眸，坚定而轻声地回答——

"是，生生世世。"

【全文完】

【完稿于2017.4.20】

外一篇

海皇之殇

空桑梦华王朝玄胤二十一年，北冕帝驾崩。

几乎是同一时间，北方的九嶷郡也传来了青王暴毙的噩耗，王储青翼在内忧外患中继位，为了取得空桑王室的支持，在第一时间向伽蓝帝都表示了臣服——青之一族未曾爆发的叛乱由此夭折。

在北冕帝驾崩后，嫡长子时影并没有顺理成章登上王位，而是暂时以皇太子的身份摄政，一方面安抚和平定了北方的内乱，一方面调解诸王之间的利益纷争，用了半年的时间，将北冕帝遗留下来的问题逐一解决。

皇太子虽然尚未正式登基，却已经在空桑建立起了自己的威望，六部均认为其是中兴梦华王朝的明主。然而此刻，时影忽然下诏，宣布让刚刚出生的前皇太子时雨的遗腹子——永隆继承帝位，自己转而以摄政王的身份临朝。

六合为之震动，世人众说纷纭。

有人说，那是因为白王操纵政局的结果；有人说，那是因为皇太子杀了自己的胞弟，心怀内疚，因而做出了补偿；也有人说，那是皇太子不爱江山爱美人，为了赤之一族的郡主放弃了唾手可得的王位……

六王经过协商，接受了这个意料外的决定，转而向襁褓中的婴儿称臣——那位婴儿，便是空桑梦华王朝第六代帝君永隆，史称康平帝。

空桑的历史终于翻过了又一夜，平稳无声。

那一夜，苏摩离开了叶城，泅渡游过了整个镜湖，筋疲力尽，伤痕累累，心里只有一个想法：远离所有人，不管是空桑人，还是自己的族人。

然而，眼睛虽然失明了，在黑暗中，眼前还是浮现出姐姐的脸，明明灭灭，伴随着他这几个月难以磨灭的记忆——只是曾经温暖如阳光的笑脸，却变成了那样不屑和冷漠，从云端里俯视着他。

"怎么还跑回来了？赶都赶不走，真贱。"

"呵……我是独女，哪来的弟弟？"

那样的话语，如同利刃一刀刀地插进心底，比剜眼之痛更甚。

不，不要去想了……这个赤之一族的小郡主，说到底，其实和所有的空桑人都一模一样！都是一样地看不起鲛人，都是一样地把他当作卑贱的下等种族，当成世世代代的奴隶！

可笑的是，在最初，他居然还叫过她"姐姐"。

曾经认错过一个人。那种恨，令他刺瞎了自己的眼睛，犹未消解。

盲眼孩子孤独地在水底潜行，咬紧了牙，默默立下了誓言：从今天起，要把这段往事彻底忘记，如同抹去自己的视觉一样，将这个空桑郡主从自己的记忆里彻底抹去！

唯有彻底的遗忘，才能覆盖掉那个无法愈合的伤口。

瘦小苍白的孩子随着水流在水底潜行，紧紧闭着眼睛，手里握着那个孪生胎儿做成的小傀儡，薄薄的嘴唇紧抿着，脸上没有一丝表情。唯有一颗颗细小的珍珠出卖了他——那些鲛人的眼泪，从孩子的眼角无声坠落，凝结成珍珠，洒落在通往叶城的黑暗水底，再也无人知晓。

如同这个伤痕累累的孩子，此刻永不回头的心情。

在这样一个月明星稀的夜晚，苏摩孤身消失在了云荒。

沿着青水而行，朝着最荒无人烟的地方走去，一直走入了东泽的南迦密林深处。孤独的孩子在青木塬深处住了下来，与世隔绝地生活，随身只带着那个诡异的肉胎做的偶人。

在那样枯寂的深山生活里，孩子尝试着让那个偶人动起来，用线穿过了肉胎上所有被金针钉住的关节，把它做成了一个提线傀儡。

那个傀儡有了一个名字，叫作"苏诺"。

盲眼的孩子叫它"弟弟"，跟它在深山密林里一起生活，避开了一切人。

直到七十年后，细数流年，知道外面的世界变迁，知道"那个人"应该已经死去，他才决定重回人世。

对寿命长达千年的鲛人而言，七十年不过是短短的片刻，而对人世而言，重来回首已是三生。

从他离开那时算起，如今云荒已经三度帝位更替。

康平帝永隆早已去世，在位三十五年。前二十年因为有摄政王时影辅佐，空桑一度欣欣向荣，后十五年却逐渐颓败——特别是摄政王去世之后，在太后雪鸢的溺爱之下，康平帝无所顾忌，更加放纵声色，终于在三十五岁时因为酒色过度早逝。

其子睿泽继位，便是空桑历史上出名的昏君熙乐帝。

熙乐帝继位时不过十四岁，因为无所约束，便将继承自父亲的骄奢淫逸发挥到了极致。在位十六年，从六部征收大量的税赋，兴建宫廷园囿，罗致珠玉美人，从东泽到西荒，整个云荒几乎为之一空。

终于，连六部藩王都无法忍受他的所作所为，在他三十岁生辰那一日发动了政变，将其废黜，拥立其胞弟睿玺为帝——是为梦华王朝历史上的最后一位皇帝：承光帝。

不过短短几十年，整个云荒便在极度繁华之后堕入了极度的腐朽，内部钩心斗角，外族虎视眈眈，却再也没有清醒的预言者出来警告天下，告诉醉生梦死的空桑人：命运的轮盘即将倾覆，空桑的最后一个王朝即将如同梦华一样凋谢。

一切，终于还是走到了时影预见过的境地。

就在那个时候，盲眼的鲛人终于走出丛林，踏足云荒。

鲛人的寿命是人类的十倍，几十年过去，那个瘦小的盲眼孩子刚刚成长为清俊的少年，容颜绝世，习惯了在黑暗中行走和生活。等他重回这个世间的时候，所有一切所熟悉的人和事，都已经不复存在——包括那个他曾经叫过"姐姐"的赤之一族小郡主，也早已长眠在那座帝王谷里。

一切都已经是沧海桑田。

归来的鲛人少年甚至没有机会当面问问她：当初为什么背弃了诺言，遗弃了自己？为什么要把自己送去西市，置于死地？是不是你们空桑人都是这样对待鲛人，就像是对待猫狗一样？

可是，地底长眠的她已经再也无法回答。

盲眼少年所不知道的是，在他失踪之后，那个赤之一族的郡主终其一生都记挂着他的下落，四处搜寻，却始终未能得到答案。

"那个小兔崽子……如果回来了……也只能去陵墓找我了。"在踏上黄泉之路的时候，朱颜还在轻声低语，有着无法割舍的牵挂，"鲛人的寿命是人类的十倍……也真是有资本任性啊……"

然而，这样的话，盲眼少年再也不可能听到。

当他重新走出密林的时候，得到的消息是空桑已然更迭三代，身为摄政王夫人的朱颜早已长眠地下。

她的一生并不算长，却绚烂夺目，无悔无恨，甚至在死后都被破例安葬在只有历代空桑帝后才能入葬的帝王谷，和时影一起合葬——她一生中唯一的遗憾，大概就是未曾找到在叶城战乱中失散的小鲛人吧？

盲眼少年在与世隔绝了数十年之后重返云荒，躲避着族人的追寻，却在去帝王谷的途中不幸被空桑人抓获，再度失去了自由——没有人知道，他为什么想要去九嶷山的帝王谷。

而这一次，重新沦为奴隶的盲眼少年再也未能有机会逃脱，在奴隶主手里遭受到了极大的折磨和摧残——之后十年经历的一切，甚至比那一次在井底噩梦里更有过之而无不及。

现实的严酷，胜过术法的作用，终于彻底抹去了他心底对于空桑人的最后一丝憧憬和希望。

经历过漫长的黑暗，眼睁睁看过无数同族的死亡，盲眼少年的心里终于慢慢被唤醒了，他承认了自己的鲛人身份，站到了同族的立场上——同时，怀抱着对空桑人的刻骨仇恨。

关于海皇苏摩的记载，也是从那时候开始。

在历史的记载里，海皇苏摩在童年时便父母双亡，孤身流落叶城西市，身为奴隶，饱受了空桑人欺凌，最后不堪压迫侮辱，愤而自己刺瞎了双眼。再后来，他被奴隶主送进了青王府——因为盲眼鲛童尚未分化出性别，青王钻了空子，把容颜绝世的少年送上了伽蓝白塔顶端，作为一个傀儡师陪伴在等待大婚的皇太子妃白璎身侧。

那之后，便是天下皆知的信史了。

盲眼少年成了青王斗败白王阴谋中的一个棋子。他听从了青王的安排，引诱了空桑最高贵的少女，又转头在诸王面前出卖了她，令其身败名裂。在空桑皇室的婚典上，皇太子妃白璎披着嫁衣，从伽蓝白塔顶上一跃而下，震惊天下。

白王和青王由此决裂，云荒内乱从此开始。而远在西海的沧流帝国借机入侵，从西面的狷之原登陆——不出十年，铁骑踏遍了云荒。

那是空桑动荡的开端，从此，战祸绵延百年。

战火开始燃烧时，引发这一切的苏摩却离开了云荒。

孤独的盲眼少年带着他的傀儡，翻过了慕士塔格雪山，去往了遥远异乡——他在六合之间浪迹，在日月之下修行，甚至去了遥远的西天竺，佛陀涅槃之地，在桫椤双树之下顿悟，修习到了星魂血誓。

百年的浪迹之后，他最终决定归来，为鲛人一族而战。

——这，就是史书上关于海皇苏摩的所有记载。

终其一生，海皇再也没有和任何人提起过自己在孩童时代的这一段遭遇，而其他的知情者，无论如意，还是后来死去的三位海国长老，也纷纷将这个秘密深埋在了心底，就如一切未曾发生。

那个赤之一族郡主的存在被彻底地抹去了，再无踪影。

没有人知道，在百年过后，成为海皇的苏摩心中是否还残存着那一段记忆；正如没有人知道，那个盲眼少年在伽蓝白塔顶上和空桑太子妃的初次相遇，其实是一种冥冥中的夙缘。

——太子妃白璎的母亲，是赤之一族朱颜郡主的直系后裔。

虽然历经三代，血脉已经稀薄，但是太子妃白璎依旧有着隔世而来的清澈眼神，明亮气质，整个人仿佛是纯白色的——即便盲眼少年看不见她的模样，也能影影绰绰地感受到这种气息，和记忆中的某个人重合。

不，那不是某一个人，而只是某一个执念、某一个隐痛——那，是童年时内心里萌发过的，对于光明和温暖的向往。

就算那一段时间里的记忆都已经被否定，就算那个影子都已经全部消失，但这种深刻入骨髓的向往，永远无法被抹去。就如有人昔年在孩子的内心种下了一粒种子，无论日后的黑暗多浓厚、多漫长，一旦有一点点的光射入，那颗种子便会萌芽，朝着光明生长，无可遏制。

就如少年傀儡师遇到白璎的那一刹那。

身为鲛人奴隶，他不能接触来自统治阶层的贵族少女；身为海国的领袖，他更不能从内心接受空桑的太子妃。然而，她的微笑，她的语声，她轻抚的指尖，这一切都如同射入黑暗的光一样，如此令他想要靠近，却也如此令他灼痛不安、辗转难眠。

几十年之后，他的眼睛已经看不到了，心却再度被生生撕裂。

是的。七十年前，曾经有一个空桑少女也如此对待过他。

曾经，他也相信这一切。

可是，最后呢？得到的又是什么？

一个人的眼睛，难道还能瞎第二次吗？

终于，他还是推开了那个纯白的少女，也推开了靠近光明的机会。

她在他眼前飞身跃下高塔。然而，盲眼的鲛人少年看不到发生的一切，只听到耳边如同潮水般回响在天际的惊呼，心里知道一切已经终结——她指尖的温暖还留在颊边，然而那个人已经如同一片白雁的羽毛般，从六万四千尺高的伽蓝白塔上飘落。

他的一生所爱，就如流星一样消逝在生命里。

只余下黑暗漫漫无尽。

如星象所预言，七十年后，空桑的命运之轮终于转到了生死关头：天下腐朽不堪，摇摇欲坠。沧流帝国从西海上入侵，铁蹄踏遍云荒，而空桑六部内乱纷纷，诸王兵戈相见。

亡国灭种的灾难，无可阻挡地开始降临。

然而，在伽蓝帝都沦陷之前，空桑六王终于团结一致，并肩而战，一起奔赴九嶷神庙，在传国宝鼎前祭献出了自己的生命，合力打开了那一座沉睡于水底的无色城。皇太子真岚和太子妃白璎带领族人进入其中，百年来继续抵抗着沧流帝国的统治，从未放弃。

空桑虽然覆亡，却有星星之火藏于黑暗，得以度过漫漫永夜，最终重新复燃。

这一幕，却又是星象上未曾预言过的。

或许，如同那个神秘智者所说的：当星象被观测到的那一刻开始，命运就已经悄然发生了改变，所以云荒的命运永远无法被任何人预料。或许，如同时影所说：无论宿命如何，空桑不会停止抗争，一代又一代的战士在皇天后土的加持下，守护家园，百战不悔。

是他们改变了星辰的轨迹。

是那些勇者，逆着命运的洪流而上，披荆斩棘前行，指引着星辰的方向——宁鸣而死，不默而生。

相信命运，却永不被命运桎梏。

【注：海皇苏摩的生平故事，详见《镜》系列。】

图书在版编目（CIP）数据

朱颜．完结篇：全 2 册 / 沧月著 . — 南京：江苏
凤凰文艺出版社，2021.10（2022.1 重印）
ISBN 978-7-5594-6204-6

Ⅰ. ①朱… Ⅱ. ①沧… Ⅲ. ①长篇小说 – 中国 – 当代
Ⅳ. ① I247.5

中国版本图书馆 CIP 数据核字 (2021) 第 167109 号

朱颜．完结篇：全2册

沧月 著

策　　划	北京记忆坊文化
特约策划	暖　暖
特约编辑	莫桃桃
责任编辑	白　涵
封面绘图	容　境
卡册绘图	非洲考拉
封面设计	80 零 · 小贾
版式设计	赵凌云
出版发行	江苏凤凰文艺出版社
	南京市中央路 165 号，邮编：210009
网　　址	http://www.jswenyi.com
印　　刷	环球东方（北京）印务有限公司
开　　本	670 毫米 ×970 毫米 1/16
字　　数	467 千字
印　　张	30
版　　次	2021 年 10 月第 1 版
印　　次	2022 年 1 月第 2 次印刷
书　　号	ISBN 978-7-5594-6204-6
定　　价	78.00 元（全二册）

江苏凤凰文艺版图书凡印刷、装订错误，可向出版社调换，联系电话 025-83280257